Victoria Clayton

Der Garten der Fortuna

Victoria Clayton

Der Garten der Fortuna

Roman

Aus dem Englischen übersetzt von Elfriede Peschel

Marion von Schröder

Kapitel 1

»Ich habe immer gesagt, daß das ein sehr dunkles Zimmer ist«, meinte Dorothy, als wir gemeinsam das Wohnzimmer betraten, in dem sich die Menschen drängten.

Das stimmte. Genau das hatte meine Schwiegermutter bei ihrem letzten Besuch auch erklärt, vor fünf Jahren nämlich, und auch bei jeder anderen Gelegenheit davor. Vermutlich ist die Täfelung für diesen Eindruck verantwortlich, denn der Raum hat drei große Fenster nach Südwesten und eins nach Nordosten, und ist selbst dann hell, wenn wie heute der Regen gegen die Scheiben prasselt. Das Nordostfenster geht auf die Einfahrt hinaus, die zwischen den Bäumen hindurchführt, und an einem klaren Tag kann man den unruhigen Silberstreifen sehen, der das Meer ist.

»Das Sofa sieht aber bequem aus«, sagte Dorothy und richtete ihren Blick auf das Sofa am Kamin. »Ich werde mal ein bißchen mit deiner Mutter plaudern. Ich habe sie seit Henrys Taufe nicht mehr gesehen. Übrigens glaube ich nicht, daß der neue Pfarrer ein großer Gewinn ist.«

Ich beobachtete, wie sie sich neben meine Mutter setzte und zu erzählen anfing. Während der Beerdigung hatte Dorothy ein paar Tränen vergossen, aber jetzt schien sie sich gefangen zu haben. Sie hatte nie Gäste, weil das »Umstände machte«, und sie war auch nicht gerne bei uns, weil sie »entsetzlich unter

Zugluft litt«. Das erklärte, warum fünf Jahre vergangen waren, seit sie ihren ältesten Sohn Jack, meinen Ehemann, zuletzt gesehen hatte. Jeremy lag ihr mehr. Er war, obwohl schon Mitte Dreißig, ihr »Baby«.

Dorothy plapperte lebhaft drauflos. Meine Mutter Fabia saß kerzengerade, die elegant beschuhten Füße gekreuzt, und starrte mit einem Ausdruck unverhohlener Langeweile aus dem Fenster.

Sir William Wakeham-Tutt, den seine alten Freunde aus der Armee »Wacko« nannten, bahnte sich seinen Weg durch die Trauergäste und steuerte auf mich zu. Er roch heftig nach Whisky, wahrscheinlich hatte er sich während des Gottesdienstes heimlich ein paar hinter die Binde gegossen.

»Jammerschade um Jack. War immer so unterhaltsam ... und tut so was Dummes. Schade, daß so ein junger Kerl wie er vor einem dummen alten Knacker wie mir gehen muß.« Dem konnte man nicht widersprechen. Wacko war einfach widerlich. Sein Gesicht sah fleckig aus von der Kälte des Friedhofs und dem Whisky. Er beugte sich tiefer zu mir herab, wobei er mich mit seinen Alkoholdämpfen fast betäubte, und blinzelte mir mit seinem lilafarbenen Runzellid zu. »Die Frauen werden ihn wohl am meisten vermissen, he?«

Da tauchte seine Tochter, meine beste Freundin Patience, so unvermittelt aus dem Nichts auf wie ein Schutzengel und führte ihn in die Ecke, wo Major Bell-Thompson und Sir Brigham Greene, unser Parlamentsabgeordneter, bereits das Epizentrum unangenehmer alter Männer bildeten. Ich hielt es für besser, mich um den bescheidenen Imbiß zu kümmern, den ich für die etwa sechzig Leute, die nach dem Trauergottesdienst noch mit ins Haus gekommen waren, vorbereitet hatte. Es wurde viel getrunken. Man mußte zweifellos gegen die Kälte angehen, die sowohl ins Gemüt als auch in den Körper gekrochen war. Trauernde sehen sich nun einmal mit der unerfreulichen Gewißheit konfrontiert, daß auch für sie die Zeit einmal kommen wird, wo sie gefühllos unter einem Blumenkranz im Sarg liegen. Hoffentlich reichte der Amontillado aus dem Postladen, den ich hatte kommen lassen! Jack wäre ausgerastet, wenn ich die erlesenen und teuren Bestände seines Kellers an die von ihm so sehr verachtete Verwandtschaft vergeudet hätte. Es kam mir gar nicht in den Sinn, daß er es nicht erfahren würde. Ich konnte mich noch nicht damit abfinden, daß Jack wirklich tot war.

Ein Mann, dessen Namen ich nicht mehr wußte, der aber mit Jack in der Stadt gearbeitet hatte, stellte sich mir in den Weg.

»Komisches Zeug hat der Pfarrer uns da erzählt. Ich habe gar nicht verstanden, worauf der hinauswollte!« Er strahlte vor Selbstzufriedenheit.

»Ich fand es sehr interessant«, erwiderte ich, weil ich sah, daß Mr. Molebank, der Pfarrer, in Hörweite stand.

Das war gelogen. Mr. Molebank war kein guter Redner, dafür aber ein wirklich freundlicher und toleranter Mann, was für einen Geistlichen schon sehr außergewöhnlich ist. Er fing immer gut an, ließ sich dann aber von jedem Geistesblitz ablenken. Sein Einstieg war recht vielversprechend gewesen, als er Jack mit Orlando Furioso verglichen hatte, dem kühnsten und tapfersten Paladin Karls des Großen, der in der Blütezeit seines Lebens erschlagen worden war. Doch dann hatte er sich in einen Diskurs über Ariosts Fähigkeiten als Dichter hineingesteigert und dabei sein Publikum aus dem Blick verloren. Nach fast zwanzigminütigen Auslassungen über die Komplexität der italienischen Versepik im sechzehnten Jahrhundert war seine Gemeinde so unruhig, daß ich eine Meuterei befürchten mußte.

»Dann erzählen Sie doch noch ein bißchen«, drängte der Banker, ohne darauf zu achten, daß ich mich um Blickkontakt zu Mr. Molebank bemühte. »Wie hieß noch mal dieser Dichterling? Harry Austin? Kannte mal einen Harry Austin. War mit mir im Garderegiment. Kann mir aber nicht vorstellen, daß es derselbe war.«

»Ich finde die Worte des Trauergottesdienstes immer sehr anregend.« Mr. Molebank gesellte sich zu uns.

»Wir sind Methodisten«, erklärte eine von Jacks Tanten auftrumpfend, als würden sie Amen-Ra anbeten.

»Ich glaube von Emerson stammt der Ausspruch, daß die anglikanische Kirche auf das Verdienst Anspruch erhebe, diejenigen in Ruhe zu lassen, denen die Kirche egal ist.«

Mr. Molebank war der einzige, der bei meinem Versuch, geistreich zu sein, lächelte. Sowohl der Stadtmensch als auch Jacks Tante reagierten darauf mit ausdruckslosen Gesichtern.

»Ich werde mich jetzt wohl besser um den Lunch kümmern.« Damit trat ich den Rückzug an.

Ich durchquerte gerade die Eingangshalle, als die Eingangstüre aufging und meine Schwester Beatrice hereinkam.

»Miranda-Schatz!« Sie warf sich mir an den Hals. »Ich habe eine entsetzliche Fahrt hinter mir. Der Lieferwagen hat hinter Maidenhead den Geist aufgegeben, und es hat eine Ewigkeit gedauert, ihn wieder in Gang zu bringen. Jetzt habe ich Jacks Beerdigung verpaßt, und du wirst mir ewig gram sein!«

»Unsinn!« Ich nahm sie in den Arm. »Es ist wunderbar, daß du hier bist. Du kannst dir gar nicht vorstellen, wie gut mir das tut! Wie geht es dir?«

»Oh, ganz gut. Aber wie fühlst du dich denn, du armer Schatz?«

Ich gab ihr noch einen Kuß und dabei ging mir durch den Kopf, wie glücklich ich mich schätzen konnte, eine Schwester wie Beatrice zu haben und wie sehr ich mich freute, sie nun leibhaftig vor mir zu sehen. Da sie in Devon lebte und ich in Kent, kam das leider nicht so häufig vor, wie ich das gerne gehabt hätte. Immer machte ich mir Sorgen um sie. Maeve, eine liebe ... ja, eine wirklich liebe ... Freundin meinte, es wirke sich ebenso bevormundend aus, wenn man sich um andere Leute Sorgen machte wie wenn man sie bemitleidete, aber ich konnte nun mal nicht anders. Wann immer ich an Beatrice dachte, spürte ich eine Besorgnis, die sich so unwillkürlich einschlich wie die Liebe. Jetzt wußte ich wenigstens, daß sie gesund war, wenn auch, o Gott, dicker als je zuvor. Sie und ihr Ehemann Roger waren sehr arm, und er war Vegetarier aus Prinzip. Nach dem, was Beatrice mir erzählt hatte, lebten sie überwiegend von Kartoffeln und selbstgebackenem Brot, wozu es zur Abwechslung ein paar Linsen, Nüsse und Wurzelgemüse gab. Die Ethik befürwortete ich aus ganzem Herzen, die Auswirkung auf ihre Figuren aber fand ich bedauernswert. Beatrice trug einen handgestrickten roten Pullover und eine braune Stretchhose, was sie wie ein übergroßes Rotkehlchen aussehen ließ, das besonders viele Würmer gefunden hatte.

»Ganz gut, glaube ich. Ich weiß es selbst kaum«, antwortete ich ihr. »Es gab so viel zu tun, seit es passiert ist, und ich mußte mit so vielen Leuten reden, daß ich mir vorkomme wie in einer Waschküche der Gefühle; plötzlich tauchen sie aus dem Nebel auf und verschwinden sofort wieder, ohne daß ich in der Lage wäre, sie zu benennen.«

Während ich in der Eingangshalle stand, Beatrice hatte tröstend ihren Arm um mich gelegt, entglitt mir mein Geist in das Endlosband, das seit Jacks Tod unentwegt abgespielt wurde. Wieder – wie jeden Tag, seit es passiert war – durchlebte ich das ganze schreckliche Geschehen.

Ich hatte im Taubenturm gestanden, als Jack sich erschoß. Dieser Turm ist der Inbegriff eines achteckigen Baus, zwei Stock hoch und fünfzehntes Jahrhundert wie der Rest unseres Hauses. Wahrscheinlich werde ich ihn jetzt mit anderen Augen sehen. Es war ein klarer Oktobertag mit hohen, zarten Wolken, und es lag Frost in der Luft. Ich stand an die Leiter gelehnt und schaute durch die schrägen Lichtstrahlen, die durch die Taubenlöcher einfielen, nach oben, um dem kehligen Gurren der Vögel zu lauschen. Ich war nur etwa zwanzig Meter von der offenstehenden Hintertüre entfernt, und die Detonation der Patrone kam mir sehr laut vor. Die Tauben flatterten erschreckt auf, und ein paar kleine weiße Federn segelten auf mein nach oben gewandtes Gesicht zu.

Ivor hatte in der Nähe gearbeitet und mußte es auch gehört haben, denn wir trafen an der Hintertüre aufeinander und tauschten aufgeregte Blicke aus, ehe wir ins Haus rannten. Ich stieß die Tür zur Waffenkammer auf. Einen Augenblick lang hörte ich Ivor die Luft anhalten, vielleicht die zehn Sekunden, die wir dastanden und die Augen aufrissen.

Jack lag auf dem Boden, sein Kopf war leicht am Waffenschrank abgestützt. Augen und Mund standen halb offen. Ich weiß noch, daß mir auffiel, wie gut er aussah, ein Gedanke, der mir schon lange nicht mehr gekommen war. Schon merkwürdig, wie trivial die Gedanken sind, die einem in den wichtigen Augenblicken seines Lebens durch den Kopf gehen. Das Fenster der Waffenkammer stand offen, und ich nahm mir vor, falls es regnen sollte, es zu schließen, bevor ich ins Bett ging. Ich hatte ein Klingeln in den Ohren, wie die erste Stille nach lautem, unaufhörlichem Lärm, eine Art inneren Gesang. Ich fühlte mich außergewöhnlich ruhig. Dann sah ich, daß Jacks Gesicht anders aussah als sonst. In den letzten paar Jahren hatte er ziemlich viel getrunken und das hatte sein Gesicht gerötet. Jetzt war es von einem seltsamen Gelbweiß. Die grüne Wolle seines Pullovers, den er zur Gartenarbeit trug, überzog ein abstoßend häßlicher, rostroter, klebriger Film.

»O mein Gott!« brachte Ivor schließlich hervor. »Wir sollten lieber... Soll ich –? Ich weiß nicht... ich kann keinen Gedanken fassen.«

Im Schock fingen seine Zähne zu klappern an. Obwohl ich Ivor sehr gern mag, ist er doch der letzte Mensch, den man in einer Krisensituation um sich haben kann. Einen Augenblick lang zog das Gefühl blanken Entsetzens meinen Magen zusammen, schmerzhaft, als wäre ihm ein Schlag verpaßt worden. Ivor legte eine Hand auf meinen Arm, und mit einer Schärfe, die mir das Rückgrat zu durchtrennen schien, spürte ich, wie ich steif wurde und sich mir die Kopfhaare aufstellten. Etwas streifte meine Beine. Ich blickte nach unten. Jasper, unser schwarzer Spaniel, äugte zu mir hoch, winselte und wedelte mit dem Schwanz. Automatisch bückte ich mich und streichelte ihm den Kopf, und diese Handlung verhalf mir zu ein wenig Fassung.

»Du bleibst hier, Ivor.« Ich zog ihn nach draußen und schloß die Türe. »Ich gehe jetzt und rufe Dr. Kenton an.«

Ich weiß nicht, was genau ich mir von Dr. Kenton erhoffte. Obwohl es mir seit dem ersten Blick in die Waffenkammer unmöglich war, irgendeinen zusammenhängenden Gedanken zu fassen, wußte ich, daß Jack tot war. Aber Dr. Kenton hatte alle meine Kinder im Landkrankenhaus entbunden und war ihnen bei ihren Kinderkrankheiten und Unfällen zur Seite gestanden. Obwohl schon fast siebzig, arbeitete er immer noch wie ein Zwanzigjähriger, unentwegt mit Geburt, Krankheit und

Tod beschäftigt, und er verstand die Rätsel und Verwirrungen des Herzens.

Ich ging in die Eingangshalle und nahm den Hörer ab. In meinem Kopf summte es wie von übersprudelndem Gepfeife, und die Wählscheibe kam mir sperrig und unhandlich vor. Das Freizeichen tönte eine Ewigkeit, als sich endlich eine unbekannte Stimme meldete.

»Tut mir leid, aber Dr. Kenton kann jetzt nicht ans Telefon.«

Die Stimme war kalt und klang gespreizt.

»Entschuldigung, wenn ich außerhalb der Sprechstunde anrufe, aber das hier ist ein Notfall. Würden Sie bitte Dr. Kenton ausrichten, daß Mrs. Stowe ihn sehr dringend zu sprechen wünscht.«

»Es gibt eine Abendsprechstunde, wenn es Ihnen nicht gutgeht. Um was für einen Notfall handelt es sich denn?«

Die Stimme hatte auf meine Schärfe mit zusätzlicher Vornehmheit reagiert.

»Ich glaube nicht, daß Sie das etwas angeht, aber mein Ehemann hat sich erschossen.«

Ich hörte sie nach Luft schnappen.

»Wenn Sie bitte einen Augenblick warten wollen.« Ich wartete. Ich muß etwas gegen die Zugluft in der Eingangshalle tun. Mich fröstelte. Im Hörer knackte es und dann meldete sich dieselbe Stimme wieder: »Sind Sie Mrs. Stowe von Westray Manor?«

»Ja.«

»Es kommt sofort jemand zu Ihnen raus.«

Gerade als ich den Hörer auflegte, kam Mrs. Goss die Treppe herunter.

»Wir brauchen mehr Möbelpolitur, Mrs. Stowe. Das Wachs scheint sich in Nichts aufzulösen. Diese alten Stühle saugen es auf.«

Mrs. Goss konnte alte Sachen nicht ausstehen. Sie erzählte mir ständig von den Neuerungen, die sie und Mr. Goss an ihrem Bungalow vornahmen. Mr. Goss hatte gerade einen »Frisiertisch« für sie fertiggestellt. In Anbetracht ihres ungewaschenen Haars und ihres sauertöpfischen, schmalzfarbenen

Gesichts stellte sich allerdings die Frage, ob seine Mühe auch gerechtfertigt war.

»Es hat leider einen Unfall gegeben, Mrs. Goss.«

Meine Beine spielten verrückt, sie zitterten, weil tausend Nadelstiche sie zu durchbohren schienen. Mrs. Goss verschränkte ihre Arme und warf den Kopf nach hinten, wie sie das immer tat, wenn ich ihr etwas erzählen wollte, was sie unangenehm berührte... etwa, daß sich wieder eine marineblaue Socke in die Weißwäsche verirrt hatte oder daß die Tür zum Geschirrschrank offen geblieben und die Katze hineingeschlüpft war.

»Mr. Stowe hat... hat sich...«

Der Raum drehte sich schnell und der Boden hob sich, um mir hart ins Gesicht zu schlagen. Als ich wieder zu mir kam, beugte sich Ivor über mich. Er hielt ein Glas mit irgend etwas in der Hand. Cognac. Als er mir durch die Kehle lief, hustete ich, aber mir kehrten die Sinne wieder. Ich fühlte mich furchtbar elend. Ich lag auf dem Sofa in der Bibliothek. Vermutlich hatte Ivor mich dort hingetragen. Mein Rock war über die Taille hochgerutscht. Kraftlos versuchte ich ihn nach unten zu ziehen. Mein Nacken fühlte sich kalt und naß an. Ivors Hand zitterte so heftig, daß er mir den Cognac über die ganze Bluse verteilte.

»Armer Schatz. Mein armes liebes Mädchen«, sagte er. »Na komm schon, mein Butterblümchen.«

Für Leute, die Ivor oder mich nicht kannten, klang das wahrscheinlich kompromittierend. Weit gefehlt! Ivor war in den vergangenen fünfzehn Jahren unser Gärtner, nachdem er trotz einiger Erfolge draußen in der Welt gescheitert war, und das auf ziemlich spektakuläre Weise. Es hatte eine kurze Gefängnisstrafe gegeben, gefolgt von einem längeren Aufenthalt in einer Irrenanstalt. Das war die schwarze Phase in seinem Leben, wobei sein Leid noch dadurch verschlimmert wurde, daß er denen, die ihn behandeln wollten, an Intelligenz und Ausbildung haushoch überlegen war. Er ist unsagbar zart besaitet und trauert um jeden Wurm, den er versehentlich mit seinem Spaten durchtrennt. Einmal fand ich ihn in Tränen aufgelöst über einem jungen Kaninchen, das unsere Katze getötet hatte. Ein Teil unseres Waldes war ein Kriegerfriedhof en miniature, wo sich winzige Erdhügel aneinanderreihten, markiert mit weißen Plastiketiketten für Pflanzen, auf denen »zerquetscht gefundener Igel« oder »gestreifter Fisch aus dem Wallgraben« oder »von Dinkie getötete Spitzmaus« geschrieben stand. Diese Art von Sensibilität ist bei einem Mann äußerst selten und kostbar. Aber als der in die Ewigkeit dahingegangene Jack auf dem Boden der Waffenkammer lag, war das keine große Hilfe.

Ivor hatte mit Jack die gleiche Schule besucht. Sie waren nicht gerade befreundet gewesen, denn selbst damals war Ivor schon etwas merkwürdig. Ich vergaß zu erwähnen, daß er Dichter ist. Wie jeder weiß, läßt sich mit Dichtung nicht viel Geld verdienen, und um sich die paar Unterstützungen, die es gab, zu holen, war er zu chaotisch. Uns beide verband der Sinn für Gartenkultur. Er arbeitete sehr hart. Als Gegenleistung bekam er von uns ein angemessenes Gehalt, ein Häuschen im Wald (ein wahrhaft gotisches Schmuckstück und einfach zauberhaft), und zum Essen kam er immer hoch ins Haus. Er meinte, noch nie im Leben sei er so glücklich gewesen. Es stimmte mich traurig, wenn ich darüber nachdachte, wie sein Leben davor ausgesehen haben mochte.

Wir kamen gut miteinander aus. Was seine Dichtung anging, war er ein Geheimniskrämer, doch gelegentlich heftete er ein an mich gerichtetes Gedicht mit Moos geschmückt an einen Baumstamm oder steckte es gefaltet in die leere Schale eines Hühnereis. Daran kann man schon erahnen, daß seine Gedichte nicht gerade herausragten, aber zum Glück waren sie nicht wehleidig. Und wenn ich mir in diesen Dingen auch kein Urteil erlauben darf, fand ich sie doch interessant. Ich verwahrte die Gedichte sorgfältig, weil ich vorhatte, sie einem Verleger zu schicken, sobald es für ein »schmales Bändchen« reichte.

Er versicherte mich ständig seiner Liebe, aber ich wußte, daß es die Liebe eines Dichters war ... etwas, worüber sich schreiben und seufzen läßt und wovon man träumen kann. Oft bedachte er mich mit einem Handkuß oder schenkte mir ein Zaunkönignest voll wilder Veilchen oder besonders hübsche

Muscheln, die er am Strand gefunden hatte. Ich war mir ziemlich sicher, daß ihm diese keusche Zuneigung genügte. Jack hatte sich immer über Ivors Geschlechtslosigkeit lustig gemacht, aber ich empfand sie als angenehm. Nicht daß Sex mir nichts bedeutet hätte, das nicht. Aber aus guten Gründen fand ich, daß er ... und die männliche Sexualität ohnehin ... auf Schritt und Tritt präsent ist, was auf die Dauer ermüdet.

Wenn man mit der Geschichte Ivors und meiner Beziehung zu ihm nicht eben vertraut ist, könnte es einem also schon merkwürdig vorkommen, daß er mich »Butterblümchen« nennt. Unglücklicherweise hatte Mrs. Goss gerade in diesem Augenblick die Tür zur Bibliothek aufgestoßen.

»Es ist der Arzt, Mrs. Stowe«, sagte sie mit einem sehr feuchten Schniefen, ihrer Spezialität.

Ein ziemlich junger Mann, groß, mit dunklen Locken, stand in der Türe. Er wirkte müde und mißgelaunt.

»Oh, aber ich dachte ... wo ist denn Dr. Kenton?«

Ich kämpfte mich hoch zum Sitzen, in dem Bewußtsein, daß mein Rock noch immer bis zur Taille hochgeschoben war.

»Dr. Kenton geht es nicht gut. Ich bin die neue Vertretung. Rory McCleod.«

Er kam auf mich zu und reichte mir die Hand, wobei mir mit Schrecken einfiel, daß ich ziemlich heftig nach Weinbrand riechen mußte.

»Guten Tag. Ich fürchte, der Schock, meinen Mann zu finden ... ich muß ohnmächtig geworden sein ... ich bin Miranda Stowe.«

Ich stand auf und versuchte meinen Rock glattzuziehen. Sofort ließ Ivor sich auf meinen Sofaplatz fallen; die Tränen liefen ihm übers Gesicht.

»Du warst ... ohnmächtig ... wie Madeline im azurbedeckten Schlaf.« Seine Rede wurde von Seufzern unterbrochen. »Armer Jack! Was kann ihn dazu getrieben haben? Er hatte doch alles, was ein Mann sich nur wünschen kann! Wie oft habe ich daran gedacht, mit allem Schluß zu machen ... aber immer fehlte mir der Mut. Feigling!« Er hämmerte wütend auf seine Brust ein.

Dichter können eben nur egozentrisch sein. Vermutlich müssen sie das, um in der Seele wühlen zu können. Ich gab ihm den Weinbrand, den er gerne schlürfte, während er sich die überquellenden Augen trockenrieb.

»Das ist Ivor Bastable. Ein Freund der Familie«, erklärte ich Dr. McCleod.

»Ich bin der Gärtner. Du brauchst auf meine Gefühle keine Rücksicht zu nehmen, Miranda. Guten Tag.«

Dr. McCleod schüttelte Ivors große erdige Hand und zog dann sein Taschentuch hervor. Energisch rieb er damit seine Hand ab, mit einem belustigten und zugleich mißmutigen Gesichtsausdruck. »Man hat mir gesagt, es hat einen Unfall gegeben. Ihr Ehemann, Mrs. Stowe?«

»O mein Gott!« Ich legte meine Hand an meinen Kopf. »Laß nur, Ivor, es geht schon. Ich muß vernünftig sein. Ich zeige Ihnen, wo er ist. Du mußt Rose Bescheid sagen, Ivor. Versuche, es ihr sanft nahezubringen.«

An der Tür zur Waffenkammer ließ ich Dr. McCleod allein. Ich wollte Jack nicht noch einmal sehen. Durch die Eingangshalle ging ich dann in die Küche.

Rose war früher mein Kindermädchen gewesen. Neben meinen drei Kindern und Beatrice gehörte sie für mich zum Liebsten auf der Welt. Jetzt war Rose alt, sechsundachtzig, um genau zu sein, und die Arthritis beugte ihre ausgemergelte Gestalt zu etwas, was an eine windgepeitschte Eiche erinnerte. Trotzdem empfand ich sie immer noch als meine wichtigste Kraftquelle, den größten Trost. An Roses Miene konnte ich sofort ablesen, daß Ivors Vorstellung von »sanftem Nahebringen« zu hoffnungsloser Verwirrung geführt hatte.

»Ich verstehe nicht, wovon dieser Hohlkopf redet. Irgendeinen Quatsch über Haarnadeln und schwere Lasten. Was ist denn los, Miranda-Schatz?«

Rose haßte Männer und sprach zu ihnen und über sie immer mit entschiedener Verachtung. Zu Koseworten für uns ließ sie sich nur herab, wenn etwas wirklich ganz schlimm war. Daher vermutete ich, daß ich ziemlich verwirrt ausgesehen haben muß.

»Ein Unfall, Rose ... etwas Fürchterliches ist passiert. Jack hat ... oh, wie soll ich das denn den Kindern sagen?«

Ich spürte, wie um mich herum wieder alles zu schwimmen anfing, doch schneller als eine Katzenpfote hatte Rose mich zum Sitzen gebracht, und der Kopf hing mir zwischen den Beinen.

»So ist es besser«, sagte sie, richtete meinen Kopf auf und drückte etwas Kaltes und Feuchtes gegen meine Schläfen. Später kam ich dahinter, daß es eine von Jacks Socken gewesen war, die Rose zum Stopfen hatte und für mich in Tee tauchte. Jack hatte immer behauptet, eine von Rose gestopfte Socke zu tragen käme einem Bittgang mit Erbsen in den Schuhen gleich. Ihre Stopfarbeit war durch und durch stümperhaft und wegen der Arthritis voller Knubbel, aber Rose bestand darauf, sich um die Wäsche zu kümmern, weil sie, wie sie meinte, noch zu etwas nutze sein wollte. »Ivor, du setzt jetzt einen Kessel Wasser auf und kochst ihr einen guten starken Tee, anstatt hier herumzustehen wie ein Mondkalb, dem das Maul offensteht. Und du, Miranda, erzählst Rose jetzt alles.«

Sie hielt meine Hand in ihrer gichtigen Handfläche und sah mich mit Augen an, die an feuchte Felssplitter aus ihrem heimatlichen Stornoway erinnerten und unter ihren runzligen Lidern kaum zu erkennen waren.

»O Rose!« Ich hoffte, gleich losweinen zu können, hoffte, daß die Tränen mir das Geschehene Wirklichkeit werden ließen und dem Klingeln in meinem Kopf ein Ende bereiteten. Wie gerne hätte ich echten Schmerz und Verlust gespürt, anstatt im giftigen Nebel zielloser Halbgedanken zu tappen. Aber das war nicht so einfach. »Ich glaube, ich muß mich übergeben.«

Das tat ich auch ganz fürchterlich. Ivor hielt mir die Schüssel hin, was nett von ihm war, begleitete das aber mit schmalzigen Lauten der Verzweiflung, was mich irritierte. Rose saß in der ihr eigenen Haltung, breitbeinig, die Hände auf den Knien, und wartete, bis ich fertig war.

»Das ist schon besser. Jetzt brauchst du etwas, um deinen Magen zu beruhigen. Stell die Schüssel weg, Ivor, und hör um Himmels willen mit dem Gemaunze auf!«

Sanftmütig tat Ivor wie ihm geheißen und sorgte für Tee und Toast. Um ihnen beiden eine Freude zu machen, versuchte ich, ein wenig zu essen, aber ich fühlte mich zu schwach und mutlos. Der Tee tat gut.

»Jack hat sich erschossen, Rose.« Ich hatte vergessen, es ihr behutsam nahezubringen.

»Der Herr sei uns gnädig!« Bestürzt preßte Rose ihre Hände an die Wangen. »Der Mensch ist zur Mühsal geboren, so wie die Funken dazu bestimmt sind, nach oben zu fliegen! Und dieser Mann hat mehr Mühsal bereitet als die meisten!«

Sie sagte das fast bewundernd. Wahrscheinlich glaubte sie, weil Jack jetzt tot war, sich ein wenig Großzügigkeit leisten zu können. Vom ersten Augenblick an hatten sie sich bis aufs Messer bekämpft. Die meisten Männer, die Roses gnadenlose Mißbilligung zu spüren bekamen, behandelten sie mit besänftigender Höflichkeit und gingen ihr möglichst aus dem Weg. Aber Jack machte sich nur über sie lustig, wie er das bei jedem tat, der ihn mit der Macht seiner Persönlichkeit beeindrucken wollte. Das hatte nichts mit Gefühllosigkeit zu tun, denn er war sich sehr wohl der Grenzen bewußt, welche andere Menschen um sich zogen. Er überschritt diese Grenzen einfach und verhielt sich so, wie er es für richtig hielt. Einerseits mißbilligte ich seine egoistische Mißachtung anderer Menschen, andererseits war da etwas in mir, was genau dies bewunderte und ihn fast darum beneidete. Ich lasse mich oft von Leuten einschüchtern, selbst von solchen, die ich weder mag noch respektiere. Manchmal ertappe ich mich dabei, daß ich mich einschmeichle, und dann finde ich mich abstoßend.

Roses Hand zitterte, als sie ihre Stopfwolle aufräumte und meine Tasse und den Teller auf dem Tisch zurechtrückte ... das Ordnen von Dingen war eine Angewohnheit von ihr, wenn sie nachdachte ..., aber sie wirkte recht gelassen. Ihr Durchhaltevermögen hätte selbst Zeno beeindruckt. Seit ihrem siebzehnten Lebensjahr war sie auf sich allein gestellt, und der einzige Mann, den sie je geliebt hatte, war kurz bevor sie zu mir kam, an Tuberkulose gestorben. Sie war ein zäher alter Vogel.

»Du mußt an Elizabeth denken. Sie wird in einer Stunde nach Hause kommen. Da wirst du deine Kraft brauchen. Iß das auf«, war alles, was sie sagte.

Als Dr. McCleod in die Küche kam und mich dort mit einem riesigen Stück Toast antraf, überkam mich das Bedürfnis, irgend etwas Beschwichtigendes zu sagen. Ivor war zu angemessenem Handeln nicht in der Lage, und ich hielt etwas von der Größe eines Ziegelsteins in der Hand, was angesichts meines gerade erst verstorbenen Ehemanns recht gefühllos, wenn nicht sogar naßforsch wirken mußte. Ivor wiegte noch immer die Schüssel mit Erbrochenem im Arm, als wäre es ein Trankopfer für die Götter. Mein Gesicht sah wahrscheinlich noch fast grün aus.

Dr. McCleod wirkte ganz und gar nicht wie jemand, der mit den Niederungen des Menschseins vertraut ist, und ich sehnte mich nach dem lieben Dr. Kenton. Instinktiv hatte ich erfaßt, daß in Hinblick auf Dr. McCleod alles gegen uns sprach. Wenn unser Haus, Westray Manor, auch bei weitem kein Palast ist, deutet seine Größe dennoch auf Geld und Privilegien hin. Und ich mit meinem exzentrischen Hofstaat machte bestimmt den Eindruck, abgesondert und behütet zu sein und demzufolge der Freundlichkeit Fremder nicht zu bedürfen. »Ich habe einen Krankenwagen bestellt und die Polizei informiert«, erklärte er und sah mich dabei, wie ich fand, mit ziemlich überflüssiger Strenge an. »Es wird natürlich eine Obduktion nötig sein.« Er rollte die »Rs« ein wenig. Mit einem Namen wie Rory McCleod konnte er auch nur Schotte sein.

»Ist das denn unbedingt nötig?« fragte ich dummerweise, als hoffte ich, ihn erweichen zu können.

»Aber gewiß. War Ihr Ehemann denn in letzter Zeit in ärztlicher Behandlung?«

»Oh, ... lassen Sie mich überlegen. Kurz nach Weihnachten suchte er Dr. Kenton wegen einer Schulterverrenkung auf.«

Dr. McCleod seufzte. Er schien die Nase voll zu haben. »Ich meinte, in letzter Zeit. Und Schulterverrenkungen sind normalerweise nicht tödlich«, bemerkte er trocken.

»Das meinen Sie, junger Mann«, wies Rose ihn schroff zurecht. »Die ersten Anzeichen einer Herzerkrankung machen sich oft als Schmerz in Armen oder Schultern bemerkbar. Es liegt auf der Hand, daß Sie noch keine große Erfahrung haben.«

»Und Sie sind …?« Dr. McCleod bedachte Rose mit einem kalten Blick.

»Oh, Entschuldigung.« Wieder beschwichtigte ich. »Das ist Miss Ingrams. Sie lebt bei uns.«

»Verstehe.«

»Was geht es Sie also an …«, fuhr Rose fort. Wahrscheinlich hatte er sie mit seiner teilnahmslosen Art zur Grobheit provoziert.

»Ich werde beim Verhör aussagen müssen. Sie alle werden wahrscheinlich gefragt werden, ob Ihnen irgendwelche Gründe einfallen, warum der Verschiedene sich selbst das Leben genommen haben könnte.«

Er blickte auf Ivor, wahrscheinlich weil dieser plötzlich unter Schluckauf litt. Lag wohl am Weinbrand. Er hatte sich noch ein Glas genehmigt, als er den Tee für mich machte.

»Ihre Andeutungen weise ich entschieden zurück«, sagte Ivor würdevoll. Er hat ein Gesicht wie einer der frühen Plantagenets, ziemlich schmal und schwermütig, mit einer entsetzlich langen Nase. Trotz der Dornzweige in seinem Haar und dem Schmutz auf seiner Hose, jeder Zoll der jüngste Repräsentant einer edlen Familie …, was er auch war. »Sollten Sie glauben, Mr. Stowe hätte jemals Grund gehabt anzunehmen, meine Verehrung für Mrs. Stowe hätte sich über die geheiligten Gelübde der Ehe hinweggesetzt, so sind Sie ein Opfer Ihrer eigenen Phantasie. ›O die Liebe, die nie ird'sche Nähe fand. Überquellende Augen und brechende Herzen …‹«

»Hör auf, Ivor«, fiel ich ihm verzweifelt ins Wort.

Die Vorstellung, daß Jack sich absichtlich getötet haben könnte, war so erschreckend und entsetzlich, daß mir plötzlich kalter Schweiß auf der Haut stand. Ich lief an die Spüle und übergab mich wieder. Da spürte ich eine Hand auf meinem Arm.

»Sie haben einen sehr schlimmen Schock erlitten.« Die Stimme von Dr. McCleod klang jetzt freundlicher. »Ich werde Ihnen etwas geben, damit Sie schlafen können.«

»Es *muß* ein Unfall gewesen sein. Alles andere ist undenkbar! Jack war so … so voller Zuversicht!«

Leider hörte sich das nicht nach einer adäquaten Begründung für meine Gewißheit an, daß Jack unfähig war, sich selbst umzubringen. Ich konnte einfach nicht die richtigen Worte finden, um Jacks Charakter zu beschreiben ... seinen Wagemut ... die Tatsache, daß ihm nichts wichtig genug schien, um den Gedanken an Selbstmord zu fassen. Nie erlebte man ihn niedergeschlagen ... jedenfalls war es mir in den neunzehn Jahren unserer Ehe nicht aufgefallen. Auch wüßte ich nicht, daß er jemals vor irgend etwas Angst gehabt hätte. Aber angenommen, es gab Aspekte seines Charakters, die mir verborgen geblieben waren? Bilder von Jack kamen mir in den Sinn. Ich sah ihn vor mir, als wir uns während meines zweiten Jahrs in Oxford begegneten. Er machte gerade seinen Magisterabschluß. Wir wirkten gemeinsam bei der Aufführung von *Der Sturm* mit. Ich spielte meine Namensvetterin, und er war Prospero. Seine Darstellung wirkte auf die Zuschauer hypnotisierend.

Mir fiel der Triumph auf seinem Gesicht ein, als er seinen ersten Job bei der Bank bekommen hatte, ein paar Monate vor unserer Hochzeit. Und ich hatte ihn ganz deutlich vor Augen hier in Westray, als er im Wallgraben auf und ab ruderte und versuchte, die Entengrütze herauszufischen. Das muß vor etwa dreizehn Jahren gewesen sein. Ich lehnte mich aus dem Fenster der Bibliothek, er schaute zu mir hoch und lachte. Ich hatte ihn gewarnt: »Das Boot kentert, wenn du aufstehst!« Gleich darauf war er hineingefallen, zurück ans Ufer geschwommen und noch immer lachend herausgeklettert. Damals hatte ich ihn so sehr geliebt. Alle seine Kleider hatte er abgestreift und sie am Ufer liegenlassen. Rose war ihm über den Weg gelaufen, als er nackt die Treppe hochsprang. Grimmig, mit hocherhobenem Kopf war sie an ihm vorbeigerauscht.

»Kein sehr schöner Anblick für dich, nicht wahr, Rose?« hatte er ihr hinterhergerufen.

Ich hatte seine nassen Kleider in die Waschküche gebracht und sie im Spülstein eingeweicht, weil sie nach Brackwasser stanken. Dann war ich nach oben gegangen, um ihn mir vorzuknöpfen. Schließlich hatte er Roses Gefühle verletzt! Er war aus der Dusche gestiegen, hatte mich in seine Arme genommen und mich aufs Bett gezogen. Wir liebten uns und waren so glücklich. Am Tag danach kam ich dahinter, daß er im letzten Jahr eine Affäre mit Felicity Partridge gehabt hatte, einer meiner besten Freundinnen. Danach konnte ich nie mehr vollkommen glücklich sein.

Kapitel 2

Ich weiß also wirklich nicht, ob es ein Unfall war, oder ob Jack sich absichtlich getötet hat, weißt du.« Beatrice und ich standen noch immer in der Eingangshalle. Der Lärmpegel im Wohnzimmer nahm zu dank der beiden Trostspender Wärme und Alkohol, welche die Kleidung und das Nervenkostüm der Trauergäste durchdrangen. »Es ist so herrlich, mit dir zu reden, aber der Luftzug hier wirkt wie ein Hackbeil. Laß uns in die Küche gehen. Außerdem fühle ich mich schuldig, weil ich einen meiner Gäste mit der ganzen Arbeit allein gelassen habe.«

Bei meiner Auflistung, welche Umstände zu Jacks Tod geführt haben könnten, beschränkte ich mich auf die Ereignisse dieses Nachmittags. Ich erwähnte nichts von seiner Affäre mit Lissie. Beatrice gegenüber hatte ich nie etwas über Jacks Untreue verlauten lassen, teils aus Stolz und zum Teil auch, weil ich nicht wollte, daß sie sich um mich Sorgen machte.

In der Küche war es wunderbar warm. Rose saß auf ihrem Stuhl am Herd, einen Arm in der Schlinge. James und Elizabeth lehnten an der Stange des Kohleherds und stritten sich. Sie hörten auf, als sie uns kommen sahen, und kamen herüber, um Beatrice einen Kuß zu geben. Beatrice und Rose begrüßten sich liebevoll, und Rose erklärte, sie sei am Morgen hingefallen, doch es ginge ihr ausgezeichnet, nur ein blaues Handgelenk und sonst nichts weiter.

»Solltet ihr Kinder euch nicht mit den Leuten unterhalten und Getränke und Sonstiges anbieten?« schlug ich vor.

»Henry wollte das alleine übernehmen. Du weißt doch, wie gern er im Mittelpunkt steht«, erwiderte Elizabeth geringschätzig. »James und ich haben uns gelangweilt. Ich hasse es sowieso, mit Erwachsenen zu reden. Tut mir leid, hier Anwesende natürlich ausgenommen.«

»Aber es ist so wichtig für euch, das zu lernen«, beharrte ich unklugerweise.

»Mir fällt auf, daß du es auch nicht tust«, erwiderte Elizabeth stirnrunzelnd. James gab ihr eine leichte Ohrfeige.

»Sei nicht frech, kleine Göre.« Er redete mit der Überlegenheit seiner achtzehn Jahre.

»Ich habe es aber getan, bin gerade gekommen, um Diana abzulösen.«

»O Mama, du flunkerst aber ganz schön!« Henry war in die Küche gekommen. »Ich habe dich mindestens zehn Minuten lang mit Tante Beatrice in der Eingangshalle quatschen sehen. Im Wohnzimmer ist es einfach schauderhaft. Ich wußte gar nicht, daß Papa so viele wirklich gräßliche Verwandte hatte.«

»Es sind auch deine Verwandten«, wandte Elizabeth ein.

»Na ja, dann erkenne ich sie eben von jetzt ab nicht mehr an. Könnte ich sie denn offiziell aberkennen, so wie man den Namen durch eine einzige Verklärung verändert?«

»Du meinst wahrscheinlich einseitige Erklärung, mein Schatz.« James und Elizabeth bekamen vor Schadenfreude einen Lachanfall. »Das wird nicht nötig sein. Wir laden sie einfach nicht mehr zu uns ein.«

»Ich glaube auch nicht, daß sie wiederkommen werden«, meinte James. »Als Großmutter sich mit Fabia unterhielt, saß die mit fest geschlossenen Augen da; den Kopf hatte sie theatralisch nach hinten geworfen und gegen die Polster gedrückt, mit einem Gesichtsausdruck, als würden ihr Daumenschrauben angelegt.«

Obwohl Fabia natürlich auch ihre Großmutter war, hatte

sie »Oma« oder »Großmutter« als zu gewöhnlich empfunden, und seit die Kinder reden konnten, nannten sie sie Fabia.

»Ach du liebe Güte, vielleicht sollte ich ...?«

»Ich gehe schon«, sagte Beatrice. »Du hast genug andere Sorgen.«

»Danke dir. Das wäre mir eine große Hilfe. Oh, das hier ist Diana Milne. Beatrice, meine Schwester«, fügte ich hinzu, als eine große, bemerkenswert hübsche junge Frau aus dem Eßzimmer in die Küche kam. Auf ihrem Gesicht bildeten Fischschuppen ein schillerndes Muster. »Du siehst wie eine wunderschöne Meerjungfrau aus.« Ich führte sie zum Spiegel und reichte ihr ein Papiertaschentuch. »Du mußt ziemlich erschöpft sein. Ich bin dir so dankbar.«

»Ach was, ich habe es gern getan. Es kommt in letzter Zeit nicht allzuoft vor, daß ich etwas ungestört tun kann. Es war mir ehrlich gestanden ein Vergnügen. Nur noch die Salatsauce, dann ist alles fertig, denke ich. Soll ich?«

»Nein, nein. Du mußt jetzt die Schürze ablegen und etwas trinken gehen.«

Ich holte Essig und Olivenöl aus der Speisekammer. Die Kinder stritten sich wieder über irgend etwas Dummes. Die Beklemmung, die sich seit Jacks Tod heimtückisch ausgebreitet hatte, entlud sich in einem Warnsignal. Natürlich hatten sich die Kinder immer gekabbelt. Aber dieses Gezanke, war es nicht Anzeichen einer ernsthaften Depression bei einem oder allen?

Als Elizabeth am Tag von Jacks Tod in die Küche geschlendert kam, war mir beim Anblick ihres Gesichts beinahe aller Mut geschwunden, und ich dachte schon, ich könnte es ihr gar nicht sagen. Hinter dem hellen, welligen Vorhang langer Haare (sie hat meine Haarfarbe ... nur die Jungs haben Jacks rote Haare geerbt), trug sie ihre übliche gleichgültige Miene, und sie roch nach Zigaretten. Mir war klar, daß sie eine Pause gemacht hatte, um mit Marlene Cooper an der Bushaltestelle zu rauchen. Ihre Wimpern waren stachelig von der blauen Wimperntusche und ihre Lippen leuchteten mandarinfarben, was zu ihrer blaßblauen Bluse und dem dunkelgrünen Faltenrock ihrer Schuluniform in krassem Widerspruch stand. Die

Krempe von ihrem Schulhut hatte sie ringsherum herausfordernd nach oben gebogen – eine Trotzreaktion, die mir das Herz wärmte.

»Was gibt es zum Tee, Mama?« hatte sie gefragt und ohne meine Antwort abzuwarten ihre Schuhe aufgebunden und sie dort liegenlassen, wo jeder über sie stolpern würde. Stundenlang hatte sie diese bearbeitet, damit sie bloß nicht neu aussahen. Jetzt besaßen sie die ganze Würde von Gertrude Jekylls Stiefeln, wenn auch bis jetzt noch keiner daran gedacht hatte, sie in Öl zu verewigen.

Ich fand in einer Dose noch etwas Früchtekuchen und schnitt ihr eine Scheibe ab.

»Setz dich, mein Schatz«, sagte ich. »Ich muß dir etwas sagen. Du mußt jetzt versuchen, sehr, sehr tapfer zu sein.«

Ich ergriff ihre Hand, aber sie entzog sie mir, sobald ich zu sprechen anfing. So ruhig ich konnte, erzählte ich ihr, was geschehen war. Ein Stück Kuchen schwebte vor ihrem Mund. Sie holte geräuschvoll Luft und ihre Augen wurden groß. Sie legte den Kuchen ab. »Warum?« fragte sie schließlich. Sie mußte sich räuspern, um dieses Wort herauszubekommen.

»Wahrscheinlich hat er einen Fehler gemacht. Als er das Gewehr reinigte. Ich weiß es nicht.«

»So einen Fehler würde Paps nie machen.«

Sie verzog dabei das Gesicht, als wäre das Licht zu hell. Mir fiel wieder ein, wie schwer es ihr gefallen war, uns nicht mehr, wie in alter Gewohnheit, Mama und Papa zu nennen, als sie in die hiesige Schule kam. Mit elf Jahren hatten wir sie gegen mein besseres Wissen auf meine alte Schule nach Wiltshire geschickt. Fürchterliches Heimweh war die Folge. Nach drei Trimestern hatte ich die tränenreichen Anrufe nicht mehr ertragen und sie zu Jacks größtem Ärger heruntergenommen und in unsere hiesige Tagesschule gebracht, Bosworth High. Ich fand noch immer, daß ich richtig gehandelt hatte.

Jetzt legte sie ihren Kopf in die Hände und gab ein Geräusch zwischen Seufzen und Schluchzen von sich. Ich legte meinen Arm um ihre Schultern, spürte aber sofort, wie sie erstarrte, sich dem Trost verweigerte. Sie war erst vierzehn. Zu jung, um so ein Leid zu ertragen. Wut blitzte in mir auf. Selbst wenn

Jacks Tod ein Unfall gewesen sein sollte, wie konnte er es als Vater von drei Kindern wagen, so unvorsichtig zu sein? Ich wußte, daß Wut keine angemessene Reaktion war, trotzdem kam sie in mir hoch und nahm mit jedem Tag nach der Entdeckung von Jacks Leiche zu, heftig und unkontrolliert.

Rose kam mit einer Tasse Tee zu uns. »Trink das, Mädchen. Zucker ist gut gegen den Schock.«

Elizabeth verharrte geduckt im Bannkreis ihrer Arme. Dann murmelte sie eine Art Dankeschön, nahm die Tasse und ging mit hängendem Kopf – unsere Blicke vermied sie – aus dem Raum.

»Meine Güte.« Ich schaute Rose an.

»Du hast ja gewußt, daß es nicht leicht sein wird«, sagte sie nur. »Laß sie in Ruhe. Sie wird es dich wissen lassen, wenn sie dich braucht.«

Ich nahm Roses Rat an. Mir selbst fiel nichts ein. Ich jagte noch immer Gedankenfetzen hinterher und vergaß sie im selben Augenblick, in dem ich sie erhaschte. Ein paar Minuten später hörten wir Klangfetzen der Rolling Stones von oben. »I can't get no-o-o … satisfaction« dröhnte es klagend.

»Es wundert mich, daß keiner ihre falsche Grammatik korrigiert hat«, mokierte sich Rose.

Das Telefon läutete. Ich nahm ab. Aus dem Hörer kamen Laute der Verzweiflung.

»Hallo, Lissie«, sagte ich aufs Geratewohl.

»Miranda! Sag mir, daß es nicht wahr ist!« Wieder Schluchzen. »Ich halte das nicht aus! O bitte! Bitte sag, daß es nicht wahr ist!«

Ich seufzte und zog mir den Dielenstuhl heran.

»Tut mir leid, Lissie. Es ist leider wahr. Wie hast du davon erfahren?«

Aus Lissies wirren Äußerungen reimte ich mir schließlich zusammen, daß sie in der Sprechstunde gewesen war, um Georges Herztabletten zu holen. »Die Sprechstundenhilfe hat am Telefon geplaudert … sie sagte was von Westray Manor … das hat mich aufhorchen lassen … ich kann es nicht glauben!«

»Es stimmt. Jack hat sich … erschossen.«

Ich konnte es auch nicht glauben.

»Oooh! Wie kannst du so ruhig sein? Oh, entschuldige Liebes, es muß schrecklich für dich sein. Natürlich bist du durcheinander! Ich komme sofort zu dir. Mach gar nichts, bis ich da bin.«

»Nein, Lissie, nicht...«

Aber es war zu spät. Sie hatte aufgelegt.

Ich hatte nicht an Lissie gedacht... Felicity Partridge..., die vor Jahren eine Affäre mit meinem Mann gehabt hatte. Vor dreizehn Jahren, um genau zu sein. Lissie war klein und schmal und hübsch, mit gewinnenden Grübchen und goldenen Lokken, die so aussahen wir die Butterkringel, die in meiner Kindheit in Restaurants, die was auf sich hielten, *de rigueur* waren. Sie hatte sich hingebungsvoll und unkritisch – typisch für ihr sentimentales Naturell – in Jack verliebt. Als sie vor Jahren eines Abends völlig aufgelöst unter der Tür stand, um mir zu sagen, sie und Jack seien wahnsinnig ineinander verliebt, aber sie könne es nicht länger ertragen, mich anzulügen, da dachte ich zunächst, sie mache Spaß.

Wahrscheinlich war ich ziemlich naiv gewesen, aber ich hätte nicht im Traum an so etwas gedacht. Mir war nur aufgefallen, daß sie sich in den vorangegangenen paar Monaten weniger oft bei mir hatte sehen lassen und weinerlicher und nervöser zu sein schien. Das hatte ich dem Umstand zugeschrieben, daß ihre zweijährige Tochter furchtbar schlecht schlief und jede Nacht stundenlang schrie. Nun also hatte sie mir ihre Affäre mit Jack gebeichtet. Ich starrte sie nur fassungslos an und fragte schließlich: »Was um Himmels willen willst du damit sagen?«

»Ich liebe ihn... es tut mir so furchtbar leid, Miranda... Ich habe dir das Allerschlimmste angetan und ich hasse mich dafür.« Sie schaute mich mit ihren dunkelblauen Augen ängstlich an.

Wie eine Schlange, die in den Schatten neben dem Stein kriecht, schlich sich die Kälte in meine Magengrube.

Wahrscheinlich empfindet jeder in etwa das gleiche, wenn er entdeckt, daß seine Ehe, die er für so glücklich und erfolgreich gehalten hatte, nur durch Lügen aufrechterhalten wurde. Ich kann es mir also ersparen, meinen ohnmächtigen

Schmerz zu beschreiben, ganz abgesehen von der Demütigung!

»Hier können wir nicht reden. Komm mit in die Bibliothek.«

Mein Gesicht und meine Stimme haben sie wahrscheinlich beunruhigt. Genau das wollte ich. Sobald wir uns neben dem kalten Kamin von Angesicht zu Angesicht gegenübersaßen, sagte ich: »Ich will alles wissen.«

»Es hat auf deiner Geburtstagsfeier angefangen, in Wirklichkeit vermutlich schon sehr viel früher. Ich denke, daß ich mich in dem Augenblick in Jack verliebt habe, als ich ihm begegnet bin ... ich schäme mich so.«

Ich erfuhr nun die Geschichte von Lissies Leidenschaft. Zeit und Orte ersparte sie mir, doch ein dummer Masochismus ließ mich sie nach Einzelheiten aushorchen. Während sie redete, weinte sie pausenlos, ihr Make-up zog sich in Streifen über ihr Gesicht, ihre Mundwinkel dehnten sich wie die eines Kindes. Je reumütiger sie sich aufführte, um so wütender wurde ich. Doch selbst als ich dasaß und zuhörte und sie haßte, wußte ich, daß sie eigentlich zu den Menschen gehörte, die Betrug verabscheuten; es war ihr unerträglich, ihren Ehemann und mich belügen zu müssen. Doch um nichts in der Welt wollte ich meinen Zorn besänftigen. Darin lag mein einziger Trost. Über elf Monate hatten sie das Spiel getrieben und mich zum Narren gehalten!

Als Jack eine Stunde später nach Hause kam, traf er zwei in Tränen aufgelöste, erschöpfte Frauen an, die ihn mit vorwurfsvollen, geröteten Augen anschauten. Er sah von einer zur anderen, seufzte dann und warf seine Aktenmappe auf den Boden.

»Ich werde uns jetzt allen was zu trinken holen. Sieht aus, als würde es jetzt ernst werden.«

Diese Bemerkung tat mir in den Ohren weh. Ich zweifelte, ob Jack derjenige sein würde, für den es ernst wurde.

»Vielleicht wärst du so freundlich, mir einfach zu sagen, wie die Dinge liegen«, erklärte ich mit bebender Ironie. »Anscheinend habe ich den Wert unserer Beziehung ziemlich überschätzt.«

»Laß dieses hochtrabende Gerede sein, Miranda.« Jack gab sich sehr gelassen. »Du weißt, daß ich dich liebe. Du bist nun mal die einzige Frau, die ich je geliebt habe. Ich habe nie eine andere geliebt. Was mit Lissie passiert ist, nun ... es war eine Zerstreuung. Angenehm, amüsant, schmeichelhaft ... aber unwichtig.«

Statt ihm den Kopf zurechtzurücken für ein derartiges Zeugnis an Egoismus, empfand ich eine ganz absurde Dankbarkeit für diese Versicherung seiner Zuneigung. Die arme Lissie sah Jack verdutzt an. Dann ließ sie ihren Kopf auf ihre Arme fallen und gab wimmernde Laute von sich wie ein Welpe. Jack zündete sich eine Zigarette an und schenkte sich noch ein Glas Wein ein. Meiner war noch unberührt.

»Willst du was trinken, Lissie?« Als sie keine Antwort gab, wurden seine Augen hart und Erregung blitzte in ihnen auf. »Du bist heute wohl hierhergekommen, um Krach zu schlagen. Ich hoffe, du bist zufrieden. Du bist ein liebes Mädchen, Lissie, aber du solltest keine Spiele spielen, wenn du nicht verlieren kannst. Ich habe mich sehr danebenbenommen, das weiß ich. Ich schäme mich dafür. Jetzt laßt uns die ganze Sache vergessen. Es ist vorbei.«

Lissie ließ ihren Lockenkopf hängen und verbarg ihr Gesicht. Damals freute es mich, sie so am Boden zu sehen, aber es verwunderte mich auch, daß Jack von ihrem Kummer ziemlich unberührt blieb.

»Schluß jetzt mit der heißen Szene.« Jacks Lächeln spiegelte grausamen Zynismus. »Kannst du fahren, Lissie, oder hättest du gerne, daß ich dich nach Hause bringe?«

Lissie stand auf und rannte, fast bis zum Boden gebeugt, aus dem Zimmer.

Drei Tage danach, in denen ich geweint und Jack mich angefleht hatte, ihm zu verzeihen, willigte ich schließlich vor Erschöpfung ein (wenigstens sagte ich es, was nicht dasselbe ist). Und dann ging ich, um nach Lissie zu sehen. Ich wußte nicht recht, was ich mir von einer weiteren schmerzhaften Begegnung erhoffte. Sie sah so traurig und so krank aus, daß mir die scharfen Worte, die zu sagen ich mir vorgenommen hatte, sinnlos und rachsüchtig vorkamen. Wir beendeten diese Unterredung mit tränenreichen Versprechungen ihrerseits und beschwichtigenden Worten meinerseits.

Nach einer Unterbrechung von ein paar Monaten, in denen ich genügend Zeit hatte, mich an das unerfreuliche und aufdringliche Bild von Lissie und Jack gemeinsam im Bett zu gewöhnen, gelang es mir allmählich, wieder die frühere Freundschaft für sie zu empfinden. Sie war allem Anschein nach so überaus unglücklich, so voller Reue und trotz Jacks Unfreundlichkeit noch immer so verliebt in ihn, daß mein Zorn langsam verlöschte.

Lissie war selbstlos, sanftmütig und ohne Falsch. Es machte auch sehr viel Spaß, mit ihr zusammenzusein, und sie besaß einen ausgezeichneten Geschmack. Diese Eigenschaften sind nicht so häufig, daß ich auf ihre Freundschaft hätte verzichten können. Auf merkwürdige Weise brachte uns dieser Seitensprung sogar einander näher. Ich versuchte mit allen Mitteln ihr vor Augen zu halten, was für ein mieser Kerl Jack gewesen war. Doch es gelang mir nicht, sie zu überzeugen. Ihre Vernarrtheit nahm nur noch zu.

Unglücklicherweise war ich diejenige, die sich von den eigenen Argumenten überzeugen ließ, und darüber geriet meine Liebe zu Jack ins Schwanken.

Dreizehn Jahre danach liebte Lissie ihn immer noch. Sie gab es nie zu, aber das brauchte sie auch nicht. Ich konnte es ihrem Gesicht ablesen, wann immer sie mit ihm oder über ihn redete. Sie war mit Herz und Seele eine Romantikerin, und Jack war eine romantische Ikone. Seine Selbstsicherheit, die bis zur Arroganz ging, seine Intelligenz, seine Energie und vermutlich auch seine Brutalität machten aus ihm eine aufregende Mischung aus überlegenem viktorianischem Patriarchen und nicht einschätzbarem Zigeuner.

Am Abend des Tages, an dem Jack sich erschossen hatte, tauchte Lissie an der Eingangstüre auf, sah mich in der Halle stehen und stürzte sich mir weinend in die Arme. Ich war auf dem Weg nach oben gewesen, um nach Elizabeth zu sehen. Jenseits des Eingangstores vom Torhaus, das sie hatte offenstehen lassen, hörte ich noch den Motor von ihrem Wagen. Ich wies sie darauf hin, daß sie den Garten mit den Abgasen stark verpestete und auch der Tank womöglich leer wurde.

»Wie kannst du nur so ruhig sein! Ach, das zählt doch jetzt alles nicht mehr!«

Sie weinte so laut, daß Elizabeths schwarzer Spaniel Jasper kräftig zu bellen anfing. Er verteilte Wassertropfen und Schlingpflanzen über den ganzen Fußboden, war also wieder im Wallgraben gewesen. Ich hielt Lissie in meinen Armen. Meine Augen waren trocken wie Sand, heiß und tränenlos. Alles an mir war starr und schmerzte, aber in meinem Kopf herrschte eine beängstigende Ruhe.

Ich verbannte Jasper zu Rose und Ivor in die Küche. Ivor hatte sich angeboten, Essen zu kochen. Er ist ein sehr einfallsreicher Koch, hat aber nicht genügend Praxis, so daß es normalerweise in einer Katastrophe endet. Wie vermutlich die meisten Kinder sind auch meine nicht gerade auf Abenteuer aus, wenn es ums Essen geht, und beschränken sich auf eine Liste von zehn Gerichten (verschiedene natürlich), die sie bereitwillig essen. In keiner dieser Listen tauchten in Himbeeressig eingelegte Eier auf oder mit Lavendel gewürztes Brot. Aber er hatte es gut gemeint.

Ich machte eine Flasche Weißwein auf und schenkte ein Glas für Lissie ein. Ich hatte sie auf einem Stuhl in der Eingangshalle sitzenlassen, wo sie sich an ein Paket Papiertaschentücher klammerte.

»Nimm das mit ins Wohnzimmer. Ich komme gleich.«

Ich lief nach oben und über den Treppenabsatz zu Elizabeths Zimmer. Ich klopfte, rechnete aber nicht damit, durch das Getöse von »Hey, you get off of my cloud«, einer weiteren unbedeutenden Revolte gegen die Grammatikregeln, Gehör zu finden. Also machte ich die Türe auf. Elizabeth saß auf dem Fußboden, bequem an die Bettkante gelehnt. Sie trug eine Sonnenbrille. Unmöglich zu sagen, ob ihre Augen offen oder geschlossen waren. Eine Weile blieb ich stehen und betrachtete sie. Dann bückte ich mich und berührte ihre Hand. Da sie sofort zurückgezogen wurde, wußte ich, daß sie nicht schlief.

»Ich wollte nur wissen ...«

»Geh bitte ... bitte geh, Mama.«

Ich ging. Lissie schenkte sich gerade noch ein Glas Wein ein. Ich hielt ein Streichholz an das Papier und die Holzspäne, und die Flammen sprangen rasch über und füllten die große Höhle des Kamins aus. Ich machte kein Licht an. Die Glut aus dem Kamin war unseren verwüsteten Gesichtern gnädiger. Die Wärme, der Duft, die Funken und das Knacken der brennenden Scheite wirkten tröstend und angenehm. Bei diesem Gedanken beschlichen mich Schuldgefühle. Wie konnte ich zulassen, daß mich etwas freute, wenn Jack allen Freuden enthoben tot in einer Kühlbox lag? Ich wußte nicht einmal, wohin sie ihn gebracht hatten. Aber vielleicht badete seine Seele selbst jetzt in unvorstellbarem Glanz?

»Er ist doch nicht etwa ... hier, Liebes?« Lissie hob ängstlich die Augen.

»Nein. Ein Krankenwagen kam und hat ihn mitgenommen. Ich habe ihn nicht abfahren sehen. Ich war in der Küche.«

»Du Ärmste! Was mußt du durchgemacht haben. Schmerzt es dich, darüber zu reden?«

»Nein. Das ist ja das Seltsame. Mich überkam ein plötzlicher Strudel von heftigen Empfindungen, der ein paar Sekunden lang anhielt, so wie wenn eine Tür in einen heißen, lauten, von Menschen wimmelnden Raum aufgestoßen wird, und dann schien ich in einem Traum davonzuschwimmen.«

»Das ist der Schock, meine Liebe, das ist doch kein Wunder. Ach du meine Güte, die armen Kinder! Wissen sie es schon?«

»Elizabeth habe ich es erzählt. Ich weiß nicht, wie sie es aufnimmt. Sie ist gefährlich still geworden. Ich werde morgen zu den Jungs fahren, um es ihnen zu sagen. Und sie natürlich mit nach Hause nehmen. Aber ich wollte lieber eine Nacht darüber schlafen, ehe ich mich hinters Steuer traue.«

»Laß das doch George machen. Er wird alles tun, wenn er nur helfen kann, ehrlich. Er wäre heute abend auch mitgekommen, aber ich habe gesagt, er würde nur stören. Er kann sehr gut mit Kindern umgehen.«

George kam mit allen gut zurecht. Er war ein lieber, zuverlässiger Mensch mit sandfarbenen Haarfransen, die sich genau dort befanden, wo der Lorbeerkranz liegen sollte, und einer Figur wie eine Kugel. Ich hatte ihn immer gemocht. Er war ganz und gar kein Heathcliff-Typ. Obwohl Lissie ihn sehr gern hatte, machte sein praktischer und steter Gang durchs Leben sie oft etwas unduldsam.

»Danke, das ist nett. Aber ich finde, ich muß das selbst tun. Wenn ein anderer dafür in Frage käme, dann nur George. Er ist ein Schatz.«

»Ja. Aber ...« Wieder kam eine Tränenflut, unterbrochen von atemlosen Versuchen, mir zu erzählen, wie leid es ihr für mich täte, und daß Jack der letzte Mensch wäre, dem das hätte passieren dürfen. Sie begann seine Tugenden aufzulisten, eine Litanei, die sehr schnell ein Liebesgeständnis wurde. »Natürlich ist seit Jahren nichts mehr zwischen uns gewesen. Das mußt du mir glauben! Er hing an dir. Von dem Tag an, als ich dir alles erzählt hatte ... du erinnerst dich doch noch, vor all den Jahren ... hat er mich nie mehr auch nur angefaßt. Er ist dir absolut treu gewesen. Sag, daß du mir das glaubst!«

»Ich glaube dir.«

»Aber ich möchte absolut ehrlich sein. Wenn er hätte weitermachen wollen ... ich meine, mit mir ... bin ich mir nicht sicher, ob ich es fertiggebracht hätte, ihm zu widerstehen. Ich hoffe, es wäre mir gelungen, aber sicher bin ich mir da ehrlich gesagt nicht. Ich weiß, wie mies das ist, und ich schäme mich auch zutiefst dafür. Aber ich möchte das jetzt loswerden. Ich werde Jack lieben, bis ich sterbe!«

Ich stand auf, setzte mich auf meine Stuhllehne und legte meinen Arm um sie.

»Meine liebe Lissie. Ist ja gut. Ich weiß, daß du ihn geliebt hast. Wirklich geliebt hast. Vielleicht ... nun, egal, ich finde deine Offenheit gut, und es tut mir leid, daß du so unglücklich bist. Nimm noch ein Taschentuch.«

»Das ist schrecklich. Eigentlich sollte ich doch *dich* trösten. Versprich mir, daß du mich nicht für das hassen wirst, was ich dir gerade erzählt habe.«

»Das verspreche ich. Jetzt sollte ich mich aber lieber um Elizabeth kümmern. Möchtest du zum Abendessen bleiben?«

»Danke, aber wenn du mich wirklich nicht brauchst, gehe ich lieber und kümmere mich um George. Seit seinem Herzanfall ist er schrecklich penibel, was sein Essen und die Essenszeit angeht. Abendessen muß Schlag sieben auf dem Tisch sein.

Gekochter heller Fisch und Kartoffeln ohne Butter. Das ist so öde. Ihm gefällt das, wenn Aufhebens um ihn gemacht wird und man ihn wichtig nimmt. Aber es ist gemein von mir, herumzunörgeln. Wenn ich daran denke, was du durchmachst. O Jack!« Wieder brach sie in Tränen aus. »Würde es Elizabeth eine Hilfe sein, wenn Alice morgen zu euch käme?« fragte sie, als sie wieder sprechen konnte.

Alice ist Lissies Tochter und einziges Kind. Sie ist Elizabeth ein Dorn im Auge, und das hat mich schon oft in gewaltige Schwierigkeiten gebracht. Alice gehört zu den Kindern, die von den Erwachsenen bewundert und von all ihren Altersgenossen verachtet werden. Sie ist sehr klein und hübsch, hat die gleichen goldenen Locken wie Lissie, und trägt diese mit einem schwarzen Samtband, das ihr die Stirn freihält. Sie ist ein braves, folgsames Mädchen und trägt noch immer die Art Streifenkleider mit Matrosenkragen, gegen die Elizabeth schon mit sechs Jahren auf die Barrikaden gegangen ist.

Ehrlich gesagt gibt es Dinge, die mich an Alice irritieren, insbesondere die Art und Weise, wie sie ihren Kopf beim Reden gewinnend zur Seite geneigt hält, und ihre Angewohnheit, von sich selbst in der dritten Person zu sprechen. Außerdem dreht sie ihre Knie und Zehen beim Stehen immer nach innen und preßt sie aneinander wie die Kinder auf den Bildern von Mabel Lucie Atwell. Henry meint, sie habe wohl ständig nasse Unterhosen und Angst, die könnten herunterrutschen. Ich versuche, nett zu Alice zu sein. Von Elizabeth kann ich das nicht behaupten.

Alice ist nicht gerade die hellste. Leider muß ich sagen, daß Elizabeth sich für die Zeit, die sie mit ihr verbringen muß, insofern rächt, als sie diesen Umstand für sich ausnutzt. Einmal lockte sie Alice mit dem Versprechen in den Schlupfwinkel unter der Treppe, daß sie dort ein armes kleines verirrtes Kätzchen miauen hören könne. Sobald Alice sich in den spinnwebverhangenen Verschlag geduckt hatte, brachte Elizabeth die Stufe und das Setzbrett wieder in die richtige Position und schob die Holzpflöcke, mit denen sie gesichert wurden, wieder an Ort und Stelle.

Ich hatte den ganzen Nachmittag im Garten gearbeitet, und

so dauerte die Rettung, bis Jack nach Hause kam und Alice schreien hörte. Alice befand sich in einem beängstigenden Zustand der Verzweiflung, sie war nicht nur fast am Verdursten und sehr schmutzig, sondern brachte vor Entsetzen nur zusammenhangloses Zeug heraus. Erstaunt hörte ich mir ihr Gestammel über Mönche und Kuchen an. Elizabeth wurde geholt. Als sie den Zustand von Alice sah, wurde sie ziemlich rot und zeigte ein wenig Mitleid.

»Es war ein Spiel. Entschuldige, Alice.«

»Aber was soll das mit dem Mönch, der zum Tee kommt?« hakte ich nach.

Elizabeth wurde noch röter. »Du kennst doch die alte Geschichte von dem Geist, der im Schlupfloch wohnt. Natürlich weiß jeder, daß es ihn nicht wirklich gibt. Ich dachte, auch Alice wüßte das.«

»Du hast Alice gesagt, sie müsse bei diesem gräßlichen alten Geist da unten im Dunkeln bleiben. Das hast du Alice gesagt!« schrie Alice. »Alice ist im Dunkeln mit dem Mönch eingeschlossen worden, der ihr die Haare ausrupfen wollte, um sich einen Bart zu machen!«

Ich versuchte, das arme Kind zu beruhigen, aber sie bestand darauf, sofort nach Hause gebracht zu werden. Es dauerte einige Zeit, ehe Alice einwilligte, wieder zu uns zu kommen. Ich redete ein ernstes Wort mit Elizabeth, aber da Jack bei dieser Geschichte jedesmal lachte, und James und Henry Elizabeths Einfallsreichtum offen bewunderten, fiel es schwer, in ihr ein Schuldgefühl zu wecken.

Dann gab es zuletzt noch einen Vorfall, der für Alice zwar weniger schmerzhaft, dafür aber sehr viel peinlicher war. Ich hatte den Ausschuß für Kirchenfeste eingeladen, nach unserem Treffen auf einen Umtrunk dazubleiben. Lissie und George waren bei solchen Anlässen immer sehr ausdauernd und hatten Alice mitgebracht. Die Kinder sollten in der Küche Monopoly spielen. Ich hatte jegliche Erwähnung von Geistern untersagt, ansonsten gäbe es zur Strafe eine Woche lang zeitiges Zubettgehen. Plötzlich tauchte Alice im Wohnzimmer auf.

»Was ist los, mein Fräulein?«

Der Pfarrer hatte sich freundlich zu Alices engelsgleichem

Gesicht hinabgebeugt, um besser mit ihr reden zu können, als sie vertraulich an seinem Ärmel zog.

»Bitte, Mr. Molebank, Alice möchte etwas wissen. Stimmt es, daß du ein warmer Bruder bist? Elizabeth hat erzählt, ihr Daddy hätte das gesagt, und ich fand, daß sich das sehr nett anhört. Alice möchte nämlich gern einen Bruder haben. Elizabeth hat gesagt, daß ich zu dir gehen und dich fragen muß.«

Vor der Türe hörte man heimtückisches Gelächter. Alle gingen danach sofort nach Hause, und Elizabeth bekam die Leviten gelesen. Daran ist ersichtlich, daß Alice nicht die ideale Person war, Elizabeth über den Verlust ihres Vaters zu trösten.

»Danke, Lissie, aber ich weiß wirklich nicht, in welcher Verfassung Elizabeth sein wird.«

Lissie umarmte und küßte mich. Ihre Wange war heiß und naß. »Ich komme sofort zu dir, wenn du mich brauchen solltest, egal, ob bei Tag oder Nacht. Versprich mir, daß du mich anrufst, sobald ich irgend etwas für dich tun kann.«

Nachdem Lissie davongefahren war, ging ich nach oben. Ich wartete unsicher vor Elizabeths Zimmer. Die Musik hatte aufgehört. Auf mein Klopfen kam keine Antwort. Ich öffnete die Tür. Sie lag auf ihrem Bett, die Augen geschlossen. Ihre regelmäßigen Atemzüge gaben mir die Gewißheit, daß sie schlief. Ich mußte an die vielen Male denken, die ich seit ihrer Geburt auf dieses schlafende Gesicht geblickt hatte. Am liebsten hätte ich ihr einen Kuß gegeben, aber es wäre grausam gewesen, sie zu wecken. Sie hatte immer Zuflucht im Schlaf gesucht. Vorsichtig nahm ich die Sonnenbrille ab, die schief von einem Ohr hing, und legte sie auf ihr Nachttischchen. Geräuschlos schloß ich das Fenster. Der Windhauch, der ihre Vorhänge bauschte, war jetzt kühl und roch nach dem Holzrauch von Ivors Feuer.

Ich mühte mich gerade mit dem letzten Stück von Ivors Fischpastete ab, worin der Kartoffelbrei dank der Engelswurz, die auf wundersame Weise zu einem Bestandteil dieses Gerichts geworden war, einen wenig einladenden Grünstich angenommen hatte, als das Telefon wieder läutete. Mir ging einen Augenblick lang durch den Kopf, daß es wahrscheinlich Jack war, der anrief, um mitzuteilen, daß er spät nach Hause kam. Dann fiel mir alles wieder ein. Wut kochte in mir hoch, erschreckte mich aber zugleich.

»Nein, laß nur, Rose. Ich gehe dran. Es bringt nichts, wenn ich mich von den Leuten fernhalte.«

Es war Patience. Patience und ich waren seit dem dreizehnten Lebensjahr Freundinnen. Ihr hatten wir es zu verdanken, daß wir hier wohnten.

Als ich wußte, daß ich ein Baby erwartete, ein Jahr nach unserer Hochzeit, hatten wir beschlossen, aufs Land zu ziehen. Patience hatte angerufen, um mich zu informieren, daß in Kent, im Nachbarort ihres eigenen Wohnortes ein Landschlößchen mit Wallgraben zum Verkauf stand. Westray Manor war im fünfzehnten Jahrhundert erbaut und seit 1780 nicht viel verändert worden. Es lag inmitten von achttausend Quadratmetern Waldgebiet, dazu gehörten ein Torhaus, ein ummauerter Garten, zwei Gärtnerhäuschen und ein Fluß, der den Wallgraben speiste. Außerdem lag es keine drei Kilometer vom Meer entfernt.

Schon als ich es zum ersten Mal sah, am Ende einer gewundenen Auffahrt, die durch einen dichten Wald aus Eichen, Birken und Kiefern führte, hatte ich mich darein verliebt. Noch ehe ich über die Wallgrabenbrücke gelaufen war und noch bevor ich die Tür zum Torhaus geöffnet und einen Blick in den Hof dahinter geworfen hatte, war für mich klar gewesen, daß es mir gehören würde.

Es ist eine Konstruktion aus Ziegeln, Holz und Stein, die sich über drei Seiten eines Quadrats erstreckt. Die vierte Seite hatte früher einmal das große Herrenhaus eingenommen, das aber im achtzehnten Jahrhundert niedergerissen worden war. Jetzt richtete sich der Blick über eine niedrige Mauer und über den Wallgraben auf die Hügel und Wälder dahinter. Die Dächer sind unterschiedlich hoch, mit hohen Schornsteinen, steinernen Zinnen und Giebeln. Die Fenster bilden eine Mischung aus dem frühen Perpendicularstil und den späteren bleiverglasten Flügelfenstern. Vom dreizehnten Jahrhundert an, als der Wallgraben ausgehoben wurde, bis zur Regentschaft von George III. haben die aufeinanderfolgenden Besitzer hinzugefügt und weggenommen und neu aufgebaut, doch das Ganze ist die harmonischste Stilmischung, die man sich nur denken kann. Ich bin immer noch der Ansicht, daß es das schönste Haus ist, das ich je gesehen habe, und nichts, was in all den Jahren, die wir in Westray lebten, passiert ist, hat meiner Liebe zu ihm Abbruch tun können. Natürlich macht einem das unlösbare Problem der Feuchtigkeit zu schaffen, es gibt undichte Dächer, bröckelnde Rauchfänge, verrottende Fensterrahmen, abblätternden Verputz. Doch nichts davon hat mich jemals abgeschreckt.

Jack war von dem Haus nie so besessen gewesen wie ich, aber er hatte seine Schönheit und Geschichte zu schätzen gewußt, und wir waren sehr glücklich, bis Lissie die Schlange hereingelassen hatte.

Patience ist eine Freundin, wie jeder eine haben sollte. Sie ist zuverlässig, ehrlich und selbstlos. Jack fand sie immer schwerfällig, und vermutlich macht sie diesen Eindruck auf die meisten Männer. Sie ist untersetzt. Schon in der Schule war sie stämmig und landete ausgezeichnete Treffer vom linken Flügel ins Tor. Zwei Jahre lang war Patience Spielkapitän, und das war ihre Glanzzeit. Sie hat glänzendes braunes Haar und eine weiße Haut. Ihre Nase ist breit und ihre Lippen sind voll und das Kinn läuft spitz zu. Ihre Augen sind das beste an ihr, ein weiches Immergrünblau und von einer so bezaubernden Dreiecksform, daß sie belustigt aussah, auch wenn sie es gar nicht war. Hätte sie zur Zeit der Königin Viktoria gelebt, hätte man sie sicherlich als eine Schönheit angesehen. Im zweiten elisabethanischen Zeitalter wirkte sie mit ihrem festen Busen und ihren breiten Hüften eher matronenhaft. Sie trägt immer einen ausgebeulten Tweedrock und besitzt zwei Pullover, einen braunen und einen grünen. Sie hat große Füße und trägt Haferlschuhe in kleiner Herrengröße, weil diese so lange halten.

Wovon Jack nie Notiz nahm, war ihre Intelligenz. Sie war eine hervorragende Schülerin gewesen und hätte wie wir anderen auch auf die Universität gehen sollen. Aber ihr Vater befand, daß Ausbildung, insbesondere der höheren Art, Quatsch war. »Quatsch« gehörte zu seinen Lieblingswörtern. Ihm gefielen Männer, die auf die Jagd gingen und fischten und die Zäune im Galopp nahmen, die tranken und rauchten und eine Frau auf dem Land und eine Geliebte in der Stadt hatten. Frauen gab es zur Zierde und zur Fortpflanzung, wie er niemals müde wurde, jeder Frau zu unterbreiten, die das Pech hatte, seinen Konversationsradius zu betreten. Dieser war sehr weit angelegt, da er immer brüllte ... nicht etwa, weil er taub, sondern weil er ein Angeber war.

Arme Patience. Anstatt die Erlaubnis zu bekommen, in Cambridge Mathematik zu studieren, wurde sie in ein Mädchenpensionat in der Schweiz geschickt, wo sie ziemlich gut Französisch sprechen lernte und sich in einen Skilehrer verliebte. Dieser, so erzählte sie mir, warf in den neun Monaten, die sie dort verbrachte, nicht einen einzigen Blick in ihre Richtung. Die anderen Mädchen benahmen sich genauso geringschätzig. Alle hatten sie Koffer voller französischer Kleider und italienischer Schuhe. Patience, deren Mutter starb, als sie zehn war, hatte selbst ihre Sachen gepackt und einfach alles mitgenommen, was sie in der Schule getragen hatte, bis auf den Panama mit dem Federbusch und den Blazer mit dem Schulabzeichen. Sie fühlte sich durch diese schlimme Erfahrung einsam und vollkommen entmutigt. Und wenn es einmal über sie kam und sie ihr Los beklagte, mit ihrem Vater leben zu müssen, erinnerte sie sich dankbar, wie sie mir anvertraute, an die Tage auf Château Vervienne.

Jetzt freute es mich, ihre ruhige Stimme am anderen Ende des Telefons zu hören.

»Miranda! Vater ist gerade von seinem Verdauungsspaziergang zurückgekommen. Im Dorf behaupten alle ..., daß Jack tot ist!«

Ich erzählte Patience alles, was ich wußte, und sie hörte mir ruhig zu. Nachdem ich geendet hatte, entstand eine Pause. Dann sagte sie, noch immer ruhig, aber mit einem leichten Zittern in der Stimme: »Ich weiß, daß du Rose und Ivor und Elizabeth hast, aber falls es dir eine Hilfe wäre, käme ich gerne, um mit dir die Nacht herumzubringen.«

»Du bist ein Schatz, aber der Doktor, der hier war, hat mir ein paar Schlaftabletten gegeben. Ich werde ziemlich bald zu Bett gehen, denke ich.«

»Du hörst dich so gefaßt an.«

»Bin ich auch, mehr oder weniger.«

»Gutes Mädchen. Ich werde dich morgen anrufen.« Wieder eine Pause. »Miranda?«

»Ja.«

»Es tut mir wirklich schrecklich leid.«

Ich wußte, daß es ihr leid tat. Patience war selbst in so einer Situation unfähig zu lügen. Sie hatte zu der Handvoll Frauen gehört, die Jack nicht mochten. Weil sie selbst ein so aufrichtiger Mensch war, blieb Jacks sophistischer Charme ohne Wirkung auf sie. Sie hatte kein Vertrauen in ihre Fähigkeit, seine Schmeicheleien auf sich zu ziehen, und seine Art, mit der er so etwas wie eine eindringliche Intimität zustande brachte, überzeugte sie keineswegs.

Wenn Jack einer Frau zum ersten Mal begegnete, verschaffte er sich in aller Schnelligkeit einen Überblick über die Beschaffenheit ihres Ego. Gaben sie sich selbstsicher, fing er mit Kälte, beißender Kritik, ironischer Herabsetzung an, ihr Selbstvertrauen zu untergraben. Seine Opfer, meist gutaussehende Frauen, waren von dieser Behandlung, die ihnen ein so stattlicher Mann wie Jack angedeihen ließ, verletzt. Sie hatten ja damit gerechnet, daß sie den Ton angeben würden. Wenn sie dann entweder verärgert waren oder grollten, überschüttete er sie plötzlich mit der ganzen Fülle seines Charmes. Das überraschte und erleichterte sie und machte sie neugierig. Jack wußte, wie er zu faszinieren vermochte. Mit unfehlbarer Virtuosität spielte er mit den Schwächen seiner Beute. Eitle Frauen wurden dazu erniedrigt, um seine Aufmerksamkeit zu buhlen. Die Unsicheren badeten sich in seinem Beifall, von dem sie sehr rasch abhängig wurden.

Daß er bei Patience versagt hatte, ärgerte ihn, obwohl ich mir nicht vorstellen kann, daß er je daran gedacht hatte, mit ihr ins Bett zu gehen. Aber es verdroß ihn, daß sie, die wegen unserer engen Freundschaft oft in seinem Dunstkreis auftauchte, sich seinem Willen nicht beugte.

Nachdem ich den Hörer aufgelegt hatte, ging ich langsam nach oben. Elizabeth schlief noch. Ich deckte sie mit einer Daunendecke zu und half dann Rose beim Zubettgehen. Sie kam jetzt mit den Knöpfen und Häkchen und Ösen ihrer komplizierten Leibwäsche nicht mehr zurecht. Aus ihren normalerweise strengen Augen bedachte sie mich heute mit einem weichen Blick, dem Beweis ihrer Zuneigung.

»Ich habe dir deine Tabletten und ein Glas Wasser ans Bett gestellt. Sonst vergißt du sie noch.«

»O Rose, danke. Ich hatte sie vergessen. Mein Gott, was ist überhaupt mit Puck?«

Puck war Elizabeths Pony.

»Ivor hat sich um ihn gekümmert. Und auch um Jasper und Dinkie.«

»Gott sei Dank. Ich bin vielleicht müde. Ich glaube nicht, daß ich diese Tabletten brauche.«

»Du nimmst sie trotzdem, Mädchen. Sonst wachst du nachts auf und siehst Gespenster.«

»Gut, ich gehorche.«

Aber als ich mich ins Bett legte, dachte ich an Elizabeth und beschloß, noch ein wenig zu warten, ehe ich die Schlaftabletten nahm. Seit meinem fünften Lebensjahr, als meine damalige Kinderfrau mich geschlagen und ich auf einem Ohr das Gehör verloren hatte, schlief ich immer auf meinem guten Ohr ein.

Das vermittelte mir die wunderbare Illusion, von der Welt abgeschnitten zu sein. Paradoxerweise fühlte ich mich sicher in dieser Stille, in der ich mit dem Klopfen meines Herzens allein war. Als Kind hatte ich mir beim Pulsieren des Blutes eine lange Treppe vorgestellt, über die meine Füße mit rhythmischen Schritten nach unten gingen.

Für den Fall, daß Elizabeth mich rufen sollte, legte ich mich jetzt auf meine taube Seite und hörte all die raschelnden Geräusche, die das Haus hervorbrachte, wenn es sich wie ein großes Tier nach den vielen Mühen des Tages auf seinen Knien zur Ruhe begab.

Als ich etwa zehn Minuten so gelegen hatte, sehr unruhig, weil ein Strom undeutlicher Bilder durch meinen Kopf rauschte, ging die Türe auf.

»Mama?«

Ich setzte mich auf. Elizabeths Gesicht fiel plötzlich wie ein in die Flammen geworfenes Foto in sich zusammen. Sie weinte erbärmlich, der Kummer schüttelte ihren Körper.

»O Papa! ... o Papa!« schrie sie immer wieder, als könnte er sie hören und wiederkommen.

In diesem Augenblick wurde mir zum ersten Mal klar, daß das nie mehr der Fall sein würde.

Kapitel 3

In meiner Erinnerung ist die Woche zwischen Jacks Tod und seiner Beerdigung ein einziges Hin und Her von trübseligen Längen und erschreckenden Aussetzern, so biegsam war die Zeit und so unzusammenhängend waren meine Gedanken. Am Morgen der Beerdigung wachte ich mit dem Gefühl auf, eine schwere Last vor mir zu haben. Elizabeth teilte sich noch immer das Bett mit mir. Liebevoll betrachtete ich das Gesicht auf dem Kissen neben mir, halb zugedeckt von einer Haarsträhne, den Mund ein wenig geöffnet, die Augenbrauen leicht gerunzelt. Während der letzten Woche hatten wir uns ständig über Jack unterhalten, und ich hatte das Gefühl gehabt, daß ich dadurch ebenso getröstet worden war wie sie. Trotz ihrer erst vierzehn Jahre hatte sie sich sehr tapfer gehalten und sich nach dem ersten Schock mit seinem Tod abgefunden.

Unser großes Problem beim Versuch, seinen Tod zu akzeptieren, war der Umstand, nicht zu wissen, ob sein Tod ein Unfall oder Absicht gewesen war. Die zuerst von Dr. McCleod geäußerte Vorstellung, er könnte vorgehabt haben, sich zu töten, war entsetzlich. Völlig unabhängig von ihm hatte auch Elizabeth diese Frage aufgeworfen, und ich war nicht in der Lage gewesen, ihr eine befriedigende Antwort zu geben. Ich konnte ihr nur versichern, daß Jack meines Wissens glücklich war und keine besonderen Ängste hatte. Andererseits fanden wir es unwahrscheinlich, daß Jack so unfähig oder auch so merkwürdig ungeschickt gewesen sein sollte, sich selbst versehentlich zu erschießen.

Die Jungs hatten sehr unterschiedlich reagiert. Ich war am Tag nach Jacks Tod zu James' Schule in der Londoner Innenstadt gefahren, wo ich zunächst ein unbeholfenes Gespräch mit dem Schulleiter führte, was Schock, Bestürzung und Bedauern auslöste, ehe er mich im Sitzungszimmer allein ließ, um sich auf die Suche nach James zu machen. James mußte gar nicht darauf aufmerksam gemacht werden, daß mein plötzliches Erscheinen schlimme Nachrichten zu bedeuten hatte. Er war bleicher als sonst ins Zimmer gekommen, das rote Haar in noch lebhafterem Kontrast. Als ich es ihm erzählte, ging er von mir weg, stellte sich vor die französischen Fenster und sah hinab in den Garten des Schulleiters. Eine ganze Weile sprach keiner von uns beiden. Dann drehte er sich um und sagte: »Das muß schrecklich für dich sein, Mama«, kam auf mich zu und legte seine Arme steif um mich. Wenn ich hätten weinen können, dann wäre das der Augenblick dazu gewesen.

Wir fuhren gemeinsam zu Henrys Schule, die fünfzig Kilometer von Westray entfernt ist. Wir unterhielten uns über Banalitäten. Oft schwiegen wir auch an die zehn Minuten. Mir fiel das Zittern von James' Hand auf, als er die Sonnenblende herunterklappte, um seine Augen vor der tiefstehenden Herbstsonne zu schützen. Ich brachte es Henry so schonend wie möglich bei, aber er schrie wie ein aufgescheuchtes Tier, und es dauerte eine halbe Stunde, ihn zu beruhigen und ins Auto zu bekommen. Er schrie während des ganzen Weges nach Hause. Rose und Elizabeth erwarteten uns an der Türe. Wir gingen hinein und setzten uns alle in die Küche, während Ivor uns Tee kochte und aus Sympathie zu Henry mitweinte. Henry saß auf meinem Knie und nuckelte an seinem Daumen, was ich schon seit Jahren nicht mehr an ihm gesehen hatte. Ich streichelte ihm über den Kopf, bis er in eine Art Halbschlaf fiel. Dabei warf ich immer wieder ängstlich fragende Blicke in Roses Richtung, und immer bestätigte sie mir daraufhin mit einem zustimmenden Kopfnicken, daß die Kinder sich im Laufe der Zeit schon von diesem entsetzlichen Schicksalsschlag erholen würden.

In das Urteil von Rose hatte ich grenzenloses Vertrauen. Ich war fünf Jahre alt gewesen, als meine Schwester Beatrice zur Welt kam. Das war neunzehnhundertvierzig. Gleichzeitig verschwand mein Vater aus unserem Leben. Vom Krieg verstand ich damals nichts und ich dachte lange Zeit, meine Schwester wäre uns als ein durch und durch unangemessener Ersatz geschickt worden. Sie sah süß aus als Baby, rosa und mit Grübchen, während ich dünn und blaß war. Unsere Kinderfrau liebte Beatrice über alles und widersetzte sich meinen Versuchen, mich dem Kreis der Babyvergötterer anzuschließen, damit ich ihm nicht weh tun konnte. Unsere Mutter, die eine Aversion gegen alle Kinder hatte, schien Beatrice interessanter als die meisten anderen zu finden, auf jeden Fall interessanter als mich.

Eines Tages, Beatrice war etwa vier Monate alt, gab ich ihr eins der Pfefferminzbonbons, die von der Kinderfrau in einer besonderen Schachtel verwahrt wurden, weil ich dachte, damit dem Objekt von jedermanns Zuneigung auch etwas Gutes zu tun. Als die Kinderfrau Beatrice fand, war diese blaurot und atmete nicht. Das Pfefferminzbonbon fiel heraus, als Beatrice kopfüber gehalten wurde und einen Klaps bekam, und meine Schwester war gerettet. Ich wurde mit einer ordentlichen Tracht Prügel bestraft und ins Bett geschickt. Da ich doch nichts anderes im Sinn gehabt hatte, als zu diesem häßlichen, übelriechenden, ekelhaften kleinen Ding nett zu sein, machte mich die Ungerechtigkeit des Vorfalls so wütend, daß ich die gesamte Einrichtung meines Puppenhauses in den Kamin des Kinderzimmers warf. Angefangen hatte ich vor Wut, aber ich hörte nicht mehr auf, weil es so viel Spaß machte, die farbigen Flammenblitze vom Klebstoff zu beobachten und zuzuschauen, wie alles schwarz und wie Sirup wurde, als es schmolz.

Das war der Beginn eines jammervollen Jahres. Die Proteste, die auf die Brandstiftung folgten, erschreckten mich so, daß ich nervös und ungeschickt wurde. Die Kinderfrau war davon überzeugt, daß ich alles, was ich tat, aus Bosheit und

Absicht tat. Verlor ich einen Handschuh im Garten oder ließ mein Butterbrot fallen oder stieß beim Malen mit Wasserfarben das Wasserglas um, sah sie alle diese Mißgeschicke als ungezogenes Verhalten an, für das sie mich schimpfte und schlug. Die am meisten von mir gefürchtete Vergeltungsmaßnahme war die, wenn die Kinderfrau sich mit einer Miene schadenfroher Boshaftigkeit niederbeugte und mein Nachtlicht ausblies. Es kam mir vor, als wären es Stunden, die ich mit klopfendem Herzen dalag und auf den Rußkobold wartete, der im Kamin des Kinderzimmers wohnte und sich unter meiner Tür hindurch einschleichen und seine lange Knochenhand unter meine Bettdecke schmuggeln würde.

Wann immer Beatrice unbewacht war, pflegte ich zum Kinderwagen hin zu kriechen und sie kräftig dafür zu zwicken, daß sie all das Lob und die Küsse bekam, nach denen ich mich so sehr sehnte. Manchmal wurde ich dabei ertappt und meine Schande im ganzen Haus verbreitet. Ich spürte, daß alle Menschen meiner kleinen Welt – meine Mutter, die Köchin, die Mädchen und die Kinderfrau – mich haßten. Selbst Danny, der Laufbursche schien mich anzustarren, als wollte er mich verfluchen. Als ich älter wurde, fand ich heraus, daß dieses Starren, das mich so entsetzt hatte, ein ganz unparteiisches Schielen zur Ursache hatte.

Eines Tages brachten sie Beatrice, die jetzt achtzehn Monate war und hübscher als je zuvor, hinunter in den Salon, um sie den Besuchern zu zeigen. Mich ließ man geflissentlich allein im Kinderzimmer.

»Keiner will sich um so ein garstiges, böses Mädchen kümmern«, erklärte die Kinderfrau und küßte die rosa Wange von Beatrice. Die hielt ihre dicken Pummelärmchen hoch und tätschelte das behaarte Gesicht der Kinderfrau. »Bald werden sie sich sogar lieber mit der kleinen Zigeunerin abgeben, die an der Tür betteln kommt, als mit dir.«

Das Zigeunermädchen übte eine große Faszination auf mich aus und besaß mein ganzes Mitleid. Sie kam drei- oder viermal im Jahr mit ihrem Korb Heidekraut, das sie verkaufte. Sie sah absolut verdreckt aus, und ihre Kleider waren eigentlich Lumpen. Sie hatte fast keine Zähne und war von Striemen übersät. In ihren Augen stand der harte, wissende Blick eines Menschen, der mit der Babyrassel auch alle Hoffnung hatte fallenlassen.

Meine Gefühle waren derart verletzt worden, daß ich in meiner Verzweiflung alle persönliche Habe der Kinderfrau aus ihrer Kommode herausnahm und aus dem Fenster des Kinderzimmers warf. Schmuddelige Büstenhalter, Unterhosen und Hüftgürtel in Aprikosenrosa zierten die Autos und lagen auf der Kiesauffahrt, so daß alle Besucher sie sehen konnten, als sie abfuhren. Sicherheitshalber schleuderte ich die dicken Einlagen aus Baumwolle und die Gummigürtel mit den Häkchen daran hinterher, die der Kinderfrau zu irgendeinem mir unerklärlichen, geheimen Zweck dienten.

Daraufhin hatte die Kinderfrau völlig durchgedreht. Sie schlug mir so heftig aufs Ohr, daß ich blutete und der Arzt geholt werden mußte. Trommelfellriß lautete seine Diagnose, und die Kinderfrau wurde entlassen.

Eine Woche später hatte meine Mutter Rose ins Kinderzimmer geführt und sogleich auf die Wiege gezeigt.

»Das da ist das Baby. Es soll ein sehr braves Kind sein.«

Dabei lächelte sie zu Beatrice hinunter und bekam fast einen weichen Gesichtsausdruck. Dann wandte sie sich mir zu.

»Das ist unser Problemkind. Miranda ist leider ein sehr böses Mädchen. Sie müssen selbst sehen, wie Sie mit ihr zurechtkommen.«

Rose war wie die schottischen Kiefern, die unseren Garten in Hampstead beherrschten. Sie nahm gar kein Ende, streckte sich übermächtig in die Höhe, unmöglich ihr zu widerstehen. Unterwürfig ließ ich meinen Kopf hängen. Sie hatte riesenhafte, knochige Füße, die in schwarzen Schnallenschuhen steckten. Roses Hand packte mich am Kinn und drückte mein Gesicht nach oben. Ich schaute in ihre scharfen, grauen Augen.

»Nun, ich kann direkt in dieses kleine Mädchen hineinschauen«, sagte Rose mit ihrer barschen, harten Stimme. Ihre Augen waren von der Farbe dunkler Sturmwolken. »Und was ich dort sehe, ist gar nicht so schlecht. Sie ist eigentlich durch und durch ein sehr gutes Mädchen. So gut wie … nun, genauso gut wie die jüngste Prinzessin in allen Geschichten, die vom Gutsein handeln.«

Ich glaubte ihr. Daß Rose jemals unrecht haben könnte, schien undenkbar. Erleichtert legte ich die Last meiner Bosheit ab. Ich kann mich nicht erinnern, daß Rose jemals zornig auf mich gewesen wäre. Meine Fehler wurden alle untersucht und erklärt und mit unerschöpflicher Geduld korrigiert. Meine Tugenden wurden gepriesen und bekamen Bedeutung. Um Beatrice kümmerte sie sich ebenso sanft und gewissenhaft, aber ich spürte, daß ich das Wesen war, dem Rose sich am engsten verbunden fühlte.

Als ich elf war, wurde ich auf ein Internat geschickt. Die Trennung von Rose war grausam, aber jede Woche kam ein Brief in der wundervollen Handschrift, auf die Rose zu Recht stolz war. Und die Ferien waren Anlaß zu glücklichen Wiedersehensfeiern. Als Beatrice zwei Jahre nach mir ebenfalls auf meine Schule kam, wurde Rose von meiner Mutter entlassen. Man schrieb jetzt 1948 und der Krieg war seit drei Jahren vorbei. Mein Vater war 1944 in Anzio ums Leben gekommen.

Ich erinnere mich nicht daran, daß mir das je erzählt worden wäre. Scheinbar akzeptierte ich nach und nach die Tatsache, daß er nie mehr zurückkommen würde. Meine Mutter wollte ins Ausland gehen und gab ihr Haus in London auf. Rose mußte sich Arbeit bei einer anderen Familie suchen. Ich war dreizehn, nach Meinung der meisten Leute alt genug, um ohne Kinderfrau klarzukommen. Aber ich fühlte mich verwaist. Rose und ich schrieben einander lange Briefe. Während der Ferien verbrachte ich meine Zeit in Italien bei meiner Mutter, die dort in den Häusern ihrer Freunde wohnte. Sie alle besaßen traumhafte Villen und Palazzos, die sich in vollkommener Abgeschiedenheit in Hügellandschaften schmiegten. In den Wintermonaten konnte man dort eigentlich nichts anderes tun, als vor völlig unzulänglichen Kaminen zu bibbern. Im Sommer konnte man sich still auf die Veranda legen, wo es selbst zum Lesen zu heiß war, und zusehen, wie die Farbe Blasen warf. Oder es wurde eine Fahrt in die vor Hitze glühende Nachbarstadt in Aussicht gestellt, um sich dort die Altertümer anzuschauen.

Mit achtzehn, nachdem ich mir einen Platz in Oxford erkämpft hatte, um dort Geschichte zu studieren, fand ich, daß ich jetzt alt genug sei, um meine Ferien so zu verbringen, wie ich mir das vorstellte. Und so plünderte ich mein Konto bei der Postbank. Rose, Beatrice und ich fuhren für eine ganze paradiesische Woche ans Meer. Wir verbrachten eine herrliche Zeit mit Sonnenbaden in den Dünen, kilometerlangen Strandspaziergängen und schlemmten in unserer bescheidenen kleinen Pension Krabben zum Tee. Abends lasen wir einander vor oder bummelten über die Promenade, oder, noch besser, besuchten die Varietéshow im kleinen Theater am Ende des Piers. Wir kauften Eiscreme und Felsstückchen in Lippenstiftrosa, fütterten die Spielautomaten, die auf halbem Weg zum Pier standen, um uns »Spuk im Schlafzimmer« (von Beatrice bevorzugt) oder »Die Hinrichtung Marias, Königin der Schotten« (meine Wahl) anzusehen, während Rose mit Stirnrunzeln und wilden Blicken den jungen Männern, die in unserem Kielwasser segelten, den Schneid abkaufte.

Sechs Wochen nach meinen Abschlußprüfungen kam Rose zu meiner Hochzeit. Auf den Fotos blickt sie sehr ernst, ohne zu lächeln, den großen Marinehut tief in ihre Stirn gezogen. Man kann ihrem Gesichtsausdruck ablesen, daß sie nicht gerade erfreut ist. Von Anfang an konnte sie Jack nicht leiden. Ein Jahr nachdem wir geheiratet hatten und eine Woche vor James' Geburt, zog Rose ein, um bei uns zu leben. Dreieinhalb Jahre später wurde Elizabeth geboren und zwei Jahre darauf Henry. Bis Jack sich erschoß, hatten wir, oberflächlich betrachtet, in etwa wie eine normale Familie gelebt. Jetzt sah es so aus, als würde es nie wieder normal sein.

In seiner ersten Nacht, die Henry nach dem Tod des Vaters zu Hause verbrachte, schlief er in Roses Zimmer. Am Morgen wachte Henry auf, wie Rose erzählte, sagte, »Ich bin am Verhungern« und tauchte dann unten auf, wo er eine Riesenschüssel Müsli mit einer halben Packung braunem Zucker und fast einem halben Liter Milch vertilgte. Dann ging er nach draußen und kümmerte sich um Puck. Als ich eine halbe Stunde später nach unten kam, sah ich ihn damit beschäftigt, das Boot ins Wasser des Wallgrabens zu lassen. Sein Angelzeug lag schon im Bug. Er und James brachten den ganzen Vormittag damit zu, Dinge aus dem Wasser zu fischen, das heißt alles außer Fischen, denn die Karpfen waren zu raffiniert, um sich fangen zu lassen.

»Wahrscheinlich haben die Leute früher einfach alles aus dem Fenster geworfen, was sie nicht mehr brauchen konnten«, sagte ich zu Patience, die mit mir später am Tag in der Küche saß und ebenfalls zusah, wie die Jungs vereinzelte Knochen und Töpfe ohne Boden hochzogen. »Damals gab es noch keine Müllabfuhr und Feuer im Freien durften wegen der Brandgefahr nur kilometerweit von den Häusern entfernt angezündet werden. Das Wasser wird jetzt tagelang schrecklich stinken, nachdem sie es so aufgewühlt haben.«

»Jedenfalls sehen sie aus, als wäre alles in Ordnung«, erwiderte Patience. Ich wußte, daß sie sich auf James und Henry bezog.

»Ja, im Augenblick schon. Aber ich weiß nicht, was ich davon halten soll. Es ist lächerlich, aber ich wage es kaum, Jacks Namen vor ihnen zu erwähnen. Mit Elizabeth ist das anders. Wir haben stundenlang über ihn geredet, und das hat wahnsinnig gutgetan. Aber Jungs sind so undefinierbar wie Männer ... obwohl es meine eigenen Söhne sind. Man ist entschlossen so zu tun, als wäre nichts Unerfreuliches passiert. Was zum Teufel geht in ihnen vor? Werden sie mit den Dingen still für sich fertig oder schieben sie das Problem auf die lange Bank, bis der Lauf der Zeit ihm seine Bedeutung nimmt?«

»Mich darfst du dazu am allerwenigsten fragen. Der einzige Mann, den ich je gekannt habe, ist mein Vater, und ich weigere mich, davon auszugehen, daß er ein Musterbeispiel für das männliche Geschlecht ist.«

Es geschah nicht häufig, daß Patience sich Kritik an Sir William zubilligte. Ich hielt das dem Umstand zugute, daß wir mit den Nerven am Ende waren.

An diesem Tag verhielten wir uns alle anders als gewohnt. Ich hatte ein Gespräch zu meiner Mutter nach Florenz angemeldet, um ihr – eigentlich mehr aus Höflichkeit – zu berichten, was passiert war. Sie hatte meine Ehe mit Jack nie gutgeheißen, und gehörte nicht zu den Frauen, die sich zur Heuchelei herablassen, um die Gefühle des anderen zu schonen.

»Was soll das heißen, ›tot‹? Sprich lauter, Miranda, die Verbindung ist sehr schlecht. Hast du was getrunken?«

Ich wies sie darauf hin, daß wir elf Uhr morgens hatten und mein Leben, wie sie sehr wohl wußte, in langweilig geordneten Bahnen verlief. Als ich ihr beigebracht hatte, was passiert war, hielt ich den Hörer ein wenig von meinem Ohr ab und ließ ihr Zeit, die Information zu verarbeiten. Meine Mutter verfügt über eine sehr laute Stimme. Das kommt daher, daß sie sich ihr ganzes Leben lang mit Idioten umgeben hatte und sich genötigt sah, alle herumzukommandieren, wenn sie durchsetzen wollte, daß etwas getan wurde.

Eines habe ich bisher noch nicht erwähnt, denn es gehört nicht zu den Dingen, die ich anderen gerne gleich auf die Nase binde. Mein Großvater mütterlicherseits war der Dichter Christopher Chough, der in seinen Gedichten den Ersten Weltkrieg verherrlicht hatte. Sobald Leute das wissen, sehen sie mich in einem anderen Licht. Es scheint mich auf eine Weise interessant zu machen, die ich nur als geheuchelt bewerten kann. Meine Mutter hingegen war ihr ganzes Leben die Tochter von Christopher Chough und kaum mehr. Es stört sie nicht im geringsten, zu wissen, daß es für die Leute das Höchste ist, wenn sie sich von ihnen zum Dinner einladen läßt. Dann können sie nämlich sagen: »Kennen Sie schon Fabia Trebor? Sie ist Christopher Choughs Tochter, wissen Sie?« und sich einbilden, auf der sozialen Leiter nach oben geklettert zu sein. Mir ist es sehr peinlich, wenn mir das passiert, und ich bin immer überzeugt, daß sie sich danach fragen werden, was wohl aus seinem geistigen Erbe geworden ist. Es gibt derart widerliche Speichellecker, die selbst dann noch vor einem kriechen, wenn man ihnen sagt, daß ihr Essen ungenießbar, ihre Konversation langweilig und ihre Kinder gräßlich sind. Andere sind so versessen darauf, nur ja niemandem Honig ums Maul zu schmieren, daß sie sich lieber aus dem Fenster stürzen würden als sich auf ein Gespräch mit dir einzulassen.

Ich habe es gehaßt, bekannt zu sein, und kann sehr gut nachvollziehen, warum das Leben der Kinder großer Leute meist völlig verfahren ist. Wie soll man auch an seine eigenen Leistungen glauben, wenn diese immer mit den Erzeugnissen des gefeierten Erzeugers verglichen werden, die all den Glanz anerkannter Größe für sich beanspruchen können? Es gibt eine ganze Reihe von Gedichten meines Großvaters, die ich wirklich schwach finde, aber heutzutage scheint ja sogar sein Armeemantel ein Objekt der Verehrung zu sein.

Meine Mutter war von der Mythenbildung immer begeistert gewesen und hat das Leuchtfeuer der Gelehrsamkeit mit einigen Strohbündeln sehr zweifelhafter Herkunft geschürt. Wie etwa die Bewunderung meines Großvaters für seine Kinder. Mein Onkel Conrad, ein netter, schwacher Mann, dessen Leben sich wie eine einzige Bestätigung des eben Gesagten liest, weil er einen Job nach dem anderen ausprobierte und sein Leben schließlich als stiller Teilhaber eines erfolglosen Verlags beendete, erzählte mir bei meinem letzten Besuch im Krankenhaus, daß er seinen Vater während seines ganzen Lebens gehaßt hatte. Nach Aussage meines Onkels war Christopher Chough ein sadistischer, roher und gefühlloser Mensch, dem seine Frau gleichgültig war und der seine Kinder verfluchte, sobald sie nur in seine Nähe kamen. Außerdem fummelte er gerne an kleinen Jungs herum. Ob das stimmt, weiß ich nicht. Meine Mutter behauptete, daß Onkel Conrad ein betrunkener Lügner war. Nun, getrunken hat er bestimmt.

Meine ganze Kindheit stand im Schatten des großväterlichen Genies. Meine Mutter sieht die Kunst als die einzige dem Menschen angemessene Arbeit. Was nicht heißen soll, daß es nicht auch minderwertige Heloten geben muß, die in den Abgründen arbeiten, Dinge erzeugen, reparieren und anbauen, sich um die Kranken kümmern, die Gesetze verteidigen und die Abwasserkanäle der Nation sauberhalten. Sehen tut sie nur die Künstler ... Maler, Schriftsteller, Komponisten. Natürlich auch Dichter. Daneben ist sie bereit, auch diejenigen als Wesen wahrzunehmen, die an der Peripherie all dieser Größe ihre Existenzberechtigung haben. Dazu gehören etwa Architekten, Musiker, Schauspieler (nur Bühnenakteure), Tänzer (Ballett) und Handwerker, wenn sie sowohl originell als auch erfolgreich sind. Das Beste, was meiner Mutter passieren konnte, war, daß Beatrice einen Töpfer heiratete. Damit fiel er gerade noch so in die mütterliche Kategorie der Menschen, die es vielleicht wert waren, gekannt zu werden.

Roger ist kein sehr guter Töpfer. Hoffentlich darf ich das sagen, ohne mir gleich Unfreundlichkeit vorwerfen lassen zu müssen. Der Geschmack für moderne Tonwaren muß sich erst noch entwickeln, und die Öffentlichkeit hat es noch nicht gelernt, Vasen zu mögen, die wie zerschmelzende Nierenschalen aussehen, glasiert in allen Farben der Verwesung von Modergrün und Blutergußlila bis Gallenschwarz. Ich besitze davon einen ganzen Schrank voll, die Ausbeute vieler Weihnachtsfeste und Geburtstage. Das ist keine Boshaftigkeit meiner Schwester. Doch das einzige Geld, das sie haben, stammt, wie wohl kaum überraschen wird, von meiner Mutter. Sie ist in allen Dingen unberechenbar, aber vor allem in Geldangelegenheiten.

Was mich an Jack besonders anzog – abgesehen davon, daß er sehr gut aussah, das Zusammensein mit ihm mehr Spaß machte als mit allen, die ich bisher kannte, und er mich auf ziemlich unvergeßliche Weise ins Sexualleben eingeführt hatte –, war die Tatsache, daß er keinen Funken von einem Künstler hatte. Er las gerne und hörte Musik und all das – er war kein Spießer –, aber er spürte nicht den Ehrgeiz, diese Dinge selbst zu erschaffen. Er war ganz und gar nicht kontemplativ. Das liebte ich wirklich an ihm.

Ich hasse Künstler. Und ich spreche aus Erfahrung, weil ich, abgesehen von der Zeit in der Schule, die ersten achtzehn Jahre meines Leben mit ihnen zu tun hatte. Sie sind die egozentrischsten Scheusale, die man sich vorstellen kann. Gehen ihre Arbeiten gut, langweilen sie jeden zu Tode, indem sie davon erzählen. Als wäre es nicht genug, sich stundenlang begeistert über das fertige Kunstwerk auslassen zu müssen, sich durch zweitausend Seiten einer James-Joyce-Imitation zu quälen oder mit dem Katalog von der Dicke eines Millionenstadtadreßbuches durch eine stickige Galerie zu laufen, auf unbequemen Stühlen Schreien und Pfiffen zu lauschen oder sich ein lobendes Wort auszudenken, das einem Granitblock in der Farbe von Schulsocken mit zwei asymmetrischen Löchern darin angemessen war.

Geht es ihrer Arbeit schlecht und sie leiden an einer Schreibblockade oder haben die Nase der Büste abgeschlagen, an der sie seit Monaten herummeißeln, dann mußt du ihr Gebrüll oder ihren Verdruß oder ihre alkoholischen Exzesse über dich ergehen lassen, ihr ständiges Winseln, unterschätzt und schlecht bezahlt zu sein. Auf jeden, der sich in derselben Branche ein paar Groschen verdient oder Lob erhält, sind sie entsetzlich eifersüchtig. Sie stehen fast immer am Rand der Pleite und sind hundsgemein. Bist du so dumm, sie auf einen kleinen Drink einzuladen, sind sie, noch ehe du John Keats sagen kannst, bei dir in der Wohnung und haben deine Speisekammer und deine Bar geplündert, dir deine Familie und sämtliche Freunde abspenstig gemacht und schnarchen sich im besten Bett um Kopf und Kragen.

»Ich verstehe es einfach nicht«, sagte meine Mutter. »Wie kann Jack so etwas getan haben? Er hatte doch so gar nichts Launisches an sich.«

»Ich weiß es nicht. Vermutlich war es ein Unfall.«

»Unsinn! Mag sein, daß ich nicht dafür war, daß du ihn geheiratet hast, aber eins jedenfalls kann ich zu seinen Gunsten sagen. Er war nicht so dumm, sich selbst versehentlich zu erschießen. Jack war einer der kompetentesten Männer, denen ich je begegnet bin. Er wußte *immer*, was er tat.«

Zum erstenmal hörte ich meine Mutter etwas Schmeichelhaftes über Jack sagen. Das lag wohl daran, daß sie immer im Wettstreit miteinander lagen. Beide mußten ihre Dominanz zeigen, und das hatte zu einigen schmerzhaften Begegnungen geführt.

»Ich werde kommen«, kündigte meine Mutter gänzlich unerwartet an. »Wann ist die Beerdigung?«

»Das ist sehr nett von dir. Aber ist nächste Woche nicht Waldos Ausstellung?«

Waldo war der derzeitige Liebhaber meiner Mutter.

»Ja. Aber er wird es auch mal zwei Tage ohne mich schaffen. Man kann ja schließlich nicht *immer* nach anderer Leute Pfeife tanzen.«

Als ich Waldo zuletzt gesehen hatte, machte er durchaus den Eindruck, als würde er es gerne für mehr als zwei Tage auf sich nehmen, allein klarzukommen.

»Kommen nicht jeden Augenblick die Tallows zu dir? Du hast mir doch erzählt, sie bringen die ganze Familie mit.«

»Ja, und es wird die *Hölle* sein! Geoffrey Tallows Schwester Gilda singt in Verona. Sie macht jeden Morgen drei Stunden lang Stimmübungen, und das *nackt*. Sie behauptet, nur dann könne sie richtig atmen. Es ist sehr störend, denn die Mädchen können erst nach dem Mittagessen ihr Zimmer machen, wenn sie eigentlich ihre Siesta halten wollen. Sie hat ohnehin eine Stimme wie ein Dosenöffner, und ich bin überzeugt, daß man sie von der Bühne buhen wird und *ich* dann die Scherben aufsammeln muß. Und Geoffrey streitet sich immer mit Waldo. Beim letzten Mal hat er ihm gesagt, daß seine Gemälde wunderbar oberflächlich seien.«

»Du solltest sie vielleicht lieber doch nicht allein lassen.«

»Willst du denn nicht, daß ich komme?«

Das ziemlich unbefriedigende Gespräch endete damit, daß meine Mutter genau heute morgen ankommen wollte und in genau ... ich schaffte es, einen Blick auf meine Uhr zu werfen, ohne Elizabeth aufzuwecken ... zwei Stunden ihr Frühstück erwartete. Inzwischen stand jede Menge Arbeit an. Mrs. Goss hatte mich am Vorabend angerufen, um mir mitzuteilen, daß Jacks Tod sie im Innersten erschüttert habe und sie an so etwas ganz und gar nicht gewöhnt sei.

»Ich hingegen habe schon einige Ehemänner auf ebendiese Weise verloren«, erklärte ich ihr. Ich hörte sie am Telefon die Luft anhalten und dann den Hörer auflegen. Mochte es auch eine billige Retourkutsche sein, fühlte ich mich danach doch einen Augenblick lang besser. Ich war wirklich wütend. Man wußte ja, wie schwer eine Haushaltshilfe in unserem Teil der Erde zu bekommen war, und ich hatte mich nur auf Mrs. Goss eingelassen, weil sie mir besser schien als gar nichts.

Scheinbar opferte jeder, der mir im Laufe meines Lebens einmal über den Weg gelaufen war, darunter jede Menge Leute, die ich gar nicht kannte, einen Arbeitstag, um herzukommen und mir wegen des Verscheidens meines Ehemanns seine Aufwartung zu machen. Das war sehr lieb von ihnen, aber da wir ziemlich weit von allem entfernt lebten, was man ein gutes Restaurant nennen könnte, war mir klar, daß sie von mir erwarteten, ihnen in ihrem Kummer eine Stärkung anzubieten. Ich verfluchte Mrs. Goss, während ich mich mit dem Abwasch des Frühstücksgeschirrs herumschlug und eine Arbeitsliste aufzustellen versuchte.

Das eigentliche Problem dabei war, daß mein Geist seit Jacks Tod in einem beängstigenden Zustand der Untätigkeit verharrte. Ich konnte wirklich keinen Gedanken zu Ende denken und zu einem Schluß gelangen. Darüber hinaus war ich so müde, daß ich mich nur mühsam dahinschleppte. Mein Kopf schmerzte unentwegt, und ich hatte nur den einen Wunsch, wie Ophelia im kühlen Wasser flußabwärts zu treiben.

Rose war schon auf und zählte Servietten, Messer und Gabeln. Dann tauchte Ivor auf und fing unter meinen Anweisungen an, die Kartoffeln zu schrubben. Er arbeitete sehr schnell und mit großem Krafteinsatz, verspritzte großzügig Wasser und Schmutz. Ich trug Teller ins Eßzimmer. Beerdigungen sind deshalb so problematisch, weil alles so völlig offen und unvorhersehbar ist. Keiner käme je auf den Gedanken, ungeladen auf einer Hochzeit oder einer Taufe zu erscheinen. Aber die unmöglichsten Leute schleppen sich kilometerweit, um sich auf einer Beerdigung blicken zu lassen, und man sollte sie nicht mit vor Durst am Gaumen klebenden Zungen und vor Hunger krachenden Mägen wieder gehen lassen.

Vom Metzger hatte ich einen Schinken kommen lassen und schon gestern einen Lachs pochiert. Außerdem hatte ich Unmengen von Gemüsesuppe gekocht. Der Bäcker sollte gleich zehn Brote bringen. Das war nichts Tolles, aber für aufwendigere Vorhaben war ich nicht in der Stimmung. Ich ging gerade durch die Eingangshalle, um nachzusehen, ob in der Toilette saubere Handtücher und Seife lagen, als ich in der Küche etwas zu Bruch gehen hörte.

Rose war in dem von Ivor über den Fußboden verteilten Schmutzwasser ausgerutscht. Sie hatte eine Schüssel Himbeeren in der Hand gehalten, die jetzt in der hintersten Ecke der Küche verteilt lagen. Der Sturz hatte sie natürlich mitgenommen, aber sie behauptete, nicht verletzt zu sein, und so setzten wir sie in einen Stuhl. Ich sah ihr an, daß sie Schmerzen hatte. Elizabeth kam angerannt, als sie den Krach hörte, und so bekam sie die Aufgabe, die Himbeeren aufzuheben und zu waschen, während Ivor ans Telefon ging, um Mr. Kenton anzurufen.

Ich kochte Rose einen Tee und versuchte aus ihr herauszubekommen, wo sie sich verletzt hatte. Aber sie war so besorgt, nur ja keine Umstände zu machen, wo noch so viel zu tun sei, daß sie nicht darauf einging. Sie meinte bloß, ich solle weitermachen und nicht an sie denken, und es täte ihr leid, so dumm gewesen zu sein und zu stürzen. Ich wischte den Fußboden und stellte die Kartoffeln auf. Gerade fing ich an die Tomaten zu schneiden, als Jasper aufgeregt bellend hereinkam, mit Tang im Schlepptau über den frisch gewischten Boden fegte und die Schüssel mit den Himbeeren umwarf, die Elizabeth gerade aufgesammelt hatte.

»Miranda? Es ist wohl *zu viel* verlangt, eine Art Willkommensgruß zu erwarten«, ließen sich die wohlbekannten Laute meiner Mutter vernehmen. »Da müht man sich seiner Kinder wegen durch halb Europa hierher, und welchen Dank hat man davon? Shakespeare wußte das natürlich alles ... wieviel schärfer als ein Schlangenzahn!« Der Quasi-Lear stand in der Eingangshalle, während ein rebellisch dreinblickender Taxifahrer verschiedene teuer aussehende Koffer ins Haus trug. »Vermutlich rechnen Sie mit einem Trinkgeld. Wucherpreise sind den Leuten heute nicht genug. *Wohin* soll das in diesem Land noch führen?«

»Hallo, Fabia.« Ich küßte sie auf die Wange. In ihrem schwarzen Wollkostüm und der schwarzen Ziegenledertoque war sie eine hinreißende Erscheinung, groß und trotz ihrer schon gut sechzig Jahre gertenschlank. Ihr Gesicht bestand nur aus glatten Flächen und Knochen. Das silberblonde Haar war von einem Genie auf Kinnlänge geschnitten worden. »Wie war die Reise?«

»Widerlich! Voll ziegelroter englischer Urlauber, die in ihre häßlichen kleinen Hütten zurückkehren. Der Pilot muß betrunken gewesen sein. Meiner Meinung nach hat er ein paar Kreise zuviel gedreht. Wenn Sie diesen Koffer verkratzen, werde ich das Ihrem Vorgesetzten melden«, herrschte sie Freddy an, als der den Koffer mit Nachdruck abstellte. Er war der einzige Fahrer hier im Ort, und ich hatte mich mit ihm bisher immer blendend verstanden.

»Freddy hat keinen Vorgesetzten. Er ist selbständig.«

»Das erklärt alles. Danke, das reicht schon.«

Sie hielt ihm mit Gönnergeste eine Silbermünze hin, während ich ihn hinter ihrem Rücken mit meiner Mimik meines Mitgefühls versicherte und Abbitte leistete.

»Ich werde gleich auf mein Zimmer gehen und mich für eine halbe Stunde hinlegen. Nur ein wenig *sehr schwachen* Lapsang, du weißt, wie ich ihn mag. Und eine dünne Scheibe Toast. *Un*gesalzene Butter.«

Sie ging nach oben, ihr Halstuch trug sie selbst. Ich bat Ivor, ihr Gepäck nach oben zu bringen, und widmete mich Fabias Frühstück. Ständig klingelte das Telefon. Praktisch jeder zu erwartende Trauergast hatte bezüglich seiner Reise irgend etwas mitzuteilen oder zu erklären. Sie würden früh kommen, sie würden spät kommen, sie wollten über die A143 kommen, falls es die Straßenarbeiten erlaubten, sie würden Großtante Julia mitbringen, sie brauchten Benzin, Kopfschmerztabletten, einen Straßenplan von der Küste, die sie anschließend erforschen wollten, und ob ich ein Firstclasshotel in Ramsgate empfehlen könne? Alle beendeten sie ihr Gespräch in der Hoffnung, ich würde es sie wissen lassen, falls ich ihrer Hilfe bedurfte. Am liebsten hätte ich geschrien: »Hört jetzt endlich zu quatschen auf und laßt mich weitermachen!« Aber natürlich versicherte ich jedem Anrufer, nein, es sei nichts zu tun, und ja natürlich, ich würde es sagen, wenn ich Hilfe bräuchte.

Als ich dann endlich weitermachen konnte, war die Küche vom Geruch verbrannten Toasts erfüllt, und als dann Dr. McCleod und Rollo gleichzeitig auftauchten, hätte ich beinahe die Nerven verloren. Mrs. Kenton hatte mich am Tag nach Jacks Tod angerufen, um mir ihr Beileid auszusprechen und mir zu erklären, daß Dr. Kenton wegen einer geheimnisvollen Krankheit darniederlag, sie aber hofften, zur Beerdigung kommen zu können. Das hatte ich vergessen, als ich Ivor bat, ihn anzurufen. Ein Zeichen dafür, in welcher Geistesverfassung ich mich befand. Ich versuchte, vor Dr. McCleod, der auf mein aufgesetztes Lächeln ziemlich gleichgültig reagierte, meine Verwirrung zu verbergen. Ich führte ihn in die Küche, wo Rose auf dem Sofa lag, und rannte dann in die Eingangshalle, um Rollo richtig zu begrüßen.

Wenn es einen Mann gab, der gelegentlich geheime romantische Vorstellungen in mir wachrief, dann war das Rollo. Wir hatten zusammen in Oxford studiert, und obwohl ich Jack auf meiner ersten Party begegnet war und von da an unter seiner strengen Schirmherrschaft stand, hatte ich Rollo immer mit großem Interesse verfolgt. Ich denke sogar, daß er das gleiche empfunden hatte. Aber da er und Jack Freunde waren und Rollo neben seinen sonstigen hervorragenden Qualitäten ein Ehrenmann war, hatte sich nie die Gelegenheit ergeben, das herauszufinden.

Wir waren über die Jahre in lockerem Kontakt geblieben, und Rollo hatte uns einige Male hier besucht und auf Westray gewohnt. Alljährlich fuhren wir nach Oxford zu Rollos Sommerpartys, die immer genau so waren, wie Partys sein sollten: interessante Leute und im verführerischen Ambiente seines Collegegartens gute Sachen zu essen und zu trinken. Vor vier Jahren hatten wir eine Einladung bekommen, die eine große Veränderung in Rollos Leben markierte. Anscheinend hatte er sich ein eigenes Haus irgendwo in Oxfordshire gekauft, das »Shinlake Manor« hieß. Als wir hinkamen und Rollos Haus sahen, das ein wenig heruntergekommen, aber voller Geschichte und fast ebenso schön wie Westray war, ließ ich mich von meiner Begeisterung derart hinreißen, daß ich Rollo stürmisch umarmte. Das schien ihn sehr zu freuen und er nahm mich fest in den Arm, ehe er sich jemandem zuwandte, der hinter ihm stand.

»Ich möchte, daß du Diana Fairfax kennenlernst. Das ist Miranda Stowe, eine meiner ältesten und liebsten Freundinnen.«

Er drückte meine Hand so leidenschaftlich, als er dies sagte, und sah dabei so glücklich aus, daß es mich rührte. Trotzdem merkte ich sofort an den Blicken, mit denen er Diana ansah, daß er in sie verliebt war und sich jede noch so winzige Phantasie, die ich ihm gegenüber genährt hatte, ein für allemal erledigt hatte.

Das Fest wurde zu einer Enttäuschung, obwohl alle Zutaten perfekt waren und Rollo seiner Gastgeberrolle aufmerksam nachkam. Aber jedesmal, wenn er mich sah, wollte er über *sie* sprechen. Ich selbst wechselte mit Diana kein einziges Wort, da sie sehr viele Leute hier zu kennen schien. Jack kam bei einem blonden Mädchen gut voran, die bei allem, was er sie auch fragen mochte, eine unglaubliche Bereitwilligkeit ausstrahlte, ihm zuzustimmen. Ich blieb an einem älteren Historiker mit spiegelnder Glatze hängen, der sich sehr betrank, mir wie ein Hündchen hinterherlief und versuchte, mich dazu zu bringen, mir mit ihm die Schlafzimmer anzuschauen. Zuletzt mußte ich dann ziemlich grob werden, und wir landeten bei einem würdelosen Streit, der meine Laune auch nicht gerade hob. Ich weiß noch, daß ich auf der Heimfahrt beschloß, nie wieder eine wie auch immer geartete Party zu besuchen. Und damit sollte jeglicher frivole, bedeutungslose Kontakt mit der menschlichen Rasse beendet sein.

Tatsächlich fuhren wir sechs Monate danach zu Rollos Hochzeit. Diana sah wunderschön aus, wenn auch ein wenig streng. Sie war um die sechsunddreißig und hatte auf die volle bräutliche Ausstaffierung zugunsten eines hervorragend geschnittenen, elfenbeinfarbenen Crêpekostüms verzichtet, zu dem sie einen reizenden Hut mit ein paar an der Krempe befestigten Blüten der Kranzspiere trug. Sie wirkte ziemlich arrogant, wie ich fand. Wahrscheinlich war sie aufgeregt. Ich glaubte, sie nicht zu mögen, bis ich sah, wie freundlich sie mit Rollos Mutter umging, einer ziemlich ungewöhnlichen Erscheinung – winzig und spindeldürr, in einem fuchsiaroten Kleid und mit rosafarbenen Haaren –, hinter der man alles andere, nur nicht Rollos Mutter vermutet hätte. Dianas Mutter paßte mit ihrer Exzentrik hervorragend dazu, sie war betrunken in der Kirche erschienen und mußte während der Ansprachen weggetragen werden. Doch wann immer Rollos und Dianas Blicke sich kreuzten, trat ein Ausdruck auf beider Gesichter, der mich mit Freude und Neid zugleich erfüllte.

Danach hatten wir sie nicht mehr gesehen. Rollo gab danach keine Partys mehr, wahrscheinlich weil er und Diana ein Jahr nach ihrer Hochzeit Zwillinge bekamen. Jetzt stand er hier in

Westray und sah wunderbar aus, während ich wußte, daß mein Haar ungekämmt und mein Gesicht möglicherweise schmutzig aussah.

»Hallo, meine Liebe«, sagte Rollo und nahm mich fest und lang in den Arm. »Das ist ein Elend.«

»Ein Elend.«

»Diana parkt den Wagen. Sie wollte, daß ich allein mit dir sprechen kann.«

»Das war freundlich von ihr.«

»Du weißt, wieviel Jack mir bedeutet hat«, sagte Rollo.

»Ja«, bestätigte ich, aber eigentlich wußte ich es nicht. Was Männerfreundschaften angeht, tappe ich im dunkeln. Meiner Erfahrung nach hatte Jack keinen einzigen Gedanken mehr an irgendeinen Mann verschwendet, wenn er nicht mehr mit ihm zusammen war, und das hielt dann an bis zum Wiedersehen. Sie führten nie lange Gespräche am Telefon, schickten sich keine Geburtstagsgeschenke, gestanden sich keine Schwächen ein, weinten nicht im Arm des anderen, lachten nicht über demütigende Erfahrungen der Vergangenheit, seufzten nicht über ihre Kinder oder lobten die der anderen. Jedes von Jack berichtete Gespräch hörte sich höchst angenehm und überaus unpersönlich an, in etwa so, wie ich mich mit Mrs. Veal vom Postamt austauschen würde.

»Er war ein außergewöhnlicher Mensch«, fuhr Rollo fort. »Ich glaube nicht, daß mir jemals jemand begegnet ist, der soviel Energie besaß. Er war überaus anziehend, auch sehr klug, und alles ging ihm leicht von der Hand. Ich kann mich nicht erinnern, ihn anmaßend oder eingebildet erlebt zu haben, und doch kam man nicht umhin, ihn ständig wahrzunehmen. Ohne ihn wird die Welt sehr viel langweiliger sein.«

Armer Rollo. Natürlich wußte er, daß die Hinterbliebenen nach Lobesworten auf den Verschiedenen dürsten. Das ist ihr einziger Trost. Und das gelang ihm wunderbar und mit vollkommener Aufrichtigkeit.

»Hallo, Miranda.« Diana kam herein, sah hinreißend aus in ihrem blaßgrauen Seidenkleid mit Mantel. »Das ist alles so furchtbar traurig. Es tut mir *so* leid.«

Da fiel mir ein, daß ich mich noch nicht umgezogen hatte, die Beerdigung in einer halben Stunde anfangen würde und noch jede Menge vorbereitet werden mußte, falls die Leute danach etwas zu essen bekommen sollten. Ein durchdringender Geruch nach Verbranntem schwebte aus der Küche in die Eingangshalle.

»O Gott! Der Toast meiner Mutter! Oh, *Scheiße*!«

Ich rannte in die Küche und warf eine dritte Scheibe den anderen hinterher in den Mülleimer. Diana und Rollo folgten mir. Ich sah, wie sie mit ihren Blicken den Schlamassel auf dem Tisch und auf dem Fußboden in sich aufnahmen. Rose saß mit geschlossenen Augen in ihrem Stuhl am Herd und döste offenbar. Jasper lag tangbekränzt zu ihren Füßen.

»Meine elende Haushaltshilfe hat gekündigt, und Rose hat sich den Arm verletzt. Ich bin so müde, daß ich gar nicht denken kann. Über sechzig Leute kommen zum Essen, und ich habe mit den Salaten noch nicht einmal angefangen. Ich glaube, ich implodiere gleich ... wenn das der richtige Ausdruck dafür ist, wenn man aufgrund äußeren Drucks innerlich zusammenbricht.«

»Sag mir, was ich tun kann«, sagte Diana.

Sie hatte ihren Mantel abgelegt und band sich eine Schürze um.

»Ich kann dich doch nun wirklich nicht bitten ...«, fing ich an.

»Natürlich kannst du. Ich habe in meinem ganzen Leben genau zwei Worte mit Jack gewechselt. ›Hallo‹ und ›Auf Wiedersehen‹. Deinetwegen tut es mir wirklich aufrichtig leid, daß er tot ist, aber meine Anwesenheit in der Kirche ist absolut überflüssig. Ich werde hierbleiben und das Essen fertigmachen. Sag mir jetzt, was zu tun ist, und dann zieh dich schnell um.«

Sie betrachtete meine mit Schmutz bespritzten Kleider und das unordentliche Haar, und mir war klar, daß sie dachte, ich würde die ganze halbe Stunde brauchen. Ich konnte mir nicht vorstellen, daß dieses elegante Wesen an der häuslichen Front zu etwas taugte, aber ich empfand es als unglaublich freundlich und war ihr dankbar. Ich teilte ihr mit, was ich alles geplant hatte, einschließlich dem Frühstück meiner Mutter, und dann raste ich nach oben.

Zwanzig Minuten später kam ich herunter und traf auf mehrere Leute, die mit bluttropfenden Fingern in der Eingangshalle standen. Zuerst sah es so aus, als hätte ein geheimes Gesellschaftsritual mit Aderlaß stattgefunden, doch ein erklärendes Wort von einem Mann, der in Jacks Bank arbeitete, steckte mir ein Licht auf. Die Kinder hatten unsere Katze »Dinkie« genannt, nach der freundlichen, klugen und hilfsbereiten kleinen Katze in den Rupert-Bear-Geschichten. Wie diese ist auch unsere Katze glänzend und durch und durch schwarz, aber damit enden schon die Gemeinsamkeiten. Ein sehr beliebter Zeitvertrieb Dinkies ist es, sich auf dem Brückengeländer über dem Wallgraben zusammenzurollen und so zu tun, als schliefe sie. Wer uns nicht gut kennt, fühlt sich von diesem Inbegriff einer Katzenschönheit gerührt, und die Freundlichen strecken ihre Hände aus, um das einladende Fell liebevoll zu streicheln. Dinkie bewegt sich wie eine Kobra und hat ihnen schon ein Stück Haut herausgerissen, noch ehe sie sie überhaupt berührt haben. Dann rollt sie sich in Erwartung ihres nächsten Opfers mit engelhafter Miene zusammen.

»Ich konnte keine ungesalzene Butter finden«, sagte Diana, als sie mit einer Rolle Leukoplast und einer Schere in die Eingangshalle kam. »Ich habe deiner Mutter leider gesalzene geben müssen.«

»Wir haben auch keine. Habe ich vergessen. Vielleicht merkt sie es gar nicht. Laß mich das Verarzten übernehmen. James scheuche bitte Dinkie weg. Aber sei vorsichtig. Du weißt ja, wie sie ist, wenn sie einmal Blut geleckt hat.«

Ich verband die Verletzungen so schnell ich konnte, während Henry das Telefon abnahm.

»Es ist Maeve«, sagte er und hielt mir den Hörer hin.

»Sag ihr, es täte mir leid, aber ich kann jetzt nicht sprechen. Wir müssen zur Kirche aufbrechen.«

Meine Mutter kam mit dem Tablett in den Händen nach unten. Sie hatte nichts angerührt.

»Salz ist *Gift* für mich. Und der Tee hat ein wenig zu lang gezogen.«

Ich bin mir ziemlich sicher, daß meine Mutter das absichtlich tat. Ich gab Henry einen Kuß und ließ mir von ihm versprechen, daß er sich um Rose kümmerte. Ich hatte entschieden, daß er und Elizabeth an der Beerdigung nicht teilnehmen sollten, weil sie zu jung waren. Meine Mutter gab mir recht. Ihre Sorge bestand darin, sie könnten die anderen herunterziehen, weil sie vielleicht auf vulgäre, schlecht erzogene Weise weinten. Ich jedoch machte mir Sorgen, ob sie es verkraften konnten.

Kapitel 4

Zur Gemeindekirche waren es fünf Minuten, wenn man zügig ausschritt. Wegen Dinkie würden wir zu spät kommen, wenn wir nicht einen Schritt zulegten. Ein scharfer Wind wütete in unseren Trauerschleiern. Da kam mir der Gedanke, daß wir eine Parodie auf die Dominikanermönche in ihren Kutten und Kapuzen abgaben, die vor vierhundert Jahren in Westray gelebt hatten. In Zweier- und Dreiergruppen zockelten wir die Einfahrt hinunter, Hüte und Schals ständig in der Gefahr, zum Meer gewirbelt zu werden. Ein plötzlicher Regenschauer trieb uns zu einem würdelosen Laufschritt an.

Unter unzähligen Autos stand bereits der Leichenwagen vor der Kirche. Bei seinem Anblick spürte ich einen heftigen Schmerz. Seit man Jack weggebracht hatte, war er zum Eigentum der Behörden geworden. Das »Allgemeine Bezirkskrankenhaus« von Bosworth hatte Anspruch auf seinen Körper erhoben, um ihn nackt auf einen Tisch zu legen und falls nötig in Stücke zu schneiden. Jetzt hatte man uns Jack zurückgeschickt, und wir standen kurz vor einem Ritual, das die Gesellschaft als eine angemessene Verabschiedung ansah.

Ich war wütend. Wütend auf Ärzte, Polizisten, Leichenbestatter, Leichenbeschauer und alle, die in dieser Angelegenheit irgend etwas zu sagen hatten. Doch vor allem war ich wütend auf Jack. Obwohl ich annahm, daß dieses Wutgefühl eine übliche Reaktion auf den Schock war, half mir das nicht. Im Gegenteil, es brachte mich sogar noch mehr auf. James hielt meinen Arm sehr fest. Ich sah eine Träne über seine Wange laufen, die er schnell wegwischte. O Jack, du elender Mistkerl!

»Möchtest du nach Hause?« flüsterte ich. »Das wäre vollkommen in Ordnung.«

»Nein, mir geht es gut.«

Alle, die mit uns hergelaufen waren, schlossen sich eiligst denen an, die bereits in der Kirche saßen. James und ich waren die beiden einzigen Hauptleidtragenden. Jacks Eltern hatten beschlossen, daß sie drinnen auf den Sitzbänken besser aufgehoben seien, für den Fall daß, wie Dorothy es nannte, »ein abscheulicher Wind« wehte.

Wie recht sie hatte. Die Glocke hörte zu schlagen auf, und eine plötzliche Böe peitschte Regen in unsere Gesichter, so daß die Sargträger Mühe hatten, den Sarg auf ihre Schultern zu bekommen. Ich hatte einfache weiße Blumen für den Sarg bestellt, aber früh am Morgen war ein riesiges Kreuz aus roten Nelken geliefert worden, geschickt von Miss Horne, Jacks Sekretärin. Den Lieferjungen hatte ich an das Beerdigungsunternehmen verwiesen, mit der Anweisung, es solle zu den Familienblumen auf den Sarg gelegt werden. Als ich nach dem Gottesdienst Miss Hornes Gesicht sah, beruhigte es mich, so entschieden zu haben. Es war von Tränen entstellt. Die arme Miss Horne, eine einfache und uninteressante Frau, lebte allein in Willesden. Jack bedeutete ihr alles. Er hatte sie »Horny« genannt, und in ihrer Unschuld hatte ihr das auch noch gefallen. Kein anderer Mann war je auf die Idee verfallen, mit ihr Scherze zu machen, und das wertete sie als ein Zeichen außerordentlicher Zuneigung. Hinter ihrem Rücken ließ er sich dann über ihren Kosenamen aus und machte sich über ihre Ergebenheit lustig; ein weiteres Beispiel dafür, welcher Grausamkeit er fähig sein konnte.

Mr. Molebank kam den Weg entlanggelaufen, sein Chorhemd bauschte sich wie ein Vordersegel.

»Entschuldigung die Verspätung«, keuchte er. »Hatte Probleme mit dem Boiler ... riesige Flammen ... konnte das nicht so lassen.«

Mr. Molebank lebte allein in einem großen Pfarrhaus, wo er sich von einer Katastrophe zur nächsten so durchschlug, weil er der denkbar unhäuslichste Mann war, sich aber niemanden leisten konnte, der diese Dinge für ihn erledigte. Doch trotz seines unbequemen Daseins kam nie ein Wort der Klage über seine Lippen, selbst als im letzten Winter seine Finger von den Frostbeulen feuerrot glänzten und er Mühe hatte, sein Gesangbuch zu halten. Er selbst war fromm, erwartete aber von keinem anderen, dies auch zu sein. Mr. Molebank oder Aubrey, wie er mich kürzlich gebeten hatte, ihn zu nennen, war vermutlich fast ein Heiliger.

Er holte tief und rasselnd Luft und nahm seinen Platz hinter dem Sarg ein. James und ich folgten ihm. Gemeinsam traten wir aus dem Regenschauer in das Dunkel der Kirche ein, und die Gemeinde erhob sich mit einem unterdrückten Ächzen wie unser Wald im Sturm.

Ich konnte nicht glauben, daß sich in dem so vorsichtig auf die Böcke gestellten Sarg irgend etwas von Jack befand. Ich hatte mit anderen Leuten über seinen Tod gesprochen, versucht, die Kinder zu trösten.

Doch ich war immer noch nicht überzeugt. Ständig dachte ich, er käme zur Tür herein und sagte: »War bloß ein Scherz, mein Schatz, du hast doch nicht allen Ernstes geglaubt, daß du mich so leicht los wirst?«

Die Gemeinde kniete nieder. Erschrocken, weil ich ganz in Gedanken gewesen war, zog ich das Kniekissen heran, das Rose gestickt hatte, ehe ihre Finger so schlimm geworden waren, und beugte mein Haupt im Gebet.

»Herr erbarme Dich unser.«

»Christus erbarme Dich unser.«

Ich schloß mich den Antworten an, aber meine Gedanken liefen in alle möglichen Richtungen, nur nicht nach oben. Ich starrte auf die Mosaikverkleidung der Retabeln. Es war eine schöne Kirche, barock und mit herrlichen Malereien zwischen dem vergoldeten Stuck. Sie war als Privatkapelle für ein riesiges Haus aus dem achtzehnten Jahrhundert – Wychford Hall – gebaut worden. Dieses Haus hatte königliche Hoheiten beherbergt, sehr oft Edward VII., damals noch Prinz von

Wales, aber die Familie, der es gehört hatte, war in Schwierigkeiten geraten. Es hatte einen Brand gegeben, und jetzt stand das Haus zum Himmel hin offen – ein prachtvolle Ruine. Große Springbrunnen, deren Becken sich mit modernden Blättern füllten, schmückten die grasbewachsenen Flächen, die einmal kunstvolle Blumenbeete gewesen waren. Die Kapelle war zur Pfarrkirche von Westray geworden. Jack hatte gemeint, ihr Anblick lohne fast die Langeweile eines Gottesdienstes. Über die Idee des Christentums konnte er nur lachen. Jetzt wußte er wahrscheinlich alle Antworten.

Es erstaunte mich schon, was für einen Lärm eine Gruppe von etwa achtzig Leuten hervorbringen kann. Die Hälfte davon schien an Schwindsucht zu leiden ... sie schnieften und husteten und räusperten sich und trompeteten in ihre Taschentücher. Die andere Hälfte ließ ständig Gottesdienstblätter, Handschuhe, Gebetbücher und Autoschlüssel zu Boden fallen. Als die Predigt des armen Mr. Molebank sich ihrem Ende näherte, herrschte ein Klangbrei von rastlosen Füßen und Unterhaltungsgebrummel.

Zehn Minuten später war der Gottesdienst vorbei. Der Sarg wurde aufgenommen, und James und ich gingen hinterdrein, wobei wir uns ganz automatisch dem Schritt der Sargträger anpaßten. Ich kam mir theatralisch und so unwirklich vor, als marschierten wir in Helsingör hinter Hamlets Leiche her. Ein Vogel flog durch die offene Kirchentüre herein und schoß über die Prozession hinweg. Ich mußte an den Spatzen von Beda Venerabilis denken. Wie ein Vogel, der durch die große Halle eines Hauses fliegt, wissen wir nicht, woher wir kommen und wohin wir gehen, auch nicht wann. Dazwischen liegt eine kurze Phase des Lichts, der Wärme und der Geräusche, die wir Leben nennen. Gute zwölf Jahrhunderte nachdem der gelehrte Mönch seine Metapher zu Papier gebracht hatte, war Jacks kurze Existenz vorbei, und er war ... wo?

Erleichtert stellte ich fest, daß man den Schornstein des Pfarrhauses hinter den Bäumen noch sehen konnte und nichts auf Rauch oder Flammen hindeutete. James weinte sehr still, als der Sarg in die Erde gesenkt wurde. Schon fast ein Mann, behielt er in diesen Tagen seine intimsten Gedanken für sich, und ich, die einst in allem seine Vertraute gewesen war, mußte seine Empfindungen erraten. Ich war dankbar, daß er weinen konnte.

Die gut eingemummelte Dorothy drückte ihr tränengezeichnetes Pudergesicht schniefend in ihr Taschentuch. Sie tat mir furchtbar leid. Donald, Jacks Vater, sah violett aus vor Kälte, was zu seinem jetzt sehr dünnen Haar, das beinahe so rot war wie das von Jack, einen schrillen Kontrast bildete. Jeremy, der gefaßt zwischen seinen Eltern stand, sah trotz seiner gefalteten Hände und niedergeschlagenen Augen überhaupt nicht traurig aus, was wenigstens ehrlich war.

Als wir einander zum erstenmal trafen, hatte Jack seine Eltern als »prototypische untere Mittelklasse des späteren zwanzigsten Jahrhunderts« beschrieben. Er hatte sie deswegen weder verachtet noch in Schutz genommen. Sie interessierten ihn nicht, und deshalb dachte er auch nie über sie nach.

Die letzten Worte waren gesprochen und die letzten Erdkrumen geworfen. James und ich wandten uns Dorothy und Donald zu, um sie zu küssen. Dem Kuß mit Jeremy versuchte ich immer aus dem Weg zu gehen, denn er erlaubte sich mit seinen Händen und Lippen ziemliche Freiheiten, und das auf eine unerfreuliche, heimlichtuerische Art. Für gewöhnlich benötigte ich danach ein Taschentuch. Ich war froh, daß sich zwischen uns ein paar Planken und Seile befanden. Dorothy streckte mir ihre rote Wange zum Kuß entgegen. Wir hatten uns natürlich seit Jacks Tod am Telefon unterhalten, doch meinem Empfinden nach gehörte es sich einfach, sie noch einmal meines Mitgefühls zu versichern. Wären es James oder Henry oder Elizabeth gewesen, die in der Erde vor unseren Füßen lagen, dann wäre ich bestimmt zu einer Wahnsinnigen geworden, durch kein tröstendes Wort auch nur zu erreichen. Dorothy war aus anderem Holz geschnitzt, aber einen Versuch war es wert.

»Das ist ein fürchterlicher Tag«, fing ich an.

»Wie meinst du, Liebe?« Dorothy zog aus jedem Ohr einen Wattepfropfen. »Ich bekomme Ohrenschmerzen, wenn ich im Wind stehe. Was hast du gesagt?«

Ich wiederholte meine Bemerkung.

»Ich meine ja immer, das ist so ein fauler Wind, daß er nicht um dich herumwehen will, sondern durch dich hindurch.« Ich erinnerte mich, daß sie das wirklich sehr oft gesagt hatte. »Ich bin froh, daß ich heute morgen noch eine Jacke zusätzlich angezogen habe. Diese Oktoberwinde können trügerisch sein. Jetzt laß uns aber gehen, sonst holen wir uns noch den Tod. Du wirst dich auch um das Essen kümmern wollen, Miranda. Ich habe seit dem Frühstück keinen Bissen mehr zu mir genommen, und wenn ich nichts zu essen bekomme, könnte mir leicht wieder übel werden.«

Donald und Jeremy hakten Dorothy auf beiden Seiten unter und schleppten sie zu dem grauen Rover, der direkt vor dem Friedhofstor geparkt war, wo er dem Leichenwagen große Umstände bereitete. Das wurde für die anderen Gemeindemitglieder zum Signal, mir ihr Beileid auszusprechen, mich auf angemessene Weise ihrer Trauer und ihres Trostes zu versichern. Was ohnehin schon nicht leicht war, wurde durch einen weiteren Regenguß noch schlimmer gemacht. Maeve kam mit bestürzter Miene auf mich zugestürmt, um mich zu küssen, wobei sie in ihrer Begeisterung mir gleich den Hut vom Kopf stieß und einen stämmigen älteren Herrn aus Jacks Bank veranlaßte, diesem hinterherzulaufen.

»Es tut mir so leid, meine Liebe, daß wir uns verspätet haben!« Maeve trug einen langen schwarzen Mantel, dessen Saum mehrere Zentimeter tief im Schlamm hing, und einen Samthut, Modell Südwester, dessen Krempe vorne hochgeschlagen war und mit einer großen roten Seidenrose gehalten wurde. Ihre Haare hatte sie in einem sehr dunklen Mahagoniton färben und stachelig schneiden lassen. Ihr Lippenstift war auberginefarben, als hätte sie Blaubeeren gegessen, lenkte jedoch keineswegs von der *nostalgie de la boue*-Schönheit ihres Gesichts ab, das ziemlich sexy wirkte. »Die Jungs haben verschlafen, und der Wagen sprang nicht an. Wir mußten uns ein Taxi nehmen. Was für eine tolle Trauerfeier! Fast alle Frauen waren hoffnungslos in Jack verliebt! War das nicht romantisch!«

Der ältere Herr, der meinen feuchten und jetzt schmutzigen Hut eingefangen hatte, bedachte Maeve mit einem Blick strengster Mißbilligung und stakste keuchend von der ungewohnten Anstrengung seines kleinen Sprints davon, ohne daß ich ihm hätte danken können. Mehrere andere Leute, die sich in die Reihe gestellt hatten, um mit mir zu sprechen, starrten Maeve mit Abscheu an. Maeve achtete gar nicht darauf.

»Doch das Verrückteste ist ... ich glaube, ich habe Jack einen Augenblick lang gesehen ... schattenhaft und durchsichtig ... neben dem Sarg. Ich konnte das Rasierwasser riechen, das er immer benutzte. Würzig und sexy. Er lachte über etwas ... wahrscheinlich über uns, wie wir uns hinknieten und für ihn beteten. Er sagte doch immer, daß Religion Quatsch sei, oder? Dann wurde mir schrecklich kalt. Das ist immer ein Zeichen, daß auf der Astralebene etwas passiert.«

»Ja schön, laß uns jetzt nach Hause gehen«, versuchte ich sie zu bremsen. Maeve behauptete immer, sie habe seherische Gaben, doch unglücklicherweise befähigten sie diese nicht, die Reaktionen anderer auf ihre theatralische Art vorherzusehen. Ich sah Sebastian und Florian, Maeves Söhne, ein wenig abseits stehen. Florian bückte sich, um von einem der Gräber eine Blume zu nehmen und sie sich ans Revers seines Samtanzugs zu stecken. Sebastian hob seine Springerstiefel Größe sechsundvierzig und stieß die Vase um. Gemeinsam gingen sie lachend davon.

Ich führte die Gruppe an wie die Leitgans einen Zug Wildgänse. Die anderen Trauergäste schwärmten hinter mir her. Ein paar Zaungäste standen an der Friedhofsmauer. Es waren Leute aus dem Dorf, die sich nicht in die Kirche hatten setzen wollen, aber dennoch am aufregendsten Ereignis hatten teilnehmen müssen, das sich in Westray ereignet hatte, seit die Frau des Gastwirts mit dem Mann von der Brauerei durchgebrannt war.

Ich lächelte und nickte zum Gruß, den sie auf angemessene Weise niedergedrückt erwiderten. Mrs. Veal vom Postladen war da, das Taschentuch an ihren harten, neugierigen Augen. Mir fiel auch ein Mädchen mit einem sehr kleinen Baby auf, das neben Horace Birt stand, einem dicken Mann mit feuerrotem Gesicht, der das Land bewirtschaftete, das an Westray grenzte. Ich mochte ihn nicht recht, und er hatte ganz bestimmt

Jack nicht gemocht, der ihm mehrmals wegen seiner schlampigen Landwirtschaft die Meinung gesagt hatte. Ich wußte gar nicht, daß er verheiratet war. Als ich ihn ansah, um etwas Schmeichelhaftes anzubringen, verzog er seine abgestumpfte Miene zu einem Grinsen, legte seinen Arm um die Taille des Mädchens und führte sie weg.

Ein Reisender, der in unpassender Kleidung einen besonders harten Wintertag auf einer Schlittenfahrt über den Yukon verbracht hatte, konnte sich nicht mehr auf sein Zelt freuen als ich mich aufs Nachhausekommen. Wenn ich das Zelt nur für mich allein gehabt hätte.

Zu Hause schickte ich Diana und Beatrice weg, damit sie sich mit den anderen Gästen unterhielten. Währenddessen machte ich schnell eine große Schüssel Dressing und schaute mir dann das Eßzimmer an. Diana hatte das Unmögliche bewerkstelligt. Der Lachs war perfekt gehäutet und mit Dill, Gurken und Borretschblüten dekoriert. Der Schinken stand auf seinem Tablett neben einem frisch gewetzten Messer. Die Schüsseln mit Kartoffel-, Tomaten- und grünem Salat waren elegant plaziert und mit Frühlingszwiebeln, Petersilie und Liebstöckel bestreut. Die Brotlaibe waren in Tücher gewickelt, um sie warm zu halten. Cheddarkäse, den ich vor drei Tagen gekauft und ganz vergessen hatte, stand befreit von seiner Musselinhülle auf einer hübschen blau-weißen Worcester-Platte. Auf einem Beistelltisch stand eine riesige Terrine mit dampfender Suppe. In einer Schale ließen zart errötende Noisetterosen ihre weichen, gebogenen Köpfe hängen, um sich pfirsichfarben und geisterhaft weiß auf der polierten Tischplatte zu spiegeln.

Ich ging in den Salon, um alle zum Essen zu bitten. Beatrice und Diana plauderten miteinander. Sie saßen auf den Stufen und waren, ungesehen von den anderen Gästen, in eine ernsthafte Diskussion über die Zukunft der modernen Keramik vertieft. Von dem, was ich hören konnte, war Diana äußerst taktvoll und Beatrice überaus loyal. Ich machte die Türe weit auf, wodurch ich sie der Allgemeinheit präsentierte. Sobald meine Mutter Beatrice entdeckt hatte, stand sie auf und ließ Dorothy, die noch immer redete, allein zurück.

»Ich habe mich schon gefragt, wo du bleibst, Beatrice. Was hast du denn mit dir angestellt? Nichts als gegessen, könnte ich mir vorstellen. Und du hast so schöne runde Schultern!«

»Essen für alle«, rief ich in der Hoffnung, meine Mutter vom Thema abzulenken. Beatrice war aufgewühlt, fast den Tränen nahe. Diese Wirkung hatte Fabia immer auf sie, und wahrscheinlich auch auf viele andere.

»Um Himmels willen, *lümmel* dich doch nicht so, Elizabeth! Und nimm diese *lächerliche* Sonnenbrille ab. Du könntest dir gleich noch einen weißen Stock nehmen. James, Hände aus den Taschen! Ich hoffe, da ist nirgendwo Salz drin, Miranda?«

Ich brummelte eine Antwort, die »ja« oder »nein« hätte sein können, und wurde dann beinahe gegen die Tür geworfen, als Dorothy an mir vorbeischritt, um im Eßzimmer die erste zu sein. Ivor schnitt den Schinken, während ich den Lachs zerteilte und Patience die Suppe ausschöpfte. Die Leute aßen, als wäre eine Belagerung aufgehoben worden und dies die erste Abwechslung nach all den Monaten, in denen es nur Ratten und Löwenzahn gegeben hatte.

Sebastian und Florian hatten sich ihre Teller mit allem vollgeladen. Maeve war zur Zeit eine Jüngerin der Makrobiotik, die Berechnungen des Yin-und-Yang-Prinzips erforderte, was im Ergebnis schließlich zu Unmengen von langweiligem Vollwertreis führte. Jasper und Dinkie verdrückten sich, sobald sie Sebastians ansichtig wurden. Er hatte, ein Anhänger der Neonazis, so gar nichts Ansprechendes mit seinem rasierten Schädel von der Form eines Fingerhuts, oben flach, und einem Nacken, der breiter war als seine Stirnpartie. Ivor hatte einmal zwei Tage damit verbracht, ein auf die Wand des Torhauses gemaltes Hakenkreuz zu entfernen. Ich bat James, ihn im Auge zu behalten, was er auch versprach, sofern er das aus sicherer Entfernung tun konnte. James und Sebastian waren gleichaltrig, aber seit ihrem siebten Geburtstag nicht mehr miteinander befreundet, als Sebastian versucht hatte, James kopfüber in den Wallgraben zu tauchen. Florian war ein ganz anders gearteter Junge. Einmal war ich wütend auf ihn geworden, als ich ihn an meinem Frisiertisch dabei ertappte, wie er mein Make-up ausprobierte.

»Du wirst alle Hände voll zu tun haben, diese Kinder allein großzuziehen«, meinte Donald mit einem Blick auf Elizabeth, die an der Wand lehnte und sich mit einem mir unbekannten Mann unterhielt.

Ihr Haar verdeckte ihr Gesicht fast vollständig. Ihr Rock war sehr kurz und ihre Stiefel reichten beinahe übers Knie. Ich wüßte nicht, sie an ihr schon gesehen zu haben. Gab ich ihr zuviel Taschengeld? Als ich sie besorgt ansah, zog sie ihre dunkle Brille aus der Tasche und setzte sie mit quälender Langsamkeit auf. Hoffentlich wurde dem Mann klar, daß er sich mit einer Vierzehnjährigen unterhielt.

»Jack war vermutlich durch und durch Familienvater«, fuhr Donald fort. Ich enthielt mich eines Kommentars. »Man hätte ja nie gedacht, daß ein Kerl seines Kalibers sich mit Pfeife und Pantoffeln zufriedengeben würde. Aber er hielt große Stücke auf die Kinder. Und auf dich natürlich, meine Liebe.« Ich versuchte, dieses Lob erfreut entgegenzunehmen. »Elizabeth sieht aus wie dir aus dem Gesicht geschnitten. Und Henry ist ganz der Papa. Wollen nur hoffen, daß er auch das Köpfchen von seinem Papa hat.« Sein Gerede war mir lästig, aber ich behielt den Anflug eines Lächelns bei. »Was James angeht, muß ich dir leider sagen, daß ich aus ihm überhaupt nicht schlau werde. Zweifellos hat er was drauf, aber ich finde ihn zu ruhig.«

Bei diesen Worten sträubte sich mir alles. Donald hatte James einmal zu einem Fußballspiel mitgenommen. James war noch nicht alt genug gewesen, um seine Langeweile und seine Abneigung gegen diese Veranstaltung verbergen zu können. Seit damals hatten sie nichts mehr miteinander zu tun gehabt. Donald zündete sich seine Pfeife an.

»Es macht dir doch nichts aus, meine Liebe, wenn ich das hier rauche?« Er sog an dem teerverkleisterten Mundstück, machte widerliche Geräusche und blies mir dann eine Wolke ins Gesicht. »Dorothy mag es nicht, wenn ich daheim im Haus rauche, sie meint, es hängt sich in die Vorhänge. Sie ist eine wunderbare Frau.«

Wir richteten unsere Blicke auf Dorothy, die im Tomatensalat herumstocherte, die Nase argwöhnisch nach oben gezogen.

»Ich kann das ganze Öl nicht vertragen, meine Liebe. Schlägt mir auf die Eingeweide. Ich hätte gerne eine einfache Tomate mit ein wenig Salatmayonnaise.«

Sie hatte von ihrem Stück Lachs die Borretschblüte vorsichtig entfernt und hielt sie pikiert zwischen Zeigefinger und Daumen, als wäre es eine Wespe, die gleich zustechen könnte. Sie ließ sie auf meinen Teller fallen. Ich ging in die Küche.

Rose war auf dem Sofa unter einer Decke fest eingeschlafen. Sie sah nicht mehr so blaß aus und atmete tief. Ich ging auf Zehenspitzen zum Kühlschrank. Zum Glück lagen dort noch ein paar Tomaten in einer Tüte, ein wenig verschrumpelt, aber das mußte reichen. Salatmayonnaise hatte ich nicht, dafür aber ein Glas mit normaler Mayonnaise. Ich bückte mich, um die Etiketten abzumachen, als ich Schritte hinter mir hörte. Rasch drehte ich mich um. Jeremy stand neben mir, unangenehm nah, vom Wein ziemlich erhitzt.

»Ich habe dich hier hineingehen sehen, Miranda, ich wollte mit dir reden.«

Jeremy war ein großer, dickleibiger Mann mit rotem Haar wie das der anderen männlichen Stowes, aber gelockt. Dadurch wirkte er, in Kombination mit seinem runden Gesicht und der Stupsnase, ein wenig wie ein Baby, das durch die kleinen blinzelnden grauen Augen hinter den sechseckigen rahmenlosen Brillengläsern etwas Boshaftes bekam. Er hatte fleischige, feuchte Hände mit abgebissenen Fingernägeln, mit denen er jede sich bietende Gelegenheit nutzte, einen zu betatschen. Hoffentlich nicht mich. Er machte mir regelrecht angst.

»Wie nett.« Ich sprach leise und deutete auf Rose, um ihn zu veranlassen, auch seine Stimme zu dämpfen. »Ich gebe dir einen Teller, dann kannst du das deiner Mutter bringen.«

»Nur einen Augenblick.« Er lachte in sich hinein, ein trockenes Geräusch wie von einem Rasenmäher, der nicht ansprang. »Ich habe das schon oft loswerden wollen. Ich habe dich immer bewundert, Miranda. Ich möchte sogar noch weitergehen.« Er hielt inne, und ich versuchte, ihm mit meiner Miene den Schneid abzukaufen. »Mein Bruder hielt sich für sehr klug, aber er verstand nur die Hälfte von dem, was er sah. Ich bin anders als er. Ich könnte dich sehr glücklich machen, Miranda.« Er streckte mir seine Stummelfinger hin.

»Was du da sagst, Jeremy, ist alles sehr dumm. Ich kann mir das nur damit erklären, daß du zu viel getrunken hast ...«

Noch ehe ich weitersprechen konnte, stürzte sich Jeremy auf mich und saugte sich geräuschvoll mit seinem Mund an meinem fest, als würden wir im Weltraum andocken. Als ich mich von ihm befreite, spürte ich etwas Weiches unter meinem Fuß. Es war Dorothys Tomate.

»Ich muß Sie leider stören«, sagte eine Stimme hinter uns. Jeremy ließ mich los. Dr. McCleod stand in der Küchentüre, seine Stirn so düster wie die von John Knox, wenn er über die Heerscharen der Hölle nachdachte. Hinter ihm stand Stew Harker, der Laufbursche aus dem Dorfladen, mit einem aufreizenden Grinsen im Gesicht.

»O nein, Sie stören mich nicht«, fing ich an und wurde rot, als ich mein Taschentuch suchte. »Es ist nicht ... wir sind nicht ... das ist mein Schwager ...«

Ich spürte, wie mein Gesicht brannte. Jeremy nahm die eine Tomate, die ganz geblieben war, und machte einen feigen Fluchtversuch in Richtung Eßzimmer.

»Ich bin hier, um Miss Ingrams ins Krankenhaus zu bringen. Sie sollte sich ihr Gelenk durchleuchten lassen. Ich nahm an, daß Sie zu beschäftigt sein würden, das selbst zu tun.«

Der kalte Sarkasmus in seiner Stimme klang verletzend. Ich sah ein, daß alles gegen mich sprach, aber ich war zu wütend auf Jeremy und von allem viel zu erschöpft, um eine Erklärung abgeben zu können.

»Sie schläft. Muß sie geweckt werden?«

Ich beugte mich über sie. Sie wirkte so alt und zerbrechlich, daß mir das Herz weh tat. Ein Leben ohne Rose war unvorstellbar.

»Ich denke schon. Die Röntgenabteilung hat viel zu tun, und man hat sie extra eingeschoben. Miss Ingrams?«

Er tätschelte sanft ihren Arm.

»Sie können aufhören, mich so grob zu behandeln, Doktor. Ich bin schon wach, danke.«

Rose setzte sich auf, wütend, weil sie unter so vielen Blicken geschlafen hatte. Dr. McCleod versuchte, sie am Arm zu führen, aber sie ließ es nicht zu. Ich holte Stock, Mantel und Hut.

»Vollkommen unnötig, wenn Sie mich fragen, aber ihr Männer glaubt ja immer, alles besser zu wissen.« Der Ton von Rose war bissig.

»Es ist sehr freundlich von Ihnen, sie mitzunehmen«, sagte ich zu Dr. McCleod, als wir Rose hinterherliefen.

»Es ist mein Beruf, mich um die Patienten zu kümmern.« Für meine Dankbarkeit hatte er nur einen mißbilligenden Blick übrig.

»Was willst du denn, Stewart?« Meine Stimme war schneidend.

Stew Harker lächelte so verschlagen, daß ich ihm am liebsten eine Ohrfeige verpaßt hätte.

»Telegramm für Sie, Mrs. Stowe. Mr. Bastable sagte, Sie sind in der Küche.«

Ich nahm den gelben Umschlag und riß ihn auf. Er kam von Tante Nancy. »Kann leider nicht bei euch sein Stop Bin bei euch im Geiste Stop Ankomme Heathrow Dienstag Stop Nancy.«

Das war eine gute Nachricht. Neben Beatrice war Tante Nancy meine Lieblingsverwandte, wenn auch nicht eigentlich blutsverwandt. Nancy war mit dem Bruder meines Vaters verheiratet gewesen, der mit seinem Zerstörer mitten im Atlantik Schiffbruch erlitten hatte. Darauf hatte Nancy einen schrecklich reichen und angenehmen Mann aus Virginia geheiratet, dessen Geld sie begeistert ausgab. Es stimmte mich froh, daß ich mich noch immer auf etwas freuen konnte.

Das Essen zog sich unendlich in die Länge. Vielleicht lag es am kalten Wetter, daß meine Gäste zögerten, sich loszureißen. Schließlich gelang es mir, Dorothy, Donald und Jeremy zu verabschieden. Jeremy hatte mich mit einem feuchten Händedruck bedacht, aber ich eilte davon, ehe er mich küssen konnte. Ich mußte Dorothy ein paar Schinkensandwiches für den Fall mitgeben, daß sie auf dem Weg nach Basildon einen Schwächeanfall bekam. Während ich die Butter aufs Brot strich, tröstete ich mich mit dem Gedanken, daß ich lange Zeit wohl keinen von ihnen mehr sehen mußte. Sie hatten sich bisher allem Anschein nach nicht viel aus den Kindern gemacht, eine Haltung die durchaus erwidert wurde.

»Ich habe Vater nach Hause gebracht«, sagte Patience, die ich mit Schürze und Gummihandschuhen beim Spülen antraf. »Er wird jetzt stundenlang schlafen. Ich spüle dir nur diese Gläser ab. Ich weiß nicht, wie du diese Leute loswerden willst. Sir Brigham hat sich mit Lissie in die Bibliothek zurückgezogen. Lieber sie als ich.«

Ich suchte George und bat ihn, nachzusehen, ob die Fenster in der Bibliothek ordentlich geschlossen waren.

»Das wird das Ratsmitglied kurieren.« Ich hatte eine Flasche von Jacks bestem Chablis mit in die Küche gebracht und schenkte zwei Gläser ein. »Ist doch merkwürdig, nicht wahr, daß ein Sitz im Unterhaus unbeherrschbare Sturzbäche von Testosteron freizusetzen scheint. Was hat Lissie sich denn dabei gedacht?«

»Ich glaube, sie weiß einfach nicht, wie man nein sagt«, erwiderte Patience und errötete dann ein wenig, als ihr einfiel, daß diese Unfähigkeit bei Jack auf sehr fruchtbaren Boden gefallen war.

»Ich kann euch gar nicht sagen, was für eine scheußliche Erfahrung ich gerade gemacht habe!« Lissie betrat in dem Augenblick die Küche. »Welcher Teufel reitet eklige alte Männer mit Hängeärschen, daß sie sich einbilden, sie könnten jedes Mädchen bekommen?«

Lissie sah sehr anziehend aus in dem Tiefschwarzen von Harvey Nichols. Sie ist die einzige mir bekannte Frau, die vom Weinen nicht häßlich wird. Sie hatte fast während der ganzen Feier geheult und mich damit in die Sorge getrieben, George könnte den Verdacht hegen, es steckte mehr dahinter als Kummer um einen verstorbenen Freund.

»Ich denke, Sir Brigham hat ein Alter erreicht, wo das bißchen Urteilsvermögen, das er einmal gehabt haben mag, auf die Größe einer Erdnuß zusammengeschrumpft ist.« Patience klang ungewöhnlich grausam. Vermutlich hatte Wacko sie mehr als sonst strapaziert.

»Wir wollen nicht zu einem Hexenzirkel von Männerhassern werden«, ich nahm ein Geschirrtuch und polierte die Gläser, die Patience gespült hatte.

»Warum eigentlich nicht.« Lissie suchte sich auch ein Tuch, und wir arbeiteten gemeinsam. »Solange wir nicht erwarten, daß es etwas bringt. Heute morgen stand ein Artikel über die Frauenemanzipation in der *Times*. Das Foto der Autorin machte alles zunichte. Sie hatte mindestens Größe Zweiundfünfzig und ein Kinn wie der Schnabelsack eines Pelikans. Die hätte selbst Sir Brigham abgeschreckt. Waren ganz offensichtlich saure Trauben.«

»Lissie! Wenn du so etwas sagst, spielst du den Männern in die Hände!« Patience war aufgebracht. »Auch eine häßliche Frau hat das Recht auf Gedankenfreiheit, ohne dafür beschimpft zu werden und zusehen zu müssen, wie ihre Motive ins Lächerliche gezogen werden.«

»O ja, ich weiß. Aber wohin hat uns das gebracht? Noch immer werden wir mehr wegen unseres Aussehens als wegen unseres Verstands geschätzt.«

»Aber wir sind doch ganz schön weit gekommen«, wandte ich ein. »Denkt doch nur an Caroline Norton und ihren Kampf um das Recht der verheirateten Frau auf ihr Eigentum. Ehe sie Widerstand leistete, hatte eine Frau nicht einmal das Recht über ihre eigenen Kinder und ihr eigenes Geld. Das ist noch nicht einmal zweihundert Jahre her. Überlegt mal, was Elizabeth Blackwell und Florence Nightingale erreicht haben! Und was ist mit Emma Goldman und all den anderen? Wir sollten eine Minute auf die Knie gehen und ihnen dafür danken, wie sehr sie unser Leben verändert haben. Natürlich ist noch nicht alles perfekt. Aber das ist zum Teil auch unsere Schuld. Unsere Feigheit und unsere Apathie sind für die Rechte der Frau genauso nachteilig wie geile, machtbesessene Männer.«

»Freut mich, daß du wieder die alte bist.« Patience lächelte, als sie das nächste Tablett Gläser vom Tisch nahm.

»Du hast wahrscheinlich recht«, sagte Lissie, die Liebenswürdigkeit in Person.

»Wir müssen los, Miranda.« Diana kam in die Küche, gefolgt von Rollo. »Die Babys drehen vor dem Schlafengehen immer noch mal so richtig auf, wie die Katzen. Wir haben versprochen, um sieben Uhr zu Hause zu sein. Ich wünschte, ich könnte hierbleiben und dir helfen.«

»Du hast schon so viel getan, und ich habe mich gar nicht richtig bedankt bei dir. Besucht uns doch mal und bringt die Kinder mit, was haltet ihr davon? Kommt doch, wenn es wieder wärmer ist und wir den ganzen Tag am Strand sein können.«

Diana stimmte zu, und wir umarmten uns innig. Es tat mir wirklich leid, Rollo und Diana abfahren zu sehen.

»Wo ist Nanny Trebor?« Der Ton meiner Mutter klang gebieterisch. Sie weigerte sich, Rose anders zu nennen. Das war ihre Art, Rose an ihren früheren Status als Bedienstete zu erinnern. Sie hielt mich für verrückt, Rose über ihre aktive Zeit hinaus zu behalten. Immer wenn sie kam, suchte sie nach Arbeiten, die Rose erledigen konnte. »Wie ich sehe, sind meine Koffer nicht ausgepackt worden. Sie soll das braune Seidenkleid bügeln, damit ich es am Abend anziehen kann.«

»Erstens ist Rose im Allgemeinen Bezirkskrankenhaus Bosworth, wo man ihr Handgelenk röntgt, und zweitens wird das Abendessen aus Resten bestehen, die in der Küche eingenommen werden. Und dafür brauchst du dich nicht umzuziehen.«

»Für die Mißachtung des Niveaus gibt es keine Entschuldigung. Selbst während der Luftangriffe haben wir uns zum Abendessen umgezogen und vier Gänge gespeist. Wo ist Goss?«

Es war sicherlich schwach von mir, mit meiner Mutter nicht härter ins Gericht zu gehen. Aber sie fand Streit wundervoll, und noch Tage, nachdem man aus Erschöpfung und Langeweile kapituliert hatte, kam sie immer wieder und ausführlich auf den Gegenstand des Streits zurück, um ihren Groll zu demonstrieren, daß man es tatsächlich gewagt hatte, nicht mit ihr einer Meinung zu sein.

»Mrs. Goss hat gestern gekündigt.«

»Du hast die Sache nicht gut im Griff, Miranda, wenn ich das sagen darf. Jetzt mußt du dieses große, unpraktische Haus in Ordnung halten und dich um drei sehr schwierige Kinder kümmern ... Elizabeth wurde ziemlich unverschämt, als ich ihr sagte, sie solle den Hund nicht ins Haus lassen ... ohne Hilfe außer einer senilen verkrüppelten alten Frau und einem gefährlichen sympathischen Idioten. Was denkst du dir eigentlich?«

»Sie haben vergessen, daß *ich* hier bin, um Miranda zu helfen«, warf Ivor ein, der hereingekommen war, als meine Mutter sprach. Er hatte sich in der unfreundlichen Beschreibung des letzteren nicht wiedererkennen wollen.

Meine Mutter schnaubte resigniert und rauschte aus dem Zimmer. Dabei stieß sie mit Patience zusammen, die ein Tablett mit Tellern, Messern und Gabeln trug. Ein Stück Rückengräte vom Lachs verhedderte sich im Saum ihres eleganten, gelbbraunen Umschlagtuchs. Sie trudelte hinter ihr her wie der Schwanz einer überaus phantastischen Chimäre.

»Glaubst du denn, daß die Leute ans Aufbrechen denken, wenn wir einfach alles abräumen?« fragte ich.

Die Gäste hatten es sich im ganzen Haus gemütlich gemacht und zogen jeden ins Gespräch, der zuhören wollte. Von den Kindern war nichts zu sehen. Ich warf einen besorgten Blick aus dem Wohnzimmerfenster, als Jacks Methodistentante sich zu mir gesellte, um mir alles über ihren Garten zu erzählen.

»Du solltest unsere Clematis sehen. Ich habe eine gestreifte, mit Blüten so groß wie Eßteller. Was du da am Eingang hast, ist ein eher trauriger Anblick. Die Blüten sind ja winzig.«

Durch die alten Scheiben betrachtet, hatte jeder krumme Beine wie ein schwerer Fall von Rachitis. Zu meinem Schrecken sah ich Beatrice und die Kinder Seile heranschleppen und über das Steilufer des Wallgrabens klettern. Elizabeths Pony war wieder einmal aus seiner Weide ausgebrochen und stand am Rand bis zu den Schultern im Schilf. Beim letzten Mal, als es beschlossen hatte, schwimmen zu gehen, hatten wir fast einen ganzen Nachmittag damit zugebracht, es herauszuholen.

»O Puck!« sagte ich nicht ohne Nachdruck.

Anscheinend hatte die Methodistentante mich falsch verstanden, denn sie holte sehr eindrucksvoll Luft, richtete sich zu ihrer vollen Größe auf und entfernte sich steif.

Endlich hatten wir alle schmutzigen Teller in der Küche und all die übriggebliebenen und noch verwertbaren Essensreste in der Speisekammer. Eine Handvoll Gäste konnte sich einfach nicht losreißen, aber ich nahm mir ein Herz und beschloß, sie auszuhungern. Sie waren bereits mit Tee und den Resten eines alten Gesundheitskuchens versorgt worden, den ich noch in einer Dose gefunden hatte.

Lissie, Patience und Maeve machten mit dem Abwasch weiter, während ich mit Beatrice Rose zu Bett brachte. Die Röntgenaufnahme hatte einen Mittelhandbruch gezeigt, dessen Heilung mindestens sechs Wochen dauerte. Im Krankenhaus hatte man die Knochen eingerenkt und ihr Handgelenk eingegipst. Man hätte sie gerne über Nacht behalten, aber sie hatte darauf bestanden, nach Hause zu kommen. Dr. McCleod und Ivor hatten die Hände zum Sitz verschränkt und sie in ihr Zimmer gebracht, da sie von der Narkose noch schläfrig war.

»Ich weiß, daß ich eine lästige alte Frau bin«, sagte Rose mit einem Anflug ungewohnter Schwäche in der Stimme. »Wenn man alt wird, ist es wichtig, an einem Ort zu sein, den man sehr gut kennt und mit Leuten zusammenzusein, die man auch sehr gut kennt. Mehr will ich nicht. Nur bei Miranda und den Kindern sein.«

Ich gab ihr einen Kuß, weil es mir leid tat, ihren unverwüstlichen Geist so angeknackst zu sehen, daß sie sogar Gefühle zuließ. »Sieh zu, daß du die beiden da herausbekommst«, fügte sie ziemlich undankbar hinzu, denn sie war kein Leichtgewicht, und Ivor und Dr. McCleod schnauften wie Dampfloks. »Ich habe bisher noch nie einen Mann in meinem Schlafzimmer gehabt, und jetzt ist es auch zu spät, um damit anzufangen.«

Sie preßte ihre Augen zusammen und drehte den Kopf zur Seite.

»Jemand hat Puck absichtlich rausgelassen«, beschwerte sich Elizabeth, als sie, schmutzig bis zur Taille, in der Küche stand.

»Wo sind eigentlich Sebastian und Florian?« fragte ich sofort und wurde rot, als ich Maeves Blick auffing.

»Sie wollten in der Bibliothek Karten spielen, solange ich abwusch.«

Natürlich widerstrebte es Maeve, sich die Unzulänglichkeiten ihrer Söhne einzugestehen. Jeder kleine Fehler wurde als Folge eines kaputten Elternhauses wegerklärt. Beide Scheidungen, die Maeve hinter sich hatte, waren eine Katastrophe gewesen. Das war ihr Fehler nur insofern, als sie sich derart auffallend widerliche Männer ausgesucht hatte. Sebastians Vater war ein polnischer Armeeleutnant gewesen, der von seinem Regiment desertiert war und sich nach England abgesetzt hatte. Er hatte Maeve geheiratet, um seine Auslieferung zu verhindern und ihr das Leben schwergemacht, indem er absolute Unterwerfung forderte. Er zwang sie zu häufigem und gewalttätigem Sexualverkehr, zu dem auch abnorme Praktiken gehörten, die sie bald verabscheute. Florians Vater war ein Ästhet mit heftiger Abneigung gegen morgendliches Aufstehen gewesen. Er lebte jetzt ein Nomadendasein im Wohnwagen und mit einer Drehbank irgendwo in Sherwood Forest.

Ich ging in die Bibliothek. Sebastian und Florian waren da, ein Kartenspiel lag auf dem Tisch ausgebreitet, doch mir fiel auf, daß beide extrem schmutzige Schuhe hatten und auf Sebastians Gesicht ein zufriedener Ausdruck lag. Ich beschloß, Ivor sofort nach den Hühnern sehen zu lassen.

»Hast du Ivor irgendwo gesehen, James?« Ich schenkte meinen Abwäscherinnen noch ein Glas Wein ein und genehmigte mir selbst auch eins.

»Zuletzt vor zehn Minuten. Tut mir leid, daß ich diese beiden Rowdies aus den Augen verloren habe. Fabia bat mich, ihr ein Buch zu holen. Da müssen sie entwischt sein.« Miene und Tonfall von James verrieten, daß er es satt hatte. »Ich glaube, ich gehe sobald wie möglich wieder zurück in die Schule. In sechs Monaten sind meine Abschlußprüfungen, und da ist es nicht gut, wenn man zu lange fehlt.«

»In Ordnung, mein Schatz. Wie du willst. Wenn du möchtest, fahre ich dich morgen hin.«

»Danke.«

»Welches Buch wollte Fabia denn haben?«

»Burtons *Anatomie der Melancholie*. Ich mußte eine Ewigkeit danach suchen. Sie meinte, es wäre lustiger als sich mit Papas Verwandten zu unterhalten. Da ist Ivor ja.«

Ivor summte eine Melodie aus dem letzten Akt von *Don Giovanni*, die Stelle, wo er durch die Falltüre stürzt und den Flammen der Hölle anheimfällt.

»Hast du die Hühner eingesperrt? Ich bin ein wenig in Sorge um sie.«

»Du brauchst dich nicht zu sorgen, mein Tülpchen. Jedenfalls nicht wegen der Hühner. Befiehl dem Herrn deine Wege und hoffe auf ihn; er wird's wohl machen, wie es im Psalm heißt.«

Ich schnüffelte. Sein Mantel roch nach Rauch. »Hast du wieder ein Feuer gemacht?«

Ivors Blick war schuldbewußt. Ehe er nach Westray kam, war er wegen Brandstiftung verurteilt worden. Nach seiner Gefängnisstrafe hatte er eine Therapie gegen Pyromanie gemacht. Wir hatten ihm immer ein Feuer pro Woche erlaubt, damit er, wie wir hofften, seinen Trieb ausleben konnte, ohne daß er außer Kontrolle geriet. Aber ich wußte, daß er erst am Tag davor ein großes Feuer angezündet hatte.

»Nur ein ganz kleines. Die Beerdigung war doch aufregend, oder?«

Seine Augen füllten sich mit Tränen. Wie gut, daß der Psalmist uns so hochtrabende Weisungen lieferte, die uns jeder Sorge enthoben, grübelte ich.

Kapitel 5

»Meine Schuhe sind völlig durchgeweicht! Ich werde sie ausziehen.« Beatrice bückte sich, um die Schuhbänder ihrer Turnschuhe zu lösen. Wir standen am Morgen nach Jacks Beerdigung im symmetrisch angelegten Garten.

»Du wirst dir die Füße abfrieren. Du hättest dir Elizabeths Schuhe ausleihen sollen.«

Das Gras war noch naß vom Regen am Vortag, und alles roch würzig nach Blättern und Erde. Die Sonne warf die Schatten schlanker Stämme auf die taubeperlten Halme zwischen dem Muster der Holzapfelbäume. Ich hatte dieses Stück des Gartens vor zehn Jahren gepflanzt. Im Frühling war es besonders reizvoll, aber auch jetzt, da die Holzäpfel dicke Bündel aus Gelb, Rosa und hellem Rot bildeten. Darunter wogten ... nun ja, es war schon fast ein kleines Meer ... blaue Herbstkrokusse und weiße Herbstzeitlose. Wir suchten nach Pilzen. Beatrice entdeckte irgendwo ein paar und lief los, um sie zu holen.

»Das macht Spaß!« Sie kam zurück und legte sie in den Korb, den ich trug. »Sind das nicht Schafegerlinge? Findet ihr auf Pucks Weide noch immer Ritterlinge? Du solltest deine Schuhe ausziehen. Ich komme mir wie ein Naturkind vor, das barfuß die Früchte der Erde sammelt.« Plötzlich machte sie ein feierliches Gesicht. »Entschuldige, ich habe es ganz vergessen.

Wahrscheinlich hast du zur Zeit an gar nichts Spaß. Du wirst Jack fürchterlich vermissen!« Sie preßte ihre Lippen aufeinander und runzelte die Stirn. »Ich kann mir nicht vorstellen, was ich empfinden würde, falls Roger stürbe.«

»Wie geht es Roger?«

»Ehrlich gesagt, ist er ziemlich eingeschnappt. Uns geht es leider nicht so gut. Wir streiten uns immer häufiger. Immer ums Geld. Ich fand, er solle mal überlegen, Arbeit anzunehmen. Vielleicht als Kunsterzieher an einer der örtlichen Schulen. Darüber war er so entrüstet, als hätte ich ihm vorgeschlagen, Großinquisitor oder KZ-Wärter zu werden. Ich versuche wirklich, nicht unzufrieden zu sein. Aber es ist so hart, nie Geld zu haben. Und wenn wir jetzt keine Kinder bekommen, bin ich bald zu alt dazu.« Beatrice seufzte. »Wie ungerecht das Leben ist! Deine Ehe war doch ziemlich vollkommen, wirklich ein Geschenk. Fast alle meine Freunde sind geschieden oder würden sich besser scheiden lassen. Abgesehen von dir und Tante Nancy fällt mir keiner ein, der mit dem richtigen Partner verheiratet ist. Und jetzt passiert so ein dummer Unfall und macht dir alles kaputt! Das ist hart!«

Mir war nie klar gewesen, daß Beatrice meine Beziehung zu Jack in so verklärtem Licht gesehen hatte. Vermutlich habe ich sie immer sehr geschont. Und da wir nur ein-, zweimal im Jahr zusammenkamen, wäre es eine Schande gewesen, die kostbare Zeit durch Jammern zu verderben. Vielleicht war zum Teil aber auch Stolz mit im Spiel, daß ich über Jacks Untreue Stillschweigen bewahrte. Na ja, zum großen Teil jedenfalls.

»Ich denke, in der Nacht muß es besonders schlimm sein für dich«, fuhr Beatrice fort, weil sie mein Schweigen nicht zu deuten wußte. Sie nahm mir den Korb ab und hakte sich bei mir unter. »Armer Schatz! Es muß die Hölle sein, aufzuwachen und zu merken, daß er nicht da ist.«

»Jack und ich haben schon seit Jahren nicht mehr im selben Bett geschlafen.« Beatrices verdutztes Gesicht brachte mich zum Lachen. »Tut mir leid, dich so enttäuschen zu müssen, aber Nancy wird nun ganz allein die Apotheose der Institution Ehe rechtfertigen müssen.«

Da ich nun einmal angefangen hatte, Beatrice die Wahrheit

über Jack zu erzählen, konnte ich erst wieder aufhören, als sie alles wußte. Bei unserem Herumschlendern hinterließen unsere Schritte smaragdfarbene Schnitte im silbrigen Gras – ein schöner Anblick. Der Wind war kühl und feucht, aber die Sonne fing sich in Beatrices braunen Haarsträhnen und sprenkelte sie golden.

Jack war wütend gewesen, als ich aus dem Schlafzimmer auszog, das wir vierzehn Jahre lang geteilt hatten. Er hatte, nachdem seine Affäre mit Lissie offenkundig geworden war, alles darangesetzt, den Bruch zu heilen. Unentwegt versicherte er mir seine Liebe und daß ich die einzige Frau sei, die er je geliebt habe. Und dann glaubte ich ihm das auch.

Es war seine Idee gewesen, Henry zu bekommen. Mich konnte er damals nicht so recht überzeugen, weil Elizabeth mit ihren vierzehn Monaten gerade erst angefangen hatte, richtig durchzuschlafen, und ich mich auf ungestörte Nächte und ein bißchen Zeit für mich freute. Aber Jack fühlte sich so sicher, daß ein weiteres Baby genau das Richtige für mich sei, daß ich mich von ihm überreden ließ. Ich war immer allzu rasch bereit, zu glauben, daß andere Leute recht hatten. Und Jacks Einfluß war besonders groß, weil er im Zentrum all der männlichen Familienbeziehungen stand, die ich bis dahin erlebt hatte.

Die Schwangerschaft verlief völlig anders als die beiden vorher. Vom sechsten Monat an ging es mir furchtbar schlecht. Eines Tages konnte ich nicht aufstehen, weil mir so schwindelig war. Mein ganzer Körper schien aus Sympathie für meinen Unterleib anzuschwellen. Dr. Kenton diagnostizierte Präeklampsie. Ich mußte sechs elende Wochen im Ortskrankenhaus verbringen und durfte so gut wie nie das Bett verlassen. Henry wurde durch einen Kaiserschnitt entbunden. Zwei Tage nach seiner Geburt bekam ich eine Lungenentzündung. Ich war zu krank, um ihn stillen zu können. In seinem ersten Lebensmonat sah ich ihn kaum.

Jack wuchs an dieser Aufgabe, die er, womit keiner gerechnet hatte, wunderbar bewältigte. Rose war vollauf damit beschäftigt, sich um James und Elizabeth zu kümmern, und während ich im Krankenhaus genas, nahm Jack sich drei Wochen Urlaub von der Bank und brachte die Nächte damit zu, mit Henry auf und ab zu gehen, ihn zu füttern, zu baden und ihm die Windeln zu wechseln. Henry schrie jedesmal zornig, wenn er allein gelassen wurde, und so nahm Jack ihn jede Nacht mit in unser Bett. Es war die einzige Zeit unserer neunzehn Ehejahre, in der Rose und Jack gut miteinander auskamen. Rose besuchte mich im Krankenhaus und meinte, sie könne sehr viel nachsehen, wenn sie einen großen Mann wie Jack im Tiefschlaf flach auf dem Rücken liegen sähe, mit einem winzigen Baby auf der Brust.

Als ich nach Hause kam, war ich noch einige Zeit furchtbar geschwächt. Jack mußte wieder arbeiten, und so engagierten wir für Henry ein Mädchen aus dem Dorf. Ich empfand Henry nie in dem Maße als mein Kind wie das bei James und Elizabeth der Fall gewesen war. Rose und ich hatten uns zwar gemeinsam um sie gekümmert, aber Roses angeborenes Taktgefühl hatte mir immer die Oberhand gelassen. Ich war die erste, bei der sie Trost suchten, mir vertrauten sie ihre Sorgen an, als sie alt genug waren, welche zu haben, mich überschütteten sie mit der innigen Liebe, die kleine Kinder für den empfinden, der für ihre Sicherheit sorgt und sie tröstet.

Als sie älter wurden, blieb das Band zwischen mir und James bestehen. Er sieht wie Jack aus mit seinen glatten roten Haaren, der weißen Haut und den grünen Augen. Im Alter von sechzehn Jahren war er so groß wie Jack. Aber da endeten die Gemeinsamkeiten auch. James war ein ernstes, introvertiertes Kind. Er trug eine Brille und haßte Spiele aller Art. Ich habe ihn immer für intelligenter als Jack gehalten, wenn Jack auch eine Klugheit besaß, von der sich die Leute beeindrucken ließen. James denkt über alles sehr intensiv nach. Er ist nachgiebig, empfindsam und kann, wenn er will, sehr lustig sein. Also wird jeder verstehen, daß ich ihn wunderbar finde.

Jack verstand James nicht und neckte ihn, was James nicht leiden konnte. Ich wurde jedesmal wütend, wenn er ihn vor anderen Leuten lächerlich machte. Jack sah in jedem Mann einen Rivalen, auch in seinen Söhnen. Einmal hörte ich James nach einer Stichelei ganz ruhig zu seinem Vater sagen: »Hast du dir eigentlich schon mal überlegt, Papa, daß es Leute gibt, die dein ständiges Gefoppe langweilt? Mich, zum Beispiel.«

Jack schnitt ein Gesicht, als wäre er bestürzt, aber ich sah ihm ein gewisses Unbehagen an. Danach war ihr Verhältnis sehr viel ausgeglichener, und mir fiel auf, daß Jack den Jungen in Ruhe ließ.

Elizabeth teilte ihre Liebe sehr gerecht zwischen ihren Eltern und Rose auf. Ich glaube, sie liebte keinen von uns so sehr wie sie Puck oder Jasper liebte. Henry bewunderte Jack in einer Art von Heldenverehrung, die mir Sorge machte. Vermutlich hätte ich eifersüchtig sein sollen. Ich neige zur Eifersucht, das gebe ich zu. Als ich dahinterkam, daß Jack mir zum zweitenmal untreu geworden war, mit einem Mädchen, das in der Bank arbeitete, überkam mich eine quälende und richtig beschämende Eifersucht.

Es passierte alles an einem wunderbaren Morgen im Mai. Ich hatte mich plötzlich besser gefühlt als Monate vor Henrys Geburt. Deshalb beschloß ich, in die Stadt zu fahren und ein bißchen Einkaufen zu gehen. Rose redete mir zu. Sie würde mit Hilfe von Eileen, dem Mädchen aus dem Dorf, schon mit den drei Kindern fertig werden. Ich solle nur gehen und mir etwas Hübsches zum Anziehen kaufen und mir die Haare richten lassen. Nachdem Rose das gesagt hatte, schaute ich mich kritisch im Spiegel an. Ich war schrecklich dünn mit hohlen Wangen und langen ungekämmten Haaren. Nach Henrys Geburt waren viele ausgefallen und wuchsen jetzt in merkwürdigen Büscheln entlang des Haaransatzes. Meine braunen Augen starrten vorwurfsvoll aus meinem käsigen Gesicht, das an das von Lon Chaney in *Die Rückkehr der Mumie* erinnerte.

Ich ging zum Friseur und mußte mir jede Menge mitfühlender Worte anhören, daß ich schlecht aussähe und Haare hätte »wie Papier. Kaum zu fassen. Sehen Sie sich Madams Haare an, Janice. So etwas habe ich noch nie gesehen.« Dennoch war meine Stimmung besser, als ich eine Stunde später mit einem schulterlangen Bob wieder auftauchte, der mein Aussehen um Klassen verbesserte. Ich ging in mein Lieblingsgeschäft am Beauchamp Place und kaufte mir ein Kleid, das mir sehr gut stand. Ich könnte es gleich anlassen, überlegte ich, und mit Jack zum Mittagessen gehen, falls er Zeit hatte. Also rief ich

Jacks Sekretärin Miss Horne an. Er sei in einer Besprechung, erklärte sie, aber sobald er herauskäme, werde sie ihm Bescheid geben, daß ich aus der Stadt angerufen hätte.

Es war ein Tag wie aus dem Bilderbuch. Ich nahm mir ein Taxi und setzte mich in den Garten einer kleinen Kirche aus dem achtzehnten Jahrhundert und schaute hoch zu den weißen Kirschblüten, die sich vor dem graphitblauen Himmel abhoben. Dann spazierte ich den kurzen Weg zur Bank.

Ein hübsches, dunkles Mädchen im hellgelben Kleid stand vor dem Gebäude. Sie fiel mir sofort auf, nicht nur, weil sie attraktiv war, sondern auch, weil ihr Gesichtsausdruck auf rührende Weise ihre freudige Erwartung widerspiegelte. Sie sah auf ihre Uhr und dann auf ihre Hände, die sie rieb, als wäre sie nervös. Sie holte einen Spiegel aus ihrer Tasche und musterte ihr Gesicht. Dann kam Jack die Stufen heruntergerannt, und ihr Ausdruck wurde euphorisch. Er nahm sie in die Arme und küßte ihre Lippen. Sie sagte etwas, was ihn zum Lachen brachte, und er schüttelte den Kopf. Er winkte ein Taxi herbei. Ich verkroch mich in einen Hauseingang und bei der Vorstellung, er könnte mich sehen, bekam ich Herzklopfen. Ich hatte das Gefühl, etwas Schändliches zu tun, als würde ich ihnen nachspionieren. Sie fuhren davon.

Tatsächlich hatte ich die verrückte Idee, ihnen nachzufahren, ließ sie aber sofort wieder fallen. Es wäre sinnlos. Ich würde eine Szene machen und mich entsetzlich blamieren. Angenommen, sie war eine Kundin und sie fuhren zu einem Geschäftsessen? Küssen gehörte heute dazu. Auf Partys küßte ich Menschen, deren Namen ich nicht kannte und die mir weniger bedeuteten als die Karpfen in unserem Wallgraben. Vermutlich küßten wir in ein paar Jahren den Mann, der die eingeschriebenen Päckchen brachte, und Benny Sykes, den Milchmann. Hoffentlich hatte er bis dahin seine Akne überstanden!

Aber Jack hatte dieses Mädchen auf die Lippen geküßt. Das war etwas völlig anderes. Ich fühlte mich entsetzlich schwach und krank. Ich lief bis Charing Cross und nahm den Zug nach Hause. Das Kostüm, in dem ich in die Stadt gefahren war, ließ ich aus Versehen im Zug liegen. Als ich zurück nach Westray kam, schickte Rose mich unverzüglich ins Bett. Die Kinder kamen herein, tobten auf mir herum und malten sich ihre Gesichter mit dem Schubladeninhalt meiner Frisierkommode an. Ihre unschuldigen Gesichter, clownesk mit den Lippenstiftkringeln und den Cremetupfern, erfüllten mich mit so großer Liebe, daß ich mich darüber tröstete. Gleichzeitig spürte ich, daß ich mich einen Schritt von Jack entfernt hatte. Er war zu etwas geworden, wogegen ich mich verteidigen mußte.

Als Jack an diesem Abend nach Hause kam, wirkte er besonders beschwingt.

»Liebes, als ich vom Essen zurückkam, hat Horny mir erzählt, du seist in der Stadt gewesen. Du solltest nicht so zurückhaltend sein. Natürlich hatte sie vergessen, daß ich wegmußte, weil ich mit jemandem zum Essen verabredet war, um Versicherungspolicen zu besprechen. Ich hatte vergessen, das in meinen Terminkalender einzutragen. Es war sehr langweilig. Es hätte wesentlich mehr Spaß gemacht, mit dir irgendwohin nett auszugehen. Was hast du mit deinem Haar gemacht. Es sieht toll aus.«

»Danke. Wo wart ihr denn zum Essen?« Ich dachte, meine Stimme hörte sich an wie immer.

»Wir gingen zu Simpson's. War sehr gut dort, aber Alan Pemberton – der Mann, mit dem ich beim Essen war – redet über nichts anderes als die Arbeit und seine Kinder. Geht es dir auch gut? Du siehst ziemlich mitgenommen aus?«

»Ich habe mir heute wahrscheinlich einfach zuviel zugemutet, werde wohl im Bett zu Abend essen. Frag Rose, ob sie mir ein gekochtes Ei macht.«

»In Ordnung. Du mußt ein bißchen schlafen, Liebes. Ich sehe mal nach, ob Ivor schon angefangen hat, die Eibenhecke zu schneiden. Wahrscheinlich spricht er noch mit der Hecke und erklärt ihr, daß er grausam sein muß, um ihr was Gutes zu tun.«

Ich brachte ein müdes Lächeln zuwege. Jack beugte sich zu mir herab und küßte mich auf die Stirn. Er stank nach dem Chanel Nr. 5 von Fräulein Gelbgewand. Es fiel mir auf, weil ich es damals in Oxford selbst benutzt hatte. Ich schloß die Augen und sank zurück ins Kissen, wartete, daß er ging.

Ich weiß nicht, warum ich es nicht an Ort und Stelle mit ihm ausgetragen habe. Vermutlich wollte ich warten, bis ich mich beruhigt hatte, denn er sollte auf keinen Fall die Befriedigung haben, mich verletzt zu sehen. Weil es das zweite Mal war, daß er mich betrogen hatte, kamen mir die üblichen Reaktionen zu abgegriffen und verbraucht vor. Sie würden ihn nicht mehr aus der Ruhe bringen. Ich konnte nicht wieder enttäuscht und wütend sein. Das hatte ich bei Lissie schon ausgereizt. Außerdem stellte ich mit grausamer Befriedigung fest, daß es mir nicht mehr soviel auszumachen schien. Meine Liebe zu Jack verlor sich. Was ich jetzt empfand, war das Brennen verletzten Stolzes, die Demütigung, hintergangen worden zu sein, die Unsicherheit, nicht zu wissen, was wo und wann geschah. Ich hatte große Lust, seine Taschen zu durchwühlen und Spekulation gegen absolute Gewißheit einzutauschen. Obwohl mir Beweise weh tun würden, wäre es eine Erleichterung, Bescheid zu wissen. Die verrückte Hoffnung, daß ich mich getäuscht und er wirklich mit einem Versicherungsmenschen gegessen hatte, würde sich vielleicht bestätigen. Aber mein Instinkt dämpfte diese Hoffnung. Nach meiner Überzeugung wies alles in seinem Verhalten auf eine Liaison hin. Der Unterschied bestand diesmal darin, daß meine Illusionen bereits zerstört waren. Das Gefühl, meine Welt sei vernichtet worden, stellte sich nicht mehr ein.

Oft hatte mich die Erkenntnis getröstet, daß man zwar bis zu seiner Sterbestunde unzählige Male unglücklich sein kann, daß das Unglück aber nie ganz dasselbe ist. Aus irgendeinem Grund hat mir das, wenn ich mich besonders elend fühlte, immer Kraft gegeben. Es gibt keine traurigen Wiederholungen. Es gibt immer neue Gefühle, die sich erforschen lassen, und unverbrauchte Schlußfolgerungen, die man ziehen kann.

Natürlich mußte ich nun von zwei Möglichkeiten eine auswählen. Entweder ließ ich mich vom Unglück verrückt machen, oder ich dachte mir etwas aus. Eigentlich hatte ich gar keine Wahl. Ich gestand mir eine Frist von ein paar Tagen zu, um alles zu überdenken und ein wenig Selbstbeherrschung zu bekommen. Dann wollte ich Jack sagen, daß ich Bescheid wußte.

Doch so einfach war das alles nicht. Ich wurde von einigen Heulkrämpfen geschüttelt, für gewöhnlich im Badezimmer, und es gab Momente, da fühlte ich mich so zermürbt und elend, daß ich mich gerne an irgendeiner Schulter ausgeweint hätte. Und fast während der ganzen Zeit brannte die Eifersucht mir wie ein Stein in den Eingeweiden. Es fiel mir schwer zu essen und um so leichter zu trinken. Als ich eines Nachmittags von einem Essen mit Lissie nach Hause kam, wäre ich beinahe in ein Brückengeländer gerast. Die Versuchung, ihr alles zu erzählen, war sehr groß gewesen. Ich stellte mir vor, vielleicht aus Grausamkeit, daß es sie genauso verletzen würde wie mich. Ich schäme mich dafür. Weil ich aber einen unbeschwerten Eindruck hatte machen wollen, war mir nicht weiter aufgefallen, wieviel ich trank.

So hatte ich eine Kurve etwas zu schnell genommen, mußte bremsen und schrammte mir den Kotflügel. Ich stieg aus, um mir den Schaden anzusehen, beugte mich dann über das Brückengeländer und schaute in das dunkle, strudelnde Wasser. Ich durfte nicht zulassen, daß die Kinder wegen Jack oder meines dummen Stolzes Schaden nahmen. Was ich durchmachte, war damals so gang und gäbe, daß man es schon als abgedroschen empfand. Ich durfte mir keine dummen, gefährlichen Spielchen erlauben, ich mußte vernünftig sein. Ein paar weniger vernünftige Tränen machten sich mit auf den Weg zum Meer.

Am Samstag, der auf den Tag meiner Entdeckung folgte, lag ich im Hof auf den Knien und jätete das Unkraut um die silbernen Büsche des Lavendels, die ich im Muster einer Liebesschleife gepflanzt hatte. Patience wollte zum Essen kommen, und im Herd stand eine Wildpastete, wozu es Salat, Käse und eine Flasche Sauvignon Blanc geben sollte. Die Sonne schien mir warm auf den Nacken, und die Rosmarinhecke hinter mir verbreitete ihren verlockend durchdringenden Geruch. Ich hörte jemanden durch das Tor gehen, das sich zur Brücke hin öffnete, die den Wallgraben überspannte. In der Erwartung, es sei Patience, blickte ich hoch. Es war Fräulein Gelbgewand.

Jetzt trug sie Jeans und ein sehr enges pinkfarbenes T-Shirt.

Sie sah jung aus, war vielleicht Anfang Zwanzig und so nervös, daß ihre Mundwinkel zuckten.

»Entschuldigung? Gibt es hier eine Glocke? Ich habe sie nicht gesehen. Sind Sie Mrs. Stowe? Ich arbeite in Jacks Büro, bin seine neue Assistentin. Ich habe für ihn ein paar Unterlagen zur Unterschrift mitgebracht.«

Sie wurde so rot wie eine wilde Pfingstrose.

»Sie sind aber fleißig. Erwartet man denn immer von Ihnen, daß Sie Ihr Wochenende drangeben?«

Die Kälte und Ironie in meinem Tonfall ließen das Mädchen seinen Blick abwenden. Ihre Augen funkelten. Ich erriet alles. Wenn sie nicht mit Jack zusammen war, wartete sie darauf, daß er sie anrief, baute sich auf, indem sie sich die Freuden ihres letzten Treffens ins Gedächtnis rief, beschwor sein Bild herauf, sehnte sich nach dem Tag, an dem er sich von seinen ehelichen Banden befreite und der *ihre* war. Es ist ein altes und alltägliches Drama, mit immer den gleichen pathetischen Zutaten aus Leichtgläubigkeit und Selbsttäuschung und den eher häßlichen, nämlich Eitelkeit und Selbstsucht, aber die Schmerzen spürt man bei jeder Aufführung mit unverbrauchter Heftigkeit. Ich konnte sehen, wie erbärmlich diesem Mädchen zumute war. Ich kam hoch.

»Ich bin Miranda. Wollen Sie zum Mittagessen bleiben? Falls es Ihnen nichts ausmacht, in der Küche zu essen? Jack ist unterwegs, um Zaunpfosten zu besorgen. Ich nehme nicht an, daß er lang ausbleibt.«

Ich hatte keinen besonderen Plan, wollte aber dieser Frau zeigen und damit mir selbst beweisen, daß ich mich unter Kontrolle hatte. Ich weigerte mich, Angst vor ihr zu haben. Mir fiel auf, daß ihre Haut sehr fahl war und später einmal großporig werden würde.

»Danke.« Sie schüttelte mir die Hand. Sie war heiß und feucht. Auf ihrer Oberlippe standen Schweißperlen.

»Ich bin Justine StClair.«

Du liebe Zeit! Das klang ja wie der Name einer Heldin aus einem Heftchenroman. Ich führte sie hinein, gab ihr etwas zu trinken und stellte sie Rose vor. An der Art und Weise, wie Rose auf die Brustwarzen stierte, die sich gut sichtbar unter dem T-Shirt abzeichneten, war mir sofort klar, daß Rose sie nicht mochte.

»Das ist wohl jetzt Mode, oder?« lautete ihr ganzer Kommentar, begleitet von einem Blick voller Argwohn und Ablehnung und dem Hantieren mit Messern und Gabeln, die sie noch ordentlicher ausrichtete.

Patience kam, wurde vorgestellt und machte mit Justine Konversation, wie sie das in ihrer Jugend gelernt hatte. Sie probierte Themen wie die beste Zeit zum Beschneiden der Klematishybriden aus (Justine hatte keine Ahnung vom Gärtnern) oder kam auf den neuen Roman von Angelica Thrift zu sprechen (Justine hatte von ihr nie gehört). Justines Hände zitterten und ihre Augen wanderten immer wieder ängstlich zur Türe.

Henry schlief in seinem Kinderwagen neben dem Quittenbaum in dem kleinen Hof zwischen Küchentür und alter Waschküche, den man Trockenplatz nannte. Justine richtete ihren Blick – der sich nicht anders als qualvoll beschreiben läßt – auf den Kinderwagen und dann wieder auf mich.

Ich merkte, daß dieses Mädchen wirklich glaubte, in Jack verliebt zu sein. Ihr war so verzweifelt daran gelegen, aus diesem Teufelskreis von Zweifeln, Hoffnungen und Ängsten auszubrechen, eine Veränderung herbeizuführen, daß sie es riskiert hatte herzukommen, selbst auf die Gefahr einer möglichen Katastrophe hin. Aber auch ich kannte den Triumph, den die Hoffnung immer wieder über das bessere Wissen davontrug. Hatte ich nicht auch geglaubt, Jacks Affäre mit Lissie könnte eine Verirrung sein? Ich konnte mir Justines Enttäuschung vorstellen, Opfer von Jacks herzlosen Launen zu sein. Sie und ich kämpften um das gleiche – anstatt nur passiv zu reagieren, suchten wir nach einem Weg, unser Leben selbst in die Hand zu nehmen.

»Wir wollen anfangen«, sagte ich, als ich die Wildpastete zerteilte und auf die Teller legte.

Justine hatte beim Essen allergrößte Schwierigkeiten, überhaupt etwas hinunterzubekommen. Als Ivor hereinkam, sprang sie auf und holte, wohl im Glauben, es sei Jack, so tief Luft, daß ich befürchten mußte, sie würde sich an der Gabel verschlucken. Rose richtete ihre scharfen Augen auf Justine, und es war offensichtlich, daß sie sich sehr schnell ihren Reim darauf machte. Als Justine Messer und Gabel zusammenschob und die Hälfte ihres Essens unangetastet auf dem Teller zurückließ, brachte Rose mit einigen lauten na! nas! ihre Mißbilligung zum Ausdruck. Eine Szene zu machen, kam in Roses Anstandsbuch nicht vor.

Ivor hatte eine seiner romantischen Anwandlungen und aus seinem Blick sprach die reinste Liebe, als er mir ein zusammengerolltes Blatt Papier neben meinen Teller legte. Es wurde von Ranken wilden Weins zusammengehalten.

»Ich habe mich in der asklepiadeischen Strophe versucht.« Sein langes, schmales Gesicht wirkte angestrengt.

»Asklepiadeisch – da ist doch in der Mitte eine Zäsur, oder?« meldete sich Patience mit einer klugen Vermutung zu Wort. Ich warf ihr einen liebevollen Blick zu. Sie war ein Prachtstück.

»Ja! Spondeus, zwei oder drei Choriamben und ein Jambus!« Ivor war hingerissen.

Als Patience und Ivor sich um die Probleme der ersten Ode von Horaz stritten und ich den Salat trockenschleuderte, sah sich Justine in der Küche um.

Sie ist ein sehr hübscher Raum, sehr groß, mit einer niedrigen Balkendecke. Ständig fiel Licht ein, das wellenartig reflektiert wurde vom Wallgraben, der sich in diesem Teil des Hauses direkt unter den Fenstern hinzog. Bei unserem Einzug hatten wir den edwardianischen Küchenherd entfernt und den Bratrost wieder hergerichtet. Er ist fast zwei Meter hoch und drei Meter breit und vermag auch bei größter Kälte den ganzen Raum zu erwärmen. In einem der Nebengebäude fanden wir ein Rauchgestell und in einem anderen einen Korbspieß. Das Rauchgestell wird im Kamin angebracht, so daß die aufsteigende heiße Luft seine aus Blech gefertigten Flügel wie eine Windmühle antreibt. Eine Reihe von Ketten und Flaschenzügen verbindet es mit dem Spieß, und je heißer das Feuer ist, desto schneller wird das Fleisch gedreht und gebraten. Gelegentlich brieten wir große Fleischstücke daran, aber durch das tropfende Fett gab es jedesmal eine Schweinerei. Die Romantik war dabei das wichtigste. An einer Seite des Herds stand Roses Stuhl, auf der anderen ein bequemes Sofa. Justines Augen nahmen alles mit einem Ausdruck zunehmenden Elends in sich auf.

Elizabeth und James kamen angelaufen, Eileen war mit ihnen spazierengegangen. Sie streckten mir ihre Gesichter entgegen, um sich einen Kuß zu holen, ehe sie Justine scheu beäugten. Rose rief sie sofort zu sich, als könnte Justine etwas Ansteckendes haben, und fing an, für die beiden kleine Plastilinkugeln zu rollen, als rollte sie Justines Kopf.

Plötzlich hörte man Schritte die Eingangshalle durchqueren.

»Entschuldige die Verspätung, Schatz. Ich habe den alten Budger getroffen, und er wollte mir einen ausgeben ...«

Er hielt plötzlich inne. Es passierte nicht oft, daß ich Jack so vollkommen perplex erlebte. Dann wurden seine Augen kalt und sein Mund wurde schmal.

»Hallo Patience. Hallo Justine. Das ist ja eine Überraschung.«

Sein Tonfall machte mehr als deutlich, daß es alles andere als eine freudige Überraschung war.

»Justine hat dir ein paar Unterlagen zum Unterschreiben gebracht«, erklärte ich, froh um die Gelassenheit meiner Stimme. Justines Lächeln wirkte geisterhaft. Aus ihren Augen sprach die reinste Verzweiflung. Rose gab wieder abfällige Laute von sich.

Jack erinnerte sich wohl an die Maxime, daß rasches Handeln der sicherste Weg ist, sich aus einer gefährlichen Situation zu befreien.

»Sie scheinen nicht viel zu essen. Holen Sie die Unterlagen, und wir gehen in mein Arbeitszimmer. Wahrscheinlich haben Sie es eilig.«

Patience warf mir einen erstaunten Blick zu. Jack gab häufig nicht viel darauf, zu Leuten höflich zu sein, die er für unwichtig hielt, aber sein schroffes Auftreten gegenüber Justine war erschreckend. Ich sah Patience stirnrunzelnd an, und sie holte tief Luft.

»Ich finde immer, daß Kent im Mai am schönsten ist«, sagte sie würdevoll.

Justine preßte ihre Lippen aufeinander, und ich sah, wie sich ihre Augen mit Tränen füllten.

»Warum weint dieses Fräulein?« wollte James wissen und stellte sich neben Justines Stuhl, um sie mit angestrengter Konzentration eingehend zu betrachten. »Wird meine Nase auch rot, wenn ich weine?«

»Ich halte das nicht aus«, sagte Jack und ging aus der Küche.

»Das liegt vermutlich an den vielen Obstgärten«, fuhr Patience spielerisch fort. »Alles ist rosa und weiß. Der Weißdorn und der Wiesenkerbel ...«

Justine stand auf. Sie blickte verzweifelt um sich, die Tränen liefen ihr übers Gesicht.

»Kommen Sie«, sagte ich und stand ebenfalls auf. »Bringen wir es hinter uns. Bin gleich wieder da, Patience.«

»›Und im grünen Unterholz und Dickicht, Blüte um Blüte der Frühling beginnt‹«, murmelte Ivor und schien sich der allgemein vorherrschenden Befangenheit gar nicht bewußt zu sein.

Ich ging voran in den Flur. Jetzt, da ich gesehen hatte, daß sie sehr viel verletzbarer war als ich, war ein Großteil meiner Eifersucht verflogen. Aus der Nähe war sie auch nur halb so hübsch wie ich sie in Erinnerung hatte. Eine Tür schlug zu. Jack kam in die Eingangshalle, er war wütend.

»Justine ist ziemlich durcheinander«, sagte ich hochmütig, »ich denke, es wäre besser, wenn du mit ihr reden würdest.«

»Ich weiß nicht, was ich sagen soll«, Jack schob seine Hände in die Taschen und blickte uns böse an. »Ich habe sie nicht hergebeten.«

Er sah sehr blaß aus und umwerfend attraktiv. Seltsam, daß er am anziehendsten wirkte, wenn er am abstoßendsten war.

»O Jack! Es tut mir so leid, so leid, daß ich dich verärgert habe.« Wieder lief eine Träne über Justines Wange. »Ich hielt es nicht aus, wieder ein Wochenende ...«

»Herrgott noch mal!« Er sah mich an und breitete seine Hände in einer Geste der Verzweiflung aus. »Das Mädchen ist neurotisch. Ich werde sie mir vom Hals schaffen. Entschuldige, Schatz.«

»Das wird nicht reichen, Jack. Ein bißchen Freundlichkeit bist du ihr schuldig.«

Justine wirbelte wutschnaubend herum: »Sie können sich Ihre gönnerhafte Art sparen! Ich liebe Jack! Und er liebt mich! Sag's ihr! Erzähl ihr von uns!«

Jack zögerte und dann trat in seine Augen ein Glitzern, das mir auf unerfreuliche Weise vertraut war. Er sah mich an und überging sie. »Nun, wenn du darauf bestehst. Um die Wahrheit zu sagen, Miranda, ich habe mich sehr schlecht benommen. Justine hat mir ziemlich deutlich zu verstehen gegeben, daß sie mit mir ins Bett wollte. Und du warst ... nun, du warst so lange krank ... es tut mir leid, mein Schatz, es ist alles sehr gemein. Aber es war einfach eine Frage der Gelegenheit und Verfügbarkeit. Es war unverbesserlich schwach von mir. Du hast alles Recht der Welt, wütend zu sein. Ich verspreche dir, daß es jetzt vorbei ist. Es hat mir nichts bedeutet.«

»Jack!« Justine verschränkte ihre Hände vor der Brust, als hätte er ihr einen kräftigen Hieb versetzt. »Ich weiß, daß das nicht dein Ernst ist! Du sagst das nur, weil *sie* dabei ist. Ich muß mit dir alleine reden.«

Ich wandte mich zum Gehen, aber Jack trat mir in den Weg.

»Geh nicht, Miranda. Ich habe nichts zu sagen, was du nicht hören kannst.« Er sah sie an und dann lächelte er grausam. »Paß auf, Justine. Ich hätte nicht mit dir ins Bett gehen sollen. Aber du weißt ja, wenn man tatsächlich gefragt wird ... ein Mann kann nicht widerstehen ... jetzt ist es vorbei. Beendet. Verstehst du? Du bekommst zwei Monatsgehälter anstelle einer Kündigung. Aber verwechsle das nächste Mal nicht einen Gelegenheitsfick mit einer großen Leidenschaft. Du bist ganz schön lästig geworden. Wahrscheinlich wolltest du das auch. Nun, wenn du jetzt zufrieden bist ...«, er ging auf die Eingangstüre zu und hielt sie ihr auf.

Nie habe ich jemanden gesehen, der so gedemütigt aussah wie dieses arme Mädchen, als es erfuhr, daß das, was für sie bisher wohl die wesentliche Erfahrung ihres Lebens gewesen war, auf eine absolute Belanglosigkeit reduziert wurde. Sie wurde sehr rot, dann sehr blaß. Sie gab einen Laut des Protests von sich, etwas zwischen Schluchzen und Seufzen. Dann schlich sie zur Türe, warf ihm einen letzten Blick echten Leids zu, den er mit einem nichtssagenden Lächeln erwiderte.

Eine Woche später kam ein Paket an, und ich machte es auf, weil ich dachte, es seien die von mir bestellten Kissenhüllen. Heraus fiel eine seiner Krawatten, in kleine Stücke zerschnitten. Ich ärgerte mich, weil es eine besonders schöne aus Seide war, die ich ihm zum letzten Weihnachtsfest geschenkt hatte.

Jack war klug genug, mir diesmal nicht den Vorschlag zu machen, noch ein weiteres Baby zu bekommen. Wir fuhren statt dessen nach Venedig. Das Wetter war trüb, passend zu meiner Stimmung. Am dritten Nachmittag gingen wir bei düsterem Himmel und unter Regenschauern zurück ins Hotel und liebten uns. Ich wußte, daß es sein mußte. Würde ich mich weigern, hätte Jack allen Grund, untreu zu sein. Danach war er in Jubelstimmung. Er schien davon auszugehen, daß durch diesen Akt das Gewebe unserer Ehe auf unsichtbare Weise geflickt worden war. Aber ich wußte, daß meine Liebe zu ihm am seidenen Faden hing.

Es wäre müßig, die Liebschaften aufzuzählen, die auf Justine StClair folgten. Ich denke, daß selbst Jack sie langsam langweilig fand. Am meisten Freude schien es ihm zu machen, seinen Geliebten den Laufpaß zu geben. Es gefiel ihm, mich das wissen zu lassen ... vielleicht um seinen Verführungszauber vorzuführen, ich weiß es nicht. Er hatte dabei immer ein ganz besonderes Glitzern in den Augen. Für ihn brachte das vermutlich eine besondere Würze in unsere Aussöhnung. Denn damals ließ ich eine Aussöhnung zu. Ich sagte mir oft, es wäre besser, Schluß zu machen und abzuhauen. In meiner Vorstellung nahm ich die Kinder mit nach Italien, wo wir bei meiner Mutter lebten, oder wir mieteten uns irgendwo ein kleines Häuschen und ich nahm irgendeinen Job an. Ich redete mir ein, es meinem Stolz schuldig zu sein, Stellung zu beziehen, ein Ultimatum zu stellen und mich nicht mehr dem zu unterwerfen, was mir trotz meiner Bemühungen um Distanz noch immer weh tat.

Doch gegen diesen Plan gab es einige Einwände. Einer davon war das Glück der Kinder. Ich war ohne Vater aufgewachsen und wußte, wie traurig das ist.

Die einzig bestehende Verbindung zwischen meinem Vater und mir war ein Buch mit Kinderreimen. Auf das Vorsatzblatt hatte er mit seiner eigenwilligen Handschrift die Worte geschrieben: *»Meinem lieben Töchterlein Miranda zu ihrem vierten Geburtstag, mit meiner ganzen Liebe, Papa.«* Ich hatte das Buch immer auf meinem Nachttisch liegen, ich kannte jeden Bogen, jede Schleife, jeden Schnörkel der Inschrift auswendig. Die »T«s waren wie Lanzen und die »G«s wie Peitschen. Der Leinenrücken war vom vielen Gebrauch abgegriffen, und ich hatte ihn schon mehrmals repariert. Hin und wieder sah ich es mir heute noch an. Als Kind hatte ich einen Lieblingsvers, der so anfing: »Wär die ganze Welt ein Hirsebrei und alle Meere Tinte, die Bäume alle Butterbrot, sag mir, was ich trinke.« Diese Welt, die im Bild als ein riesiger gelber Haufen mit rot und grün herausspitzenden Apfelstücken und mit Bäumen wie Bauernbrotschnitten gezeichnet war, umgeben von glänzender, sprudelnder Schwärze, hatte mir Sicherheit bedeutet. Wenn ich als Kind unglücklich war, zog ich mich in meiner Vorstellung in dieses Hirsebrei-Königreich zurück, wo ich den Geist meines Vaters spüren konnte.

Wie sollte ich meinen Kindern ihren Vater nehmen? Natürlich würde er nicht tot und völlig aus der Welt sein. Es würde für sie weiterhin Wochenenden, Geschenke, Ferien und Briefe geben. Aber Jack war gleichgültig und egoistisch. Selbst wenn das alles genug wäre, mußte ich damit rechnen, daß auch diese mageren Zeichen seiner väterlichen Zuneigung bald verschwänden.

Und dann war da noch Westray Manor. Eigentlich gehörte es mir, denn es war von dem Geld gekauft worden, das Christopher Chough mir hinterlassen hatte. Aber wir unterhielten es und zahlten unseren Lebensunterhalt von Jacks Gehalt. Ich besaß keinen Pfennig eigenes Geld. Sollten wir uns für eine Trennung entscheiden, müßte Westray verkauft werden. Westray war aber meine Kraft, mein Trost und meine Inspiration. Für mich war es lebendig durch seine geschichtliche Vergangenheit und seine gegenwärtige Schönheit.

Natürlich dachte ich auch daran, selbst einen Geliebten zu haben. Ich hatte es sogar fest vor. Meine Ansprüche waren nicht groß. Ein Mann, der nicht ganz häßlich war, sich einigermaßen über Dinge außerhalb seiner Person unterhalten konnte und keine Laster hatte. Am wichtigsten war mir seine Ungebundenheit. Das zeigt schon, wie naiv ich noch immer dachte. Ich hätte ebensogut einen Prinzen mit Eselsohren suchen können. Nach einer Weile gab ich auf.

Ich richtete mich mit dem ein, was ich bereits hatte – die Kinder, meine Freunde, das Haus und den Garten, Rose und Ivor, und ich sah darin ein lebenswertes Leben voller Zufriedenheit und guter Dinge. Im Lauf der Zeit machte ich mir aus Jacks Untreue immer weniger. Aber je weniger sie mir naheging, um so weniger mochte ich mit ihm schlafen. Als eine seiner Affären ein besonders drastisches Ende nahm, weil die Frau versucht hatte, sich umzubringen, konnte ich es schließlich nicht länger hinnehmen und zog um in den Gerichtssaal.

Der war mir schon immer der liebste Raum in unserem Haus gewesen. Nachdem man die Ordensgemeinschaft 1538 weggejagt hatte, war die Priorei Westray an den hugenottischen Emporkömmling Simon Le Bec als Belohnung für seine Verdienste um die Krone gefallen. Er war zu einem Baron mit Gerichtshoheit ernannt worden, der bei seinen Pächtern Gericht halten konnte. Alle kleineren Vergehen vor Ort wurden in Westray verhandelt. Weil der Raum so große Bedeutung besaß, war er vertäfelt worden, und die Eiche hatte inzwischen silbrige Patina angesetzt. Vom Erkerfenster aus, das in der darunterliegenden Bibliothek seine Entsprechung fand, konnte man das Wäldchen sehen, aus dem sich das konische Dach des Taubenturms erhob, das mit seinen roten und grauen Dachziegeln wie ein gestreiftes mittelalterliches Zelt leuchtete. Der Gerichtssaal hatte einen offenen Kamin so groß wie der im Wohnzimmer, und an Winterabenden lag ich in meiner vergoldeten Kammer und lauschte dem draußen tobenden Wind und dem Wimmern der brennenden Holzscheite und war glücklich … so glücklich man eben sein kann, wenn man allein ist.

Kapitel 6

Am Montag um acht Uhr morgens hielten Beatrice und ich uns allein in der Küche auf und trockneten uns nach einer weiteren Pilz-Expedition durch nassen Tau. Es war noch eine Stunde Zeit, ehe Freddy kam, um meine Mutter zum Flughafen zu bringen. Die Erleichterung, sie abreisen zu sehen, würde groß sein, obwohl ihre ständigen Befehle sicherlich auch eine Ablenkung gewesen waren. Ich hatte daran gedacht, in ihrem Zimmer um halb sieben das Feuer anzumachen, damit das Schlafzimmer für Fabias Lever die angemessene Temperatur hatte. Fabia hatte sich an diesen Service während des italienischen Winters gewöhnt, und es kam ihr nicht in den Sinn, die vier Tage, die sie auf Westray weilte, auch ohne diese Annehmlichkeit auszukommen.

»Diese Pilze sind einfach himmlisch«, schwärmte Beatrice und riß tiefe Löcher in die große Schüssel mit den Pilzen, die ich für alle zum Frühstück gebraten hatte. »So was Köstliches habe ich noch nie im Leben gegessen. Wie nennst du noch mal die Violetten?«

»Der gängige Name ist Violetter Träuschling.« Meine Stimme klang gedämpft, weil mein Kopf halb im Bratrohr steckte, um Fabias gestockte Eier zu prüfen. Sie aß *nie* Pilze, egal welche. Die Italiener sind wie verrückt drauf, und Fabia haßte es, zur Masse zu gehören. Sie hatte sich eingehend bei mir danach erkundigt, was meine Hennen zu fressen bekamen, ehe sie sich bereit erklärte, ihre Eier zu essen. Wenn Fabia auf einem Gebiet über Sachverstand verfügte, dann als lästige Person, worin sie es inzwischen zur absoluten Genialität gebracht hatte.

»Ich wünschte, ich könnte länger bleiben.« Beatrice sprach mit vollem Mund. »Ich weiß, daß du Freunde hast, die dir helfen werden, und ich wäre wahrscheinlich nur im Weg, aber um meiner selbst willen wäre ich glücklicher hier.«

»Du wärst nicht im Weg.« Ich unterbrach meine Arbeit, um sie anzusehen. Fabia hatte zu ihren Eiern dünnen, harten Toast bestellt, und mir fiel jetzt die undankbare Aufgabe zu, die Scheiben zu halbieren. »Du hast mir schon so viel geholfen.«

»Wirklich? Ist das dein Ernst?«

Beatrice sah so froh aus, daß ich lächeln mußte. Ihre Bescheidenheit war verführerisch. Vielleicht hatte das Zusammenleben mit Jack mir beigebracht, diese Eigenschaft zu schätzen.

»Aber natürlich. Es ist zwar eine Qual, über das Vergangene zu sprechen, aber danach geht es mir dann besser. Ich muß versuchen, das Positive zu sehen. Ich kann mir nicht vorstellen, wie die Zukunft aussehen wird, und ich habe wohl auch ziemlich Angst davor.«

»Jedenfalls mußt du dir nichts mehr vormachen«, sagte Beatrice.

»Vormachen?«

»Daß es dir nichts ausmacht, wenn Jack mit anderen Frauen ins Bett geht.«

Das machte mich ziemlich betroffen. Hatte ich *das* tatsächlich getan?

»Vielleicht solltest du dir mal überlegen, ob du nicht mit jemandem darüber reden willst?« schlug Beatrice vor. »Es kostet zwar ein Vermögen, aber vielleicht wäre ein Psychiater ganz hilfreich.«

»Hilfreich für was?« Fabia kam nach unten, während Beatrice noch redete. »Waldo hat einen Psychiater, und soweit ich es beurteilen kann, hat er nichts anderes bewirkt, als ihn egozentrisch zu machen. Immer redet er über seine obsessive

Zwangsneurose. Manchmal komme ich mir vor, als würde ich in einer *menage à trois* leben. Früher einmal war das schon etwas Besonderes, wenn man eine Stunde auf einem teuren Sofa in der Harley Street zubrachte und über seine idiotischen Träume quasselte, aber jetzt halte ich das für ziemlich überholt. Was trägst du da für ein ungewöhnliches Kleidungsstück, Beatrice? Da denkt man eher an einen Sessel unterm Schonbezug.«

»Man nennt es Burnus.« Beatrice wirkte verletzt. »Die Araber tragen sie, um sich in den kalten Wüstennächten darunter warm zu halten.«

»Das trägt sicherlich zur Horizonterweiterung bei.«

Fabia trug einen gut geschnittenen braungrauen Mantel und dazu einen Rock, der sich zusammen mit der Nerzstola wahrscheinlich auf die gleiche Summe belief wie Beatrices Jahreseinkommen. Elizabeth und Henry kamen mit Rose herunter. Ich hatte die beiden hochgeschickt, um ihr über die Treppe nach unten zu helfen. Sie war noch immer sehr wackelig auf den Beinen, obwohl sie behauptete, keine Schmerzen mehr in der Hand zu haben.

»Guten Morgen, Nanny Trebor«, sagte Fabia mit einer Stimme, die ihr normales Volumen bei weitem übertraf. Sie sprach mit Rose immer, als wäre diese taub, obwohl Rose ausgezeichnet hörte. »Deine Haare sind viel zu lang, Henry.«

»In der Zeit, die wir zum Runtergehen gebraucht haben, hätte ich hundertmal die Treppe rauf und runter laufen können.« Henry prahlte mehr als sonst, wie mir auffiel. »Ist das Ei noch matschig?« Ehe ich ihn davon abhalten konnte, steckte er seinen Finger in den zarten milchigen Schleier auf Fabias Ei, und das Eigelb schwappte über das Auflaufförmchen. »Entschuldige, Mama.«

Ich sah ihn zornig an, als mir dann aber Jack einfiel, setzte ich ein Lächeln auf und holte noch ein Ei aus der Schüssel.

Elizabeth half Rose, auf dem Stuhl Platz zu nehmen. Sie war so zuvorkommend wie Henry garstig war. Beide Verhaltensweisen beunruhigten mich gleichermaßen. Ich bedauerte, mich in Psychologie nicht besser auszukennen. Elizabeth trug einen langen schwarzen Mohairpullover und einen Rock, der aussah, als wäre er aus einem indischen Bettlaken gemacht. Sie lief barfuß, und ihre Zehennägel waren dunkellila lackiert, als hätte sie sich die Zehen beider Füße an einer sehr schweren Tür angestoßen.

»Warum braucht Miranda einen Psychiater?« fuhr Fabia mit der ihr eigenen Beharrlichkeit fort. »Ich denke, die Frauen heutzutage müssen nicht gleich wahnsinnig werden, wenn sie ihren Mann verlieren. Während des Kriegs starben die Ehemänner wie die Fliegen. Als dein Vater starb, machte ich weiter wie bisher, und *ich* hatte keine Mutter, die alles stehen- und liegenließ, um koste es was es wolle bei mir zu sein. Ich hätte gerne frischen Kaffee, Miranda. Aufgewärmter Kaffee ist schlecht für die Verdauung.«

Mein Blick traf sich mit dem Beatrices, und ich zwinkerte ihr zu, was meine Mutter unglücklicherweise mitbekam.

»Wenn du jetzt anfängst, Gesichter zu schneiden, Miranda, glaube ich sofort, daß Beatrice recht hat und du wirklich einen Psychiater brauchst. Ein Gutes hat es ja, wenn einem der Ehemann wegstirbt – damit hat dieses ganze ermüdende *Bettgetue* ein Ende.«

Wäre Fabia ein paar Jahrhunderte eher auf die Welt gekommen, wäre sie eine große Verfechterin von *fin amour* geworden. Sie wollte mit unterwürfiger Galanterie bewundert werden, ohne dafür auch nur das Geringste geben zu müssen. Ihrer Ansicht nach war Sex etwas, weswegen sich die Männer zu Narren machten und womit die Frauen sich abfanden, weil es zum Umgang mit den Männern dazugehörte. Warum sich ihrer Meinung nach dieses Opfer lohnte, blieb jedem selbst überlassen.

»Wenn ich auch sagen muß, daß dein Vater keiner von den Männern war, die an nichts anderes denken. Er war in erster Linie Künstler und dann erst Mann. *Was* hätte er nicht alles erreichen können, wäre er nicht so jung gestorben!«

Sie verharrte einen Augenblick lang mit zurückgeworfenem Kopf in einer ihrer Mary-Shelley-Posen, die gramgebeugte Witwe, die am Strand von La Spezia sitzt und darüber nachsinnt, wie durch einen grausamen Unfall ein außergewöhnliches Talent vernichtet wird. Shelley und mein Vater waren beide Künstler gewesen, die gewaltsam zu Tode kamen, und Fabia zog gern Parallelen, ungeachtet ihrer Oberflächlichkeit. In ihrem italienischen Haus war ein ganzer Raum der Zurschaustellung von Leinwänden vorbehalten, die mein Vater hinterlassen hatte. Sie waren sehr abstrakt ... kubistisch vielleicht, obwohl ich mir da nicht sicher war ... in den verschiedenen Abstufungen ein und derselben Farbe. Ich hätte ihre Qualität nicht einschätzen können. Es machte mir nichts aus, daß meine Mutter sie alle einem Museum überlassen wollte.

»Jack wirkte auf mich immer wie ein Mann, der sich bei weitem zuviel für Sex interessierte«, fuhr meine Mutter fort. Elizabeth und Henry hielten im Essen inne.

»Ich habe vor kurzem eine interessante Äußerung von Picasso gelesen.« Ich stellte das zweite Ei vor Fabia und fing an, für Rose den Schinken in kleine Stücke zu schneiden, damit sie ihn mit der Gabel essen konnte. »Er sagte, es gäbe Maler, die aus der Sonne einen gelben Punkt machen, aber es gäbe auch andere, die dank ihrer Kunst und ihrer Intelligenz in der Lage seien, aus einem gelben Punkt eine Sonne zu machen.«

»So was Blödes«, sagte Henry, enttäuscht über die Wendung, die das Gespräch genommen hatte. »Das könnte ich auch so sagen, wenn ich wollte.«

»Ich hoffe, du machst keine Dummheiten, Miranda«, fuhr meine Mutter fort. »Affären mit verheirateten Männern oder so. Du mußt lernen, einsam zu sein, wie *ich* das auch mußte. Was haben Sie gesagt, Nanny Trebor?«

Sie drehte sich heftig zu Rose herum, die einen Laut wie »pah!« von sich gegeben hatte. »Dieses arme Geschöpf leidet immer mehr an Geistesverwirrung«, sagte Fabia in einer etwas gedämpfteren Lautstärke zu mir, die aber noch überall im Raum gut zu hören war. »Ich denke, Miranda, die Dinge werden nicht mehr ganz so einfach sein, wie du es gewohnt warst.«

Nachdem ich mich von meiner Mutter verabschiedet und dann eine Stunde später sehr viel widerstrebender Beatrices Lieferwagen hinterhergewinkt hatte, als dieser schwankend die Auffahrt hochfuhr, stellte ich eine Liste der Aufgaben zusammen, die erledigt werden mußten. »Anzeige wegen einer Haushaltshilfe in Mrs. Veals Fenster hängen« stand ganz oben auf der Liste. »James' Direktor anrufen.« Wenn ich es mir recht überlegte, mußte das zuerst geschehen. Ich wollte einfach sichergehen, daß James nicht einen zu großen Gefühlsaufruhr durchmachte, wenngleich Direktoren womöglich nicht die richtigen Leute waren, so etwas in Erfahrung zu bringen. »Etwas für Patience' Essen überlegen.« Das Telefon klingelte.

Ein halbe Stunde später legte ich den Hörer auf. Ich hatte meinen Bankmanager nie gemocht, und das aus dem einfachen Grund, daß er sich schrecklich wichtig nahm und wirklich ein ziemlich dummer Mensch war. Jetzt spürte ich Haß in mir, und das aus dem weniger guten Grund, weil er schlechte Nachrichten überbrachte. Das Gespräch drehte sich indirekt um ein Fiasko von apokalyptischen Ausmaßen. Jack und ich waren immer verschwenderisch gewesen. Wir hatten seinen ganzen Verdienst für die Kinder, das Haus und den Garten, Bücher, Gemälde, Urlaube und Autos ausgegeben und nie ans Sparen gedacht. Jetzt wollte der Bankmanager mich bei meinem nächsten Londonbesuch sehen, um mit mir zu besprechen, »wie es weitergehen soll«. Mein Anwalt hatte tags zuvor eine ähnliche Bitte vorgetragen. Ich schrieb »Termin mit Bank und Anwalt« auf meine Liste und dann ganz oben auf die Liste: »Geld verdienen.«

»Rose gefällt mir gar nicht«, sagte Patience, nachdem Rose nach oben gegangen war, um sich hinzulegen. Wenn eine meiner Freundinnen zu Besuch kam, bestand Rose immer auf einem zeitigen Mittagessen, das sie allein zu sich nahm, weil sie sich, wie sie es ausdrückte, das Geschwätz eines Haufens närrischer Mädchen nicht anhören wollte. Dies war auch ein Beispiel für Roses Taktgefühl, was das Zusammenleben mit ihr so leichtmachte. »Sie sieht so grau und zittrig aus.«

»Der Sturz hat ihr arg zugesetzt. Sie ist immerhin sechsundachtzig. Ich überlege nur, ob ich den Arzt noch mal anrufen soll?«

»Laß ihr doch ein paar Tage Zeit. Du siehst selbst auch

nicht gerade wie das blühende Leben aus. Dunkle Augenringe. Kannst du nicht schlafen?«

»Oh, mir geht es gut. Ich wache nur immer ein bißchen früh auf. Komm, wir wollen essen. Ich nehme an, du mußt um zwei wieder zurück in die Tretmühle?«

»Um halb drei. Übrigens habe ich auf dem Weg hierher Lissie getroffen. Sie hätte mich an der Mill Corner beinahe vom Fahrrad gestoßen. Sie sagte, sie komme nach der Bibliothek vorbei.«

Ich holte noch einen Teller und ein Glas, und fünf Minuten später kam Lissie an, die in ihrem hellblauen Wollrock und der Seidenbluse richtig gut aussah. Es freute mich zu sehen, daß die Anzeichen ihres Kummers ein wenig nachgelassen hatten.

»Ich hätte gerne etwas zu essen, aber nur wenn ich euch nicht störe. Ich habe eine Flasche von Georges Dom Perignon mitgebracht. Ich fand, wir sollten das Beste daraus machen.«

Ob Posse oder Trauerspiel, Lissies Haltung dazu ließ sich im wesentlichen als leichtfertiger Epikureismus bezeichnen. Wir genossen gerade das erste Glas (Patience trank nur ein halbes, weil sie zurück zur Arbeit mußte), als die Eingangstüre ins Schloß fiel und Maeves Stimme zu hören war.

»Ich dachte mir, ich komme mal vorbei und leiste dir Gesellschaft.« Sie kam in die Küche. »Oh! Ich hatte damit gerechnet, dich elend und ganz allein und mit gramgebeugtem Witwenhaupt dasitzen zu sehen, und dann schmeißt ihr hier eine Party.«

Sie wirkte eingeschnappt. Ich holte noch einen Teller und ein Glas.

»Ich bin so froh, daß du gekommen bist«, sagte ich, »ich muß mir überlegen, wie es in Zukunft weitergehen soll, und da brauche ich vor allem deinen Rat.«

Bei diesen Worten gewann Maeve ihren *sang froid* zurück und stellte eine Flasche besonders abstoßend grauer Flüssigkeit auf den Tisch.

»Das ist ein chinesisches Kräuterelixier. Ich habe es bei meinem letzten Londonbesuch gekauft. Ich dachte, es könnte genau das richtige für uns sein. Es hat verjüngende Zauberkräfte. Man fühlt sich zehn Jahre jünger! Der Mann, der es mir verkauft hat, hat mir erzählt, daß seine Schwiegermutter ans Bett gefesselt war und jetzt nach nur einer Flasche auf dem Moped durch Hounslow düst. Offenbar verlängert es die männliche Erektionsfähigkeit beim Liebesspiel auf bis zu vier Stunden. Man kann auch Epilepsie damit heilen.«

»Klingt, als wäre es ein wenig stark«, meinte Patience, während wir alle voller Zweifel die Flasche anstarrten.

»Vier Stunden, sagst du?« murmelte Lissie und wurde rot, als wir sie alle anschauten.

»Ach, nun macht schon.« Maeve wurde ungeduldig. »Man muß alles einmal probiert haben, lautet meine Devise.«

Was aber ein großer Fehler gewesen war, wie wir wohl alle jetzt dachten, aber aus Höflichkeit nicht aussprachen. Ich holte vier der kleinsten Gläser heraus, die wir besaßen. Wir hatten sie zur Hochzeit geschenkt bekommen und nie verwendet, weil sie außerordentlich häßlich aussahen, mit viel Gold und alle mit dem Bild eines Schweizer Chalets.

»Die sind ja klasse«, meinte Maeve. »Einfach irre.«

»Wenn du jetzt anfängst, beim Mittagessen wie eine alkoholabhängige und mit Drogen vollgestopfte Jazzsängerin daherzureden, brauche ich ganz entschieden ein ganzes Glas Champagner«, erklärte Patience und streckte die Hand nach der Flasche aus. »Meine Güte, was hast du denn mit deinen Händen angestellt!«

Maeves Hände waren ein einziger Bluterguß in Gelb, Violett und Schwarz.

»Ich habe was gefärbt. Seht doch! Man nennt es Batik. Man knüpft in den Stoff lauter kleine Knoten und taucht sie in verschiedene Farben.« Sie riß ihren Mantel auf und präsentierte eine merkwürdig buntscheckige Bluse mit Rock. Es erinnerte mich an die Malerei von Waldo ... eine Orgie düsterer Blitze, die dann *Nach dem Débâcle* oder *Sturm über den Docks von Liverpool* betitelt waren.

»Soll man das nicht bügeln, wenn es trocken ist?« wollte Lissie wissen.

»Kann sein, daß es dann besser aussieht. O Miranda, Pilzrisotto! Wie lecker!«

Ich befand mich in einer Gemütsverfassung, die mich jedesmal überkam, wenn ein mahnender Anruf aus der Bank mich erreicht hatte. Mindestens zwanzig Stunden danach konnte ich es kaum ertragen, auch nur einen Pfennig auszugeben, und ich sparte Seifenabfälle, die ich dann zu einer schleimigen Kugel zusammendrückte, und verwendete gebrauchte Briefumschläge. Nach etwa zwei Tagen dieser gewissenhaften Sparmaßnahmen vergaß ich alle guten Vorsätze und fiel zurück in meine leichte Verschwendungssucht, kaufte Taschenbücher, Pflanzen und Seifenstücke, ohne mich zu fragen, ob ich mir das auch wirklich leisten konnte. Da ich mich noch im ersten Stadium der erhöhten pekuniären Bewußtheit befand, war ich entschlossen, daß es auch zum Abendessen Pilze und Himbeeren geben sollte, von denen wir dieses Jahr mehr als genug hatten.

»Es tut mir leid, wenn ich jetzt das Gespräch an mich reiße«, erklärte ich, als ich Patience eine Schüssel Kopfsalat aus dem Garten reichte, »aber ich muß mit euch über meine Zukunft reden. Ich weiß, daß mein Anwalt mir raten wird, Westray zu verkaufen und mir dafür etwas Kleineres und Billigeres zu suchen und den Rest anzulegen. Aber dieser Gedanke macht mich ehrlich gesagt ganz krank.«

»Das ist eine typisch männliche Einstellung«, sagte Maeve. »Als wäre eine Frau nicht fähig, selbst Geld zu verdienen.« Maeve hatte gerade *Der weibliche Eunuch* gelesen, und sie war im Gespräch streitsüchtiger geworden. »Germaine Geer sagt, daß von den neun Millionen Frauen, die in diesem Land arbeiten, nur zwei Prozent in leitender Position sind und nur fünf Prozent eine Berufsausbildung haben. Alle übrigen sind Handlangerinnen für die wichtige Arbeit der Männer. Wir vergeuden Ehrgeiz, Talent, Ansporn und Verwirklichung, um Männern hinterherzulaufen und all die langweiligen Dinge zu tun, die man ihnen nicht zumuten kann. Aber noch viel schlimmer ist, daß wir die Ketten unserer Knechtschaft auch noch pflegen. Wir wollen die Männer als Autoritätsfiguren sehen. Der ideale Held der Romanze ist eigentlich ein brutaler Tyrann, der sich die schwächere, weniger mächtige Heldin unterwirft. Und warum tut er das? Weil sie jung und hübsch ist und er sie vögeln will. Wir wissen, daß er keine Anstrengung unternehmen wird, sie allein wegen ihrer Intelligenz, ihres Verstands und ihres Einfühlungsvermögens zu erobern.«

Für eine Weile dachten wir schweigend darüber nach. Ich mußte zugeben, daß dies einige Aspekte meiner Beziehung zu Jack ziemlich genau umriß.

»Und was können wir dagegen tun?« fragte Patience. »Ich habe keine Lust, für den Rest meines Lebens Vorhänge zu nähen. Aber wovon soll ich es mir leisten, mich für etwas Interessanteres auszubilden? Ich muß mich und meinen Vater unterhalten. Ich sehe nicht, wie ich jemals etwas anderes sein kann als Holzhauer und Wasserträger.«

»Ich will eigentlich gar keine Arbeit«, sagte Lissie. »Jedenfalls keine als Shellmanager oder Knochenchirurg. Wenn George mir von seinem Büroalltag erzählt, tut er mir wirklich leid. Ich verbringe meine Zeit sehr viel angenehmer als er. Eine Kleiderboutique könnte mir vielleicht Spaß machen.«

Maeve gab einen Verzweiflungsseufzer von sich und legte ihren Kopf in die Hände.

»Tatsache ist doch«, warf ich eilig ein, »daß ich ganz besonders schlecht dafür gerüstet bin, mir auf ehrliche Weise Geld zu verdienen, es sei denn als Gärtnerin zu fünfzig Pence die Stunde, wovon ich kaum die Telefonrechnung bezahlen könnte, geschweige denn Essen, Benzin, Kleider, die laufenden Reparaturen und so weiter.«

»Was ist mit dem Schulgeld für die Kinder?« erkundigte sich Patience.

»Zum Glück hat Jack in einen Ausbildungsfonds eingezahlt, so daß ich mir darüber keine Sorgen zu machen brauche.«

»Du bist die einzige von uns, die einen Hochschulabschluß hat«, sagte Maeve. »Das sollte doch etwas wert sein.« Maeve hatte in Kent mit einem Soziologiestudium begonnen, es aber nach ihrem zweiten Jahr abgebrochen, um den polnischen Armeeoffizier zu heiraten.

»Ja. Geschichte. Was Nutzloseres läßt sich kaum denken. Ich dürfte noch nicht einmal im Kindergarten arbeiten.«

»Du kannst doch wunderbar nähen«, meinte Patience. »Ich bin mir sicher, daß Grace dir Arbeit gibt.«

Lady Grace Cockaigne war Patience' Chefin. Sie hatten sich auf dem Mädchenpensionat kennengelernt, das einzig Sinnvolle, was dieser Aufenthalt gebracht hatte. Grace verfügte über ungewöhnliche Energien und Fähigkeiten und sollte wirklich Premierministerin werden. Tatsächlich leitete sie in London ein hochelegantes Geschäft für Innendekoration, für das sie jedoch in der Provinz billige Arbeitskräfte einsetzte, zu denen auch Patience gehörte. Ich kannte Grace oberflächlich – denn besser konnte man sie auch nicht kennenlernen, da sie nie Zeit für unnütze Gespräche vergeudete. Patience schuftete gemeinsam mit drei weiteren Frauen Tag für Tag in einer schlecht geheizten Scheune, säumte und machte Grätenstiche, bis ihr der Kopf schmerzte und die Finger wund waren. Zu Mittag und zu Abend kochte sie aus den billigsten Fleischstücken und dem Gemüse, was der Händler gerade im Angebot hatte, bekömmliche Suppen und Eintöpfe für ihren Vater. Sie beklagte sich so gut wie nie, und ich bewunderte sie maßlos. Ich mußte zu meiner großen Schande gestehen, daß ich durchgedreht wäre, wenn ich auch nur einen Monat so hätte leben müssen wie Patience.

»Ich könnte dir zeigen, wie man Schmuck macht«, schlug Maeve vor. Das war von ihr besonders nett, denn ich wußte sehr gut, daß der Markt für Silberschmuck in unserer Gegend bereits von Maeves eigener Produktion überschwemmt war, und sie mehr als genug Schwierigkeiten hatte, genügend zu verkaufen, um davon leben zu können.

»Bei deinem Aussehen wirst du bald wieder verheiratet sein, Miranda«, sagte Lissie.

»Du verkennst die Sachlage«, ereiferte sich Maeve. »Miranda *will* doch gar nicht von einem Typen abhängig sein. Sie muß sich auf die Suche machen, um herauszufinden, was ihre wirkliche Bestimmung ist. Sie möchte unabhängig sein, die Freiheit haben, mit dem Kajak im Irrawaddy zu paddeln oder mit einem Beduinenstamm das Leere Viertel zu durchqueren, ohne daß sie sich dafür von irgend jemandem eine Erlaubnis einholen muß.«

»Stimmt das?« Lissie sah mich erstaunt an.

»Na ja …« Es gelang mir nicht, den Zweifel aus meiner

Stimme herauszuhalten. »Darauf sollten wir doch alle hinarbeiten ... größeres Selbstvertrauen und mehr Verantwortlichkeit.«

»Du solltest erst einmal darauf hinarbeiten, eine Weile ohne weitere größere Schocks voranzukommen«, sagte Patience in ihrer bewundernswert vernünftigen Art. »Du mußt über Jacks Tod hinwegkommen, und das wird einige Zeit dauern.«

»Wie gut, daß man heute nicht mehr zwei Jahre lang in Trauerkleidern herumlaufen muß«, meinte Lissie. »Denk nur, was das kostet, wenn man die ganze Familie ausstatten muß! Wenn man früher eine große Familie mit jeder Menge Vettern und Tanten und so hatte, mußte man das halbe Leben Schwarz tragen. Ich glaube nicht, daß Schwarz mir steht.«

»Ich denke, daß man in ärmeren Familien einfach die Kleider, die man hatte, gefärbt hat«, erwiderte ich. »Im alten Rom und in Sparta trugen die Frauen Weiß. Das wäre sogar noch unpraktischer. In Persien ist die Trauerfarbe ein blasses Braun, die Farbe toter Blätter. In Syrien trägt man Blau, glaube ich.«

»Du hast so viel Allgemeinwissen«, überlegte Patience. »Ob das nicht irgendwie von Nutzen sein kann?«

»Du könntest jede Menge Geld in einer Quizshow verdienen«, schlug Maeve vor.

»Das scheint mir von den hochtrabenden Idealen, von denen du vor einer Minute sprachst, recht weit weg zu sein«, warf ich ihr vor. »Außerdem ist mein Gehirn unglücklicherweise nicht sehr gut organisiert, und ich neige dazu, mich meist dann, wenn ich mich erinnern soll, nicht erinnern zu können.«

Während ich die Himbeeren aus dem Kühlschrank holte und Kaffee kochte, riß der Ideenstrom hinsichtlich meiner zukünftigen Beschäftigung nicht ab. Es lag auf der Hand, daß jeder die Dinge vorschlug, die er selbst gerne getan hätte. Lissie meinte, ich könnte Modeschöpferin oder Innendekorateurin werden. Patience schlug vor, daß ich mich auf den Anwaltsberuf vorbereiten sollte. Maeves Ideen reichten von der Nachtklubsängerin zur Tarotkartenlegerin und verstiegen sich sogar dazu, eine Wohnung in London anzumieten, um dort Prostitution auf höchstem Niveau zu betreiben.

»Tut mir leid«, sagte ich, als ich nach einem Aschenbecher für Maeve suchte. »Entweder wäre die Ausbildung zu lang, wie im Fall des Anwaltsberufs und der Modedesignerin, oder mir fehlt wahrlich jede Eignung, wie im Fall der Prostitution. Ich muß etwas machen, was sofort Geld einbringt.«

Ein Sonnenstrahl brach in diesem Augenblick durch die Wolken und warf einen goldenen Pfad auf den Fußboden, dorthin, wo Dinkie neben dem Kohleherd schlummerte, seine Pfoten streckte und die Krallen in einem köstlichen Traum katzenhafter Blutrünstigkeit ausfuhr.

»Ich weiß«, erklärte Maeve, »dein größter Trumpf ist Westray. Die Leute wären begeistert, hier Urlaub machen zu können. Ferien am Meer in einem romantischen Wasserschloß, umsorgt von der eleganten und schönen Enkelin eines Dichtergenies. Prachtvolle Gärten, erlesenes hausgemachtes Essen, ein Himmelbett, in dem schon Elizabeth I. die Nacht verbracht hat ...«

»Das hast du mir nie erzählt«, unterbrach Lissie sie.

»Maeve!« Ich war verblüfft über diese unerwartete Entfaltung gesunden Menschenverstands. »Du kluges Mädchen! Genau das ist es! Ich werde an Gäste vermieten!«

»Ich denke, das ist genau die Antwort.« Patience nickte, als sie sich diesen Vorschlag durch den Kopf gehen ließ. »Eine wirklich gute Idee!«

»Ich wünschte, ich wäre draufgekommen«, ärgerte sich Lissie. »Was wird das für ein Spaß sein! Denk doch mal an all die interessanten Menschen, denen du begegnen wirst! Darf ich kommen und bedienen?«

»Wir könnten dir beim Kochen helfen«, sagte Maeve. »Die finden es bestimmt phantastisch, wenn sie mit ausbalanciertem Yin und Yang wieder nach Hause kommen.«

»Schon möglich.« Es fiel mir schwer, mir meinen Zweifel nicht anmerken zu lassen.

»Darauf sollten wir einen Toast trinken«, schlug Maeve vor, entkorkte das Elixier und füllte die Chalet-Gläser bis zum Rand mit der bleifarbenen chinesischen Essenz. »Auf das Westray Manor Hotel.«

»Das hört sich nach einer dieser fürchterlichen Pensionen

in der Nähe von King's Cross an«, wandte Patience ein. »Wir trinken auf die Zukunft.«

»Auf die Zukunft«, fielen wir gehorsam ein und tranken.

Der Geschmack erinnerte als erstes an die kleinen roten Spritzfläschchen mit Fahrradöl; furchtbar ölig wie geschmolzener Teer. Nach ein oder zwei Sekunden wurden unsere Geschmackspapillen von einer Bitterkeit überrascht, die an zerstampfte Schlehe gemischt mit rohen Cocablättern erinnerte und uns sofort die Schleimhaut austrocknete, als hätten wir gezwungenermaßen stundenlang mit weit geöffnetem Mund in praller Sonne gelegen.

»Du meine Güte! Das ist ja mehr als scheußlich.« Lissie schüttelte heftig den Kopf und nieste einige Male. Ich sah Patience ihr Glas abstellen. Vernünftig wie sie war, hatte sie es nur an die Lippen gesetzt.

»Hm, interessant«, meinte Maeve, die einen großen Schluck genommen und ihr Glas praktisch geleert hatte. »Es ist gewiß sehr wirksam. Ich fühle mich schon viel lebendiger. Äußerst anregend.« Sie sah blaß aus. »Vielleicht sollten wir es lieber Lissie überlassen, da sie als einzige einen Mann hat.« Sie kicherte. Ich fand, daß ihre Augen ziemlich blutunterlaufen aussahen. Vielleicht bildete ich es mir auch nur ein. Ihr Kopf fiel nach vorne, bis ihre baumelnden Silberohrringe sich fast mit den rosa Sahnestrudeln auf ihrem Nachtischschälchen vermischten. Sie war ungewöhnlich still, als wir übrigen uns über die Schlafräume, Badezimmer, mögliche Menüs und darüber unterhielten, wo man Anzeigen aufgab und – das Wichtigste – wieviel ich sinnvollerweise verlangen konnte.

Nachdem sie alle gegangen waren – Patience zur Arbeit, Lissie zum Einkaufen nach Marshgate, und Maeve vermutlich, um sich hinzulegen –, entschloß ich mich zu einem Spaziergang zum Postladen, wo ich meine Anzeige für eine Zugehfrau, die ich jetzt dringender denn je benötigte, ins Fenster hängen wollte. Ivor war so freundlich gewesen, mit Elizabeth und Henry ins Kino zu gehen, so daß ich den Luxus einer knappen freien Stunde für mich genießen konnte.

Ich zog den Regenmantel über, nahm die Hundeleine und rief Jasper. Der Weg hinunter ins Dorf war zu jeder Jahreszeit wunderschön, weil er nur durch schmale Alleesträßchen führte, auf denen es so gut wie keinen Autoverkehr gab. Jetzt leuchteten die Brombeeren in allen Schattierungen von Grün, Rosa, Rot und Schwarz aus den Büschen. Für meine zukünftigen Gäste könnte ich Brombeergelee machen. Vielleicht Apfelpie mit Brombeeren? Oder erwarteten sie sich etwas Raffinierteres? Ich mußte jemanden finden, der mir einen Teil des Kochens abnehmen konnte. Zwei Braune Bären flatterten über meinen Kopf und begleiteten mich einige Meter weit, ehe sie sich auf die letzten Blüten eines wilden Geißblatts stürzten. Holunderbeerdolden und sich rötende Hagebutten leuchteten wie Fabergé-Kostbarkeiten zwischen den Haselsträuchern hervor. Die Sonne wärmte, und einen kurzen Augenblick lang war ich beinahe glücklich. Dann tauchte die gespaltene Kiefer auf, und ich mußte an Jack denken.

Die Kiefer war während eines Gewitters vor vielen Jahren vom Blitz gespalten worden, und die beiden Hälften hatten sich im Lauf der Jahre zu einem entschiedenen »V« nach außen gebogen. Als wir zum ersten Mal nach Westray hochgefahren waren, hatte Jack darauf gedeutet und gesagt: »Das ist unsere gespaltene Kiefer. Es ist ein gutes Omen. Aber wo ist der unglaublich gute Geist Ariel?« Weil wir uns bei einer *Sturm*inszenierung kennengelernt hatten und ich Miranda heiße, hatten wir ein Spiel daraus gemacht, das Stück auf unser Leben zu übertragen.

Als wir Ivor in unseren Haushalt aufnahmen, behauptete Jack, wir hätten unseren Ariel gefunden. Und was sich zwischen den beiden Männern abspielte, hatte schon was von der Beziehung Prosperos zu seinem widerspenstigen Diener. Ivor erkannte Jacks überlegene Kräfte an und bewunderte ihn, ärgerte sich aber gleichzeitig über seine eigene Knechtschaft. Als ich Jack gegenüber anführte, daß er von Rechts wegen Ferdinand und nicht Prospero sei, antwortete er, junge Männer mit Liebeskummer interessierten ihn nicht. Sein Interesse galt der huldvollen Machtausübung.

War Jack huldvoll gewesen? Während ich mit Jasper, der direkt vor mir herlief, zwischen den hohen Böschungen hindurchging, spürte ich ein stechendes Schuldgefühl in mir hochkommen, das nach und nach meine Wut verdrängte, von der ich in jenen ersten Tagen nach seinem Tod besessen gewesen war. Noch einmal versuchte ich mich zu erinnern, was sich am Morgen seines Todestages ereignet hatte. Als das Beunruhigendste empfand ich, daß ich mich absolut an nichts von dem erinnern konnte, was in den Stunden davor passiert war. Hatten wir uns gestritten? Doch die Vorstellung, daß Jack sich von jemand anders so weit hätte bringen lassen, Hand an sich zu legen, war absurd. Könnte er sich so aufgeregt haben, daß er unvorsichtig wurde? Ich erinnerte mich an Phasen unseres Zusammenlebens, in denen er eine überraschende Zärtlichkeit gezeigt hatte. Das war natürlich die Zeit nach Henrys Geburt, von der ich schon erzählt habe.

Und da war die Zeit, da wir einen Landstreicher vor dem Magpie and Stump auf der Straße gefunden hatten. Der Mann war betrunken gewesen, mit Erbrochenem bedeckt und, wie ich sagen muß, ein Bild des Ekels. Von einer Kopfwunde war er auch noch blutverschmiert. Als Jack versuchte, ihn aus der Fahrbahn an den Straßenrand zu ziehen, schrie er Jack an, er solle abhauen und zur Hölle fahren. Jack setzte ihn in den Wagen und fuhr ihn zur Herberge der Heilsarmee. Darüber hinaus gab er dem Mann einen Job auf Westray, wo er unter der Bedingung, nie betrunken zur Arbeit zu erscheinen, Blätter fegen und Holz hacken konnte. Dies ging eine Weile ganz gut, Stocky, wie der Landstreicher hieß, tauchte mit beachtlicher Regelmäßigkeit auf und forderte seine fünf Shilling für die Arbeit eines Vormittags. Er zog es vor, »draußen« zu schlafen, wie er es nannte, schaffte es aber dank des regelmäßigen Einkommens ganz manierlich auszusehen. Es tat uns allen leid, als Stocky nach einem Abend, an dem er über die Stränge geschlagen hatte, vom Klippenpfad abstürzte und sein Ende auf den Felsen darunter fand. Zu den Kindern war er immer sehr freundlich gewesen. Insbesondere Henry hatte Stocky verehrt und war eine Weile untröstlich.

Ich könnte mir viele andere Beispiele solcher Wohltaten ins Gedächtnis rufen, und es wäre ungerecht, sie alle nur unter dem Gesichtspunkt wohlwollender Tyrannei zu sehen. Einmal bekam ich einen Zahnabszeß, der wahnsinnig weh tat. Jack war die ganze Nacht wach geblieben, um mit mir zu reden, Karten zu spielen und mir vorzulesen, ehe er mich am nächsten Morgen bei Tagesanbruch nach London fuhr, damit ich zum Zahnarzt gehen konnte.

Bei der Erinnerung an solche Erlebnisse fand ich die Schuld noch unerträglicher als meine vorherige Wut. War es falsch von mir gewesen, mich wegen seiner Untreue emotional und sexuell von ihm zu trennen? Waren seine Affären, wie er behauptete, wirklich bedeutungslos? Oder gehörte dieses Gefühl, sich schuldig gemacht zu haben, nur zum natürlichen Trauerprozeß? Erleichtert sah ich die ersten hohen Ziegelmauern der Häuser im Dorf auftauchen. Meine eigene Gesellschaft war mir derzeit fast unerträglich.

Nachdem ich Jasper an die Leine gelegt und draußen angebunden hatte, ging ich in den Postladen, wo zwei Frauen vor der Theke standen und sich mit Mrs. Veal unterhielten. Das Schweigen, das in dem Augenblick einsetzte, als sie mich sahen, löste eine Hitzewelle bei mir aus. Sie hatten über mich geredet. Oder entwickelte ich zu allen anderen Verwirrungen meines Geistes jetzt auch noch einen Verfolgungswahn? Eine der Frauen, die ich oberflächlich kannte und die mich normalerweise grüßte, verließ wortlos den Laden, ohne auch nur einen Blick an mich zu verschwenden. Die andere ging beiseite und vertiefte sich in das Problem, ob sie Butterkekse oder gefüllte Kekse kaufen sollte.

Ich reichte Mrs. Veal meine Karte, auf der ich eine Zugehfrau für je vier Stunden an fünf Wochentagen suchte, und machte die banale Bemerkung, daß es nach Regen aussah. Mrs. Veal nahm die Karte mit spitzen Fingern entgegen, der elegant abgespreizte kleine Finger unterstrich ihren Abscheu.

»Ich werde dafür sorgen, daß das ins Fenster kommt, Mrs. Stowe. War das alles?«

Sie richtete zum erstenmal einen dreisten Blick auf mich, dann wandte sie sich ab, um sich mit einem Stapel von Rentenheften zu befassen. Sie hatte mich total vor den Kopf gestoßen. Völlig verwirrt verließ ich den Laden. Mrs. Veal hatte sich mir gegenüber bis heute auf unangenehme Weise schmeichlerisch verhalten, die Wartenden ignoriert, um mich zuerst zu bedienen. Ich hatte schon oft gehört, daß die Hinterbliebenen gemieden werden, weil die Leute befangen sind und nicht wissen, was sie sagen sollen, aber das hier war mehr als Verlegenheit.

Mrs. Kenton lief gerade über die Straße, als ich aus dem Postladen kam.

»Hallo, Miranda. Hallo, Jasper. Wie geht es Ihnen, meine Liebe?« Sie sah mich besorgt an.

»Oh, ganz gut. Alle sind sehr nett.« Dann fiel mir Mrs. Veal ein. »Obwohl einige der Auffassung zu sein scheinen, daß ich durch den Verlust meines Ehemanns in Ungnade gefallen bin.« Ich lachte, um zu zeigen, daß die Bemerkung heiter gemeint war. Mrs. Kenton legte ihre Hand auf meinen Arm.

»Was diese engstirnigen Frauen sagen, darf Ihnen nichts ausmachen, meine Liebe. Es fehlt ihnen jeder Funken Verstand zu begreifen, was Menschen empfinden, die so einen furchtbaren Schock erlebt haben. Die meisten sind doch nur dumme Klatschweiber!«

»Ja schon. Ich kann mir nur nicht vorstellen, was es da zu reden geben soll.« Ich war ein wenig verunsichert, weil ich in Mrs. Kentons Verhalten einen Anflug von Verschwörung zu spüren glaubte. »Wie geht es Dr. Kenton?«

»Sehr freundlich von Ihnen, daß Sie sich erkundigen, meine Liebe. Leider nicht sehr gut. Es ist Alzheimer. Wovor er immer Angst hatte.«

»Was ist das?«

»Eigentlich Altersschwachsinn. Eine Schwächung des Geistes, unheilbar. Er ist so depressiv, daß er sich am liebsten umbringen würde. Entschuldigung, meine Liebe, wie taktlos von mir. Man könnte meinen, all diese Jahre, in denen er sich mit Krankheit befaßt hat, hätten ihm zu einer philosophischen Einstellung verholfen, aber er will nirgendwo mehr hingehen, keinen sehen. Er grämt sich in seinem Arbeitszimmer.«

»Das tut mir so leid. Bitte sagen Sie es mir, wenn er Besuch wünscht. Ich komme gerne und unterhalte mich mit ihm, falls das hilft. Er hat so viel für uns getan.«

»Danke, meine Liebe. Ich lasse es Sie wissen. Aber Sie haben genug eigene Probleme. Lassen Sie es nur langsam angehen und überstürzen Sie nichts.«

Insgesamt gesehen war es ein absolut deprimierendes Gespräch. Da sah ich zu meiner Freude das Auto neben mir anhalten, aus dessen Fenster Elizabeth und Henry hingen.

»So ein schöner Film, Mama«, rief Elizabeth. »Sie haben Anne Boleyn den Kopf abgeschlagen, das finde ich so gemein von Henry VIII. Sie war viel hübscher als Jane Seymour mit ihren Zähnen wie ein Schneepflug.«

»Man hat das ganze Blut über die Axt laufen sehen«, fügte Henry hinzu. »Und die ganzen weißen Röhrenteile aus ihrem Hals. Das war das Beste daran.«

»Nein, das stimmt nicht!« sagte Elizabeth. »Das denkt er sich bloß aus, Mama. Das hat er dazu erfunden. Es hat nur ganz wenig geblutet.«

»Du hast nicht hingesehen! Die ganzen Luftröhren haben rausgestanden.«

»So was Doofes! Außerdem gibt es ohnehin nur eine Luftröhre. Du bist vielleicht ein Blödian!«

Ich wollte nicht einsteigen, weil Jasper noch Auslauf brauchte, und ihr Wagen fuhr ab. Die sich noch weiterhin leidenschaftlich streitenden Kinderstimmen verloren sich nach und nach, als sie um die Kurve gebogen waren. Ich lief so schnell nach Hause, wie die Steigung es erlaubte, und kam atemlos und erhitzt an der Eingangstüre an. Dr. McCleods alter Hillman stand neben der Brücke in der Einfahrt. Ich lief hinein, weil ich dachte, Rose sei etwas zugestoßen.

»Ich wollte nur bei Miss Ingrams den Blutdruck messen«, erklärte Dr. McCleod über Rose gebeugt, als er ihr den Ärmel hochrollte.

»Wie freundlich von Ihnen.« Ich keuchte und war mir sicher, daß mein Gesicht scheußlich gerötet aussah.

»Freundlich von mir? Das glaube ich kaum. Ich pflege nicht zu springen, wenn's den feinen Leuten beliebt. Es ist mein Beruf, und es gibt einen Verfahrenskodex, an den ich mich zu halten habe.«

»Entschuldigung«, sagte ich schwach.

»Viel Wind um nichts«, brummelte Rose, als sie den dünnen Unterarm ausstreckte. »Aber wenn Sie natürlich nichts Besseres zu tun haben.«

Ich hängte meinen Mantel auf und holte eine Rührschüssel heraus. Auf dem Heimweg hatte ich beschlossen, einmal von den Pilzen abzulassen, wenigstens für die Teepause, und einen Schokoladenkuchen zu backen. Ich achtete nicht auf Dr. McCleod und rührte Butter und Zucker zusammen. In der Küche war es warm und ruhig. Ich unterbrach meine Arbeit, um einen gefangenen Schmetterling hinauszulassen, der gegen die Scheibe flatterte. Durch das Fenster konnte ich die Kinder sehen, die auf der anderen Seite des Wallgrabens mit Jasper herumtobten. Westray war ein Schongebiet, und allein durch die Tatsache, hier zu sein, fühlte ich mich schon besser.

»In Ordnung, Miss Ingrams. Der Blutdruck ist ein bißchen niedrig, aber kein Grund zur Beunruhigung.«

»*Ich* war nicht beunruhigt. Ich muß an Wichtigeres denken«, herrschte Rose ihn an. Sie sah auf alle Fälle müde aus. »Ich wäre Ihnen dankbar, wenn Sie das sein ließen, junger Mann«, fügte sie hinzu, als Dr. McCleod versuchte, den Ärmel nach unten zu ziehen. »Sie sind so stümperhaft und ungeschickt wie ein Hündchen, das man nicht abgerichtet hat.«

Dr. McCleod lächelte sie an, als genösse er geradezu ihre Schroffheit. Ich begleitete ihn zur Tür.

»Wie geht es ihr denn *wirklich*? Ich mache mir Sorgen, weil sie immer noch so blaß aussieht.«

»Sie ist eine Kämpfernatur. Ich denke, sie wird es ganz gut überstehen. Ich werde sie sehr genau im Auge behalten.«

Fast hätte ich mich wieder bei ihm bedankt, doch fiel mir rechtzeitig ein, daß er *politesse* verabscheute. Ich glaubte nicht, den gleichen ruppigen Ton wie Rose zustande zu bringen, und sagte deshalb: »Ich habe Mrs. Kenton vor dem Postladen getroffen. Die Sache mit Dr. Kenton tut mir sehr leid.«

»Ja. Er weiß genau, welchen Verlauf die Krankheit nehmen wird. Manchmal ist es besser, wenn man nicht alles weiß. Und mir tut es aus einem sehr eigennützigen Grund auch sehr leid. Das bedeutet nämlich, daß ich sehr viel länger als beabsichtigt hierbleiben muß, bis wir jemanden finden, der die Praxis übernimmt.«

»Gefällt es Ihnen hier nicht?« Ich konnte die Überraschung in meiner Stimme nicht unterdrücken.

»Oh, zum Anschauen ist das alles natürlich ganz nett.« Das klang spöttisch. Seine Haut war sehr glatt, bis auf das Stück zwischen den Brauen, wo sich tiefe Stirnfalten eingegraben hatten. Er hatte graue Augen mit dunklen Wimpern, die fast mädchenhaft lang waren. »Ich habe nicht jahrelang studiert, um den allzu verwöhnten Lebern der Reichen die Absolution zu erteilen.«

»Aber, ob reich oder arm, ich denke jeder hat das Recht auf medizinische Fürsorge. Und die Reichen zahlen über die Steuer für die Armen mit.«

»Und das schmeichelt Ihrer Selbstzufriedenheit ganz gewaltig, nicht wahr? Es sollte nur eigentlich gar nicht erst so eine große Kluft zwischen Armen und Reichen geben. Die halbe Zeit meiner Sprechstunde habe ich heute morgen damit zugebracht, mit Frauen Privattermine für Operationen auszumachen, die sie gar nicht nötig haben, und Männer von ihren Leiden zu heilen, die nur daher kommen, daß sie keinen Schritt mehr als den vom Auto zum Büro zurücklegen.«

Vor Entrüstung war seine Stimme lauter geworden.

»Dann würden Sie also gerne in einem Elendsviertel arbeiten? Wir müssen wohl hoffnungslose Fälle werden, ehe wir Ihre Behandlung verdienen. Ich finde das ziemlich arrogant.«

»Arrogant!« Verärgert rollte er seine Rs. »Sie sagen mir ins Gesicht, ich sei arrogant?«

»Nun, wenn Sie mir vorwerfen können, selbstzufrieden zu sein, dann sehe ich eigentlich keinen Grund, warum ich nicht zurückschlagen sollte.«

»Sie wollen es einfach nicht verstehen. Wie können Sie auch.« Er brach in bellendes Gelächter aus, das mich ziemlich wütend machte, vor allem weil mir sehr wohl bewußt war, daß er eine moralische Haltung vertrat, die sich leichter rechtfertigen ließ als meine. Wie war es auch zu verstehen, daß ich Westray Manor besaß und Stocky nur einen Baumstamm. Im Geist verunstaltete ich sein Bild mit einer Arbeiterkappe und einem vom Kinn vorspringenden fuchsigen Leninbart und versuchte jeden Anflug von Rechtfertigung aus meiner Miene herauszuhalten. Dr. McCleod bleckte seine Zähne. »Sie haben wahrscheinlich Ihr ganzes Leben abgeschirmt von Kälte und Hunger und Häßlichkeit verbracht. Ihnen kommt es ganz natürlich vor, jede Art von Luxus zu genießen, während andere Leute vor Ihrem Tor in Armut leben. Sie denken vermutlich, daß die sich eben nicht genug anstrengen.«

»Falls arme Menschen vor meinem Tor wären, könnten sie mir nur leid tun, denn dann hielten Sie ihre Probleme ja für zu geringfügig, um Ihrer Fürsorge teilhaftig zu werden. Wenn ich das nächste Mal mit Suppe und Decken vorbeikomme, werde ich ihnen ganz bestimmt sagen, daß sie in die Innenstadt ziehen sollen, falls sie Dr. McCleods Behandlung wünschen.«

Inzwischen hatten wir den Hof vor dem Torhaus überquert, und es war ziemlich peinlich, daß Ivor ausgerechnet in diesem Moment vorbeifuhr, um den Wagen in der Remise abzustellen. Jack war immer ein Autofan gewesen, und das war ein schöner silberner Aston Martin Volante. Daneben sah Dr. McCleods Hillman lächerlich klein und schäbig aus. Als Ivor einen schwungvollen Bogen schlug, um der Ecke an der Einfahrt hinunter zur Remise auszuweichen, hörte man das Geräusch knirschenden Metalls, und der Hillman schaukelte leicht. Ivor hielt den Wagen an und stieg sofort aus.

»Das tut mir ganz schrecklich leid.« Er strich sich seine drahtigen Haare mit der einen Hand aus dem Gesicht, während die andere ein Stück Kotflügel hielt. »Hab das einfach mit meiner Stoßstange erwischt. Muß wohl ziemlich verrostet gewesen sein. O Gott, ja sehen Sie! Das ganze Ding wird ja nur noch dank der Oxidation zusammengehalten.« Er grinste aufgeregt.

»Bitte bring es in Bobs Werkstatt und laß es auf unsere Kosten reparieren«, befahl ich unfreundlich.

»Sie glauben wohl, Geld ist die Antwort auf alles«, erwiderte Dr. McCleod schnippisch. »Sie denken wohl überhaupt nicht daran, daß ich den Wagen jeden Tag für meine Hausbesuche brauche.«

»Nein, tut mir leid, daran habe ich nicht gedacht.«

Er verabschiedete sich mit einem Geräusch zwischen Lachen und Knurren und ging über die Brücke auf seinen Wagen zu. Er mußte seiner Tür mehrmals einen Tritt verpassen, ehe sie aufgehen wollte. Als er mit überhöhter Geschwindigkeit davonröhrte, empfand ich, nicht zum ersten Mal, Sympathie für einige der gepuderten Köpfe, die in Madame La Guillotines Korb gefallen waren. Das Auftreten eines Menschen konnte sich gewaltig gegen ihn richten.

»Mama«, fing Henry an diesem Abend an und sah in Schlafanzug und Bademantel mit seinem feuchten Haar, das nach dem Bad aufrecht stand, wie ein Engel aus. »Bist du zu beschäftigt, um mit mir zu reden?«

Wir waren allein in meinem Zimmer. Ich hatte mich nach oben verkrochen, um mich vor dem Abwasch ein paar Minuten hinzulegen. Ich hatte fürchterliche Kopfschmerzen und war sehr niedergeschlagen. Ich machte mir Sorgen um Dr. Kenton und Sorgen um mich.

Obwohl ich Jack zu seinen Lebzeiten oft gehaßt hatte, vermißte ich nach seinem Tod die Sicherheit, in einer Partnerschaft zu leben. Schon allein, weil er keine Angst kannte, hatte Jack mir Schutz geboten. Ich war so lange seine Frau gewesen, daß ich kaum wußte, wer ich ohne ihn war. Doch wenn ich mich unsicher fühlte, wieviel schlimmer mußte es dann für die Kinder sein.

»Natürlich bin ich nicht zu beschäftigt, mein Schatz.« Ich stützte meinen Kopf auf den Arm und klopfte mit der anderen Hand auf das Bett. »Komm, setz dich und laß uns reden.«

»Da war was, worüber ich heute nachgedacht habe, und was ich dich fragen wollte. Aber ich habe vergessen, was es war.«

Henry zog das Muster meines Teppichs langsam mit seinen Pantoffeln nach. Ich fühlte mich beunruhigt. Es war ein langer Tag gewesen, vollgestopft mit den unterschiedlichsten Empfindungen. Aber ich wußte, daß ich den Kindern wahrheitsgemäß antworten mußte, und mir keine Ausflüchte leisten durfte, wenn sie auf den Tod ihres Vaters zu sprechen kamen.

»Ja, mein Schatz?« Ich machte, wie ich hoffte, ein aufmunterndes Gesicht und stählte mich für eine schmerzliche Unterredung.

»Es fällt mir wieder ein.« Henry brachte seine Worte nur langsam und nachdenklich vor. »Was würdest du tun, wenn auf Pucks Weide eine fliegende Untertasse landete?«

Kapitel 7

»Miranda-Schätzchen, du siehst wunderbar aus, nur ein bißchen dünn«, sagte meine Tante, als wir uns am Gepäckkarussell in die Arme fielen. Nancy trug ein kanariengelbes Kostüm von Givenchy und zog trotz ihrer fünfundsechzig Jahre die Blicke aller Männer auf sich. Wir fuhren im Eiltempo zurück nach Westray. Ich war im Volante zum Abholen gekommen, um zum letzten Mal eine rasante Fahrt zu genießen. Am Nachmittag wollte ein Mann kommen, um ihn zu kaufen. Das Gespräch mit meinem Bankmanager tags zuvor war so deprimierend verlaufen, wie ich es erwartet hatte. Da der Tag ungewöhnlich mild war, hatte ich das Verdeck abgemacht, und wir kamen uns schneidig und wagemutig vor, als wir alle anderen auf der Straße überholten.

»Das ist eine hervorragende Idee!« begeisterte sich Nancy für unseren Plan, Westray für zahlende Gäste zu öffnen. Wir saßen in der Küche zum Mittagessen, aßen gerade Pilze, danach Omelettes und einen *pis-en-lit*- Salat, den Ivor in bester Tradition bäuerlicher Wirtschaftlichkeit zusammengestellt hatte. »Hört sich nach schwerer Arbeit an, aber das hat noch keinem geschadet.«

Nancy hatte wahrscheinlich in ihrem Leben noch keine müde Mark selbst verdient, aber sie war selten müßig, obwohl sie immer Bedienstete hatte. Die Kinder zeigten jedesmal besonderes Interesse am plutokratischen Leben ihrer Tante.

»Sind alle Leute, die für dich arbeiten, ganz schwarz, Tante Nancy?« erkundigte sich Henry und spielte an seinem Omelette herum, das er nicht mochte, weil er es ziemlich »eiig« fand.

»Ja, alle. Schwarz wie deine Kappe.«

»Findest du nicht, du solltest sie freilassen?« Elizabeth hatte in der Schule gerade mit dem amerikanischen Bürgerkrieg angefangen. »Ich bin auf der Seite der Yankees, obwohl es natürlich unrecht war, was die politischen Ämterjäger in den Südstaaten angestellt haben. Ich bin mir sicher, daß du sie befreien würdest, wenn du *Onkel Toms Hütte* lesen würdest, was ich aber trotzdem ein furchtbar langweiliges Buch finde. Miss Betts hat uns im Unterricht einzelne Abschnitte vorlesen lassen, dann mußten wir so tun, als wären wir Sklaven, die von ihren Familien getrennt und verkauft wurden und täglich arbeiten mußten, auch wenn wir krank waren.«

»Du bist wirklich lieb, mein Schatz. Aber die Leute, die für uns arbeiten, sind vollkommen frei. Sie könnten jederzeit ihre Zelte abbrechen und gehen, wohin sie wollen. Aber Blue Ridge ist ihr Zuhause. Es würde ihnen das Herz brechen, wenn sie wegmüßten. Und ihre Liebe gehört dabei nicht nur dem Haus und dem Land, sondern auch Onkel Robins ganzer Familie. Es ist ganz anders, als Dienstbote in England zu sein. Als Robin ein kleiner Junge war, hat Lisa Pearl, Robins Mammie – das heißt Robins Kindermädchen – Glühwürmchen gesammelt und sie in ein Glas getan, das neben seinem Bett als Nachtlicht stand. Dann sang sie ihm die alten Sklavenlieder vor, bis er einschlief.«

»›Das Glühwürmchen wacht; wach du auch mit mir‹«, zitierte Ivor feierlich.

Nancy kannte Ivor gut genug, um dahinter keine unerhörte Einladung zu sehen.

»Gestern ist Lisa Pearl hoch zum Haus gekommen, um mir eine gute Reise zu wünschen. Wir setzten uns auf die Veranda und tranken zusammen Whiskey und redeten über die alten Zeiten, bis es dunkel war. Robin sagt, er verdanke seine

Lebensfreude den farbigen Dienstboten, die ihn aufgezogen haben – das Gefühl, daß man nicht alles so ernst nehmen darf.«

»Mama sagt, wir sollen die Leute nicht Farbige nennen«, kritisierte Henry selbstgerecht. »Wir sollen Schwarze sagen.«

»Na gut. Im Süden geht das alles ein bißchen langsamer. Es ist heiß. Ihr könnt euch nicht vorstellen, wie anders es dort ist.«

Sie erzählte den Kindern dann vom Reiten, von Einladungen zum Tennis und zum Schwimmen und zum Muschelpicknick und von eisgekühlten Getränken. Am interessantesten fanden sie die Beschreibung des alten Plumpsklos, das in Virginia Johnny-House hieß, aus dem achtzehnten Jahrhundert stammte, vertäfelt und mit acht Löchern.

»Da muß man schon eine sehr große Familie haben, damit acht Leute gleichzeitig aufs Klo müssen«, überlegte Henry. »Höchstens, wenn es jeden Tag Löwenzahnsalat zum Mittagessen gibt.«

Als Henry das für ihn außerordentlich interessante Thema der Toiletten erschöpfend behandelt hatte, schmiedeten wir Pläne für den Nachmittag. Nancy schlug vor, sofort nach Marshgate zu fahren, wo es den nächsten Laden für Innendekoration gab, um von dort Musterbücher mitzubringen. Zwei der drei Schlafzimmer, die für die Pensionsgäste vorgesehen waren, mußten aufgemöbelt werden.

»Ich lade euch alle im Excelsior zum Tee ein – auf meine Rechnung«, beharrte Nancy, »und dann sind wir immer noch rechtzeitig zurück für den Automenschen. Sagtest du nicht, er kommt um sechs? Was ist, Rose, möchtest du mitkommen? Wir können dich am Excelsior absetzen, wenn wir uns die Stoffe ansehen. Ein Tapetenwechsel wird dir guttun.«

Rose konnte nicht überredet werden. Nancy hatte ihr als Geschenk einen wunderschönen pinkfarbenen Kaschmirschal mitgebracht, der bei Rose die Assoziation an Dämmerungswolken auslöste, und ich nahm an, daß sie sich hineinwickeln und ein Nachmittagsschläfchen halten wollte. Mir hatte sie ein Nachthemd aus Crêpe de Chine geschenkt, so zart, daß man es wie in den alten Geschichten fast hätte durch den Ehering ziehen können, in prächtigem Enteneierblau mit breiten Streifen cremefarbener Spitze. Nancy war nicht nur sehr reich, sondern auch überaus großzügig. Und daß beides zusammentrifft, findet man leider sehr selten.

Wir verbrachten einen wunderbaren Nachmittag. Die Kinder durften alles fahren, was der schäbige kleine Jahrmarkt zu bieten hatte. Das hatten sie schon seit Jahren nicht mehr getan. Dann aßen sie im Speisesaal des Excelsior riesige Eisbecher. Wer sie dort sah, hätte nie gedacht, daß sie Probleme haben könnten. Zu Henrys großer Freude blieb das Riesenrad stehen, als sie ganz oben hingen. Man sah ihm an, daß er daraus Kapital schlagen würde, sobald er wieder in die Schule ging.

»Das Rad ist in Wirklichkeit doch so klein, daß wir hätten herunterspringen können, ohne uns weh zu tun«, spottete Elizabeth. Sie hatte eine Flasche Parfüm am Stand mit den Wurfringen gewonnen. Ich konnte sehen, wie die anderen Hotelgäste schnüffelten und sich nach der Quelle des äußerst unangenehmen Geruchs umsahen, der eine Mischung aus Patschuli und Kohl war. Die Frau am Nebentisch beschuldigte ständig ihren kleinen Dackel, sich in »etwas gewälzt« zu haben.

Als wir nach Hause kamen, stand bereits ein gepflegter Jaguar vor dem Torhaus, und ein dazu passender, ebenfalls gepflegter Mann stieg gerade aus. Wir waren in meinem Wagen nach Marshgate gefahren, damit Ivor den Aston Martin aufpolieren konnte. Ich ließ die anderen die Musterbücher für die Tapeten und Vorhänge hineintragen und nahm den Mann, der Derek French hieß, mit, um sich den Aston Martin anzusehen. Mr. French sah äußerst schick aus in seinem Anzug mit den breiten Streifen und den blank polierten Schuhen. Genauso glänzend war sein dunkles Haar über den rundlichen Wangen mit abendlichem Bartschatten.

»Tut mir leid, was mit Ihrem Mann passiert ist, Mrs. Stowe. Mr. Stowe kam erst vor ein paar Wochen in den Ausstellungsraum, um sich nach einem neuen Verdeck für den Volante zu erkundigen. Wer hätte das gedacht ... du meine Güte.«

Er schüttelte den Kopf und machte ein betrübtes Gesicht.

Ich murmelte meinen Dank für diesen Ausdruck seines Bedauerns. Die Remise befindet sich bloß zweihundert Meter vom Haus entfernt im Schutz der Bäume, doch Mr. French war wegen des Staubs auf seinen Schuhen eindeutig verärgert. Es lag ein sehr starker Rauchgeruch in der Luft, aber nichts deutete auf Ivor hin.

Die im späten achtzehnten Jahrhundert gebaute Remise ist ein sehr hübsches, bescheidenes Gebäude, das aus drei Boxen für die Kutschen und sechs offenen Stellplätzen bestand. Auf dem Dach ist ein Glockenturm. Die Uhr hat vier tiefblaue Zifferblätter und schlägt alle drei Stunden mit einem volltönenden, etwas verstimmten Glockenspiel. Bin ich im Garten, mache ich jedesmal eine Pause, wenn es ertönt, und denke einen Augenblick über unsere Vergänglichkeit nach. Unterhalb der Kurbel, mit der sie aufgezogen wird, sind in den Stein folgende Worte gemeißelt: »Selbst das ist Zeit, was uns zu treuen Händen die Jugend raubt, die Freud und alles, was wir haben, und gibt zurück uns Alter nur und Staub.« Einmal habe ich diese Worte nachgeschlagen und dabei herausgefunden, daß Walter Raleigh sie am Tag vor seiner Hinrichtung geschrieben hatte. Man kann seine Geistesgegenwart nicht genug bewundern.

»Eine Schönheit!« rief Mr. French und lebte gewaltig auf, als er den Wagen sah.

»Ich lasse Sie allein damit, um ihn sich anzusehen.« Ich gab ihm die Schlüssel.

Nancy, Rose und die Kinder spielten in der Bibliothek *Fang den Hut*, und ich konnte ihre aufgeregten Schreie hören. Ich ging in die Küche und fing mit der Zubereitung des Abendessens an. Elizabeth und Henry hatten mich bestürmt, nicht schon wieder Pilze essen zu müssen, und so hatte ich nachgegeben und eine Lammkeule gekauft. Ich hatte sie mit Knoblauch und Rosmarin gefüllt, in den Herd geschoben und die Kartoffeln geschält, als Mr. French zurückkam.

»Alles bestens in Ordnung, Mrs. Stowe, bis auf das Verdeck.« Ich bemerkte seinen sehnsüchtigen Blick auf mein Glas Wein. »Ich werde Ihnen ein Angebot machen.«

Ich hatte Bob von der Dorfwerkstätte gebeten, den gängigen Marktwert nachzusehen, und war ganz und gar entschlossen, mich auf keinen Pfennig weniger einzulassen. Als wir unsere Verhandlung beendet hatten, war ich mit der Vorbereitung des Gemüses fertig und machte ein Himbeersoufflé.

»Sie stellen ja harte Forderungen, Mrs. Stowe.« Mr. French wischte sich mit dem Taschentuch übers Gesicht. Es war warm in der Küche, und ich sah seinen Blick wieder auf mein Glas Wein fallen.

»Wenn Sie natürlich der Meinung sind, daß es den Preis nicht wert ist, finde ich auch einen anderen Käufer.«

»Oh, selbstverständlich.« Er war gereizt. Vermutlich hatte er sich vorgestellt, daß man eine Frau, insbesondere eine frisch verwitwete, leicht um hundert Pfund betrügen konnte. Ich lenkte ein und reichte ihm ein Glas Wein, während er den Scheck ausstellte. Nachdem er es ausgetrunken hatte, wurde er etwas freundlicher.

»Schönes Haus haben Sie, Mrs. Stowe. Ihr Ehemann scheint alles besessen zu haben, was ein Mann sich wünschen kann.« Seine Augen wanderten über meine beschürzten Hüften und dann zurück zu meinem Gesicht. Er strich sich mit beiden Händen das Haar glatt und zog gewaltsam seinen Bauch ein. »Sie müssen ohne ihn sehr einsam sein.« Ich fing an, kräftig den Eischnee zu schlagen. »Sie haben auch Kinder?«

»Drei.« Ich wollte, daß er ging, doch er hatte den Scheck noch nicht unterschrieben.

»Drei! Das ist aber viel Arbeit – wenn Sie die allein großziehen müssen.«

Ich spürte, daß Mr. French zu persönlich wurde, doch ich wußte nicht, wie ich ihm Einhalt gebieten sollte. Also schlug ich weiter und behielt mein Lächeln, wenn auch weniger überzeugend.

»Wissen Sie was, Mrs. Stowe? Ich glaube nicht, daß eine Frau dazu geschaffen ist, allein zu leben. Mir gefällt der Gedanke nicht, daß Sie sich hier draußen in der Wildnis herumschlagen müssen. Ich finde, Sie brauchen eine männliche Schulter, um sich auszuruhen. Warum machen Sie und ich nicht einfach eine kleine Spritztour, um irgendwo einen Happen zu essen.«

Ich wußte sehr wohl, auf welchen Happen er in Wirklichkeit aus war.

»Wie Sie sehen, Mr. French, bin ich sehr beschäftigt.«

»Derek. Nennen Sie mich Derek. Kommen Sie. Lassen Sie uns mal sehen, was die hiesigen Gasthöfe zu bieten haben.« Er stand auf und stellte sich neben mich.

»Das kommt für mich wirklich nicht in Frage.« Ich spürte, daß ich nervös wurde. Er war nah genug, um seinen Atem in meinem Nacken zu spüren. »Unterschreiben Sie bitte den Scheck, und damit ist das Geschäft abgeschlossen. Ich danke Ihnen, daß Sie hier herausgekommen sind, um sich den Wagen anzuschauen. Jetzt muß ich aber wirklich ...«

Mit einem Schmatzer seiner Lippen, ein Geräusch, das Jasper machte, wenn er Hundekuchen bekam – was bei einem Hund reizend ist, bei einem Mann aber eher unerfreulich –, legte er seinen Arm um meine Taille.

»Oh, entschuldigen Sie!« Dr. McCleod stand in der Tür.

»Dr. McCleod! Ich hatte ganz vergessen, daß Sie vorbeikommen wollten. Ich bringe Sie sofort zu Miss Ingrams. Auf Wiedersehen, Mr. French. Sie finden sicherlich selbst den Weg nach draußen.«

Sobald wir in der Eingangshalle waren, sagte ich: »So ein Glück, daß Sie gerade gekommen sind. Dieser Mann wurde langsam lästig.«

Dr. McCleod sah mich ungläubig an, und ich fühlte mich schmerzhaft zurückgewiesen. Ich kann Leute nicht ausstehen, die sich ständig angegriffen fühlen. Das hat was Unaufrichtiges. Was man auch sagt oder tut, sie interpretieren es auf eine Weise, die einen herabwürdigt. Lieber bauen sie sich daran auf, Schlechtes von einem zu denken, als daß sie sich mit der Wahrheit auseinandersetzen.

Die Bibliothek sieht im Abendlicht am schönsten aus, und mir war klar, daß der Anblick vor uns beredt von Behaglichkeit und Privilegien erzählte. Man hatte diesen Raum, der ursprünglich das Dienstbotenzimmer gewesen war, im neunzehnten Jahrhundert zu einer Bibliothek umgebaut. Davor hatten die Eigentümer Westrays und auch der Landadel kein großes Interesse an Kultur oder Literatur gezeigt. Die Bibliothek war mit sehr gut gearbeiteten Bücherregalen aus Mahagoni mit Giebelaufsätzen und Messinggittern bestückt, dazu kam ein bezaubernder Mahagonischreibtisch, der zum Inventar des Hauses gehörte. Es gab einen wunderschönen Kamin mit dem Wappen der viktorianischen Vorbesitzer. Bequeme Sofas und Stühle mit Chintzbezügen, Tischlampen, Zeitschriftenständer, mein Stickrahmen und all das Zubehör des Müßiggangs verliehen dem Raum eine freundliche Atmosphäre. Er ist weniger streng als das Wohnzimmer, und im Winter pflegten wir uns immer hier aufzuhalten, weil er nur das eine Erkerfenster hat und auch eine gut schließende Türe.

»O nein!« rief Rose. »Darf man sich denn nicht mal in Ruhe erholen? Haben Sie denn nichts Besseres zu tun, als Ihre Patienten zu nerven, Mann?«

»Dann sind Sie also eine Schottin, Miss Ingrams«, erwiderte Dr. McCleod glänzend gelaunt. Was Akzente anging, war Rose ein absoluter Snob, und sie verwendete so gut wie nie Dialektworte, die sie zu gewöhnlich fand. Sie mußte schon sehr aufgebracht sein, daß ihr so etwas entschlüpfen konnte.

Ich scheuchte alle zurück in die Küche, damit Dr. McCleod Rose untersuchen konnte. Zu meiner Freude war Mr. French gegangen und hatte den Scheck vor seinem Aufbruch unterzeichnet.

»Wow!« entfuhr es Henry. »Jetzt sind wir reich wie in unseren kühnsten Träumen! Können wir uns *bitte* einen Farbfernseher kaufen? Ich bin der einzige Junge in meiner Klasse, der keinen hat.«

»Tut mir leid, mein Schatz. Du wirst dich wundern, wie schnell dieses Geld aufgebraucht ist. Ich muß davon die Gemeindeabgaben bezahlen, außerdem brauchen wir eine neue Bespannung für das Bett im blauen Zimmer und wir müssen aus dem Wandschrank im roten Zimmer ein kleines Badezimmer machen. Wenn ich es schaffe, mit den Pensionsgästen ein bißchen Geld zu verdienen, bekommst du nächstes Jahr einen. Nancy, du glaubst es nicht, was dieser ekelhafte Mann sich herausgenommen hat.«

Alle fanden den Versuch von Mr. French, mit mir ein Techtelmechtel anzufangen, äußerst lustig. Den Rest des Abends brach Henry immer wieder in Gekicher aus, wenn er daran dachte. Lustig war für ihn die Vorstellung, wie er freundlich erklärte, daß ziemlich alte Leute sich küßten.

»Da wird noch einiges auf dich zukommen«, meinte Nancy. »Männer finden Witwen immer unwiderstehlich. Sie bilden sich ein, daß du ganz wild darauf bist, mit jedem ins Bett zu steigen. Nachdem dein Onkel gestorben war, haben selbst die Ehemänner meiner besten Freundinnen Annäherungsversuche gemacht. Du darfst dich davon nur nicht ernüchtern lassen.«

Ich dachte oft über diesen Rat nach, als in den folgenden paar Monaten praktisch jeder Mann, der noch auf zwei Beinen stehen konnte und die Kraft hatte, seine Lippen zu spitzen, den Versuch unternahm, mich zu verführen. Bis auf Dr. McCleod und Aubrey Molebank.

Am Freitag machte ich mit Jasper einen Spaziergang zum Pfarrhaus, um eine Einladung zum Tee wahrzunehmen, die schon seit längerem bestand. Ich nahm an, daß Mr. Molebank darauf erpicht war, mir seelsorgerisch beiseite zu stehen, und ich sehnte mich nach allem, was meine Stimmung zu heben vermochte. Am frühen Morgen hatte ich Nancy zum Flughafen gebracht und mich beim Anblick der abhebenden Maschine schrecklich flau gefühlt. Sie besaß die Gabe, aus jeder Kleinigkeit ein vergnügliches Ereignis zu machen, und wir waren alle in den letzten vier Tagen glücklicher als ich das für möglich gehalten hätte. Jetzt waren die Kinder unzufrieden und bliesen gerne Trübsal, besonders Elizabeth. Sie war mit Puck hinunter an den Strand gegangen, um dort durch den Sand zu galoppieren, und ich konnte nur hoffen, daß dies die übliche wohltuende Wirkung auf sie hatte. Henry war zu Hause und baute an dem Modellflugzeug, das Nancy ihm mitgebracht hatte. Er sollte sich auch um Rose kümmern.

Ich war nicht nur düster gestimmt, sondern auch wütend. Mir fiel kaum das schöne Licht auf, als die Sonne hinter den Wolken durchbrach und alles in schwefelige Fluoreszenz tauchte. Maeve hatte mich mittags angerufen, und ich hatte ihr berichten können, daß die Bauarbeiter am Montag mit ihrer Arbeit anfingen. Sie rechneten mit einer Dauer von zehn

Tagen für den Einbau einer kleiner Badewanne mit Waschbecken und Toilettenschüssel. Erleichtert wurde die Aufgabe dadurch, daß die Verkleidung abgenommen werden konnte und alle Leitungen dahinter verschwanden, ohne daß weitere Verputzarbeiten nötig waren.

»Mich beunruhigt nur«, hatte ich zu Maeve gesagt, »daß sich niemand auf mein Inserat wegen einer Zugehfrau meldet. Ich habe als Anreiz sogar ein bißchen über dem Normaltarif angeboten, um jemand Guten zu bekommen.«

»Wahrscheinlich hält der Dorfklatsch die Leute ab«, erwiderte Maeve mit einer Gelassenheit, die mich wütend machte.

»Klatsch? Was meinst du damit?«

»Oh, im ganzen Dorf geht das Gerücht um, Jack habe sich erschossen, weil du eine Affäre hattest.«

»Was!«

»Erst gestern hat Mrs. Veal mich gefragt, ob das denn stimme. Offenbar hat Stew Harker dich entdeckt, als du es am Tag von Jacks Beerdigung auf dem Küchentisch mit einem Mann getrieben hast.«

Als mir Jeremy wieder einfiel, wurde ich richtig wütend. »Und was hast du gesagt?«

»Ich habe gesagt, das klinge sehr unwahrscheinlich.«

»Besten Dank.«

»Nun, ich muß schon sagen, daß ich überrascht war. Das sah dir so gar nicht ähnlich. Und warum sollte es der Küchentisch sein, wo du doch oben so ausgezeichnete Schlafzimmer hast?«

Ein Gutes hatte diese unerfreuliche Enthüllung. Nachdem ich mein Gespräch mit Maeve mit einem leicht unterkühlten Unterton zu Ende geführt hatte, rief ich den Lebensmittelhändler Mead in Bosworth an und gab dort meine Wochenbestellung auf. In der Vergangenheit hatte ich mich verpflichtet gefühlt, den Postladen zu unterstützen. Also kaufte ich dort mein Gemüse, obwohl Mead weitaus bessere Qualität bot, eine größere Auswahl hatte und schneller lieferte. Ich fragte mich, ob ich einfach nur aus Feigheit das Gefühl hatte, nie wieder Mrs. Veals Geschäft betreten zu können.

Sollte ich ein ernstes Wort mit ihr reden und sie davon in Kenntnis setzen, was sich wirklich zugetragen hatte? Oder leistete man damit boshaften Verleumdern Vorschub? Würde sie mir überhaupt Glauben schenken? Ich versuchte mir Nancys Rat dazu vorzustellen. Wahrscheinlich fände sie es lustig, und sie würde mir raten, die Sache einfach zu ignorieren. Vielleicht wurde ich wirklich langsam überempfindlich.

Die Tür zum Pfarrhaus ließ sich nur schwer öffnen. Auf der Fußmatte innen stieß ich auf Stapel ungeöffneter Post. Ich hob die Briefe auf und legte sie auf die Flurgarderobe. Ich hätte meinen Namen in den Staub schreiben und aus den Spinnweben der Treppenstufen ein Feenkleid nähen können.

»Hallo? Ist jemand da?« rief Mr. Molebank, der aus seinem Arbeitszimmer kam. In seinen sanften, klugen Augen stand aufrichtige Freude. »Das ist aber eine entzückende Überraschung, Mrs. Stowe!«

»Haben Sie vergessen, daß Sie mich zum Tee eingeladen haben?«

»O ja ... nein! Du liebe Güte! Dann muß heute Freitag sein. Ich bin ein Narr. Kommen Sie, kommen Sie.« Mr. Molebank war rot vor Verdruß. »Was werden Sie nur von mir denken? Um die Wahrheit zu sagen, bin ich wegen dieser Abrechnungen völlig durcheinander. Ich kann nun mal nicht mit Zahlen umgehen, und die Summe scheint das reinste Phantasiegebilde zu sein. Jetzt setzen Sie sich erst mal.« Er fegte ein paar Papiere von dem durchgesessenen Armsessel aus braunem Kordsamt. Der hatte glatte, fettige Flecken auf den Armlehnen und dort, wo der Kopf ruhen sollte, wenn man so vertrauensselig war. Jasper, der nicht gern drinnen war, legte sich mit einem mißmutigen Grunzen in eine Ecke. »Ich gehe und mache uns Tee.«

Während er das tat, suchte ich ein paar alte Zeitungen und Anmachholz aus dem Holzkorb zusammen, um das Feuer wieder zu beleben, das auf einen nur noch stecknadelgroßen Punkt Zinnoberrot zusammengesunken war. Das Pfarrhaus war furchtbar feucht und wahrscheinlich sogar im Hochsommer kalt. Ich machte mich auf die Suche nach den Streichhölzern, die ich dann als Lesezeichen in einem Band mit dem

Titel *Der Ortskanonikus* von Victor L. Whitechurch entdeckte. Obwohl ich es für eine langweilige Abhandlung über Kirchenfragen hielt, blätterte ich, nachdem das Feuer wieder brannte, die ersten Seiten durch und bald schon schüttelte es mich vor Lachen.

»Wie schön, Sie lachen zu hören, Mrs. Stowe«, bemerkte Mr. Molebank, als er endlich mit dem Tee zurückkam. »Tut mir leid, daß es so lange gedauert hat. Ich konnte mich nicht mehr erinnern, wo ich das Milchkännchen hingestellt hatte. Dann fiel mir ein, daß ich es benützt hatte, um Abflußreiniger in den Abfluß zu schütten. Ist das nicht ein herrlicher Roman? Möchten Sie sich das Buch ausleihen?«

»Oh, aber Sie lesen es doch selbst.«

»Ich habe es schon unzählige Male gelesen. Es würde mich freuen, wenn Sie es mitnähmen. Dann wüßte ich, daß ich wenigstens in der Lage bin, einem Menschen wirklich etwas Gutes zu tun.«

»Danke, das werde ich. Und nennen Sie mich doch Miranda.«

»Mit Vergnügen, wenn Sie mich Aubrey nennen. Fällt ziemlich schwer, sich nach so langer Zeit umzugewöhnen, nicht wahr? Möchten Sie Milch in den Tee?«

»Nein, danke.« Ich nahm einen Ingwerkeks von dem Teller, den er mir hinhielt. Er war so hart, daß ich mir fast einen Zahn ausgebissen hätte. Als Aubrey nicht hinsah, schob ich den Rest für Jasper in die Tasche. Im Augenblick konnte ich mir keine teuren Brücken leisten. »Wahrscheinlich sind wir alle ziemlich altmodisch. Aber das ist eins der Dinge, die mir am Landleben so gefallen.« Mir fiel auf, daß Aubrey sich sehr unbehaglich zu fühlen schien und ständig fragende Blicke auf die Papiere warf, die auf dem Tisch neben ihm lagen. Ich beschloß, mich einzumischen. »Was sind denn das für Rechnungen? Kann ich Ihnen helfen?«

»Oh, das wäre sehr freundlich von Ihnen. Ich muß zugeben, daß ich einfach kein Zahlengedächtnis habe. Ich kann das einfach nicht zusammenrechnen. Es scheint sich auf ein Minus von achthundert Pfund zu belaufen, und ich muß die Unterlagen nächsten Freitag bei der Gemeindeverwaltung abgeben. Letztes Jahr hatten wir hundert Pfund zu wenig, und keiner konnte den Fehler finden. Hoffentlich finden Sie jetzt nicht, daß ich übertreibe, aber ich befürchte wirklich, daß man mich einer Art Gaunerei bezichtigen könnte; im besten Fall der Fahrlässigkeit, im schlimmsten Fall der Unterschlagung. Es ist ein so großer Betrag. Mrs. Scranton-Jones, die dem Kirchenvorstand angehört, ist so überaus streng und hält mir jedesmal Vorträge, wenn auf dem Protokoll Suppenspritzer sind.«

Ich steckte meinen Kopf in die Papiere. Mir war klar, daß er seinen Blick erwartungsvoll auf mein Gesicht gerichtet hielt, während ich versuchte, aus den endlos scheinenden Zahlenreihen schlau zu werden. Der arme Aubrey war höchstens fünfundvierzig, doch schon lichtete sich sein Haar und er sah erschöpft aus. Das Pfarrhaus verfügte über neun oder zehn Schlafräume, und es wäre für eine Person schon ein Ganztagesjob gewesen, dies alles sauberzuhalten. Sämtliche Räume im Erdgeschoß waren riesig und hatten hohe Decken und kaum Mobiliar. Ein deprimierender Ort.

»Ich denke, Sie haben irgendwo hier einen Fehler gemacht.« Ich hielt eins der Blätter hoch, das von Wellenlinien und Ausstreichungen übersät war. »Ich fürchte nur, ich steige da auch nicht ganz durch.« Aubrey, der vor Hoffnung ganz angespannt gewesen war, sank jetzt enttäuscht in seinen Stuhl zurück. »Kommen Sie doch am Montag zum Abendessen, dann frage ich Patience Wakeham-Tutt, ob sie auch kommen möchte. Sie wohnt in Withington, in der Nachbargemeinde. Wir haben zusammen die Schule besucht. Sie ist hervorragend im Rechnen, und ich bin mir sicher, daß sie den Fehler für Sie finden wird.«

»Das ist aber freundlich von Ihnen! Das wäre mir wirklich sehr angenehm. Ich glaube nicht, daß ich Miss Wakeham-Tutt schon kennengelernt habe. Aber ich bin Sir William hin und wieder begegnet. Britische Legion und so. Ein Mann von großer ... Entschlossenheit. Und sicherlich ein glänzender alter Soldat.« Seine Freude war so groß, daß mir der Verdacht kam, ihm war jede Gelegenheit recht, seiner ungemütlichen Behausung entfliehen zu können. Ich hätte ihn schon öfter nach

Westray einladen sollen, aber Jack und Aubrey waren so grundverschiedene Männertypen und hätten kaum Gesprächsstoff gefunden. Jetzt, da er spürte, daß Hilfe zu erwarten war, entspannte sich Aubrey. Er war ganz versessen darauf, mir das letzte Erzeugnis seiner Druckerpresse zu zeigen, die er im Eßzimmer aufgestellt hatte. Es handelte sich um eine Ausgabe von George-Herbert-Gedichten, sehr edel auf wunderschönem gerippten Papier mit einigen bezaubernden Holzschnitten von einem Freund Aubreys. Der Druckerpresse galt Aubreys Leidenschaft, und jeden Pfennig, den er erübrigen konnte, steckte er in Papier und Druckfarbe.

»Wie kommen Sie mit Ihrer Geschichte von Westray Manor voran? Ich freue mich schon sehr darauf, sie zu lesen. Ich will Sie nicht bedrängen, da Sie schon so freundlich sind, das zu übernehmen, aber vergessen Sie nicht, daß ich einige Zeit benötige, um die Schrift zu setzen. Ich werde zwei oder drei Monate dafür brauchen.«

Schon vor Jahren hatte ich ihm versprochen, alle meine Nachforschungen, die ich über die Vergangenheit des Hauses angestellt hatte, in zehntausend Wörter zu packen, die Aubrey dann drucken und verkaufen konnte, damit sie dem Fonds für ein neues Dach der Wychford Chapel zugute kamen. Das Komitee zur Kirchenrestauration (dem Jack und ich angehörten) plante ein Festspiel, das die Höhepunkte der Geschichte Kents zur Darstellung bringen sollte. Es sollte am Mitsommernachtsabend auf dem Gelände von Wychford Hall aufgeführt werden. Mein kleiner Essay sollte am gleichen Tag auf dem Jahrmarkt verkauft werden. Ich konnte mir nicht vorstellen, daß sich viele Leute aus unserer Gegend dafür interessierten, aber Aubrey war so begeistert davon, daß ich mich dazu verpflichtet fühlte.

»Was meinen Sie zur Hinrichtung der Heiligen Jungfrau von Kent? Sollten wir die mit ins Festspiel reinnehmen? Oder könnte das die Kleinen zu sehr verängstigen?« Aubrey hatte wirklich keine Ahnung von Kindern.

»Wenn es uns gelingt, das plastisch und schauerlich darzustellen, bin ich davon überzeugt, daß dies der Höhepunkt des Programms sein wird.«

»Tatsächlich?« Verdutzt schüttelte er den Kopf. »Und ich denke, wir müssen auch Sir Thomas Wyatts Aufstand von 1554 berücksichtigen. Wir werden zwar nicht die ganzen dreitausend ›Herren von Kent‹ auf die Beine stellen können, aber so an die zwanzig Leute könnten wir schon aufbieten.«

»Das gibt uns die Gelegenheit zu einer weiteren Hinrichtung. Zwei weiteren, wenn wir Lady Jane Grey noch mit dazunehmen. Obwohl die Heilige Jungfrau ja eigentlich gehängt wurde. Den Leuten wird es Spaß machen, eine Vielfalt von Todesarten zu sehen. Ich überlege nur, wie wir das mit der zuschlagenden Falltüre hinbekommen sollen?«

»Hört sich gefährlich an.« Aubrey nuckelte an seinem Kuli, während er nachdachte. Ich überlegte, ob ich ihn gut genug kannte, um ihn darauf hinzuweisen, daß aus der Kugelschreibermine jede Menge Tinte auf seine Lippen überwechselte, entschied mich dann aber dagegen. »Die Terrasse des alten Hauses wird eine hervorragende Bühne abgeben. Ich schlage vor, daß wir mit unseren angelsächsischen Freunden, Hengist und Horsa, beginnen.«

»Was die Kostüme angeht, kosten die nicht viel. Grobe Wollumhänge und kreuzweise geschnürte Waden. Vielleicht kann ich ein paar Schilde aus Pappmaché beisteuern.«

Es gab so viele Mädchen und Frauen im Dorf, die sich darum rissen, mitzuspielen, aber so wenige weibliche Sprechrollen, daß ich angeboten hatte, mich um die Kostüme zu kümmern. Aubrey und ich unterhielten uns eine Stunde lang glücklich über das Festspiel, bis ein Stöhnen von Jasper mich daran erinnerte, daß ich wieder nach Hause mußte.

»Du meine Güte, und ich habe Sie nicht einmal gefragt, wie es zu Hause geht«, grämte sich Aubrey. Er hatte während unseres Gesprächs den Kugelschreiber nicht abgesetzt und trug jetzt einen blauen Spitzbart. »Ich habe unsere Unterhaltung so genossen. Wie selbstsüchtig von mir.« Er seufzte. »Für einen Gemeindegeistlichen bin ich denkbar ungeeignet. Als ich den alten Tom, den Kesselflicker, gefragt habe, warum er nicht zum Frühstücken zu mir gekommen ist, hat er gesagt, er sei die Tomatensuppe leid.«

»Ist auch ein wenig ungewöhnlich für ein Frühstück.«

»Davon ernähre ich mich aber. Was anderes kann ich leider nicht kochen. Ich bot dem alten Tom an, ich könne ihm auch Ochsenschwanzsuppe kochen, wenn ihm die lieber sei, aber er meinte, ich solle mir keine Umstände machen. Es mangelt mir anscheinend am Geschick, Leuten zu helfen.«

»Im Gegenteil.« Das war mein voller Ernst. »Unser Gespräch hat mir sehr geholfen. Ich war ganz am Boden, als ich herkam. Jetzt fühle ich mich sehr viel besser. Ehrlich.«

»Sie sind sehr freundlich. Ich bringe Sie zur Tür. Du lieber Himmel, so viel Post! Die hatte ich ganz und gar vergessen. Das muß mindestens die Post von einer Woche sein. Ein Brief vom Bischof!« Aubrey bekam plötzlich sein Spiegelbild im Flurspiegel zu sehen, und machte einen Satz zurück. »Du meine Güte! Auf Wiedersehen, Mrs. ... Miranda. Ich freue mich schon unendlich auf Montag.«

Es fing zu regnen an, als Jasper und ich uns auf den Heimweg machten. Ich genoß das Gefühl lauwarmer Tropfen auf meinem Gesicht. Jasper zog wie verrückt an der Leine, nachdem er sich so lange von seiner besten Seite gezeigt hatte, daß ich mich für das Risiko entschloß, ihn laufen zu lassen. Manchmal benahm er sich wie ein Meisterschüler aus der Klasse für Hundegehorsam und drückte einem mit seiner Schnauze fast eine Delle in die Wade, so brav ging er bei Fuß. Anderntags hörte er nicht einmal auf die lautesten Rufe und Pfiffe. Alles eine Frage der Laune. An diesem Nachmittag schoß er die Straße hinab, bog rechts scharf durch eine anscheinend undurchdringliche Hecke ab und war innerhalb von drei Sekunden nicht mehr zu sehen.

Ich vergaß, mir auf meinem Rückweg durchs Dorf seinetwegen Gedanken zu machen. Als ich an Mrs. Bullers Haus vorbeikam, schaute sie aus dem Fenster. Normalerweise hätte sie mir zugewinkt. Jetzt huschte sie einfach davon, als ich meine Hand zum Gruß hob. Es war dumm von mir, deswegen ins Grübeln zu geraten. Ich wußte, daß sich in ein paar Wochen der Klatsch auf einen anderen armen Teufel konzentrieren und mein schlechter Ruf schal geworden sein würde.

Irgendwo vor mir hörte ich Jasper bellen. Ich bog um eine Kurve und sah ihn dort am Rand stehen und in voller Lautstärke ein Bushäuschen anbellen. Von innen hörte man Babygeschrei.

»Ruhe, Jasper!« schrie ich. »Ungezogener Junge! Platz, Jasper!«

Jasper erkannte an meinem Ton, daß ich es ernst meinte, und rollte sich hechelnd auf den Rücken.

»Ich bitte vielmals um Entschuldigung«, sagte ich, als ich das Wartehäuschen erreicht hatte. »Aus irgendeinem Grund mag er keine Babys. Ich hoffe, er hat sie nicht wach gemacht?«

Das Baby sah genauso aus wie Charles Laughton, aber dank der durch und durch lachsfarbenen Bekleidung konnte ich in Hinblick auf das Geschlecht nicht falsch liegen. Das arme kleine Ding war vom Weinen schon blau im Gesicht, und so kahl wie eine Pflaume. Ich erkannte das Mädchen wieder, das drinnen auf der Bank saß, die Kleine in ihren Armen hielt und vergeblich zu beruhigen versuchte. Es dauerte einige Zeit, bis ich mich erinnerte, wo ich sie schon einmal gesehen hatte.

»Sind Sie nicht Mrs. Birt? Ich glaube, Sie standen mit Ihrem Mann vor der Kirche.«

»Ja, ich war da. Ich erinnere mich, daß ich Sie gesehen habe.« Sie versuchte zu lächeln, und da fiel mir erst auf, daß auch ihr Gesicht tränennaß war. Sie hatte eine sanfte, angenehme Stimme mit einem nördlichen Akzent. Im übrigen war sie nicht gerade hübsch, hatte viele Sommersprossen und war sehr jung, fast noch ein Kind.

»Sie sehen sehr müde aus. Soll ich Ihnen die Kleine ein bißchen abnehmen?«

Ich weiß nicht, was mich so eifrig meine Dienste anbieten ließ. Vielleicht lag es daran, daß das Mädchen so überaus jung war und ihr die Erschöpfung ins Gesicht geschrieben stand. Ich muß zugeben, es war ein merkwürdiges, gutes und wunderbares Gefühl, wieder so ein kleines, warmes, weiches Baby im Arm zu halten.

»Sie schreit den ganzen Tag. Ich weiß nicht, was mit ihr los ist. Und jetzt hat sie auch noch nachts geschrien, was sie normalerweise nicht tut. Ich mache mir Sorgen um sie.«

Ich hielt das Baby aufrecht an mich gedrückt. Sofort hörte

es zu schreien auf und fing an, geräuschvoll an meiner Wange zu saugen.

»Sie hat Hunger. Das ist mit ihr los.«

Wieder brach das Mädchen in Tränen aus. »Ich weiß nicht mehr, was ich tun soll! Ich habe so hart gearbeitet, daß mir die Milch wegbleibt, das ist der Grund. Und jetzt muß sie vielleicht verhungern!«

»Aber nein«, sagte ich mitleidig. »Sie müssen ihr nur zusätzlich das Fläschchen geben. Und wenn Sie sich ausruhen und mehr trinken, kommt die Milch auch wieder.«

»Ich kann mich nicht ausruhen.« Sie weinte so heftig, daß ich kaum verstehen konnte, was sie sagte. »Er läßt mich den ganzen Tag arbeiten und nachts …« Sie hielt inne und schluchzte so herzzerreißend, daß auch mir die Tränen kamen.

»Ist Ihr Mann unfreundlich zu Ihnen?« Ich gab dem armen verzweifelten Baby meinen Finger zum Nuckeln.

»Er ist nicht mein Mann. Ich habe mich auf eine Anzeige beworben. Ich war so verzweifelt. Vater Declan hat gemeint, es wäre das beste.«

»Eine Anzeige?«

»Ja, im Wochenblatt. Da wurde eine Haushälterin gesucht, mit Logis, keine Arbeit im Freien. Ich habe angerufen, und er meinte, es würde ihm nichts ausmachen, wenn ich ein Baby mitbrachte, sofern ich dafür sorgte, daß es ruhig ist. Ich hatte keinen, wohin ich gehen konnte. Im Mütterheim brauchten sie mein Zimmer.«

»Haben Sie denn keine Familie? Was ist mit dem Vater des Babys?«

»Es gibt nur noch meine Mutter. Sie wollte nichts mehr mit mir zu tun haben, als sie herausfand, daß ich ein Kind erwartete. Sie ist sehr fromm. Ich wurde streng katholisch erzogen. Ich wußte, daß es eine Sünde war, aber ich konnte nichts dagegen tun. Ich wußte, daß es falsch war.«

»O meine Liebe! Bitte versuchen Sie, nicht zu weinen. Sie sind so jung. Wie konnte es da eine Sünde sein? Ein Fehler vielleicht. Aber Sie müssen Ihr Baby füttern. Haben Sie zu Hause denn ein Fläschchen?«

»Nein. Ich habe gar nichts für sie, nur zwei Garnituren Kleidung, die man mir im Heim gegeben hat. Sie sagten, das würde bei mir mit dem Stillen so gutgehen, daß ich kein Fläschchen bräuchte. Und so war es auch, die Milch floß reichlich, aber er hat mich den ganzen Tag arbeiten lassen. Und dann nachts«, ihre Stimme sank zu einem Flüstern ab, »da kommt er zu mir, und ich muß, Sie wissen schon ... ich habe nicht ... nie mit so etwas gerechnet ... aber ich hatte nichts, wohin ich gehen konnte, also ließ ich ihn. Ich habe noch überhaupt kein Geld bekommen, und er will mich auch erst am Ende des Monats bezahlen.«

»Wollen Sie damit sagen, er zwingt Sie ... Sex mit ihm zu haben?«

Das Mädchen ließ den Kopf hängen und nickte. »Sie halten mich wahrscheinlich jetzt für sehr böse?« jammerte sie.

»Ich halte *ihn* für sehr böse!« Ich war richtig wütend. »Sie brauchen Hilfe. Als erstes füttern wir dieses Kind. Kommen Sie.«

»Ich habe kein Geld«, wiederholte das Mädchen, als wir beide aufstanden.

»Das macht nichts. Ich leihe Ihnen welches.«

»Sie sind so gut zu mir.« Wieder flossen die Tränen, als sie mir die hundert Meter zum Postladen folgte.

Es war mir vollkommen egal, was Mrs. Veal denken mochte, als ich zwei Babyflaschen, Sauger, Sterilisationsflüssigkeit und ein Paket Babynahrung kaufte. Vor Neugier wären ihr fast die Augen herausgefallen, als ihr Blick über das weinende Kind und die Mutter des Babys, die jetzt geräuschvoll schniefte, und dann wieder zurück zu mir wanderte. »Armes kleines Würmchen!« sagte sie, was schon fast einem Friedensangebot gleichkam.

Aber meine Seele war verhärtet und ich fühlte mich nicht in der Stimmung, ihr zu vergeben. Ich verließ den Laden und lief schnellen Schrittes mit dem Baby im Arm hoch nach Westray, das Mädchen und Jasper hatten Mühe, mit mir Schritt zu halten. Ich hatte ganz vergessen, wie schwer Babys sind und gab bald das Tempo auf.

»Wohin gehen wir?« erkundigte sich das Mädchen.

»Zu meinem Haus«, keuchte ich. »Es ist nicht weit. Wie heißen Sie?«

Das Mädchen hieß Jenny, und das Baby Bridie.

»Eigentlich heißt sie Bridget nach der Heiligen, aber ich nenne sie Bridie. Klingt schlichter. Vater Declan meinte, ich solle ihr den Namen einer Heiligen geben. Geben Sie sie jetzt mir. Sie sehen ganz erledigt aus.«

»Was haben wir denn da?« sagte Rose, als wir in die Küche kamen.

»Das ist Jenny. Ich bin ihr am Bushäuschen begegnet. Ihr Baby hat Hunger. Henry, setz den Wasserkessel auf. Setzen Sie sich, Jenny.«

»Laß mich das Baby halten.«

Rose setzte Bridie auf ihr Knie, und die drängenden Schreie des Babys hörten auf, als sie hoch in Roses weises altes Gesicht blickte. Rose hielt sie fest und sang ihr etwas vor, während ich eine Flasche Babymilch zubereitete und in eine Kanne kaltes Wasser zum Abkühlen stellte. Ich mußte sogar die Gebrauchsanweisung studieren, so lange war es her, daß ich das zuletzt gemacht hatte.

»Möchten Sie sie füttern?« fragte ich Jenny.

Sie schüttelte den Kopf und sah erschöpft aus, Schmutz und Tränenspuren überzogen ihr Gesicht. Ich legte ein Kissen auf den eingegipsten Arm und gab Rose die Flasche. Bridies Lippen sogen sich gierig am Sauger fest, und ihr Gesicht wurde beim Trinken abwechselnd rot und weiß. Sie hatte ihre Arme von sich gestreckt, und vor Anstrengung ballten und lösten sich ihre Fäustchen, während sie mit den Augen rollte.

»Sie ist nicht besonders hübsch, nicht wahr?« meinte Henry, der sie mit großem Interesse beobachtete. »Ihr fehlen noch die Haare, denke ich.«

»Wie alt ist sie?« fragte ich Jenny, nachdem ich Henry heimlich mit meinen Augenbrauen signalisiert hatte, den Mund zu halten.

»Morgen neun Wochen. Ist sie zu klein für ihr Alter, was denken Sie? Ich weiß über Babys nur das, was man mir im Heim gesagt hat.«

»Sie ist ein hübsches Baby«, sagte Rose mit Entschiedenheit, denn Getue lag ihr nicht. »So etwas wie das richtige Gewicht oder den richtigen Zeitpunkt, wann ein Baby was tun muß, gibt es nicht. Sie ist aufgeweckt, und das allein zählt. Babys sind so verschieden wie die Erwachsenen auch.«

Ich gab Jenny eine Tasse Tee und ein paar Kekse aus der Kiste mit den Lebensmitteln, die Mead gerade geliefert hatte. Dann richtete ich das zweite Fläschchen her und packte den Rest der Kiste aus. Jenny aß, als wäre sie am Verhungern.

»Hat dieser Mann Ihnen nicht erlaubt, anständig zu essen?« fragte ich.

»Ich hatte gar keine Zeit dazu. Zur Abendessenszeit mußte ich los und den Kuhstall ausmisten. Wenn ich dann zurückkam, hatte er schon das meiste aufgegessen.«

»Ich dachte, die Stelle sah keine Arbeit im Freien vor.«

»Das war auch so, aber er muß dahintergekommen sein, daß ich kein Zuhause hatte. Ich mußte tun, was er von mir verlangte.«

Ich schilderte Rose die mißliche Lage, in der Jenny sich befand.

»Sie kann nicht wieder dorthin zurück«, war Roses einziger Kommentar. Sie stellte die leere Flasche beiseite und reichte mir dann das Baby, damit es bei mir auf dem Arm sein Bäuerchen machte.

»Aber ich werde doch zurückmüssen.« Jenny gab ein Bild des Jammers ab. »Er hat mir gesagt, ich soll mit dem Baby rausgehen, weil es soviel schrie und ihm auf die Nerven ging. Aber er erwartet mich zurück. Um sechs Uhr muß ich Tee machen.«

»Sie gehen da ganz bestimmt nicht wieder hin, nie und nimmer. Sie können bei uns bleiben, bis wir eine anständige Stelle für Sie gefunden haben.«

»Oh, Miss, Sie sind so gut zu mir!« Jenny fing wieder zu weinen an. »Ich bin Ihnen so dankbar! Ich werde für Sie genauso hart arbeiten, wenn ich ein wenig hierbleiben darf. Im Heim haben sie gesagt, ich wäre eine gute kleine Arbeiterin. Die Beste, die sie hatten. Wir kamen alle der Reihe nach bei der Hausarbeit dran. Ich mache Hausarbeit gerne, und so habe ich für die anderen Mädchen oft die Arbeit mitgemacht.

Einige wollten nur immer Zeitschriften lesen und rauchen.«

»Alles wird gut. Hören Sie jetzt auf zu weinen. Sollte Bridie nicht frische Windeln bekommen, bevor sie schläft? Sie sieht aus, als würde sie gleich einschlafen. Lauf mal hoch zum Wäscheschrank, Henry. Irgendwo auf dem obersten Regal liegt ein Stapel Windeln.« Ich zog Bridie den Wollstrampelanzug aus und nahm die Windel ab.

»Sie ist arg wund«, sagte Rose.

»Ich weiß«, schniefte Jenny, »aber ich konnte sie nirgendwo trocknen. Ich mußte die Windeln in meinem Zimmer über einen Stuhl hängen, und da war es so kalt, daß sie nicht getrocknet sind. Ich habe mein Bestes versucht, mich um sie zu kümmern, aber dort war es so schlimm, wie man es sich gar nicht vorstellen kann.«

Henry mußte aus dem Zimmer gehen, sobald er die Windeln gebracht hatte, denn seine Geruchsnerven waren so empfindlich, daß er das Waschen und Wickeln Bridies nicht ertrug. Wir kamen überein, daß Jenny im Bügelzimmer schlafen sollte, das neben der Küche lag. Da stand bereits ein Bett drin, noch von der Zeit, als James sich ein Bein gebrochen hatte und keine Treppen steigen konnte. Bridies Kinderbett, das ich zusammen mit Henry vom Dachboden geholt hatte, war eine hübsche französische Wiege, in der all meine Kinder als Babys geschlafen hatten. Wir stellten sie an ihren alten Platz in einer warmen Ecke der Küche. Jenny würde Bridie sofort hören, wenn sie aufwachte. Als sie das Bett sah, das wir für Bridie herrichteten, wurde sie ganz aufgeregt.

»Da wird sie wunderschön drin aussehen! Ach, mein Mäuschen!« Sie legte ihr schlafendes Kind in die Wiege und blieb dann daneben stehen, um voller Bewunderung die bestickte und mit Applikationen versehene Bettwäsche zu betrachten, die meine Mutter mir zu James' Geburt aus Florenz geschickt hatte.

»Jetzt müssen wir noch mit Mr. Birt verhandeln. Sie brauchen Ihre Sachen für heute nacht.« Jenny sah mich erschrocken an. »Sie brauchen nicht mitzukommen. Ich werde Ivor als moralische Unterstützung mitnehmen. Sie bleiben hier und machen sich Ihr Bett.«

Ich telefonierte mit Mr. Birt, ehe ich mich auf den Weg machte. Er war einfach wütend, als ich ihm sagte, Jenny würde jetzt bei mir bleiben, und beschuldigte mich, ihm seine Arbeitskräfte zu stehlen.

»Sie haben ihr noch nichts bezahlt und Sie haben jede Menge unbezahlter Arbeit von ihr bekommen wie auch andere Leistungen, die kein anständiger Mann fordern würde. Sie sollten sich schämen. Ich wäre mir nicht so sicher, ob das vor einem Gericht nicht als Vergewaltigung gelten würde. Sie könnten in ernsthafte Schwierigkeiten kommen.«

Er tobte noch mehr, als ich das sagte, aber ich wußte, daß ich ihn erschreckt hatte.

»Wenn Sie verhindern wollen, daß ich meinen Anwalt anrufe, um das feststellen zu lassen, dann stellen Sie jetzt ihre sämtlichen Sachen auf die Türschwelle, und ich werde sie dann in zehn Minuten abholen.«

Ich legte auf, als er mitten in einer Schmähung war. Als Ivor und ich hinüber zur Mill Farm fuhren, lag ein Mitleid erweckendes kleines Bündel in einer Tragtasche vor der Eingangstür, von Mr. Birt war nichts zu sehen.

Wir kamen gerade nach Hause, da tauchte auch Elizabeth auf, die ihrem Puck Zaumzeug und Sattel abgenommen hatte.

»Ein Baby!« rief sie, als ich es ihr erklärte. »Ich hasse Babys. Paß bloß auf, daß es mir nicht zu nahe kommt.«

»Jetzt stell dich nicht so an, Liebes. Sie ist erst ein paar Wochen alt. Sie bleibt da, wo man sie hinlegt. Du brauchst dich nicht um sie zu kümmern, aber sag vor Jenny bitte nichts Unfreundliches.«

»Ich bin doch kein Vollidiot, Mama«, erwiderte Elizabeth und warf mir einen vernichtenden Blick zu.

Das Gespräch während des Abendessens verlief ein wenig steif. Jenny war scheu und hatte vermutlich Angst wegen ihrer Tischmanieren, obwohl wir in der Küche Spaghetti mit Schinken in Brotteig aßen und meine beiden Kinder sich hinlümmelten und breitmachten und mit vollem Mund sprachen und sich so schlecht benahmen wie immer. Sie beobachtete sehr genau, was alle taten, ehe sie sich ans Essen wagte. Jetzt, da ihre Tränen getrocknet und ihr Gesicht sauber war, wirkte sie gar nicht mehr so reizlos. Sie hatte eine hohe, knochige Stirn voller Sommersprossen und welliges braunes Haar, sehr fettig und zu einem Pferdeschwanz glatt nach hinten gebürstet. Ihre Augen waren ebenfalls dunkel, mit einem flehentlichen Ausdruck der Furcht darin. Aus Dankbarkeit für seine Bereitschaft, Mr. Birt zu Boden zu schlagen, falls dieser sich halsstarrig gezeigt hätte, hatte ich Ivor eingeladen, zum Abendessen zu bleiben. Ivor schien Jenny nervös zu machen, obgleich er sie sehr freundlich anlächelte.

Bridie wachte während des Abendessens auf und schrie, weil sie gefüttert werden wollte. Für Ivor war Jenny mit dem Baby im Arm ein sehr bewegender Anblick. »›In keinem Land der Welt solch Blumen blüh'n‹«, zitierte er seinen Lieblingsdichter Swinburne und ließ dabei, wild mit der Gabel gestikulierend, einen Batzen Kartoffelbrei in Elizabeths Schoß fallen. »›Kein Golf des Meeres solche Perle kennt, wie ein Kindlein auf der Mutter Knien.«

Ich denke, daß Jenny von diesem Augenblick an Ivor für einen Wahnsinnigen hielt.

Kapitel 8

»Hältst du das denn für klug? Noch zwei Münder zusätzlich zu füttern, wo du das Geld so nötig brauchst?«

Patience und ich genossen gerade ein Glas Wein in der Bibliothek, denn es war Montagabend und wir warteten auf Aubrey Molebank. Patience trug ihren grünen Pullover, der ihr, wie ich fand, besser stand als der braune. Ich hatte ihr erzählt, wie wir Jenny vor dem wollüstigen Harold Birt gerettet hatten.

»Ich wüßte nicht, was ich sonst hätte tun können. Das arme Kind ist erst siebzehn, hat keinen Pfennig und keine Freunde. Ich habe sie gestern gefragt, ob es denn jemanden gebe, den sie anrufen sollte, um mitzuteilen, daß es ihr gutgehe – vielleicht ihre Mutter –, aber sie erzählte mir, daß sie ihrer Mutter nach Bridies Geburt eine Karte aus dem Mütterheim geschickt hatte, aber keine Antwort darauf erhalten habe. So etwas Unfreundliches! Offenbar hat Jennys Priester sie gebeten, mit ihm in Kontakt zu bleiben, aber sie hatte keine Schreibutensilien und konnte es deshalb noch nicht tun. Als sie gestern mit ihm telefoniert hatte, war sie so aufgeregt und weinerlich, daß mir schon Zweifel an Vater Declan gekommen sind. Sie redet ständig von ihm, als wäre er der Allmächtige persönlich. Über den Vater des Babys hat sie noch kein Wort verloren. Natürlich zähle ich nur eins und eins zusammen. Ich kann mich natürlich auch sehr täuschen.«

»Armes kleines Ding! Ich denke, es passiert häufiger als man sich vorstellen kann. Es klingt sehr traurig. Und wie furchtbar für sie, daß dieser Bauer sie dann auch noch vergewaltigt! Ich verstehe schon, daß dir nichts anderes übrigblieb.«

»Und stell dir vor, sie ist mir eine unheimlich große Hilfe. Als ich gestern aufstand, hatte sie das ganze Geschirr vom Abendessen abgewaschen, den Boden gewischt, jede greifbare Oberfläche geputzt und Jasper gefüttert. Sie beobachtet mich sehr wachsam und kopiert dann alles gewissenhaft. Gestern hat sie alles gebügelt, und ich hätte es selbst nicht besser machen können. Ich mußte ihr sogar einige Male am Tag sagen, sie solle sich hinsetzen und ausruhen. Es gefällt mir nicht, daß sie eine so gewaltige Verpflichtung auf sich lasten fühlt, daß sie glaubt den ganzen Tag schuften zu müssen. Das ist mir unangenehm, vor allem, weil meine eigenen Kinder so faul sind. Ich habe ihr zu erklären versucht, daß sie sich ausruhen muß, damit sie das Baby stillen kann.«

»Was hat sie dazu gesagt?«

»Sie meinte, sie fände es ohnehin besser, ihr die Flasche zu geben. Sie findet das hygienischer. Zwischen den Zeilen gelesen kann das natürlich heißen, sie findet das Stillen unschicklich und will es deshalb nicht. Rose und ich haben ihr beide eine Predigt über die großen Vorteile des Stillens gehalten, doch in diesem Fall ist sie unnachgiebig. Was alle anderen Bereiche angeht, scheint sie noch meinen geringsten Vorschlag als päpstliche Bulle aufzufassen.«

»Wo ist sie jetzt? Ich würde sie sehr gerne kennenlernen.«

»Im Augenblick ist sie oben und wäscht ihr Haar. Sie ist so sauber, daß es fast schon pingelig wirkt, und deshalb hat es mich überrascht, daß ihr Haar so fettig und ungekämmt war. Dann fiel mir ein, daß sie wahrscheinlich gar kein Shampoo hatte. Wir nehmen das Abendessen im Eßzimmer ein. Das Baby ist wie alle Kinder manchmal ein süßer Despot, und die Küche ist jetzt ihr Reich. Deshalb dachte ich, es könnte einen scheuen Gelehrten vielleicht ein wenig aus der Fassung bringen. Rose ist in ihrem Element. Sie sieht viel besser aus. Was kleine Babys vor allem brauchen, ist Gesellschaft. Rose hält sie, küßt sie, spricht mit ihr und widmet sich ihr stundenlang in einem intensiven Austausch von Augenzwinkern und Grunzlauten. Mit soviel Stimulation wird aus dem Baby wahrscheinlich noch ein Genie werden.«

»Ich weiß nichts über Babys. Sie machen mir eher angst.«

»Elizabeth ist auch nicht begeistert davon, wahrscheinlich aus demselben Grund. Seltsamerweise scheinen die Jungs viel besser mit ihr klarzukommen. James hat immer schon den Hang gehabt, beschützen zu wollen. Und Henry sieht in ihr die Möglichkeit, sein Publikum zu vergrößern.«

»Wie ging es James denn an diesem Wochenende?«

»Ich denke, ganz gut. Arbeitet hart in der Schule, sagt sein Erzieher. Gestern hat James mich ganz lieb gefragt, ob ich mich langsam mit Jacks Tod abfinden könne. Er verhält sich uns gegenüber unendlich pflichtbewußt und väterlich, was ich als sehr wohltuend empfinde, doch ich frage mich dabei andauernd, ob er seine eigenen Gefühle dabei nicht auf gefährliche Weise unterdrückt.«

»Vielleicht unterdrückt er seine Gefühle ja, aber muß das gleich gefährlich sein? Ich weiß nicht, aber ich kann mich mit dem momentanen Trend nicht recht anfreunden, die Psyche minutiös zu sezieren. Bringt es denn etwas, zu entdecken, daß man immer schon seine Mutter umbringen und mit seinem Vater ins Bett gehen wollte?«

»Was bei jeder Art von Psychotherapie auffällt, ist, daß die Leute da nie rauskommen und entsetzt vor ihrer eigenen Selbstsucht und Gier zurückschaudern. Entdecken tun sie nur, daß sie von Geburt an Opfer einer egozentrischen, sich ewig einmischenden Mutter und eines sadistischen, frauenfeindlichen Vaters waren. Eifersüchtige Geschwister haben ihnen grausam die kalte Schulter gezeigt, und von böswilligen Kindermädchen, Lehrern, Arbeitgebern, Liebhabern, Ehepartnern und Freunden wurden sie ständig übers Ohr gehauen. Das stimmt möglicherweise auch, aber es berücksichtigt leider nicht, daß sie selbst auch weit davon entfernt sind, perfekt zu sein. Natürlich hat jeder es nötig, sein Selbstwertgefühl aufpäppeln zu lassen, aber es bringt nichts, wenn man dabei nur eine Seite ansieht. Vielleicht habe ich einfach nur Angst, einen Blick in meine Seelenabgründe zu werfen. Aber ich ziehe es vor, beim Licht meines eigenen kleinen Streichholzes durch die Gegend zu stolpern und darauf zu hoffen, daß die Zeit die Drecksarbeit erledigt.«

Aubreys Psyche befand sich im letzten Stadium der Auflösung, als er mit einer halben Stunde Verspätung eintraf. Er erklärte, das Hemd, das er getragen habe, sei voller Tinte und dem Anlaß nicht würdig gewesen, aber die Suche nach einem sauberen habe ihn aufgehalten. Ich bin mir sicher, daß auch Patience auffiel, daß das Hemd, das er jetzt anhatte, feucht, wenn nicht triefnaß war, und er den ganzen Abend Dampf verströmte, als könne er jeden Moment in die Luft gehen.

Er hatte wie vorgeschlagen seine Rechnungen mitgebracht. Während ich noch letzte Hand ans Essen legte, sahen er und Patience sie sich an. Als ich zurückkam, um das Abendbrot zu verkünden, war offenkundig, daß alles stimmte.

»Miss Wakeham-Tutt ist eine Geistesriesin!« frohlockte Aubrey. »Wir hatten keine achthundert Pfund zu wenig, wie ich befürchtet hatte, sondern fünfzig Pence plus! Ich kann Ihnen beiden nicht genug danken. Ich habe mir solche Kopfzerbrechen gemacht! Ich glaubte schon, Mrs. Scranton-Jones nach ihren Bemerkungen vom letzten Jahr nicht mehr unter die Augen treten zu können. Oh, wie gut es doch ist, über eine solche mathematische Intelligenz zu verfügen!«

Danach waren wir alle auf einen besonders glücklichen Abend eingestimmt. Aubrey wirkte fast aufgekratzt vor lauter Erleichterung. Als Henry den Gong ertönen ließ, gesellte sich auch Rose zu uns, denn Patience, die sie für eine Frau mit gesundem Menschenverstand hielt, war ihr immer lieb gewesen. Aubrey tolerierte sie auf der Grundlage, daß er ein Ehrenmann war, weder gewalttätig noch selbstherrlich oder liederlich. Henry war gut gelaunt, weil Bridie, ausgelöst durch einen Schub infantiler Wahrnehmungsfähigkeit sich plötzlich zu einem breiten zahnlosen Grinsen veranlaßt gesehen hatte.

»Ich war derjenige, den sie angelächelt hat«, versicherte Henry, als er seinen Stuhl herauszog. »Hallo, Patience, hallo,

Mr. Molebank. Ich habe sie jedenfalls zum Lächeln gebracht.«

»Das ist doch lachhaft«, meldete sich Elizabeth, die nach ihm hereinkam. »So wie das Baby schielt, hätte es genausogut den Wassertopf oder Strahlen an der Decke anlächeln können. Oder beides gleichzeitig. Wahrscheinlich würde sie einen Schreikrampf kriegen, wenn sie tatsächlich Henrys Sommersprossenvisage sehen könnte.«

»Ich habe keine Sommersprossen!« Henry war eingeschnappt.

»Du bist zweifellos ein hübscher Junge«, bemerkte Jenny, als sie hereinkam und die Kartoffeln brachte. Sie hatte Henrys Charakter auf Anhieb durchschaut.

»Anmut bleibt bestehen, Schönheit wird vergehen«, zitierte Rose. Das hatte sie Beatrice und mir während unseres Heranwachsens ständig gesagt, als wir pummelig und schlaksig und beide pickelig waren und kein Vertrauen in unsere Anziehungskraft entwickeln konnten. Heute glaube ich, daß sie uns damit hatte trösten wollen.

Ich warf einen zweiten Blick auf Jenny, als sie die Gemüseterrine brachte, und war über alle Maßen erstaunt. Ihr frisch gewaschenes Haar fiel in weichen, dunklen Wellen bis auf ihre Schultern. Nach zwei Tagen richtiger Pflege, Ruhe und guten Essens sah sie schon besser aus. Sie erinnerte mich an Elizabeth Siddal, die Frau Dante Gabriel Rossettis. Wenn das seltsam dreieckige Gesicht von Haar umgeben war und vor Freude strahlte, war es zwar nicht hübsch, aber von strenger und ungewöhnlicher Schönheit.

Nur in Elizabeth war ein Störfaktor zu befürchten. Neuerdings reagierte sie auf jede Bemerkung, die an sie gerichtet war, in langsamem, schleppendem Tonfall, was ich als ausgesprochen verwirrend empfand. Sie hatte ein winziges schwarzes Röckchen an, das kaum ihren Schlüpfer bedeckte, und einen purpurroten Pullover, der ihr über die nackte Schulter hing. Das Haar hatte sie oben auf dem Kopf zusammengebunden, und mit dem Augenbrauenstift hatte sie mehrere spitze Wimpern unter ihre Augen gemalt, so daß ihr Gesicht wie das einer angemalten Puppe aussah.

»Wie geht es Ihnen denn, Jenny?« erkundigte Patience sich

freundlich. »Ich habe gehört, Sie haben ein süßes kleines Baby.«

»Oh, vielen Dank, Miss. Ich bin so froh, hiersein zu dürfen, wo alle so nett zu mir sind. Manchmal zwicke ich mich, weil ich denke, ich träume. Dieses große Haus und alles und dazu ein Zimmer für mich alleine. Und Miss Rose ist so lieb zu Bridie. So glücklich war ich noch nie. Das ist sogar noch besser als in der Schule.«

»Du bist gern in die Schule gegangen?« Ungläubig riß sich Elizabeth aus ihrem schmollenden Brüten.

»Ja. Die Lehrer waren immer so freundlich, und ich war gerne mit den anderen Mädchen zusammen. Ich fand es wirklich schade, als meine Mama sagte, daß ich aufhören müsse.«

Elizabeth setzte ein spöttisches Gesicht auf: »Ich würde morgen aufhören, wenn ich könnte.«

»Tja, aber auf dich wartet dann ein schönes Zuhause«, sagte Jenny sanft. »Unser Haus war kalt und einsam, weil meine Mama immer weg war, um zu arbeiten. Und ich habe die Ratten in der Küche gehaßt. Ich hatte Todesangst vor ihnen.«

Elizabeth besaß soviel Anstand, ein wenig Beschämung zu zeigen. Aubrey zeigte Interesse und versuchte mit lobenswertem Einfühlungsvermögen Jenny zu ermutigen, mehr über sich zu erzählen. Als er die Geschichte von Mr. Birt hörte (eine für Kinderohren gereinigte Version), bedachte er mich mit einem Blick so warmherziger Zustimmung aus seinen Eulenaugen, daß es mir peinlich war. Das Telefon unterbrach uns.

»Ist Lizzie da?«

Es war eine Männerstimme, jung und mit der gleichen langsamen, überlegenen Trägheit im Tonfall, die mich an Elizabeth irritiert hatte. Zehn Minuten später kehrte sie in sehr viel besserer Laune an den Tisch zurück.

»Jasper beißt nicht, weißt du. Tut er nie«, erklärte sie Jenny in einem fast freundlichen Ton.

Vielleicht hatte Jenny wegen der Ratten so große Angst vor allen Tieren, was wiederum Elizabeth verärgert hatte; wie das Ängste, die wir nicht nachvollziehen können, immer tun. Jasper spürte, daß Jenny ihn nicht mochte, richtete deshalb gerne vorwurfsvolle Blicke auf sie und ließ ein leises, aber böses

Knurren hören. Die arme Jenny war nicht wenig erschrocken, als in ihrer ersten Nacht Dinkie wie die perfekte Imitation eines freundlichen Schmusekaters auf ihr Bett gesprungen kam. Zum Glück hatte Jenny sich unter der Decke versteckt, bis der um seine Beute geprellte Dinkie sich davonmachte.

»Einerlei, mein Schatz, meinst du wirklich, wir müssen Jasper im Eßzimmer haben? Er riecht ziemlich streng nach stehendem Wasser.«

»Du weißt doch, daß er nur am Bellen ist, wenn ich ihn in die Küche sperre.«

»Was die Welt der Natur doch an Bemerkenswertem zu bieten hat.« Aubrey machte sich gerade an seinen zweiten Teller *porc Dijonnaise* mit Kartoffelbrei und Prinzeßböhnchen. »Wußten Sie denn, daß ein Mensch, könnte er so hoch springen wie ein Floh – in Proportion zu seinem Gewicht –, über die St. Paul's Cathedral springen könnte?«

»Das weiß doch jeder«, sagte Elizabeth schroff.

»Ich nicht«, fiel Henry sofort ein.

»Aber natürlich weißt du's. Du versuchst jetzt nur, dich einzuschmeicheln. Ich erinnere mich, daß Paps uns das vor Jahren erzählt hat.«

Ich spürte das mir nur allzu vertraute Gefühl der Unschlüssigkeit, wie darauf zu reagieren sei. Ich war versucht, Elizabeth zu ihrer Unhöflichkeit offen meine Meinung zu sagen. Andererseits zögerte ich aber, zu viel Aufhebens darum zu machen, weil sich dann alle unbehaglich gefühlt hätten. Zudem war ich in schrecklicher Sorge, das gute Verhältnis, das ich zur Zeit zu Elizabeth hatte, zu gefährden. Der Schmerz über den Tod ihres Vaters forderte von uns allen äußerste Toleranz, die auch noch einige Zeit nötig sein würde. Andererseits sollte man ihr aber schlechtes Benehmen nicht durchgehen lassen. Im Endeffekt tat ich dann aus Schwäche nichts. Zum Glück war Aubrey der perfekte Gast und machte weiter, als hätte er nichts bemerkt.

»Stellt euch vor, eine Raupe kann an einem Tag das Zehntausendfache ihres Gewichts aufnehmen. Wieviel wiegst du, Henry?«

»Um die fünfzig Kilo, denke ich.«

»Wenn du also zehntausendmal dein eigenes Gewicht zu dir nehmen würdest, hättest du zur Schlafenszeit ein Gewicht von ... laß mal überlegen ... fünfzig Tonnen ... nein, das kann nicht sein.«

»Fünfhundert Tonnen«, sagte Patience.

»Danke, Miss Wakeham-Tutt.«

»Bitte nennen Sie mich doch Patience.«

»Danke, gerne.« Aubreys Gespräch war, wie seine Predigten, wirr und drehte sich im Kreis. »Es gibt da eine Vogelart, die heißen Nashornvögel, die machen sehr merkwürdige Nester. Das Weibchen wird in einer Schale aus Zweigen und Blättern eingemauert, die von einer Art Mörtel zusammengehalten wird, den das Vogelmännchen ausscheidet, so daß nur noch ihr Schnabel herausschaut. Sie bleibt in diesem Gefängnis, bis ihre Jungen fliegen können. Das Vogelmännchen füttert sie mit Obststücken und zu Kügelchen gerollten Eidechsenteilen. Widerfährt ihm ein Unglück ... daß ihn etwa Jäger abschießen ... kommen andere Vogelmännchen und übernehmen die Aufgabe, sie zu füttern.«

»Das ist sehr nett von ihnen«, meinte Jenny.

»Das geschieht eigentlich nicht aus Nettigkeit, sondern weil sie genetisch darauf programmiert sind, das Überleben der Art zu sichern. Ihr Instinkt treibt sie dazu, sich um jeden Preis fortzupflanzen.

Ob dies eine Entschuldigung für das oft lästige männliche Verhalten sein könnte, fragte ich mich und dachte dabei an Jeremy und Mr. French und den Mann, der freitags immer den Fisch brachte und mir letzte Woche mit der Hand den Hintern gestreichelt hatte, als ich an seinem Lieferwagen über das Tablett mit Eis gebeugt war, um einen geräucherten Hering auszusuchen?

»So ein interessanter Mann!« begeisterte sich Patience, als ich sie beim Aufbruch zu ihrem Wagen brachte. Aubrey hatte sich bereits überschwenglich bedankt und war in seinem Morris Oxford davongerattert. »Er kennt sich auf so vielen Gebieten aus. Aber gleichzeitig ist er so bescheiden und nimmt sich so zurück. Ich glaube nicht, jemals so außergewöhnliche Augen gesehen zu haben. Fast gelblich-golden, in der Mitte mit einem Reif aus hellem Grün.«

Mir waren Aubreys Augen in solcher Detailtreue nie aufgefallen. Als ich Aubrey am nächsten Nachmittag ganz zufällig in der Eisenwarenhandlung von Bosworth traf, dankte er mir nochmals für einen Abend reinster Freude, wie er es formulierte.

»Ich stehe außerdem bei Ihrer Freundin in großer Schuld. Zum ersten Mal seit einer Woche habe ich wieder gut geschlafen. Was für eine eindrucksvolle Mischung aus Geist und Schönheit! Die reizenden, hellblauen Augen, eine Farbe wie der Mantel der Madonna, möchte man meinen. O mein Gott, das hört sich ja an, als wäre ich ›high‹. Hoffentlich hat das keiner aus meiner Gemeinde mitgehört.«

Er kicherte ein bißchen über seine eigene Kühnheit und ließ sich dann noch über das ausgezeichnete Essen aus, aber ich verstand kein Wort von dem, was er sagte. Mir war eine so tolle Idee gekommen, daß ich sofort Pläne zu schmieden begann, wie ich sie in die Tat umsetzen konnte. Ich dachte während des ganzen Heimwegs im Auto darüber nach und wurde sie auch nicht los, als ich mich über den Fortschritt des neuen Badezimmers informierte und den Handwerkern die Wasserhähne gab, die ich in Bosworth gekauft hatte. Ich rief Patience unter dem Vorwand an, ihr sagen zu wollen, daß der Stoff gekommen sei, den ich für das Himmelbett im blauen Zimmer bestellt hatte. Patience hatte mir freundlicherweise angeboten, die Bettbezüge an ihrem Arbeitsplatz für mich zu nähen und zwischen andere Aufträge zu schieben, damit sie schnell fertig wurden.

»Ich muß dich um einen großen Gefallen bitten«, sagte ich. »Der arme Aubrey wird es nie zu einem Buchhalter bringen. Wäre es dir vielleicht möglich, dich regelmäßig um seine Abrechnungen zu kümmern, vielleicht sogar wöchentlich? Wenn das alles in Ordnung gehalten wird, läßt sich das bestimmt schnell erledigen. Ich weiß natürlich, daß das ganz schön viel verlangt ist.«

»Aber gerne. Das wird höchsten zehn bis fünfzehn Minuten dauern. Meinst du nicht, daß er das als Einmischung auffaßt?«

»Ich bin mir ziemlich sicher, daß er das nicht tun wird. Er hat heute nachmittag richtig begeistert von dir gesprochen.«

»Oh.« Eine Pause. »Was meinst du, wird er die Rechnungen mit zu mir nach Hause bringen, oder wie?«

Ich dachte an die Wirkung, die Wacko auf einen sensiblen Mann wie Aubrey haben mußte.

»Ich würde vorschlagen, du gehst zu ihm ins Pfarrhaus, das macht am wenigsten Umstände. Er hat alle Rechnungen dort. Du darfst nur nicht allzu entsetzt über den Zustand seiner Behausung sein.«

»Das werde ich nicht«, erklärte Patience sehr gefaßt.

Dann rief ich Aubrey an.

»Ich hoffe, Sie haben jetzt nicht das Gefühl, daß wir Sie bevormunden wollen, Aubrey?«

»Nein! Im Gegenteil! Sie sind die Güte selbst! Was wird das für eine Erleichterung sein! Vielleicht darf ich Patience ja einen Tee anbieten. Ob sie wohl Ingwerpflaumen mag?«

Ich war sehr zufrieden, als ich den Hörer auflegte. Wenn schon meine eigenen Probleme mich quälten, konnte ich doch wenigstens anderen bei den ihren helfen. Ich fand Henry in seiner üblichen Kauerhaltung mehr im Fernseher als davor sitzen und ein Gewinnspiel anschauen, bei dem sich zwei dämlich grinsende Männer gegenübersaßen.

»Die werden deine Hilfe nicht brauchen«, sagte ich, als Henry sich dagegen wehrte, weggeholt zu werden. »Inzwischen wird Puck sich noch vergiften, wenn wir das Jakobskraut nicht aus der Erde ziehen.«

Ich hatte heute morgen die gelben Blumen in Pucks Feld vom Küchenfenster aus gesehen. Puck rührt es nicht an, solange es frisch ist, aber sobald es abstirbt, interessiert ihn kein anderes Gewächs auf der ganzen Weide mehr. Ich hatte Elizabeth gebeten, nach der Schule etwas dagegen zu unternehmen, aber sie mußte angeblich wegen eines Hockeytrainings länger bleiben.

»Hockeytraining?« forschte ich unklugerweise nach. »Hast du das nicht im letzten Trimester gehaßt?«

Elizabeth verzog das Gesicht. »Im letzten Jahr haben wir in Geschichte die spanische Inquisition durchgenommen.«

Sie nahm ihre Schultasche und latschte los, um den Schulbus nicht zu verpassen.

»Es ist ein schwieriges Alter«, meinte Rose, als ich ihr einen bestürzten Blick zuwarf.

»Ich weiß. Aber *jedes* Alter ist schwierig, das ist das Problem.«

»Armes Kind! Sie hat es nicht leicht. Da ist es doch nur natürlich, wenn sie ein bißchen reizbar ist.«

»Am meisten belastet mich dabei, daß ich schon solche Angst habe, sie zu verärgern, daß ich auf das, was sie sagt oder tut, gar nicht mehr normal reagieren kann. Unmittelbar nach Jacks Tod waren wir uns so nah wie nie zuvor. Jetzt spüre ich, wie sich ein gewaltiger Abgrund zwischen uns auftut, aber ich bin zu feige, um etwas dagegen zu unternehmen.«

»Natürlich werden noch harte Zeiten kommen. Aber besser, zuwenig als zuviel zu sagen, ist meine Devise.«

Ich ging zu ihr und gab ihr einen Kuß. »Du bist so ein Trost für mich, Rose. Was für ein Glück, daß ich dich habe.«

»Pah! So was Dummes! Du machst noch das Baby wach.«

Rose betrachtete mit gerunzelter Stirn das schlafende Baby auf ihrem Knie, doch ich wußte, daß sie sich freute.

»Warum wächst denn dieses Jakobskraut dort, wo Pferde es fressen können?« wollte Henry wissen, als wir unsere Spaten mühsam in den kalkhaltigen, festen Boden zu treiben versuchten. »Das hat so gar nichts von der Intelligenz der Natur, von der Mr. Molebank gestern abend erzählt hat.«

»Ich denke, es gehört zu den Pflanzen, die die Römer mitgebracht haben. Es wächst auf den Hügeln um Rom, und sie haben es als Samen in den Stollen ihrer Sandalensohlen nach England mitgebracht, als sie hier …«

Da merkte ich, daß Henry seine Schritte absichtlich in einen anderen Teil der Weide lenkte, und ich mein Publikum verloren hatte. Wir brauchten fast eine Stunde, um alles aus der Erde zu graben und mit der Schubkarre zu Ivors neuem Feuerplatz zu fahren. Henry wurde arg aufgehalten, weil Puck es sich in den Kopf gesetzt hatte, jedesmal seinen Hals abzulecken, wenn er sich bückte.

»Er mag mich wirklich, nicht wahr?« sagte Henry glücklich. Ich brachte es nicht übers Herz, ihm diese Freude mit der Erklärung zu verderben, daß seine salzige Haut, die ihre Ursache im unregelmäßigen Waschen hatte, die Anziehung ausmachte.

»Findest du nicht, daß dieses Feuer ein wenig nah an der Remise ist?« fragte ich Ivor. »Ein Funken könnte überspringen. Der Wind wird stärker.«

Ivor versicherte mir, er werde das Feuer löschen, ehe er zu Bett ging. Er wirkte aufgeregt, angespannt. Ich hoffte, daß es an dem ungewöhnlich aufregenden Tag lag, den er heute erlebt hatte. Er war in London gewesen, um in einem sehr schicken Geschäft in Piccadilly Jacks Waffen zu verkaufen. Sie waren die makabre Erinnerung an seinen Tod. Ich wollte sie aus dem Haus haben. Weder James noch Henry begeisterten sich fürs Schießen. Es hatten sehr oft unangenehme Diskussionen mit Jack stattgefunden, ob es ethisch zu verantworten sei, Lebewesen um des reinen Vergnügens willen zu töten. Kaum ein Thema, bei dem Meinungsverschiedenheiten anders als erbittert ausgetragen werden können.

Ich hatte vor, aus der Waffenkammer ein Fernsehzimmer für die Kinder zu machen. Bis jetzt war der Fernseher in ein sehr kleines kaltes Zimmer über der Veranda verbannt gewesen. Das lag nicht daran, daß Jack und ich eine snobistische Einstellung dazu hatten, sondern daran, daß wir uns oft in einer kataleptischen Trance vor »Glücksrad« oder einem anderen Gewinnspiel erwischt hatten, ohne die Willenskraft, etwas Sinnvolles oder wirklich Unterhaltsames zu machen. Deshalb hatten wir den Fernseher dort untergebracht, wo es Überwindung kostete, zu gucken.

Ich ging durch die Hintertüre ins Haus, noch immer erhitzt von meinem Kampf gegen das Jakobskraut, und traf in der Eingangshalle auf Dr. McCleod, hörte das Telefon klingeln und sah ein gewaltiges Paket, das durch die Eingangstüre hereingeschleppt wurde.

»Mama!« kreischte Henry. »Draußen steht ein riesiger Lieferwagen aus London!«

»Gehen Sie doch bitte in die Küche, Dr.McCleod. Ich komme gleich.«

Ich nahm den Hörer ab.

»Hallo, Miranda? Ich bin's, Maeve. Paß auf, ich habe einen Gast für dich! Für Samstag den zehnten. Nicht dieses Wochenende, sondern das nächste. Bin ich nicht ein kluges Mädchen?«

»Ja, das bist du. Aber ich weiß nicht, ob wir bis dahin ... die Handwerker sind vielleicht noch nicht fertig ...«

»Jetzt mach da kein Problem daraus. Die Handwerker werden Janòs piepegal sein. Er braucht nur ein Bett.«

»Ja – nosch?«

»Richtig. Janòs. Er ist Ungar. Ein Traum. Einer der anziehendsten Männer, die mir je begegnet sind. Und wirklich brillant. Ich bin ihm gestern zufällig im Chelsea Kunstverein begegnet. Ich sag dir am besten gleich, daß ich mich in ihn verguckt habe, also kein Gefummel bitte!«

»Wenn er so ist, wie du sagst, und er nur ein Bett braucht, warum übernachtet er dann nicht bei *dir*?«

»Weil für ihn ein anständiges Klavier weitaus wichtiger ist als ein Bett, meine Liebe. Ich habe doch nur das kleine Pianino, und da ist auf keiner Taste mehr Elfenbein drauf. Sebastian hat sie eines Nachmittags, als er noch kleiner war, alle abgebrochen, um daraus Zähne für seine Armee von Schneesoldaten zu machen, die er im Garten aufgebaut hatte. Ich fand das so kreativ, daß ich nicht sauer auf ihn sein konnte.«

»Ich erinnere mich daran.« Es war sehr beeindruckend gewesen. Sebastian und Florian hatten eine Woche lang daran gearbeitet, zehn lebensgroße Figuren zu bauen, mit Gewehren aus Stöcken und Kokarden aus Federn. Das Blut jedoch, das auf verschiedenen Teilen der Eisanatomie der Soldaten angebracht wurde, um dem Ganzen den letzten Schliff zu geben, hatte mich zutiefst beunruhigt. Maeve hatte gemeint, es wäre rote Tinte, aber für mich sah es nicht nach Tinte aus. »Wozu braucht er denn das Klavier?«

»Oh, habe ich das gar nicht gesagt? Er ist Konzertpianist, und er kommt nach Kent, um auf dem Titchmarsh Festival zu spielen.

Das Titchmarsh Festival wurde viermal im Jahr auf Titchmarsh Hall abgehalten, einem riesigen, weitläufigen Gebäude, etwa vierzig Kilometer südlich von Westray.

Während meiner ersten Zeit in Kent, als ich noch zu Wohltätigkeitsveranstaltungen ging, war ich seiner Besitzerin, Lady Alice Vavasour, ein- oder zweimal begegnet. Jack war der Meinung gewesen, ich solle die Leute aus der Gegend kennenlernen, und ermunterte mich zu karitativem Engagement. Aber ich mochte die Streitereien nicht, die unweigerlich folgten. Es gab immer Mitglieder im Komitee, die glaubten, alles besser zu wissen, und dann stürzte jemand in Tränen aufgelöst davon, und wenn dann die einzelnen Lager sich formierten, kam es zu endlosen Telefonaten. Das Endergebnis gefiel mir meist ebenfalls nicht.

Für mich waren Wohltätigkeitsbälle immer eine Form der Unterhaltung, die man nur genießen kann, wenn man Masochist ist. Es ist schon eine merkwürdige Form des Vergnügens, sich in einem häßlichen kalten Festzelt auf einen wackeligen Stuhl zu setzen, der so bequem ist wie die Eiserne Jungfrau von Nürnberg, wo es einem vor Feuchtigkeit die Spitzen der Abendschuhe aufrollt, daß sie eher an orientalische Schnabelschuhe erinnern, und man sich mit schwammigen Geflügelbeinen und gräßlichem Wein herumschlagen muß. Außerdem dauert so ein Abend sehr lang. Beabsichtigt man, einen Kreis von Freunden zu treffen, so würde man deren Fotografien besser zu Hause auf dem Wohnzimmertisch aufstellen, denn ein Gespräch ist unmöglich. Die dümmste Musik, die man je gehört hat, wird von der billigsten Band gespielt, die das Komitee bekommen konnte, und wird dann noch zu einer solchen Lautstärke aufgeblasen, daß einem davon noch wochenlang die Ohren klingeln. Nach einem zweiten solchen Abend mußte selbst Jack zugeben, daß die Sache der Mühe nicht wert war.

»Du hast doch einen Steinway, oder?« fuhr Maeve fort. »Dachte ich jedenfalls. Janòs möchte sich am Samstag nachmittag ein paar Stunden lang einspielen können. Er sagt, das Klavier, auf dem er derzeit übe, sei hoffnungslos, und er drehe langsam durch. Wenn du mich fragst, ist er schon ein bißchen durchgedreht.«

»Oh?« Plötzlich war ich auf der Hut. Schließlich wollte ich eine Pension führen und keine Irrenanstalt.

»Nein, nicht so. Ich will damit sagen, er ist seiner Kunst so ergeben, daß er sich von uns anderen vollkommen unterscheidet. Ich will damit nicht sagen, daß er wirklich spinnt. Du wirst ihn mögen. Aber bitte nicht zu sehr.« Ich versicherte ihr, daß in dieser Hinsicht gar nichts zu befürchten war. »Ich werde ihn selbst nach Titchmarsh fahren«, fuhr Maeve fort. »Janòs fährt nicht selbst Auto.«

»Na gut. Du solltest ihm sagen, wieviel ich für Übernachtung und Frühstück berechne. Sieht ja nicht so aus, als wolle er zu Abend essen.«

Ich nannte ihr die Summe, die Patience und ich uns ausgedacht hatten, und die einerseits den Gästen gerecht wurde, für mich aber einen vernünftigen Profit abwarf.

»Das ist schon in Ordnung. Das Festival übernimmt die Kosten. Ich werde ihn am Samstag irgendwann nach dem Mittagessen vom Bahnhof abholen und selbst zu dir bringen.«

Nachdenklich ging ich in die Küche. Ich hatte ganz vergessen, daß Dr. McCleod dort war. Plötzlich erhaschte ich einen Blick auf mein Gesicht im Spiegel. Eine Schmutzspur, die ich mir auf der Weide geholt hatte, verlief quer über meine Wange, und in meinem Haar hing Jakobskraut. Als ich mich ein wenig saubergemacht hatte, war er bei Rose mit dem Blutdruckmessen fertig.

»Wie ich sehe, geht es Ihnen sehr viel besser, Miss Ingrams. Am Donnerstag bekommen Sie dann auch einen leichteren Gips.«

»Mama! Es ist ein Fernseher!« schrie Henry, als er in die Küche gerannt kam. »So einen großen hast du noch nicht gesehen!«

»Jetzt aber!« mahnte ihn Rose. »Du hast das Baby aufgeweckt.«

»Hast du einen Fernseher bestellt, Mama? Mein Name steht auf dem Aufkleber. Komm mit und schau es dir an!«

Ich folgte ihm in die Halle und sah, daß das Paket wirklich an Henry adressiert war, aber auch an Elizabeth und James. Drinnen lag eine Karte, worauf stand: »Danke euch für die wunderbare Zeit, in Liebe, Nancy.«

»Könnten Sie Miss Ingrams am Donnerstag ins Krankenhaus bringen?« Dr. McCleod stand neben uns, als Henry die Verpackung aufriß und einen riesengroßen Bildschirm freilegte. Ich war mir sicher, daß er mich lächerlich leichtsinnig und überdreht fand, den Kindern so ein Ding zu kaufen. Doch ich war zu stolz, ihm zu erklären, daß es sich dabei um ein Geschenk handelte. »Gewiß.«

Er nickte und ging, ohne auch nur auf Wiedersehen gesagt zu haben. Wütend machte mich vor allem, daß er mich jedesmal in einer irgendwie kompromittierenden Situation antraf, entweder in den Fängen eines Mannes oder indem ich schnöden Besitz an Land zog. Ich wußte, daß diese Projektion nicht gerechtfertigt war, weshalb sollte es mir also etwas ausmachen, was ein praktisch Fremder (noch dazu ein unangenehmer) dachte? Ich schickte Henry los, damit er sich von Ivor helfen ließ, den neuen Fernseher in die Waffenkammer zu bringen, und ging dann sehr mißgelaunt auf mein Zimmer, um mich umzuziehen.

Kapitel 9

Der Samstag, an dem mein triumphaler Einstieg in das Pensionsgästeabenteuer stattfinden sollte, brachte einen dramatischen Wetterwechsel. Ich wachte zeitig auf und sah durch das nicht von Blendläden verschlossene Fenster Wolken so dunkel wie ein Aschenweg. Das für die Jahreszeit ungewöhnlich milde Wetter war vorbei, in meinem Zimmer war es kalt, dafür unten in der Küche warm und ruhig. Es kam selten vor, daß ich früher auf war als Jenny. Sie lebte jetzt seit zwei Wochen bei uns, und was anfangs nur wie ein zusätzlicher Kostenfaktor ausgesehen hatte, war inzwischen zu einem unbestreitbaren Gewinn für uns alle geworden. Sie tat alles so bereitwillig, arbeitete so hart, wollte unbedingt lernen, wie ich die Dinge erledigt haben wollte, daß ich mich in ständiger Gefahr fühlte, sie auszunutzen.

Sorge bereitete mir auch, daß die Aufgabe, sich um Bridie zu kümmern, Jenny so gut wie ganz aus der Hand genommen worden war. Vier Tage nach Jennys Ankunft hatten wir Bridie in unserem alten Kinderwagen mit zum Postladen genommen, wo wir Lissie trafen. »Ein Baby!« hatte sie geschrien und schon ihren Kopf unter das Dach gesteckt. Lissie war wie närrisch auf Babys, und man konnte es, ebenso wie ihre unerwiderte Liebe zu Jack als ein Unglück ansehen, daß ihr kein zweites Kind vergönnt gewesen war. Ich hatte tatsächlich mehrmals daran gedacht, daß sie ihre Liebe zu Jack wohl deshalb so hoffnungslos pflegte, weil dieser Schmerz leichter zu ertragen war als der Kummer über ihre Fehlgeburten.

»Was für ein süßes Ding! So ein Schätzchen! Das hübscheste Baby, das ich je gesehen habe!«

Obwohl Bridie, wie ich fand, noch immer Henry VIII. sehr ähnlich sah, was ich aber für mich behielt, hatte sich ihr Aussehen enorm verbessert, seit sie statt lachsrosa Wolle die bestickten Strampelanzüge von Elizabeth trug. Kleine weiße Häubchen mit hellrosa Bändern verbargen die schimmernde Kahlheit von Bridies riesigem Kopf. Sie ließ Lissie in den vollen Genuß ihrer neu erworbenen Fähigkeit kommen, von einem Ohr zum anderen zu lächeln, und von diesem Augenblick an war Lissie ihr untertan. Anfangs erfand sie Ausreden, wenn sie täglich hochkam und uns besuchte. Bücher, die sie sich vor Jahren ausgeliehen hatte, wurden plötzlich zurückgebracht, und Alices alte Babysachen wurden in Hülle und Fülle angeschleppt. Nach einer Weile ließ sie den Vorwand fallen, daß andere Gründe sie zu uns führten außer dem, Bridie zu füttern, ihr die Windeln zu wechseln, sie zu baden und zu küssen.

Rose bekam damit die Möglichkeit, sich auszuruhen, worüber ich froh war. Weniger gut fand ich, daß die beiden die Bedürfnisse Bridies so gut unter sich aufgeteilt hatten, daß Jenny den ganzen Tag lang kaum einen Finger an ihr Baby legte. Es lag auf der Hand, daß Jenny der Hausarbeit den Vorzug gab.

»Das wird schon noch«, versicherte mir Rose. »Sie hatte keinen guten Einstieg. Keine richtige Unterstützung. Es muß ihr einfach hart vorkommen. Und mit siebzehn ist man zu jung, um selbstlos zu sein. Das wäre unnatürlich. Gib ihr Zeit.«

Ich glaubte, so etwas wie Schuld in den Winkeln von Roses dunkelgrauen Augen aufblitzen zu sehen, und mir fiel auf, daß sie nach diesem Gespräch Jenny häufiger rief, um sie ihr Kind selbst füttern zu lassen. Wer hat nicht die Erfahrung gemacht, daß Kinder in ihrer heilsamen Unschuld und dem Versprechen von Kontinuität der größte Trost im Elend sind? Ich wußte, daß ich nach Jacks Tod ohne meine Kinder niemals in der

Lage gewesen wäre, irgendwie mit Fassung weiterzuleben, und so durfte ich Rose oder Lissie keinen Vorwurf machen.

Nachdem ich Mittagessen für fünf Leute gekocht hatte (James hatte sich dafür entschieden, an diesem Wochenende an der Schule zu bleiben, weil er in London auf eine Party gehen wollte), ging ich nach oben, um mich umzuziehen. Ich erwartete den Aufsichtsratsvorsitzenden von Jacks Bank, der mich zum Mittagessen ausführen wollte. Als Jack beerdigt wurde, war er in New York gewesen, zutiefst bekümmert, wie er mir über seine Sekretärin ausrichten ließ, weil die internationalen Geldgeschäfte es ihm nicht erlaubten, diesen Anlaß wahrzunehmen. Er fuhr in einem Rolls-Royce vor, um mich abzuholen, und ich war froh, ein elegantes kaffeebraunes Wollkleid angezogen zu haben. Er war ein eindrucksvoller, von seiner eigenen Wichtigkeit sehr eingenommener Mann. Von einem adrett uniformierten Fahrer, der das Steuerrad so vorsichtig in seinen Händen drehte, als streichelte er ein Kätzchen, wurden wir in großem Pomp an der Meeresküste von Marshgate entlanggefahren.

Die Bewohner von Marshgate waren an derart überflüssige Vornehmheit nicht gewöhnt und gafften uns vom Bürgersteig aus an, als wir in die Einfahrt zum Excelsior schnurrten. Der Fahrer half mir beim Aussteigen, indem er mich mit eisernem Griff am Ellbogen stützte, als wäre ich eine ältliche, in Gin eingelegte Witwe. Mein Gefährte war zwar klein und sehr dick, beim Aussteigen aber durchaus wendig. Als wir den Eingang zum Speisesaal erreichten, richtete er sich zur vollen Größe seiner einssechzig auf. Der Oberkellner kam vom anderen Ende des Raums angeflogen und drängte uns an den besten Tisch mit Meerblick. Zwei weitere Ober wedelten uns mit Servietten ins Gesicht und präsentierten uns riesige Speisekarten.

Als Vorkriegsbaby war ich ziemlich gut daran gewöhnt, gräßliche Dinge zu essen. Wegen der Rationierung der Lebensmittel und der Internatskost war die Ernährung für eine Heranwachsende ziemlich dürftig ausgefallen, und auch wenig appetitanregend. Jetzt, in den frühen siebziger Jahren konnte der dazu bereite und steinreiche Sinnesmensch dank der neuen Freude am Genuß, die in den Sechzigern angefangen hatte, in London auswärts Essen gehen, ohne zu verzweifeln. Unglücklicherweise verloren die Erfolge der Großstadt einiges, wenn sie in der Provinz umgesetzt wurden. Alles hörte sich vielversprechend an, wenn man *coquille Saint Jacques* und derartiges mag, aber es kam in Schachteln verpackt an und hatte monatelang in der Gefriertruhe geruht. Ich warnte meinen Gastgeber *sotto voce*, daß dies hier ebenso sein würde. Mein Bemühen um Diskretion war vergeblich, denn Mr. Defresnier, wie mein Begleiter hieß, rief den Oberkellner mit gebieterischer Stimme und verlangte zu wissen, was es an frischer Ware gab. Mrs. Stowe (dabei zeigte er mit einem Nicken seines Kopfes auf mich) scheine zu glauben, daß ein Großteil des Angebots auf der Speisekarte tiefgefroren sei.

Der Oberkellner, den ich seit vielen Jahren kannte – er hieß Luis –, richtete einen Blick der Empörung auf mich, der dem *coup d'œil*, mit dem Julius Cäsar Brutus wahrscheinlich bedacht haben mag, zur Ehre gereicht hätte. Wir bestellten, oder besser Mr. Defresnier bestellte für mich, *borschtsch à la Tsarina*, gefolgt von *fricandeau à l'oseille* mit Excelsior-Kartoffeln und Butterspinat. Darauf studierte mein Gastgeber, der, seit wir Platz genommen hatten, noch kein Wort an mich gerichtet hatte, schweigend die Weinliste, die wulstigen Lippen geschürzt und mit Stirnrunzeln wie ein Faltenrock. Als der Weinkellner mit gezücktem Bleistift und Bestellblock an seine Seite huschte, wurde die Spannung beinahe unerträglich. Ein silberner Servierwagen rollte an, auf dem sich winzige Porzellantabletts voll überladener *hors d'œuvres* befanden. Beim ersten Blick sah es nach Vielfalt und Farbenfreude aus, der zweite Blick erkannte jedoch dicke Bohnen, Sardinen aus der Dose und das so ziemlich scheußlichste Zeug, das je erfunden wurde, der sogenannte russische Salat, ein *macedoine* aus Karotten und Steckrüben mit flavongefärbten Erbsen, die in Salatsauce schwammen.

Schließlich stotterte Mr. Defresnier seine Weinbestellung in peinigendem Französisch und befahl dem Kellner, den Aschenbecher zu entfernen. Zufällig rauche ich nicht, aber ich war versucht, mir eine große Zigarre kommen zu lassen. Mr. Defresnier faltete vor sich auf dem Tisch die Hände zusammen, richtete seine schmalen Topasaugen auf mich und fing zu sprechen an. Er erzählte mir, wie sicher es gewesen sei, daß Jack, hätte er noch gelebt, im nächsten Jahr zum Direktor aufgestiegen wäre, wie hart es sie alle getroffen habe, von seinem Tod zu erfahren, und wie unersetzlich seine besonderen Fähigkeiten seien. Ohne innezuhalten, um mir Gelegenheit zu geben, diese Komplimente zu würdigen, kam er auf die Schwierigkeiten zu sprechen, Leute zu finden, die nicht bloß klug (von denen gab es anscheinend mehr als genug), sondern auch in der Lage waren, Anweisungen von Vorgesetzten auszuführen, sich flexibel und höflich zu ihren Mitarbeitern zu verhalten und die Bereitschaft mitbrachten, sich vierundzwanzig Stunden am Tag für die Belange der Bank einzusetzen. Ich dachte gerade daran, daß absolut keine dieser wünschenswerten Qualitäten auf Jack zutraf, der arrogant, wenn es ihm paßte auch faul und unverhohlen grob zu allen war, die er nicht leiden konnte, als die Suppe kam.

Sie schmeckte wie klare Fleischbrühe aus der Dose, die man mit Sherry aufgemöbelt hatte und in der ein paar Streifen rote Bete entmutigt auf dem Tellerboden lagen. Mr. Defresnier schlürfte die Hälfte davon und schob sie dann weg, um sich mit mir weiter über die Bank zu unterhalten. Den Rote-Bete-Stücken war nicht beizukommen, schon gar nicht unter den scharfen Augen, die ohne zu blinzeln auf mein Gesicht gerichtet waren, so daß ich meinen Löffel ablegte. Luis schnalzte mit den Fingern und stand während des ganzen Essens nur einen guten Meter von uns entfernt, sein ganzer Körper dienstbeflissen geneigt, was jeder andere verhindert hätte, nicht aber Mr. Defresnier. Ich selbst konnte mich kaum dazu überwinden, mich seinem vorwurfsvollen Blick auszusetzen. Eine ganze Batterie an Edelstahlgeschirr kam wie der silberbeladene Esel Philipps von Mazedonien blitzend durch die Schwingtüren. Der *fricandeau* entpuppte sich als Fleischklumpen rätselhafter Herkunft (wahrscheinlich handelte es sich wirklich um Kalbfleisch, und ich war dankbar, daß Elizabeth es mich nicht essen sehen konnte, da wir ihr alle aufrichtig versprochen hatten, es nie zu tun) mit Karotten und Zwiebeln, die mit fettigen Bratkartoffeln und sehr wasserhaltigem Spinat serviert wurden, der an Erbrochenes erinnerte. Es war genau das, was ich erwartet hatte, und Mr. Defresnier war natürlich enttäuscht. Er schob es auf seinem Teller herum, kaute schweigend eine Minute, gab dann auf und redete weiter. Er redete in bedächtigen Sätzen, als lese er von einem Manuskript ab.

Ich aß weiter, denn ich war hungrig, und reagierte auf ihn mit Nicken und Lächeln, riß meine Augen vor Erstaunen auf, wenn er einen Punkt besonders herausstrich. Gelegentlich richtete Mr. Defresnier auch eine Frage an mich, aber sobald ich den Mund aufmachte, um ihm zu antworten, wandte er sich sofort an Luis und bat, ein Fenster zu schließen, ein Glas auszutauschen, Wasser zu bringen oder Wein auf Eis zu legen. Mir wurde bald klar, daß für mich nur die Rolle der Zuhörerin vorgesehen war.

Ich hatte kaum Zeit, Messer und Gabel nebeneinander auf den Teller zu legen, als Luis schon einem Untergebenen Weisung gab, mir rasch den Teller wegzuziehen. Er brachte uns eigenhändig die Speisekarte für den Nachtisch, was eine gewaltige Herablassung war. Mr. Defresnier bestellte zwei *crème de riz à l'Excelsior*, doch aus Erfahrung wußte ich, daß es nur Reispudding mit einer obenauf treibenden Dosenaprikose sein würde, weshalb ich den Kellner zurückrief und Käse bestellte. Dieses Zurschaustellen meiner Unabhängigkeit schien Mr. Defresnier durcheinanderzubringen. Er sah mich mit einem Ausdruck an, den ich einfach nicht mag. Dann langte er in sein Jackett und zog einen Umschlag heraus.

»Wie Sie zweifellos wissen werden, hat Ihr Ehemann gänzlich ungenügende Vorsorge für eine Pension getroffen.« Das wußte ich. Gespräche mit meinem Bankmanager und Anwalt in der vorangegangenen Woche hatten mir dies schmerzhaft vor Augen geführt. »Ein Mann seines Alters denkt nicht an den Tod«, fuhr Mr. Defresnier fort. »In diesem Umschlag ist ein Scheck, eine Anerkennung seiner Verdienste um die Bank und Ausdruck unseres Mitgefühls für Ihren großen Verlust.«

Ich war überrascht und ziemlich gerührt. Ich hätte nicht gedacht, daß die Bank freiwillig etwas rausrücken würde, es sei denn, man drohte mit einer juristischen Verfügung. Am liebsten hätte ich den Umschlag gleich aufgerissen und nachgesehen, wieviel es war, aber er hielt ihn weiterhin fest in seinen manikürten Wurstfingern. Er starrte mich noch eine Weile mit der gleichen erwartungsvollen Miene an, dann ließ er sich den Humidor, das Kästchen mit den in adäquater Luftfeuchtigkeit gelagerten Zigarren bringen.

»Normalerweise rauche ich während des Tages nicht, aber einmal darf man sich schon verwöhnen.«

Er machte jede Menge Aufhebens, als er die Zigarren in der Hand drehte, sie abklopfte, daran schnüffelte und sie drückte, und konzentrierte sich dann auf das Ritual des Schneidens und Anzündens. Ich wäre am liebsten nach Hause gefahren, aber nichts konnte diesen Mann antreiben, und schon gar nicht die Rücksicht auf andere. Er beugte sich vor und blies mir einen Rauchkringel ins Gesicht.

»Sie müssen sehr einsam sein, ohne Ihren Ehemann, Mrs. Stowe.«

Ich dachte an Westray und die fünf Leute, die eben jetzt um den Küchentisch saßen und einen Zwiebel-Pilz-Kuchen verzehrten, den ich hergerichtet hatte. Vielleicht auch sechs, falls Lissie dageblieben war.

»Nicht wirklich, ich ...«

»Sie sind sicherlich eine sehr gescheite Frau.«

Wenn dem so war, dann mußte er wie Maeve über außergewöhnliche Kräfte übersinnlicher Wahrnehmung verfügen, denn die insgesamt vielleicht zwanzig Wörter, die ich gesagt hatte, erschöpften sich in so klugen Äußerungen wie »ja« und »nein« und »nein danke, keine Kartoffeln mehr«.

»Geld ist nicht alles, das weiß ich nur allzugut.« Mr. Defresnier beugte sich bei diesem Satz nach vorne und legte seine trockene kalte Hand auf die meine.

Ich wußte, daß er log. Ich entzog ihm meine Hand.

»Sie sind sehr freundlich. Aber ich muß jetzt leider nach Hause. Ich erwarte Gäste heute nachmittag.« Es war zwar nur ein Gast, aber der Plural machte die Sache noch etwas dringlicher, wie ich fand.

»Ja. Eine bemerkenswerte Frau.« Zum erstenmal lächelte Mr. Defresnier und entblößte dabei seine Zähne, die die Farbe von Teak hatten. Kein Wunder, daß er sonst so ernst war. »Ich würde Ihnen gerne auf ein wenig ... persönlichere Weise helfen.«

Mir fiel auf, daß noch ein paar zusätzliche Kellner auf unseren Tisch zusteuerten, als würden sie von unwiderstehlichen Kräften angezogen. Einer vergaß sich sogar so sehr, daß ihm die Ladung auf seinem Tablett entglitt. Das erinnerte mich an den Magnetberg in den mittelalterlichen Erzählungen, der aus allen Schiffen, die sich ihm näherten, die Nägel zog. Angeblich soll es gar nicht so schwer sein, sich die Leute vom Hals zu schaffen, aber für mich war es immer ein Problem. Ich stand auf und ging durch den langen, inzwischen praktisch leeren Speisesaal. Hinter mir konnte ich Schritte auf dem dicken, roten Teppich tapsen hören. Im Foyer gelang es Mr. Defresnier, sich trotz seiner kürzeren Beine zwischen mich und die Tür zu schieben.

»Nun, Mrs. Stowe?« Er legte eine Hand auf meinen Arm. Der Rauch seiner Zigarre verteilte sich auf zwei Wölkchen, eins für jede Nasenöffnung.

»Miranda! Was für ein glücklicher Zufall!« Aubreys *bête noire*, Hilary Scranton-Jones, schob sich durch die Drehtür. »Ich suche eigentlich nur ein Telefon. So etwas Ärgerliches! Ich mußte den Wagen in der Werkstatt lassen. Das Öl lief über die ganze Straße! Gerade wollte ich Guy bitten, mich abzuholen.« Ihr Blick streifte Mr. Defresnier, der seine Hand von meinem Arm nahm. »Oh, aber vielleicht können Sie mich ja gar nicht mitnehmen. Sind Sie sehr beschäftigt?«

»Nein. Aber ich bin nicht mit meinem Wagen hier.« Ich stellte Hilary vor. Mr. Defresnier verbeugte sich und starrte dann an Hilary vorbei auf einen Drehständer mit Farbfotos an der Rezeption. »Was meinen Sie, können wir Mrs. Scranton-Jones mitnehmen? Es liegt auf unserem Weg.«

Er verneigte sich wieder und ging zur Türe, ohne uns eines weiteren Blickes zu würdigen.

»Oh, ich sag's ja, ein Rolls!« Hilary hörte sich an wie ein aufgeregtes Schulmädchen. »Sie sind mir ja ein tiefes Wasser, Miranda!«

Ich erklärte ihr, daß ich mit Jacks früherem Chef zum Essen

war und es daran nichts Geheimnisvolles gäbe. Aber sie hatte seine Hand auf meinem Arm gesehen. Hilary Scranton-Jones war ein Lästermaul übelsten Zuschnitts. Hatte man sie vor sich, sprudelte sie über vor Freundlichkeit, hinter dem Rücken war sie dann die Boshaftigkeit in Person. Auf dem ganzen Weg zurück nach Westray ließ sie ihre Blicke voll wilder Vermutungen immer wieder zwischen mir und meinem Begleiter hin und her schweifen. Mr. Defresnier, der die Hälfte der Rückbank für sich beanspruchte, sprach nicht ein Wort, sondern blickte nur geradeaus und paffte den Rauch ins Wageninnere, bis uns die Augen tränten. Hilary hielt das Gespräch in Gang, und ich tat mein Bestes, ihr zu antworten.

Es tat mir sehr leid, daß der Fahrer die falsche Abzweigung nahm, weshalb wir Westray vor Hilarys »Bella Vista« am anderen Ende des Dorfs erreichten. Beim Aussteigen nahm Mr. Defresnier den Umschlag aus seiner Tasche und überreichte ihn mir wortlos. Hilary fielen vor begeisterter Mutmaßung fast die Augen aus dem Kopf. Ich dankte Mr. Defresnier für das Essen, und er drehte sein Kinn ein wenig nach oben, was wohl eine Abschiedsgeste sein sollte. Sie schnurrten davon, er mit Blick geradeaus, sie aus dem Fenster mir zuwinkend, mit Augen, die vor Bosheit funkelten.

»Mama! Viertausend Pfund! Das ist ja ein Riesenhaufen!« Henry lehnte sich an mich und las über meine Schulter mit.

»Kann ich einen neuen Sattel bekommen?« fragte Elizabeth.

»Warte, mein Schatz. Wir wollen erst mal sehen. Da ist die Gebührenforderung, die ich erwartet hatte.« Ich nahm den obersten Umschlag von einem Briefstapel, der auf mich wartete. »Und das hier ist die Werkstattrechnung. Ich fürchte, wir müssen das Geld für notwendige Ausgaben aufheben. Aber wenn du einen aus zweiter Hand findest …«

Elizabeth warf mir aus kajalumrandeten Augen einen verächtlichen Blick zu und ließ die Tür ins Schloß fallen, als sie hinausging.

»Wie war dein Essen?« erkundigte Lissie sich freundlich, während sie eine winzige Wollsocke dämpfte.

»Schrecklich. War die viertausend Pfund fast nicht wert.«

»Das ist schlimm!« Ich erzählte Lissie alles, und sie zeigte Mitgefühl. »Um wieviel Uhr kommt dieser Pianist denn?«

»In etwa einer halben Stunde, falls der Zug pünktlich ist.«

»Meave ist ganz wild auf ihn.«

»Ich wünschte, ich könnte mich auch für so viele Männer begeistern wie sie. Ich fühle mich langsam unansehnlich, sauertöpfisch und pedantisch, weil ich mich der Anwärter auf meinen Körper ständig mit Fußtritten erwehren muß.«

»Es wird schwierig werden, nach Jack einen anderen Mann zu finden.« Lissie schien in Träumereien zu versinken. Es roch nach verbrannter Wolle. »Verdammt! Er war so lustig ... so unwiderstehlich.« Dann errötete sie wegen ihres mangelnden Taktgefühls.

Ich überlegte, ob ich ihr erzählen sollte, wie es mir gelungen war, ihm vier Jahre lang zu widerstehen, besann mich dann aber eines Besseren. Es würde sie fürchterlich kränken, wenn sie erführe, nur die erste einer Reihe zahlloser Affären gewesen zu sein. Für einen Toten romantische Gefühle zu hegen, war sicherlich das beste. Jack bedeutete keine Bedrohung mehr für ihre Ehe mit George.

»Für Kent haben sie Schnee vorhergesagt, hast du gehört?«

»Nein, aber ich fand den Himmel schon sehr merkwürdig, als wir von Marshgate zurückfuhren. Maeve sollte sich lieber eine Schaufel mitnehmen, wenn sie nach Titchmarsh fährt. Vielleicht sollte ich ihr meinen Wagen leihen? Ihrer ist so unzuverlässig.«

»Würde ich nicht«, sagte Lissie. »Du weißt doch, daß alles kaputtgeht, was Maeve in die Hände bekommt.«

»Aber nur, weil sie alles den Jungs überläßt.«

»Ganz genau.«

»Das muß Maeve sein.« Ich hörte Schritte in der Eingangshalle. »Komm, wir schauen uns mal Mr. Wunderbar an. Wie wohl das ungarische Wort für wunderbar heißen mag?«

»Wer ist wunderbar?« fragte Maeve, die offenbar meine Bemerkung gehört hatte, denn sie stand zitternd in der Eingangstür. Sie trug eine sehr schmutzige und haarige Decke, die intensiv nach Hund roch, und drückte ein Taschentuch an ihre leuchtend rote Nase.

»Maeve. Du siehst nicht sehr gut aus!« rief ich. Das war untertrieben, denn abgesehen von der Nase war alles übrige an ihr, wovon sie jede Menge zeigte, lavendelblau vor Kälte.

»Es geht mir auch nicht gut. Ich bin heute morgen mit den ersten Anzeichen einer Erkältung aufgewacht, und als Janós mich dann das erste Mal schniefen hörte, bestand er darauf, daß auf der ganzen Fahrt vom Bahnhof bis hierher sämtliche Wagenfenster offenblieben. Er meint, er könne sich keine Erkältung leisten, da er schon in einer Woche den nächsten Auftritt habe.«

»Genauso ist es«, sagte der Mann und stand neben ihr. Ich sah sofort, warum Maeve so wild darauf war, Besitzansprüche auf ihn zu erheben. Er sah aus wie eine Werbung für Frischluft. Seine Haut war braun und rein, sein Haar glänzend und schwarz, seine Augen groß und dunkel, unter geraden dicken Brauen. Daß man Augen als »klar wie Wasser« beschrieb, hatte mich immer ein wenig gestört. Seine Augen glänzten und blitzten, zerflossen aber nicht. Er sah eher wie ein Korsar oder ein Geldschrankknacker aus, von mittlerer Größe und sehr gut gebaut. Seine breiten Schultern steckten in einem Ledermantel, und ein roter Wollschal umspielte seinen Hals. Maeve hatte, zweifellos in der Absicht, ihn zu verführen, ein dünnes und kurzes Fähnchen aus weißem Musselin an.

Ich nahm ihr die stinkende Decke ab und gab ihr dafür einen Pullover von mir. Dann schickte ich Maeve zum Aufwärmen in die Küche. Lissie bot an, uns Tee zu kochen.

»Wo ist das Klavier?« Janòs schien keine Reue zu kennen, obwohl er unserem Wirbel, den wir um Maeve machten, einen Vorwurf entnehmen konnte. Ich führte ihn ins Wohnzimmer. »Nicht schlecht.« Er strich mit den Händen über die Tasten.

»Nicht schlecht! Ich dachte, er sei sehr gut.« Ich ärgerte mich etwas. »Er ist erst vor ein paar Wochen gestimmt worden.«

»Ja, gestimmt ist er.« Sein Englisch klang sehr gut, und sein Akzent, wie ich zugeben mußte, sehr reizvoll. »Aber der Anschlag ist uneinheitlich. Sehen Sie!« Er spielte eine Tonleiter. Für mich klang das gut. »Hören Sie die mittleren Töne hier? Sie sind schwer. Langsam. Ich werde mal hineinsehen.«

Er öffnete den Deckel, steckte seinen Kopf hinein und begann an den Dämpfern herumzufummeln. Ich betrachtete seinen wohlgeformten Hintern und die Beine, die in Jeans und in teuren braunen Stiefeln steckten. Und ich erkannte den Künstler. Höflichkeit war nur Zeitvergeudung, entweder bourgeois, falls der Künstler eher links orientiert war, oder kleinbürgerlich, wenn er rechts stand. Dem Kunststreben durfte sich nichts in den Weg stellen. Ich überließ ihn der Kunst und begab mich zu Maeve und Lissie in die Küche.

»Du gehörst ins Bett.« Ich sah die vor Kälte zitternde Maeve an.

»Ich denke, das mache ich jetzt auch gleich. Damit es mir am Abend wieder bessergeht.«

Der Blick, den sie mir dabei zuwarf, war eher unfreundlich, wenn nicht unheilvoll.

»Was ist denn los?«

»Ich mache mir Sorgen wegen dir und Janòs. Ich fand, er hat sich in der Diele schon für dich begeistert.«

»Tatsächlich? Wie soll das gehen, wenn er allen die kalte Schulter zeigt? Was könnte abfälliger sein, als die anderen völlig zu ignorieren und nicht einmal in ihre Richtung zu blicken.«

Maeve gluckste in sich hinein. »Ich liebe dich, Miranda. Du siehst so süß und unschuldig aus, und bist in Wirklichkeit so klug. Rechne meine schlechte Laune der Lungenentzündung zu. Bis zum Abend muß es mir bessergehen. Ich habe einen Traum von einem Kleid.«

»Hoffentlich ist es warm. Du weißt, daß es schneien soll?«

»Nein, wirklich? Verdammt! Nun, es ist aus Pannesamt, der ziemlich warm ist, aber im Rücken ist es fast bis zum Hintern ausgeschnitten.

»Du mußt dir ein Tuch umlegen.«

»Ganz gewiß nicht. Mein Hintern ist das Beste an mir.«

Nun, es sollte nicht sein, daß die elegante Welt Gelegenheit bekam, das zu beurteilen. Maeve rief mich um sechs Uhr an, um mir zu sagen, daß sie wahnsinnig hohes Fieber habe und sich nicht auf den Beinen halten könne.

»Soll ich zu dir kommen und mich um dich kümmern, mein

armer Schatz?« fragte ich sie, weil sie sich furchtbar krank anhörte und mir leid tat.

»Nein. Florian ist da. Und außerdem möchte ich ohnehin nur schlafen. Trotzdem danke. Du wirst Janòs nach Titchmarsh bringen müssen. Er soll um acht Uhr dort sein. Wie kommst du mit ihm zurecht?«

»Ausgezeichnet. Ich habe ihn nicht mehr gesehen, seit du weg bist. Jenny hat ihm um vier Uhr Tee gebracht. Er sagte ihr, er wolle nichts essen. Falls er den Tee getrunken hat, dann nur mit einer Hand, denn die Tonleitern haben nicht aufgehört. Ich frage mich, ob auf das Publikum nicht eine Überraschung wartet. Außer Tonleitern habe ich ihn bisher nichts spielen hören.«

»Er hat mir gesagt, daß er am Tag seines Auftritts nicht mehr übt. Er möchte nur seine Muskeln und sein Gehirn auf Vordermann bringen. Offenbar kam es deswegen zu einem heftigen Streit mit den Titchmarsh-Leuten. Er wollte gestern proben. Sie wollten heute nachmittag proben. Zum Schluß erklärte er, er werde ohne Probe spielen, und dann müßten sie eben mit seinem Tempo klarkommen. Muß ein ungutes Gefühl sein.«

»Von den zweieinhalb Blicken, die ich auf ihn werfen konnte, kann ich mir kaum vorstellen, daß ihm das etwas ausmacht. Ich werde ihm ein Taxi bestellen. Ich hasse es, bei Schnee Auto zu fahren.«

Aber Freddy war für diesen Abend ausgebucht. Er klang ein wenig unterkühlt. Meine Mutter wirkte wohl immer noch nach. Ich fand mich mit der Rolle ab, Beistand des Künstlers zu sein, und ging nach oben, um mich umzuziehen. Nach einigen Überlegungen entschied ich mich für ein langes, schulterfreies Kleid, dessen Strenge ich mit einer dreifachen Perlenkette und dazu passenden Ohrringen auflockerte. Sollte Titchmarsh Hall unerwarteterweise geheizt sein, war ich eine soignierte Erscheinung. Ansonsten mußte ich eben den kurzen dunkelroten Samtmantel anlassen, der ganz gut dazu paßte, und dann hatte ich es auch warm.

Als ich um sieben Uhr nach unten kam, war alles ruhig. Ich ging ins Wohnzimmer. Janòs lag schlafend auf der Couch. Seine Stiefel hatte er ausgezogen. Diese unerwartete Geste der Rücksichtnahme stimmte mich ein wenig milder.

»Tut mir leid, Sie wecken zu müssen«, sagte ich und berührte ihn am Arm. Er riß die Augen auf und war auf einmal hellwach. »Sie sollten sich jetzt umziehen. In einer Viertelstunde müssen wir los.« Er starrte mich unentwegt an. Im Dämmerlicht wirkten seine Augen tiefschwarz. »Maeve ist krank, deshalb werde ich Sie hinbringen.«

»Gut. Das ist gut.« Er stand auf. »Wo sind meine Sachen?«

»Ich habe sie in Ihr Zimmer gestellt. Ich zeige es Ihnen.«

»Okay. Gehen wir.«

Er stürzte vor mir die Treppe nach oben, indem er zwei Stufen auf einmal nahm, schien dem Schlaf mit der Energie eines Zehnjährigen entsprungen zu sein. Er blickte sich im Zimmer um und nickte.

»Das ist gut. Ein Badezimmer. Sehr gut. Ich brauche zehn Minuten, um mich umzuziehen.«

Mit der weißen Krawatte und dem Frack sah er sehr viel älter und eindrucksvoller aus, und er schien auf einmal ernster zu sein. Er zog die Stirn kraus und war geistesabwesend. Fast hätte ich ihn gefragt, ob er seine Noten dabei hatte, erinnerte mich aber rechtzeitig daran, daß er keines meiner Kinder war und das alles selbst bedenken konnte. Ivor hatte sich großzügig bereit erklärt, Abendessen zu kochen. Als ich in die Küche ging, um mich zu verabschieden, schlug er mit dem Schneebesen wie wild Eiweiß in einer Kupferschüssel. Die schnelle und leichte Methode mit dem Elektromixer kam für ihn natürlich nicht in Frage. Das Häufchen Hagebutten auf dem Küchentisch wirkte sehr poetisch und sinnbildlich für unsere ländliche Idylle. Ich hoffte nur, daß die Kinder mitzogen.

»Auf Wiedersehen, meine süße Heckenrose.« Ivor lächelte mir anerkennend zu. »›O du bist heller als der Abendhimmel‹... mach dir keine Sorgen. Ich habe den Wagen schon aus der Remise geholt und für alle Fälle eine Decke in den Kofferraum gelegt. Noch schneit es nicht. Es wird schon gutgehen.«

Nach Titchmarsh Hall fuhren wir mehr oder weniger

schweigend. Wahrscheinlich war Janòs in Gedanken bei seinem Spiel. Ich konzentrierte mich darauf, den Weg zu finden. Die schnellste Route auf der Landkarte führte über Land auf kleinen Nebenstraßen. Es war ungewöhnlich dunkel, was das Lesen der Hinweisschilder ziemlich schwierig machte. Ich wagte es nicht, Janòs zu bitten, auf die Landkarte zu schauen, weil ich fürchtete, einen wichtigen Gedankengang zu stören und die Aufführung zu ruinieren.

Wir erreichten Titchmarsh Hall zur vereinbarten Zeit. Das Gebäude war in der Dunkelheit nicht genau zu erkennen, aber ich erinnerte mich, daß es wie eine Mischung aus einer riesigen italienischen Villa und einem Gefängnis aussah. Es war aus gelben Ziegeln erbaut und hatte an jeder Ecke vier große Türme wie Wachposten. Titchmarsh Hall gehörte John Vavasour, dem Ehemann von Lady Alice. Es ging das Gerücht, ihre Familie sei der Meinung, daß sie sich mit ihrer Heirat weggeworfen habe. Ihr Mann – ohne Titel und ohne Einkommen – sei jedenfalls nicht in der Lage, seinen Besitz zu unterhalten. Es war allgemein bekannt, daß sie davon lebten, einzelne Parzellen Land zu verkaufen, und daß sie zwei äußerst wilde Kinder hatten. Es wunderte mich, daß der Parkplatz schon besetzt und keine Menschenseele mehr zu sehen war. Was Uhrzeiten und Daten angeht, ist Maeve immer sehr unzuverlässig. Ich klopfte höflich an die Eingangstüre. Als keine Antwort erfolgte, klopfte ich mit doppelter Kraft. Die Tür ging auf.

»Sch! Das Konzert hat schon angefangen«, sagte ein Mann im Abendanzug und sah dabei aus, als fühle er sich sehr gestört. Seine Nase war größer und gebogener als die des Eisernen Herzogs, und er hatte einen spitz zulaufenden kahlen Schädel, der sich wie ein Berggipfel aus einem Fransenrand grauer Lockenwölkchen erhob. Ein Schild an seinem Revers wies ihn als Major Bernard Kitterbell aus. »Haben Sie denn Eintrittskarten? Wir sind heute abend mehr als ausverkauft. Alle haben der Kälte getrotzt, um den neuen ungarischen Pianisten zu hören, der so erstaunlich sein soll, aber dieser verdammte Schweinehund ist noch nicht aufgetaucht. Das ist nun wirklich das letzte Mal, daß ich mit diesem erbärmlichen Festival etwas zu tun haben will. In einer Minute werde ich verkünden müssen, daß er nicht da ist und ...«

»Moment, Moment mal«, fiel ich ihm ins Wort. »Hier ist der verdammte Schweinehund.«

Ich stellte die beiden einander vor. Major Kitterbell unternahm ein paar Versuche, mit Janòs wieder ins reine zu kommen, während ich mich umsah. Die Eingangshalle war sehr groß und kalt, obwohl es stark und unangenehm nach verbranntem Staub roch, ein Hinweis darauf, daß man die Zentralheizung speziell für diesen Anlaß angemacht hatte. Auf einem riesigen viktorianischen Refektoriumstisch mit knolligen falschen Tudor-Beinen stand eine abscheuliche Schüssel aus Benares-Messing, gefüllt mit getrockneten Blumen. Zwei gewaltige Terracotta-Krüge waren mit geknicktem Pampasgras gefüllt. Ein ausgestopfter Bär, dem Augen und Zähne schon längst ausgefallen waren, diente als Hutständer.

»O mein Gott! Das ist ja fürchterlich! Das ist doch keine Musik!« Janòs legte sich die Hände an die Ohren, um sie gegen die Fetzen zu schützen, die aus dem Ballsaal zu uns drangen.

»Das mag nicht Ihrem Standard entsprechen, Mr. Deckschi, aber ich versichere Ihnen, daß sie als Amateur-Streichquartett hier in der Gegend einen guten Ruf haben ...«

»Décsie. Ich heiße Janòs Décsie. Sie sprechen es ›Ja – nosch De – tschie aus.‹«

»Oh, verstehe. Detschie. Ist gut. Nun, wie ich schon sagte, sind wir in Titchmarsh sehr stolz ...«

Aber er hätte sich seine Worte sparen können. Janòs war weggegangen. Auf der rechten Seite der Eingangshalle ging es in den Wintergarten, der voll riesiger Palmen und Farne stand. Janòs blieb stehen, um sich eine Zigarette anzuzünden, und verschwand dann in den Pteridophyta.

»Nun, ich muß schon sagen ...!«

Major Kitterbell besann sich offenbar, daß er seine Laune doch besser in Zaum hielt, und warf mir nur einen wütenden Blick zu, ehe er zurück in den Ballsaal eilte. Ich ging auf Zehenspitzen hinter ihm her und fand noch einen leeren Platz in der letzten Reihe. Das Quartett kam zum Ende einer sehr feurigen Version von Borodins zweitem Streichquartett, die dem Publikum zu gefallen schien ... es schunkelte im Takt, klopfte und summte und hätte zweifellos lieber in einem warmen Kino mit bequemen Sitzen gesessen und sich *Kismet* angeschaut. Es war keine hervorragende Darbietung, einzelne Takte konnte man gar nicht mehr wiedererkennen, aber die Musiker machten weiter und kamen am Schluß bei einem Schnörkel wieder alle zusammen. Major Kitterbell stieg hoch aufs Podium, während sich das Quartett zum Dank für den tosenden Applaus verbeugte.

»Vor dem nächsten Programmpunkt gibt es jetzt eine kurze Unterbrechung, meine Damen und Herren, dann wird Mr. Jainosch Dexy das dritte Klavierkonzert von Rachmaninoff spielen.«

Im Publikum raunte und raschelte es erwartungsvoll, ehe alle von ihren Sitzen zur Bar stürmten, die auf langen Tischen im Salon aufgebaut war. Ich schloß mich der Schlange an, um mir ein Glas Weinschorle zu holen, die nicht zu meinem Lieblingsgetränken gehörte, die ich aber zur Aufmunterung brauchte. Durch die Luft trieben lauter Tierhaare von alten Pelzstolen und Pelzkrägen.

Nicht zum erstenmal seit Jacks Tod kam mir da in den Sinn, daß ich die generelle Nützlichkeit von Ehemännern noch nicht voll zu würdigen wußte. Neben all dem, was ins Auge sprang, wie dem Besorgen von Drinks und dem Herbeirufen von Taxis im strömenden Regen, gaben sie auch dem eigenen Ruf Gewicht. Soweit ich es beurteilen konnte, schien ich die einzige Frau im Publikum zu sein, die keine Begleitung hatte, und ich merkte, daß mich die Leute, insbesondere die Männer, anstarrten. Langsam wurde ich befangen. In einem Augenblick der Zuversicht hatte ich meinen Mantel ausgezogen. Jetzt hatte ich das Gefühl, um Schultern und Busen herum sehr nackt zu sein. Ich fing den Blick eines Mannes mit langen rötlichen Koteletten und einem Schnauzbart auf. Rasch wandte ich meinen Blick ab, bemerkte jedoch, daß er sich durch die Menge seinen Weg zu mir bahnte und dabei die Spitzen seines Schnauzbartes raubgierig zwirbelte. Vor mir in der Schlange erkannte ich den zweiten Geiger aus dem Quartett, das gerade gespielt hatte. Er sah alt und ungefährlich aus. Ich gratulierte ihm zu seiner Vorstellung.

»Offengestanden habe ich in der Mitte ein wenig den Faden verloren, aber Gott sei Dank haben wir wiederholt. Es freut mich sehr, daß es Ihnen gefallen hat. Ich meine jedes Jahr, es ist das letzte Mal für mich ... daß ich zum Spielen zu alt werde, wissen Sie ... aber immer wieder überreden sie mich.«

Gewiß war er alt. Seine Smokingjacke wurde schon grün vom Alter und er sah bedauerlich arm aus. Ich fragte meinen neu gewonnenen Freund, seit wann er schon Geige spiele, und er erzählte mir von seinen Jugendträumen, Profimusiker zu werden. Sein Vater hatte für dieses Streben nichts übrig gehabt, und so war er Bauer geworden.

»Aber kein guter, meine Liebe. Zu ungenau. Das Herz war nicht genügend bei der Sache. Ich wollte immer etwas Kreatives machen, verstehen Sie?«

Das tat ich. Ich erzählte ihm von meiner Jugend, die so enttäuschend war, weil ich sie mit Leuten verbringen mußte, die einen Hang zum Kreativen hatten. Der alte Mann fand das köstlich und lachte über alles, was ich ihm erzählte, so daß ich Mut schöpfte. Ich dachte gerade, was für ein reizender und scharfsichtiger alter Mann er doch sei, als Lady Alice Vavasour hereinkam und die Menge durchschnitt, als wäre ihre gefleckte Taubenbrust der Bug eines majestätischen Schiffes. Ihre blassen hervortretenden Augen starrten durch ihre Gäste hindurch. Ihre Stimme klang gebieterisch.

»Zu stark! Wir werden alle unter dem Tisch liegen, ehe der Abend vorüber ist!«

Sie schüttete eine große Flasche Limonade in die Schüssel mit der Weinschorle und rauschte dann, ohne jemanden eines Blickes zu würdigen, schnaubend davon.

»Ich denke nicht, daß ich noch etwas davon haben muß«, sagte ich trübsinnig. »Sie hat schon davor nur nach Zuckerwasser geschmeckt. Da würde nicht einmal eine Mücke einen Schwips davon kriegen. Mir fällt auch auf, daß man uns weder mit einem wohlwollenden Lächeln noch mit Grußworten bedacht hat.«

»Das war schon sehr lässig, nicht wahr«, meinte der alte

Mann mit einem Augenzwinkern. »Ich glaube, das ist in den Leuten angelegt … diese Art von achtloser Überheblichkeit. Sie hat ein gutes Herz. Wer Hilfe braucht oder ein schreckliches Leiden hat, dem kann sie auch ihre gute Seite zeigen.«

»Der Preis für ein solches Privileg scheint mir aber doch sehr hoch zu sein.« Dem alten Mann schien dieser matte kleine Scherz unheimlich zu gefallen. »Ist es nicht außerdem«, fuhr ich fort, durch seine Bewunderung kühner geworden, »eher ein Fall von Gönnerschaft als von Gutherzigkeit? Ich verstehe nicht, warum man vollkommen gesunden Leuten wie mir, die nicht unbedingt auf Freundlichkeit angewiesen sind, nicht wenigstens ein ganz gewöhnliches Zeichen der Anerkennung gewähren kann.«

»Da haben Sie ganz recht, meine Liebe. Aber ich bezweifle, daß es sich dabei um die Arroganz handelt, die Sie meinen. Es ist viel eher eine Frage des Anstands alter Schule. Wahrscheinlich kommt ihr gar nicht in den Sinn, daß ihre Gäste beleidigt sein könnten. Sie begreift sich zweifellos als eine Institution, als ein Mitglied des *ancien régime*, dem für unbestrittene Verantwortungen gewisse Privilegien zustehen.«

»Vielleicht liegt es auch daran, daß jemandem mit dem Aussehen und dem Charme eines Flottenverbandes die Meinungen anderer Menschen einfach egal sind«, rief ich, unfähig, meine Verärgerung zu verbergen. Mein Gesprächspartner warf in einem derart lauten Lachanfall seinen Kopf zurück, daß sich alle, die in unserer Nähe standen, argwöhnisch umblickten, wohl in der Hoffnung mitlachen zu können. Ich empfand ein wenig Reue. Giftig zu sein, gehörte sich nicht, außer im Kreise der Vertrauten. »Das war unhöflich von mir. Ich denke, sie hat jede Menge Probleme, von denen wir keine Ahnung haben. Und es kann auch keinen großen Spaß machen, mit immer weniger Bediensteten und wachsenden Rechnungen in einem Haus leben zu müssen, das viel zu groß ist. Das Haus riecht wie ein Käse, und die Teppiche sehen wie Flickwerk aus.«

Mein Gefährte wollte gerade etwas sagen, als wir unterbrochen wurden.

»Meine liebe Miranda! Wie sehr ich dich vermißt habe. Du

hast dich versteckt gehalten. Gib's zu!« Eine Frau, die ich kaum kannte, warf sich mir an den Hals und hüllte mich in eine Wolke *Arpège* ein. In ihren Augen funkelte die Neugier. Ich wußte, daß sie alles über Jack erfahren wollte. Ich war ganz und gar nicht böse, als ich Major Kitterbell an der Türe mit den Armen wedeln sah.

»Nehmen Sie bitte wieder Platz, meine Damen und Herren! Die zweite Programmhälfte beginnt.«

Wir applaudierten, als die East Kent Philharmoniker ihre Plätze einnahmen. Der Dirigent kam und sie stimmten ihre Instrumente. Es gab eine lange Pause. Einige im Publikum fingen an herumzuzappeln und mit ihrem Nachbar zu flüstern. Ich war angespannt. Wo blieb Janòs? Besorgt drehte ich mich um und sah ihn zwischen den Sitzreihen hindurchschreiten. Höflicher Applaus plätscherte und wurde dann aber kräftiger, als der Dirigent seinen Platz am Pult einnahm.

Janòs brauchte mindestens eine Minute, um seinen Stuhl in die richtige Position zu bringen, und noch eine weitere halbe Minute, um seine Finger zu dehnen, seine Frackschöße wegzuschnippen, an seinem Kragen zu zupfen und die Manschetten zurechtzurücken. Er starrte auf das Publikum und dann gedankenverloren auf die Tasten. In mir machte sich schreckliche Angst breit, er könnte die Noten der ersten Takte vergessen haben. Das hier war genauso schlimm, wie meinen Kinder zuzusehen, wenn sie im Schulkonzert auftraten. Endlich, als die Spannung im Publikum fast unerträglich geworden war, nickte er dem Dirigenten zu, warf seinen Kopf in einer Geste zurück, die ich bereits an ihm kannte, und begann zu spielen.

Kapitel 10

Von den ersten Tönen an befand sich das Publikum in einem Zustand, der an Verzückung grenzte. Auch den unmusikalischsten Menschen mußte die Leidenschaft und Redlichkeit des Vortrags in Bann geschlagen haben. Virtuosen sind auffallend romantisch. Janòs sah so schön, so ernst und unerreichbar aus, daß bestimmt jede Frau im Saal sich einer wunderbaren, verrückten Fiktion hingab, die, je nach Naturell, mehr oder weniger erotisch gefärbt war. Was die Männer dachten, konnte ich mir nicht vorstellen. Gut möglich, daß diejenigen, die nicht sehnsüchtig auf das Ende der Musik und darauf warteten, zu Hund, Pfeife und Whiskey heimgehen zu dürfen, sich geistig und gefühlsmäßig von der Musik fesseln ließen.

Shakespeare meinte, es gäbe keinen, der so verstockt und hart und voller Zorn sei, daß die Musik nicht im Lauf der Zeit sein Wesen verändern könne. Die läuternden Eigenschaften der Musik sind allgemein bekannt, aber dennoch war ich überrascht. Trotz der Kälte im Ballsaal fing meine Haut zu brennen an.

Jack hatte sich über Rachmaninoffs Musik immer lustig gemacht, weil er sie zu laut und theatralisch fand. Janòs verlieh dem Stück eine Eloquenz, die es über jegliche Effekthascherei hinaushob. Die Kadenz im ersten Satz war derart bewegend, daß sie einem in der Seele weh tat. Die schöne russische Weise des Adagios ließ mich vor unbestimmbarer Sehnsucht erschauern. Die Ruhelosigkeit des dritten Satzes war so voller Leidenschaft, daß man sich kaum vorstellen konnte, wie er es fertigbrachte, dabei so überlegt und konzentriert zu bleiben. Von Zeit zu Zeit warf er seinen Kopf zurück, um dem Orchester seinen Einsatz zu signalisieren. Alle seine Bewegungen dienten einzig und allein der Darbietung. Die kraftvolle Schönheit der brillanten und klangreichen Koda fegte alle Gedanken fort, bis mein ganzer Geist sich nur noch der Musik hingab. Ich saß vollkommen reglos, als könnte der Zauber sich lösen, wenn ich mich bewegte.

Am Ende herrschte einen Augenblick lang Stille. Dann sprang das Publikum auf und fing zu klatschen an. Ein paar weniger gehemmte Leute riefen »Bravo«. Das Orchester erhob sich spontan und schloß sich dem begeisterten Applaus an. Janòs stand, verbeugte sich nach rechts und links und ließ zu, daß ein Lächeln über sein Gesicht huschte, das sonst verschlossen und ernst geblieben war. Dann schüttelte er dem Dirigenten und dem Orchesterleiter die Hand und stieg vom Podium. Ich empfand einen Bruch zwischen der Zeit vor dem Konzert und der danach.

»Meine Damen und Herren.« Major Kitterbell stellte sich vor uns hin und bat programmwedelnd um Ruhe. »Nach dieser herausragenden Interpretation von Rachmaninoff wollen wir alle Mr. Janis Deckers unseren Dank dafür aussprechen, daß er hier war und dies zum zweifellos besten Konzert der Saison gemacht hat.« Man hörte einige Bravorufe, und wieder toste der Beifall los. »Jetzt folgt wie üblich die Abschlußrede unseres Gastgebers, dem wir wie immer zu großem Dank verpflichtet sind, und dann raten wir Ihnen, sich so schnell wie möglich auf den Heimweg zu machen, denn es hat angefangen zu schneien. Meine Damen und Herren, unser Vorsitzender Mr. John Vavasour.«

Es wurde wohlwollend geklatscht, als zu meinem Entsetzen der alte Mann, bei dem ich in der Pause so vergnügliche Kritik an Lady Alice geübt hatte, auf die Bühne trat.

»Meine lieben Mitglieder der Titchmarsh Music Society und

verehrte Gäste, ich werde mich sehr kurz fassen, weil Sie sicherlich alle rasch nach Hause wollen. Ich möchte nur dem Orchester für seinen kraftvollen Vortrag danken (weitere Bravorufe) und natürlich Mr. Janòs Décsi, der mir für etwa vierzig Minuten die Welt verzaubert hat. Ich bin ein alter Mann und habe in meinem Leben viel Musik gehört. Aber ich kann aufrichtig sagen, daß ich nie etwas Besseres gehört habe.« (Noch stärker werdender Beifall.) »Ich muß auch meiner Frau für ihr großes Engagement danken, mit dem sie sich für die Organisation dieses Ereignisses eingesetzt hat.«

Lady Alice beugte hoheitsvoll den Kopf, und die Leute klatschten wieder, wenn auch nicht ganz so begeistert. Wenn ich an meinen gräßlichen Fauxpas dachte, schüttelte es mich. Mein Selbstwertgefühl mußte schon beängstigend niedrig sein, daß ich mich zu derart gehässigen Äußerungen über eine harmlose Frau hergab, die ich kaum kannte. Ich schämte mich zutiefst.

Als ich mich mit den anderen Gästen auf die Rückseite des Ballsaals schob, sagte ein großer, gutaussehender Mann: »Guten Abend, Mrs. Stowe.« Noch ehe ich ihn richtig erkennen konnte, war er in der Menge untergetaucht.

Janòs stand, die Hände in den Taschen, an der Eingangstüre. Major Kitterbell unterhielt sich mit ihm, aber sobald Janòs mich sah, ließ er den Major mitten im Satz stehen, kam auf mich zu und packte mich am Arm.

»Gehen wir. Ich habe Hunger. Haben Sie etwas zu essen im Haus?«

»Jede Menge. Wenn wir es nach Hause schaffen. Ich mache mir Sorgen wegen des Wetters. Gute Nacht.«

Major Kitterbells letzte Worte überschwenglicher Ehrerbietung verloren sich, weil Janòs mich die Treppe hinunterjagte. Der Schnee fiel rasch in wirbelnden Kreisen, getrieben vom Wind, der seitlich aus den Büschen kam, die als düstere Kolosse das Haus umstanden. Schon war der Boden unter unseren Füßen mit glatten Flocken gepolstert.

»Kommen Sie. Wir rennen.« Janòs nahm meine Hand.

Die Ledersohlen meiner Schuhe fanden keinen Halt, und ich schien halb zu gleiten, halb zu fliegen. Während ich nach dem

Schlüssel kramte, sammelte sich der Schnee in meinem aufgestellten Mantelkragen und glitt mir in den Nacken. Ich zitterte so heftig, daß ich kaum den Zündschlüssel drehen konnte. Das Aufheulen des Motors und der Strahl der Frontscheinwerfer beruhigten mich.

»Gut. Das ist sehr gut.« Janòs seufzte vor Zufriedenheit, zog Schal und Mantel aus und warf sie auf den Rücksitz.

»Ja, gut, daß der Wagen angesprungen ist. Aber sehen Sie sich das Wetter an!«

Die Scheibenwischer quietschten protestierend, als sich immer wieder neue Schneebänder auf die Wischerblätter legten.

Wir folgten den anderen Autos im Konvoi über die Auffahrt und bogen dann dort, wo diese auf die Hauptstraße traf, links ab.

»Keine Sorge«, sagte Janòs mit ungeheuerlichem und, wie ich fand, gänzlich unbegründetem Vertrauen und beugte sich dann vor, um die Innenseite der Windschutzscheibe mit der Hand abzuwischen. »Wir haben keine Eile. Wir haben noch die ganze Nacht vor uns.«

»Und ich wäre sehr enttäuscht, wenn ich nicht den Großteil davon in tiefem Schlaf in meinem eigenen Bett verbringen könnte.«

»Sie sind ein ängstlicher Mensch, oder? Voller Bangigkeit?«

Ich war zu sehr damit beschäftigt, nach vorne zu schauen und meine Augen auf die noch erkennbaren Straßenmarkierungen zu richten, als diesem herabwürdigenden Verdacht entgegenzutreten. Der Schnee kam jetzt waagrecht auf die Windschutzscheibe zugeflogen, und alle paar Sekunden ertappte ich mich dabei, wie meine Gedanken abschweiften, um die Muster der weißen Tupfen in der Schwärze zu verfolgen. Ich konnte in den Punkten Strukturen erkennen, wie Gemälde von Seurat oder Signac. Ein paar orangefarbene Lichter an einem Verkehrskreisel, die man normalerweise eher als störend empfindet, waren eine willkommene Hilfe und zeigten mir die weiß werdenden Ränder und die schneebeladenen Äste der Bäume an jeder Seite. Als ich dann in eine Nebenstraße abbog, blieb mir nur noch die Scharfsicht eines Maulwurfs. Die hypnotisierende Wirkung der herantreibenden Flocken wurde noch schlimmer.

»Das ist gemütlich«, sagte Janòs und schien wirklich entzückt zu sein.

»Freut mich, daß es Ihnen gefällt.« Den Sarkasmus wollte ich einen Augenblick beiseite lassen. »Sie haben wunderbar gespielt. Ich werde das nie im Leben vergessen!«

»Nach einem Auftritt bin ich immer wie berauscht. Die Sache ist erledigt und es ist gutgegangen. Manchmal läuft es besser, manchmal schlechter. Ist natürlich. Heute war nicht am besten, aber es war gut. Ist Ihnen nicht heiß, mit dem Ding an?« Er hatte seine Hand am Heizungsregler.

»Nein. Es wäre gut möglich, daß mir das Blut in den Adern gefriert. Ob wir nach Hause kommen, hängt davon ab, ob mein Herz weiter pumpen kann. Wenn Sie also die Heizung an und die Fenster geschlossen halten, könnten wir eine Chance haben.«

»Sie denken schlecht von mir, weil ich Maeve mit Frischluft habe fahren lassen?«

»Möglicherweise hat sie Ihnen eine doppelseitige Lungenentzündung zu verdanken.«

»Hoffentlich nicht. Aber lassen Sie es mich erklären. Ich möchte nicht, daß Sie, liebe Mrs. Stowe, und ich als schlechte Freunde anfangen. Sehen Sie, es gibt viele, viele gute Pianisten. Und nur wenige Möglichkeiten, um zu spielen. Ich bin gut, ja. Es wäre gelogen, wenn ich das nicht sagen würde. Aber es gibt zehn, vielleicht auch zwanzig, womöglich sogar dreißig gute Pianisten auf der Welt, die alle auf dieselbe kleine Bühne möchten. Wie kann ich mich von ihnen abheben? Indem ich alles, was ich habe, in meine Arbeit stecke. Aber diese zwanzig, dreißig anderen sagen sich dasselbe. Deshalb muß ich noch mehr geben, ich muß sogar weiter gehen als ich mir vorstellen kann. Sie verstehen? Nichts darf im Weg stehen. Höre ich eine Sekunde auf, hat ein anderer meinen Platz eingenommen. Wenn ich nicht spiele, bin ich nichts. Schlimmer als nichts. Ich bin ein Versager. Spiele ich mit der Erkältung von Maeve, ist mein Spiel vielleicht ein klein wenig schlechter, und ich bin erledigt.«

»Du meine Güte! Lohnt das denn all die Anstrengungen?«

»Für mich, ja. Für diejenigen, die abspringen, die Lehrer

werden, lohnt es sich offenbar nicht. Als ich noch ein Junge war, in Ungarn, habe ich mir gesagt, wenn ich überlebe, werde ich darum kämpfen, gut zu sein ... großartig zu sein ... der Beste zu sein. Ich habe meinen Pakt mit Gott oder dem Teufel geschlossen. Vielleicht mit beiden.«

»Ich nehme an, es war damals eine schlimme Zeit?« erkundigte ich mich, weil ich, wenn auch widerwillig, trotz meiner alten Vorbehalte gegen jede Künstlermonomanie Sympathie empfand. »In moderner Geschichte kenne ich mich leider nicht so gut aus. Der Ungarnaufstand war doch ... 1956 ... oder?«

»Ja, es war schlimm. Sehr schlimm. 1956 war ich fünfzehn.« (Ich rechnete im Kopf rasch nach. Das bedeutete, daß er dreiunddreißig war, sechs Jahre jünger als ich.) »Ich war bereits Musiker. Aber ich mußte eine Waffe in die Hand nehmen und töten. Mein Bruder war zehn Jahre alt, und auch er ging auf die Straße, um zu kämpfen. Zweihunderttausend Ungarn flohen über die Grenze nach Österreich, und ich war dabei. Ich wurde an der Schulter verwundet. Freunde haben sich um mich gekümmert. Meine Familie sah ich nie wieder. Mein Vater wurde im Januar 1957 erschossen, nachdem die Russen die sogenannte Konterrevolution niedergeschlagen hatten. Meine Mutter starb das Jahr darauf.«

»Ach Gott, das ist aber furchtbar traurig. Es tut mir so leid.« Als er von seinem Bruder sprach, hatte ich ihn kurz die Luft anhalten hören, deshalb wagte ich nicht nach seinem Schicksal zu fragen.

»Traurig, ja. Jetzt ist es traurig. Damals war es ... *rémisz-to* ... entsetzlich, würde man hier sagen. Wir hatten nichts zu essen, tranken aus schmutzigen Wasserlöchern. Wir aßen Gras, Ratten, Katzen. Ich bekam eine Blutvergiftung in meiner Schulter. Eine Weile war ich im Fieberdelirium. Ich gab die Hoffnung auf.«

Ich schwieg eine Weile und versuchte es mir vorzustellen. Er war damals jünger gewesen als James jetzt.

»Ich kann mir nicht vorstellen, daß man jemals über so etwas hinwegkommt«, sagte ich schließlich, »aber ich hoffe, Sie finden manchmal ... Ihren Seelenfrieden.«

Bei diesen Worten war durch die pointillistische Windschutzscheibe plötzlich ein Auto zu erkennen. Ich riß das Steuer nach links und wir zeichneten eine elegante Ellipse auf die Straße. Ich riß das Steuer wieder herum, und es ging wieder vorwärts. Nach einer kurzen Pause des Schreckens mußten wir beide lachen.

»Ja, ich habe meinen Seelenfrieden, aber nicht wenn Sie so weiterfahren!«

»Tut mir leid. Ich bin mit den Nerven ziemlich am Ende.«

»Oh. Sie brauchen sich nicht zu entschuldigen. Es ist so freundlich von Ihnen, daß Sie mich fahren.« Er hielt einen Moment inne und legte dann eine Hand auf meinen Arm. »Und Sie, Mrs. Stowe, Sie haben auch Ihre Sorgen. Ich frage Maeve nach Ihnen, und die sagt mir, daß Ihr Mann erst vor sehr kurzer Zeit gestorben ist. Das tut mir leid. Sehr leid.«

»Ja. Danke. Nennen Sie mich doch Miranda.«

Ich sagte nichts mehr. Er ließ seine Hand auf meinem Arm liegen, und ich spürte, wie ihre Wärme nach und nach den Ärmel meines Mantels durchdrang. Ich fand es angenehm, war sehr müde. Die zum Fahren erforderliche Konzentration erschöpfte mich. Ich gähnte, bis mir die Augen tränten. In unserer dunklen, warmen Höhle waren wir von der Welt abgeschlossen ... ich nahm all meine Gedanken zusammen. Beinahe wäre ich eingeschlafen.

»Gott sei Dank ist es nicht mehr weit«, sagte ich schließlich. »Nur noch drei Kilometer von hier, und dann werden wir etwas essen und zu Bett gehen können. Ich kann es gar nicht erwarten ...«

Was auch immer ich sagen wollte, ging verloren, weil ich die Luft anhielt, dann einen Schrei ausstieß, als wir von der Straße abkamen und mit der Kühlerhaube in eine Schneewehe eintauchten.

»Sind Sie in Ordnung?« erkundigte ich mich, sobald mein Herz nicht mehr bis zum Hals schlug und ich sprechen konnte.

»Ja. Okay. Und Sie?«

»Nur ein kleiner Schock. Ich habe mir lediglich das Knie angeschlagen.«

»Ein kleines Abenteuer, he? Nun, Mrs. Stowe, was sollen wir jetzt tun?«

Ich legte den Rückwärtsgang ein und trat auf das Gaspedal. Von den durchdrehenden Rädern waren seltsame Geräusche zu hören, der Wagen ächzte und kippte dann noch einen halben Meter tiefer in den Graben.

»Ich glaube nicht, daß hier noch jemand entlangkommt.« Ich schaltete die Innenbeleuchtung ein und sah auf meine Uhr: »Zwanzig Minuten vor zwölf. Das ist auch in Hauptverkehrszeiten eine ruhige Straße. So weit ich mich erinnern kann, gibt es hier irgendwo in der Nähe eine Telefonzelle. Doch die wird uns leider auch nichts nützen.«

»Sie meinen, wir müssen aussteigen und laufen? Na gut. Drei Kilometer, sagen Sie? Das wird nicht lange dauern.«

Ich stellte den Motor ab, zog den Schlüssel aus der Zündung und holte die Taschenlampe aus dem Handschuhfach. Zum Glück hatte Ivor die Decke reingelegt.

»Sie haben nur den Mantel an, hoffentlich kommen Sie zurecht?«

»Gewiß. Ich werde warm sein wie Pastete.«

»Sie meinen wohl Toast.«

»Nein. Pastete. Pasteten sind warm.«

»Gut, wir wollen nicht streiten.«

Ich öffnete vorsichtig die Türe und setzte versuchsweise einen Fuß nach draußen. Mein Bein verschwand bis zum Knie im Schnee.

»Wir sollten lieber los. Erfreulich wird das jedenfalls nicht.«

Wir schwankten aus dem Graben und hinaus auf die Straße. Dort lag der Schnee barmherzigerweise nur vier bis fünf Zentimeter hoch. Im Geiste gab ich meinen geliebten schwarzen Abendschuhen aus geripptem Seidentuch den Abschiedskuß. Die Taschenlampe warf einen hellgelben Lichtstrahl auf das vielfach schattierte Grau. In den Bäumen, die bis auf eine undurchsichtige schwarze Präsenz nicht zu sehen waren, rauschte der Wind, und der Schnee fiel schwerelos und unermüdlich. Anfangs war es warm mit der Decke über Kopf und Schultern. Janòs legte einen raschen Schritt vor und nahm mir bald die Taschenlampe ab, damit ich meine Hände in die Ärmel schieben konnte. Keiner von uns beiden hatte Handschuhe dabei, und unsere Hände litten als erste.

»Kennen Sie Kapitän Scott? Den Antarktisforscher?« fragte ich.

»Nein.«

»Er wollte zu Fuß den Südpol erreichen. Um 1919.«

»Wofür?«

»Um als erster dort zu sein. Ein Norweger war auch dorthin unterwegs, ein Mann namens Amundsen, und es wurde zu einer Art Wettlauf.«

»Ein Wettlauf, haha? Ihr Engländer seid schon großartige Kolonisatoren.«

»Es war der Wunsch, erster zu sein, denke ich.«

»Ja, gut. Auf irgendeine Weise ist wohl jeder verrückt.«

»Es gibt einen Bericht von ihrer Reise mit dem Titel *Die schlimmste Reise der Welt*, den einer seiner Begleiter geschrieben hat. In der Antarktis bedeutet Winter natürlich ewige Nacht, und vierzig Grad minus sind ganz normal. Ihr Schweiß ist gefroren, so daß ihre Kleider steif wie Pappe waren, und da sie die Schlitten zogen, kamen sie aus ihrer gebückten Haltung gar nicht mehr heraus. Ihre Finger waren von Frostbeulen überzogen, und auch deren Flüssigkeit fror, so daß sie Hände wie Murmelsäckchen hatten. Sie brauchten jedesmal eine Stunde, um sich in ihre Schlafsäcke zu kämpfen. Ihre Zähne erfroren und splitterten ab. Ihre Zehennägel fielen ab.«

»Und jetzt denken Sie, das wird uns heute abend auch alles passieren?« Für Janòs schien dies eine spaßige Aussicht zu sein.

»Meine Füße sind tatsächlich schon kalt genug für Frostbeulen. Ich spüre sie schon gar nicht mehr. Hatten Sie Stelzen als Kind? Ich hatte welche, und ich komme mir vor, als ginge ich darauf.«

»Ich bin in Rußland gewesen. Dort muß man sich ständig die Nase mit Schnee einreiben, damit man keine Erfrierung bekommt. Das hier ist gar nichts. Ein bißchen kalt vielleicht. Sind sie denn als erste angekommen?«

»Wer? Oh, Scott. Nein, Amundsen kam als erster an, weil er Hunde vor die Schlitten gespannt hatte. Scott wollte das den Hunden nicht antun und hatte sich Schlitten mit Spezialmotoren anfertigen lassen. Aber die taugten nichts, die gingen ständig kaputt.«

»Ach du meine Güte! Ihr Engländer seid aber auch … verschroben!«

»Das finde ich nicht. Ich meine, es war richtig.« Ich vergaß sein phantastisches Klavierspiel und entrüstete mich, als er mit dem Lachen nicht aufhörte. Jetzt hatte er nichts mehr vom *maestro* an sich. »Sie wußten, daß die Bedingungen entsetzlich sein würden. Und da ist es eine Sache, ob man sich selbst ihnen aussetzt, aber eine gänzlich andere, sie anderen Geschöpfen zuzumuten.«

»Ja. Das stimmt schon. Werden Sie nicht wütend.«

»Sie hatten ein paar Ponys mitgenommen«, gab ich zu. »Ich sehe da zwar eigentlich keinen Unterschied. Und die haben sie dann am Fuß eines Gletschers erschossen, als sie nicht mehr weiterkonnten. Die Stelle habe ich als Kind immer verabscheut, weil ich diese Aktion immer als das Nonplusultra der Undankbarkeit empfand.«

»Dann haben also diese Männer das alles durchgestanden, um dann zu entdecken, daß ihnen jemand um … wie heißt es? … Haaresbreite vorausgekommen ist?«

»Zuvorgekommen. Schlimmer als das. Sie sind alle fünf umgekommen.«

Janòs warf seine Hände in die Luft und stieß einen tiefen Seufzer aus, sei es aus Bedauern ob dieses traurigen Endes oder aus Verwunderung über die menschliche Torheit. Er lief weiter zügig voran, mit erhobenem Kopf und geraden Schultern, als ginge er an einem milden Sommertag spazieren. Ich hätte gerne eine Pause gemacht, um in Ruhe durchzuatmen, aber ich wußte, daß die beißende Kälte, sobald ich stehenblieb, noch schlimmer sein würde. Und so schüttelte ich meine schönen, jetzt aber ruinierten Schuhe ab und ging weiter, wobei ich versuchte, nicht an meine Füße zu denken. Ich zog mir die Decke vor den Mund, da mich jedes Einatmen der eisigen Schneeluft im Hals schmerzte, und für eine Weile gingen wir schweigend weiter. Ich dachte nicht mehr an Scott und die Antarktis, sondern stellte mir vor, Soldat in Napoleons Armee zu sein, die sich von Moskau auf dem Rückzug befand und sich Tausende von Kilometern durch Birkenwälder und Permafroststeppe schlug.

»Ah! Es hat zu schneien aufgehört«, sagte Janòs und nahm seine Hand aus der Tasche, um sie mir auf die Schulter zu legen. »Sehen Sie, wie wundervoll. Da ist der Mond.« Er hatte recht. Es war verblüffend schön. Als das Mondlicht durch ein Loch in den Wolken herabfiel, wurden die Bäume und die Straße für einen Augenblick zu einem Intaglio aus Knochenweiß, Schiefergrau und Silber. Kein Eulenschrei, kein Fuchsgebell, selbst der Wind hatte seine Seufzer zu einem weichen Hauchen gedämpft. »Hinreißend. Ich bin hingerissen.« Er sah zu mir herab, als er das sagte. Verlegen wandte ich mein Gesicht ab, um dem forschenden Blick seiner dunklen Augen zu entgehen. »Ist es noch weit? Ist Ihnen sehr kalt, arme Mrs. Stowe?«

Ich schüttelte den Kopf. Um sprechen zu können, hätte ich die Decke von Nase und Kinn ziehen müssen. Gleich würden wir die Auffahrt erreichen. Jetzt war mir kaum noch bewußt, daß ich lief. Ich hörte den knirschenden Schnee unter meinen Füßen, spürte das Gewicht meiner Kleider und das feuchte Kratzen der Decke über meinem Gesicht. Als wir in die Auffahrt einbogen, schloß ich meine Augen und zuckte zusammen, so sehr schmerzten und brannten sie. Ich hielt sie geschlossen, und geleitet von Janòs' Arm gingen wir stolpernd und rutschend wie im Traum hoch zum Haus.

»Ha! Die Feuerprobe ist bestanden. Hier ist das Haus«, sagte Janòs.

Das Licht der Dielenfenster fiel auf die weichen weißen Hügel der Blumenbeete. Janòs stieß die Eingangstüre auf. Jasper kam freudewinselnd auf mich zugerannt, seine Pfoten scheuerten auf den Steinplatten. Ansonsten war es still im Haus. Auf dem Tisch in der Eingangshalle standen eine Flasche Whisky, eine Thermoskanne, Becher, Gläser und eine mit einer Serviette zugedeckte Platte.

»Sandwiches! O wunderbar! Ich muß was essen. Und Sie müssen auch essen. Setzen Sie sich.«

Janòs drückte mich hinunter auf die Treppenstufe, und als nächstes erinnere ich mich daran, daß ich einen Becher mit brühheißem Kaffee in der Hand hielt. Als ich ihn trank, spürte ich, wie er mir in Kehle und Brust brannte.

»Gut. Jetzt essen.«

Es war mühsam zu essen. Mein Gesicht schmerzte, als ich meine Wangenmuskeln bewegte. Janòs hatte vier Sandwiches vertilgt, ehe ich mein erstes geschafft hatte. Ich glaube, es waren Eier mit Brunnenkresse. Ich gab den Rest meines Sandwiches Jasper und ließ dann meine Hand auf seinem glatten, warmen Kopf liegen. Das Dielenlicht brannte bernsteinfarben und flackerte durch das Whiskeyglas in Janòs' Hand. Mir fielen die Augen zu.

»Kommen Sie. Sie müssen ins Bett.«

Ich kann mich nicht erinnern, je im Leben etwas so Anstrengendes gemacht zu haben wie dieses Treppensteigen. Ich war zu schwach, um meine Beine richtig durchzustrecken.

»Welches ist Ihr Zimmer?«

»Das hier.«

Janòs öffnete die Tür, knipste das Licht an und hob mich ins Bett. Ich lag mit geschlossenen Augen da und bekam halb mit, daß ein Streichholz entzündet wurde und bald darauf Zweige und Kienspäne zischten. Mich packte ein schmerzhafter Schüttelfrost.

»Kommen Sie. Trinken Sie mehr Kaffee.«

Er schmeckte ganz seltsam. Vielleicht waren meine Geschmackspapillen erfroren.

»Da. Ich mache jetzt die Lampe aus. Jetzt haben wir nur noch das Licht des Kaminfeuers. Bald werden Sie die Wärme spüren. Ich werde Sie jetzt ausziehen, aber Sie müssen mir helfen. Nein, stellen Sie sich nicht an ... Sittsamkeit ist jetzt nicht angesagt. Sie werden krank, wenn es Ihnen nicht warm wird.«

Ich versuchte zu helfen, aber meine Finger waren nicht zu gebrauchen. Als er mir das Kleid abstreifte, gab es ein Geräusch, als risse etwas, aber ich achtete nicht weiter darauf. Dann wurde ich zwischen Laken und Daunendecke geschoben. Ich machte die Augen wieder auf und sah Janòs, der am Fußende meines Bettes saß und mir die Füße warm rieb. Es war die reinste Folter, als wieder etwas Gefühl in sie kam. Dann rieben seine Hände mir den Rücken. Plötzlich wurde mir klar, daß er sich auszog.

»Was tun Sie da? Das ist wirklich keine gute Idee.«

»Ich werde Sie mit meiner Körperwärme wärmen und zugleich die Sandwiches aufessen. Ich hoffe, ein paar Krümel stören Sie nicht. Ich passe auf, aber Sie wissen ja, ganz vermeiden läßt es sich nicht.«

Er kam zu mir ins Bett. Sein Körper strahlte eine köstliche Wärme aus, und es fehlte mir an Entschlossenheit, von ihm abzurücken.

»Ah, das ist besser!«

Er schob einen Arm unter meine Schultern, und ich legte meinen Kopf auf seine Brust, während er weiteraß. Ich warf einen verstohlenen Blick zu ihm hoch, und er lächelte auf mich herab, seine Augen schwarz und höchst vergnügt, während er zufrieden das letzte Sandwich in sich hineinmampfte.

»Ich denke, ich mache den Whiskey alle.«

»Ob das gut ist?« murmelte ich. »Es war mindestens eine halbe Flasche.«

»Ihr Engländer ... immer korrekt, selbst wenn ihr vor Kälte umkommt. Ein Drittel davon haben Sie getrunken. Ich habe ihn in Ihren Kaffee getan.«

Das erklärte den seltsamen Geschmack und das brennende Gefühl, das ich jetzt im Magen hatte. Ich trank aus Prinzip keinen Whiskey, weil ich den Geschmack nicht ausstehen konnte.

»Besser jetzt?«

»Viel besser. Noch ein bißchen zittrig, aber sonst ganz gut. Sehr angenehm.«

»Ich trinke den Kaffee, wenn Sie keinen mehr wollen.«

Ich schüttelte den Kopf und schloß die Augen. Ich war weder zu betrunken noch zu müde, um nicht zu wissen, daß ich nackt mit einem Mann im Bett lag, der auch nackt war und den ich erst seit dem Nachmittag kannte. Aber zweifellos trugen Alkohol und Erschöpfung dazu bei, daß ich mich in einer solchen Situation befand. Ich entglitt in einen köstlichen Traum.

Ich tanzte, schwebte fast zu bezaubernder Musik. Irgend etwas hielt mich im Nacken zurück, und es war mir unmöglich, mein Gesicht nach oben zu wenden, um zu sehen, wer mein Partner war. Ich konnte nur sein Frackhemd und die wunderbare schwarze Perle sehen, die er als Kragenknopf trug.

Dann bemerkte ich, daß er statt einer Smokingjacke einen grauen Militärmantel trug, rauh und voller Schmutzflecken. Dank der Vorhersicht des Träumenden war ich nicht verwundert, mich in der Schlacht von Borodino wiederzufinden. Zur Linken erkannte ich die Feldschanze von Schewardino. Pulverdampf hing wie eine bittere Wolke in der Luft. Ich rang nach Luft, als mein Partner mich fester an sich drückte. Es war ein fürchterlicher Lärm und ein Durcheinander, ständig hallte Kanonendonner. Jetzt schnürte mir der Griff um meine Taille fast die Luft ab. Ich konnte kaum noch atmen. Eine Musketensalve knatterte mir in die Ohren. Ein rostroter Fleck tauchte auf der Brust meines Gegenübers auf und wurde rasch größer, während ich fasziniert darauf starrte. Der Druck auf meiner Brust ließ nach. Ich blickte nach oben und sah Jacks weißes, totes Gesicht.

»Wie spät ist es?« murmelte ich, als ich meine Augen aufschlug. Mein Nacken, der auf Janòs' Arm gelegen hatte, war steif. Es müssen seine Herzschläge gewesen sein, die mich von Kämpfen träumen ließen. Auch mein Herz schlug heftig.

»Zwei Uhr. Ich habe gerade eine Glocke schlagen hören.«

»Das ist die Turmglocke der Remise.«

»Stehen da Kutschen drin?«

»Nein. Autos. Im Landauer herumzufahren, sähe ein wenig albern aus, finden Sie nicht. Außerdem würde man dann überallhin sehr lange brauchen.«

»Sie hätten wenigstens ›Automobil‹ sagen können. Ich studiere nämlich Englands großartige Kultur. Als Junge las ich alles auf Englisch, was mir in die Hände fiel. Mein Lehrer besaß viele Bücher einer Schriftstellerin namens Gertrude Rince. Haben Sie von ihr gehört?« Ich schüttelte den Kopf. »Alle ihre Figuren, Herzöge und Gräfinnen, leben überaus glücklich in riesigen Häusern und spielen jeden Abend Billard, dazu gibt es Weinbrand und Soda. Sie haben Dienstboten und viel Geld und große Besitztümer. Sie sind unglücklich in der Liebe, aber das vergessen sie alles bei glänzendem Tennisspiel oder Abendessen mit zehn Gängen. Die Herzöge sind verrucht, aber für gewöhnlich gibt es einen interessanten Sekretär, einen lustigen Bischof und einen bewundernswerten Butler.« Ich empfand größten Respekt vor der Vorstellungsgabe von Miss Rince. »Ich liebe diese Bücher. Doch Sie können sich meine Enttäuschung vorstellen, als ich am Flughafen Heathrow lande, ein Junge von neunzehn Jahren, und sehe statt wunderschöner Rasenflächen und Seen und Pfauen eine schreckliche … *hiba* … Düsterkeit, schreckliche Häuser und Straßen und Verkehr.«

»Das muß ein Schock gewesen sein«, ich lächelte. Der Alptraum war auf dem Rückzug. »Aber Sie haben doch nicht erwartet, daß wir alle so leben?«

»Doch. In diesen Büchern lebt selbst das hübsche, aber unwürdige Mädchen, das sich in den stattlichen jungen Herrn aus dem großen Haus verliebt, der sie vernichten wird … ist vernichten das richtige Wort? … also selbst so ein Mädchen lebt in einem hübschen Dorf-Bungalow …«

»Sie meinen bestimmt Landhaus …«

»Ja, das stimmt, ein Landhaus, mit Kätzchen und diesen Blumen … Destomehrdestoschöner. Sie lachen. Das ist gut. Wenn Sie lachen, sind Sie besonders schön.«

»Jelängerjelieber. Diesen Strauch nennt man Jelängerjelieber.«

»Und das soll weniger lustig sein. Ich finde das genauso lächerlich.«

»Tut mir leid, daß Sie von England so enttäuscht sind.«

»Na ja, das war vor vierzehn Jahren. Seitdem bin ich fünfmal in England gewesen und habe Lords und Ladys kennengelernt und bin in ihren großen Häusern gewesen. Aber sie sehen aus wie andere Menschen auch, oft häßlich, nicht gut gekleidet, und sie sind ungebildet wie Hunde. Mit ihnen läßt sich kein Roman schreiben. In meinen Büchern kennen sich alle mit Dichtung und Musik aus und sind sehr schön. Oh, diese Lady Alice, so kalt und deprimierend! Sie sagt zu mir nach dem Spiel ›Sehr nett, Mr. Desky‹. Nett! Diese Frau ist eine Törin und sieht außerdem wie ein Stuhlbein aus. Ihr englischen Frauen seid zu dünn. Auch Sie, Mrs. Stowe, sind ein bißchen zu dünn. Waren Sie zu traurig, um nach dem Tod Ihres Mannes etwas zu essen?« Er strich mit seiner Hand meinen Körper entlang und ließ sie auf meiner Hüfte liegen.

»Sollten Sie jetzt nicht in Ihr Zimmer gehen? Sie werden sicherlich auch Schlaf brauchen.«

»Wie sollte ich an Schlaf denken, wenn ich mit einem wunderbaren Mädchen nackt im Bett liege? Außerdem schlafe ich nie nach einem Konzert. Ich bin zu, wie sagt man ... aufgeladen? Wenn Sie erlauben, würde ich jetzt gerne mit Ihnen Liebe machen. Ich fand nur, Sie sollten zuerst ein wenig schlafen und warm werden. Ich warte geduldig, aber jetzt fühlen Sie sich köstlich an.«

»Einen Moment!« Ich setzte mich im Bett auf und sah mich nach meinem Nachthemd um. »Ich denke, Sie setzen zu viel als selbstverständlich voraus.«

»Sie finden mich nicht anziehend?«

»Ja. Nein. Das ist es nicht. Ich weiß es nicht.«

»Aber was wollen Sie denn? Wir haben uns lange unterhalten. Ich fühle auch, daß wir uns noch viel, viel mehr zu sagen haben. Und was vielleicht noch wichtiger ist, Sie haben so reizend in meinen Armen geschlafen. Wollen Sie, daß ich Ihnen viele Monate lang den Hof mache, wie in den Geschichten? Nun, ich tue es, wenn es sein muß, aber es ist eine Schande.«

»Ich möchte nicht, daß Sie mich lieben, weil es so bequem ist. Nur weil Sie einen romantischen Traum von englischen Frauen haben und nach einem Konzert nicht schlafen können ... es muß schon ein bißchen mehr dahinter sein.«

»Ah, verstehe. Sie denken falsch. Ich möchte Sie nicht aus Bequemlichkeit lieben. Läge ich jetzt im Bett von Lady Alice, würde ich ihr höflich gute Nacht sagen und darauf hoffen, daß sie mir nicht alle Decken wegzieht.«

Ich mußte gegen meinen Willen lachen. »Aber die bloße Tatsache, daß Sie mich nicht abstoßend finden, reicht nicht ...«

»Für ein kluges Mädchen sind Sie reichlich dumm. Schon im ersten Moment, als ich Sie sah, habe ich mir gesagt, dieses Mädchen ist wunderbar. Ich begehre sie. Vor allem anderen möchte ich mit ihr Liebe machen.«

»Das alles haben Sie sich in der Viertelsekunde gesagt, die Sie mir widmeten, ehe Sie sich ans Klavier setzten? Sie müssen ein schneller Denker sein.«

»Ich würde sagen, es war noch mehr, aber es wäre nicht gut,

Ihnen alles mitzuteilen, was mir durch den Kopf ging, so sarkastisch wie Sie sind. Jetzt, da ich Sie kenne, fühle ich noch mehr als das. Es ist nicht körperliches Begehren. Wenn das auch sehr stark ist. Entsetzlich stark, wie der Unheil bringende Held sagt. Es ist etwas anderes. Obwohl unser Leben, unsere Erfahrungen so unterschiedlich sind, empfinde ich doch Sympathie für Sie. Spüren Sie das?«

Er sah mich feierlich an. Ich mochte ihn. Und die Wahrheit war natürlich, daß ich neben einer fast peinlichen Schwärmerei für sein Klavierspiel in ihm auch den wahrscheinlich anziehendsten Mann sah, der mir je begegnet war. »So einfach ist es aber nicht ...«, fing ich an. »Da sind die Kinder, und da ist Maeve.«

»Die Kinder schlafen. Verzeihen Sie mir, aber ich kann nicht sehen, was die damit zu tun haben sollen. Fragen Sie sie jedesmal, bevor Sie mit einem Mann schlafen?«

»Nein, natürlich nicht.«

»Und was hat Maeve damit zu tun?«

»Nun ...« Da war ich in einer Zwickmühle. Es wäre sicher ein Vertrauensbruch unserer Freundschaft gewesen, wenn ich Janòs erklärte, daß sie ihn schon für sich selbst eingeplant hatte. »Ich denke, sie sieht Sie als *ihren* Freund an, und ...«

Janòs ließ mich nicht aus den Augen, fragend schob er eine Braue nach oben.

»Ist es, weil Sie Ihren Mann vermissen? Haben Sie Angst davor, unglücklich zu sein, daß nicht er es ist? Das kann ich verstehen, armes Mädchen.«

Ich fand seine Haltung sehr ungewöhnlich. Vermutlich würde diese Vorstellung die meisten Männer sogar noch anstacheln. »Nein. Das ist es wirklich nicht. Ich kann es nicht erklären ...«

»Ich kann es. Sie denken über alles viel zuviel nach. Sie haben Angst, weil Sie verletzt worden sind. Sie wollen nicht wieder lieben und verletzbar sein.«

Als Janòs das sagte, spürte ich einen derart heftigen Schmerz, daß mir die Augen tränten. Er hatte, mehr als ich vielleicht wußte, das Problem absolut auf den Punkt gebracht. Er senkte seinen Kopf und küßte meine Augenlider.

»Weinen Sie nicht, Mrs. Stowe, das brauchen Sie nicht. Sie werden schon sehen.«

Er küßte mich wieder, diesmal auf den Mund. Jetzt weinte ich wirklich. Ich war wütend auf mich. Das war nicht der richtige Zeitpunkt. Natürlich hatte diese verdammte Musik gefährliche Emotionen freigesetzt.

»Ja, weinen Sie. Sie müssen weinen. Mein armes, schönes Mädchen.«

Er küßte mich wieder. Ich erwiderte seinen Kuß. Ich konnte nichts machen, mir fehlte jegliche Widerstandskraft. Jack war mein erster und einziger Liebhaber gewesen; für mich ein guter, weil ich es genossen hatte und so viele andere Frauen alles mögliche riskiert hatten, um ihn in ihre Betten zu bekommen. Im Vergleich dazu war Janòs zu lieben so verschieden wie Schießen und Singen. Wenn Jack liebte, blieb immer eine Art Ferne, er spielte sein Spiel auf seine Art und gab die Kommandos. Manchmal hatte ich den Eindruck, eine Maschine zu sein, die meisterhaft zerlegt wurde.

Die Zartheit und Selbstlosigkeit Janòs' überraschte mich. Die Intensität seines Klavierspiels war auch in seiner Liebeskunst zu spüren. Er sprach zu mir, zuerst auf englisch, und dann, als unser Verlangen sich immer mehr steigerte, auf ungarisch. Ich vergaß die Schmerzen in meinen Füßen, vergaß, daß wir uns fremd waren, daß ich für diese Verzückung womöglich zahlen mußte. Am besten aber war, daß ich Jack vergaß.

Irgendwann danach seufzte er und legte seinen Kopf auf meinen ausgestreckten Arm.

»Herrlich! Danke dir, meine Liebe, mein Schatz Miranda. Ich sage dir jetzt die Wahrheit. Ich habe nie zuvor mit einer Frau so gute Liebe gemacht.«

»Es war ... einfach himmlisch!«

»Ja? Ich wußte, daß du es ein wenig genießt. Das weiß man immer. War es am Ende dann doch Mr. Csodálatos? Mr. Wunderbar! Ah, wie schön, dich lachen zu hören!«

Kapitel 11

Der Tag füllte mein Schlafzimmer mit blendendem Licht. Als ich ins Wachbewußtsein zurückkehrte, hatte ich das Gefühl zu schweben. Es konnte nicht sein, daß ich so glücklich war. Ich streckte meine Hand aus, um nach Janòs zu tasten.

»Mama?« tönte Elizabeths Stimme von der Türe her.

Ich setzte mich auf und blickte mich beunruhigt um. Ich war allein im Bett.

»Was ist los?« Elizabeth starrte mich aus ihrem weißen Mandaringesicht bohrend an. »Du wirkst so erschrocken.«

»Es ist nichts, mein Schatz. Ich habe noch halb geschlafen. Meine Güte, wie klar dieses Licht ist! Dieser ganze schöne Schnee. Was hast du denn im Gesicht?«

»Es heißt ›Porcelain Lily‹. Tante Nancy hat es im Badezimmer vergessen. Es ist ein tolles Töpfchen.«

»Hoffentlich schadet es deiner Haut nicht.«

»Du denkst immer, alles ist schlecht für mich«, sagte Elizabeth ungeduldig. »Das untergräbt mein Selbstbewußtsein. Wenn ich weggehe, denkst du, ich gerate unter einen Bus, werde von Puck abgeworfen oder rutsche zwischen Zug und Bahnsteig. Bleibe ich da, ersticke ich an der Verschlußkappe des Füllers oder stürze ins Feuer oder trinke versehentlich eine Flasche Wäschebleiche. Es ist ein Wunder, daß es mich noch immer gibt und ich nicht voller Narben bin.«

»Entschuldige, Liebes. Ich weiß, daß ich überängstlich bin. Das kommt aber daher, weil ich dich liebe.«

Elizabeth verzog ihr Gesicht zu einer Miene des Ekels.

»Mir wäre ehrlich gesagt lieber, du würdest mich ein bißchen weniger lieben und mir ein bißchen mehr Freiheit geben. Marlenes Mutter sagt, daß Marlene mehr Verstand hat als sie selbst und Marlenes Vater zusammen. Sie läßt Marlene tun, was sie will.«

»Na ja, von dem wenigen, was ich über Marlenes Eltern weiß, halte ich das durchaus für möglich.«

Ich ließ es mir nicht anmerken, daß ich an Mr. und Mrs. Cooper denken mußte, die, falls man dem Dorfklatsch trauen durfte, ihr Haus mehrmals in Brand gesteckt hatten, weil sie im Bett rauchten, und die an Samstagabenden oft vor dem Magpie and Stump gesehen wurden, wie sie sich gegenseitig verprügelten.

»Ich sehe nur nicht ein, warum unser Leben nach dem Diktat der Coopers ablaufen sollte.«

»Du bist ein ganz fürchterlicher Snob, Mama. Wahrscheinlich bin ich das einzige Mädchen in der Klasse, das nicht zum großen Hockeyspiel der Schulen gehen darf.«

»Na gut, wenn du da wirklich hin willst ... wann ist das denn?« Es hörte sich harmlos, wenn auch peinlich geistlos an. Wahrscheinlich war ich wirklich zu streng mit den Kindern. Jack hatte mir oft vorgeworfen, daß ich viel zu ängstlich sei, was sie anging. Und jetzt war nicht der richtige Zeitpunkt, mich mit Elizabeth zu streiten. Wichtig schien mir nur, daß die Kinder spürten, sich mir anvertrauen zu können.

»Am Freitag, von sieben bis zehn Uhr.«

»Das ist aber eine merkwürdige Zeit für so etwas. Da ist es doch bestimmt schon zu dunkel, um den Ball sehen zu können?«

Elizabeth stieß wieder einen Seufzer aus. »Auf dem Spielfeld gibt es Flutlicht, ehr-lich.« Das letzte Wort dehnte sie so in die Länge, daß ich ihr am liebsten eine Ohrfeige verpaßt hätte, obwohl ich nie etwas davon gehalten hatte, Kinder zu schlagen, und es auch Jack untersagt hatte. »Gut. Dann werde ich mich eintragen.« Sie verschwand und stieß dann die Tür wieder auf. »Übrigens sitzt der Pianist unten und frühstückt. Er ist wirklich dufte, oder? Mir ist aufgefallen, daß Jenny das Kleid angezogen hat, das du ihr geschenkt hast, und in der Küche fast Pirouetten dreht.«

Als die Tür ins Schloß fiel, wurde mir bewußt, daß das ganze Gespräch nur ein Manöver gewesen war, um von mir die Erlaubnis für das Hockey-Spiel zu bekommen. Sollte ich Miss Weston-Waite anrufen, um es zu überprüfen? Meine Güte, wie argwöhnisch ich doch war! Vielleicht hatte Elizabeth ja wirklich recht, und ich untergrub tatsächlich ihr Selbstbewußtsein. Die Uhr im Glockenturm der Remise schlug neunmal. Ich warf mir einen Morgenmantel über und eilte in Roses Zimmer. Sie wartete schon geduldig auf mich. Es freute mich, daß Jenny daran gedacht hatte, ihr eine Tasse Tee zu bringen.

»Tut mir leid, meine Liebe. War schrecklich spät gestern abend. Der Wagen ist in einen Graben gerutscht, und wir mußten das letzte Stück zu Fuß gehen.«

Ich nahm ihren Wollspenzer und ihren Unterrock.

»Die Bewegung scheint dir aber sehr gutgetan zu haben.« Rose sah mir forschend ins Gesicht. »So hast du schon lange nicht mehr ausgesehen.«

»Es war ein zauberhaftes Konzert.«

»Muß wohl.«

Wir schwiegen, als ich mich mit Roses Baumwollstrümpfen abmühte.

»Hoffentlich machst du nichts Unüberlegtes, mein Mädchen.«

Ich lachte.

»Ich weiß nicht, was du denkst, Rose, aber du brauchst dir keine Sorgen zu machen.«

»Ich habe mich gestern schon gefragt, als ich ihn sah. Ich dachte mir, der ist einfach zu hübsch, um auch gut für jemand zu sein.«

Als Rose und ich in die Küche kamen, stand Janòs, der neben Henry am Tisch saß, höflich auf. Rose nickte ihm kühl zu. Ich bückte mich, um Jasper zu streicheln, brauchte ein paar Minuten, um mein Gesicht an einen unbeteiligten Ausdruck zu gewöhnen. Als ich schließlich meinen Kopf hob, blickte er mich an, und sofort hatte ich das Gefühl, meine verräterischen Knie würden wie Blumenstengel unter mir einknicken. Ich genehmigte mir ein dezentes Lächeln. Rose gab einen Laut zwischen Stöhnen und Seufzen von sich.

Mit einer merkwürdig schwungvollen Bewegung, die fast einem Knicks gleichkam, stellte Jenny einen Teller mit Würstchen, Schinken und Eiern vor Janòs. Er dankte ihr mit einem Lächeln, und sie ließ das Geschirrtuch fallen, das sie in der Hand hielt.

»Darf ich Ihnen einen Toast einschenken?« fragte ich und nahm die Kaffeekanne.

»Mama!« kicherte Henry. »Du bist heute morgen aber komisch drauf. Und du trägst doch sonst am Sonntag keinen Rock, höchstens wenn jemand zum Mittagessen kommt. Warum hast du Lippenstift aufgelegt?«

Die Probleme, in einem großen Haushalt irgendeine Art von Liaison zu unterhalten ... ich zögerte, es eine Liebesgeschichte zu nennen, denn vielleicht setzte ich da zuviel voraus ..., wurden mir mit aller Entschiedenheit deutlich gemacht. Elizabeth kam herein und setzte sich Janòs gegenüber. Er stand auf und verbeugte sich ein wenig vor ihr. Ich sah ihr an, wie sehr sie das aufwühlte. Während sie sich zurücklehnte und ihren Toast mit Marmelade kaute, richteten sich ihre Augen immer wieder auf sein Gesicht. Ich hoffte nur, daß dieser grimmige Blick, der ihn durch die kräftig getuschten Wimpern traf, ihn nicht vom Frühstücken abhielt.

»Muß ich denn heute abend wirklich wieder zurück in die Schule, Mama?« jammerte Henry. Er schien als einziger von uns nicht der Faszination von Janòs zu erliegen.

»Ja, mein Liebling, du hast ohnehin schon so viel verpaßt. Meinst du nicht, du schaffst das?«

»Natürlich schafft er das«, mischte Elizabeth sich ein. »James und ich gehen schon seit Wochen wieder hin. Warum wird bei Henry eine Ausnahme gemacht?«

»Du bist ja nur auf einer dummen alten Tagesschule. Und James ist schon fast erwachsen«, maulte Henry, ehe ich etwas sagen konnte. »Außerdem habe ich ein besonders eindrucksvolles Wesen. Das hat mein Erzieher gesagt! Ich brauche länger, um über Dinge hinwegzukommen.«

»Er meint wohl eindrucksfähig?« schlug ich vor, als Elizabeth Tee über den Tisch prustete. »Hat er das wirklich gesagt? Mehr als die anderen Jungs? Ich frage mich nur, warum?« Ich denke, wenn die Lehrer wüßten, wie begierig ihre Worte gewogen werden (ohne sich im allgemeinen daran zu halten), würden sie von solchen hingefetzten Kommentaren über ihre Schüler absehen. »Würdest du bitte ein Taschentuch benutzen, Elizabeth? Ich finde wirklich, Henry, daß es an der Zeit ist, zur Normalität zurückzukehren. Wir müssen uns alle sehr anstrengen und sehr tapfer sein …«

»O Gott, keine Predigt bitte!« fiel mir Elizabeth ins Wort. »Diese ganz Kacke hören wir schon immer bei der Schulversammlung.«

»Elizabeth!« Rose war schockiert. »Eine solche Sprache gehört sich nicht am Frühstückstisch!«

»Okay, wenn nun wirklich jeder glaubt, das Recht zu haben, mich herumkommandieren zu können, werde ich wohl am besten mal zum Stall abdüsen. Ich weiß wirklich nicht, warum du hierbleiben willst, Henry. Hier ist es doch hoffnungslos beschissen.«

Sie strich sich dick Butter auf eine große Scheibe Toast, verteilte zwei gehäufte Löffel Marmelade darauf, ließ Janòs in den vollen Genuß eines glühenden Schmollmundes kommen und trabte aus dem Raum.

»Meine Güte«, sagte ich und schaute ihr nach. »Es tut mir leid, Rose. Du weißt doch, wie gern sie dich hat.«

»Das weiß ich. Und ich kann mich auch noch an ihre Mutter erinnern, als die vierzehn war. Ich lasse mich von jugendlicher Grobheit nicht verletzen. Sie möchte verletzen, wie sie verletzt wurde.«

»Ich hoffe, du meinst das auch noch, wenn ich in das Alter komme«, sagte Henry. »Bis ich soweit bin, ist es meiner Erfahrung nach jeder leid, tolerant zu sein und Verständnis zu haben, und ich bekomme nur noch eins über die Ohren.«

Unser Gelächter verdarb das Pathos, mit dem er dies vortrug.

»Du wirst mit allem ungestraft davonkommen, junger Mann«, meldete sich Jenny voller Bewunderung. »So hübsch und klug wie du bist. Da weint Bridie. Soll ich sie Ihnen bringen, Miss Ingrams? Ich kümmere mich wohl besser um den Abwasch.«

»Henry und ich werden abwaschen«, sagte ich rasch. »Rose sieht sehr müde aus.«

»Ich wußte es ja!« Henry war beleidigt. »Nur weil ich nicht Türen schlagend aus dem Zimmer renne, bekomme ich all die lausigen Arbeiten aufgehalst. Ich werde mal nachsehen, ob Elizabeth mit Puck Hilfe braucht.«

Janòs schien sich von diesem ungezügelten Familienleben nicht aus der Ruhe bringen zu lassen. Er aß sein Frühstück und trank seinen Kaffee mit einer Miene entspannter Zerstreutheit. Aber in dem Augenblick, als Rose aufgestanden war und ihren üblichen Stuhl am Herd eingenommen hatte, beugte er sich über den Tisch, nahm meine Hand und führte sie an seine Lippen. Sofort erfaßte ein schockartiges Beben meinen Körper von den Haarspitzen bis zu den Zehen.

»Ich muß heute noch nicht abreisen«, sagte er sehr leise. »Ich kann auch bis morgen bleiben.«

»Sie brauchen nicht zu flüstern, Mr. Dexie«, sagte Rose mit ernster Stimme, »es macht mir nichts aus, hinauszugehen, falls Sie etwas Besonderes zu besprechen haben.«

»Janòs bleibt bis morgen hier, Rose.« Ich bemühte mich um einen normalen Tonfall, aber ich hätte vor Freude kreischen können. »Es ist eine wunderbare Gelegenheit für ihn, sich auszuruhen und ein wenig mehr von Kent zu sehen.«

»Ach, wir sollten Miss Ingrams nicht anschwindeln. Anschwindeln ist ein Gertrude-Rince-Wort. Habe ich das richtig gesagt? Die Attraktion ist Mrs. Stowe, wie die weise Miss Ingrams längst bemerkt hat. Wenn ich jetzt vielleicht das Klavier benützen dürfte, denn ich muß heute morgen üben.«

»Gewiß. Soll ich in einer Stunde Kaffee bringen?«

»Dazu sage ich nicht nein, denn dann sehe ich Ihr Gesicht für einen Augenblick und es spornt mich an. Oh, die Zerstreuung einer schönen Frau! Was wir Männer doch alles aushalten müssen!«

Er ging mit einem ganz besonderen Lächeln auf den Lippen. Mir war klar, daß er Rose damit hatte aufziehen wollen.

»Du solltest gut auf dich achtgeben, Miranda. Dieser Mann ist gefährlich«, meinte Rose kratzbürstig.

»Gefährlich? Wie meinst du das?« Ich stellte mich an die Spüle und machte mich an den Abwasch, um mein Gesicht zu verbergen, das Henry wohl schmalzig genannt hätte.

»Er ist zu jung, sieht zu gut aus und bietet zu … zu wenig Angriffsfläche. Ein Mann muß kleine Schwächen haben, um ein guter Ehemann zu sein. Wenn er Glück hat, kann die Frau diese Schwäche sein. Männer trachten nicht nach dem Zustand der Gnade. Sie können da nur hineinstolpern.«

»Du lieber Himmel, Rose! Sind das nicht etwas gewagte Gedankensprünge? Ich bin Janòs gestern nachmittag zum ersten Mal begegnet.«

»Und es kann sehr viel passieren, ehe ein Tag um ist. Du brauchst mir nichts zu erzählen. Das sehe ich selbst. Ich weiß, wie unglücklich dieser Mann dich gemacht hat.« Ich begriff, daß sie jetzt von Jack sprach. »Aber um so leichter könntest du jetzt einen Fehler machen. Ich bin alt und bereit abzutreten. Sei du vorsichtig und laß mich in Frieden gehen.« Ich sah sie mir sehr genau an, als sie das sagte, und aus einem Impuls heraus ging ich zu ihr und gab ihr einen Kuß. »Jetzt machst du mich voll Seife. Ich werde jetzt die Augen ein paar Minuten zumachen.«

Ich machte den Abwasch in der Küche fertig und ging dann in die Diele, um meinen Mantel zu holen. Ein Oktavendonner dröhnte aus dem Wohnzimmer. Ich machte die Eingangstüre auf und lief in einem Glücksrausch und voll schuldbewußter Vorfreude hinaus. Der Wagen stand in der Einfahrt, er hatte ein paar Kratzer abbekommen, war aber im übrigen unbeschädigt. Ich fuhr durch das verschneite Dorf hinunter zu Maeves hübschem Landhaus, das ganz für sich allein neben einem kleinen Mühlbach stand. Nicht einmal das Wissen, ein unerfreuliches Geständnis ablegen zu müssen, konnte meine Aufregung bändigen.

Maeve öffnete mir die Tür. Sie trug ein weißes Nachthemd mit eingerissener Spitze und einen schlampigen rosafarbenen Morgenmantel mit Straußenfedern. Sie sah furchtbar blaß aus, hatte dunkle Ringe unter den Augen. Sie guckte auf mein bemüht unbewegtes und ernstes Gesicht.

»Ach du liebe Zeit! Du brauchst mir gar nichts zu sagen. Und es war wunderbar. Na gut, komm rein. Ich wußte ohnehin, daß es dazu kommen würde. Das Leben ist einfach Scheiße!«

»O Maeve! Es tut mir so leid!«

»Unsinn! In meinem ganzen Leben habe ich keinen gesehen, der weniger nach leid tun aussah als du. Setz dich.« Sie deutete auf ein Sofa, auf dem indische Tücher drapiert waren und zwei schlafende Katzen lagen. Ich entfernte Teile einer Fischgräte, ehe ich mich zwischen die beiden zwängte. Die Kaminecke nahm fast eine ganze Wand ein. Darin türmten sich brennende Holzscheite, und man kam fast um vor Hitze. Eine Sitar wimmerte aus dem Plattenspieler eine schillernde Raga, und es roch betäubend nach Räucherstäbchen.

»Wie geht es dir? Ich habe dir ein paar Eier gebracht.« Ich hielt ihr eine Schachtel mit den blauen Eiern meiner Aracaunahennen hin, die Maeve so gern mochte.

»Da braucht es schon mehr als ein halbes Dutzend Eier, um diesen üblen Verrat wieder gutzumachen.«

»Es tut mir wirklich leid ...«

»Och, jetzt sei nicht dumm! Es ist schon in Ordnung, echt. Ich hätte gestern nacht nicht mit ihm ins Bett gehen können. Dazu war ich wirklich zu krank. Und es ist ja nicht so, daß ich Ansprüche auf ihn erheben könnte. Ich wußte, daß ich ihn in dem Augenblick verloren hatte, als ich den Gedanken aufgeben mußte, zum Konzert zu gehen.«

Maeves Vermutung, daß ich sexuell leicht herumzukriegen war, ärgerte mich ein wenig. Wenn ich aber darüber nachdachte, war genau das der Fall gewesen.

»Es war nicht beabsichtigt. Es ist nur passiert, weil der Wagen in einem Graben steckengeblieben ist und wir zu Fuß gehen mußten. Als wir nach Hause kamen, war ich durchgefroren, und Janòs hat mich sehr liebevoll aufgetaut.«

Maeve zuckte zusammen. »Kann ich mir vorstellen. Mal es bitte nicht zu sehr aus. Ich bin schon so eifersüchtig genug.«

»Ich habe wirklich Schuldgefühle. Und du siehst so krank aus.«

»Eigentlich geht es mir heute schon ein bißchen besser. Und in ein paar Tagen bin ich wieder in Bestform. Dann komme ich vielleicht an die Reihe, Janòs zu einem Engagement zu bringen. Ich weiß, daß er nach einem Konzert nur schlafen kann, wenn er Sex gehabt hat.«

Sie holte eine französische Zigarette aus der Packung und zündete sie an. Dabei lächelte sie mir boshaft zu. Ich bekämpfte den besserwisserischen Drang, ihr zu raten, doch nicht zu rauchen, wenn sie krank war.

»Hat Janòs das gesagt? Ich wußte gar nicht, daß du mit ihm auf so vertrautem Fuß bist.«

Maeve brach in Gelächter aus, hustete dann aber und umklammerte ihre Brust.

»Die schmeckt eklig.« Sie drückte ihre Zigarette in einer leeren Bohnendose aus, die neben ihr auf dem Tisch stand. Nicht ganz leer, wie dem wütenden Zischen zu entnehmen war. »Das hat dich jetzt getroffen, nicht wahr? Nein, mein Püppchen. Janòs und ich haben eigentlich nie über etwas gesprochen, das nicht auch meine alte Großmutter hätte hören können. Ich habe das nur gesagt, weil ich die Musiker kenne. Es trifft einfach auf sehr viele von ihnen zu, mehr nicht. Das Lampenfieber und all der Glanz machen sie so high, daß sie auf eine möglichst angenehme Weise wieder runterkommen müssen. Es war eine Vermutung. Und wenn es auf andere zutrifft, muß es auch auf Janòs zutreffen. Ist er nicht ein süßer Kerl. Einfach schö-ö-ön.«

»Hm.«

»Nun gib's doch zu, daß du verrückt nach ihm bist. Da hilft kein Leugnen, das steht dir ins Gesicht geschrieben, meine Liebe.«

Wie unangenehm, wenn man offenbar so leicht zu durchschauen war.

»Du mußt ja denken, da sind die Braten von der Trauerfeier noch nicht ganz kalt ...«

»Oh, darüber brauchst du dir keine Gedanken zu machen!« Maeve wehrte alle meine Bemühungen, mich von der schicklichen Seite zu zeigen, ab. »Ich weiß sehr gut, daß die Beziehung zwischen dir und Jack jahrelang beschissen gewesen ist.«

»Na! Ich weiß nicht, wie ...«

»Das ist doch nicht dein Ernst, Miranda. Jack war doch hinter den Frauen her wie ein Hirsch in der Brunft.«

Es war überaus demütigend, aber meine Augen füllten sich mit Tränen. Das lag an dieser verdammten Musik. Sie hatte meine Gefühle befreit und mich erschreckend verletzlich gemacht und sprunghaft. Maeve war sofort neben mir und hüllte mich in eine Wolke aus Rauch und Hustensaft ein.

»Es tut mir so leid. Das war dumm von mir. Jetzt habe ich wirklich deine Gefühle verletzt, und so war es gar nicht gemeint. Jack war der größte Dummkopf, der mir je über den Weg gelaufen ist. Er hatte dich, und das hätte selbst für einen Mann reichen müssen, der noch zwanzigmal besser war als er. Das war nämlich das Problem, liebe Miranda, er war einfach nicht gut genug für dich. Du bist ein liebenswertes und intelligentes Mädchen, und ich mache Janòs keine Sekunde lang einen Vorwurf daraus, sich in dich verknallt zu haben. Wären wir offen gegeneinander angetreten, hätte ich keine Chance gehabt, das weiß ich.«

Unmöglich, Maeves Großzügigkeit zu widerstehen! Sie war eine Spinnerin und ging schnell in die Luft, aber sie war unendlich freundlich und auch nicht dumm. Es tat mir nur leid, daß ich mir jetzt aller Wahrscheinlichkeit nach ihre Erkältung eingefangen hatte. Ich küßte sie auf die Wange und sagte, es sei schon in Ordnung so.

»Also gut. Dann ist jetzt zwischen uns alles in Ordnung, oder? Ich bin nicht sauer, daß du eine tolle Zeit mit Janòs hattest, und du bist nicht verletzt, weil ich so brutal war.«

Ich versicherte ihr, alles sei ganz und gar geklärt, und lud sie ein, zum Mittagessen nach Westray zu kommen.

»Besser nicht, trotzdem danke. Nicht, solange ich aussehe wie ein kranke, alte, im Keller eingeschlossene Ratte. Ich möchte mir bei Janòs nicht alle Chancen verderben. Spricht doch nichts dagegen, daß wir ihn uns teilen, oder?«

Ich schüttelte feige den Kopf, wenn ich auch dachte, daß aus meiner Sicht sehr viel dagegen sprach. Erleichtert atmete ich nach der stickigen Atmosphäre in Maeves Häuschen die frische Luft ein und fuhr nach Hause. Als ich die Eingangstüre aufschloß, sah ich Elizabeth mit geschlossenen Augen an der Wohnzimmertür lehnen. Janòs spielte das Schubert-Prélude in c-moll. Auf ihrem blassen Gesicht lag ein Ausdruck, der mich zutiefst rührte. Man sah ihr an, wie sehr die romantisch aufgewühlte Musik sie bewegte. Ich versuchte, auf Zehenspitzen an ihr vorbei die Garderobe zu erreichen, aber sie öffnete die Augen, und sobald sie mich sah, ging sie weg und setzte dabei eine gleichgültige Miene auf.

»Spielt er nicht wunderbar«, schwärmte Jenny. Sie saß am Küchentisch mit der schlafenden Bridie im Arm und lauschte den schwachen Klängen aus dem Wohnzimmer.

»Wunderbar«, stimmte ich ihr zu und setzte den Wasserkessel auf, um dem Wunderknaben seinen Kaffee zu kochen.

Ivor aß heute nicht mit uns zu Mittag, weil er seinen allmonatlichen Besuch bei seinem Bruder machte, der in Essex auf sehr großem Fuß lebte. Gut, daß er nicht da war, denn offenbar vermochte es jeder Augenblick zu enthüllen – auch Ivor würde es nicht entgehen –, daß es zwischen Janòs und mir eine besondere Beziehung gab. Was Ivor und mich anging, war es seinerseits nie etwas anderes als romantische Zuneigung, und würde es auch bleiben, doch ich hatte Sorge, seine Gefühle zu verletzen. Zum Mittagessen gab es sehr zartes Roastbeef, danach Apfelpudding.

»Wahrscheinlich müssen wir dankbar sein, daß es keine Pilze gibt«, maulte Elizabeth. »Aber ich glaube, wenn ich im Leben je wieder einen Apfel essen muß, bekomme ich einen Nervenzusammenbruch.«

»Pah!« entfuhr es Rose, der aufgefallen war, daß Elizabeth Janòs wie gebannt anstarrte.

Selbst Bridie war ein Opfer von Janòs' Charme geworden, denn er hatte sie Jenny aus dem Arm genommen und auf seine Knie gesetzt, wo er zum Entzücken des Babys Fratzen schnitt. Selbst als Janòs seine Zunge herausstreckte und seine Nase in abscheulichen Falten hochzog, regte sich nichts in Elizabeths traumverlorenem Blick.

»Wer kommt denn heute nachmittag mit auf einen Strandspaziergang?« fragte ich. »Die Sonne versucht herauszukommen, und es wird uns allen guttun.«

Außer Rose wollten alle mitkommen. Weil der Kinderwagen sich nur mühsam im Sand schieben ließ, nahmen wir den Sportwagen mit und wickelten Bridie und uns in Tücher und

Mützen und Handschuhe und die dicksten Mäntel, die wir hatten.

Das Meer war grauer denn je und aufgewühlt, riesige Brecher brandeten heftig gegen die Buhnen und lösten sich in Schaum auf. Möwen und Austernfischer rannten im glänzenden Sand auf und ab, während kittfarbene Wolken ungeheuer schnell über unsere Köpfe hinwegjagten. Die Jagd auf die Trophäen begann ... wer fand die größten, schönsten Muscheln, den frischesten und längsten Seetang, die leuchtendsten und glattesten Kieselsteine. Die Salzluft brannte auf unseren Lippen und schmeckte köstlich. Wir fühlten uns wie betäubt von der Brandung und dem Gekreisch der Vögel.

Janòs war von allem überwältigt. Ich beobachtete ihn, wie er mit den Kindern herumtollte, durch flache Gräben stapfte, über die Buhnen sprang. Bridie, die in einem Tagtraum bewegungslos vor sich hin schaute, hatte ihr kleines Gesicht den rasch dahingleitenden Wolken zugekehrt.

Schließlich sprang Henry über eine Buhne und fiel auf der anderen Seite in eine Wasserlache. Sofort war ihm eiskalt und er bekam schlechte Laune; Zeit, nach Hause zu gehen. Jeder von uns – eine Idee von Janòs – gab Henry etwas Trockenes von sich zum Anziehen. Er fing an, indem er Henry seinen Mantel gab, da er meinte, ihm wäre ohnehin zu warm. Jenny verzichtete auf ihre Handschuhe, und ich sprang mit meiner Mütze ein. Elizabeth bot ihm ihre Jeans an, da sie einen so langen Mantel trug, daß es aussah, als hätte sie einen Rock darunter. Henrys gute Laune war wiederhergestellt.

Äußerst bedächtig zog Elizabeth in der Diele ihren Mantel aus. Sie trug einen langen Pullover und Trikothosen, also durchaus nichts Anstößiges, aber sie setzte alles daran, ihre Reize zur Schau zu stellen, indem sie sehr langsam nach oben ging und dabei träge ihre Hüften schwenkte. Janòs sah mich an und lächelte. Ich hängte alle Mäntel auf, stellte die Stiefel zusammen, die einfach nur hingeworfen worden waren, und machte mich dann ans Teekochen. Während Jenny Brot für Toast schnitt, kümmerte ich mich im Wohnzimmer um das Kaminfeuer. Ich hatte es vor unserem Ausflug angezündet, und es breitete sich bereits wohlige Wärme aus. Der Gobelin von Diana und Aktäon leuchtete in Blau, Grün und Silber. Die Sofas auf beiden Seiten des großen Kamins waren mit gelbem Damast bezogen, und der blaue türkische Teppich hob sich wunderbar von den dunkel getäfelten Wänden ab. Als ich mir Tee einschenkte, empfand ich eine Art schuldbeladene Heiterkeit.

»Was sollen wir mit den Sachen machen, die wir am Strand gefunden haben?« fragte Elizabeth und fluchte, weil schon die zweite Scheibe Toast von der Röstgabel ins Feuer fiel. »Warum können wir nicht auch einen richtigen Toaster haben, wie die Coopers? Der hat zwei Schlitze für das Brot und wirft die Scheiben raus, wenn sie fertig sind.«

»Ich weiß, wie moderne Toaster funktionieren«, schoß ich zurück. »Ich bin schließlich kein Marsmännchen. Ich möchte nur einfach keinen unnötigen Krimskrams herumstehen haben. Der Kohleherd macht ausgezeichneten Frühstückstoast, und ich bin nun mal der Ansicht, daß es nichts Besseres gibt als Brot, das über offenem Feuer getoastet wird. Du mußt es nur etwas fester auf die Gabel stecken. Ich finde auch, daß wir mit all den Sachen, die wir heute nachmittag aufgesammelt haben, etwas machen sollten. Es wäre sträflich, sie einfach wegzuwerfen.«

»›Sträflich‹ ist ein gutes Gertrude-Rince-Wort«, sagte Janòs, der mit nach hinten geneigtem Kopf und ausgestreckten Beinen dasaß. Er sah einfach hinreißend aus. Dinkie schlich sich herein, und weil die Anziehungskraft, die Janòs auszustrahlen schien, auch auf ihn wirkte, lief er schnurstracks auf ihn zu. Trotz unserer Warnungen streichelte Janòs ihm den Kopf, und mit einer Miene, als wolle er gleich dahinschmelzen, erging Dinkie sich in heuchlerischem Schnurren.

»Das ist englische Exzentrik. Sich ein Tier zu halten, das einen in Stücke zerreißen könnte. Das gefällt mir. Aber wenn du«, dabei wandte er sich an Dinkie, »mein Blut schleckst, drehe ich dir ohne zu zögern den Hals um.«

Dinkie änderte seine Engelsmiene nicht.

»In meiner Jugendzeit«, fing Rose an und erinnerte mich mit der Schärfe ihrer Stimme daran, nicht ständig Janòs anzuschauen, »war es Mode, eine Dekoration in die Mitte des

Eßtischs zu stellen. Das konnten sehr komplizierte Gebilde sein. Ich kann mich erinnern, daß Muscheln sehr beliebt waren.«

»Was für eine gute Idee! Ein Meerestableau«, begeisterte ich mich mit der ganzen elterlichen Hoffnung, ein wenig Kreativität entfaltet zu sehen. »Ihr könnt den Tisch vor dem Nordfenster nehmen, der hat eine Marmorplatte.«

Henry und Elizabeth brachten die Ausbeute des Nachmittags herein und fingen an, sie zusammenzustellen. Blasentang und Meereiche sahen sehr wirkungsvoll aus, als das Klebeband endlich dazugebracht werden konnte, beides in Girlanden am Rand zu befestigen. Aber die Muscheln gaben nicht viel her.

»Jetzt weiß ich was«, sagte Elizabeth und vergaß ihre schleppende Sprechweise, »wir stellen das Muschelkästchen aus deinem Schlafzimmer in die Mitte, damit es mehr hermacht. Dürfen wir?«

»Ja, natürlich. Und was haltet ihr von dem Fächer mit der Meerjungfrau? Ihr könntet ihn hinter das Muschelkästchen stellen.«

Das Kästchen hatte uns Fabia aus Italien mitgebracht und es stand normalerweise auf meiner Frisierkommode. Es war aus Papiermaché, besetzt mit den erlesensten kleinen rosa und grau-violett gestreiften Muscheln, und in der Mitte erhob sich eine aus Perlmutt gefertigte Galeone, die sämtliche Segel gesetzt hatte. Die Herkunft des Meerjungfrauenfächers, wie wir ihn immer nannten, lag im dunkeln. Er gehörte mir solange ich denken konnte, und weil Beatrice und ich als Kinder so oft damit gespielt hatten, war er ein wenig eingerissen und ein Teil der Farbe von der Seide abgeblättert. Es war das Bild eines nackten Mädchens darauf, dessen Unterleib anmutig von Felsen und Seetang verdeckt wurde, und darunter stand die Anrufung von Comus:

Schöne Sabrina
Lausch mir, wo du sitzest
Unter der gläsern-kühlen Welle, durchstrahlt von Licht,
Und Lilienranken in die
Losen Strähnen deines bernsteinnassen Haares flichst.

In Augenblicken der Anfechtung, wie beim Gebären, beim Zahnarzt oder wenn ich den Wagen rückwärts durch die Stalltüre fuhr, sagte ich mir diese wunderbar beruhigenden Worte immer vor, und sie haben mir nie ihren Trost versagt. Für mich besitzen sie die Kraft von Amuletten, erinnern mich daran, daß nicht alles schlecht ist.

Die Kinder waren entzückt, als ihr Kunstwerk bewundert wurde, und Elizabeth hatte nichts dagegen, daß ich meinen Arm um ihre Taille legte und ein kleines Stück Blasentang herauszwickte, das sich in ihren Haaren verfangen hatte. Ich schickte Henry los, damit er seine Schulsachen zusammenpackte, die ich ihm vor dem Mittagessen auf sein Bett gelegt hatte.

»Wollen Sie uns etwas vorspielen?« bat ich Janòs. »Ich muß in einer Stunde los, um ihn zurück ins Nethercoat-Internat zu bringen.«

Janòs spielte einige Nocturnes und Mazurken von Chopin, abwechselnd sanft und lebhaft. Ich starrte ins Feuer, und es wäre eine ausgemachte Lüge, würde ich behaupten, dabei nur an die Musik und nicht auch sehr viel an die kommende Nacht gedacht zu haben.

»Kann Janòs denn nicht mitkommen, wenn du mich zurückbringst?« fragte Henry, als er mit seinem Koffer nach unten kam. »Ich kann ihn Mr. Bellamy vorstellen. Der behauptet immer, es wäre so wichtig, unseren Geist zu kultivieren. Bei dem haben wir immer stinklangweilige Schallplattenstunden mit klassischer Musik.«

Elizabeth wäre auch gerne mitgekommen, aber wie üblich mußte sie sämtliche Wochenendhausaufgaben am Sonntagabend erledigen.

Wir brauchten nur eine knappe Stunde bis zu Henrys Internat, hielten es zwanzig ermüdende Minuten bei Mr. Bellamy aus, der Janòs ziemlich schamlos anhimmelte.

»Vergiß nicht zu schreiben, Mama«, waren Henrys letzte Worte, als er seinen frisch gereinigten Blazer auf dem Weg zu seinem Schlafraum über den Schulhof schleifte.

»Natürlich vergesse ich das nicht. Bis zum Freitag.«

»Endlich! Den ganzen Tag warte ich darauf, mit dir allein

zu sein«, sagte Janòs, als wir wieder im Wagen saßen. »Mir war nicht klar, daß man als Liebhaber einer respektablen Frau ein solches Gewimmel mit in Kauf nehmen muß. Ich wage die ganze Zeit nicht, einen Finger an dich zu legen, damit die Kinder nicht sehen, wie ich mich an ihrer Mama vergreife. Meinst du denn, sie hätten Einwände wegen ihres Papas?«

»Ich denke, es würde sie furchtbar verletzen.«

»Nun, das Warten hat natürlich auch etwas für sich. Es entsteht ... wie heißt das Wort ... mehr Spannung, was nicht unangenehm ist.«

Er legte während des Fahrens seine Hand auf mein Knie. Er hatte recht. Die gesteigerte Erwartung machte es mir schwer, mich auf das Fahren zu konzentrieren. Wir unterhielten uns müßig über dies und jenes, dachten dabei aber wahrscheinlich beide an etwas völlig anderes, und seine Hand auf meinem Knie schien zu brennen.

Die Vorfreude sollte noch auf ein fast unerträgliches Maß ansteigen. Alle waren müde vom Spaziergang und der Seeluft, und um halb zehn waren die Tiere gefüttert und die Türen verschlossen. Ich fragte Elizabeth die französischen Verben ab, half Rose beim Ausziehen und ging dann in mein Zimmer und machte das Kaminfeuer an.

Eine Zeitlang legte ich mich aufs Bett und ließ meine Gedanken treiben. Dann fühlte ich mich plötzlich unsicher, zog mich rasch aus und mein Crêpe-de-Chine-Nachthemd an und ging ins Bett. Nach einer halben Stunde war mir so kalt, daß ich mein herrliches Nachthemd gegen ein warmes für den Winter tauschte und wieder unter die Daunendecke kroch. Nach weiteren zwanzig Minuten kam ich zu dem Schluß, daß die frische Luft Janòs so sehr ermüdet haben könnte, daß er eingeschlafen war. Konnte ich mich dazu aufraffen, zu ihm zu gehen und ihn aufzuwecken? Schließlich lebten wir im Jahre 1974 und man stellte an uns Frauen nicht mehr die Bedingung, in Sexangelegenheiten und anderen Dingen passiv und unterwürfig zu sein. Doch traurig mußte ich mir schließlich eingestehen ... so dumm und absurd eine solche Schüchternheit auch war ..., daß ich es nicht über mich brachte.

Als ich gerade in den Schlaf sinken wollte, spürte ich eine warme Hand auf meiner Schulter.

»Bist du wach, Miranda? Darf ich zu dir ins Bett kommen?« Er war schon unter der Bettdecke, ehe ich die Augen hatte aufmachen können. »Lieber Himmel! Ich zweifelte schon, ob ich jemals hier landen würde. Jedesmal, wenn ich mich aus meinem Zimmer schleiche, reißt Elizabeth ihre Türe auf und steht im Flur. Ich sage, ich gehe hinunter, um mir ein Buch zu holen. Komme ich wieder hoch, wartet sie auf mich und wir unterhalten uns zehn Minuten darüber, was ich von Mädchen und Pferden halte. Ob sie wirklich ein Ersatz für Jungs sind? Ich erkläre ihr, daß ich davon nichts verstehe, aber wir unterhalten uns nett, ich sage gute Nacht. Ich warte fünf Minuten und schlüpfe aus dem Zimmer. Peng! Sie ist da! Ich sage, ich brauche ein Glas Wasser. Sie ist so freundlich, es mir zu holen. Wir sagen noch einmal gute Nacht. Beim dritten Mal denke ich, sie schöpft Verdacht. Es dauert lange, bis mir diesmal ein Grund einfällt. Ich sage, ich habe Kopfweh. Sie bringt mir Tabletten. Ich warte eine Ewigkeit in meinem Zimmer. Erfolg! Kein kleines Mädchen wartet. Aber ich denke, jetzt schläft meine wunderschöne Frau wahrscheinlich schon und hat vollkommen das Interesse verloren, mit mir Liebe zu machen.«

»Arme Elizabeth. Hoffentlich hat sie keinen Verdacht geschöpft.«

»In Wahrheit hat sie eine kleine Leidenschaft für mich entwickelt. Es ist nichts und wird vorbeigehen. Es hat was mit der Musik zu tun. Auf Frauen wirkt das romantisch.«

»Wirklich?« Ich lächelte in mich hinein.

»O ja, allen Ernstes. Du hältst mich wohl für sehr eingebildet? Es ist immer das gleiche. Nicht ich als Person bin es, den sie lieben.«

»Ach, hör auf! Du weißt ganz genau, daß jeder hier in diesem Haus, ausgenommen Rose, die alle Männer haßt, sich in Liebe zu dir verzehrt.«

»Verzehrt? Was soll das heißen? Klingt ja nach Menschenfresserei.«

»Qual.«

»*Elbüvölö*! Mich verzehrt auch etwas. Ich quäle mich den ganzen Tag, weil ich das tun möchte. Und das. Und ... das. Zusammen werden wir unser Elend schon meistern, nicht wahr meine liebe, liebe Mrs. Stowe?«

Kapitel 12

»Was meinst du? War es ein Erfolg?«

Mittagszeit am Montag, und meine Gesprächspartnerin war Lissie. Sie bezog sich auf meine erste Erfahrung als Pensionswirtin.

»Ja. Würde ich schon sagen.«

»Er hat ohne mit der Wimper zu zucken bezahlt?«

»Nun, ja. Er ist sogar zwei Nächte geblieben und hat darauf bestanden, für beide zu zahlen.«

»Das will ich doch auch meinen. Warum sollte er nicht?« Lissie sah mich ziemlich verdutzt an.

»Oh, ich weiß nicht. Er hat ursprünglich nur eine Nacht gebucht. Weißt du …«

Meine Stimme verlor sich. Jedesmal, wenn ich von Janòs sprach, durchfuhr mich ein Schaudern, schuldbeladen, aber gleichzeitig köstlich und beängstigend. Seit ich ihn bei Tagesanbruch zum Bahnhof gefahren hatte, mußte ich sehr oft an ihn denken, und immer mit einem scharfen Stich voller Begehren, der sofort von Beklemmung überdeckt wurde. Inzwischen war er schon halbwegs in Berlin, und ich hatte keine Ahnung, wann oder sogar ob ich ihn wiedersehen würde. Janòs hatte nichts von weiteren Treffen verlauten lassen, und ich war zu stolz, um das Thema selbst anzusprechen.

»Tja, ich muß schon sagen, so fröhlich habe ich dich schon

seit einer Ewigkeit nicht mehr erlebt. Du bist offenbar an dieser Herausforderung gewachsen, das hat dir gutgetan. Ist Maeve denn bei ihm auf ihre Kosten gekommen, weißt du das?«

»Nein, die Arme.« In einer Hinsicht war das mein voller Ernst ... sie tat mir leid. »Sie hat sich fürchterlich erkältet und konnte gar nicht zum Konzert gehen. Ich habe ihn hingebracht.«

»O wie schade! Und sie war doch so versessen darauf. Hast du denn das Konzert genossen?«

»Ja, sehr. Und wie war dein Wochenende?«

»Die reinste Hölle. Wir fuhren zu Marjorie, gerade als es zu schneien anfing. Sie hatte zu einem großen Abendessen eingeladen, und bei dem schlechten Wetter kam natürlich keiner der Gäste aus dem Ort. Marjorie war deswegen in schrecklich gereizter Verfassung. Wir waren während des ganzen Abends einem widerlichen Paar ausgeliefert, das über Nacht blieb. Colonel und Mrs. Dewitt, sie hart wie Diamant, rauchte wie ein Schlot und hatte den Lippenstift so dick aufgetragen, daß du deinen Namen hättest reinschreiben können. Sie schwatzte ständig klug und herablassend daher, was wohl zu ihren Pflichten als Lady eines Colonels gehört. Lady!«

Marjorie war Lissies Schwiegermutter, und zwischen ihnen gab es böses Blut. Ich bin Marjorie ein- oder zweimal begegnet, und ich muß Lissie zustimmen, daß sie ein Ekel ist.

»Den ganzen Abend zogen sie über eine arme Frau in ihrem blöden Golfklub her, die, wie Marjorie meinte, ›nur eine kleine MZ‹ war.«

»MZ? Monomane Zuchtstute?«

»Beileibe nicht so interessant. Es bedeutet, ›Milch zuerst‹. Wenn du zuerst die Milch in die Tasse gießt und dann den Tee, bist du sofort und auf Dauer gesellschaftlich erledigt.«

»Ich muß schon sagen, das hört sich nicht gerade nach einer sehr aufregenden Party an.«

»War auf jeden Fall nicht so lustig wie dein Abend. Wer kommt als nächster Pensionsgast?«

»Ein Ehepaar Paget. Nächsten Freitag. Sie verbringen bei mir ihre Flitterwochen, bleiben zwei Nächte. Meine Tante Nancy ist ihnen zufällig in einem Restaurant begegnet und hat sie dazu überredet, nach Westray zu kommen. Ich muß zusehen, daß ich für sie alles in Ordnung bringe. Und es kommt ein Herr namens Tremlow. Er hat vermutlich die Zeitschriftenannonce gelesen. Er bleibt eine ganze Woche. Offenbar ist er ziemlich mit den Nerven fertig und sucht absolute Ruhe. Ich habe ihn wegen der Kinder gewarnt. Bleib doch zum Mittagessen. Wegen des Schnees gibt es keine Pilze mehr.«

»Na, das scheint ja alles ziemlich gut zu laufen. Danke, ich bleibe.«

Am Dienstagnachmittag, als ich mit Jasper auf dem Weg zum Postamt war, um meinen allwöchentlichen Brief an Henry aufzugeben, traf ich Patience. Sie kam hoch erhobenen Hauptes und mit ungewöhnlichem Schwung angelaufen.

»Hallo, Miranda! Was hast du denn vor?«

Ich hielt meinen Brief hoch.

»Henry will immer am Mittwoch etwas von mir hören, obwohl er jedes Wochenende nach Hause kommt, da ist er ganz eigen. Ganz schön kalt, findest du nicht?«

»Wirklich schön. Erfrischend. Ich bin begeistert vom Winter. Dieses Rotkehlchen ist den ganzen Weg die Straße hoch neben mir her gehüpft. Seltsam, daß Rotkehlchen Menschen mögen. Wußtest du denn, daß es eine Überlieferung gibt, wonach Rotkehlchen jeden menschlichen Leichnam, den sie finden, mit Blättern bedecken?«

»Klingt ein bißchen nach Shakespeare. Könnte *Cymbeline* sein. Ich glaube es gerne.«

»Sieh dir diese Pfaffenhütchen an. Vor dem Schnee sehen sie zauberhaft aus. Ich liebe das Land. Ich könnte nie in der Stadt leben, könntest du's?«

»Ich glaube nicht.« Patience' strahlende Laune war umwerfend. Ihre Augen leuchteten besonders blau und sie strahlte Wohlbefinden aus. »Bist du schon bei Aubrey gewesen, um ihm bei den Rechnungen zu helfen?«

»Ich war gestern nachmittag dort. Was für ein hoffnungsloses Durcheinander! Wie das Haus. Es ließe sich dort so schön wohnen. Dieser herrliche alte Garten, der zum Fluß runter führt. Und die Zimmer sind gar nicht so schlecht. Es ist nur so schmutzig und unaufgeräumt. Aubrey hat mir Tee gekocht und er hat bei Mrs. Veal dieses ekelhafte Marshmallow-Teegebäck gekauft. Ich fand das so lieb von ihm, daß ich eins essen mußte. Mich ekelt vor trockenen Kokosflocken. Nachdem wir die Rechnungen durchgesehen hatten, zeigte er mir seine Druckerpresse. Wirklich faszinierend.«

»Faszinierend«, pflichtete ich ihr bei. Patience hatte es bös erwischt, da gab es keinen Zweifel. Ihre Augen spiegelten glückseliges Erinnern, was zweifellos auch in meinen leuchtete, wenn ich Janòs' Namen ins Gespräch einbringen konnte. Und dieser Augenblick kam auch schon, denn Patience fragte mich, wie der Hausgast sich benommen hatte und ob ich glaubte, daß es gut anliefe. Ich antwortete so vorsichtig wie jemand, der sich hinter einer Hecke versteckt, aber ich merkte, daß Patience mich am Ende meines Vortrags ziemlich besorgt ansah.

»Ich frage mich, was ihn dazu bewogen haben mag, noch eine weitere Nacht zu bleiben? Ist er wirklich so attraktiv, wie Maeve behauptete?«

»Das kann man schon sagen.«

»Hm – hm. Verstehe. Und du bist die drei Kilometer durch den Schnee gelaufen? Du mußt durchgefroren gewesen sein. Aber doch romantisch.« Sie blickte mich forschend an. Vermutlich verriet mich mein Gesichtsausdruck, denn noch ehe ich etwas sagen konnte, fing sie zu lachen an. »Gut! Wunderbar! Das freut mich so. Darf ich mitkommen und bei dir Tee trinken? Du mußt mir alles erzählen!«

»Es schockiert dich nicht? Schließlich haben wir uns praktisch gerade erst kennengelernt. Und dann ... Jack ...«

»Nein! Mein Gott, bin ich wirklich so zimperlich?« Ich glaubte das nicht, aber ich nahm an, daß Patience womöglich noch Jungfrau war, und ich hätte es ihr nicht verargt, wenn sie es so kurz nach Jacks Tod für ziemlich geschmacklos gehalten hätte. »Ich finde es herrlich, ganz ehrlich! Was Jack angeht, *de mortuis nil nisi bene* und so, aber so wie er sich verhalten hat ... also, du brauchst mir nichts zu erzählen. Oh, ist das aber heute ein toller weißer Kieselsteintag!«

Das war ein alter Scherz zwischen uns, der auf den Brauch der alten Römer zurückging, einen weißen oder einen schwarzen Kieselstein in eine Urne zu werfen, je nachdem, ob der Tag gut oder schlecht verlaufen war. Am Ende des Monats wurde der Urneninhalt untersucht, und somit ließ sich sehr einfach, aber wirksam bestimmen, ob es ein glücklicher Monat gewesen war. Ich steckte Henrys Brief ein, und dann hakte sich Patience bei mir unter und wir gingen gemeinsam die Steigung hoch.

»Ist es Liebe?« erkundigte sich Patience mit leiser Stimme, als wir uns der gespaltenen Kiefer näherten. »Oder nur Sex?«

Ich bückte mich, um Jasper von der Leine zu lassen, da er wieder seine Pferd-auf-den-Hinterbeinen-röchelt-sich-zu-Tode-Imitation vorführte.

»Ich habe nicht die leiseste Ahnung. Hat nicht Carlyle gesagt, Liebe habe viel mit dem Delirium gemeinsam? Jedenfalls fühlt man sich so.«

»Aber das würde doch nahelegen, daß die Liebe nur eine Illusion ist, von der wir uns wieder erholen werden. Das ist zu zynisch. Vielleicht ist es das Bedürfnis, vor sich selbst zu fliehen. Das Verlangen, sich mit jemand anders zu verbinden ... um sich der Last der Einsamkeit zu entledigen.«

»Oder vielleicht ist es die Sehnsucht, sich selbst durch die Augen dessen, der einen liebt, anders zu sehen. Aber auch das ist ziemlich zynisch. Das setzt wieder die Verstellung voraus. Es *muß* etwas mit dem Glück zu tun haben, andere glücklich zu machen.«

»Da ich nie verliebt war, kann ich nur theoretisieren. Für die Männer bin ich immer unsichtbar gewesen. Natürlich habe ich mich vorübergehend immer wieder einmal in jemanden verliebt, aber der geringste Kontakt zum Objekt meiner Leidenschaft hat diese auf der Stelle abgetötet. Ich habe mir immer vorgestellt, daß die Männer stärker und ehrenwerter als Frauen sein sollten. Aber sie haben sich immer als peinlich schwach und selbstsüchtig erwiesen.«

»Nun, du weißt ja, daß ich nicht gerade viel Erfahrung habe. Ich glaube, als ich entdeckte, daß Jack mir immer wieder untreu war, hat mein Selbstbewußtsein einen derartigen Schlag bekommen, daß ich mich damit schützte, andere Männer einfach nicht anziehend zu finden.«

»Dann bedeutet der Pianist dir also etwas.«

»Muß er wohl. Ja.«

Am Freitag war alles für die Pensionsgäste bereit. Nach endlosen Diskussionen und mehrfach geänderten Plänen standen die Menüs fest. Auf den Nachttischchen standen Flaschen mit Malvenwasser und Kekse, auf den Frisierkommoden Christrosen in den Vasen, zusätzliche Wolldecken lagen an den Fußenden der Betten, Federhalter und Papier und Umschläge auf den Schreibtischen, und in die Bücherregale hatte ich eine Auswahl leichter Prosa gestellt.

»Was könnte das Paar in den Flitterwochen denn außerdem noch brauchen?« fragte ich Lissie und Maeve, die mir, kurz bevor die Gäste ankommen sollten, in der Küche bei der Zubereitung des Gemüses halfen. Jenny deckte im Eßzimmer den Tisch. Patience hatte sich zögerlich losgerissen, um Wacko zu Hause Bohnen und Kartoffeln zu kochen. Das Mädchen war eine Heilige.

»Heutzutage jedenfalls kein Sexbrevier mehr«, sagte Lissie. »Heute tritt kein Paar mehr vor den Altar, ohne vorher miteinander im Bett gewesen zu sein, oder? Selbst George und ich haben es vor all den Jubeljahren erst mal ausprobiert, um zu wissen, daß es auch funktioniert. Wenn das auch alles andere als ein Erfolg war. George kam immer sofort. Es hat Jahre gedauert, bis sich bei mir irgend etwas getan hat.« Sie sah mich plötzlich an und errötete, und ich erriet, daß die Initiation in die Freuden des Liebeslebens in den Armen meines Ehemannes stattgefunden hatte. Armer George. Arme Lissie.

»Wir sind eine unglückliche Generation.« Ich schnitt Rotkohl und bewunderte die komplizierten Windungen in Weiß und Violett, die an Umrißlinien einer Landkarte erinnerten. »Gerade ein wenig zu alt, um von der sexuellen Revolution in den Sechzigern zu profitieren, doch jung genug, um sich der sexuellen Möglichkeiten bewußt zu sein, die sich wie das Frühstücksbuffet überall verbreitet haben.«

»Es ist schon ein Wunder, daß unsere Generation es geschafft hat, überhaupt Spaß daran zu haben«, sagte Maeve. »Weil unser Pa Archdiakon war, fühlte sich meine Ma dazu verpflichtet, uns Mädchen mitzuteilen, daß Sex von meinem Vater als eine bedauerliche Notwendigkeit und von ihr als eine grausame Strafe empfunden werde. Wenn wir uns schon Gedanken machen mußten, sollten wir wenigstens denken, daß sie würdevoll gemeinsam ihrer Pflicht nachkamen, vergleichbar der, den Bischof zum Essen einzuladen. Etwas Lästiges, das Zeitverschwendung und sterbenslangweilig ist, von dem man aber weiß, daß man es tun muß.« Maeve hatte ihre frühe Erziehung mit einem Schwung hinter sich gelassen, den ich nur aus ganzem Herzen bewundern konnte. »Aber jetzt kann dich nichts mehr aufhalten, Miranda.«

Ich konnte ihr das durchtriebene Lächeln, mit dem sie dies sagte, schwerlich übelnehmen.

»Natürlich werden sie päckchenweise Verhütungsmittel mitbringen«, fuhr Lissie fort.

»Du entwickelst dich langsam zur Voyeuse, weißt du«, sagte Maeve mit der ihr eigenen Direktheit. »Stellst dir immer vor, daß andere Leute miteinander ins Bett gehen. Paß lieber auf dich auf. Es sei denn, du siehst eine Möglichkeit, George zu einer offenen Ehe zu überreden.«

»Das ist nicht wahrscheinlicher als daß George sich freiwillig für ein Weltallprogramm meldet«, erwiderte Lissie bedrückt. »Ich kann mir ehrlich nicht vorstellen, wie eine andere Frau es mit ihm aushalten könnte, die ihn nicht so wie ich im Lauf der Jahre liebgewonnen hat. Jeden Abend, nachdem er zwei Minuten lang Zähne geputzt und eine Minute lang gegurgelt hat, legt er sich ins Bett und liest den Wirtschaftsteil der *Times*. Wenn ihm danach ist, mit mir zu schlafen, tätschelt er mir den Hintern und sagt ›Wie sieht's aus, altes Mädchen‹, in genau derselben Tonlage, in der er Buster fragt, ob er spazierengehen möchte. Ihr könnt gut lachen«, Maeve und ich brachen wirklich in herzloses Gelächter aus, »aber es ist alles so unsexy! Und warum muß er sich sein Schlafanzugoberteil immer bis obenhin zuknöpfen?«

»Ich erinnere mich, daß Cary Grant darin ziemlich sexy ausgesehen hat.« Ich fing an, die Kastanien zu schälen, was für die Fingernägel immer eine echte Herausforderung darstellt. »Und sage keiner was gegen Zuverlässigkeit. George ist ein Schatz. Freundlich und loyal und lustig. Du mußt doch zugeben, daß er sehr humorvoll ist.«

»O ja. Aber wer möchte denn schon, daß einer im Bett zu dir freundlich ist? Es sei denn, du hast Grippe oder so. Manchmal sehne ich mich nach zügelloser Lust, vielleicht sogar Brutalität.«

»Aha! Da haben wir wieder den ›Weiblichen Eunuchen‹«, frohlockte Maeve. »Man ist darauf konditioniert, infantil und passiv zu bleiben. Unser größtes Verlangen besteht darin, die Verantwortung für uns an eine Vaterfigur abzutreten. Was du wirklich suchst, ist der Vater-Phallus.«

»Nein, tatsächlich?« Lissie hielt beim Zwiebelschneiden inne. »Aber mein Vater war kahl und hatte fleckige Haut und interessierte sich nur für Cricket.«

»Das hat damit nichts zu tun«, sagte Maeve ungeduldig. »Ich will damit nicht sagen, daß du mit deinem Vater ins Bett gehen möchtest, du Dummerchen, sondern daß du wie ein Sexobjekt ohne eigenen Willen behandelt werden möchtest, um dir zu versichern, daß du dem Gesellschaftsideal der Frau entsprichst – nichts als Kurven und Haare und puppenhafte Züge.«

»Nein, das will ich nicht«, erklärte Lissie mit Nachdruck. »Ich möchte mich nur einfach nicht langweilen. Wenn du mir einreden willst, daß ich mich danach sehnen soll, mit einem Mann ins Bett zu gehen, der mit mir über Shakespeare reden möchte und mit mir genauso spricht wie mit seinen Kollegen in der Frühstückspause, also dann finde ich das todlangweilig, wenn du mich fragst. Nimm als Gegensatz dazu einen Marquis mit grausamem Mund und mit einem ungestümen, unverschämten Temperament, und ich gehe jede Wette mit dir ein, daß die Frauen letzterem den Vorzug geben.«

Lissies sexuelle Phantasien wurden vom Klingeln der Türglocke unterbrochen. Ich ging hin. Mr. und Mrs. Reginald Paget standen mit ihren Koffern an der Schwelle. Ich befahl Jasper, mit dem Bellen aufzuhören, bat sie herein und rief Elizabeth und Henry, damit sie die Koffer nach oben brachten.

Mrs. Paget war um die Dreißig, groß, eckig, blaß und in ihrem Staubmantel und dem braunen Tweedkostüm eine sehr gesetzte Erscheinung. Meine Mutter hätte sie schon nach zwei Sekunden als eine Frau »ohne jeden Schick« abgetan. Ihre Haare, zwischen blond und mausgrau, umrahmten ihr Gesicht in spitzen Löckchen, wie wir sie uns in der Schule gegenseitig mit Haarklammern gemacht hatten. Sie war sehr zurückhaltend, lächelte die ganze Zeit verschwommen und streifte mich, die Diele und Henry, der die Treppe heruntergesprungen kam, mit unsicheren, gehetzten Blicken.

»Guten Tag«, sagte Henry und streckte Mrs. Paget wie ein jugendlicher Held voll frühreifem Charme die Hand entgegen.

Sie drückte sie ihm so aufgeregt, als wäre Henry von königlichem Geblüt. Ich nahm mir vor, Henry beizubringen, daß es bei einem Mann nicht von guten Manieren zeugte, wenn er zuerst seine Hand reichte. Kaum war dieser Gedanke zu Ende gedacht, da schleuderte mir schon Mr. Paget seine riesige Pranke fast ins Gesicht.

»Guten Tag, Mrs. Stowe. Nennen Sie mich doch bitte Reggie.«

Es war auf den ersten Blick klar, daß Mrs. Paget »gegen den Willen ihrer Familie« geheiratet hatte, wie man so sagte. Mr. Paget, oder Reggie, wie ich ihn nennen mußte, war stämmig, ohne dick zu sein, und der Ansatz seines dunklen gewellten Haares war schon merklich nach hinten verschoben und wies auf vorzeitige Kahlheit hin. Ich schätzte ihn um einiges jünger als seine Frau. Er trug einen Kamelhaarmantel mit Samtkragen und einen glänzenden Zuhälteranzug. Im Gegensatz zum zögernden Blick seiner Frau sah er mir mit einschüchternder Selbstsicherheit in die Augen. Er entsprach meiner Vorstellung von einem windigen Kerl, der Sorte Mann, die bei der Polizei bekannt, aber schlau genug ist, sich nicht erwischen zu lassen. Mit einem anmaßenden Lächeln musterte er mich von oben bis unten. Die Farbe seiner Haut hatte einen seltsamen Orangeton. Vermutlich Bräunungscreme. Er roch wie die Kosmetikabteilung von Harrods.

»Nette Jungen haben Sie da, Mrs. Stowe«, sagte er, als Henry sich entfernte. »Und das hier ist wohl die junge Dame des Hauses?« Elizabeth kam langsam die Treppe herunter und schwang dabei biegsam die Hüften wie ein Mannequin auf dem Laufsteg. Sie trug ein tief ausgeschnittenes Kleid, das ein kindlich knochiges Dekolleté preisgab. Ihr Gesicht war weiß wie das eines Harlekins, ihre Lippen blutrot, und mit dem Augenbrauenstift hatte sie sich unter jedes Auge eine Träne gemalt. »Was für eine kleine Herzensbrecherin!« sagte Reggie fast flüsternd. »Kommt ganz auf die Mutter.« Er zwinkerte mir schamlos zu.

»Wird Miss Weston-Waite damit einverstanden sein, meine Liebe? Das ist ein sehr elegantes Kleid, aber findest du es wirklich passend ...?«

»Freut mich, daß es dir gefällt. Es ist deins. Hast du was dagegen, wenn ich es mir ausleihe?«

»So ist es. Nein, es macht mir nichts aus. Ich habe es ohnehin seit Jahren nicht mehr angehabt. Aber ist das auch das richtige für ein Hockeyspiel?«

»Oh, Wettie-Waite wird es gar nicht merken. Sie wird nur Augen für Gillian Walsh haben. Sie ist Spielkapitän und Wettie-Waite ist so wahnsinnig in sie verliebt, daß sie kaum in ihre Pfeife blasen kann, wenn Gillian ein Tor schießt.«

»Ja. Gut. Das ist Mrs. Paget. Meine Tochter Elizabeth.«

Mrs. Paget schien erschrocken zu sein, was ich durchaus verstehen konnte. Reggie schüttelte Elizabeth die Hand länger als ich für nötig erachtete.

»Ich kann doch nicht zulassen, daß diese kleine Dame meinen schweren Koffer trägt«, sagte er und starrte dabei Elizabeth an, wie ein Raubtier seine Beute. Er richtete den Blick hoch zu Rose, die langsam über die Treppe nach unten kam. »Und das muß die Oma sein. Reizende Familie haben Sie, Mrs. Stowe.«

»Das ist Miss Ingrams.«

»Oh, verzeihen Sie, war ein Versehen.«

Rose murmelte ein frostiges »guten Abend« zu Mrs. Paget und streifte für den Bruchteil einer Sekunde die schwere Pranke, die ihr Reggie entgegenstreckte, ehe sie ihren bedächtigen Gang zur Küche fortsetzte. Ich führte die beiden auf ihr Zimmer. Reggie warf seinen Koffer aufs Bett. Ich unterdrückte einen Protest. Er befühlte prüfend die Matratze.

»Sehr nett. Wirklich sehr nett. Gibt einem so ein schönes altmodisches Gefühl, dieses Himmelbett. Wird sehr gemütlich sein, nicht wahr, Priscilla? Es sind unsere Flitterwochen, verstehen Sie«, fuhr er ungeachtet der offenkundigen Verlegenheit seiner Frau fort. »Heute um drei Uhr verehelicht, nicht wahr, Priscilla, und jetzt kommen wir direkt hierher, um den Akt der Ehe zu vollziehen, ha, ha!«

Ich ließ sie auspacken und ging zurück in die Küche.

»Ziemlich schrecklich«, beantwortete ich Lissies und Maeves ungeduldige Nachfragen. »Nun, vielleicht ist das ungerecht. Sie ist ganz in Ordnung, altjüngferlich und still, aber er ist ein ziemliches Ekel. Was zum Teufel mag sie bewogen haben, ihn zu heiraten? Oder auch er sie?«

»Vielleicht hat sie Geld«, sagte Maeve.

»Und er ist gut im Bett«, meinte Lissie.

»Da haben wir's wieder«, sagte Maeve.

Wir hatten schon vorher nach vielen Diskussionen beschlossen, daß ich im Eßzimmer mit den Pensionsgästen essen sollte, um die Bürde der Konversation auf mich zu nehmen, und Ivor wurde beauftragt, als Gastgeber zu fungieren. Ich hatte Jenny jede Menge Anweisungen in der Kunst des Servierens gegeben, und ich fand, sie hatte den Dreh ganz gut raus. Rose, Jenny und Henry hatte ich zu überreden versucht, sich uns anzuschließen, aber sie beharrten unnachgiebig darauf, lieber in der Küche essen zu wollen. Elizabeth sollte von der Mutter einer Schulfreundin abgeholt und zum Hockeyspiel gebracht werden. Ich war dankbar, daß sie aus Reggies Dunstkreis herauskam. Maeve und Lissie verabschiedeten sich nur äußerst widerstrebend. Ich gab allen strikteste Anweisung, Dinkie ja nicht aus der Küche zu lassen, und ging dann, um den Pagets im Wohnzimmer einen Drink anzubieten und auf die Ankunft von Mr. Tremlow zu warten.

Normalerweise genoß ich es, wenn Leute da waren. Aber wenn jemand dafür zahlt, ist das etwas anderes. Fehler lassen sich nicht so leicht vertuschen wie bei Freunden. Mängel werden zweifellos übelgenommen und die Frage, ob alles sein Geld wert ist, steht immer im Raum. Besorgt überprüfte ich, ob die Blumen nicht welkten, die Gläser glänzten, das Kaminfeuer gut brannte und die Tageszeitungen und die Zeitschrift *Country Life* ordentlich auf dem Tisch lagen.

»Mann, das Zimmer ist ja klasse!« Elastischen Schrittes und

schwungvoll auf den Zehenspitzen federnd betrat Reggie das Eßzimmer. Die Arme hielt er seitwärts abgespreizt und ließ sie baumeln, als wäre er erst seit kurzem unter den Zweibeinern. Er blieb ganz dicht an mir neben dem Kamin stehen. Die Versuchung, abzurücken, war mehr als groß. »Wie das Haus. Sehr geschmackvoll. Ist das echt?« Er deutete auf das Mobiliar. »Muß ein bis zwei Riesen wert sein.« Der Anzug, den er jetzt anhatte, glänzte sogar noch stärker als der vorige, und darunter trug er ein malvenfarbenes Hemd mit Rüschenbrust. Seine Finger glänzten vor lauter Gold, ein Siegelring am kleinen Finger seiner rechten und der Ehering an seiner linken Hand. Er zog einen Kamm hervor, fuhr sich damit rasch durchs Haar, steckte ihn zurück in die Innentasche und stieß selbstzufrieden einen leisen Seufzer aus.

»Priscilla zieht sich gerade noch ein Kleid an. Sie wird jede Minute hier sein. Es war ein sehr aufregender Tag für sie. Dieser Dummkopf von ihrem Bruder tauchte am Standesamt auf und fing Streit mit mir an. Ist mit mir nicht einverstanden. Ha, ha! Priscillas Vater war Rechtsanwalt und besaß außerdem ein wenig Vermögen. Hat sie gut abgesichert zurückgelassen. Der Bruder meint jetzt, ich sei hinter ihrem Geld her.« Er machte ein betrübtes und beleidigtes Gesicht, aber in seinen Augen blitzte die Hinterlist. »Mein Trauzeuge mußte ein bißchen grob zu ihm werden. Priscilla ist an so etwas nicht gewöhnt.«

Er kam näher. Seine hervortretenden und feuchten Augen klebten wie Lutschbonbons an meinem Blick.

»Möchten Sie ein Glas Wein?« fragte ich.

»Etwas Stärkeres wäre mir lieber. Gin mit italienischem Wermut, halb und halb? Ein Mann in den Flitterwochen sollte nichts hängen lassen, he?«

Er lachte herzhaft über seinen eigenen Scherz und rempelte mich mit seinem Ellbogen an. Ich lächelte, um zu zeigen, daß ich nicht zimperlich war, und ging in die Küche. In der Speisekammer fand sich eine Flasche Gin. Weitere Nachforschungen förderten eine sehr alte Flasche süßen Wermuts zutage, in der sich noch zwei Fingerbreit der trüben roten Flüssigkeit befanden. Ich spießte eine Maraschinokirsche auf und machte ihm ziemlich stümperhaft seinen Cocktail zurecht, in dem notgedrungen der Gingehalt überwog.

»Mit allem, was dazugehört, wie ich sehe, Mrs. Stowe«, meinte er anerkennend. Er kippte ihn sehr schnell hinunter und saugte dann so penetrant an seiner Kirsche, daß ich Henry, hätte er diese Schlürflaute produziert, dafür geschimpft hätte. »Scheues kleines Ding. Ich meine Priscilla. Sonst eigentlich nicht mein Fall. Aber mir gefällt es, wenn ein Mädchen ein bißchen was hermacht. Sie hatte alles als Kind. Klostererziehung, unbeschwertes Elternhaus, Apportierhund, alles Drum und Dran! Mein Alter hatte einen Schrotthandel in der Old Kent Road. Ich bin mit vierzehn aus der Schule und machte mich selbständig, indem ich Ersatzteile verkaufte. Motor-Accessoires heißt das heute. Natürlich werden manche denken, ich hätte Pris des Geldes wegen geheiratet, aber das ist ganz und gar nicht der Fall.«

»Das glaube ich Ihnen.«

»Wenn ein Mann sich damit befaßt, eine Familie zu gründen, sucht er nach etwas, das ein wenig anders ist, nach der passenden Mutter für seine Kinder.« An dieser Stelle bemühte er sich um einen ehrlichen Gesichtsausdruck, aber seine Augen verrieten seine Gerissenheit. »Eine, die nicht mit deinen Kumpels herumflirtet. Priscilla ist unerfahren, aber nicht kalt. Sie wollte nicht mit mir … Sie wissen schon … ehe wir verheiratet waren, aber ich bekam doch mit, daß sie ein wenig leidenschaftlich ist. Ein Mann spürt so etwas.«

Halb war ich froh, halb tat es mir leid, daß die Türglocke diesen Vertraulichkeiten ein Ende setzte. Man konnte jedenfalls nicht sagen, daß das Gespräch mit Reggie langweilig war.

»Mrs. Stowe? Ich bin Maurice Tremlow.«

Mr. Tremlow zog seinen Hut, einen feschen schwarzen Fedora, und entblößte eine herrliche Silbermähne und eine breite Stirn. Er war sehr braun und hatte so viele Falten, daß sich vermutlich jede Frau, abgesehen von den innerlich wirklich unabhängigen, damit unter den nächsten Zug geworfen hätte. Er mochte so um die Siebzig sein, mittelgroß, mit der Neigung dick zu werden. Seine rundliche Gestalt war in ein sehr elegantes Cape mit purpurrotem Paspelverschluß gehüllt.

Was er in seinem Brief über seine Nervenschwäche geschrieben hatte, war nicht gelogen. Seine Hand zitterte, als er sie mir gab, und seine Augen füllten sich mit ungeweinten Tränen. »Ich bin Ihnen so dankbar, daß Sie mich so kurzfristig aufgenommen haben. Was für ein herrliches Haus! Fünfzehntes Jahrhundert?«

»Ja. Lassen Sie mich Ihren Mantel ... Ihr Cape nehmen. Sind Sie an Architektur interessiert?«

»O ja. Das kann ich wohl sagen. Man kann sich schwer vorstellen, sich nicht für etwas zu interessieren, was eine so zentrale Rolle in unserem Leben spielt. Die Druckerpresse aller Jahrhunderte, wie ... jemand sagte. Ich habe vergessen, wer. G. K. Chesterton meinte, es gäbe keine uninteressanten Dinge, sondern nur uninteressierte Menschen. Sehen Sie das auch so?«

»Ja. Ich denke schon. Man muß ein bißchen darüber nachdenken. Henry! Komm und nimm Mr. Tremlows Koffer, mein Schatz.«

»Das ist also Henry. Schön, schön.« Mr. Tremlow schüttelte Henry die Hand und schaute ihn neugierig an. »Ein gutes, starkes, intelligentes Gesicht, wenn ich das sagen darf.«

Was Henry betraf, war jede üppige Schmeichelei erlaubt. Ich brachte Mr. Tremlow auf sein Zimmer.

»Reizend! Herrlich! Genau, was ich suche!« Er ließ sich auf das Bett fallen und klopfte sich auf die Brust. »Keine Kondition mehr. Zu gut gelebt. Sie wohnen nahe am Meer, nicht wahr. Ich werde jeden Tag einen Spaziergang dorthin machen. Gibt für die Lungen nichts Besseres als Ozon. Das, und eine magere, gesunde Ernährung. Ich kann jetzt schon sagen, daß ich hier gut schlafen werde. Ich leide an Schlaflosigkeit, wissen Sie, aber hier werde ich wie eine ausgeblasene Kerze ausgehen.« Er lachte, aber zugleich traten ihm wieder die Tränen in die Augen. Er wischte sie mit dem Handrücken weg.

Ich fragte ihn, ob er einen Drink vor dem Essen haben wolle, aber er lehnte ab.

»Wahrscheinlich habe ich Sie warten lassen. Ich mußte am Bahnhof auf das Taxi warten. Ich wasche mich nur kurz und komme dann gleich nach unten.«

Als ich ins Wohnzimmer kam, war auch Mrs. Paget da. Sie

hatte eine braune Hemdbluse aus Jersey angezogen, die sie am Hals gewaltsam mit einer Diamantbrosche in Form eines Käfers zusammenhielt. Ihre riesigen Schuhe waren wirklich das Letzte, flach und schlicht mit viel Platz für die Zehen. Ihr Haar hatte sie auf einer Seite mit einer Schildpattspange zusammengefaßt, und sie trug kein Make-up. Ich fragte mich, ob Reg sich nicht ein wenig verkalkuliert hatte, was die verheißene Leidenschaft anging, andererseits sagte man ja, daß stille Wasser tief gründen. Sie wollte süßen Sherry. Ich mußte zurück in die Küche, um die Flasche Bristol Cream zu holen, die ich für Nachtische verwendete.

Ivor kam herein und sah in seinem Anzug, der ihm einige Nummern zu groß war, aus, als schwimme er darin. Normalerweise trug er Kniebundhosen und einen Anorak. Ich fand es sehr nett von ihm, sich solche Mühe zu geben. Er verneigte sich und gar mir einen Handkuß. Dabei sah er aus wie ein wirklicher Gentleman, wenn auch ein etwas exzentrischer. Er stellte sich neben Mrs. Paget und fragte sie, wie ihr Kent gefalle.

»Es ist ziemlich kalt, nicht wahr«, lautete die ganze Antwort, die sie mit leisem, undeutlichem Stimmchen gab.

»Ah! ›Du bist ein Sommervogel, der selbst in Winters Mitten singt den Tag herbei.‹«

»Wie bitte?«

Ich hatte den Eindruck, daß Mrs. Paget ziemlich beleidigt war, ein Vogel genannt zu werden. Mr. Tremlow kam herein, sehr elegant, in seiner mitternachtsblauen Smokingjacke und den Abendschuhen aus Kunstleder. Trotz seiner Figur wirkte er leichtfüßig, und seine weißen Hände waren schön geformt. Er gestikulierte beim Sprechen sehr heftig mit ihnen. Ich stellte ihn den Pagets vor, und wir gingen ins Eßzimmer.

Jenny trug die Suppe auf. Lissie und ich hatten uns auf *potage solferino* aus Tomaten, Kartoffeln und Lauch geeinigt, die sowohl gut schmeckte als auch preiswert war, und keiner konnte dagegen Einwände haben, mochte der Geschmack bieder oder erlesen sein. Die Autorin des Kochbuchs, aus dem ich das Rezept hatte, empfahl dringend, eine Prise Cayennepfeffer hinzuzufügen, und so hatte ich mich daran gehalten, auch weil ich wußte, daß es Henry und Elizabeth sonst nicht schmecken würde. Mrs. Paget nahm einen Mundvoll und legte dann ihren Löffel wieder hin.

»Leider kann ich so stark Gewürztes nicht essen.«

»Oje!« Es war mir äußerst peinlich. »Ist es denn allen zu scharf?«

»Nicht im geringsten!« erwiderte Mr. Tremlow.

»Diese Suppe hat Klasse«, sagte Reggie begeistert und schob sich den vollen Löffel in den Mund und schluckte ihn laut schmatzend hinunter.

»Einfach köstlich, Miranda«, lobte Ivor.

Alle Männer wollten einen Nachschlag, was mich aufbaute. Mrs. Paget hüllte sich in entmutigendes Schweigen, drückte nur hin und wieder ihre Serviette an die Lippen. Es ist schon seltsam, daß in Schweigephasen, die ein Gespräch ablösen, der normalerweise beschäftigte, vielleicht sogar fruchtbare Geist zu einer trockenen, gestaltlosen Landschaft wird; selbst die kleinsten Einfälle, von Geistesblitzen einmal ganz abgesehen, machen sich sofort aus dem Staub.

»Leben Sie in London, Mr. Tremlow?« fragte ich, weil ich instinktiv spürte, daß er mein bester Verbündeter war.

»Vorübergehend, ja. Aber den Großteil meines Lebens habe ich in Italien verbracht. Meine geliebte Frau war Italienerin. Ich bin erst vor ein paar Wochen wieder nach England zurückgekehrt, nachdem ich dreißig Jahre lang im Ausland verbracht habe.«

»Sehr hübsch, diese italienischen Wei – Mädchen, oder?« steuerte Reggie bei. »Große schwarze Augen und ... Sie wissen schon.« Er vollführte mit seinen Händen Kreisbewegungen vor seinem Rüschenoberkörper. Mrs. Paget schloß die Augen und suchte wieder Halt an ihrer Serviette.

»Kennen Sie Italien, Mrs. Paget?« erkundigte sich Mr. Tremlow. Die Haut um seine Augen faltete sich wie ein Papierfächer, als er sie freundlich anlächelte.

»Ich war nie im Ausland.« Sie warf ihm einen ihrer raschen, zweifelnden Blicke zu. »Mutter und Vater mieteten im Sommer immer für drei Wochen ein Haus in Burton-on-Sands. Vater mochte keine Fremden.«

»Mögen Sie denn das Meer?« Ich war froh um alles, was ihr Freude machen könnte. »Es ist gleich in der Nähe. Sie könnten morgen einen Strandspaziergang machen.«

»Sehr freundlich, aber ich habe empfindliche Bronchien, und ich denke, die Kälte ist nicht gut für mich. Ich lese lieber.«

»Was lesen Sie denn gerne?« fragte Ivor und zeigte sich plötzlich sehr interessiert.

»Ich lese gerne Biographien über das Königshaus.«

»Ah. Geschichte! Miranda ist nämlich eine gute Historikerin.« Ich erhob verlegen Einspruch, aber Mrs. Paget sah mich an, als wäre ich ein großer Insektenfresser mit Stachelschwanz. Ivor hatte sich so richtig in Schwung geredet und bekam nichts mit. »Seneca hat eine interessante Bemerkung zur temporären Macht hinterlassen. ›Wie viele Menschen ein Tyrann auch abschlachtet, seinen Nachfolger kann er nicht töten.‹ Liegt auf der Hand, wenn man darüber nachdenkt, aber trotzdem gut gesagt, finden Sie nicht?«

Er sah Mrs. Paget erwartungsvoll an. Ivor ist ein sehr rücksichtsvoller Mensch, und es läge niemals in seiner Absicht, an Leuten vorbeizureden und sie dadurch in eine unbehagliche Situation zu bringen. Ich wußte sehr wohl, daß Mrs. Pagets Lesestoff sich auf die Art von Büchern beschränkte, die sich sehr detailliert darüber auslassen, ob die kleine Prinzessin Margaret Rose zum Tee lieber Krabbenpaste oder Marmelade aß, welchen Klamauk die Queen Mum im königlichen Varieté besonders lustig fand und welche Seifenmarke »Crawfie« fürs Kinderbad verwendet. Ich denke, daß auch Mr. Tremlow das auf Anhieb erkannte, denn ich sah, daß sich die Fältchen seines Gesichts vor Belustigung zusammenzogen, als er Ivors Frage hörte.

»Ich habe immer den Satz sehr geschätzt, daß das Glück nur selten jemanden bis zur Türe begleitet. Auch darin steckt eine zynische Weisheit. Doch auch wenn viele Menschen sich gerne von der Macht und ihren verderblichen Einflüssen abschrecken lassen, wer hätte nicht mit beiden Händen nach ihr gegriffen, wenn man sie ihm anbot? Nehmen Sie Cromwell, zum Beispiel. Heldenhafter Kopf, genialer Spießer oder barbarischer Königsmörder?«

Während Ivor und Mr. Tremlow in eine Auseinandersetzung über das Interregnum einstiegen, an dem beide Gefallen zu finden schienen, entspannte ich mich ein wenig. Das Kaminfeuer glühte kraftvoll und freundlich, das Kerzenlicht schimmerte im polierten Silber, die dunkelroten Chrysanthemen verströmten einen köstlichen Moschusduft. Reggie schien es zu genießen. Er leerte sein Glas und richtete dann seinen schamlosen Blick auf mich.

»Schmeckt gut das Zeug. Habe mir vor kurzem mehrere Kisten besten Schampus geholt.« Holen dürfte wohl ein Euphemismus sein. »Intellektuelle, äh?« Dabei deutete er mit einem Kopfnicken auf Ivor und Mr. Tremlow. »Ist ja alles gut und schön, aber Frauen stehen nicht auf so was, oder? Ist er verheiratet?« Er blickte auf Ivor, der seine Theorie der allgemeinen Unrast erläuterte.

»Nein.«

»Hab ich mir gedacht.« Er sprach ein wenig leiser. »Macht Ihnen wohl nichts aus, einen Schwulen hier zu haben? Ich verstehe einfach nicht, warum die Frauen sie mögen. Wahrscheinlich ist er ungefährlich.« Reggie lachte aggressiv und fingerte dabei unbewußt an seinem Hosenbund herum. Ich sah weg. »Ist wohl ein Verwandter oder was?«

»Er war mit meinem Mann auf der Schule. Er hilft mir, Haus und Garten in Schuß zu halten.«

»Ihr Mann ist wohl abgezwitschert? Das ist schlimm. Muß ja ein sehr wählerischer Typ sein.«

Zu meiner Erleichterung brachte Jenny den nächsten Gang. Reggie schien wenig Ahnung von den Regeln eines höflichen Gesprächs zu haben. Die Kasserolle mit Fasan, Kastanien, Röstkartoffeln und Rotkohl sah verführerisch aus und duftete köstlich, wie ich fand.

Priscillas Vater war eindeutig ein Autokrat gewesen, und was seine Tochter anging, waren auch noch seine unbedeutendsten Äußerungen das Evangelium für sie. Er hatte nie Wild gegessen, weil diese in der Wildnis lebenden Kreaturen bestimmt zu den Aasfressern gehörten, deren Nahrung höchstwahrscheinlich ungesund war. Er wäre offenbar auch nicht mit dem kalten Braten einverstanden gewesen, den ich ihr anstelle des

Fasans anbot, da man seiner Meinung nach kalt gewordenes Fleisch nicht genießen konnte. Sie aß das Gemüse mit einem Ausdruck stillen Martyriums.

»Jetzt stell dich nicht so an, Pris!« Reggies Stimme klang schneidend, als er das sah. »Du mußt etwas essen. Ich will keine ohnmächtige Frau in meinen Händen. Stören Sie sich nicht daran, Mrs. S. Sie weiß nicht, was gut für sie ist. Aber sie wird es bald wissen.«

Er lachte laut, den Mund voller Essen.

»Es ist wirklich köstlich«, sagte Mr. Tremlow und langte ohne Rücksicht auf die magere, gesunde Kost, die er anfangs erwähnt hatte, kräftig zu.

»First class, Miranda!« Ivor schickte mir einen glutvollen Blick über den Tisch. »Du siehst heute abend sehr schön aus«, fügte er im Flüsterton hinzu. Doch Reggies Augen wurden schmal, als er nachdenklich seine Blicke zwischen mir und Ivor hin und her schweifen ließ.

Mr. Tremlow war der perfekte Gast und bat mich, ihm etwas über die Geschichte des Hauses zu erzählen. Ich teilte ihm alles mit, was ich über seine ursprüngliche Bestimmung als Priorei wußte und über die ersten Jahre in Privatbesitz, vor allem die Zeit von Margaret le Bec, deren Wappen sich über dem Kamin im Eßzimmer befand. Besonderes Interesse zeigte Mr. Tremlow an den Briefen, die man im ersten Stock hinter der Vertäfelung gefunden hatte, als der viktorianische Besitzer von Westray das erste Badezimmer einbauen ließ.

»Befinden sie sich noch hier im Haus? Ich würde sie so gerne sehen.«

»Die Originale sind im Heimatmuseum, aber wir haben Kopien davon. Ich zeige Sie Ihnen nach dem Essen, wenn Sie wollen.«

Ich versuchte Jasper von meinem Bein wegzuscheuchen. Zu seinen Vorlieben gehörte außer Katzen jagen (mit Ausnahme von Dinkie), im Wallgraben schwimmen und eben auch, daß er sich gerne an jedes ruhig dasitzende Familienmitglied drückte, vor allem an Elizabeth. Da sie nicht da war, kam ich an die Reihe. Als ich meine Beine zurückzog, preßte er sich nur noch heftiger dagegen.

»Meine Güte, dieser Hund ist aber ein anhängliches Wesen«, sagte Mr. Tremlow und bückte sich, um unter den Tisch zu schauen. »Er hat während des ganzen Essens auf meinen Füßen gelegen. Ich finde das recht schmeichelhaft.«

Mr. Tremlow und ich saßen uns gegenüber, mindestens anderthalb Meter voneinander entfernt. Ich schob meine Hand unter den Tisch und fühlte statt Jaspers seidigem Kopf ein behostes muskulöses Knie. Reggie blinzelte mir zu.

»Um auf diese Briefe zurückzukommen. Erzählen Sie mir davon«, sagte Mr. Tremlow und nahm sich noch mal Fasan, als Jenny ihm die Platte reichte.

»Irgendwann, nachdem Margaret le Bec Witwe geworden war, konvertierte sie zum römisch-katholischen Glauben. In dieser Gegend gab es einige widerspenstige Familien, die sich vermutlich die Pflicht teilten, katholische Geistliche zu verstecken. Aus den Briefen wird deutlich, daß aus Margaret und dem Priester, der ihr spiritueller Mentor war, ein Liebespaar wurde. Die Briefe sind wirklich sehr traurig, handeln alle von der Gefährdung ihrer unsterblichen Seelen. Sie muß eine tapfere Frau gewesen sein. Es war damals nicht lustig, katholisch zu sein.«

»Und wie hältst du es mit der Blutfrage?« zitierte Ivor.

»Wie bitte?« Priscilla blickte ziemlich grimmig drein.

»Priscilla mag diese Ausdrucksweise nicht«, erklärte Reg. »Sie macht mich ständig runter. Doch wenn man um jemanden wirbt, muß man der kleinen Frau natürlich ihren Willen lassen.« Er blickte in die Runde und zeigte uns sein verschlagenes Lächeln, das für Priscilla bestimmt nichts Gutes verhieß.

»Ich sprach von der Befragung, der sich unter der Regierungszeit von Elizabeth alle stellen mußten, die man des Katholizimus verdächtigte«, erklärte Ivor freundlich. »›Würdest du England gegen den Papst verteidigen, falls er selbst einmarschierte?‹ Das ging als ›Blutfrage‹ in die Geschichte ein.«

Priscillas blasse Augen blickten flehentlich auf ihren Ehemann, als sie die Begriffe in ihrem Kopf einzuordnen versuchte. »Ich weiß nicht«, meinte sie schließlich, »Vater mochte die Katholiken nicht. Er war Baptist, streng und eigen.«

»Trink doch, Mädchen«, herrschte Reg sie an. »Du hast deinen Wein noch gar nicht angerührt. Du mußt dich entspannen. Du bist ja ganz aufgeregt. Du wirst dich gleich besser fühlen.«

Langsam verstand ich, warum Priscilla Reg geheiratet hatte. Ihr Vater war ein ignoranter Despot gewesen und Reggie bot ihr die gleiche Sicherheit. Doch man hätte meinen können, daß in dieser Richtung kein Mangel an Auswahlmöglichkeit bestand. Jenny trug die *crème brûlée* auf. Sie meisterte ihre Aufgabe wirklich hervorragend. »Na, das sieht doch aber gut aus. Das ißt du jetzt, mein Schleckermäulchen, wenn du weißt, was gut für dich ist.« Reggies Rat kam fast einem anherrschenden Kommandoton gleich. Er hatte doppelt so viel getrunken wie wir anderen, und sein Gesicht war rot. Stärker denn je spürte ich, daß ich lieber nichts mit ihm zu tun haben wollte. Priscilla klopfte nervös gegen die kristalline Scheibe auf der Eiercreme.

»Jetzt iß schon, Puppe. Ich weiß, du kannst das. Wie der Bischof zur Schauspielerin sagte, wenn Sie verzeihen.« Reggie zog eine Fratze, die mir wie eine groteske Parodie auf eine Entschuldigung vorkam.

Mr. Tremlow ließ ein unterdrücktes Hüsteln hören. Die vor Verlegenheit puterrote Priscilla schlug auf die kandierte Oberfläche ein, und ein scharfes Dreieck sprang ab und blieb frech bei Ivor in der Wange stecken.

Nach dem Abendessen setzte sich Mr. Tremlow mit mir gemeinsam neben den Wohnzimmerkamin und sah sich die Margaret-le-Bec-Briefe an, Reggie und Priscilla nahmen das andere Sofa in Beschlag. Reggies große Hand lag auf Priscillas Knie, während er einen sehr großzügigen Brandy mit Soda kippte.

»Sehr stilvoll«, meinte er, als er sich umsah. »Merk dir das, Pris. Wenn ich nach Hause komme, möchte ich auch gern so etwas sehen.« Er stand abrupt auf. »Gute Nacht alle miteinander. Zeit, ins Bett zu gehen.« Er blinzelte mir zu. »›Gehet und vermehret euch‹, sagte der Herr, und ich möchte meinen Teil dazu beitragen.«

Priscilla, die so rot wurde, daß ihr die Augen tränten, schlich ihm hinterher, blieb aber linkisch an der Tür stehen, um uns flüsternd gute Nacht zu wünschen.

»Du liebe Zeit. So ein schrecklicher Mann!« stöhnte ich, als ich mir sicher sein konnte, nicht mehr gehört zu werden. »Das war nicht ganz der Abend eines nahtlosen Interessenaustausches, den ich mir vorgestellt hatte.«

»Ich habe einen sehr schönen Abend genossen«, sagte Mr. Tremlow. »Aber ich mache mir um das arme Mädchen Sorgen. Mir kommt er wie ein Schurke vor. Während Sie Kaffee kochten, hat er mir vom Geld seiner Frau erzählt.«

»Sie scheint ihn zu fürchten. Das würde ich auch ... hallo Schatz«, unterbrach ich mich, als Elizabeth ihren Kopf durch die Tür steckte. »Komm und lern Mr. Tremlow kennen.«

»Hallo. Ich bin auf dem Weg ins Bett. Komm mit, Jasper. Gute Nacht. Bis morgen.«

Jasper erhob sich zögernd von Mr. Tremlows Abendschuhen und folgte ihr aus dem Zimmer.

»Das war ziemlich schroff. Schwieriges Alter. Ich muß mich entschuldigen.«

»Brauchen Sie nicht. Sie sieht aus, als wäre sie ein nettes Mädchen. Charakterstark.«

»Haben Sie Kinder?«

»Traurigerweise habe ... du liebe Güte, was ist denn das?«

Ein Schrei hallte durch das Haus, sofort gefolgt von einem zweiten. Ich flog die Treppe hoch, Bilder des Entsetzens drängten sich mir auf. Mr. Tremlow folgte mir so schnell es sein Gewicht erlaubte. Die Schreie kamen aus dem Zimmer der Pagets. Hatte Reggie sich entkleidet und war der Schock maskuliner Anatomie für eine so zart besaitete Frau zu viel gewesen? Henry und Elizabeth standen auf dem Treppenabsatz und schüttelten sich vor Lachen, als die Geräusche aus dem Schlafzimmer sich zu einem leisen Schluchzen beruhigten. Ich hörte Reggie mit sehr lauter und ärgerlicher Stimme auf Priscilla einreden, daß sie sich zusammenreißen solle.

»Was habt ihr angestellt, ihr fürchterlichen Zwei?« fragte ich leise.

»Das war die Quittung für das, was sie über dich gesagt hat«, erklärte Henry. Ich habe zufällig an der Tür gelauscht, als sie sich zum Abendessen umzogen. Sie meinte, du seist zu elegant angezogen, um achtbar zu sein.«

»Hat sie das wirklich?« Ich war gar nicht unzufrieden darüber. Dann besann ich mich aber: »Du weißt doch, daß man nicht lauschen soll. Das zeugt von sehr schlechtem Benehmen.«

»Und er meinte, du seist ganz schön knackig, aber sie sei mehr sein Typ. Also ehrlich, ich finde sie die langweiligste und unsympathischste Frau, die ich je gesehen habe. Du bist um Klassen hübscher.«

»Dem kann ich nur zustimmen. Um Klassen«, keuchte Mr. Tremlow, als er uns eingeholt hatte.

»Mein Dank an beide. Na, welche Art der Rache war es denn?«

»Dieser grüne Plastikskorpion, den ich letztes Jahr an Weihnachten im Strumpf hatte ... du weißt doch ..., na ja, den habe ich in einen ihrer Hausschuhe gelegt. Ich wollte ihr einfach ein bißchen Angst einjagen. Ich dachte doch nicht, daß sie gleich das ganze Haus zusammenschreit.«

»Gott sei Dank!« sagte Mr. Tremlow. »Ich sah mich schon gezwungen, mir den Weg in ihr Schlafzimmer zu bahnen, um ihm zu befehlen, sie loszulassen. Er ist größer als ich.«

»Also, du entschuldigst dich morgen lieber. Sie wird an Kinder wohl nicht gewöhnt sein. Das war sehr gemein von dir.«

»Aber sie hat doch geschrien, oder?« Elizabeth kicherte. Ihr Make-up war übers ganze Gesicht verschmiert. Ich wunderte mich wieder über dieses Hockeyspiel.

»Ich dachte schon, alle Fensterscheiben würden zerspringen.« Ich fing zu lachen an. »Das Mädchen hat Kraft in den Lungen.«

Elizabeth kam zu mir und legte mir den Arm um die Taille.

»Ich liebe dich«, sagte sie, ehe sie ins Bett ging.

Plötzlich hatte ich das Gefühl, daß der Abend gar nicht so schlimm gelaufen war.

Kapitel 13

Reggie erschien als erster unten beim Frühstück. In seinem gelben Kaschmirpullover, der Paisleykrawatte und der Reithose sah er aus wie eine Reklame für Männermode. Alles war offenbar neu. Ohne Zweifel leistete Priscillas Geld schon gute Dienste. Ich ließ Mr. Tremlow mit einer unverdünnten Dosis Pagetschen Witzes allein und machte mich daran, Porridge und Eier mit Schinken zuzubereiten. Nach dem Frühstück, zu dem Priscilla nicht auftauchte, bat Mr. Tremlow mich, ihm das Haus zu zeigen.

»Dieser Mann ist ein Gauner«, sagte er, als er mir in die Bibliothek nachkam. »Er hat sich vor mir mit seinen Beziehungen zum Finanzamt gebrüstet, und dabei wurde ganz offensichtlich, daß er wegen Betrugs ins Gefängnis gehörte. Dieses arme Mädchen, das er da geheiratet hat, sollte gerettet werden.«

»Ich glaube nicht, daß sie Ihnen das danken würde. Wie elend er sie auch zurichten mag – und ich denke, er wird ihr wirklich das Leben zur Hölle machen –, sie wird tun, was er ihr sagt. Männer können die gemeinsten Schurken sein, und die Frauen lieben sie dennoch dafür. Denken Sie doch nur an Wagner oder Augustus John, um nur zwei zu nennen.«

»Wahrscheinlich haben Sie recht. Oh, dieser Raum gefällt mir! Beste viktorianische Architektur. Gut gearbeitet, wohnlich und anmutig. Du meine Güte, was für eine interessante Büchersammlung! Die Paduaner Schule, Fauvismus, Barocker Formalismus, Nuagismus ... o wie herrlich!«

»Benutzen Sie die Bibliothek, wann immer Sie wollen«, sagte ich und vergaß dabei ganz meine Absicht, die Pensionsgäste nur in das Wohnzimmer zu lassen. Ich mochte Mr. Tremlow, und es fiel mir schwer, nicht aus dem Auge zu verlieren, daß die Grundlage unserer Beziehung finanzieller Natur war. »Sämtliche Kunstbücher in diesem Regal hier gehörten meiner Mutter, die jetzt in Italien lebt, und meinem Vater, der im Krieg starb. Ich selbst sehe sie mir kaum an. Ich interessiere mich mehr für Romane und Geschichte.«

Mit vor Aufregung zitternden Händen hatte Mr. Tremlow einen Band herausgezogen und sich bereits hineinversenkt. Ich ließ ihn in Ruhe und ging, um die Betten zu machen. Als ich eine dreiviertel Stunde später wiederkam, saß er mit einem Stapel Bücher vor sich am Schreibtisch. Er blickte auf, als ich hereinkam.

»Sagen Sie, Mrs. Stowe ... während Sie weg waren, habe ich über etwas nachgedacht. Wie erklären Sie sich die masochistischen Tendenzen des schönen Geschlechts?«

»Nun, das ist zufällig eine Frage, über die ich mir auch schon viele Gedanken gemacht habe.«

Ich ging ans Fenster, um mich in die Nische zu setzen, von der aus man auf den Wallgraben hinunter sah, und Mr. Tremlow drehte sich in seinem Stuhl zu mir herum. Er trug ein Jackett und eine Hose aus Marinedrillich, dazu eine gelbe Seidenfliege, was gar nicht britisch war. Das noch schwach durchs Fenster sickernde Sonnenlicht versah sein weißes Haar mit einer Silberaureole. Aus der Vase, die neben ihm auf dem Schreibtisch stand, war ein Zweig *Viburnum Bodnantense* gefallen. Mr. Tremlow hob den Zweig auf, drehte die rosa Blüte, während er sprach, unentwegt in seiner Hand und sog den süßen Duft ein. Er schien ein Mensch zu sein, der trotz der Erschütterungen seines Nervenkostüms das Leben genoß.

»Ich denke, es kommt unmittelbar daher, daß Frauen dazu erzogen werden, zu gefallen. Das ist natürlich alles Freud. Ich kann hier keine eigenen Erklärungen für mich beanspruchen.

Rückblickend kann ich sagen, daß ich unbewußt den Jungs einen wesentlich größeren Freiraum zur Auflehnung eingeräumt habe. Das hat wahrscheinlich auch damit zu tun, daß ich so wenig über Männer Bescheid weiß, denn ich bin in einem ganz und gar von Frauen beherrschten Haushalt groß geworden. Bei Elizabeth war ich mir viel sicherer, wie es sein sollte ... wie sie sein sollte.«

»Nach dem wenigen, was ich von ihr gesehen habe, scheint sie das mütterliche Joch ziemlich erfolgreich abgeschüttelt zu haben.«

Als er dies sagte, lächelte er. Ich ertappte mich dabei, daß ich fast unbewußt Mr. Tremlow alles erzählte, was mir hinsichtlich der Kinder Sorgen machte. Erst als ich ihm von Elizabeths Reaktion auf den Tod ihres Vaters berichtet hatte, fiel mir plötzlich wieder ein, daß Mr. Tremlow Gast in meinem Haus war und Ruhe und Erholung suchte.

»Verzeihen Sie bitte. Wahrscheinlich wollen Sie das alles gar nicht hören. Sie sind ein so guter Zuhörer, und ich habe mich hinreißen lassen. Die Antwort auf Ihre eigentliche Frage ... ich denke, daß die widerlichen und übertriebenen Forderungen, die diese Mistkerle an Frauen stellen, diesen das Gefühl geben, daß ihre Erwartungen sich bewahrheiten. Daß sie sich damit abfinden, beschimpft, geschlagen und betrogen zu werden, um dann noch liebeheischend nach mehr zu verlangen, bestätigt nur das, was sie gelernt haben.«

»Sind Sie Feministin?«

»Nun, natürlich begeistere ich mich für alles, was Frauen glücklicher und freier macht. Wer würde das nicht? Aber ich bin nie nachdrücklich dafür eingetreten, bin nie mit Spruchbändern marschiert und habe auch keine polemischen Aufrufe verfaßt; also kann ich mich eigentlich nicht eine Feministin nennen. Ich muß zu meiner Schande gestehen, daß ich es den anderen überlassen habe, die Kohlen aus dem Feuer zu holen.«

»Warum?«

»Vermutlich aus Feigheit. Vielleicht auch Faulheit. Ich bewundere Frauen wie Mary Wollstonecraft und Harriet Martineau zutiefst. Das Problem ist nur, daß es schwer ist, das alles im Leben umzusetzen, nicht wahr?«

»Ich wünschte, Sie hätten meine Frau kennenlernen können. Sie hätten ihr gefallen. Lucia war höchst intelligent, obwohl sie kaum lesen oder schreiben konnte. Als ich sie zum erstenmal sah, war sie gerade achtzehn Jahre alt.« Mr. Tremlow seufzte. »Nie werde ich diesen ersten Anblick vergessen, als sie mit ihren Ziegen den Berg herunterkam. Stellen Sie sich vor ... die verdrehten Stämme der silbernen Olivenbäume, die zwischen den Steinen hin und her flitzenden Eidechsen, die Lichtspirale, die die rote Erde einfing, kein Laut außer Vögeln und Ziegenglocken. Ich war hungrig, durstig ... auch ein wenig einsam. Sie reichte mir ein Stück Käse, den sie am Morgen selbst gemacht hatte. Diese Frische, diese Süße! Ich kam mir vor wie im Paradies.«

Mr. Tremlow schwieg einen Augenblick und dachte nach. Ich wartete, daß er weitererzählte. »Lucia war eine Waise. Sie melkte jeden Tag die Ziegen, machte aus der Milch Käse und brachte die Ziegen hinauf zur besten Weide. Am Abend molk sie die Tiere wieder und kochte für ihre fünf jüngeren Brüder und Schwestern ein Abendessen. Sie gingen alle zur Schule, Jungen wie Mädchen. Sie war streng mit ihnen. Jedes dieser Kinder hat einen Schulabschluß gemacht, und zwei besuchten die Universität.« Mr. Tremlow machte eine Pause, und ich sah, daß seine Augen feucht waren. Er versuchte nicht, seine Gefühle zu verbergen, aber nach einiger Zeit erzählte er weiter. »Wieviel sie mir beigebracht hat! Bis ich ihr begegnet bin, wußte ich gar nicht, wie sehr ich mein Leben auf angenehmen Lügen aufgebaut hatte.«

»Sie müssen sie schrecklich vermissen.«

»O ja, das tue ich! Aber für mich ist sie immer in der Nähe, selbst hier in diesem englischen Paradies, das ihr sehr fremd vorgekommen wäre.«

Mr. Tremlow war bei weitem kein *beau ideal.* Man konnte ihn sich wahrlich nicht auf dem *siège périlleux* vorstellen. Aber er schien dennoch eine ungewöhnlich große Liebe erlebt zu haben.

»Könnten Sie sich vorstellen«, fuhr er fort, »daß die Frauen genetisch dazu vorherbestimmt sind, ungeachtet moralischer Erwägungen das Leittier zu wählen? Männer suchen sich vielleicht hübsche, gesunde junge Frauen, damit sie hübsche, gesunde Kinder bekommen, und Frauen suchen sich starke, aggressive Männer, die ihnen und ihren Kindern den besten Schutz zu bieten vermögen. Vielleicht hat das alles gar keine psychologische Bedeutung?«

Lissie steckte den Kopf durch die Türe, als ich gerade darüber nachdachte, ob diese Annahme richtig sein könnte. Ich stellte Mr. Tremlow vor.

»Guten Tag. Was ist das denn für ein widerlicher Mann, der da grinsend und augenzwinkernd im Wohnzimmer sitzt? Das kann doch nicht einer der Frischvermählten sein?«

»Leider doch. Wir unterhalten uns gerade über schreckliche Männer ... über die seltsame Anziehungskraft, die sie auf Frauen ausüben, die offenbar im Vollbesitz ihrer geistigen Kräfte sind.«

»Das ist ganz leicht. Weil die netten Männer so langweilig sind.«

Ich kam zu dem Schluß, daß unsere unterschiedlichen Interpretationen dieses Phänomens mehr über uns selbst als über alles andere aussagten. Ich zeigte Mr. Tremlow den Rest des Hauses, während Lissie in die Küche ging, um Bridie zu herzen und Jenny beim Kartoffelschälen für das Mittagessen zu helfen. Er interessierte sich für alles, vom Treppenverlies bis zum Hundezwinger aus dem sechzehnten Jahrhundert. Seine Begeisterung war mir Ansporn, nun wirklich mit dem Aubrey versprochenen Projekt für das Sommerfestspiel anzufangen. Die Beschäftigung mit der Geschichte unseres Hauses war das perfekte Gegengift zu meinen ständig um Janòs kreisenden Gedanken.

Um zwölf Uhr fuhr ich zum Bahnhof, um James abzuholen, der übers Wochenende nach Hause kam. In all den Jahren, die er die Privatschule besuchte, war die Freude, ihn aus dem Zug steigen zu sehen, nicht weniger geworden. In den beiden Wochen, seit ich ihn zuletzt gesehen hatte, schien er gewachsen zu sein, und die Tatsache, daß er jetzt schon fast ein Trimester lang Aufsichtsschüler war, verlieh ihm etwas Gebieterisches. Es fiel mir schwer, mich als Elternteil zu fühlen. Während ich Zwiebeln für die *pissaladière* zum Mittagessen schnitt, fragte er mich eingehend nach meinen Wochenendgästen.

»Mir gefällt die Vorstellung nicht, daß jeder hier einfach so reinkommen kann. Dieser Paget scheint ein echter Schurke zu sein. Ich glaube nicht, daß Ivor ein großer Schutz ist. Du bist umgeben von Kindern und alten Frauen, ohne Rose nahetreten zu wollen.«

»Wir müssen die Welt so nehmen, wie sie ist, mein Schatz. Ich kann mich nicht einsperren.«

»Papa hat uns alle im Stich gelassen. Das werde ich ihm nie verzeihen.«

»James!« Ich war erstaunt und entsetzt. »Du glaubst doch wohl auch, daß es ein Unfall war! Und wenn es keiner war … wenn er sich wirklich umbringen wollte …, wie entsetzlich traurig wäre das! Es verdiente unser Mitleid und keine Anschuldigung.«

»Du willst immer alle in Schutz nehmen. Du willst, daß alles sauber und gemütlich ist. Ich finde, daß die Menschen für ihr Handeln verantwortlich sein sollten. Und eigentlich wollte ich damit nicht sagen, daß er sich umgebracht haben könnte, obwohl das, falls von ihm beabsichtigt, eine schändliche Feigheit und Treulosigkeit dir gegenüber gewesen wäre. Gemeint habe ich vielmehr sein Verhalten vor seinem Tod. Du weißt schon, mit diesen anderen Frauen.«

»O Liebling. Ich hatte keine Ahnung, daß du es wußtest. Es tut mir so leid.«

»Da haben wir's schon wieder. Das braucht *dir* doch nicht leid zu tun. Ich glaube kaum, daß es dir gefallen hat. Du meinst, es tut dir leid, daß ich mich mit der scheußlichen Tatsache auseinandersetzen mußte, daß mein Vater ein Schürzenjäger war, um es höflich auszudrücken. Nun, ich bin kein Kind mehr und sehe den Tatsachen gern ins Auge. O Mama, jetzt mach nicht so ein Gesicht!«

Er kam zu mir und legte den Arm um meine Schulter.

»Was für eins mache ich denn? Verletzt? Gedemütigt? Ja, das habe ich alles empfunden, aber jetzt, wo er tot ist, sollten wir da nicht unsere Streitigkeiten vergessen?«

»Welchen Sinn hat es denn, wenn wir nicht daraus lernen?

Die Vergangenheit wirkt sich auf die Gegenwart aus. Du kannst nicht so tun, als wäre es nicht wichtig, weil es vorbei ist.«

»Wer sagt denn, daß überhaupt etwas einen Sinn hat? Vielleicht haben die Existentialisten doch recht?«

James steigerte sich in eine Schmährede gegen den Existentialismus hinein, und ich hörte zu und briet Kartoffeln mit Knoblauch und Salbei. Ich war froh, daß ich mich vor ihm nicht rechtfertigen mußte, aber auch, daß er so voller Ideen steckte und sie so flüssig darzulegen verstand. Jacks Gegenwart hatte James' Begeisterung immer gedämpft. Jenny kam mit Bridie herein und strahlte vor Freude, als sie James sah. Er schien Spaß an dem Baby zu haben. In der Frage, mit welcher Gruppe er das Mittagessen einnehmen wollte, entschied er sich für die im Eßzimmer, wahrscheinlich, weil er es als seine Pflicht ansah, sich die Gäste genauer anzusehen.

Zu meiner Erleichterung erschien Priscilla zum Läuten des Gongs. Obwohl ich mir alle Mühe gegeben hatte, lüsterne Bilder von ihrer Defloration zu verbannen, hatten sich diese im Lauf des Vormittags immer wieder eingeschlichen. Ich konnte mir Reggie nicht als den idealen Mann für diese Aufgabe vorstellen. Priscilla sah jedoch im wesentlichen unverändert aus. Als sie die *pissaladière* verweigerte, weil sie angeblich die Zwiebeln nicht vertrug, erklärte Reggie ihr, sie solle aufessen und den Mund halten, anstatt ihm damit in den Ohren zu liegen. Sie gehorchte sofort. Seine Werbung war eindeutig vorbei. Wie vorauszusehen, konnte James Reggie von Anfang an nicht leiden und widersprach all seinen schamlos prahlerischen Behauptungen. Ich war Mr. Tremlow dankbar, daß er das Gespräch immer wieder auf weniger brisante Themen lenkte, wie etwa die Eierproduktion der Geierschildkröte und alte Methoden der Tauschwirtschaft in Papua-Neuguinea.

Nach dem Mittagessen schlug ich einen Strandspaziergang vor. Reggie sagte, er wolle mit Priscilla einen Ausflug nach Marshgate machen. Ich kümmerte mich darum, daß sie von Freddy abgeholt wurden. Welche Freude für uns, sie abfahren zu sehen! Schwache Sonnenstrahlen hatten mit den Schneeresten kurzen Prozeß gemacht und nur noch weiße Wölkchen zurückgelassen, die an pochierte Eier erinnerten. Eine steife Brise plusterte die Federn der Möwen auf und drehte Jasper die Ohren um. Der Sand war zu graubraunen Spieren aufgeworfen. Abwechselnd schoben Jenny und ich den Sportwagen mit Bridie. Nach einer Weile blieb dieser im nassen Sand stecken, und wir trugen sie. Ich war begeistert, als ich sah, wie schön sie schon ihren Kopf mit dem weißen Mützchen halten konnte und daß sich mit ihren kleinen rosa Händchen an mir festklammerte. Ich rannte mit ihr ein kleines Stück, und vor Überraschung über die Windböen, die ihr ins Gesicht bliesen, riß sie den Mund weit auf. Als sie das wie die Flügel eines Fabelwesens geblähte Cape Mr. Tremlows sah, kreischte sie vor Vergnügen.

»Es freut mich, der Grund ihres ersten richtigen Lachens zu sein. Ich komme mir vor wie die gute Fee, bei der man sich etwas wünschen darf. Ihr Lachen soll das von Silberglöckchen sein.« Mr. Tremlow vollführte lächerliche Luftsprünge zwischen den Sanddünen, hüpfte und gestikulierte mit den Händen, bis ihm sein Fedora vom Kopf gerissen wurde und an der von der letzten Flut gezogenen Linie aus Kieselsteinen und Seetang entlangrollte. Henry rettete ihn schließlich für seinen Besitzer. Er stürzte sich auf Mr. Tremlows Dankbarkeitsbezeugung ebenso gierig wie die Meerlerchen auf die Würmer, die sich vergebens im trägen Sand zu verstecken versuchten.

Es half alles nichts, ich mußte an das letzte Mal denken, als ich vor sechs Tagen mit Janòs am Strand entlanggelaufen war. Da konnte ich mich leicht über Elizabeths Wunsch entrüsten, dem männlichen Geschlecht gefallen zu wollen. Ich beobachtete Elizabeth. Sie hatte eine Handvoll Muscheln und ging ein wenig abseits von den anderen, den Blick fest auf den Boden geheftet. Ihr blasses Gesicht war naß von der Gischt, und an den Wangen schimmerte ein wenig Rosa durch. Ich mußte daran denken, wie ich sie vor Jahren im Arm gehalten hatte, wie jetzt Bridie, und an diesem Strand hier entlanggelaufen war.

Ich sah einen dunkelhaarigen Mann auf uns zukommen. Eine Sekunde lang dachte, hoffte ich, es könnte Janòs sein. Gleich darauf wurde mir bewußt, wie absurd dieser Gedanke war. Dieser Mann schien ohnehin größer und hatte längeres Haar.

Er war blaß und besaß nicht die für Janòs typische Energie. In schlaffer Haltung, mit beiden Händen in den Taschen und den Blick zu Boden gerichtet, machte er einen fast depressiven Eindruck. Als er näher kam, erkannte ich Dr. McCleod.

»Einen schönen Nachmittag«, rief ich ihm zu, als wir uns trafen.

Er nickte und ging ohne ein Lächeln seines Wegs. Es war wie ein Schlag ins Gesicht. Ich brauchte einige Minuten, um mir ins Gedächtnis zu rufen, daß ich ihn auch schon auf dem Titchmarsh Festival gesehen hatte. Die Abendkleidung hatte ihn so verändert, daß er, ehe ich ihn erkennen konnte, in der Menge verschwunden war. Entweder war er beleidigt oder resigniert, weil ich ihn damals nicht erkannt hatte.

»Er ist ein lieber alter Herr, nicht wahr, Miss?« meinte Jenny und zeigte dabei auf Mr. Tremlow, der sich mit Triumphgeschrei auf etwas am Boden stürzte und vorsichtig eine winzige Muschel aus dem Sand pulte, korallenrot mit vier Windungen. Mit einer Verbeugung überreichte er sie Elizabeth.

»Du wirst sehen, daß das eine *Chauvetia brunnea* ist, meine Liebe. Sehr selten. Ein Schmuckstück für deine Sammlung.«

Elizabeth machte einen Knicks und dankte ihm.

»Ein sehr lieber«, pflichtete ich ihr bei. »Auf jeden Fall eine Entschädigung für die anderen. Der Gedanke an das Essen heute abend ist mir fast unerträglich.«

»Was sorgt Ihr Euch, Mistress Stowe?« hob Mr. Tremlow zu einer ziemlich wackeligen Arabeske an. »Wissen Sie denn nicht, daß mir Zauberkräfte eigen sind und ich alle Probleme vertreiben kann?«

»Ich glaube nicht, daß es in Ihrer Macht steht, auf die widerwärtige Natur des Reginald Paget Einfluß zu nehmen.«

Am späteren Abend, nach dem Essen, hatten Rose und ich, während ich sie auszog, ein richtig langes Gespräch. Sie war so redselig wie schon seit Jahren nicht mehr. Seit sie sich das Handgelenk gebrochen hatte, gab es Tage, die eindeutig gut und solche, die eindeutig schlecht verliefen. An schlechten Tagen war sie mürrisch und unterbrach ihr ausgedehntes Schweigen nur mit düsteren Bibelzitaten. Von der organisierten Religion hatte sie keine hohe Meinung, weil diese sich ausschließlich in männlichem Gewahrsam befand, doch die Bibel war für sie die Quelle aller Weisheit. Sie fand Gefallen an den Regeln und der klangvollen Schönheit ihrer Prosa. Heute abend jedoch hatte sie sich darauf eingestellt, in der Umgangssprache zu plaudern.

»Wie schätzt du es denn ein?« fragte ich, als ich ihr dünnes, bleiches Haar bürstete, das einmal so braun und elastisch gewesen war. »Meinst du, die Kinder haben große Probleme damit? Daß wir das Haus mit Fremden teilen, meine ich?«

»Für James wird es am schwersten sein«, sagte Rose zu meiner Überraschung.

»Meinst du wirklich? Ich dachte, für ihn hätte es am wenigsten Bedeutung. Er ist jetzt so erwachsen und geht oft lieber auf Partys als daß er nach Hause kommt.«

»Aber wenn er kommt, bist du diejenige, die er sehen möchte. Und du wirst natürlich weniger Zeit für ihn haben. Trotz all seiner klugen Reden und des männlichen Gehabes ist er noch lange kein Mann. Und Veränderungen hat er noch nie gemocht.«

»Das stimmt.« Ich wartete ab, bis Rose ihre heiße Milch mit Whisky getrunken hatte, ein allabendlicher Genuß, den sie zwar als verrucht ansah, für den sie aber bereit war, zur Hölle zu fahren. »Darüber habe ich noch gar nicht nachgedacht.«

»Jetzt mach dir keine Sorgen. Das Leben läuft nicht immer so, wie wir es wollen, und zwar für keinen von uns, und wir lernen nur, indem wir es in Angriff nehmen. Es wird ihm etwas ausmachen, aber das soll nicht heißen, daß es ihm schadet. Was Henry angeht, je mehr, desto glücklicher. Ich habe gesehen, wie er vor dem Abendessen um Mr. Tremlow herumscharwenzelt ist. Er blüht auf durch diese neuen Beziehungen. Das hilft ihm, über seinen Vater hinwegzukommen.«

»Mr. Tremlow ist eine ideale Großvaterfigur, finde ich.«

»Kein schlechter Mann.« Das aus Roses Mund war ein mit Fanfaren untermaltes Lob. »Und bei Elizabeth weiß ich, ehrlich gesagt, wirklich nicht, wie ich es einschätzen soll. Sie hat ihre Geheimnisse, und das ist auch normal für ihr Alter, aber sie hat viel zu sehr die Männer im Kopf. Sie ist mit sich selbst nicht im reinen, aber das ist nun mal so, Pensionsgäste hin oder her. Meine Hauptsorge aber, wenn ich schon meinen schwächer werdenden Verstand zusammennehme, bist du, mein Mädchen.«

»Ich? O Rose, das ist lieb von dir, aber um mich brauchst du dir wirklich keine Gedanken zu machen.«

»Und genau das siehst du ganz falsch. Alles hängt von dir ab. Wenn es dir schlechtgeht, geht es uns allen schlecht, und das ist eine schwere Verantwortung. Es war ein großer Fehler, diesen Mann zu heiraten, und es wird noch eine Weile dauern, bis du wirklich über dem Berg bist. Meiner Meinung nach ist er keinen Augenblick zu früh gestorben.«

»Rose!«

Rose rückte die Puderdose sowie Kamm und Bürste auf dem Frisiertisch zurecht, ehe sie weitersprach.

»Wenn es um die Wahl ging, entweder Westray zu verlassen oder wieder in das Bett dieses Mannes zurückzukehren, war es besser, daß er starb. Früher oder später wirst du das zugeben müssen.«

»Aber, so war es nicht ... du sprichst sehr hart über Jack ...« So gewaltsam, als hätte man mich aus der Dunkelheit ins Licht katapultiert, fiel mir plötzlich wieder ein, wie Jack zu mir sagte: »Entweder läßt du mich wieder zu dir ins Bett oder ich werde mich wegen seelischer Grausamkeit scheiden lassen, und du wirst das Haus verkaufen müssen.«

Wie hatte ich das nur vergessen können? Die Stunden vor der Entdeckung von Jacks Leiche waren bis zu diesem Augenblick leer gewesen. Aber jetzt erinnerte ich mich mit höchst unwillkommener Klarheit an den Klang seiner Stimme, seinen Versuch, gleichgültig zu klingen. »Glaub bloß nicht, daß ich das nicht ernst meine. Ich bin schon bei Mould gewesen. Ruf ihn an, wenn du mir nicht glaubst.«

Leslie Mould war unser Anwalt. Ich glaubte Jack. In den vergangenen vier Jahren hatte er immer wieder versucht, mich dazu zu bringen, mit ihm zu schlafen. Er hatte mich eingeschüchtert und mich angefleht, sogar ein paar Tränen herausgepreßt, vielleicht sogar echte, ich weiß es nicht. Einmal hatte er versucht, Gewalt anzuwenden. Er hatte tagelang schlechte Laune gehabt, war einmal wochenlang weggeblieben. Aber welchen Druck auch immer er auf mich ausüben mochte, er erreichte nichts mehr bei mir. Es hatte zu lange gedauert. Endlich hatte ich mir – nach zwölf Jahren – eine gewisse Gleichgültigkeit zugelegt. Seitdem war es mir, selbst wenn ich gewollt hätte, nicht mehr möglich, Jack zu lieben oder zu begehren.

Ich wußte, daß er Freundinnen in London hatte. Gewissenhaft nahm ich die Anrufe für ihn am Telefon entgegen. Ich kochte ihm Essen, wenn er zu Hause war, sorgte für saubere Bettwäsche, brachte seine Kleider in die Reinigung, tat alles, was man von einer Ehefrau erwarten konnte. Ich war höflich, weil ich aus Erfahrung wußte, daß ich litt und Jack Spaß daran hatte, wenn ich bittere Töne anschlug. Andere Ehemänner hätten an diesem Arrangement ihre Freude gehabt. Vermutlich stand der Stolz Jack im Weg, es akzeptieren zu können.

Als ich jetzt Roses Weste zusammenlegte, befiel mich eine schrecklich beklemmende Angst bei der Überlegung, was mir sonst noch von diesem Morgen entfallen sein mochte.

»Gute Nacht, meine Liebe«, sagte Rose gänzlich unerwartet, als ich ihr ins Bett half.

»Gute Nacht, meine Gute«, erwiderte ich, knipste das Licht aus und beugte mich über sie, um ihre eingefallene Wange zu küssen. Ich spürte, daß sie sich mir zuwandte. Rose scheute normalerweise davor zurück, ihre Zuneigung zu zeigen, aber jetzt schaute sie mich mit großen Augen an, ehe sie sich zum Schlafen umdrehte.

Ich ging zu Bett in dem stillen Haus, lag mindestens eine Stunde lang wach und dachte an Jack. Mr. Tremlow im Zimmer neben mir träumte vielleicht von seiner schönen Ziegenhirtin, und ein Stück weiter den Flur hinunter weilte Elizabeth, wie ich hoffte, im Traumland der Jugend. Henry behauptete, überhaupt nie geträumt zu haben, sah aber die ganze Nacht über Sterne und Raketen in seinem Kopf. James' Hoffnungen und Wünsche schienen sich in letzter Zeit auf alles, was in und um Oxford war, zu begrenzen. Am Treppenabsatz ruhten die Pagets ... und ich drehte mich ganz schnell auf mein gutes Ohr, damit ich nichts Unangenehmes hören mußte, und dachte über Rose nach. Sie schien jetzt so schwach und müde, nicht krank, aber einfach erschöpft. Ich spürte eine Träne über den Nasenrücken kullern und aufs Kopfkissen tropfen.

Nach einigen Stunden unruhigen Schlafs wachte ich auf, weil ich an meine Tür klopfen hörte. Sofort mußte ich an Reggie denken, der den ganzen Abend versucht hatte, seine Annäherungsversuche weiter voranzutreiben, die er am Abend davor begonnen hatte. Ich sprang wutentbrannt aus dem Bett und riß die Türe auf. Da stand Jenny in ihrem Nachthemd. Sie wurde ganz klein, als sie den Zorn in meinem Gesicht sah.

»Es tut mir so leid, Miranda, Sie zu wecken. Ich weiß nicht, was ich tun soll!«

»Ist schon gut. Ich bin nicht auf Sie wütend, Jenny. Ich dachte nur, es wäre Reggie.«

Jenny machte ein verdutztes Gesicht, fuhr aber in eindringlichem Flüsterton mit ihrer Geschichte fort.

»Ich bin aufgestanden, um nach Bridie zu sehen. Ich habe die Blendläden aufgemacht, damit ich besser sehen konnte, als ich das Fläschchen machte. Von der Einfahrt her, wo die Remise steht, kommt ein ganz leuchtendes Glühen!«

»O Gott!«

Ich schnappte mir meinen Morgenmantel, suchte nach den Hausschuhen, konnte sie aber nicht finden, und rannte ans Flurfenster. Rote und goldende Funkenspritzer zerrissen die Dunkelheit. Ich stürmte nach unten ans Telefon und wählte die Notrufnummer der Feuerwehr. Als ich Name und Adresse angegeben und den Notfall einem Mann beschrieben hatte, der mit Taubheit geschlagen zu sein schien und so langsam Antwort gab, daß ich mir bildhaft vorstellen konnte, wie er seinen Bleistift leckte und sich am Ohr kratzte, ehe er etwas niederschrieb, schickte ich Jenny zurück zu Bridie, die lauthals schrie.

»Wir wollen niemanden wach machen. Die Kinder könnten Angst bekommen, und ein im Garten lebender Pyromane lockt uns nicht gerade die Pensionsgäste ins Haus.«

Ich lief durch die Eingangstüre nach draußen und rannte über die Brücke. Angenommen, das Feuer war bis zu Pucks Stall vorgedrungen? Ich jagte los und spürte kaum den Boden unter meinen nackten Füßen.

»Miranda! Gott sei Dank!« Ivors große Gestalt ragte in der Dunkelheit auf. »Ich war gerade auf dem Weg zu dir, um dich aufzuwecken. Hast du die Feuerwehr angerufen?«

»Ja! Was ist mit Puck?«

»Er ist in Ordnung. Das Feuer hat die Ställe noch nicht erreicht, aber ich habe ihn zur alten Scheune gebracht, um ihn aus dem Rauch herauszuholen. O Gott, Miranda, es tut mir so leid!«

»Mach dir jetzt keine Gedanken. Können wir irgend etwas tun?«

»Nichts. Der Wasserhahn ist eingefroren. Wir müssen auf die Feuerwehr warten.«

Als die Flammen wie von entsetzlichem Haß erfüllt die Wände entlangkrochen und dem Glockenturm immer näher kamen, fiel es schwer, zu glauben, daß dies unparteiisch und herzlos geschah. Unsere Nasenlöcher füllten sich mit beißendem Rauch und wir schmeckten die scharfen Dämpfe auf unseren Lippen. Als ich meine brennenden Augen schloß, sah ich auf meiner Netzhaut scharlachrote und silberne Bilder wie zerstörerische Hände. Es war ein Höllenlärm und die Asche stob wie klatschender Regen über uns hinweg.

Mein Bemühen, die anderen nichts davon mitbekommen zu lassen, war natürlich ein nutzloses Unterfangen. Sobald der erste Löschzug mit Sirenengeheul und Blaulicht die Einfahrt hochjagte und das ganze Dorf mit seinem *son et lumière* aus dem Schlaf riß, tauchten die Kinder, Reggie, Priscilla und Mr. Tremlow auf. Die Feuerwehrmänner stürmten mit bewundernswerter Einsatzbereitschaft voran. Ich sah, daß wir nur naß werden konnten und im Weg standen.

Benommen vom Schock und dem grausam unterbrochenen Schlaf standen wir in der Diele. Henry sah aus wie ein Sänger aus der *Black and White Minstrel Show*, da er mehr Asche und Ruß angezogen hatte, als der Rest von uns zusammen.

»Ich hätte nie gedacht, daß Feuer so laut ist«, sagte Elizabeth. Sie zitterte vor Kälte und Angst.

»Wir gehen jetzt in die Küche und wärmen uns auf. Bitte alle mitkommen, kein Grund zur Beunruhigung. Sie werden es bald gelöscht haben.« Ich versuchte einen fröhlichen Ton anzustimmen, verfehlte ihn aber. »Wie wär's mit einer Tasse Tee?«

Reggie nahm die flennende Priscilla mit unsympathischer Entschlossenheit mit nach oben. Elizabeth meinte, Tee wäre so ziemlich das letzte, was sie jetzt vertragen könne. Henry stimmte dafür, daß wir alle zum Feuer zurückkehrten, um zuzuschauen. Seine Lebensgeister kehrten zurück und ihm war anzusehen, daß er schon plante, eine heldenhafte Rolle bei dem Ganzen zu spielen. Ich schickte ihn mit der Weisung, sich das Gesicht zu waschen, ins Bett zurück.

»Apropos Waschen, Mama, deine Füße bluten den Teppich voll«, reagierte er prompt. »Würde mir das passieren, hieße es gleich wieder, daß ich eine Schweinerei mache.« Auf seinem Weg nach oben beschwerte er sich bei Elizabeth über die Ungerechtigkeit des Lebens.

»Ich nehme an, es war Ivor?« wollte James wissen. Sein Gesicht war sehr blaß. »Es wird wirklich schlimmer mit ihm. Natürlich mag ich ihn, wie wir alle, aber das hier ist doch kein Pflegeheim für kriminell Geistesgestörte.«

»Nun mein Schatz, manchmal verschlimmert sich eben der Zustand der Leute. Du mußt mit den Schrullen der anderen klarkommen und hoffen, daß sie mit deinen klarkommen.« Jetzt taten mir meine Füße weh. Der Blick, den James mir zuwarf, klagte meine schon an Schwäche grenzende Toleranz an.

»Ich hätte gerne eine Tasse Tee«, meldete sich Mr. Tremlow. »Kommen Sie, Mrs. Stowe. Sie können sicher auch eine brauchen. Sie sagen mir, wo ich die Sachen finde, und ich mache ihn.«

Ich protestierte gegen diesen Vorschlag, aber er blieb standhaft. Er ließ mich mit einer Tasse Tee in der Hand und den Füßen in einer Schüssel mit warmem Wasser neben dem Kohleherd hinsetzen. Er strahlte eine erstaunliche Autorität aus, und ich war froh darum, denn das Feuer hatte mein Zielbewußtsein durcheinandergebracht.

»Wissen Sie«, sagte Mr. Tremlow, der in seinem rot-grünen Paisleymorgenmantel hinreißend aussah, und rückte einen Stuhl neben mich, »ich bin immer der Ansicht, daß ein wenig

Chaos … ein paar unvorhergesehene Ereignisse … eine hervorragende Sache sind.«

»Tatsächlich?« Ich hatte versucht, mir die Reparaturkosten für die Remise auszurechnen und brütete vor mich hin.

»Ja. Sehen Sie, wir bemühen uns alle um Sicherheit. Häuser, Jobs, Bankkonten, Zinsen, Versicherungen. Wir heiraten, um einen Gefährten zu haben, bekommen Kinder, die uns an der Zukunft teilhaben lassen. Wir versuchen auf Nummer Sicher zu gehen, vorzugreifen, das Spiel im Griff zu haben. Aber das ist alles eine Täuschung. Je größer das Königreich ist, das wir für uns bauen, um so mehr können wir verlieren. Häuser brennen ab, wir werden entlassen, Banken brechen zusammen, Ehepartner verlassen uns oder sterben, Kinder ziehen ans andere Ende der Welt. Es ist gut, immer wieder daran erinnert zu werden, daß uns nichts auf Dauer gehört. Wir dürfen unseren Sinn für das Abenteuer oder unseren Glauben an unsere Überlebensfähigkeit nicht verlieren. Wie geht es den armen Füßen?«

Er wollte mich trösten, und ich *war* getröstet. Als Ivor kam, sah er Mr. Tremlow, der mir zärtlich die Füße abtrocknete.

»Das ist so wunderbar biblisch«, schwärmte Mr. Tremlow. »Ich finde es nur schade, daß mein Haar nicht lang genug ist, um daraus ein Handtuch zu machen.«

»Das Feuer ist aus. Sie werden gleich aufbrechen«, sagte Ivor mit leiser Stimme. »Das halbe Dach ist weg und eine Doppeltüre. Die Wände sind schwarz, aber sonst steht alles noch.« Er brach am Tisch zusammen und vergrub den Kopf in seinen Händen. »Ich kann gar nicht sagen, wie leid mir das tut. Oh, was bin ich nur für ein Narr!«

»So schlimm ist es doch gar nicht«, beruhigte ich ihn. »Keiner wurde verletzt.«

Ivor brach in Tränen aus. Mr. Tremlow schenkte ihm eine Tasse Tee ein, stellte sie neben seinen Ellbogen und verließ taktvoll den Raum. Als ich Ivor schließlich versichert hatte, daß unsere Freundschaft trotz abgebrannter Remise standhalten werde, ging ich auch nach oben. Vom Kaminfeuer in meinem Schlafzimmer war nur schwelende Glut übrig. Ich machte gar nicht erst das Licht an, sondern hüpfte durchs Zimmer und bereitete mich auf die eisige Umarmung meines Bettzeugs vor, da die Wärmflasche schon vor Stunden kalt geworden war. Aber das Bett war warm.

»Aha!« sagte eine schläfrige, aber unverwechselbare Stimme. »Ich bin in Erwartung der liebreizenden Mrs. Stowe mehrmals eingeschlafen. Oh, dein Haar riecht köstlich! *Füstölt Kolbász* ... Räucherwürstchen! Was für eine Lust auf Gespräche du mitten in der Nacht hast. Fast überlege ich mir, nach unten zu gehen. Aber nein, sage ich mir, das bringt Schwierigkeiten und verdirbt die Überraschung. Du magst doch Überraschungen, oder?«

Kapitel 14

Als alte Römerin wäre es mir an diesem Sonntag unendlich schwergefallen, den richtigen Kieselstein für die Urne auszuwählen. Janòs weckte mich frühmorgens und wir liebten uns auf eine angenehm gemächliche Weise, ohne die Gier, die uns ein paar Stunden zuvor eingeheizt hatte. Weißer Kieselstein. Er sagte mir, er müsse sofort nach dem Mittagessen nach London aufbrechen. Schwarzer Kieselstein. Und so ging es weiter. Ich denke mir, die Römer hatten die gleichen Probleme und verbrachten die letzte Stunde vor dem Schlafengehen immer in qualvoller Unentschlossenheit.

Es war zweifellos das reinste Glück, die Freuden sexueller Leidenschaft mit jemandem zu teilen, der mir das Gefühl von Liebe und Vertrauen gab. Jack hatte mir einmal gesagt, er ginge am liebsten mit Frauen ins Bett, von denen er nichts wußte und die ihm völlig gleichgültig waren. Jetzt verstand ich, daß er sich emotional immer absichtlich ausgeklinkt hatte, und zum ersten Mal kam mir in den Sinn, daß Jack Frauen nicht mochte.

Die zweite gute Sache, die sich gleich nach der gar nicht so rosenfingerigen, sondern eher graufäustigen Dämmerung ereignete, war das Ergebnis eines zeitigen Anrufs. Ich hatte nie einen Anschuß in meinem Schlafzimmer gehabt, weil ich der festen Meinung war, daß auf Westray das Verlegen von Kabeln und das damit verbundene Löcherbohren und Klammerneinschlagen auf ein Minimum beschränkt werden sollte. Nichtsdestotrotz war es überaus unbequem, auf wunden Füßen die Treppe hinunterhumpeln zu müssen, um auf das schwache, aber durchdringende Klingeln in der Diele zu reagieren. Ein Mann, dessen Kehlkopf vermutlich durch jahrelanges Zigarettenrauchen ausgetrocknet war, wünschte Reggie zu sprechen.

Reggie wollte den, der seine Träume zu stören gewagt hatte, kurz und bündig abfertigen, wurde aber im Lauf des Gesprächs immer einsilbiger.

»Ich muß Sie lieben und verlassen, Mrs. S.«, sagte er, als er mich in der Küche aufsuchte. Widerstrebend war ich zu dem Schluß gekommen, daß es zu spät war, um noch einmal ins Bett zu gehen, und daß ich Janòs wecken und mit Roses Porridge anfangen mußte. »Das Geschäft ruft. Hat sich der Tumult von gestern nacht gelegt? Priscilla ist ganz hysterisch geworden. Bekam Angst, im Bett zu verbrennen. Ich habe dem ganzen Unsinn ein Ende gemacht. Wenn man so aufgewachsen ist wie ich, dann kriegt man nicht gleich einen Nervenzusammenbruch. Diesen Luxus kann sich nur die Oberklasse leisten.« Er ließ ein übellauniges Lachen hören, und nicht zum ersten Mal fand ich, daß er mit Mr. Bounderby sehr große Ähnlichkeit hatte. Er zog seinen Kamm hervor, führte ihn durch seine geölten Locken und steckte ihn mit einer typischen raschen Bewegung zurück in die Brusttasche seines Jacketts. »Sie haben sich sehr freundlich um uns gekümmert. Ich mag Frauen in der Küche. Schade, daß wir uns nicht etwas besser kennenlernen konnten, aber man muß die Gelegenheit beim Schwanz ergreifen, wie das Sprichwort sagt.«

»Beim Schopf.«

Ich war so sehr daran gewöhnt, die Kinder zu korrigieren, daß ich das ganz gedankenlos sagte. Ich bedauerte es sofort.

Reggie wirkte eingeschnappt.

»Wie Sie meinen. Wer wie wir in der harten Schule des Lebens erzogen wurde, kennt keine feinen Worte und leeren Sprüche. Viele von uns müssen sich mit den Sorgen des Alltags herumschlagen.«

Die Sorgen des Alltags waren es auch, die Reggie und Priscilla um zehn Uhr aufbrechen ließen. Abgeholt wurden sie von einem Mann namens Prance. Er war die gräßlichste Erscheinung, der ich je begegnet bin. Boshafte kleine Augen funkelten in einem Schädel von der Form des Zuckerhuts. Ich wunderte mich, was Reggie an sich haben mochte, daß Prance, der dreißig Zentimeter größer war und dessen eindrucksvolle Muskulatur fast die Nähte seines Mantels sprengte, sich so unterwürfig gab. Er erhob keinen Einwand, als Reggie ihn mit allen Koffern und dem Kamelhaarmantel belud und zu allem Überfluß noch Priscillas Handtasche drauflegte. Prance schwankte über die Brücke und verstaute alles in dem großen maronenbraunen Jaguar, der in der Einfahrt wartete.

»Das wär's dann.« Reggie zog eine Rolle aus seiner Gesäßtasche, der er jede Menge Scheine entnahm und mir aushändigte. »Ich habe ein bißchen was als Trinkgeld für private Dienste draufgelegt.« Er blinzelte mir zu.

Ich verstand, daß das für Prance gedacht war, der zurückgekommen, in Erwartung weiterer Befehle neben uns stand. Ich wünschte, unser Taxiunternehmer Freddy wäre nicht ausgerechnet in diesem Augenblick bei uns aufgetaucht. Äußerst arrogant erklärte er, er wolle nachsehen, wann der fremde Herr seine Dienste in Anspruch zu nehmen gedenke. Er habe anzurufen versucht, aber es sei belegt gewesen.

Ich verabschiedete mich von Priscilla, die an diesem Morgen einen irren Ausdruck und unter jedem Auge tiefe schwarze Ränder hatte. Man sagt, daß sich jeder selbst seine Hölle schafft, aber hier war ich mir sicher, daß Reggie das von nun an für sie übernehmen würde. Erleichtert sah ich sie abziehen und nahm Freddy mit in die Diele. Janòs kam nach unten, während ich den Zugfahrplan suchte.

»Ich war es leid, auf dich zu warten, mein Schatz. Außerdem bin ich hungrig.«

Ich reichte Freddy, der seine Mißbilligung eisig demonstrierte, den Fahrplan und ließ die beiden allein, um es unter sich auszumachen.

Kurz vor dem Mittagessen hörte ich Maeves Stimme in der Diele.

»Wollte nur mal vorbeischauen, um meine Augen über den schönen Abdullah schweifen zu lassen. Ich hoffe, es macht dir nichts aus.«

»Ganz und gar nicht. Wer ist Abdullah?«

»Der echte, meinst du? Er war der Vater von Mohammed und so ein toller Typ, daß er bei seiner Hochzeit zweihundert Jungfrauen das Herz brach und sie aus enttäuschter Liebe starben.« Maeve hatte nach einer Phase, in der sie sich für die Rosenkreuzer interessierte, kurz mit dem Islam geliebäugelt, ehe sie Zenbuddhistin wurde.

»Metaphorisch gesprochen, meine ich natürlich Janòs. Das ist doch er, den ich da üben höre, oder?«

»Woher weißt du, daß er hier ist?«

»Ganz einfach. Ich hab's im Kaffeesatz gelesen.« Sie zündete sich eine Gitane an und paffte den Rauch über die Bratkartoffeln, die ich mit Fett begoß. »Oh, die riechen aber gut!«

Mir fiel auf, daß sie in dem engen schwarzen Pullover und einem weit schwingenden Zigeunerrock besonders attraktiv aussah. Ihr kurzes Haar war maulbeerfarben, und die schwarzen Ränder um ihre Augen, die in den Winkeln spitz zuliefen und sie wie Kleopatra aussehen ließen, verliehen ihrem Blick etwas Theatralisches.

»Möchtest du zum Mittagessen bleiben?«

»Du bist aber großzügig! Nicht nur bereit, den Liebhaber zu teilen, sondern auch noch die Bratkartoffeln. Tatsächlich habe ich die Nachricht von Mrs. Veal. Ich holte mir gerade Holz von draußen, als sie sich vor dem Gartentor aufbaute. Sie konnte es kaum erwarten, mir zu erzählen, daß sie es von ihrem Schwager gehört hatte, der Feuerwehrmann war und es wiederum von Freddy Beach wußte, du weißt schon, der Taximann, der einen jungen Mann ausländischer Herkunft um zwei Uhr morgens vom Bahnhof nach Westray Manor gefahren hatte. Die späte Stunde war es, die das Dorf neugierig machte.«

»Was hat diese unmögliche Frau sonst noch gesagt?«

»Nicht viel. Sie hoffte, von mir ein paar schmutzige Einzelheiten zu erfahren, aber ich konnte ihr nur erzählen, daß er Pianist und umwerfend attraktiv sei und daß du ihm letztes

Wochenende zum erstenmal begegnet bist und dich wahnsinnig in ihn verknallt hast.«

»Das hast du nicht gesagt! O Maeve, wie konntest du nur?«

»Was soll daran schlecht sein? Es stimmt doch.«

»Du hättest dir doch irgendeine Geschichte ausdenken können, daß er ein Cousin oder ein Innenausstatter oder so etwas ist. Du mußtest ihr doch nicht beschreiben, wie wir quasi zusammen im Bett liegen.«

»Ich sehe nicht ein, warum ich mein Seelenheil für Leute wie Mrs. Veal aufs Spiel setzen sollte.« Maeves Glaube war momentan römisch-katholisch. »Außerdem besuchen Innenausstatter ihre Kundinnen normalerweise auch nicht um zwei Uhr morgens. Mir unbegreiflich, warum du dir darüber Gedanken machst, was andere Leute von dir halten mögen. Da habe ich noch nie was drauf gegeben.«

»Wenn ich auch damit aufhören könnte, mir um meinetwegen Gedanken zu machen, müßte ich aber wenigstens an meine Kinder denken. Es ist peinlich für sie, wenn alle über uns reden.«

»In dem Fall müssen sie sich eben ein dickeres Fell zulegen. Du willst immer Schutzschild sein. Ich lasse meine Jungs die Welt erleben wie sie ist. Keine Verweichlichung.«

Und vielleicht ist deshalb der eine Neofaschist und der andere Transvestit, dachte ich für mich, bereute aber sofort meine Bosheit. Ich würde niemals unterschreiben, daß der Charakter der Menschen von der guten oder schlechten Erziehung abhängt. Wenn es denn so einfach wäre. Ich wollte nur, daß meine Kinder ihre Kindheit so gut wie möglich genießen konnten. Und Jack hatten wir es zu verdanken, daß jetzt der einschneidende Einstieg in das Sorgenregister erfolgen mußte.

»Du weißt doch, was die Griechen sagten«, fuhr Maeve fort.

»Welche Griechen denn genau?«

»Oh. Das weiß ich nicht. Auf diese Entfernung ist das auch unwichtig. Du bist aber auch pedantisch!«

»Entschuldige.«

»Egal, jedenfalls hat Aischylos oder sonstwer gesagt, daß man leiden muß, um die Wahrheit zu erfahren. Was heißen soll, daß du nützliche Dinge nur dann lernst, wenn du unglücklich bist, bist du aber glücklich, gleitest du nur so dahin und bekommst nicht viel mit.«

»Eine meisterhafte Auslegung, wenn ich das mal sagen darf.«

»Ich finde es toll, wenn du sarkastisch bist.« Maeve drückte ihre Zigarette in den Kartoffelschalen aus.

»Muß das denn sein? Vor dir steht doch ein richtiger Aschenbecher.«

»Das ist alles organisch. Was für ein Theater du immer wegen ganz trivialer Sachen machst! Könnte es vielleicht sein, daß du in der Analphase steckengeblieben bist? Mein Psychiater meint, das sei bei Kindern, die von Kindermädchen erzogen werden, fast unweigerlich so, aber ich hatte eine Nanny, die ohne Make-up für Mr. Hyde hätte einspringen können. Möchte wetten, daß ich schon keine Windeln mehr brauchte, als ich aus der Entbindungsanstalt kam. Mein Analytiker meint, ich sei die am wenigsten anal orientierte Frau, der er je begegnet sei.«

»Als Gesprächseinstieg ist das gewiß originell.«

»Oh, denkst du, das sollte ein Annäherungsversuch sein? Habe ich mich auch schon gefragt. Gut. Ohne Brille wirkt er ganz anregend. Wenn er sich nur nicht immer mit dem Autoschlüssel die Ohren ausräumen würde.«

»Maeve! Das ist doch sicherlich ein Berufsvergehen oder was in der Art?«

»Ist es das? Das kommt doch ständig vor. Jedesmal, wenn ich über meine erste Ehe rede und die schrecklichen Dinge, die Titus von mir verlangt hat, wenn wir miteinander schliefen, wird der arme Mr. Postlethwaite, mein Psychiater, krebsrot und muß ständig aufs Klo. Ich denke, ich habe ihn in einen Zustand permanenter Erregung gebracht. Das ist gut. Ich sehe dich nicht oft lachen. Egal, ich wollte dich eigentlich gleich wegen des Feuers fragen, aber ich bin abgeschweift. Was war die Ursache, weißt du das?«

»Ivor, fürchte ich. Aber sieh zu, daß *das* um Gottes willen nicht im Dorf die Runde macht. Er hat schon früher große Probleme ... sehr ernste Probleme ... deswegen gehabt. In den letzten Jahren ging es besser. Jacks Tod hat dann alles wieder aufgewühlt. Er kann einfach nicht widerstehen, er muß Feuer machen. Eine richtige Zwangshandlung.«

»Nein! Wie aufregend! Erzähl weiter!«

»Mehr gibt es da nicht zu erzählen. Es ist wirklich ziemlich traurig. Es ging ihm so elend gestern nacht. Du würdest nicht lachen, wenn du wüßtest wie.«

»Bei Gott! Entschuldige.« Maeve war gutherzig wie kein anderer. »Armer Kerl! Ich bin einfach nur noch nie einem Pyromanen begegnet. Ich sehe ihn jetzt mit ganz anderen Augen. Du mußt mich mal zum Essen einladen, wenn er auch da ist.«

Das hatte ich in der Vergangenheit bewußt vermieden, weil Maeve zu den wenigen Menschen gehörte, die der sanfte Ivor nicht leiden konnte. Bei ihrer ersten Begegnung hatte es gleich eine heftige Auseinandersetzung über den Pazifismus gegeben. Maeve hatte sehr rasch und treffsicher Ivor einzuschätzen gewußt und beschlossen, ihn mit der Behauptung aufzuziehen, sie sei eine entschiedene Befürworterin des Kriegs. Die Diskussion war auf ziemlich häßliche Weise ausgeartet, weil Maeve wußte, wie man provoziert. Für sie ist Streiten ein Aphrodisiakum; was wirklich sehr vieles in ihrem Leben zu erklären vermag. Ivor haßt Auseinandersetzungen, und er hat Wochen gebraucht, um darüber hinwegzukommen. Das war jedoch alles schon lange her.

»Wenn du das möchtest, kann ich das gerne tun. Aber du darfst ihn nicht quälen. Er hat eine kurze Zeit in einer Irrenanstalt verbracht, weißt du.«

»Nein! Das wird ja immer interessanter! Ah, das Klavier schweigt. Einen Augenblick.« Maeve nahm einen meiner Gummihandschuhe und warf ihn mit theatralischer Geste auf den Tisch, wo er auf das Backblech fiel, auf dem ich gerade Fett für den Yorkshire-Pudding warm gemacht hatte. »Ich fordere dich heraus, Miranda, zu einem *guerre à mort! Guerre à lit* wäre vielleicht treffender.«

Ich holte den Handschuh zurück, wusch ihn ab und legte ihn zu seinem Pendant in den Spülstein. »Ich nehme die Herausforderung nicht an. Sollte ich mich je dabei ertappen, in die Trickkiste zu greifen, damit ein Mann mich anziehend findet, werde ich wisse, daß es Zeit für das Keuschheitsgelübde ist.«

»Hahaha!« sagte Maeve. »Da machst du dir aber ganz schön was vor, mein armes Kind.«

Die rosenroten Scheiben Rindfleisch fielen wie große Blütenblätter vom Messer. Der Yorkshire-Pudding war zu goldenen Wellen aufgegangen. Ich hatte Sellerie geschmort und Karotten mit Senf und Rosmarin gewürzt.

»Das sieht so ambrosisch aus, daß es mich bestimmt unsterblich macht. Lukullus wäre hocherfreut gewesen, mit Lukullus zu Abend zu essen«, sagte Maurice. Nach den Aufregungen der vorangegangenen Nacht waren Mr. Tremlow und ich dazu übergegangen, uns mit den Vornamen anzusprechen. Er nahm den Platz am Kopfende ein, weil sonst keiner die damit verbundenen Aufgaben übernehmen wollte. Ich schnitt nicht gerne Fleisch auf, und James' Scheiben fielen immer so dünn wie Linoleum aus. Ivor hatte sich noch nicht wieder gezeigt, was beunruhigend war, aber mir fehlte die Zeit, Nachforschungen anzustellen. Ich nehme an, daß jedem am Tisch Jacks Abwesenheit bewußt war, wenn auch keiner ihn erwähnte. Ich fand es traurig, daß sich zwischen uns eine Verschwörung des Schweigens über seinen Tod aufgebaut hatte. »Es freut mich, daß meine alten Geschicklichkeiten mich noch nicht ganz verlassen haben«, fuhr Maurice fort. »Du meine Güte, wie mich das alles erinnert. In Kalabrien hatten wir manchmal ganze Schweine draußen über einem Feuer gebraten, aber mit dem Zerteilen gaben wir uns keine große Mühe.«

»Wer ist denn Lukullus?« wollte Henry wissen.

»Er war ein römischer General und großer Gourmet. Als ein köstliches Bankett für ihn vorbereitet wurde, fragte man ihn, wer denn die Gäste sein sollten. Darauf antwortete er, wie ich eben zitiert habe.«

»Hätte ich das gesagt, hätten alle mir den Mund verboten. Als Römer kann man wirklich ganz doofe Sachen sagen, und noch Jahrhunderte später denken die Leute, wie super und klug sie doch waren und bringen dich dazu, das auch noch zu übersetzen. Ganz schön ungerecht.«

»Ihr Engländer habt den allerschlechtesten Ruf, was das Essen angeht«, sagte Janòs, »aber ich kann das nicht bestätigen. Das ist noch eins der Dinge, die Sie wie ein Engel machen, Mrs. Stowe.«

Bei seinem Lächeln verdoppelte sich mein Pulsschlag und ich verschluckte viel zuviel Meerrettich und begann zu husten.

»Was macht Mama denn außer Kochen sonst noch?« fragte Henry.

Mit tränenden Augen warf ich ihm einen empörten Blick zu.

»Ihr Ungarn kennt euch natürlich mit Essen gut aus«, mischte Maeve sich ein und ging direkt auf Provokationskurs. »Paprikagulasch, Paprikakartoffeln, Paprikasuppe, Paprikaeis ...«

»Ja, Miss. Ein guter Scherz, aber damit können Sie mich nicht wütend machen. Die patriotischen Gefühle, die ich hege, sind auf einer höheren Ebene angesiedelt als der der Nationalgerichte.«

Er lächelte Maeve an. Eifersüchtig fragte ich mich, wie dies wohl auf sie wirken würde.

»Ich finde, Essen ist überhaupt nicht wichtig«, sagte Elizabeth. »Zählen tut nur die große Kunst und die Musik. Ich habe Sie heute morgen spielen hören. Es war traumhaft.«

Janòs machte eine feierliche Verbeugung vor ihr, gab aber keine Antwort. Ich fand das amüsant. Erst kürzlich hatte Elizabeth sehr unverblümt ihre Meinung über sadistische Mütter kundgetan, die ihre unglücklichen Töchter dazu zwingen, Klavierstunden zu nehmen, so daß ich ihr erlaubt hatte, mit dem Unterricht aufzuhören. Ihr Haar, auf einer Seite nach hinten gesteckt, fiel auf der anderen Seite über ihr Gesicht wie ein Vorhang, aus dem sie herauslugte und Janòs ansah. Ihre Bluse war fast bis zum Gürtel offen.

»Wie ich im Programm der Wigmore Hall gesehen habe, spielen Sie im nächsten Monat nur Brahms«, fuhr Maeve fort. »Diese armen alten Romantiker sind ja regelrecht tot gespielt worden, so daß ich mir nicht vorstellen kann, wie sich darüber noch etwas Neues aussagen läßt.«

»Bei jedem einzelnen Vortrag ist es möglich, etwas Neues zu vermitteln. Aber nicht alle können es hören. Voraussetzung ist auch, daß das Publikum zuhört, nicht wahr?«

»Meine Güte, so ein Schwindel!« Maeve erwärmte sich für ihr Thema, spürte, daß auch Janòs ein klein wenig Bereitschaft zeigte, sich auf eine Auseinandersetzung einzulassen. »Da kann ja jeder seine langweiligen alten Interpretationen anbringen und behaupten, daß das Publikum eben nur nichts mitbekommt.«

In dieser Art ging es weiter. Maeve und Janòs saßen in der Tischmitte einander gegenüber, und bald wurde das Gespräch zu verstiegen, um noch Beiträge von uns anderen zu ermöglichen. Ich versuchte, mich mit Rose zu unterhalten, die zu meiner Rechten saß.

»Ich glaube, die Sonne kommt gleich ein wenig durch. Sollen wir nicht nach dem Mittagessen runter zur Remise laufen? Ich möchte mir ansehen, was das Feuer angerichtet hat, und du bist schon seit einer Ewigkeit nicht mehr an der frischen Luft gewesen.«

Rose starrte mich aus Augen an, in denen Trotz zu lesen war. Es war keiner ihrer guten Tage.

»›Wenn eure Sünde gleich blutrot ist, soll sie doch schneeweiß werden.‹ Jesajah, Kapitel eins, Vers achtzehn.«

Mir wollte darauf keine passende Antwort einfallen. Ich ging, um den Zitronenbaiserauflauf zu holen. Dinkie kauerte auf dem Küchentisch davor und hatte bereits einen hübschen Halbkreis aus den biskuitfarbenen Wellen geknabbert. Das war die reinste Bosheit von ihm, denn er verabscheut Süßes. Er warf mir aus seinen olivgrünen Augen einen selbstgefälligen Blick zu. Als ich ins Eßzimmer zurückkehrte, hörte ich Maeve gerade sagen: »Sie spielen Rachmaninoff ja einzig und allein deshalb, weil es das verführerischste Zeug ist, das je komponiert wurde. Es ist Nuttenmusik.«

Janòs, zunächst sehr verärgert, lachte los. »Sie versuchen, mich wütend zu machen. Ich weiß genau, was Sie vorhaben. O nein, Maeve. Sie wollen mich versklaven, aber ich bin an den Mast gebunden, und in meinen Ohren ist Wachs. Ein Toast auf die Sirenen.«

Er hob sein Glas, als wolle er ihr zuprosten. Maeve hauchte ihm einen Kuß über den Tisch. Fast hätte ich den Zitronenbaiserauflauf auf den Tisch geknallt.

»Müssen Sie jetzt los?« hörte ich Elizabeth zu Janòs sagen, als sie nach dem Essen in der Diele standen. Ich war in der Garderobe und zog mir Mantel und Handschuhe an, ohne daß mich jemand beachtete.

»Meine liebe Elizabeth, ich muß. Ich werde bald wiederkommen, wenn deine Mutter es erlaubt.«

»O, das wird sie bestimmt. Ich brauche Ihren Rat, Mr. Décsi. Ich überlege, ob ich wieder Klavierstunden nehmen soll. Was meinen Sie, haben meine Hände die richtige Form dazu?«

Ich kam aus der Garderobe und sah Janòs über ihre ausgestreckte Hand gebeugt. Elizabeth bückte sich nach vorne, bis ihre Brüste direkt unter seiner Nase waren.

Janòs ließ abrupt ihre Hand fallen. »Du willst meinen Rat. Ich schlage vor, du wäschst dir erst mal diesen Blödsinn von deinem hübschen Gesicht und gehst dann und liest ein paar nette Märchen. Ich möchte nicht dafür eingesperrt werden, kleine Mädchen zu verführen.«

Ich tat so, als suchte ich nach meiner Tasche, damit sie nicht erfuhren, daß ich mitgehört hatte. Als ich zu ihnen stieß, war Elizabeth glutrot und ihre Augen glänzten sehr stark.

»Ich bin gleich wieder da, meine Liebe«, sagte ich zu ihr und es tat mir in der Seele weh, daß sie so verletzt worden war. »Wenn ich vom Bahnhof zurückkomme, können wir Maurice den Garten zeigen, was meinst du?«

»Ich finde das den langweiligsten und dümmsten Vorschlag, den ich je gehört habe.«

Äußerst würdevoll schritt sie langsam nach oben, doch noch ehe sie aus dem Blickfeld verschwunden war, ließ sie den Kopf hängen.

»Nächstes Wochenende spiele ich in Venedig«, sagte Janòs, als wir durchs Dorf fuhren.

»Du Glücklicher. Ich war erst einmal dort.« Einen Augenblick lang sah ich Jacks Gesicht im Schlafzimmer des *Hotel Fedele*. Draußen hatte es wie in silbernen Schnüren geregnet, und als wir uns geliebt hatten, war mir sein triumphierendes Lächeln aufgefallen. Das Bild verschwand, als Janòs sagte: »Warum kommst du nicht mit?«

»Das ist eine wunderbare Idee, aber ich kann nicht. Ich kann die Kinder nicht allein lassen.«

»Warum nicht? Es sind nur zwei Nächte. Samstag und Sonntag. Hast du Pensionsgäste?«

»Nein. Maurice reist am Freitag ab. Es tut mir leid, daß du

keine Gelegenheit hattest, ihn richtig kennenzulernen. Er ist sehr gescheit und kennt sich auf vielen Gebieten hervorragend aus.«

»Was hält dich dann zurück? Die Kinder schaffen es auch mal zwei Tage ohne ihre Mutter.«

Ich wollte es gerade abstreiten, doch dann fiel mir ein, wie jung Janòs gewesen war, als er völlig ohne Familie oder sonstige Bindungen auskommen mußte. Ich könnte es ihm nie verständlich machen.

»Weißt du, da ist auch noch Rose. Sie ist so zerbrechlich.«

»Dieses Mädchen, Jenny, die in deinen Sohn James verliebt ist, scheint mir sehr handlich zu sein.«

»Du meinst wohl geschickt. Ja, das ist sie. Glaubst du wirklich, daß sie in ihn verliebt ist? Aber sie muß sich doch um ein Baby kümmern. Es wäre nicht fair, alles auf sie abzuwälzen.«

Janòs spreizte seine Hände. »Anscheinend mache ich einen Fehler. Ich denke, unsere Liebe ist wichtig. Aber für dich ist sie nur Zeitvertreib.«

»Nein, das siehst du falsch. Sie *ist* mir wichtig. Sehr wichtig sogar. Aber du mußt einsehen, daß ich auch andere Verpflichtungen habe.«

Janòs schwieg einen Augenblick. Dann sagte er: »Ich sehe, daß ich am Ende einer langen, langen Liste stehe.«

Wir fuhren schweigend zum Bahnhof hoch, und Janòs öffnete die Wagentür und stieg aus. Ich dachte schon, er werde ohne ein weiteres Wort gehen, und fühlte mich ganz elend. Ich kurbelte mein Fenster herunter. Er kam auf meine Seite und beugte sich zu mir herab.

»In dem Teil Ungarns, wo ich herkomme, haben wir ein Sprichwort. Du mußt deinen Wünschen Federn geben, sonst können sie nicht fliegen. Es bedeutet, daß man für das, was man haben möchte, auch Schwierigkeiten in Kauf nehmen muß.«

Er steckte seinen Kopf durch das Wagenfenster und gab mir einen zarten, flüchtigen Kuß auf die Lippen. Dann lief er zum Bahnhof, ohne sich noch einmal nach mir umzusehen. Ich legte den Gang ein, und der Anblick des Possenreißergrinsens von Stationsvorsteher und Gepäckträger war keine große Hilfe in meiner Qual.

»Wie sagten Sie, heißt dieses Stück Garten hier?« fragte Maurice, als wir eine Stunde später auf unserer Geländebesichtigung dem eisigen Wind trotzten. Wir hatten ein von Hecken umzäuntes Areal von neun Quadratmetern erreicht. Vier ebenmäßig gewachsene Eiben markierten die Eckpunkte eines achteckigen Teiches, in dessen Mitte eine ziemlich mitgenommene Statue der Aphrodite stand.

»Temenos.«

»Verraten Sie's nicht. Mein Griechisch ist ein wenig eingerostet, aber noch da, beinahe wenigstens.« Als suche er nach einer Eingebung, richtete Maurice seinen Blick auf die dahinjagenden Wolken. »Ich habe es. Ein geheiligtes Stück Erde.«

»Ganz recht. Wie Sie sehen, ist es Aphrodite geweiht. Die Kinder nennen es ganz ironisch meinen Eifersuchtsgarten.«

»Und warum?«

»Weil ich darin nur grüne Pflanzen wachsen lasse. Das sind Schneerosen, *Ribes laurifolium* und Ziest im späten Winter, dann im Frühling Salomonssiegel und Lorbeerseidelbast und sämtliche Euphorbien. Im Sommer blühen dann die grünen Rosen ... *Rosa viridiflora* ... und die limettenfarbenen Tabakspflanzen, *Moluccellas*, Engelwurz und *Alchemilla mollis*. Dann kommt die wunderbare grüne Zinnie mit dem Namen ›Neid‹. Es ist ein herrlich ruhiger Platz, um sich hinzusetzen und über alles nachzudenken, was einen bewegt. Deshalb habe ich da drüben diesen Kamillensitzplatz.«

»O bitte! Lassen Sie uns dort Platz nehmen.«

»Es ist dafür nicht gerade die beste Zeit im Jahr.«

»Das macht nichts. Die Imagination ist das Auge der Seele, sagt Joubert.« Maurice ließ sich mit einer schwungvollen Drehung seines Capes auf die Kamille plumpsen. »Ah! Was für ein schöner Platz selbst im Winter. Sein Charme liegt in der Beschränkung. Jetzt erzählen Sie mir doch, was ironisch daran ist, ihn Ihren Eifersuchtsgarten zu nennen?«

»Oh. Habe ich das wirklich gesagt?«

Maurice lächelte und nickte.

»Ich habe keine Ahnung.« Ich spürte, wie mir warm wurde. »Nein ... das stimmt nicht. Ich *weiß* es. Aber es ist völlig uninteressant.«

»Ich bin aber interessiert.«

»Nein, es ist wirklich eine völlig belanglose Geschichte, und man sollte auch nicht im Traum daran denken, jemanden damit zu langweilen.«

»Verzeihen Sie, wenn ich zu neugierig war.«

»Das waren Sie nicht. Aber es geht darin um etwas, das der Vergangenheit angehört und nicht wieder zurückgeholt werden muß.«

Maurice umfaßte mit den Händen seine Knie, so daß er es bequem hatte. Dinkie war uns anhänglich durch den Garten gefolgt, doch jetzt verwandelte er sich urplötzlich in einen Tiger und machte den fallenden Blättern die Hölle heiß. Jasper drückte sich an Maurice' Knie und strahlte dabei die Überheblichkeit eines Hundes aus, der sich jede Menge Gedanken machte.

»Schön, nicht wahr?« Es schien Maurice zu genügen, die winzigen Strömungen und Strudel auf der dunklen Wasseroberfläche des Teichs zu beobachten. »Ich könnte stundenlang hier sitzen. Zweifellos verspricht die feuchte Kamille Rheuma für meinen Hintern, aber das ist egal. Vielleicht haben Sie recht. Manchmal läßt man die Vergangenheit lieber ruhen. Es ist zu schmerzhaft, sich in sie zu vertiefen.«

Ich weiß bis heute nicht, was mich dazu brachte, mit der Geschichte meines Zusammenlebens mit Jack anzufangen. Gerade noch saßen wir in einmütigem Schweigen und nahmen die Natur in uns auf, und im nächsten Augenblick war ich mitten in einer offenen Beichte, die jede Diskretion in den Wind schlug. Es war, als hätte Maurice mir die Worte entlockt, indem er einfach ernst und schweigend wie einer der sieben Weisen Griechenlands dasaß, die Augen ein schwaches Schimmern im Schatten der Krempe seines Fedora. Die Worte kamen wie von selbst, da Maurice sich jeglicher mißbilligenden, tadelnden oder sogar überraschten Äußerung enthielt. Als ich von Jack erzählte, wurde mir zum erstenmal bewußt, daß trotz unserer unglücklichen Ehe noch ein Rest von ... nicht Liebe, das wäre ein zu starkes Gefühl, aber etwas wie schmerzhaftes Bedauern ... für den Mann vorhanden war, der er einmal gewesen war, das *primum mobile* der sexuellen Liebe, der Mentor meiner Jugend und Vater meiner Kinder.

»Vermutlich war es ebenso mein Fehler, daß alles sich so zum Schlechten entwickelt hat«, lautete meine Schlußfolgerung. »Es hätte mir nicht soviel ausmachen dürfen. Sehen Sie, es war völlig egal, wie oft er mir sagte, daß er mich liebte. Ich fühlte mich einfach zurückgewiesen, gedemütigt und … verlassen. Vom Kopf her wußte ich, daß das Unsinn war. Aber etwas sehr viel Stärkeres als mein Verstand bestimmte das, was ich wirklich empfand.«

»Das Herz kennt seine Gründe.« Zum erstenmal seit vielen Minuten redete Maurice wieder. »Ich verstehe das.«

»Wirklich?« Ich hatte während des Erzählens auf den Boden gestarrt. Jetzt wandte ich mich ihm zu und blickte ihn an. Ich sah, daß seine Augen in Tränen schwammen. »Oh, das tut mir leid.«

»Nicht nötig. In meinem Alter hat man so viel gesehen … gute und schlechte Tage …, daß einem leicht die Tränen kommen.«

»Ich bin sehr egoistisch gewesen, daß ich Sie mit diesen trüben Problemen belastet habe. Letztendlich ist das alles gar nicht wichtig.«

»Ach, sagen Sie das nicht! Seien Sie nicht höflich. Verschließen Sie sich nicht. ›Gib dem Kummer Worte: Gram, der nicht spricht, flüstert dem übervollen Herzen, bis es bricht.‹ Shakespeare wußte, wovon er sprach. Ich werde alt. Ich bin den Flitterkram der Plauderei leid. Es stimmt mich froh, daß Sie mir Ihr Vertrauen schenken.«

Er stand auf und wirbelte auf der Stelle im Kreis herum.

»Sehen Sie, kein Rheumatismus. Ihr Vertrauen polstert mich. Jetzt zeigen Sie mir Ihre Hennen und dann einigen wir uns darauf, daß Treue ein unentbehrlicher Bestandteil der Liebe ist.«

»Das ist Héloïse«, sagte ich, nahm eine Handvoll Körner aus dem Kasten und bückte mich, damit die Henne sie mir aus der Hand picken konnte. »Sie ist eine Lavendelaracauna und legt Eier mit grünblauen Schalen. Und das hier ist Abälard.« Ich deutete auf einen stattlichen grauen Hahn, der mit seinen Flügeln schlug, um mich vor zu großen Freiheiten gegenüber seinem Weibchen zu warnen. »Er hat das Schicksal seines Namensvetters nicht teilen müssen, aber ich habe ihm damit gedroht, weil er so laut ist. Das Hühnerhaus ist Ivors Werk. Ist es nicht schön!«

Es war im gotischen Stil gebaut, mit zinnenbewehrten Türmen an jeder Ecke und einem S-förmigen Einflugloch. Abälard streckte seinen Hals und krähte.

»Die ist aber hübsch.« Maurice deutete auf eine Henne mit kastanienfarbenem Flaumgefieder, die am Boden scharrte und dabei ihren Kopf ständig auf eine Seite drehte, um die kleinen Insekten zu erspähen, die der Kaviar des Federviehs sind.

»Ein Seidenrebhuhn. Sie ist Ivors Liebling. Er nennt sie Xanthippe, weil sie die ganze Zeit schimpft und keift. Einen so gelehrten Hühnerstall gab es noch nie.«

Als wir wieder zurück zum Haus gingen, führte uns der Weg durch den Temenos. Auf Aphrodites Säulenplatte lag eine von geflochtenem Gras zusammengehaltene Rolle Papier.

»Gott sei Dank! Wenn Ivor Gedichte schreibt, dann ist noch nicht alles verloren.« Ich hob es auf und rollte es auseinander. Daß Ivor sich nicht zeigte, hatte mich zunehmend beunruhigt, weil ich fürchtete, daß ihn wegen der Remise das schlechte Gewissen plagte. Und ich hatte schon beschlossen, am späteren Nachmittag hinunter zu seinem Häuschen zu gehen, um mit ihm zu reden, wenn er es erlaubte. »Ich frage mich nur, ob er unser Gespräch über Jack mitgehört hat? Aber er ist eine ganz ehrliche Seele und wäre weggegangen, sobald er uns hätte sprechen hören. Er besitzt die fast übernatürliche Fähigkeit, ungesehen durch den Garten zu huschen.«

»Er liebt Sie.«

»Ja, aber nur auf Ivorsche Weise. Poetisch.« Ich las die beiden Stanzen, in denen es, wie vorherzusehen, um Schuld, Verzweiflung und Liebe ging. »Das hier ist wirklich gut, wissen Sie! Ich fand immer, daß er eine sehr eigene und phantasievolle Sprache hat. Das hier hat ein Thema, aber auch Schönheit.«

»Darf ich es sehen?«

Ich reichte Maurice das Blatt. Er las es im Weitergehen. Ich hakte mich bei ihm unter, um ihn an den Eisenreifen des Rosengartens vorbeizuführen, wo es im Sommer weiße Blütenblätter regnete, jetzt aber nur verschrumpelte Blätter lagen, gelb und vertrocknet.

»Sie haben recht«, sagte er schließlich. »Vieles in der zeitgenössischen Lyrik ist nur angenehme Gefühlsduselei und nicht mehr. Aber das hier hat Substanz. Was halten Sie davon, wenn ich das einem Freund zeige, der bei Flogam and Knoutem arbeitet? Oder ist es nicht zur Publikation gedacht?«

»Ich gebe Ihnen die Mappe mit den Gedichten, die ich von Ivor zusammengetragen habe. Wer in aller Welt wünscht sich keine Anerkennung? Wir sagen Ivor nichts davon. Es wäre nicht gut, wenn er sich in Hoffnungen hineinsteigern würde. Wie Sie sicher bemerkt haben, ist er ziemlich ... empfindsam.«

»Ich mag die Leute, die Sie um sich versammelt haben. Ich hätte auch gerne Ihren Ehemann gekannt. Er muß irgend etwas Außergewöhnliches gehabt haben, sonst hätten Sie sich nicht für ihn entschieden.«

»Kommen Sie mit mir zu seinem Grab.«

Seit der Beerdigung war ich einmal dort gewesen, aber die Beobachtung der Leute, die ich dort auf mich zog, hatte mich so verunsichert, daß ich es nicht mehr auf mich nehmen wollte. Dorfbewohner waren aus dem Nichts aufgetaucht und hatten sich vor der Friedhofsmauer eingefunden, wo sie vorgeblich verweilten, um sich die Nase zu putzen oder ein Schuhband zu binden. In Wirklichkeit, das wußte ich, hatten sie nur herausfinden wollen, ob mir etwas wie Schuldbewußtsein anzumerken war.

»Diese Blumen hier sind neu.« Ich drückte den Kranz aus roten Rosen, den der Wind arg mitgenommen hatte, etwas fester an das Holzkreuz, das den Erdhügel markierte. »Hier ist eine Karte. ›Von Horny, in Liebe.‹ Arme Miss Horn. Treibhausrosen zu dieser Jahreszeit! Wie sehr sie ihn geliebt hat! Das müssen Lissies Blumen sein.« Ich deutete auf ein Bukett aus langstieligen Lilien. Die grün-weißen Blütenblätter erbebten unter einem überraschenden Windstoß, und aus der Tiefe eines Blütenblatts kam ein kleiner schwarzer Käfer gekrochen und verschwand dann unter der Erde.

»Lissie. Ach ja. Ich erinnere mich. Der erste Fehltritt.«

»Ja. Aber ich habe ihr das ehrlich verziehen. Sie ist eine meiner liebsten Freundinnen.«

»Und dieser kleine Blumenstrauß?«

Ich sah mir das kleine Sträußchen aus Heckenrosen und Petersbart mit einer matten Wildrosenknospe in der Mitte an, das von Strohhalmen zusammengehalten wurde.

»Das ist Ivors Kennzeichen. Typisch für ihn, daß er Blumen auf Jacks Grab legt!« Ich hielt einen Augenblick inne. »Es wird Ihnen aufgefallen sein, daß von mir keine da sind. Jack hatte für Gefühle nur Verachtung übrig. Von all den Frauen, die ihn liebten, kann ich als einzige wenigstens in Anspruch nehmen, daß er mir sein wahres Gesicht gezeigt hat.«

»Er muß ein sehr faszinierender Mann gewesen sein. Aber wohl kaum jemand mit der Gemütsbeschaffenheit für *felo de se*.«

»Langsam kann ich akzeptieren, daß ich darauf nie eine Antwort bekommen werde.«

»Sind die Dorfbewohner freundlich?« Maurice sah sich plötzlich um.

»Wie bitte? Verdammt noch mal! Was sind das nur für Leichenfledderer!«

»Nehmen Sie meinen Arm, Miranda. Das stehen wir jetzt tapfer durch!«

Wir kamen so schnell an den Wachposten vorbei, daß diese aus der Fassung gerieten und sich zerstreuten. Der arme Maurice war ganz außer Atem, als wir die Einfahrt erreichten, und so verlangsamten wir unseren Schritt für den langen Weg nach Hause. Als wir um die letzte Kurve bogen, tauchte Westray auf.

»Wissen Sie, ich kann mir überhaupt kein schöneres Haus vorstellen. Ich genieße meinen Aufenthalt hier! Wenn es morgen nicht regnet, werde ich zum Strand hinuntergehen für ein paar Skizzen.«

Als wir einen Umweg machten, um uns den Taubenturm anzusehen, fing er an, mir sein Haus in Kalabrien zu beschreiben. Ich sah die roten Hügel, die Pappelhaine, das gleißende Licht und den kräftigen Schatten, die grünen Blendläden, den Oleander in Rosa und Creme. Daß wir über Italien redeten, ließ mich voller Bedauern an Venedig denken. Mehr als ein gelegentliches Liebespaar konnte aus Janòs und mir nicht werden. Unsere Lebensweisen ließen sich einfach nicht miteinander vereinbaren. Ich wußte, daß ich meine Träume fest in die Hand zu nehmen und dumme romantische Hoffnungen zu zerstören hatte. Bei der Vorstellung, mich meinen Pflichten zu entziehen, um im Ausland mit einem jungen, stürmischen Liebhaber auf Abenteuer auszuziehen, mußte ich lächeln. Für eine solche Narretei war ich zu alt, zu vorsichtig und zu vernünftig.

Kapitel 15

Das *aqua alta* gurgelte unter den Lattenrosten, auf denen wir über die Piazza San Marco schwankten. Zigarettenpäckchen und *biglietti* trieben wie urbaner Blasentang in der Strömung. Im Krabbengang liefen wir über die schmalen Planken, um den deutschen und japanischen Touristen mit ihren wie Girlanden umgehängten Fotoausrüstungen auszuweichen. Hinter den goldenen Kuppeln der Basilika schimmerte der Himmel weiß vor Kälte, aber es war kein Regen zu befürchten. Janòs lief voraus. Seit wir uns in Gatwick getroffen hatten, war mir eine neue Seite seines Wesens offenbart worden. Der Bordcrew gegenüber verhielt er sich sehr anmaßend, und sie machten ein Theater um ihn, als gehöre er zum Königshaus. Es wunderte mich, daß wir in der ersten Klasse reisten.

»Aber selbstverständlich. Ich habe nicht die Absicht, zwei Stunden mit den Knien in meinen Ohren zu verbringen und mich von kreischenden Babys ärgern zu lassen.«

»Mir kommt das ein wenig übertrieben vor.«

»Ich kann euch Engländer nicht verstehen. Wann immer es möglich ist, wollt ihr euch Unannehmlichkeiten machen, euer Fleisch mit Kälte kasteien und gräßliche Dinge essen (da nehme ich dich aus, Miranda), und doch gebt ihr viel mehr Geld für eure Gärten und Häuser aus als die meisten Europäer, die in bescheidenen Wohnungen leben.«

»Das wird wohl der Grund dafür sein. Irgendwo müssen eben Einsparungen stattfinden.«

»Nun, ich habe weder Haus noch Garten. Deshalb kann ich mein Geld für das ausgeben, worauf ich Lust habe. Und damit auch für diese kleine Annehmlichkeit, erster Klasse zu reisen.«

»Tatsächlich? Du hast nicht irgendwo ein Haus?« Ich war verblüfft, weil ich gedacht hatte, abgesehen von Landstreichern müßte jeder eine Bleibe haben, die er sein Zuhause nennen konnte.

»Nein. Ich habe keins. Wo sollte ich es haben? Und wozu? Ich bin ständig unterwegs, um zu spielen. Dazwischen gehe ich wohin ich will, in Hotels, die mir gefallen. Manchmal wohne ich bei Freundinnen. Ein Haus brächte nur Ärger.«

Ich fand, daß wir kaum unterschiedlicher sein konnten. Denn für mich kam mein Haus an Wichtigkeit gleich an zweiter Stelle nach meiner Familie.

Wir waren im Motorboot über die Lagune zu unserem Hotel gesaust. Über uns kreischten die Möwen oder verharrten schweigend auf den Pfosten, welche die Fahrrinnen markierten. Himmel und Wasser verschmolzen miteinander, eine Studie in *grisaille*, bis La Serenissima sich langsam am Horizont in schwindlig machenden Spiegelungen von Rosa, Ocker, Kürbis, Rauch und Gummigutt abzeichnete. Der Empfangschef des Hotels sank fast auf die Knie vor Gewissensbissen.

»Ihr Zimmer ist noch nicht fertig, Signor Décsi. Zu meinem unendlichen Bedauern muß ich Sie bitten, noch zwanzig Minuten hier im Foyer zu warten, wo wir Ihnen gleich eine Erfrischung servieren.«

Aber Janòs war ungeduldig, wütend, widerspenstig. Vermutlich lag das an der Spannung, die sich, wie er sagte, vor einer Aufführung ins Unerträgliche steigerte. Er packte mich am Arm und bestimmte, wir würden statt dessen auf ein Glas Prosecco zu Florian gehen. Der Empfangschef war den Tränen nahe, als wir aufbrachen. Bei unserer Rückkehr war das Gepäck schon auf unser Zimmer gebracht worden, und ich denke, sie hätten auch uns hochgetragen, wenn das etwas gutgemacht hätte. Vom Balkon des Zimmers hatte man einen Blick auf die Lagune bis zur Santa Maria della Salute.

»O sieh nur! Sieh!« rief ich und kämpfte damit, die großen Fenster zu öffnen. »Wie schön!«

»Ja, sehr schön. Ich habe es schon gesehen«, sagte Janòs und näherte sich mir von hinten, um mich mit festem Griff umzudrehen. »Ich habe noch vierzig Minuten Zeit, bis die Probe beginnt. Diese Idioten verderben fast alles. Jetzt laß mich deine Knöpfe aufmachen. O Gott! Du bist verschnürt wie ein Paket! Eine Schicht über der anderen. Ah! Diese kleinen Knöpfe hier reizen mich. Die ganze Woche warte ich auf diesen Augenblick, und jetzt könnte ich heulen wie ein Kind, das nicht bekommt, was es haben will.«

»Wir haben schließlich Winter. Ist das denn eine gute Idee? Kommst du dann nicht zu spät?«

»Also, wenn du erlaubst, machen wir es kurz. Heute abend lassen wir uns dann Zeit. Die ganze Nacht, wenn du willst.«

Ich überlegte gerade, was für eine köstliche Vorstellung das sei, als das Telefon klingelte.

»Laß es läuten!«

»Oh, aber sollten wir nicht lieber …?«

»Geh dran, aber auf dein Risiko!«

In meiner Angst, Jack könnte mich in Venedig heimsuchen, hatte ich die unwiderstehliche Überzeugungskraft von Janòs' Liebeskünsten außer acht gelassen. Er befand sich in einem Zustand äußerster Anspannung und teilte diesen auf eine Weise mit, die im wahrsten Sinne des Wortes alle Erwartungen sprengte. Ich blieb noch eine Weile mit geschlossenen Augen liegen, spürte bedauernd dem Verebben der körperlichen Lust nach und überlegte dabei, daß ich in Janòs verliebt sein *mußte*, was immer das auch heißen mochte. Wieder klingelte das Telefon.

»Signora Stowe. *Momento, per favore.* Sie werden verbunden.«

Man hörte ein entsetzliches Zischen und dann eine Stimme, die ich als die von Jenny erkannte.

»Miranda?«

»Ja. Ich kann Sie gut hören, Jenny. Sie brauchen nicht zu schreien.«

Jenny schrie, als wäre sie mißtrauisch, ob Telefonleitungen

auch über Grenzen hinweg funktionierten. »Es geht um Elizabeth, Miranda. Es geht ihr sehr schlecht. Der Arzt hat gesagt, ich solle Sie anrufen.«

»Was ist los mit ihr?«

Ich setzte mich so ruckartig im Bett auf, daß Janòs von mir wegrollte.

»He! Was machst du da?«

»Sch! Sagen Sie mir, was los ist, Jenny.«

»Sie hat beim Mittagessen über Bauchschmerzen geklagt. Sie bekam nichts runter und sah furchtbar blaß aus. Außerdem hat sie geschwitzt! Rose hat ihr gesagt, sie solle sich hinlegen. Eine Stunde später ging ich hoch zu ihr, um nach ihr zu sehen, da weinte sie vor Schmerz. Dann stand sie auf und versuchte ins Badezimmer zu gehen und fiel dann wie ohnmächtig hin. Überall war Blut.«

»Was?«

»Blut. Wie bei der Periode, nur viel mehr. Rose sagte, ich solle den Doktor holen, und er kam auch ganz schnell. Er hat sie ins Krankenhaus gebracht. Er sagte, ich solle Sie anrufen, als er hörte, daß Sie weggefahren sind.«

»O Gott!« Ich griff mir an den Kopf und versuchte zu denken. »In Ordnung, Jenny. Ich nehme den ersten Flug zurück, den ich kriegen kann. Ruf bitte im Krankenhaus an und laß Elizabeth ausrichten, daß ich so schnell wie möglich zu ihr komme.«

»Du fährst nicht!« Janòs setzte sich jetzt auf und schwang seine Beine aus dem Bett.

»Ich muß. Elizabeth ist vielleicht sehr krank. Sie hat Schmerzen und blutet. Sie hat das Bewußtsein verloren.«

»Sie ist nicht allein. Sie hat ärztliche Hilfe. Und Rose und Jenny.«

»Ich bin ihre Mutter. Ich muß zu ihr.«

Schon rief ich die Rezeption an. »Hallo? Ja, hier ist Mrs. Stowe, Zimmer 46. Bitte buchen Sie mir einen Platz in der nächsten Maschine nach London. Es ist sehr wichtig. Ja, erste Klasse, falls es nicht anders geht. Sofort. Ich komme gleich runter.«

»Das glaube ich nicht!« Janòs packte mich so fest am

Arm, daß ich vor Schmerz zusammenzuckte. »Du verläßt mich einfach so? Genau so etwas führt dazu, daß ich schlecht spiele.«

»Natürlich würde ich lieber hierbleiben. Aber ich muß zu ihr!«

»Verstehe.« Janòs zog jetzt seine Kleider an, war jetzt so kalt wie er vorhin erhitzt gewesen war. »Dann geh! Ich bin schon dabei, dich aus meinem Gedächtnis zu streichen. Frauen ... am Ende sind sie doch alle gleich.«

Ich begriff, daß er sich das selbst einzureden versuchte. Mich verletzen zu wollen, lag bereits nicht mehr in seiner Absicht, nachdem ich aufgehört hatte, ihm etwas zu bedeuten.

»Adieu, Schatz«, sagte ich, als er Mantel und Schal nahm und das Zimmer verließ. »Bitte ruf an«, sagte ich dann noch zu dem leeren Raum.

Zwei Stunden später saß ich im Flugzeug, das gerade über das Rollfeld fuhr und seine Startposition an der Startbahn einnahm. Die Motoren heulten auf und dann waren wir in der Luft. Die Dämmerung brach herein. Venedig war in Kobalt und Lavendel getaucht, worauf sich gelbe Punkte reihten.

Ich starrte aus dem Fenster, ohne die dunklen Wolkenmassen zu sehen, und dachte an Elizabeth. Als ich abfuhr, kam sie mir vollkommen gesund vor. Auf der Suche nach Krankheitsanzeichen ließ ich die vergangene Woche in meinem Kopf Revue passieren. Da sie immer dieses seltsame weiße Make-up trug, konnte man unmöglich feststellen, ob sie besonders blaß oder rot war. Sie hatte gut gegessen, das wußte ich. Sie war schlapp und reizbar gewesen, aber das war derzeit eigentlich ziemlich normal. Armer Schatz! Was muß das für ein Schreck für sie gewesen sein, ins Krankenhaus transportiert zu werden. Wie hatte ich sie nur allein lassen können! Ich war wirklich die schlimmste aller Mütter! Ich schüttete zwei Gläser Spumante hinunter, ließ mir aber das kleine Plastiktablett mit Essen gar nicht erst bringen.

Warum hatte ich mich überreden lassen? Vergangene Woche war alles so gut gelaufen, daß ich geglaubt hatte, mir diese Schwäche erlauben zu können. Henry hatte mich am Montagabend von Nethercoat's angerufen, um mir mitzuteilen, daß er die Rolle von Henry V. für die Schulaufführung bekommen hatte.

»Jede Menge Monologe, Mama. Ich habe die Hauptrolle!«

»Ja, mein Schatz. Ich kenne das Stück.«

»Wir haben uns gerade den Film angeschaut. Tolle Kampfszenen. Aber ich werde meine Haare nicht so tragen wie Laurence Olivier das tut. Er sieht wie ein blödes Mädchen aus. Ich werde einen Waffenrock tragen. Du mußt kommen und es dir ansehen!«

»Und wenn ich jeden der fünfzig Kilometer auf Händen und Knien kriechen muß, werde ich dasein, mein Schatz. Nichts auf der Welt wird mich davon abhalten. Ich bin sehr stolz auf dich. Ich weiß, daß du das gut machen wirst.«

Nicht nur mütterliche Verblendung ließ mich dies sagen, Henry war wirklich ein guter Schauspieler und konnte gut auswendig lernen. Aber dazu kam bei ihm eine so große Freude, im Mittelpunkt der Aufmerksamkeit zu stehen, daß er auf der Bühne ganz besonders anziehend wirkte. Er besaß das, was man wohl Starqualitäten nennt. Das hatte er natürlich von Jack geerbt.

James hatte in der Wochenmitte von Westminster angerufen, um mitzuteilen, daß Freunde ihn über das Wochenende eingeladen hatten, sie wollten nach Covent Garden und sich *Tosca* ansehen. Er schien sich sehr darauf zu freuen. Mir war aufgefallen, daß sich sein Musikgeschmack von der obligaten Popmusik zu Nachdenklicherem orientierte. Mit achtzehn nahm James sein Leben mehr oder weniger selbst in die Hand. Ich wußte, daß mir jetzt nur noch beratende Funktion zufiel.

Als ich Patience erzählt hatte, daß Janòs und ich uns am Bahnhof unter nicht gerade günstigen Umständen getrennt hatten, reagierte sie – obwohl sie auch die Gründe dafür wußte – für mich sehr überraschend.

»Er hat dich eingeladen, zwei Tage mit ihm nach Venedig zu fahren, und du hast abgelehnt! Entweder bist du wirklich nicht an ihm interessiert, oder bei dir stimmt was nicht ganz! Eine solche Einladung! Das ist genau das, was du jetzt brauchst. Eine schöne Abwechslung!«

Maeve, die ausgerechnet an diesem Dienstagmittag unerwartet zu uns stieß, war noch unverblümter. Aus Angst, sie zu verärgern, wollte ich gar nicht davon anfangen, aber Patience kannte solche Skrupel nicht.

»Miranda!« Maeve machte eine Pause, ehe sie ihre *spaghetti con funghi e piselli* weiteraß. »Bist du wahnsinnig?« Ruf diesen Mann sofort an und sag, daß du mitkommst!«

»Das ist aber großzügig von dir, unter den Umständen ...!«

»Ach, Unsinn.« Ich bin nicht an Exklusivrechten interessiert, falls du das meinst. Du weißt, was ich von der Monogamie halte. Indem man ein Embargo auf Berührung ausspricht, hält man die Leute nicht davon ab, Lust aufeinander zu haben. Das ist genau der Weg, geheime Leidenschaften zu schüren. Ich bin davon überzeugt, daß die sexuelle Aktivität der Leute nur halb so groß wäre, wenn jeder mit jedem und jederzeit ins Bett gehen könnte. Wir würden alle aus purer Langeweile Kurse in *macramé* und Arbeit mit Knetton belegen.«

»Das soll wohl heißen, daß der ganze Spaß am Sex nur auf der Intrige basiert«, wandte ich ein. »Und wo bleibt die einfache körperliche Lust?«

»Die ist doch sicherlich nur möglich, wenn irgendeine emotionale Grundlage vorhanden ist?« tastete Patience sich vor. »Man muß doch für den anderen etwas empfinden. Angenommen, man liebte einen völlig Fremden, und der Raum wäre in absolute Dunkelheit getaucht. Könnte man es da verhindern, sich in Phantasien zu ergehen und dem Fleisch einen Geist und eine körperliche Gestalt zu geben?«

»Du überraschst mich, Patience«, sagte Maeve. »In diese Richtung gehen also deine Gedanken. Eine wirklich köstliche Vorstellung, das sag ich dir.«

»Das heißt doch nicht, daß ich es so haben möchte«, verteidigte sich Patience, und ihre Wangen glühten.

»Mir wäre das zuwider.« Mich schauderte bei dem Gedanken.

»Und warum?« Maeve sah mich aus neugierigen Augen an.

»Ich weiß nicht recht. Ich hätte Angst.«

»Na komm. Das ist interessant. Vor was denn?«

»Ich hätte das Gefühl, etwas von mir wegzugeben. An

jemanden, von dem ich nicht wüßte, ob ich ihm trauen kann. Und ... vielleicht sehen sie ja schrecklich aus.«

»Hm, sehr aufschlußreich, was du da sagst.« Maeve kostete es eine Weile aus. »Das wäre doch egal, wenn das Licht nie anginge und du den anderen nie zu Gesicht bekämst.«

»Ich bin sehr oberflächlich, ich weiß.«

»Oder sehr romantisch«, meinte Patience. »Ich weiß nicht, warum du dich schämen solltest, auf Äußerlichkeiten Wert zu legen. Das tun die meisten Leute, wenn wir auch glücklicherweise nicht alle einer Meinung sind, was attraktiv ist.«

Sofort dachte ich an Aubrey Molebank. Er war intelligent, mitfühlend und rücksichtsvoll, und ich mochte ihn sehr. Aber ich würde sehr viel Geld dafür zahlen, nicht mit ihm ins Bett gehen zu müssen.

»Sei's drum«, meinte Maeve ungeduldig. »Wenn du nicht sofort Janòs, diesen unbestrittenen Anziehungspunkt aller Frauenaugen, anrufst und ihm sagst, daß du mit ihm nach Venedig fährst, führt an einer strengen medizinischen Überwachung kein Weg mehr vorbei. Vielleicht könnte dieser süße neue Arzt das übernehmen. Hast du ihn schon gesehen?«

»Du meinst doch nicht etwa Dr. McCleod? Er ist so ein widerwärtiger Mensch, er fühlt sich ständig angegriffen. Er hält mich für eine verdorbene, egoistische kleine Madame und meint, ich hätte mit meinem koketten Gehabe Jack in den Tod getrieben.«

»Er hat eine sehr hübsche Freundin. Vielleicht ist sie auch seine Frau. Ich habe sie gestern zusammen wegfahren sehen. Er sah kein bißchen widerwärtig aus, das sag ich dir.«

»Nun, ich mag ihn nicht. Wie soll ich denn Janòs anrufen, wo ich doch weder seine Telefonnummer weiß noch wo er sich aufhält?«

»Hallo, ihr Lieben«, rief Lissie, als sie in die Küche kam. Ihre Augen strahlten und ihre Wangen waren rosig von der Kälte. In ihrem Kamelhaarmantel mit dem Pelzkragen und dem dazu passenden Pelzhut sah sie sehr hübsch aus. Sie gab jeder von uns einen Kuß und sah sich dann im Zimmer um.

»Bridie schläft«, sagte ich, weil ich sofort wußte, wonach sie suchte.

»Hoffentlich ist das Kunstpelz«, meinte Maeve mißbilligend.

»Ja, ich denke schon«, erwiderte Lissie unsicher, und ihre blauen Augen blickten arglos.

Noch aus zehn Metern Entfernung war klar, daß es sich um Nerz handelte, doch ich wußte genau, daß sich Lissie nur dafür interessierte, ob ihr etwas stand, an die Frage, künstlich oder echt und die ethische Seite des Pelztragens aber verschwendete sie keinen einzigen Gedanken.

»Seht, sie ist gerade aufgewacht«, jubelte Lissie und hob Bridie hoch. »Ist sie nicht einfach entzückend.«

»Sie sieht dem sehr ähnlich, was Sebastian und Florian im Kindergarten gemacht haben. Schwabbelige Tonklumpen mit Kügelchen als Augen und Streichholzlöchern als Nasenöffnungen. Sie ist wie eine Karikatur, nur eine Skizze dessen, wozu sie einmal werden könnte.«

»Wie kannst du nur?« Lissie drückte Bridie so fest an sich, bis das Baby, das vor lauter Pelz keine Luft mehr bekam, protestierend wimmerte. »Sieh dir doch diesen kleinen zahnlosen Mund an.«

Wir sahen gehorsam zu, wie Bridie unentwegt sabberte und uns aus runden Augen anstarrte. Dann verzog sie ihr Gesicht plötzlich zu einem breiten zahnlosen Grinsen und mir fiel auf, daß wir alle, einschließlich Maeve, zurückstrahlten.

»Ich gebe nach. Sie ist unwiderstehlich. Komm, Lissie, hilf uns jetzt, Miranda soweit zu bringen, daß sie mit ihrem *amoroso* nach Venedig fährt.«

Lissie, die Bridie gerade das Gesicht abwischte, hielt inne und sah mich mit offensichtlichem Erstaunen an.

»Mein Gott, laßt uns nicht mehr darüber reden.« Ich stand auf und kochte Kaffee.

»Weißt du davon denn noch gar nichts?« forschte Maeve unbeirrt nach. Vielleicht war sie aber gar nicht so unbeirrt wie es schien. »Du weißt nichts von Mirandas großer Liebesgeschichte? Janòs bist du aber begegnet. Du warst doch hier, als ich ihn an dem Tag vorbeibrachte, als ich die Grippe bekam. Aber wahrscheinlich weißt du nicht, daß sie einander gleich in die Arme gefallen sind?«

»Nein, das wußte ich nicht.« Ich schaute zu Lissie, die sich nun über das Baby beugte und mir den Rücken zukehrte. Ich stellte den Wasserkessel auf den Kohleherd. Als ich mich wieder hinsetzte, fing ich ihren Blick auf, aus dem die reinste Verblüffung sprach.

»Ist der Kessel auf dem Herd?« rief Maurice, der im passendsten Moment hereinschneite. »Man könnte mir keinen größeren Gefallen tun, als mich auf dem Spieß zu drehen, damit ich wieder Raumtemperatur annehme. Am Strand scheinen die Winde heute ein Symposion abgehalten zu haben. Nicht nur der Mistral und ein Schirokko, sondern auch der Passat und der Harmattin, denen auch noch der Samum Gesellschaft leistete.«

Er begann sich von seinen Handschuhen und dem Schal zu befreien. Es war sein zweiter Tag, an dem er Skizzen machte. Tags zuvor hatte Ivor ihm ein Windsegel nach unten gebracht und es neben einem Felsvorsprung aufgestellt, während Maurice seine Staffelei und das Zeichenpapier schleppte und ich Pinsel und Farben brachte. Maurice meinte, er könne nur malen, wenn er seinen speziellen Malhut aufhatte. Es war ein Borsalino, die Art, wie Carlyle ihn im Alter zu tragen pflegte. Auch in einem mehr an Hüte gewohnten Zeitalter hatte dieser mit seiner breiten Krempe und der hohen Krone offenbar die Blicke auf sich gezogen. Jedenfalls sah Maurice darin höchst ungewöhnlich aus, doch er war wunderbar als Schutz vor den Elementen. Das einzige Ärgernis war, daß er nicht auf dem Kopf bleiben wollte. Maurice löste das Problem, indem er ihn mit seinen Hosenträgern festband. Wir ließen ihn allein, eine seltsame Gestalt, die sich hinter ein grün-weiß gestreiftes Windsegel duckte, und deren Staffelei von einer Steinpyramide gestützt wurde. Aber an einem solchen Tag würden ihn ohnehin nur die Seevögel sehen und sich wundern.

Tags zuvor hatte er sich geweigert, mir seine neuen Werke zu zeigen, weil er es nicht haben könne, wenn Leute seine unfertigen Arbeiten sähen. Aber als wir ihn jetzt höflich bedrängten, öffnete er seine Mappe.

»Da sind sie! Die Felsen von Westray. Na, was sagen Sie?«

Wir betrachteten sie schweigend. Ich war auf ein paar nette Worte der Anerkennung eingestellt. Aber die waren hier ganz und gar nicht angebracht.

»Du lieber Himmel!« Maeve faßte sich als erste wieder. »Die sind ja überwältigend gut gelungen!«

»Seht euch das Wasser an!« schwärmte Patience. »Das habe ich nicht einmal bei Turner so gesehen. Voller Licht. Man glaubt, jeden Augenblick kommt diese Welle herein.«

»Es ist wunderschön!« sagte Lissie. »Sie könnten das sicher verkaufen. Ich würde es auf der Stelle haben wollen!«

»Nun, ich verkaufe meine Bilder tatsächlich«, sagte Maurice bescheiden. »Davon lebe ich.«

»Kann ich das hier kaufen?« fragte Lissie.

»Ich würde es Ihnen gern verkaufen, aber es ist schon versprochen. Ich habe eine Ausstellung im Januar, und der Mensch, der sie ausrichtet, möchte zur Abrundung noch ein halbes Dutzend Aquarelle haben. Ich fühle mich wahnsinnig geschmeichelt, daß es Ihnen gefällt.«

»Sieh an, dann sind Sie also Maler«, bemerkte Maeve. »Wußtest du das, Miranda?«

»Ich hatte keine Ahnung. Ich würde lieber sagen, sieh an, was für ein *guter* Maler. Ich habe mich über weite Abschnitte meines Lebens mit mehr als genug Malern herumschlagen müssen, bin aber nur wenigen begegnet, deren Arbeit ich mir mit Vergnügen angesehen habe.«

»Was halten Sie davon, daß Miranda nach Venedig fährt, Maurice?« bohrte Maeve. »Sollte sie?«

»Venedig! Kann man das überhaupt in Frage stellen?«

Als die anderen nach Hause gegangen waren, besprach ich diese Angelegenheit mit Maurice etwas detaillierter. Ich wendete für das Mittagessen einen Lammschlegel in einer *daube à l'Avignonnaise*, und er saß am Tisch und bereitete ein Blatt Papier für die Arbeit am nächsten Tag vor, indem er mit Bürste und Schwamm eine verdünnte Farbschicht auftrug. Er nannte es »Tünche auftragen«. Rose war nach einem Vormittag im Krankenhaus, wo ihr der Gipsverband vom Handgelenk abgenommen worden war, müde und lag schlafend auf dem Sofa. Für Maurice war es ganz natürlich, sich in diesem familiären Rahmen aufzuhalten, als hätten wir einander ein

Leben lang gekannt. Ich erklärte ihm die Geschichte mit Venedig und Janòs.

»Gut, gut, gut! Genau, was Sie brauchen. Zerstreuung. Etwas für Sie selbst. Wenn eine Frau Kinder hat, ist sie natürlich sehr angebunden, aber ehe Sie sich's versehen, sind sie aus dem Haus, und dann schwimmen Sie. Es ist genau die richtige Zeit, daß Sie nach neuen Erfahrungen Ausschau halten.«

»Oh, sprechen Sie nicht davon! Wenn Sie wüßten, mit wieviel Angst ich mir über meine Zukunft Gedanken zu machen versuche.«

»Angst?«

»Vor der Vorstellung, von denen aus meiner Generation beurteilt und für geistig zurückgeblieben gehalten zu werden. Ich bin so lange meine eigene Herrin gewesen, wissen Sie. Und ich bin neununddreißig. Wahrscheinlich ist es schon zu spät, um noch irgend etwas anzufangen.«

»Als ich mich entschied, in Italien zu bleiben, stand ich vor demselben Problem. Ich war gute Vierzig. Mein Italienisch war ungenügend. Ich nahm Jobs aller Art an, Spüler, Ober, Pferde abrichten, Bienen züchten ... alles, was ich kriegen konnte. Als mein Italienisch besser wurde, ging ich als Lehrer an die Dorfschule. Da war ich schon mit Lucia verheiratet. Ich nutzte jede Fähigkeit, um Geld zu verdienen, außer der einen, die ich gerne eingesetzt hätte. Aber eines Tages sah ich Lucia schlafend auf unserer kleinen Veranda, und die Versuchung, sie zu zeichnen, wurde zu stark für mich. Ich griff zu Papier und Bleistift. Es war dreizehn Jahre her, seit ich soviel wie ein Strichmännchen gemalt hatte. Ich verkaufte die Skizze noch am selben Tag für mehr Geld als ich für eine Woche Unterricht bekam.«

»Ungewöhnlich, daß Sie so lange gewartet haben.«

Maurice nestelte an den Spitzen seiner scharlachroten Weste herum und saugte dabei an seinem Pinsel. »Die Zeit war nicht reif. Es ist ja nicht nur eine Frage der Technik, sondern man muß wissen, wer man ist und was man sagen möchte.«

»Sie meinen, eine Zeit der Brache könne tatsächlich hilfreich sein?«

»Ja, das meine ich. Opernsänger und Athleten können natürlich nicht warten. Aber viele Dinge, die man tun kann, läßt man besser reifen. Vermutlich höre ich mich ein wenig wie Dr. Pangloss an ... ›alles zum Besten in der besten aller möglichen Welten‹. Aber Sie werden hoffentlich herausfinden, daß Ihnen, wenn der rechte Augenblick gekommen ist und Sie sich dem widmen, was Sie als Ihre Fähigkeiten erkennen, alles leicht und natürlich von der Hand geht. Es ist ein wenig wie in der Ehe. Die Charaktere müssen übereinstimmen, aber auch die Entwicklung muß synchron verlaufen.«

»Das ist eine tröstliche Theorie. Wenn ich nur wüßte, welche Talente ich habe.« Ich zupfte die Decke über Roses Beinen zurecht. Sie regte sich ein wenig und murmelte etwas, was ich nicht verstehen konnte.

»Ich wünschte, wir wären uns schon eher begegnet«, sagte ich leise und steckte Roses Hand, die von den Wochen im Gips dünn und weiß aussah, unter die Decke. »Sie war die Stütze meiner Kindheit, wissen Sie. Ihr verdanke ich alles.«

»Tatsächlich? Sind die Eltern denn ihren Verpflichtungen nicht nachgekommen?«

»Mein Vater kam im Krieg um. Ich kann mich an ihn nicht mehr erinnern. Meine Mutter hat, tja ... kein großes Interesse an kleinen Kindern.«

»Du willst wohl sagen, kein Interesse an irgend jemandem außer an sich selbst.« Rose machte ein Auge auf und stieß die Decke weg.

»Ich habe gar nicht gemerkt, daß du wach bist, meine Liebe. Möchtest du einen Tee?«

»Das wäre sehr nett.« Mir war aufgefallen, daß bei Rose, die sonst jede Dialektfärbung verabscheute, in letzter Zeit das Schottische stark durchkam. »Dann fährst du also nach Venedig mit diesem jungen Konquistador. Auf deine Verantwortung, mein Mädchen. Bei ihm wird jede Frau dafür zahlen müssen, daß sie ihn liebt. Du glaubst, ich bin nur eine dumme alte Jungfer, aber ich habe Augen im Kopf und bin schon lange genug auf dieser Welt. Ich kenne die Männer, wenn ich ihnen auch nicht erlaubt habe, sich die Freiheiten bei mir herauszunehmen, die ihr Mädchen ihnen heutzutage zugesteht.«

Unbewußt preßte sie ihre grauen Knie in den Kammgarnstrümpfen zusammen, als sie dies sagte.

»Ich halte Sie für eine der am wenigsten dummen Frauen, denen ich je begegnet bin, ob verheiratet oder nicht«, sagte Maurice. »Und aufgrund meines langen Lebens möchte ich behaupten, das schöne Geschlecht zu kennen. Ob dem dann wirklich so ist, ist eine ganz andere Frage. Ha!« Er streckte das Papier auf Armeslänge von sich. »Manganblau und Paynes Grau mit einer Spur Krapp. Eine kühne Kombination, aber ziemlich ansprechend, meine ich.«

»Alter Narr!« sagte Rose.

Das Telefon läutete. Es war Janòs.

»Kannst du dich denn von all den Leuten und deiner ganzen Arbeit losreißen, um dich zwei Minuten mit mir zu unterhalten?«

»Das kann ich.«

»Dann möchte ich dir sagen, daß es mir leid tut, beim Abschied so von oben gewesen zu sein.«

»Von oben?« Ich dachte einen Augenblick nach. »›Von oben herab‹, meinst du. Das ist vermutlich wieder ein Ausdruck von Miss Rince. Ich vergebe dir auch so.«

»Wie schön, deine Stimme zu hören! Wie sehr ich mir wünsche, dich mitzunehmen! Fragen darf man doch, oder? Zwei Tage in der schönsten Stadt der Welt. Nach Budapest natürlich.«

»Ja, fragen darf man.«

Es entstand eine Pause. »Dann willst du es dir noch einmal überlegen?«

»Ja.«

Maurice und ich führten in den drei Tagen, die uns von seinem Besuch noch blieben, viele kleine Gespräche. Am Freitag gab es kaum noch etwas aus meinem Leben, das er nicht wußte. Ich machte sogar einige nützliche Entdeckungen über mich selbst, wie das immer geschieht, wenn man sich mit jemandem unterhält, der sich einfühlsam und interessiert zeigt. Er war ebenso mitteilsam, vor allem glücklich, von Lucia erzählen zu können. Mit rührender Zärtlichkeit schilderte er ihre letzte Krankheit und den frühen Tod mit erst fünfzig Jahren. Er sagte, alles Wissenswerte habe er von ihr gelernt. Es tat mir wirklich leid, als er am Freitag abreisen mußte. Am Morgen seiner Abreise kam ein Paket für ihn an.

»Aha! Ich habe den Sekretär meines Klubs gebeten, es mir zu schicken«, erklärte er und sprang auf. Wir saßen in der Bibliothek und warteten auf die Ankunft des Taxis. »Es ist ein Geschenk für Sie.«

»Wie freundlich von Ihnen! Aber ich habe es schon so genossen, daß Sie hier waren.«

»Haben Sie das wirklich, mein liebes Mädchen?« Ich sah, daß seine Augen feucht wurden. »Es war wunderbar für mich. Die Kameraden im Klub sind alle ganz in Ordnung, und mein Galerist kümmert sich wie ein Sohn um seinen eigensinnigen Vater, aber das läßt sich alles nicht mit einer richtigen Familie vergleichen. Ich kann nicht sagen, daß ich einsam bin, aber ich vermisse wirklich die Gesellschaft von Frauen. Das hört sich jetzt an, als wäre ich ein betagter Lebemann. Damit hat es nichts zu tun. Es ist nur eine Frage der Sympathien.«

»Kann ich gut verstehen.« Ich öffnete das Paket und griff in Berge von Seidenpapier. Ich fühlte mich beklommen, wie man sich immer fühlt, wenn man ein Geschenk in Anwesenheit des Gebers öffnet. Vielleicht mußte ich Freude vortäuschen. Im Seidenpapier lag etwas wirklich Seltsames – dem Horn einer Kuh nicht unähnlich. Ich holte es heraus.

»Das ist sehr ... ungewöhnlich.«

»Das soll nur ein kleiner Spaß zwischen uns sein, meine Liebe. Es ist das Hörrohr von Harriet Martineau. Wissen Sie, nach unseren Plaudereien über die großen Feministinnen der Vergangenheit, dachte ich, es könnte ... es ist seit Jahren in meinem Besitz ... ich habe es immer als ein Symbol geschätzt –.«

Ich fiel ihm ins Wort, indem ich mich ihm an den Hals warf.

»Es ist genau das richtige Geschenk. Ich hatte es ganz vergessen – die Arme war ja schrecklich taub. Und da hat jeder wichtige Viktorianer hineingeschrien ... Dickens, Charlotte Brontë, Mrs. Gaskell, Browning, Tennyson ... was für ein geschichtsträchtiges Stück!«

Ich gab ihm noch einen Kuß.

»Es freut mich, daß es Ihnen gefällt. Ich möchte, daß meine Sachen in gute Hände kommen. Wenn man alt wird, möchte man seinen Besitz verteilen. Seit vierzig Jahren trage ich diese Ohrtrompete mit mir herum.«

»Ich bin so stolz, daß Sie sie mir geschenkt haben. Jetzt müssen Sie aber wiederkommen und uns besuchen, und sei es nur, um sich zu vergewissern, daß wir uns angemessen darum kümmern. Was machen Sie denn Weihnachten? Warum verbringen Sie Weihnachten nicht mit uns?«

»Das wäre phantastisch gewesen. Ein richtiges Familienweihnachten! Aber ich habe meinem Galeristen versprochen, am Weihnachtstag mit ihm und seiner Frau zu Mittag zu essen. Das ist nett von ihnen, aber ich habe auch ein ungutes Gefühl dabei. Sie sind absolute *jeunesse dorée* mit ihrer ganz in Weiß eingerichteten Wohnung in Belgravia. Sie tragen auch immer weiße Kleidung. Mein Gott, diese Furcht, etwas zu verschütten! Natürlich könnte ich danach kommen, so zur Teezeit?«

Wir einigten uns darauf und trennten uns mit der gegenseitigen Zusicherung, uns in der dazwischenliegenden Zeit in die Dinge zu vertiefen, die uns am Herzen lagen. Für Maurice waren das die Kubisten in der Tate Gallery, für mich Tintoretto, Tiepolo und Tizian.

Und nun waren die einzigen venezianischen Meisterwerke, die ich vor meiner Landung in Gatwick zu sehen bekam, Postkartenreproduktionen im Warteraum des Flughafens von Venedig. Ich kaufte eine mit Tiepolos Verkündigung, um sie Maurice zu schicken, und eine von Marcus Curtius, der in die Schlucht springt, um Rom zu retten, aus der Schule des Tizian. Der Ausdruck von Marcus Curtius' hübschem Gesicht mit seiner hochgeistigen Überheblichkeit erinnerte mich lebhaft an jemanden. Mir wollte nur nicht einfallen, an wen.

Ivor erwartete mich hinter der Zollabfertigung.

»Wie geht es ihr? Was ist passiert?« fragte ich, sobald ich ihn sah.

»Sie war im Operationssaal, als ich im Krankenhaus anrief. Keiner wollte mir etwas sagen.«

Trotz des schweren Koffers fing ich bei diesen Worten zu rennen an. Wir fuhren in rasender Geschwindigkeit durch die Dunkelheit. An Janòs verschwendete ich keinen Gedanken. Wie gerne wäre ich nur allzu bereit gewesen, einen Handel mit Gott abzuschließen, Janòs nie wiederzusehen, wenn es nur Elizabeth wieder gutginge.

Das Allgemeine Bezirkskrankenhaus Bosworth, ein Gebäude aus dem neunzehnten Jahrhundert, war einmal ein Armenhaus gewesen und hatte jetzt neue Anbauten bekommen. Die Rezeption war dunkel, alles war zusammengelegt und weggeräumt, als wäre Krankheit ein Ereignis, das sich lenken läßt.

Eine Schwester führte mich zum Büro der Nachtschwester. Es war niemand da. Ich lief einen verlassenen Korridor entlang, der bis auf Schulterhöhe mit glänzenden braunen Kacheln gefliest war, als wäre es die Hochwassermarke von Bratensaft. Ich ging an schwach beleuchteten Doppeltüren, verhüllten Bahren und immer eindringlicheren Warnungen vorbei ... strengen Anweisungen, das Licht nicht anzulassen und keine Bettwäsche zu entnehmen, ohne dafür zu unterschreiben. Auch wurden scheußliche Strafen angedroht für den, der den Waschraum nicht sauber zurückließ (dreimal unterstrichen). Es machte auf mich den Eindruck einer abstoßenden und unfreundlichen Welt, deren ganzer Zweck darin bestand, mit Hilfe dicker Rohre, die sich entlang der Wände zogen, riesige Mengen heißen Wassers vor und zurück zu transportieren. Von dem Geruch nach Staub, Gummi und keimtötenden Mitteln wurde mir schlecht. So gut es ging, wich ich dem harten Flackerlicht der Neonröhren aus. Meine Beklemmung wuchs ständig. Endlich hörte ich Schritte. Als ich um eine Ecke bog, sah ich Dr. McCleod auf mich zukommen.

»Wo ist sie? Bitte, ich muß sie sehen!«

»Offenbar ist sie gerade aus dem Operationssaal gekommen. Ich bin auf dem Weg dorthin.« Als er dann im grellen Deckenlicht mein Gesicht sah, fügte er recht sanft hinzu: »Sie wird wieder.«

»Wirklich? Wird sie wirklich wieder gesund werden?«

»Ja, das verspreche ich Ihnen.«

Ich ließ seine Hand los, die ich ganz unbewußt festgehalten hatte. »Was ist denn mit ihr passiert? Heute morgen schien sie ganz gesund zu sein.«

»Es war eine Eileiterschwangerschaft.«

»Was?« Ich konnte ihn nur falsch verstanden haben.

»Eine Eileiterschwangerschaft. Der Fötus entwickelt sich in einem der Eileiter und verursacht heftigste Schmerzen und Blutungen ...«

»Das ist unmöglich.« Mir wurde ganz leer und schwindelig im Kopf. »Elizabeth ist erst vierzehn ... sie ist ein Kind!«

»Mit vierzehn ist man dazu alt genug, wie Sie gemerkt haben dürften. Da gibt es keinen Zweifel. Man hat sie operiert, um den Fötus zu entfernen. Obwohl er in diesem Stadium natürlich noch winzig ist, ist er doch groß genug, um den Eileiter zerreißen zu können. Es ist eine lebensbedrohende Schwangerschaftskomplikation. Wir konnten nicht warten, bis wir Ihre Einwilligung hatten. Mrs. Stowe, geht es Ihnen gut? Möchten Sie sich setzen?«

»Nein! Lassen Sie uns rasch zu ihr gehen! Ich kann es einfach nicht glauben! Sie ist doch noch ein Kind! Wie kann sie ...« Meine Stimme verlor sich, als ich mich an diese Hockeygeschichten nach Schulschluß erinnerte.

»Das passiert immer wieder und sogar Mädchen, die jünger sind als sie. Ich fürchte, auch die soziale Herkunft ist kein Hinderungsgrund für solche unglücklichen Vorfälle ...«

»Um Himmels willen! Sie müssen mich ja für eine Vollidiotin halten! Aber es bringt ja ohnehin nichts, mit Ihnen reden zu wollen! Sie sind ja hoffnungslos gegen mich eingenommen!«

Wir legten den Rest des Weges bis zum Aufwachraum sehr rasch und schweigend Seite an Seite zurück. Meine Ängste hatten meinen Zorn in einem noch nie dagewesenen Maß geschürt. Ich hegte Mordgelüste, warf ihm einen Seitenblick zu und erkannte Marcus Curtius ohne den Helm. Er wirkte weit weg und überlegen.

»Ist das die Mutter?« Eine stämmige Frau mit einem sehr kleinen gestärkten Häubchen, das auf einer stark gekrausten Dauerwelle saß, versperrte den Weg. Nachdem sie mich von oben bis unten in Augenschein genommen hatte, wandte sie ihren Blick Dr. McCleod zu. Ich verbannte sie sofort auf die Liste von Dingen, die ich zutiefst verabscheue, wie afrikanische Ringelblumen und sautierte Nieren.

»Ja. Das ist Mrs. Stowe.«

»Und Sie sind ...?« Mein Tonfall klang so gebieterisch wie möglich. Aus dem Gesicht der Frau sprach anmaßende Dummheit. Ihre versteinerten Augen, die fettige Stupsnase und der schmale Mund strahlten Rachsucht und Verstocktheit aus. Die über ihrer Brust gefalteten Arme waren kräftig, aber in meiner Wut hätte ich sie leicht niederschlagen können.

»Das ist Schwester Tugg.«

»Verstehe. Nun, Schwester, ich würde gerne meine Tochter sehen.«

»Das wird leider nicht möglich sein«, erwiderte Schwester Tugg mit einem unfreundlichen Lächeln. »Sie ist noch nicht wieder aus der Narkose aufgewacht. Wenn Sie uns morgen um neun Uhr anrufen, werden wir Ihnen sagen können, wie es ihr geht.«

»Ich gehe nicht. Meine Tochter braucht mich, und ich habe die Absicht dabeizusein, wenn sie aufwacht.«

»Das hier ist ein Krankenhaus, Mrs. Stowe, kein Luxushotel.«

»Tatsächlich?« Ich täuschte einen überraschten Gesichtsausdruck vor. In meine Stimme legte ich soviel Kälte und Sarkasmus wie möglich. »Ich bin auf Unzulänglichkeiten eingestellt. Ein bequemer Stuhl reicht mir. Den werden Sie wohl organisieren können.«

»Ich hoffe, Sie machen hier keine Schwierigkeiten, Mrs. Stowe.« Auf Schwester Tuggs Hals zeigte sich schon eine rote Zornesflut.

»Es ist schon fast ein bißchen spät, um Sir Humphrey Bessinger anzurufen, aber das werde ich tun müssen, wenn Sie sich weiterhin so wenig entgegenkommend zeigen.«

Sir Humphrey war Vorsitzender der Krankenhausverwaltung. Er verehrte die Dichtung Christopher Choughs und drängte uns ständig seine Einladungen auf. Schon mehrmals hatte er uns eine fürstliche Summe für das Gemälde meines Großvaters geboten, das im Treppenhaus von Westray hing. Außerdem war er für Witwen sehr anfälllig. Gemessen daran, wie er bei Jacks Beerdigung seinen Arm um meine Taille gelegt und sehnsüchtig meine Wange geküßt hatte, konnte ich darauf bauen, daß er sämtliche Oberschwestern zum Pflichtdienst im Waschraum verdonnerte, wenn ich es von ihm verlangte. Schwester Tuggs Schwung ließ etwas nach.

»Nun …«

Jetzt reichte es. Ich ging auf die Tür zu und zwang sie, einen Schritt zur Seite zu tun, wenn sie nicht mit mir zusammenstoßen wollte. Im Aufwachraum unterhielten sich zwei Schwestern gähnend, während sie die Instrumente vom Tisch in einen Schrank räumten. Elizabeth lag auf einer Bahre, das Haar unter einer grünen Kappe zusammengefaßt. Aus einer Ecke ihres geöffneten Mundes tropfte Speichel. Sie schien tief und fest zu schlafen. Ich streifte meine Handschuhe ab und nahm Elizabeths Hand. Sie war schrecklich kalt.

»O mein armer Schatz!« flüsterte ich.

Sie regte sich ein wenig und ihre Augenlider zuckten.

»Hier ist ein Stuhl«, sagte Dr. McCleod, der hinter mir aufgetaucht war. »Setzen Sie sich.«

»Wie geht es ihr, was denken Sie?«

»Sie hat eine gute Farbe.« Elizabeths Haut war rosa angehaucht, so zart wie die von Bridie. »Es kann lange dauern, bis sie wieder zu sich kommt. Wollen Sie wirklich hier warten?«

Ich wollte ihm meine Absicht bekräftigen, als Elizabeth plötzlich die Augen aufschlug.

»Ich bin hier, mein Schatz. Wie geht es dir?«

Ich musterte angstvoll ihr Gesicht, glaubte aber nicht, daß sie mich hörte. Ihre Augen schlossen sich wieder. Undeutlich nahm ich wahr, daß Dr. McCleod gegangen war. Beide Schwestern kamen und gingen ständig und ließen dabei jedesmal die Tür zuschlagen, daß mir fast die Luft wegblieb, aber ich war zu sehr in Gedanken, um es zu monieren.

Es verging etwa eine halbe Stunde, die ich schweigend dasaß, ehe Elizabeth ihre Augen erneut aufschlug und auf mein Gesicht richtete.

»Mama?«

»Ja, mein Schatz?« Ich nahm ihre Hand. Elizabeth schaute zur Tür, als diese aufging und Dr. McCleod zurückkehrte, dann schweifte ihr Blick durchs Zimmer und dann wieder zurück zu mir. Ich sah ihr an, daß sie heftige Schmerzen hatte. Entsetzt stand ich auf.

»Wo tut's denn weh, mein Schatz?«

Dr. McCleod beugte sich über sie. Leise fragte er, ob sie ihm sagen könne, wo sie Schmerzen hatte.

Elizabeth schüttelte den Kopf, und eine Tränenflut brach aus ihr heraus. »Wenn doch nur Papa nicht gestorben wäre!«

Kapitel 16

»Mrs. Stowe?«

Die Stimme brach gewaltsam in meinen Traum ein. Ich setzte mich auf und starrte, als meine Augen sich langsam an das helle Tageslicht gewöhnt hatten, verständnislos auf Dr. McCleod. Dann drehte ich mich um zu Elizabeth. Ihr war es in der Nacht furchtbar schlechtgegangen und sie hatte sich die Seele aus dem Leib geweint. Jetzt saß sie aufrecht im Bett, vor sich ein Tablett, auf dem eine Schüssel mit Corn-flakes stand, die sie mit dem Löffel hin und her schob. Trotz der dunklen Schatten unter ihren Augen schien sie ruhig zu sein. Sie sah mich mit einem dünnen Lächeln an.

»Hallo, Mama. Ein Glück, daß du nicht schnarchst. Alle anderen sind schon seit Stunden wach.«

Ich sah mich um. Wir befanden uns in einem Krankensaal mit acht Betten, vier davon belegt. Es war ziemlich laut. An jedem Rollwagen quietschte mindestens ein Rad, sämtliche Schwestern hatten laute Stimmen und waren polterig. Vorhänge wurden über Schienen gezogen, um private Kabinen zu schaffen, und das scheppernde Kratzen machte mir eine Gänsehaut. Ich mußte über die Maßen müde gewesen sein, daß ich dabei hatte schlafen können.

»Wie war der Schlaf?« Dr. McCleod setzte sich ans Fußende von Elizabeths Bett. Ich wartete auf eine Antwort, merkte dann aber, daß ich damit gemeint war. »Ich hoffe, auf dem Stuhl war es nicht allzu unbequem?«

Ich wollte schon sagen, daß ich mich dank des Stuhls in Zukunft als die Bucklige von Westray gegen Geld zur Schau stellen konnte, doch dann fiel mir ein, daß Dr. McCleod sich jede Menge Schwierigkeiten aufgehalst hatte, damit ich einen Stuhl bekam, der größer und besser gepolstert war als alles, was man mir auf der Station hätte anbieten können.

»Gar nicht so schlecht, danke«, sagte ich höflich.

Eine Hilfsschwester hielt mit einem Rollwagen vor uns an. »Wie wär's mit einer guten Tasse Tee, Mrs. Stowe?« fragte sie mit gewohnheitsmäßigem Lächeln.

»Ja, bitte. Sehr schwach. Ohne Milch und Zucker.«

Sie schenkte mir etwas ein, das in der Farbe an Ochsenschwanzsuppe erinnerte. Es fiel schwer, das ohne Schaudern hinunterzuschlucken. Dr. McCleod winkte ab, als sie ihm ebenfalls »eine gute Tasse Tee« anbot, das Symbol ihrer Tätigkeit.

»Ekelhaftes Zeug. Es ist in Wirklichkeit rostiges Wasser. Sie lassen es aus den Heizkörpern ab.«

Mir war noch nicht aufgefallen, daß er auch zu ketzerischen Scherzen fähig war, und seien sie noch so zahm. Er wiegte das eine Knie in seinen verschränkten Händen und sah Elizabeth sehr freundlich an.

»Ich glaube nicht, daß ich die essen kann«, sagte sie mit Blick auf die Corn-flakes und sah ihn dann schuldbewußt an.

»Dann laß es sein. Ich bin nicht in offizieller Funktion hier. Du bist jetzt Mr. Mortons Patientin. Ich bin hier als ein Freund. Wenn du meinen Rat annehmen willst, dann iß hier im Krankenhaus so wenig wie möglich. Du siehst ja, was die Krankenhausverpflegung mit Schwester Tugg angestellt hat. Sie ist wirklich eine abscheuliche Frau. Mir würde es gar nichts ausmachen, wenn wilde Bienen sie mit ihren Stichen töten würden.«

Elizabeth lachte. Ich fühlte mich sofort besser. Vielleicht steuerten wir doch nicht unvermeidbar auf die Katastrophe zu.

»Oder wir lassen sie zu Tode kämmen, wie man das mit dem heiligen Alphage gemacht hat«, schlug ich vor.

»Sind Sie katholisch?« Dr. McCleod blickte mich überrascht an.

»Nein, aber ich habe einen Großteil meiner Kindheit in Italien verbracht und Kirchen besucht. Ich bin ein wandelndes Buch der Heiligen. Sind Sie einer?«

»Ich bin so erzogen worden. Meine Mutter ist sehr fromm. Mein Vater war katholisch getauft, starb aber, ohne an irgend etwas zu glauben, nicht einmal an die Kraft, Gutes zu tun, und die Fähigkeit der Menschen, einander zu lieben. Ich glaube kaum, daß je ein Mensch so desillusioniert war.«

»Das muß sehr schmerzhaft gewesen sein. Und sehr traurig für Sie.«

»Ich habe immer gegen seinen Pessimismus angekämpft. Er war ebenfalls Arzt, hat in den Slums von Glasgow gearbeitet. Die Entschlossenheit, mit der seine Patienten ihre Selbstzerstörung vorantrieben, machte ihn ganz hilflos. Er war wirklich zunächst ein romantischer Idealist, und Faulheit, Selbstsucht und Dummheit konnte er nicht durchgehen lassen.«

Das klang sehr vertraut. Ich dachte mir, daß der Sohn seinem Vater wahrscheinlich ähnlicher war, als er jemals zugeben könnte.

»Ich finde es sehr freundlich von Ihnen, daß Sie vorbeikommen und Elizabeth besuchen. Und das am Sonntag.«

»Es lag am Weg. Sie sieht gut aus. Ich weiß, wie das Personal hier zum Teil ist … engstirnig, intolerant … und ich hoffe, die versuchen nicht, Sie einzuschüchtern. Doch wahrscheinlich brauchen Sie sich keine Sorgen zu machen. Sie haben mit Schwester Tugg kurzen Prozeß gemacht.« Er lachte kurz auf. »Man würde nie meinen, daß diese Frauen eigentlich die Kranken pflegen sollen. Sie sehen eher so aus, als würden sie ihnen gleich eine Tracht Prügel verpassen.«

»Nun, Dr. McCleod.« Eine Schwester stand mit einem schelmischen Lächeln über ihm. »Sie wissen, daß bei uns das Sitzen auf den Betten nicht gestattet ist. Sie verknittern sonst die Tagesdecke. Die Oberin wird in zehn Minuten ihre Runde machen.«

»In diesem Fall werde ich lieber abhauen, ehe ich noch zusammengefaltet in den Schrank gepackt werde. Wenn ich kann, schaue ich morgen wieder vorbei.« Er sah Elizabeth an. »Denk dran, wenn sie versuchen, dich herumzukommandieren, dann streckst du ihnen so weit es geht deine Zunge raus und sagst, du machst von Dr. Mc Cleod eigens verschriebene Halsübungen.«

Elizabeth kicherte. »Er hat eine wunderschöne Stimme, finde ich«, sagte sie, als er gegangen war. »Mir gefällt der Akzent. Ich muß dabei an *Kidnapped* denken und an Alan Breck und wilde, windgepeitschte Berge, bewachsen mit Heidekraut.«

Und genau so sah ich aus, fand ich, als ich vor dem einzigen Spiegel stand, den ich im Badezimmer gefunden hatte. Er war etwa sechs Zentimeter im Quadrat und hing in der dunkelsten Ecke des Raums, aber auch das reichte, um mir eine bleiche Haut ohne Make-up und Haare wie die von Onkel Ebenezer zu zeigen. Ein großes Hinweisschild machte mir deutlich, daß es mir unter gar keinen Umständen erlaubt war, den Stöpsel des Waschbeckens herauszuziehen. Ein wenig überrascht betrachtete ich den leicht brüchigen Gummipfropfen, als Objekt der Begierde nicht gerade verführerisch.

Das plötzliche Erscheinen der Oberin trieb die Schwestern fast in den Wahnsinn. Die Patienten lagen gezüchtigt in ihren Betten, die Brustkörbe unter gewaltsam festgezurrten Laken eingeklemmt, die Hälse auf Kissen mit akkuratem Knick im rechten Winkel. Krank zu sein allein reichte nicht, sie waren Ausgestoßene, Abhängige, Nummern.

»Was sind wir nur für ein ungezogenes Mädchen gewesen?« sagte die Oberin mißbilligend, als sie vor Elizabeths Bett stand.

Sie war eine dünne Frau mit nach oben geschwungener Brillenfassung und Zähnen, die sich wie bei einem Hai nach innen neigten. Elizabeth sah elend aus. Vermutlich war sie zu schwach, um über ihr normales Abwehrvokabular verfügen zu können. Ich wappnete mich zu ihrer Verteidigung.

»Na ja, in Wirklichkeit bist du ja noch ein Kind.« Die Oberin wandte sich mir mit einem verschwörerischen Lächeln zu. »Sie müssen sehr wütend sein, Mrs. Stowe. Bei solchen Männern reicht es nicht, sie nur einzusperren. Das Gefängnis ist zu gut für sie. Ich hoffe, man kümmert sich fürsorglich um dich. Wir tun unser Bestes, aber man bekommt heutzutage nur noch Mädchen von unterstem Niveau, die sich als Schwestern bewerben. Ich sage Sir Humphrey immer wieder, daß wir unsere Schwestern besser bezahlen müssen, damit wir auch Frauen mit besserem Hintergrund anziehen.«

Keine der herumstehenden Schwestern wagte es, auch nur durch das Zucken einer Braue Entrüstung zu zeigen, aber ich glaubte unter den Schürzen anschwellende Brustkörbe zu entdecken. Mir war klar, daß die Oberin mir gegenüber Milde walten ließ, ja sich fast freundlich gab, weil wir aufgrund unserer gemeinsamen Klasse eine unselige Allianz eingingen. Wenn ich es mir auch übelnahm, so entschied ich mich doch aufgrund meiner Müdigkeit und Feigheit dafür, es unwidersprochen hinzunehmen.

»Du hast eine ernste Lektion bekommen, meine Liebe.« Die Oberin erhob vor Elizabeth neckend ihren dürren Finger. »In allen Männern haust eine Bestie, und du darfst ihnen nicht geben, was sie wollen.« Der sehr junge, etwas schmächtig wirkende Medizinstudent, der die Oberin auf ihrer Visite begleitete, blickte beschämt drein. »Und hübsche Mädchen müssen besonders auf der Hut sein und darauf hören, was ihre Mutter ihnen sagt.«

»Blöde Kuh«, fauchte Elizabeth, nachdem die Oberin aus dem Krankensaal gerauscht war. »Was hat sie denn mit dem Gefängnis gemeint?«

»Oh, na ja, weißt du, es ist nicht erlaubt, mit Mädchen, die noch keine sechzehn sind, Liebe zu machen.« Bis jetzt hatte sich noch keine Gelegenheit ergeben, über die Identität des Mitautors ihrer mißlichen Lage zu sprechen. Aber ich fand es ohnehin besser, damit zu warten, bis sie wieder zu Hause war. »Darüber wollen wir uns jetzt nicht den Kopf zerbrechen, mein Schatz. Du mußt dich einfach nur darauf konzentrieren, daß es dir wieder bessergeht. Heute nachmittag werde ich mal schnell nach Bosworth fahren und mich umsehen, ob ich für dich ein paar gute Bücher zum Lesen finden kann.«

Elizabeths Augen füllten sich mit Tränen. »Ich habe eigentlich auf gar nichts Lust. Ich bin so müde, und mein Bauch tut mir furchtbar weh.«

»Du bist niedergeschlagen. Das wundert mich nicht. In ein, zwei Tagen wirst du dich besser fühlen.«

»Bist du nicht böse auf mich?«

»Böse? Nein. Ich bin fassungslos ... und natürlich auch erleichtert, daß es dir gutgeht ... und mache mir Vorwürfe, daß ich diesen Schlamassel nicht verhindert habe.«

»Ich wüßte nicht, was du damit zu tun haben sollst!« schnauzte Elizabeth mich an. »O Mama, jetzt bist du beleidigt! Du siehst in letzter Zeit immer beleidigt aus, und das geht mir einfach total auf die Nerven.«

»Das wird daran liegen, daß ich gekränkt bin«, erwiderte ich verärgert. »Ich sehe meine Kinder nicht gerne unglücklich. Soll ich denn so tun, als würde mir das alles nichts ausmachen? Da erwartest du aber eine Menge von mir, das muß ich schon sagen!«

»Also ich weiß nicht. Es tut mir leid. Gut, ich bin blöd, ich weiß. Du brauchst es mir nicht zu sagen.«

»Hätte ich auch nicht.«

»Eine gute Tasse Tee, die Damen? Ooh, tut mir leid!« entschuldigte sich die Schwester, als sie den Rollwagen so scheppernd gegen das Fußende des Bettes donnerte, daß es mir im Kopf klingelte.

Elizabeth döste den ganzen Morgen vor sich hin und sah sehr viel besser aus, als sie aufwachte. Ich verließ sie um ein Uhr, um mir in der Stadt etwas zu essen zu besorgen, da die Krankenhausregeln den Besuchern die Rühreier aus Trockenei, die Dosentomaten und den eiskugelförmigen, grauen Kartoffelbrei, die es zum Mittagessen gab, vorenthielten. Ich entdeckte ein Café, das Suppe und Sandwiches anbot. Die Tomatensuppe kam aus der Dose und der Belag des Sandwiches fiel auch nicht gerade üppig aus, aber es ging hier sehr viel ruhiger zu als im Krankenhaus, da ich der einzige Gast war und die Bedienung meine Bestellung nur mit einem verdrießlichen Murren beantwortete. Ich kaufte für Elizabeth *Pferd und Hund* und zwei historische Liebesromane, für mich eine *Vogue* und einen Roman von A. P. Herbert, weil ich fand, daß ich etwas Unterhaltsames und Fröhliches nötig hatte. Danach fiel mir noch ein, für Elizabeth eine Tüte Äpfel und eine Schachtel mit ihren Lieblingskeksen zu kaufen.

Als ich zurück ins Krankenzimmer kam, saß dort ein junger

Mann ... eigentlich ein Junge ... an Elizabeths Bett. Er stand auf, als er mich sah, und machte den Eindruck, daß er sich zutiefst unwohl fühlte. Ohne daß man mir etwas erklären mußte, wußte ich sofort, daß dies der Übeltäter war, für den die Oberin die schrecklichsten Bestrafungen vorsah. Er konnte nicht älter als fünfzehn oder sechzehn Jahre alt sein, war groß und schlaksig, aber keine unangenehme Erscheinung. Er trug sein Haar lang, das in dicken schwarzen Korkenzieherlocken sein sehr verletzbar wirkendes Gesicht einrahmte. Er hatte große, nervöse Hände, auf deren Rücken Schmetterlinge tätowiert waren und mit denen er Knoten in den Saum seines T-Shirts knüpfte.

»Ich bin Miranda Stowe, die Mutter von Elizabeth«, sagte ich, als ich merkte, daß sich keiner von beiden der Situation gewachsen fühlte. Ich streckte meine Hand aus.

»Ich bin Johnny. Guten Tag.« Er gab mir seine feuchte Hand. »Es tut mir leid, daß Elizabeth krank ist«, sagte er verzweifelt.

»Es ist schön von dir, daß du sie besuchst. Woher wußtest du, daß sie hier ist?«

Ich konnte sehen, daß die Schwester der Nachmittagsschicht näher heranglitt, um zu hören, was wir sprachen. Selbst die Patientin im Nachbarbett, die so träge gewirkt hatte, als wäre sie bereits tot, kam so weit hoch, daß sie sich auf einen Ellbogen abstützen konnte. Ich lächelte Johnny aufmunternd an.

»Sie hat mich angerufen. Mein Großvater hat mich hergebracht. Ich mußte herkommen und nachsehen, wie es ihr geht.« Johnny sah ganz elend aus. »Ich lebe bei meinen Großeltern. Er möchte Sie kennenlernen. Er ist im Büro der Oberin.«

Das Büro der Oberin befand sich im abgelegensten Teil des Krankenhauses in einem der neuen Flügel. Es war hell, ruhig und fröhlich eingerichtet. Ein älterer Mann saß am Fenster. Er stand auf, als ich den Raum betrat. Einen Augenblick lang wollte mir nicht einfallen, wer er war, obwohl mir sein Gesicht vertraut vorkam.

»Das ist wirklich eine ganz furchtbare Sache. Ich kann Ihnen gar nicht sagen, wie leid mir Ihre Tochter tut«, sagte er, als er auf mich zukam, um mir die Hand zu schütteln. »John Vavasour. Ich erinnere mich, Ihnen beim letzten Musikfestival begegnet zu sein, als Sie so freundlich waren, diesen phantastischen Jungen zu seinem Auftritt zu bringen. Was für ein Jammer! Meine Frau und ich sind zutiefst betrübt. Sie müssen auf meinen Enkel sehr böse sein.«

»Meine Tochter hat mich das gefragt ... ob ich böse auf sie sei, meine ich. Aber ich fände das eine völlig unangemessene Reaktion, böse zu sein. Ich glaube keinen Augenblick, daß sie etwas Schlechtes im Schilde führten und auch nicht, daß sie sich über die Konsequenzen ihres Handelns im klaren waren. Sie sind noch Kinder. Natürlich war es unverantwortlich. Aber sie tun mir beide von Herzen leid.«

»Ich bin erleichtert, daß Sie das sagen.« Mr. Vavasours Hand zitterte, als er auf einen Stuhl deutete. »Möchten Sie sich nicht setzen? Ich jedenfalls habe das Bedürfnis. Das hat uns jetzt wirklich noch gefehlt, um ehrlich zu sein. Meine Tochter, Johnnys Mutter, lebt in Kalifornien. Sie gehört zu einer seltsamen Sekte. Ich verstehe das alles gar nicht. Dieser Mann, die Stütze des Ganzen – ein Guru, wie man wohl sagt –, scheint ein ausgemachter Lump zu sein. Er hat sie dazu gebracht, ihm ihr ganzes Geld zu geben und ihre Familie zu verlassen. Ich glaube, er schläft sich abwechselnd durch alle Frauen.« Mr. Vavasour schüttelte den Kopf. »Wenn ich daran denke, was sie für ein süßes Mädchen war ... Johnnys Vater sitzt im Gefängnis wegen Drogenhandels. Meine Frau und ich müssen uns jetzt seit drei Jahren um Johnny und seine Schwester kümmern, und das übersteigt fast unsere Kräfte.«

»Ich fand ihn einen sehr netten Jungen.«

»Tatsächlich? Bei Gott, wirklich! Sie sind eine großzügige Frau, Mrs. Stowe, und ich muß sagen, unter günstigeren Umständen als diesen würde ich mich überaus freuen, Sie kennenzulernen!«

»Danke. Wenn natürlich etwas Schlimmeres passiert wäre ... wenn Elizabeth daran gestorben wäre ..., hätten meine Gefühle wahrscheinlich etwas anders ausgesehen. Aber obwohl ich mir natürlich Sorgen um sie mache, sollten wir das Ganze nicht schlimmer aufbauschen als es ist. Sie haben beide einen fürchterlichen Schreck bekommen. Wenn wir ein wenig abwarten, wird vielleicht nur ein kleines Gespräch erforderlich sein. Es liegt auf der Hand, daß beide etwas Zuneigung und Sicherheit in einer Welt suchen, die ihnen arg mitspielt.«

Ich erzählte ihm von Jacks Tod, und er legte seine Hand auf meine und drückte sie mitfühlend. Wir unterhielten uns sehr offen darüber, daß wir uns als Wächter über die Moral der Jugend nicht besonders geeignet fühlten. Als die Oberin zurückkehrte und darauf bestand, daß wir mit ihr Tee tranken, verstanden Mr. Vavasour und ich uns bestens. Mir fiel auf, daß die Oberin Lapsang Souchong mit Zitronenscheibchen so dünn wie Reispapier hatte. Das war eine kleine Entschädigung für die tägliche Beschäftigung mit den »Mädchen von unterstem Niveau«, über die sie sich des langen und breiten ausließ und es genoß, mit dem Landadel ein Pläuschchen zu halten.

Mr. Vavasour holte Johnny ab, und Elizabeth und ich machten es uns mit den Romanen und den Süßigkeiten bequem.

»Was wird das wohl sein?« fragte Elizabeth mit leiser Stimme, als ihr das Abendessen gebracht wurde.

Ich warf einen Blick auf die gallertartigen Scheiben, die in einer zähflüssigen Soße schwammen, und schüttelte hilflos den Kopf.

»Riesentapioka? Aber da sind Karotten. Es muß Sellerie sein. Könnten es Kutteln sein?«

»Ich denke, es ist ein Überbleibsel vom Operationstisch.« Elizabeth kicherte und probierte ein wenig davon. »Du liebe Güte, das kann ich unmöglich essen. Ich werde wohl besser meine Kekse aufessen.«

»Macht es dir etwas aus, wenn ich nach Hause gehe, Liebes? Ich denke, ich sollte mal nachschauen, was bei den anderen so los ist, und dir geht es ja jetzt sehr viel besser.«

»Ja, geh nur. Du mußt auch mal wieder schlafen.« Dann kicherte sie wieder. »Tut mir leid, daß ich so gemein zu dir war.«

»Mach dir deshalb kein Kopfzerbrechen.«

Als ich das Krankenzimmer eine Stunde später verließ, war sie in ihren Roman vertieft, aß Äpfel und gähnte zwischendurch. Alle heftigen Gefühle schienen sich gelegt zu haben. Ich ging zur Rezeption, um mir ein Taxi zu rufen.

Es war wunderbar, wieder zu Hause zu sein. Ivor, der während meiner Abwesenheit freundlicherweise das Kochen übernommen hatte, hatte unten im Kohleherd Essen für mich warmgestellt, für den Fall, daß ich heimkommen würde. Jenny und Rose machten ein Mordstheater, weil ich so erschöpft aussah, erkundigten sich nach Elizabeth und baten mich, die Füße hochzulegen und mich auszuruhen. Ich setzte mich neben Rose aufs Sofa und aß mit Appetit die Karotten-Walnuß-Suppe, die Jenny mir brachte.

»Mmm, die ist aber köstlich! Schön, euch alle wiederzusehen. Elizabeth darf übermorgen nach Hause, und am Donnerstag bekommt sie die Fäden gezogen. War mit Henry alles in Ordnung? Schade, ich hätte ihn gerne noch gesehen vor seiner Rückfahrt.«

Ivor war eine Viertelstunde vor meinem Eintreffen losgefahren, um ihn zurück zur Schule zu bringen.

»Dem geht es prächtig«, meinte Rose. »Denkt nur noch an seine Rolle. Wir mußten uns das ganze Wochenende seine Monologe anhören. Wenn er sie jetzt noch nicht auswendig kann, sind wir nicht dran schuld.«

»So ein kluges Kerlchen«, sagte Jenny voller Bewunderung. »Es würde mich nicht wundern, wenn er als Erwachsener einmal ein Filmstar oder so was wird. Es sind so hübsche Jungs.«

Sie seufzte, und mir war klar, daß sie an James dachte. Nach wochenlanger guter Ernährung und richtigem Waschen hatte sie jetzt keine Pickel mehr und sah wirklich sehr hübsch aus. Den Gemüseauflauf, der vorwiegend aus Topinambur, Bohnen, Karotten (schon wieder) und Weißkohl bestand, aß ich mit weniger Begeisterung. Es schien mir eine sehr gaseträchtige Kombination zu sein. Den Karottenkuchen schaffte ich dann nicht mehr.

»Wir werden noch im Dunkeln Karotten sehen«, lautete Roses bissiger Kommentar.

Ivor hatte eindeutig meine Anweisung befolgt, hauszuhalten und soweit es ging, die Erzeugnisse unseres Gartens einzusetzen – mit Betonung des letzteren.

Als ich am nächsten Morgen ins Krankenhaus kam, stieg Sir Humphrey gerade aus seinem Mercedes.

»Miranda!« Wie eine betagte, arthritische Gazelle hüpfte er über den Asphalt auf mich zu. »Was für eine freudige Überraschung! Ich hoffe doch, es ist nichts?«

Ich erklärte ihm, daß Elizabeth sich von einer kleineren Operation erholte. Ich wußte genau, daß er kein Wort von dem verstand, was ich sagte, denn er rückte seine Krawatte gerade, zupfte seine Manschetten zurecht und brachte insgesamt sein Gefieder auf Hochglanz. Sein Gesicht war zu einem dümmlichen Grinsen verzogen.

»Heute ist mein Tag für Krankenhausbesuche.« Jetzt drückte seine Miene Langeweile aus. Die Oberin, die herausgekommen war, um ihn zu begrüßen, sah seine Grimasse und wirkte ziemlich verletzt. »Wollen Sie mir den Tag versüßen und mit mir zu Mittag essen? Im Six Jolly Porters gibt es ein ganz passables Roastbeef.«

»Gerne«, antwortete ich.

»Gut! Hervorragend!« keuchte er und ließ vor lauter Begeisterung fast die Zunge heraushängen.

Als ich das Krankenzimmer betrat, hörte ich Elizabeth mit jemandem schäkern. Wegen des Wandschirms konnte ich ihren Besucher erst sehen, als ich in ihrer Kabine war.

»Über was lacht ihr beiden denn?«

Dr. McCleod, der auf ihrem Bett gesessen hatte, stand auf und wirkte ziemlich verlegen. »Tja. Na ja, vielleicht ... wenn ich darüber nachdenke ... es war ziemlich schwach. Vergessen wir's lieber.«

»Ich fand es lustig«, wandte Elizabeth ein. »Mama macht das nichts. Ich werde es ihr sagen. Wie war noch mal der Anfang?«

»›There was a young girl of Madras
Who had a most beautiful ass
But not as you'd think
Firm, round and pink
But grey with long ears and eats grass.‹«

Dr. McCleod war sichtlich erleichtert, als ich lachte. »Ich hatte schon Sorge, Sie könnten denken, ich verderbe die Jugend.«

»Du liebe Güte, nein! Es könnte kaum unschuldiger sein.«

»Darf ich mitlachen, Elizabeth? Guten Morgen, Dr. McCleod.« Die Oberin kam mit Sir Humphrey urplötzlich um die Abtrennung, gefolgt von dem scheuen Medizinstudenten und zwei Schwestern.

»Dr. McCleod hat mich aufgeheitert«, erzählte Elizabeth. Sie wirkte dabei vollkommen ernst, aber in ihren Augen entdeckte ich ein boshaftes Funkeln. »Er hat mir einen Limerick vorgetragen. Warten Sie, vielleicht fällt er mir wieder ein – o ja.«

Sie kam bis »fest, rund und rosa«, als die Oberin die Luft anhielt und sagte: »Danke, ich glaube nicht, daß wir noch mehr davon hören wollen«, und erhabenen Schrittes mit ihrem Gefolge abrauschte. Sir Humphrey winkte mir mit den Fingern zu. Elizabeths Lachanfall war so heftig, daß ich mir Sorgen um die Wundnaht machte.

»Boshaftes Mädchen.« Auch Dr. McCleod lachte. »Es wird mich Monate, wenn nicht Jahre kosten, meine Beziehung zur Oberin wieder ins Lot zu bringen. Und wenn Sie darüber auch lachen mögen, Mrs. Stowe, Sie kommen dabei auch nicht besser weg. Die Oberin hat Sie kichern sehen.«

»Das ist gut. Eine Beziehung zu dieser Frau wäre ohnehin das letzte, was ich mir wünschen würde. Sie ist ein unerträglicher Snob.«

McCleod sah mich einigermaßen überrascht an. »Ich habe heute eigentlich meinen freien Tag. Was halten Sie davon, mit mir zu Mittag zu essen?«

In dem Augenblick, als seine Worte den Mund verließen, sah er aus, als hätte er sie am liebsten zurückgenommen.

»Wie schade! Das hätte ich nur allzugern – aber ich habe bereits Sir Humphrey zum Mittagessen zugesagt. Ach, ist das ärgerlich!«

»O nein. Das macht ja nichts. Tschüß, Elizabeth. Ich komme am Donnerstag und ziehe dir die Fäden. Auf Wiedersehen, Mrs. Stowe.« Und weg war er.

»Menschenskind, Mama! Du bist aber ein Trottel! Ich hätte doch tausendmal lieber mit Dr. McCleod zu Mittag gegessen als mit diesem tatterigen alten Muffel. Er färbt sich das Haar.«

»Das wäre mir auch lieber gewesen, aber ich hatte bereits Sir Humphrey zugesagt.«

»Na und? Du hättest doch sagen können, du mußt schnell nach Hause oder so. Wahrscheinlich fragt er dich nie wieder.«

Damit meinte sie Dr. McCleod. Wahrscheinlich hatte sie recht.

Das Mittagessen mit Sir Humphrey war in gastronomischer Hinsicht ein Gewinn, verglichen mit dem, was ich tags zuvor gegessen hatte, doch auf der Gesprächsebene hätte ich die mürrische Bedienung vorgezogen. Wie es der Zufall wollte, speiste auch Hilary Scranton-Jones im Six Jolly Porters, und ihre Begleiterin war offenbar schon über ihrem Krabbencocktail in den ganzen Klatsch eingeweiht worden, denn sie warf immer wieder einmal einen verstohlenen Blick zu unserem Tisch herüber, als wollte sie prüfen, was da passierte.

Ich merkte schon sehr bald, daß Sir Humphrey ein Idiot war, was in gewisser Weise auch seinen Erfolg in der Öffentlichkeit erklärte. Er ließ sich des langen und breiten über Christopher Chough aus, was für ein brillanter und mutiger Mann er doch gewesen, wie kraftvoll und einfühlsam seine Dichtung sei. Dabei fiel mir wieder ein Gespräch ein, das ich mit Maurice geführt hatte. Als ich ihm gestand, daß meiner Ansicht nach die Gedichte meines Großvaters im allgemeinen überschätzt wurden und seine Popularität auf einem Gefühlsüberschuß gepaart mit schlauer Überheblichkeit beruhte, die man als – wie ich fand widerwärtigen – Heroismus auslegte, war Maurice davon begeistert gewesen. Er sagte mir, genau das empfinde er auch, habe es sich aber nicht zu sagen getraut, aus Angst, meine Gefühle zu verletzen. Wir verbrachten ein paar köstliche Stunden damit, den *genius loci* meiner Kindheit durch den Dreck zu ziehen. Maurice hatte gemeint, daß jeder Krieg eine schmutzige Ausgeburt auf dem Rücken der Menschlichkeit sei, und alle Versuche, ihn zu glorifizieren, unmoralisch seien.

Schließlich ließ Sir Humphrey dann doch von meinem

Großvater ab und wandte sich persönlicheren Dingen zu. Er wollte meinen Rat. Er fürchtete, ungalant zu sein, aber seit dem Tod seiner Frau vor vier Jahren, habe er keine zuverlässige weibliche Freundin mehr gehabt, an die er sich hätte wenden können. Wie sehr wünschte ich mir, Hilary Scranton-Jones hätte diese Kennzeichnung hören können. Offenbar hatte er in letzter Zeit jede Menge Ärger mit der Oberin gehabt, die darauf verfallen war, ihn zu jeder Tages- und Nachtzeit anzurufen, vorgeblich um Krankenhausangelegenheiten mit ihm zu besprechen. Dann pflegte sie sich darüber auszulassen, wie sehr man durch Macht in die Isolation geriete und daß das Leben eine Reise auf unbefahrenen Gewässern sei. Deshalb sollten vernünftigerweise diejenigen, die im selben Boot saßen, gemeinsam rudern. »Ich denke, die arme Frau leidet an Gehirnerweichung. Auf das, was sie mir gestern abend alles erzählte, konnte ich mir überhaupt keinen Reim machen. Ich frage mich, ob sie mir damit andeuten wollte, ich solle sie auf eine Kreuzfahrt mitnehmen.«

Mir war klar, daß Sir Humphrey ins Schwimmen geriet, sobald Metaphern ins Spiel kamen. Er wollte die Gefühle der Oberin nicht verletzen, aber ihm fielen schon keine Entschuldigungen mehr zu all den Einladungen zum Tee und Abendessen ein, mit denen sie ihn bombardierte. Wie konnte er sie abschrecken, ohne dabei ihre Zusammenarbeit im Krankenhaus schwierig und peinlich zu gestalten?

»Warum sagen Sie ihr nicht, daß Sie verlobt sind und heiraten werden?«

»Miranda! Das ist eine geniale Idee!« Er zog seine Nase kraus und wieherte vor Vergnügen wie ein Pferd. »Nein, warum ist mir denn das nicht eingefallen?«

Ich unterließ es, ihm zu erklären, daß ihm dabei seine Intelligenz, eher die einer Bohrassel, im Weg stand.

»Genau das werde ich sagen. Danke, Miranda.« Noch ehe ich meine Hand wegziehen konnte, hatte er sie schon fest im Griff. »Sie sehen also, ein Mann braucht weiblichen Rat. Diese Frau ist verrückt nach mir, und dabei ist sie mindestens fünfzig!« Wieder wieherte er. »Das ist ja grotesk!« Ich wüßte nicht weshalb. Trotz seiner rötlich gefärbten Haare sah Sir Humphrey aus, als wäre er mindestens sechzig. Ich versuchte, ihm meine Hand zu entziehen, aber er hielt sie fest. »Wer soll es also sein? Die zukünftige Lady Bessinger, meine ich.«

»Ich würde einen Namen erfinden. Jemanden, dem Sie in London begegnet sind. Sie können ja Gründe dafür anführen, weshalb die Verlobungszeit so lange dauert. Vielleicht muß sie ihre kranke Mutter pflegen. Nach ein, zwei Jahren wird die Oberin Sie vollkommen vergessen haben.«

»Ich würde Sie gerne zum Essen einladen, um das zu feiern. Wir gehen ins Savoy. Wann ist Ihr nächster freier Abend?«

»Oh. Mm... Wie freundlich von Ihnen. Aber ich werde leider keine Einladungen annehmen können, ehe es Elizabeth wieder bessergeht.«

»Selbstverständlich! Verzeihen Sie mir, das habe ich ganz vergessen. Natürlich sind Sie eine hingebungsvolle Mutter.« Er wackelte mit meiner eingesperrten Hand. »Für einen Mann ist das sehr rührend, mütterliche Hingabe zu erleben.«

In seinen ziemlich wässerigen Augen war Rührseligkeit zu lesen. Danach fragte ich mich, warum ich nicht auch selbst Sir Henry erzählt hatte, verlobt zu sein. Mit meiner Intelligenz war es wohl auch nicht weit her. Ich verbrachte den Nachmittag bei Elizabeth im Krankenzimmer, nachdem ich uns mit einem Nachschub an historischen Romanen, Bananen und einigen Kekspäckchen eingedeckt hatte. Um halb acht machte ich mich auf den Heimweg. Am nächsten Tag, so hatte ich es mit Elizabeth vereinbart, wollte ich sie abholen und nach Hause bringen.

Auf der Rückfahrt nach Westray war mein Kopf vor lauter Müdigkeit ganz leer. Als ich heute nach dem Mittagessen ins Krankenhaus zurückgekommen war, hatte Elizabeth geklagt: »Du bist ja eine Ewigkeit weg gewesen! Ich bin vor Langeweile fast verrückt geworden.«

Diesen Satz verwahrte ich wie einen Schatz. Anscheinend hatte ich doch etwas für sie tun können. Wenn sie wieder zu Kräften gekommen war, würde es aber nötig sein, daß sie und ich uns einmal ernsthaft unterhielten. Ich konnte ihr nicht eigentlich verbieten, eine sexuelle Beziehung zu haben. Oder vielmehr hatte ich keine Möglichkeit, ihr diesen Bann aufzuzwingen, sofern ich sie nicht permanent in ihrem Schlafzimmer einsperrte. Als ich durchs Dorf fuhr, sah ich, daß Maeve zu Hause sein mußte. Alle Lichter waren an, und das Häuschen wirkte hübsch und einladend. Ich beschloß, anzuhalten und mit ihr was zu trinken. Es war erst kurz nach acht, und ich wußte, daß sie nie sehr viel später zu Abend aß.

Laute Popmusik von drinnen übertönte mein Klopfen, deshalb stieß ich die Eingangstüre auf. Florian lag mit geschlossenen Augen auf dem Sofa und hörte Procul Harum. Er trug eins von Maeves Abendkleidern und fächelte sich mit einer Straußenfeder Luft zu. »Hallo, Miranda.« Er schlug die Augen auf. »Lust auf einen Joint?«

»Nein, danke. Ist deine Mutter daheim?«

»Ja. Sie ist nach oben gegangen. Sagte, sie könne die Musik nicht aushalten.« Er kicherte in sich hinein. »Hinein in die Musik und getanzt.«

Er strampelte mit beiden Beinen in der Luft und gab dabei unter irrem Gekicher den Blick auf lange, spitzenbesetzte Höschen frei. Ich ging nach oben und wäre fast auf Maeves roten Kater gestiegen, der auf einer der Stufen schlief. Ich blieb stehen, um mich zu entschuldigen, und da hörte ich Maeves Stimme. Mir war nicht in den Sinn gekommen, daß sie womöglich nicht allein war.

»Komm schon, mein Schatz. Nehmen wir erst mal einen kleinen Zug.«

»Nein, diesen Mist mag ich nicht. Du fragst mich, ob ich mit dir ins Bett gehe und dann willst du herumspielen. Zieh dieses blöde Kleidchen aus. Ich bin mit meiner Geduld am Ende.«

Ich stolperte die Treppe hinunter, wobei ich die Katze vor mir her jagte, und huschte an dem noch immer kichernden Florian vorbei zur Tür hinaus. Die Nachtluft kam mir auf meinem brennenden Gesicht eiskalt vor. Ich stieg in den Wagen und fuhr nach Hause. Rose war schon zu Bett gegangen, aber Jenny saß noch in der Küche.

»Nein danke, ich möchte nichts zu essen«, erwiderte ich, als sie fragte, ob sie sonst etwas für mich tun könne. »Ich werde gleich ins Bett gehen.«

»Sie sehen auch gar nicht gut aus. Hier ist eine Nachricht von Mr. Detchy. Er kam heute nachmittag und war sehr verärgert, daß Sie nicht da waren. Da kam Mrs. FitzGerald vorbei, weil sie wissen wollte, ob Sie Ihren Urlaub genossen hätten, und er hat sie nach Hause begleitet.«

Ich nahm das Stück Papier, das sie mir hinhielt. Jenny hatte in meinem Schlafzimmer Feuer gemacht. Ich warf Janòs' Nachricht in die Flammen, ohne sie vorher zu lesen, und sah zu, wie sie verbrannte. Dann zog ich mich aus, wusch mich und ging ins Bett.

In meiner Magengrube spürte ich einen heftigen Schmerz, und das schlimmste daran war, daß ich ihn nur zu gut kannte. Es war der alte Feind, von dem ich geglaubt hatte, ihn besiegt zu haben. Wie gut erkannte ich jeden einzelnen Schlag meines geschwollenen, eifersüchtigen Herzens. Ich lag auf dem Rücken, sah zu, wie das Licht des Kaminfeuers auf der Zimmerdecke spielte, und obwohl ich einen Kloß im Hals hatte, erlaubte ich mir keine Tränen. Statt dessen dachte ich an das Schlafzimmer in Maeves Häuschen und daran, was sie jetzt wohl dort machten. Mit unendlicher Sorgfalt und Gründlichkeit zog ich meine Zuneigung von Janòs ab und warf ihn aus meinem Leben.

Kapitel 17

»Aber was hast du dir denn erwartet? Du verläßt mich im denkbar schlechtesten Augenblick, und dann soll ich wie ein treuer kleiner Hund hinter dir herlaufen?«

Janòs' dunkle Augen blickten mich vorwurfsvoll an. Wir standen im Salon. Es war elf Uhr am nächsten Vormittag. Nachdem ich Elizabeth aus dem Krankenhaus abgeholt und ins Bett gebracht hatte, war ich nach unten gegangen und überlegte gerade, was ich ihr zu essen kochen könnte, als ich Janòs in der Diele antraf. Trotz meiner guten Vorsätze spürte ich die vertraute Aufregung, als er vor mir stand. Ich hielt mir selbst eine kleine Strafpredigt. Er mußte mir sofort angemerkt haben, daß es etwas sehr Schlimmes gab, denn er sah mich fest und lange an, ehe er sprach.

»Nun. Wie geht es der Kranken denn?«

»Es geht ihr wieder gut, denke ich. Ist nur noch ein bißchen müde. Wenn die Fäden gezogen sind, wird sie sich besser fühlen. Und wohler.«

»Sie hatte eine Operation? Jenny wollte mir nichts erzählen.«

»Komm bitte mit ins Wohnzimmer. Ich will nicht, daß sie mithört.«

»Was ist also das Geheimnis?«

»Sie hat ein Baby erwartet, aber es ging schief.«

Janòs pfiff durch die Zähne. »Ein solches Kind! Arme Kleine! Und du«, er blickte mich ruhig an, »haßt jetzt die Männer und bist wütend auf sie?«

»Nein, ganz und gar nicht. Ich kann verstehen, daß sie nach etwas gesucht hat ... Liebe, Trost, vielleicht auch Aufregung. Ich bin überhaupt nicht wütend. Traurig, das ja.«

»Du siehst finster, fast wild aus. Ich traue mich gar nicht zu sagen, daß ich dich liebe.«

»Nein. Sag das auch nicht.« Ich ging einen Schritt weg von ihm. Ich muß diese welken Blumen wegbringen, dachte ich abwesend. Mir fiel auf, daß der Seetang von Elizabeths Tischschmuck fast schon wie die Qualle roch, die Henry einmal als Haustier gehalten hatte. »Als ich gestern abend vom Krankenhaus zurückkam, hielt ich bei Maeves Haus an. Ich wollte mit jemandem über Elizabeth reden. Florian sagte mir, daß Maeve oben sei. Ich weiß nicht, ob er das absichtlich getan hat oder nicht. Egal, das ändert nichts. Glücklicherweise hörte ich euch sprechen, ehe ich euch stören konnte und einen vollkommenen Idioten aus mir gemacht hätte.«

»Verstehe.« Janòs steckte die Hände in die Hosentaschen und lehnte sich ans Klavier. Da ließ er dann die Bemerkung über das treue kleine Hündchen fallen. Ich ging gar nicht darauf ein.

»Tut mir leid, daß ich dich in Venedig verlassen mußte. Wie ist das Konzert gelaufen?«

Janòs zog die Schultern hoch. »Nicht schlecht, denke ich. Aber ich war wütend, so wütend auf dich. Dann ein Tag vergeht und mein Ärger verfliegt. Ich will dich wiedersehen. Ich will mit dir reden, deine Stimme hören. Ich will mit dir Liebe machen.« Er kam nahe an mich heran und legte seine Hände erst auf meine Schultern, dann um meinen Hals und küßte mich. »Sei nicht wütend, weil ich mit Maeve geschlafen habe. Ich mag sie, aber dich liebe ich.«

Ich gestand es mir nicht zu, seinen Kuß zu erwidern. »Tut mir leid, Janòs. Es ist nicht gut.«

»Was soll das heißen? Es *ist* gut. Paß auf, du Dummkopf, ich kann mich nicht für den Rest meines Lebens sexuell an eine Frau binden. Ich will dir da nichts vormachen. Natürlich wird es andere Frauen geben. Aber das hat nichts mit den Gefühlen zu tun, die ich für dich empfinde. Kannst du das nicht verstehen?«

»Ja, nur allzu gut. Aber es sagt etwas über deine Gefühle für mich aus. Von mir würdest du doch sicher erwarten, daß ich mit keinem anderen Mann ins Bett gehe, oder?«

»Ich nehme an, daß du keine Lust dazu verspürst.« Ich lächelte, sagte aber nichts. »Ach, komm schon, Miranda. Für einen Mann ist das etwas anderes. Sei ehrlich.«

»Nein, das ist es nicht! Genau da irrst du dich! Ich würde mit anderen Männern deshalb nicht schlafen, weil ich dir nicht weh tun will … weil ich dachte, unsere Beziehung sei diese Selbstbeschränkung wert. Aber du verstehst Frauen wie mich nicht. Vielleicht ist es ein kultureller Unterschied. Das ist eben eins der Dinge, die eine Liebesbeziehung zwischen uns schwierig machen. Die andere Sache ist die, daß du nie verstehen wirst, daß meine Kinder mir genauso viel bedeuten wie dir deine Karriere.«

Janòs zuckte mit den Schultern. »Kinder werden erwachsen.«

»Genau. Und wie sie erwachsen werden, dafür bin zu einem großen Teil ich verantwortlich. Genauso, wie du dir wegen der möglichen Konsequenzen für den Rest deiner Karriere keinen einzigen Fehler erlauben darfst, darf ich auch keine Fehler machen. Die Konsequenzen für die Fehler, die ich jetzt mache, müssen dann nämlich meine Kinder für den Rest ihres Lebens tragen. Vielleicht für sechzig oder siebzig Jahre. Es ist nicht einen Deut weniger wichtig, aber du kannst das nicht verstehen.«

»Nun, vielleicht kannst du es mir beibringen. Ich bin bereit zu lernen.«

»Wenn es nur das wäre, könnten wir es vielleicht versuchen, aber es gibt noch andere Dinge zwischen uns, die sich nicht vereinbaren lassen. Du hast immer entweder in dem einen oder in dem anderen Extrem gelebt. Mein Leben bewegt sich auf einer gemäßigteren Skala und daran möchte ich auch nichts ändern.«

»Heißt das, du kannst dich nicht verändern, um dich mir anzupassen? Oder willst du es nicht?«

»Ich glaube nicht, daß ich es könnte. Wie dem auch sei, über eins bin ich mir im klaren und das wird allen Zweifeln und aller Unentschlossenheit ein Ende setzen. Nie wieder kann ich einen Mann lieben, der untreu ist. Da lebe ich lieber alleine. Und das meine ich aus tiefstem Herzen.«

Janòs hielt seinen Kopf in den Händen. »Das ist wegen deinem Ehemann? Langsam verstehe ich.« Er seufzte. »Warum erzählst du mir nicht davon?«

»Weil ich es wohl vergessen wollte. Ich schäme mich dafür, daß es mir so viel ausmacht.« Gegen meinen Willen spürte ich Tränen hochkommen. Es müssen Tränen des Selbstmitleids gewesen sein, also nicht gerade bewundernswert. »Es verletzt mich. Vielleicht macht es anderen Frauen nichts aus, wenn ihre Männer untreu sind. Ich kann nur sagen, daß es mir etwas ausmacht, sehr viel sogar.«

»Ist ja gut. Ist gut.« Janòs streichelte meine Arme und sprach mit beruhigender Stimme auf mich ein.

»Genau das ist es eben nicht! Es hat mir damals weh getan und tut jetzt, wenn ich darüber spreche, weh. In solchen Augenblicken habe ich das Gefühl, eine neurotische, eifersüchtige Närrin zu sein, und das will ich nicht mehr sein. Nein. Nie wieder!« Ich schrie es fast heraus.

Janòs streckte seinen Arm in einer Geste der Verzweiflung von sich. »Was soll ich denn noch sagen?«

»Nichts. Es bringt nichts. Wir wollen nicht dasselbe, verstehst du. Und das ist wichtiger als alles andere. Wichtiger als Lust, vergleichbare Intelligenz, ähnlicher Geschmack. Ich finde dich immer noch begehrenswert, aber mehr auch nicht. Ich liebe dich nicht mehr.«

»Nun«, sagte Janòs traurig, »es ist ja schon was, daß du es einmal getan hast.«

Als er gegangen war, ging ich hinaus in den Temenos, den Eifersuchtsgarten, und setzte mich dort für eine halbe Stunde auf den Kamillensitz. Das nasenlose Steingesicht der Aphrodite blieb von meinem Elend unbeeindruckt. Wahrscheinlich gibt es so viele Möglichkeiten zu lieben, wie es Menschen gibt, aber die Variationen sind so gering, daß sie schon wieder bedeutungslos sind. Sie hatte alles schon mal gesehen. Wenn ich nicht fähig war, aus der Erfahrung zu lernen, sagte ich mir mit Nachdruck, dann hatte ich es verdient, bis an mein Lebensende unglücklich zu sein.

Die nächsten zehn Tage verbrachte ich in einem Stadium düsterer Resignation. Ich kam mir vor wie ein Seemann, dem die Reise zur Last geworden ist, der aber dennoch dankbar ist, keinen Schiffbruch erlitten zu haben. Das herannahende Weihnachtsfest verbot eine eingehende Nabelschau. Es war eine Zeit, in der Jacks Abwesenheit ständig unsere Gedanken beschäftigte. Ich lud Patience und Wacko für den Weihnachtstag zum Mittagessen ein, weil wir uns, wie ich fand, um jeden Preis – und Wacko zu unterhalten, war ein sehr hoher – ablenken mußten. Sicherheitshalber lud ich auch Lissie, George und Alice ein. Als Maeve mit traurigem Blick auf diese Pläne reagierte, konnte ich nicht umhin, sie und die Jungs ebenfalls einzuladen. Mit Maurice wären wir dann sechzehn. Die Vorstellung, daß Maurice kam, baute mich ziemlich auf.

Maeve und ich hatten ein langes, heilsames Gespräch geführt – eine Art Nachspiel zu der Janòs-Affäre. Sie gab sich sowohl trotzig als auch bedauernd, doch ich versicherte ihr, daß ich sehr wohl wußte, daß es, wenn nicht sie, dann eine andere gewesen wäre. Mir war bereits klargeworden, daß zu viel gegen diese Beziehung sprach. Ich fand es gut, sie beendet zu haben, ehe die deprimierenden Kompromisse eingegangen worden waren, die eine dem Untergang geweihte Liebesbeziehung zu retten versuchen. Als sie erfuhr, daß ich geglaubt hatte, ihn zu lieben, war sie entgeistert.

»Wenn ich nur gewußt hätte, daß es dir so wichtig war!« hatte sie gestöhnt. »Ich komme mir ganz elend vor. Außerdem hat es mir nicht so viel Spaß gemacht, wie ich mir erwartet hatte. Er war ziemlich unfreundlich. Hat wahrscheinlich an dich gedacht.«

Unter diesen Umständen fand ich das äußerst großzügig.

Seit Elizabeth aus dem Krankenhaus entlassen war, wirkte sie sehr still. Johnny hatte mehrmals angerufen, und mit ihr lange Gespräche geführt.

»Es ist nicht gut, Mama«, erklärte sie mir in einem der seltenen Ausbrüche von Zutraulichkeit. »Ich habe jede Lust an

Sex verloren. Wir haben's nur dreimal gemacht, und du siehst ja, was dabei herausgekommen ist! Ich sollte lieber Nonne werden. Johnny und ich sind gute Freunde, aber mehr will ich bestimmt nicht.« Sie schüttelte sich.

»Wenn du älter bist, wirst du merken, daß es sehr viel leichter ist. Dann weißt du, wie man richtig verhütet –«

»O bitte, nicht schon wieder eine Lektion in Verhütung!« fiel sie mir ins Wort. »Ich mußte mir das alles schon von der Oberin anhören. Und davor hat das alles schon die Biologielehrerin erzählt. Ich bin eine Weltkapazität in Diaphragmen und der Pille. Es war ja nicht so, daß wir nicht Bescheid gewußt hätten, wir waren einfach nicht darauf vorbereitet, mehr nicht.« Sie schwieg einen Augenblick, dann fuhr sie fort: »Wird es wirklich einfacher, wenn ich älter bin? Ich finde es eine ziemlich verwirrende und seltsame Angelegenheit.«

»Also, um die Wahrheit zu sagen, ich glaube, sehr viele Erwachsene empfinden das auch so. Deshalb denkt auch jeder fast ständig daran.«

Elizabeth kicherte. »Aber kann man es denn wirklich genießen? Ich kann ehrlich gesagt nicht behaupten, daß es sonderlich Spaß gemacht hat.« Ich dachte flüchtig an Janòs. »Ja. Es kann tatsächlich eins der besten Dinge auf der Welt sein.«

Henry war in aufgeregter Hochstimmung von der Schule nach Hause gekommen, lief durchs ganze Haus und forderte uns auf, in die Bresche zu springen und uns in geschlossener Reihe als die Toten unseres Landes ihm zur Verfügung zu stellen, bis Rose mit einem Gewaltverbrechen drohte, damit sie in ein hübsches, friedliches Gefängnis umziehen konnte. Doch bis Weihnachten wurde Henry immer stiller und niedergedrückter, so daß Rose mir gestand, ihm tatsächlich angeboten zu haben, sich seine Verse anzuhören, weil sein Schweigen gar so beängstigend war.

»Mama«, sagte er, als Patience und ich das Treppenhaus mit den Zweigen von Stechpalme, Eibe, Lärche und den mit Gold besprühten Blütenkapseln der Karde schmückten, »müssen die Sternsinger heute kommen?«

Ich erinnerte mich, wie im vergangenen Jahr die Sternsinger gekommen waren. Als Jack von der Bank nach Hause kam, standen im Wohnzimmer etwa ein Dutzend Sternsinger, die gerade ihren Sherry getrunken und die Minzpasteten gegessen hatten, die wir ihnen immer anboten. Zweifellos hatte Jack mit einer in Tränen aufgelösten Geliebten vor ihrer saisonbedingten Exkommunikation einen libidinösen Abschied gefeiert, was auch sein Zuspätkommen erklärte. Als die Sänger aus Dankbarkeit für ihre Speisung höflich das »O Come All Ye Faithful« anstimmten, stand Jack hinter ihnen und sang mit. Er hatte die Feierlichkeit etwas übertrieben, indem er seinen Mund sehr weit aufriß und mit ehrfürchtigem Blick himmelwärts starrte. Die Kinder, Rose und ich bemühten uns um einen gleichzeitig fröhlichen und frommen Ausdruck, waren jedoch durch Jack so durcheinandergebracht worden, daß wir vor unterdrücktem Lachen krebsrot im Gesicht anliefen und uns der Hals weh tat. »Das müssen sie wohl, mein Schatz. Es ist eine Tradition, die schon auf die Zeit zurückgeht, bevor wir nach Westray kamen.«

»Nun«, sagte Patience, »Aubrey hat offen gestanden schon am Telefon mit Mrs. Warrington gesprochen – die Frau, die das Singen organisiert –, und ich habe es zufällig mitbekommen, weil ich im Pfarrhaus war und ihm half, für die Kindermette die Kerzen und anderen Sachen in die Orangen zu stecken. Er machte ihr den Vorschlag, daß sie euch dieses eine Jahr auslassen sollen. Er dachte, ihr hättet es lieber ein wenig ruhiger.«

»Tatsächlich? Typisch Aubrey. Einen freundlicheren Mann gab's auf Erden nie. Was macht er denn Weihnachten? Außer seine Gottesdienste abhalten, meine ich.«

»Er erzählte mir, er habe bei Mead extra eine Schweinefleischpastete bestellt. Er meinte, an einen Truthahn traue er sich nicht heran, ohne sich eine Lebensmittelvergiftung zu holen, aber er wolle die Geburt Christi doch mit etwas Festlicherem als einer Tomatensuppe begehen.«

Diese ergreifende Mitteilung führte dazu, daß ich sofort den Hörer in die Hand nahm und Aubrey einlud, den Weihnachtstag bei uns zu verbringen, was er entzückt annahm. Mir fiel auf, daß Patience von da an in sich hineinlächelte, wenn sie sich unbeobachtet fühlte und Weihnachtslieder summte, wenn sie mit Zweigen und Blumendraht treppauf, treppab lief.

Am späten Heiligabend war die Dekoration fertig. Wenn man in der Diele stand und nach links zum Wohnzimmer und rechts an der Bibliothek und der Treppe vorbei zur Küche schaute, war alles romantisch zu einer moosigen, grünen Laube umgestaltet. Es sah aus, als hätte sich das Haus von innen nach außen gewendet oder die Bäume von draußen nach drinnen. Unsere Hände waren zerkratzt, unsere Rücken schmerzten, unsere Knie hatten blaue Flecken, aber es sah aus wie ein Märchenhain. Elizabeth war einige Zeit damit beschäftigt, Ohrwürmer, Spinnen und Käfer aufzufegen, die unvermeidlich mit ins Haus gekommen waren, und dann im Innenhof auszusetzen.

Der in der Nacht frisch gefallene Schnee wurde wohlwollend begrüßt, denn selbst James ging am Weihnachtstag noch vor dem Frühstück nach draußen, um mit den anderen eine Schneeballschlacht zu machen. Voller Freude sah ich ihn hinter Henry herjagen und ihm mit einem Schneeball drohen, den er ihm zwischen Hals und Kragen stecken wollte. James hatte an jedem Tag der Ferien mehrere Stunden lang gearbeitet, und obwohl ich einerseits froh war, daß er seine Abschlußprüfung so ernst nahm, hätte ich alles darum gegeben, ihn wieder einen seiner schrecklichen Scherze machen zu hören. Er benahm sich eher wie ein Mann von dreißig Jahren als ein Junge von achtzehn, bot seine Hilfe für die Haushaltsabrechnung an und übernahm die jährliche Überprüfung des Kellers, die Jack immer kurz vor Weihnachten durchgeführt hatte. Ich nahm alle Hilfsangebote an, hätte aber lieber gesehen, daß er sich erholte und mit den anderen vergnügte. Wenn Jenny nicht mit Hausarbeiten beschäftigt war oder sich um Bridie kümmerte, lief sie ihm hinterher und versuchte, mit ihm ins Gespräch zu kommen. Die Fetzen, die ich aufschnappte, waren nicht sehr ermutigend. Anscheinend belehrte er sie über die Napoleonischen Kriege.

Nach dem Frühstück setzte Ivor Rose und mich an der Kirche von Westray ab, dann fuhren er und Jenny zu der sehr häßlichen modernen katholischen Kirche in Marshgate weiter. Er meinte dazu immer, seine größte Glaubensprüfung bestehe darin, in einem neobrutalen Hundezwinger aus Beton seinen

Gottesdienst verrichten zu müssen. Die Kinder entschieden sich einstimmig dafür, zu Hause zu bleiben und auf Bridie aufzupassen.

Während ich mich auf Aubrey konzentrierte, der über Persien im siebten Jahrhundert schwafelte, blickte ich hoch zu der vergoldeten Stuckdecke und empfand eine untergründige Freude darüber, daß wir die alte Religion nicht usurpiert hatten, da dieses Gebäude bis auf die Grundsteine aus dem achtzehnten Jahrhundert stammte.

Aubrey fuhr uns nach Hause und machte den Champagner auf, während ich die ankommenden Gäste begrüßte. Die Geschenke wurden unter den Weihnachtsbaum gelegt, der in der Ecke des Salons stand. Elizabeth, Henry und Alice hatten wir dazu bestimmt, sie zu verteilen. Ich schenkte Elizabeth einen Mantel, fast identisch mit dem, den sie in der *Vogue* bewundert hatte, aber sehr viel billiger. Henry bekam den gewünschten ferngesteuerten Hubschrauber, und für James hatte ich einen Plattenspieler gekauft, der in einer Anzeige unserer Provinzzeitung mit »wie neu« angepriesen worden war. Ich denke, sie freuten sich.

Die Kinder hatten ihr Geld zusammengeworfen, um mir eine elektrische Saftpresse zu kaufen. Das war ein ausgesprochen durchdachtes Geschenk, denn damit konnte ich bei der Zubereitung des frisch gepreßten Orangensafts für die Gäste jede Menge Zeit vor dem Frühstück einsparen. Mit Patience, Lissie und Maeve war ich mir einig gewesen, daß wir uns keine teuren Sachen schenken wollten, aber auch die Bücher und Seifen und Schokoladen häuften sich, weil wir so viele waren. Sebastian erklärte, er glaube nicht an Weihnachten und deshalb habe er auch nichts gekauft. Doch mir fiel auf, daß er die Socken, Rasierwasser und Schallplatten, die er bekam, sorgfältig hortete. Florian schenkte mir ein Buch mit dem Titel *Sexualpraktiken der Sapphojüngerinnen*. Ich hatte ihm eine Sammlung mit Keats-Gedichten geschenkt und somit waren wir wohl quitt.

Schließlich war alles verteilt und wurde bestaunt. Patience, Lissie, Maeve und ich gingen in die Küche, um das Essen fertigzumachen. Jenny durfte heute nicht mithelfen. Sie war ja selbst noch ein Kind. Es war, wie sie uns erzählte, ihr erstes richtiges Weihnachtsfest, da ihre Mutter Weihnachten immer in dem Hotel verbrachte, wo sie als Bedienung arbeitete. Jenny wurde zu einer Tante geschickt, die sehr fromm war und von reichhaltigem Essen und materiellem Plunder, der die Kinder verdarb, nichts hören wollte.

Jenny war so gerührt über die Uhr, die ich ihr geschenkt hatte, daß sie weinte. Die Kinder hatten alle Taschengeld beigesteuert, so daß wir ihr eine mit hübschem roten Maroquinarmband hatten kaufen können. Sie bekundete, daß dies die erste Armbanduhr in ihrem Leben sei. Ich freute mich sehr, daß sich die Beziehung zwischen Jenny und Elizabeth seit ihrer Heimkehr aus dem Krankenhaus deutlich verbessert hatte. Gerührt verfolgte ich Elizabeths aufkeimendes Interesse an Bridie.

Das Mittagessen verlief in fröhlicher Runde, wenn Wacko sich auch betrank und Geschichten erzählte, die etwas riskant gewesen wären, hätte man sie verstanden. Am Eßtisch hatten zwölf Leute bequem Platz, mit sechzehn wurde es etwas eng, aber es schien der Geselligkeit nur förderlich zu sein. Elizabeth hatte ihre Stirnfransen nach hinten gekämmt, so daß sie wie nach einem Schock zu Berge standen. Sie trug ein merkwürdiges weißes Kleidungsstück, das ich nach kurzer Prüfung als Frackhemd von Jack erkannte. Jeder Fingernagel war in einer anderen Farbe lackiert. Das wirkte sehr modisch, aber ich empfand doch treulosen Neid, wenn ich mir Alices nettes dunkelblaues Kleid mit dem weißen Rüschenkragen ansah. Dieses Gefühl verschwand aber in dem Augenblick, als Alice ihren Kopf zur Seite drehte und erklärte, Alice sei an Weihnachten immer so traurig, weil es so viele Kinder auf der Welt gäbe, denen es nicht so gutginge wie ihr. Selbst Aubrey, von dessen Seite man Applaus für diese Feststellung erwartet hätte, wirkte ziemlich verärgert. James, Henry und Elizabeth musterten Alice mit kalter Verachtung. Als sich dann der unter dem Tisch versteckte Dinkie über Alices Bein hergemacht hatte und die Kinder losgeschickt wurden, um ein Pflaster zu holen, muß ich zu unserer Schande gestehen, daß man aus der Diele sehr lautes Lachen hörte.

George zerlegte die Gans, und Ivor reichte die Teller herum. Da es, wie er meinte, eine nach Geschlechtern getrennte Arbeitsteilung beim Essenkochen gegeben habe, solle das auch für den Abwasch gelten. Die Männer wollten ihn übernehmen. In dem Fall erledigten ihn, wie vorherzusehen, George, Ivor, James und Aubrey, während Wacko am Kamin ein Nickerchen machte, und Sebastian, Florian und Henry sich nirgendwo blicken ließen. Zwei Teller gingen zu Bruch und fast alles hatte einen Fettfilm und mußte am nächsten Tag noch mal gespült werden, aber es war lieb gemeint.

Nach dem Essen spielten wir Scharaden. Das Wort meines Teams lautete »Füllhorn«. Ich ging in die Küche, wo ich mir die Kissen von der Ofenbank vorne und hinten um den Leib binden wollte, darüber mein altes Abendcape hängen, um Fülle auszustrahlen. Dort aber traf ich auf Jenny, die zu meinem Entsetzen schluchzend über den Tisch gebeugt stand. Endlich seufzte sie eine Erklärung. »Er hält mich für dumm! Und das bin ich ja auch! Da führt kein Weg daran vorbei. Die Hälfte von dem, was er tut, verstehe ich nicht, und er wird mich nie mögen, weil ich nicht klug bin. Man hat uns nur Rechnen und Lesen und Suppekochen beigebracht. Ich bin nicht gut genug für ihn, aber ich liebe ihn doch so!«

Später, als ich mit James darüber sprach, erklärte er, er habe taktvoll sein wollen. »Ich konnte ihr doch keine Hoffnungen machen, Mama. Das wäre nicht fair gewesen. Ich habe nur gesagt, daß ich sehr an Literatur interessiert sei, sie aber wahrscheinlich nicht so. Mein Gott, sie hat mich um einen Kuß gebeten! Was hätte ich da tun sollen?«

»Ich weiß, daß das schwierig war, mein Schatz, aber ich denke, daß zum Takt ein bißchen mehr gehört als das, was du dir darunter vorstellst.«

»Hätte ich tun sollen, was Paps getan hätte? Sie küssen und mit ihr ins Bett gehen und *dann* mit ihr Schluß machen?« James' Ton war bitter.

»Nein, natürlich nicht. Du hast richtig reagiert. Sei nur freundlich zu ihr, versprichst du mir das? Sie darf nicht das Gefühl haben, daß du sie verachtest. Ich habe ihr versprochen, ihr ein paar Bücher zu empfehlen. Sie scheint versessen darauf zu sein, etwas für ihren Geist zu tun. Warum hilfst du ihr nicht dabei?«

James schien von dieser Idee nicht überzeugt zu sein, aber er murmelte, sein Bestes tun zu wollen.

Als ich Jenny dann soweit hatte, daß sie mit frisch gepuderter Nase zu uns an den Tisch zurückkehrte, war auch Maurice eingetroffen. »Meine Lieben, es war das außergewöhnlichste Mittagessen, das man sich vorstellen kann! Weißes Essen, passend zur weißen Wohnung und den weißen Menschen! Risotto mit weißen Trüffeln zu Beginn, dann Steinbutt, *pommes purée* und *endives à la crème*, gefolgt von einem Vanillesoufflé und Meringuen. Es war, als befände man sich in einem unterbelichteten Film.«

Er sah sehr weihnachtlich aus mit einem Band aus Stechpalmen um seinen Fedora und einer riesigen Mistelkette, die er an sein Cape geheftet hatte.

»Sind Sie in dem Aufzug tatsächlich in den Zug gestiegen?« fragte Alice entsetzt. Exzentrik war ihr völlig fremd, denn ihre Eltern waren Musterbeispiele englischer Zurückhaltung.

»Nein, ich bin mit dem Lieferwagen gekommen. Aber du verdirbst mir meine Überraschung. Zuerst brauche ich etwas zur Kräftigung, dann gebe ich euch meine Geschenke. Wie köstlich das Haus duftet!« Er schnüffelte geziert. »Schattig und blumig.«

»Hier ist Früchtekuchen«, sagte Elizabeth und brachte ihm ein Stück, als er sich neben den Kamin gesetzt hatte, seine Hände am Feuer wärmte und Jasper sich ihm gleich liebevoll ans Knie schmiegte. »Mama bringt Ihnen gleich Tee.«

»Danke, mein liebes Mädchen. Wie gut ist es doch, hier zu sein.«

Ich sah, wie er Elizabeth musternd ansah. Als er zu Beginn der Woche angerufen hatte, um mir seine Ankunftszeit zu bestätigen, hatte ich ihm von meiner fehlgeschlagenen Kurzreise nach Venedig berichtet.

Henry brachte Maurice unser Geschenk, das ich in Brighton in einem Antiquitätengeschäft entdeckt hatte: ein Paar Berliner Walkhausschuhe, auf deren Zehen Rosen und ein Hund, der ein wenig wie Jasper aussah, gestickt waren, und die wenig getragen aussahen. Er zog sie gleich an. Eigentlich waren sie für eine Frau gemacht worden, aber er hatte kleine Füße und sie paßten ihm wie angegossen. »Danke, Miranda. Danke, meine Lieben. Die sind wirklich wunderschön!« Gerührt tupfte er sich die Augen mit seiner Serviette ab.

»Ivor macht den Punschkelch«, erklärte Elizabeth. »Das ist jedes Jahr an Weihnachten seine Aufgabe. Der Punschkelch gehört zu Westray Manor. Wer immer dieses Haus kauft, kauft den Kelch mit. Er ist in einigen Aufzeichnungen erwähnt. Mama kann Ihnen alles darüber erzählen. Ivor füllt ihn mit Ale – pfui, schmeckt scheußlich – und Kräutern und so. Dann füllt er mit jeder Menge Ingwerwein auf, den ich recht gern mag. Aber jetzt sollten wir lieber den letzten Teil der Scharade anschauen. Henry wird wütend, wenn wir uns nicht alle wie verrückt auf seine Darstellung konzentrieren. Es gibt keinen schlimmeren Angeber als ihn.«

Henry gewann das Haus im Sturm als Zeus, der das Ziegenhorn abbricht, um es Amalthea – sehr gut von Lissie gespielt –, die sich um ihn als Kind gekümmert hatte, als Zeichen der Dankbarkeit zu reichen. Baby Zeus wurde hervorragend von Bridie gespielt, die davon gar nichts mitbekam. Henry schleuderte Blitze, um das Horn in das Füllhorn zu verwandeln, aus dem sich Korn, Früchte und Blumen ergossen. Zum tosenden Applaus beeindruckte er noch mit einigen göttergleichen Posen, bis Sebastian einen der Äpfel aufhob, die aus dem Schalltrichter des alten Grammophons auf den Salonteppich gefallen waren, und damit auf Henry zielte. Das führte zu einem grellroten Fleck auf Alices Wange, und sie weinte fürchterlich.

Der Punschkelch wurde zu einer willkommenen Ablenkung. Es handelte sich dabei um eine große Schale mit dem eingravierten Wappen der Besitzer, denen Westray im siebzehnten Jahrhundert gehört hatte, und wir benutzten ihn nur einmal im Jahr, an Weihnachten. Aufbewahrt wurde er im Gerichtsschrank, der im Eßzimmer stand. Jack und ich waren jedes Jahr zum Neujahrsball der Bank nach London gefahren, deshalb hatten wir der eigentlichen Tradition nicht nachkommen können, wonach der Punschkelch am letzten Tag des alten Jahres gefüllt werden mußte. Vor einigen Wochen war mir eine Einladung zum Ball zugeschickt worden, mit einer Notiz von Mr. Defresnier, er freue sich so, mich wiederzusehen. Mit dem größten Vergnügen hatte ich ihm eine Absage erteilt.

»Er besteht hauptsächlich aus Limonade«, versicherte ich Lissie, als Alice sich soweit beruhigt hatte, um auch ein Glas trinken zu können. »Ivor macht ihn nie besonders stark, damit ihn auch die Kinder trinken können. Versuch doch selbst mal.«

Es war jede Menge Anis darin, eins dieser seltsamen Gewürze, an das man sich gewöhnen kann. Jeder wollte ein zweites Glas.

»Ich bin der selbsternannte Narrenkönig«, erklärte Maurice, wobei er aufstand und über den schlafenden Jasper stieg, »deshalb müßt ihr meinen Anordnungen Folge leisten, und ich bitte euch jetzt, in die Diele zu kommen, um zu sehen, was ich mitgebracht habe. Alle mir nach!« Er hüpfte aus dem Zimmer.

Während wir die Scharade verfolgt hatten, hatte jemand, wahrscheinlich Maurice' Fahrer, ein ganzes Sortiment merkwürdig geformter Objekte hereingetragen. Die Päckchen waren alle in blaues Papier gewickelt, auf das weiße Federwölkchen, beklebt mit echten Federn, gemalt waren. »Nicht richtig weihnachtlich, ich weiß, aber Stechpalmen sind am Berkeley Square verdammt teuer.«

Für Rose hatte er eine hübsche kleine Porzellantasse mit Rosen darauf mitgebracht; für Jenny eine Halskette aus Bernsteinperlen, die, wie er meinte, ihre präraffaelitische Schönheit unterstrichen, was sie sehr freute, wenn sie auch nicht wußte, was er damit meinte. Für Ivor hatte er eine Ausgabe von Brownings *Pippa Passes*, gebunden in blaues Leder. Ivor sei der einzige Mensch, meinte er, den er für klug genug halte, Browning verstehen zu können. Ivor war entzückt. Henry bekam ein riesiges und aufregend geformtes Paket, das sich als Zauberkabinett entpuppte, rot gelackt und groß genug, um einen kleinen Erwachsenen aufzunehmen; es trug die schwungvolle Aufschrift »Marcello der Magier«.

»Damit kann man Dinge verschwinden lassen«, erklärte Maurice. »Es gehörte einem Freund von mir, der selbst Magier war. Er hat jetzt damit aufgehört, aber ich habe ihm gesagt, daß ich einen Jungen kenne, der es in Ehren halten wird.«

Henry war völlig aus dem Häuschen. James bekam eine goldene Taschenuhr mit Sprungdeckel, sehr schön und wahrscheinlich auch sehr wertvoll. Maurice meinte, er habe sie sein Leben lang getragen, komme jetzt aber immer seltener in die Verlegenheit, die Uhrzeit wissen zu müssen. Als ich mein eigenes großes und schwergewichtiges Geschenk auspackte, überraschte mich ein Bienenstock. »Nach den Weihnachtsferien wird ein Schwarm geliefert. Als Sie mir den Garten zeigten, fiel mir auf, daß dies das einzige war, was noch fehlte. Sie brauchen keinen Honig zu machen, wenn Sie nicht wollen. Dann schwirren sie eben nur herum und befruchten alles. Ich habe mein ganzes Leben lang Bienen studiert, und ich kann wirklich sagen, daß es nur wenige Geschöpfe gibt, die faszinierender sind.«

»Das haben Sie schlau ausgedacht! Es ist ein *wunderbares* Geschenk!« Ich war wirklich begeistert.

»Schön, schön! Jetzt befehle ich euch als Narrenkönig, euch der Kälte zu stellen und mit mir sofort nach draußen zu kommen, ehe es dunkel wird, damit ihr sehen könnt, was ich für Elizabeth mitgebracht habe.«

»O herrje!« rief Elizabeth.

Auf der anderen Seite des Wassergrabens stand ein kleiner Pferdewagen wie aus dem Bilderbuch. Er war grün mit gelben Streifen am Chassis, hatte zwei Räder und eine lange Deichsel, die auf einem Gestell ruhte. »Es ist ein Gouvernantenwagen«, erklärte Maurice. »Ein kleiner zweirädriger Wagen, mit dem die arme einsame Gouvernante an schönen Tagen ihre Einkäufe erledigte. Was hältst du davon?«

Er wandte sich Elizabeth zu. Sie hatte uns den Rücken gekehrt, ließ als einzige von uns keine Bewunderungsrufe hören. Ich sah, wie sie vorsichtig ihre Hand hob, um das Geländer zu berühren, das am Rand des kahnartigen Chassis entlanglief. Ich war mir sehr sicher, daß Maurice ihr Schweigen nicht falsch auslegen würde. Schließlich wandte sie sich um, und bei ihrem Ausdruck blieb mir ein Kloß im Hals stecken. Sie legte ihre Arme um den Hals von Maurice und verbarg ihr

Gesicht. »Woher wußten Sie, daß ich mir das immer gewünscht habe?«

»Ich glaube, du hast davon gesprochen, als du mir Puck gezeigt hast. Dann habe ich hiervon in einer Anzeige gelesen und dachte, das könnte genau das Richtige sein. Das Geschirr ist da an der Wand. Ich hoffe, es paßt ihm. Morgen kannst du es ihm anlegen und dann machen wir eine Ausfahrt.«

»Ich muß da rein.«

Maurice drehte am Griff der kleinen Tür, die hinten angebracht war, und Elizabeth stellte ihren Fuß auf den Eisentritt. Drinnen gab es zwei gegenüberliegende Sitze mit grünem Lederbezug. Elizabeth setzte sich mit glänzenden Augen auf einen davon. »Es ist so wunderschön, ich weiß gar nicht, wie ich Ihnen danken soll.«

»Wenn es dich glücklich macht, reicht mir das schon, meine Liebe.«

Als Elizabeth mit Henry hinunter zu den Ställen lief, um das Geschirr in die Sattelkammer zu bringen, hatte ich das Bedürfnis, auch etwas dazu zu sagen. »Ich weiß, ich weiß!« Maurice hielt abwehrend die Hand nach oben. »Sie werden jetzt sagen, das können Sie nicht annehmen. Jetzt passen Sie mal auf. Diese Ausstellung hat bereits großes Interesse geweckt, und ich habe Aufträge mehr als genug. Jemand, der die Bilder der Felsen von Westray gesehen hat, hat mich gebeten, für eine fürstliche Summe eine Viererserie zu machen. Was soll ein alter Mann wie ich mit Geld anfangen? Ich bin zweiundsiebzig. Ich habe alles, was ich mir wünsche. Sie können sich gar nicht vorstellen, welche Freude es mir gemacht hat –«

»Ich wollte nur sagen, daß dies das Freundlichste und Beste war, was Sie tun konnten.«

Danach stürmten wir alle zitternd ins Haus zurück und nahmen noch einige Gläser von Ivors Punsch zu uns.

»O Mann, an dieses Zeug könnte ich mich gewöhnen«, stöhnte Lissie nach ihrem vierten Glas. »Jetzt nach der Kälte draußen schmeckt es sogar noch besser. Wunderbar, daß praktisch kein Alkohol darin ist!« Sie bekam einen Schluckauf und kicherte.

»So, alle herhören, Lichter aus! Es ist Zeit für Mord in der

Dunkelheit!« Auch Maurice war am Punschkelch gewesen, und das Lametta, aus dem er sich eine Krone gemacht hatte, baumelte über seinem Ohr.

Wir machten mehrere Zettel und schrieben auf zwei davon ein M und ein D für Mörder und Detektiv.

»Das ist doch wirklich ein lustiges Wort, oder?« meinte Henry und fing zu lachen an. »De-tek-tiv. Es ist das dümmste Wort, das ich je gehört habe.« Er steigerte sich in einen hysterischen Lachanfall hinein und wiederholte dazwischen die Silben immer und immer wieder.

»Jetzt reiß dich mal zusammen, Henry«, drängte ich ihn. »Verdirb jetzt nicht alles, indem du dich wie ein Idiot benimmst. Du bist vollkommen überdreht.«

»Reißdichzusamm, reißdichzusamm«, äffte Henry mich nach.

»Ich denke, du gehst jetzt lieber in die Küche und setzt dich da fünf Minuten still hin«, befahl ich streng. »Komm wieder zu dir.«

Henry ging, noch immer von Lachen geschüttelt. Mir fiel auf, daß auch alle anderen einen Hang zu unbändigem Gekicher hatten, insbesondere Sebastian und Florian.

»Ich bin der Detektiv«, sagte George würdevoll, nachdem wir alle unsere Zettel gezogen hatten.

Irgendwie kam mir sein hochtrabendes Gehabe sehr komisch vor, und ich mußte selbst lachen. Seltsam, daß mir vorher nie aufgefallen war, was für ein reizendes Lachen ich hatte, silberhell hätte es wohl in einem Liebesroman geheißen … Und in diesem Augenblick wurde mir klar, daß etwas mit mir nicht stimmte. Die Kinder sagen mir immer, mein Lachen klinge wie Krähengekrächze. Ganz so schlimm ist es nicht, aber keinesfalls silberhell. Ich merkte, daß ich betrunken war, und wenn ich in die glühenden Gesichter der Gesellschaft um mich herum blickte, die mit idiotischem Grinsen ihre Papierfetzen durchlasen, waren es alle anderen auch.

»Laßt uns noch einen Wunsch – Putsch – Punsch trinken, ehe wir uns verstecken«, kreischte Maeve.

»Das sollten wir besser nicht«, sagte ich zu einer leeren Diele, da alle mit ihren Gläsern zurück ins Wohnzimmer eilten.

»Ivor!« Ich hielt ihn am Ärmel fest. »Was hast du da rein getan? Er ist viel zu stark.«

Ivor strahlte mich an und dabei umgab sein abstehendes Haar den Kopf wie ein Heiligenschein. »Keine Sorge, mein Schatz. Ich habe bloß einen Liter Ale und eine halbe Flasche Ingwerwein auf fünf Liter Limonade genommen. Das könnte selbst Bridie bedenkenlos trinken. Du siehst zauberhaft aus heute abend, mein Engel.« Er stolperte vorwärts, um mich zu küssen, verfehlte sein Ziel aber und wäre beinahe gestürzt.

»Du bist ja voll, Ivor! Du mußt da mehr hinein getan haben!«

Das Klingeln des Telefons störte meine zusammenhanglosen Gedanken. »Hallo? Hallo? Ja, hier ist vier, sechs, zwei, acht. Wer ist da? Oh. Janòs! O mein Gott!«

»Was ist los, Miranda?« Janòs' Stimme war weit weg.

»Nein. Nichts. Mir geht es gut. Hab zu viel getrunken, glaube ich.« Ich brach wieder in silberhelles Lachen aus, riß mich dann aber zusammen.

»Du hörst dich betrunken an. Ich bin entsetzt.«

»Nein, nein, jetzt geht es schon wieder, ehrlich.«

Wieder hoffnungsloses Gekicher. Doch trotz des Lachens war mir nicht wirklich lustig zumute. Es war eine sehr merkwürdige Art von Rausch. Ich kam mir vor, als schwebte ich einige Zentimeter über dem Boden.

»Ich vermisse dich, egal, ob betrunken oder ausgenüchtert. Ich bin einsam ohne dich. Ich liebe dich.«

»Ich bin auch einsam ohne dich.«

»Das ist doch gut. Ich bin jetzt in Boston. Ich könnte morgen abend kommen.«

»Nein. Nein, das darfst du nicht.« Plötzlich war mir alles Lachen vergangen. Obwohl mir meine Gedanken entwischten, sobald ich sie zu sammeln versuchte, wußte ich, daß ich seinen Besuch nicht zulassen durfte. »Komm nicht. Ich liebte dich irgendwie – jedenfalls habe ich dich begehrt –, aber das ist nicht dasselbe. Du wirst mir das Leben zur Hölle machen, und dort habe ich einfach schon zu viel Zeit zugebracht.«

»Dann heißt das also auf Nimmerwiedersehen.«

» Ja, Adieu, adieu, adieu ...« Ich merkte daß ich in ein Rauschen hineinsprach. Janòs hatte aufgelegt.

Ich wandte mich vom Telefon ab.

Ivor stand noch immer hinter mir, sein Gesicht war weiß und seine Lippen bebten. »Mein Gott! Du hast diesen Kerl geliebt, und ich habe es nicht gewußt! Ich bin wirklich der größte Narr aller Zeiten!«

Ich versuchte meine Gedanken zusammenzusuchen, doch sie schweiften beharrlich umher wie ein besonders verspieltes *ignis fatuus*. Ivor hatte von Janòs nichts gewußt, uns nie zusammen gesehen, und als ich ihm sagte, daß ich nach Venedig reisen würde, geglaubt, meine Begleitung sei eine Freundin. Ich hatte ihn mit den besten Absichten vorsätzlich in die Irre geführt.

»Wenn ich bedenke, daß ich mir all die Wochen gesagt habe, ich muß mich zurückhalten, dich über Jacks Tod hinwegkommen lassen, ehe ich ... und die ganze Zeit bist du mit diesem Kerl ins Bett gegangen ...« Ivor riß die Eingangstüre auf, lief hinaus und ließ sie hinter sich zufallen.

Der Punschkelch war randvoll, was selbst in meinem wirren Kopf Verdacht erregte. Ich trug ihn vorsichtig in die Küche und schüttete seinen Inhalt in den Spülstein. Er roch so stark nach Brandy, offenbar die letzte Zutat, daß ich husten mußte.

Ich ging nach oben in mein Schlafzimmer und legte mich aufs Bett. Da der Raum vollkommen dunkel war, eignete er sich genausogut als Versteck wie jeder andere. Die Schwärze vor meinen Augen löste sich in kleine glänzende Punkte auf, die, als ich noch verwundert überlegte, was das sein konnte, zu farbenprächtigen Blüten aufflammten. Ich genoß das einige Minuten, bis mir bewußt wurde, daß dieses Phänomen, milde ausgedrückt, ungewöhnlich war. Jemand, oder zwei Jemands hatten den Punschkelch mit Dingen angereichert, die Halluzinationen auslösten. Ich wußte, daß Maeve vorübergehend mit Meskalin und LSD, von Sebastian und Florian besorgt, experimentiert hatte.

Die Tür ging auf und jemand schlich sich in der Dunkelheit vorwärts. Ich hörte weiche Schritte und Atmen, ganz dicht an meinem Gesicht. Ich hielt den Atem an. Hände tasteten sich übers Bett. Ich versuchte daran zu denken, daß dies nur ein Spiel war. Oder war es eine Halluzination? Bis heute weiß ich es nicht. Eine Hand berührte mein Bein und ließ sie dort ruhen.

Dann arbeitete sie sich über meinen Körper nach oben, bis sie meinen Hals erreichte. Ich schrie sehr laut »Jack!«, und richtete mich entsetzt auf. Sofort ließ die Hand von mir ab. Ich hörte so etwas wie unterdrücktes Lachen und dann sich leise fortschleichende Schritte.

Ich eilte nach unten, wo die Diele hell erleuchtet und das Spiel vorbei war. Es herrschte einige Verwirrung, da George mit vier Opfern zu tun hatte, anstatt mit nur einem, aber es stellte sich heraus, daß Wacko der Mörder war und das Spiel falsch verstanden hatte.

Ich fragte mich, ob Wacko bei mir im Schlafzimmer gewesen sein könnte, aber irgendwie glaubte ich das nicht. Er war nämlich wirklich stramm und hätte nicht auf Zehenspitzen um sein Leben laufen können.

Als George sich umständlich zu einer ihn befriedigenden Lösung vorgearbeitet hatte, stellten wir fest, daß Alice und Rose fehlten. Ein Suchtrupp wurde einberufen, und man fand Rose mit Bridie im Arm tief schlafend in der Küche. Lissie, von Panik erfaßt, fing an, hinter Vorhängen und Teppichen und Vasen zu suchen. Schließlich entdeckten wir Alice tief und fest schlafend auf dem Fußboden hinter dem Sofa im Wohnzimmer. Damit war das Fest zu meiner Erleichterung dann auch beendet, denn ich fand, wir sollten uns alle lieber in unseren Betten ausschlafen.

Patience war noch einmal zurückgekommen, nachdem sie Wacko heimgebracht hatte. Anschließend brachte sie auch noch die Partridges nach Hause, weil ihrer Ansicht nach weder George noch Lissie fahrtüchtig waren. Ich konnte für Patience' Geistesgegenwart nur dankbar sein.

»Warum bist du nicht in einem Rauschzustand, der schon fast an Wahnsinn grenzt?« fragte ich sie, als wir meine Gäste in Wackos alten Rover verfrachteten.

»Irgendwie schmeckte Ivors Punsch anders, nachdem wir uns die Geschenke von Maurice angeschaut hatten. Er kam mir sehr viel stärker vor, deshalb habe ich mein drittes Glas gar nicht erst ausgetrunken.«

»Vernünftiges Mädchen! Doch es wäre schön gewesen, wenn du den Rest von uns auch darauf hingewiesen hättest.«

»Ich wollte nicht als Spielverderberin dastehen. Ich mache auf die Leute, vor allem die Männer, wahrscheinlich ohnehin schon einen sehr langweiligen Eindruck.«

Ich gab ihr einen Kuß. An Leute, die so dumm waren, Vernunft mit Langweiligkeit zu verwechseln, durfte man keinen Gedanken verschwenden. Das hatte ich ihr jedenfalls sagen wollen, aber der Punsch machte größere Satzgefüge zum Abenteuer.

Aubrey erklärte, er wolle mit Maeve nach Hause laufen, und sie würden am nächsten Tag wiederkommen, um ihre Autos abzuholen. Die FitzGeraldjungs hatten sich schon vor einiger Zeit auf eigene Faust auf den Weg gemacht. Alle entfernten sich, und Wortfetzen des Danks und der Anerkennung trieben von der Einfahrt in die Nacht.

Irgendwie schaffte ich es, Rührei zum Abendessen auf den Tisch zu bekommen, die Tiere zu füttern und Rose ins Bett zu bringen.

Die Kinder, Maurice und Jenny stimmten alle dafür, daß wir früh zu Bett gingen, was ihnen ganz und gar nicht gleichsah und nur allzu deutlich machte, wie verheerend der Anschlag auf den Punsch gewesen war.

Ich freute mich noch mehr als sonst auf mein Bett und entschwebte sofort in eine köstliche Serie von Traumabenteuern. Ich hatte gerade eingewilligt, die Rolle von Katharina der Großen in einem Stück zu übernehmen, das praktisch eine Wiederholung von *Der Gefangene von Zenda* war, als ich das stürmische Glockengeläut, das zu meiner Krönung landauf, landab durchs Russische Kaiserreich schallte, als das Klingeln meiner eigenen Türglocke erkannte. Es war halb drei Uhr morgens. Sehr verärgert zog ich mir meinen Morgenmantel an und ging hinunter, um aufzumachen.

Zwei Polizeibeamte standen an der Türschwelle. »Mrs. Stowe? Tut uns leid, daß wir Sie zu dieser frühen Stunde stören müssen. Ist Mr. Bastable zu Hause?«

»Ivor? Ja … ich denke schon. Er wohnt in dem Häuschen unten bei den Fischteichen.«

»Wir würden gern einmal ein Wörtchen mit ihm reden. Könnten Sie ihn anrufen?«

»Das kann ich leider nicht. Sie müssen durch den Wald runterlaufen. Worum geht es denn?«

»Ein Feuer, Madame. Sie kennen doch sicherlich Ihren Nachbarn, Mr. Horace Birt. Seine Scheune ist völlig abgebrannt. Wir haben Grund zu der Annahme, daß Mr. Bastable uns bei unseren Nachforschungen weiterhelfen kann.«

Kapitel 18

Irgend etwas hielt meinen Kopf wie in einer Eisenzwinge gefangen. Ich rang nach Luft und schlug die Augen auf. Das Tageslicht stach mir wie Feuerlanzen in die Augen. Ich lag inmitten der Scherben meiner Träume, die nach der Unterbrechung durch die Bezirkspolizei Ihrer Majestät leider keine fröhlichen Eskapaden mehr waren, sondern sich zu Schreckensbildern herabgewirtschaftet hatten, die eins ins andere übergingen. Ein Angstschauer jagte den nächsten, da die Kinder ständig in endlos tiefe Seen stürzten oder von berghohen Mauern fielen, sich vor näher kommenden Expreßzügen auf den Gleisen ausstreckten und von Wahnsinnigen mit Äxten verfolgt wurden.

Ich setzte mich auf. In meinem Zimmer war ich sicher, eingehüllt in Leinenlaken und Wolldecken unter einer seidenen Daunendecke und umgeben von Vorhängen aus herrlich verblaßtem Chintz mit Rosen und Fingerhut. Ich starrte eine Zeitlang auf die getupften Kelche und eingerollten Blütenblätter, bis ich überzeugt war, daß die Kinder sicher in ihren Betten lagen und die Welt ein Ort war, an dem sich leben ließ.

»Hallo, Mama. Ich fühle mich ziemlich mies.« James steckte seinen Kopf zur Tür herein. »Hast du ein Aspirin?«

»Im Badezimmerschränkchen. Bringst du mir auch eins mit?«

James brachte das Schächtelchen und setzte sich auf mein Bett. Wir teilten uns ein Glas Wasser.

»Irres Fest. Aber ich hatte furchtbare Träume. Vielleicht arbeite ich ja zu viel.«

»Ich glaube nicht, daß das daran lag. Jemand – und ich bin mir sicher, daß es Florian und Sebastian waren – hat etwas in den … O mein Gott! Ivor!«

»Wenn du so weiterschreist gehe ich wieder ins Bett«, protestierte James und hielt sich die Ohren zu. »Was ist mit Ivor?«

»Er ist im Gefängnis!«

»Was?«

Jetzt war es an mir, zu protestieren.

»Entschuldige. Aber um Gottes willen, erzähl es mir!«

Ich erklärte ihm, was nachts passiert war. »Ich muß Leslie Mould anrufen. Wie spät haben wir? Halb neun. Jetzt könnte er auf sein.«

War er nicht, und er hörte sich höchst verärgert an, am zweiten Weihnachtstag aus dem Bett geholt zu werden. Ich erklärte ihm die Geschichte mit Ivor, und dabei wurde er schon ein wenig zugänglicher. Es passierte nicht oft, daß seine Klienten eingesperrt wurden, und der Vorwurf der Brandstiftung war weitaus interessanter als die üblichen Scheidungsfälle. Ich vereinbarte mit ihm, in einer Stunde bei ihm zu sein. Ich badete, zog mich an, frühstückte in Windeseile und saß zur vereinbarten Stunde mit James an meiner Seite in einem Raum der Polizeistation von Marshgate. Leslie Mould kam wenige Minuten später, seine Schweinsäuglein glänzten vor Eigendünkel.

Ivor war kreidebleich, als er hereingebracht wurde. »Tut mir leid, Miranda, daß ich dich in dieses gemeine Mißverständnis mit hineingezogen habe. Es wird dir vielleicht unglaubhaft vorkommen, aber ich habe mit diesem Feuer nichts zu tun.«

»Das reicht fürs erste, Bastable.« Leslie Mould klang sehr bestimmt. »Lassen Sie hören, was gegen Mr. Bastable vorliegt, wenn ich bitten darf.« Er wandte sich an den diensthabenden Polizeimeister.

Allem Anschein nach hatte Horace Birt am 25. Dezember gegen zehn Uhr abends aus seinem Schlafzimmerfenster geschaut und gesehen, daß sein Heuschober in Flammen stand.

Er hatte die Feuerwehr gerufen. Um halb zwei wurde durch einen anonymen Anrufer die Polizei davon in Kenntnis gesetzt, daß das Feuer in Birts Hof von Ivor Bastable absichtlich gelegt worden sei. In Anbetracht der Vorstrafen Ivors hatten sie auf diese Information hin gehandelt und ihn in Gewahrsam genommen.

Als ich mich dazu äußern sollte, wo Ivor sich zwischen acht Uhr und Mitternacht des vorangegangenen Abends aufgehalten hatte, konnte ich nur berichten, es habe ein großes Fest mit vielen Leuten im Haus stattgefunden und die Lichter seien für einige Zeit ausgewesen; deshalb sei keine Aussage über den Verbleib der einzelnen Leute zu machen. Dann fiel mir ein, daß Ivor gleich nach Janòs' Anruf aus dem Haus gestürmt war, was etwa um halb acht gewesen sein mußte. Ich beschloß, das für mich zu behalten. Nach einigem Verhandeln wurde vereinbart, daß Ivor am nächsten Tag dem Schiedsgericht vorgeführt und eine Kautionszahlung ausgehandelt werden sollte.

»O mein Kopf!« Maurice saß in der Küche, angezogen, aber unrasiert, sein Haar in Unordnung. »Es schmerzt so, wenn ich es kämme. Oh, ein Lob dem Becher, der erheitert, aber nicht berauscht. Der Wasserkessel ist aufgesetzt, meine Lieben. Ein glänzendes Fest, aber ich fürchte, ich habe mehr getrunken als ich vertrage.«

Ich kochte Tee und erzählte ihm von meinem Verdacht, was Sebastian und Florian anging.

»Dann habe ich also denen einige der schrecklichsten Stunden zu verdanken, die ich je verbracht habe. Träume, die der Herrschaft von Chaos und Finsternis noch das Fürchten gelehrt hätten. An Händen und Füßen gefesselt und über ein Säurebad gehängt, von einem Kerl, der seinem Schnurrbart nach zu urteilen, Dr. Crippen gewesen sein muß.«

»Ach herrje, Rose!« Ich raste nach oben und überließ es James, Maurice von Ivors Gefangennahme zu erzählen.

Rose schien keinen ernsthaften Schaden genommen zu haben, drei Gläser Punsch hatten gereicht, ihr den Schlaf zu bringen und sie vor weiteren Gefahren zu bewahren. Ich half ihr beim Anziehen und brachte sie nach unten. Stew Harker stand in der Diele.

»Hallo, Stewart. Ich nehme an, du kommst wegen deines Weihnachtsgelds?«

Seit Jahren bekommt Stew am zweiten Weihnachtstag von mir ein oder zwei Pfund. Jetzt war er ein kräftiger Jugendlicher, von mehr als einsfünfundachtzig, mit athletischer Figur vom vielen Radfahren. Das überlegene Stolzieren, mit dem er auf mich zukam, gefiel mir nicht. »Ein Wort unter uns, Mrs. Stowe.« Er grinste, wenig gewinnend, wie ich fand. »Lassen wir doch die Förmlichkeiten. Sie nennen mich Stewart, wie wär's damit, wenn ich Sie Miranda nenne?«

Als ich ihn in die Bibliothek führte, legte ich mir mit Bedacht eine taktvolle, aber entschiedene Absage an sein Ansinnen zurecht, unsere Beziehung zu verändern, hatte aber keine Gelegenheit, sie ihm zu erteilen.

»Hier bin ich ja noch nie gewesen. Mensch, so viele Bücher! Doch ich bin nicht hergekommen, um mit Ihnen über Inneneinrichtung zu sprechen. Ich war gestern abend kurz vor der Sperrstunde im Magpie and Stump und sehe die beiden FitzGeraldjungs am Tisch in der Ecke sitzen und sich vor Lachen fast ins Hemd machen. Ich ging hinüber zur Dartscheibe, damit ich hören konnte, worüber sie lachten. Sie waren so aus dem Häuschen, daß sie mich gar nicht wahrnahmen. Seb erzählte Florry, daß er irgend etwas gut hingekriegt hätte.«

»Ich bin überrascht, daß dir keiner beigebracht hat, wie mies es ist, den Gesprächen anderer Leute zu lauschen. Genauso wie petzen. Was Sebastian und Florian getan haben, war sehr dumm und hätte schwerwiegende Folgen haben können, aber –«

»Ich bin noch nicht fertig. Ich hörte Seb zu Florry sagen, daß er noch einen Anruf vorhätte. Er erzählte etwas von einer Gefängnisstrafe und daß die Polizei sich Bastable sicherlich gleich schnappen würde und er eine lange Haftstrafe bekäme, weil Brandstiftung eine schwere Straftat ist.«

»Bist du dir sicher, daß er das gesagt hat?« Ich war plötzlich ganz Ohr für diese weitschweifige Geschichte.

»Würde ich's sonst erzählen? Dann sagt Florry: ›Und wo ist dein Hut?‹ und Seb sagt: ›O Scheiße, ich muß ihn dort vergessen haben. Egal, ist inzwischen ohnehin nur noch ein Haufen Asche davon übrig‹, und dann brachen beide in Gelächter aus.«

Ich dachte an den sanften, empfindsamen Ivor und daran, was diese Jungs ihm angetan hatten, und mein Kopf schien in Flammen aufzugehen. »Du mußt mit mir kommen und alles, was du gehört hast, der Polizei erzählen. Ich hole meinen Mantel.« Ich bebte vor Wut.

»Nicht so schnell.« Stew streckte seine Hand von der Größe eines Speisetellers aus, um mich aufzuhalten. »So sicher bin ich mir auch nicht, daß ich gleich ein paar Jungs aus dem Dorf verpfeife. Sie könnten mir ganz schön einheizen, wenn die Bullen sie aus irgendwelchen Gründen laufenlassen. Das wäre dann zwei gegen einen, wenn Florry auch 'ne Schwuchtel ist.«

»Um Himmels willen!« Ich war ganz aufgeregt wegen der Verzögerung. »Wir werden der Polizei sagen, daß sie den Informanten nicht preisgeben dürfen.«

»Seien Sie doch nicht albern. Ich muß doch vor Gericht aussagen. Nein, ich möchte, daß ein bißchen was für mich dabei rausschaut.« Er trat einen Schritt auf mich zu und legte mir seine schwere Hand auf die Schulter. »Wie ich so höre, haben Sie gern ein bißchen Spaß – für wieviel machen Sie's?«

Ehe ich überlegte, was ich tat, hatte ich ihn mitten ins Gesicht geschlagen.

»›Plötzlich wütet sie wie die aufgewühlte hohe See.‹ Was ist passiert?« fragte Maurice, als ich in die Küche kam und er mein Gesicht sah.

»Was ist los, Mama?« James wirkte verstört.

Ich erzählte ihnen die Sache mit Sebastian und Florian, und alle waren richtig wütend.

»Das ist wirklich das Widerlichste, was ich je gehört habe!« ereiferte sich James. »Doch ich möchte wetten, daß das eher auf Sebastians Mist gewachsen ist als auf Florians. Er ist schon immer ein sadistisches kleines Stück Dreck gewesen.«

»Ich hätte nur gern gewußt, warum Stew gekommen ist, um Ihnen das zu erzählen, anstatt damit gleich zur Polizei zu gehen?« wunderte sich Maurice.

»Gute Frage! Er wollte mir diese Information verkaufen. Der

Preis war, nun ja… Wie soll ich das formulieren? Sexuelle Gunst meinerseits.«

»So eine Unverschämtheit!« James war bleich vor Wut. »Soll ich ihm hinterher und ihn vermöbeln?«

»Nein! Wir wollen keine Schlägerei, damit es das ganze Dorf erfährt. Außerdem habe ich ihm ohnehin schon eine verpaßt, ohne zu wissen, wie mir geschah. Ich war so wütend.«

»›Sie haben Bosheit gesät und Niedertracht geerntet‹«, sagte Rose und verzog ihren Mund und schloß ihre Augen vor soviel böser Tat. »Diese Harkers sind eine ganz schlimme Bande.«

»Ich kenne ihn, seit er ein kleiner pickeliger Junge mit einer Zahnspange war. Jetzt reicht's mir aber wirklich, daß alle Männer im Umkreis von dreißig Kilometern mich für Freiwild halten. Das ist ja entsetzlich! Maurice, ich verbiete Ihnen zu lachen!« Doch ich mußte mitlachen, obwohl dabei der Kopf schmerzte, als triebe man Messer hinein.

»Und was machen wir mit Ivor?« Ich hatte plötzlich Schuldgefühle, daß wir hier lachten, während er sich in so fürchterlichen Umständen befand. »Natürlich werde ich der Polizei erzählen, was Stew mir gerade anvertraut hat. Das finde ich Maeve gegenüber zwar schäbig, aber ich habe keine andere Wahl. Soll ich zuerst mit ihr sprechen? Denkt ihr, meine Aussage wird reichen, falls Stew sich dazu entschließt, alles zu leugnen? Könnte er es sich vielleicht auch ausgedacht haben?«

Wie wir es auch im Lauf des Vormittags hin und her wendeten, wir kamen zu keinem befriedigenden Ergebnis. Als ich die Polizeistation anrief, wurde mir gesagt, ich müsse auf den diensthabenden Polizeimeister warten, der weggerufen worden war, aber am Nachmittag zurückkäme. Nach dem Mittagessen legte ich mich aufs Bett, um ein kurzes Nickerchen zu halten, da mir der Kopf noch immer weh tat. Ich machte mir große Sorgen, daß sich der Zustand von Ivors Seelenlage durch den Gefängnisaufenthalt verschlechtern könnte.

Als ich wieder wach wurde, war es sechs Uhr und bereits dunkel. Ich eilte nach unten. »Es tut mir so leid. Ich wollte gar nicht so lange – Ivor!«

»Hallo, Miranda.«

Die Küche leuchtete im Schein der Tischlampe neben Roses Stuhl und der roten Scheite im Kamin. Es war warm und roch nach trocknender Wäsche, die auf dem Gestell über dem Herd hing, und nach Winterjasmin, der in einer Vase auf dem Tisch stand. Ivor saß allein am Tisch und hielt mit zitternder Hand eine Tasse. Ein mit Gänsefleisch belegtes, angebissenes Brötchen lag neben seinem linken Ellbogen. Mein Gefühl befahl mir, ihn zu umarmen, aber er strahlte eine *noli-me-tangere*-Haltung aus, die mich davon abhielt. »Sag mir, was passiert ist«, bat ich ihn. Ich setzte mich neben ihn und legte meine Hand sanft auf seinen Arm.

»Anscheinend gab es nicht genügend Beweise gegen mich, und so beschloß man, mich gehen zu lassen.«

Ivor zuckte zusammen, als Dinkie fauchend auf einen Stuhl neben ihm sprang. Tee wurde über den Tisch verschüttet. Ich nahm ein Tuch. »Ich bin so froh. Ich weiß, daß du es nicht getan hast.«

»Nein. Ich war's zufällig nicht. Danke für den Tee. Das Brötchen bekomme ich leider nicht runter. Ich werde jetzt wohl besser nach Hause gehen, denke ich.«

Ich hätte gerne noch ein paar Dinge von Ivor erfahren, aber es war ihm anzusehen, daß er unter Schock stand und nicht sprechen wollte. Maurice, der alle in der Bibliothek zu einem Pfänderspiel versammelt hatte, damit Ivor allein sein konnte, schilderte mir dann später die Ereignisse des Nachmittags.

Er war nach dem Mittagessen mit James zu Stew Harker gegangen. Stew hatte sich allen Appellen an sein Verantwortungsgefühl widersetzt. James' Drohungen, ihm seine Bude kurz und klein zu schlagen, endeten mit der Einladung, es doch zu probieren. Maurice hatte es dann mit Schmeicheleien versucht.

»Soll das heißen, daß Sie ihm *Ihren* Körper zur freien Verfügung angeboten haben?«

»Wir Künstler sind schon um der Erfahrung willen verpflichtet, Suchende zu sein. Und so kam ich dahinter, daß es da noch etwas anderes gab, als die Tändelei mit der lieben, so herzensguten Mrs. Stowe. Er hatte offenbar schon lange den Ehrgeiz gehegt, einen Führerschein für Schwertransporter zu machen. Es war mir möglich, ihm das nötige Kleingeld für die Fahrstunden zuzustecken, nachdem er mit zur Polizeistation gekommen war und dort seine Aussage gemacht hatte. Anscheinend hatte die Polizei bereits einen Hut an der Brandstelle entdeckt und in Gewahrsam genommen, den Stew als Eigentum von Sebastian FitzGerald identifizieren konnte. Danach mußte die Polizei Ivor gehen lassen.«

»Wie kann ich Ihnen nur danken? Wieviel war das denn?«

»Ich verweigere die Antwort. Eine lächerliche Summe. Wie schon gesagt, ich reise mit leichtem Gepäck und im Tremlow-Tresor häuft sich das Geld wirklich so sehr, daß es mir schon peinlich ist. Wie auch immer Sie es handhaben wollen, erzählen Sie Ivor nichts. Die Last seiner Dankbarkeit wäre zu viel für mich. James hat sich auch überlegt, es mir zurückzuzahlen, aber ich konnte ihn davon überzeugen, daß ich zutiefst verletzt wäre, wenn man mir auch nur einen Pfennig vergüten würde.«

»Ich finde es nur nicht richtig, daß dieser kleine Schurke so gut dabei wegkommt.«

»Wenn ich mir den Haushalt der Harkers ansehe, empfinde ich es als Akt der Gerechtigkeit, daß Stew einmal Glück gehabt hat. Harker *mère* ist eine alte Vettel. Ich konnte nicht umhin, den armen Stew mit James zu vergleichen, der eine ein verwahrloster, unwissender Tölpel, der zu einem unbedarften Dasein zwischen Lastwagenkabine und Kneipe verdammt ist, der andere klug und gutaussehend, der nur zu ergreifen braucht, was die Welt ihm an Schätzen hinhält.«

»Wenn man es so sieht, kann ich Ihnen nur zustimmen. Jetzt werde ich wohl besser Maeve anrufen.«

Bei den FitzGeralds ging keiner ans Telefon. Ich erreichte sie dann auch erst am folgenden Tag. Maeve war durcheinander und den Tränen nahe. Ich wußte, daß sie sich immer geweigert hatte, ihre Söhne auch nur annähernd objektiv zu sehen. Mit dieser Haltung stand sie sicher nicht alleine, und ich warf sie ihr auch nicht vor. Sie tat mir wahnsinnig leid wegen des entsetzlichen Schlags, der sie getroffen hatte.

»Eigentlich sollte man mich einsperren. Als Mutter bin ich eine völlige Niete. Ich wollte alles anders machen, als ich es in meiner langweiligen, bigotten Kindheit erfahren habe, und alles, was dabei herausgekommen ist, ist ein Krimineller!«

»Weißt du, daß ein Stolpern einen Sturz verhindern kann? So jedenfalls meinte Thomas Fuller.«

»Wer ist das denn?«

»Ein Weiser aus dem siebzehnten Jahrhundert. Er hat auch gesagt, daß derjenige, der keine Narren, Schurken oder Bettler in seiner Familie hat, nur von einem Blitzschlag gezeugt worden sein kann.«

»Sebastian scheint ein Narr *und* ein Schurke zu sein. Und wenn er so weitermacht, endet er irgendwann auch als Bettler.«

»So habe ich das nicht gemeint, eher allgemein.«

»Ist auch egal. So jämmerlich wie mir zumute ist, kann ich mich nicht darum kümmern, was irgendwer irgendwann geäußert hat. Die können auch nichts Schlimmeres sagen, als das, was ich mir selbst dauernd sage.«

Bald nach dieser niederdrückenden Unterredung, hatte ich ein Gespräch mit Patience über Maeve. Maeve hatte ihren Anwalt dazu überredet, keinen Antrag auf Freilassung gegen Kaution zu stellen, da sie der Meinung war, daß die Untersuchungshaft für Sebastian das beste wäre. Die Chancen standen gut, daß er, wenn der Fall vor Gericht verhandelt wurde, mit Bewährung davonkam, da er noch keine Vorstrafen hatte.

»Ich bin mir sicher, daß sie richtig handelt«, erklärte Patience. »Hoffentlich nehmen sie ihn richtig dran. Das ist die einzige Sprache, die ein brutaler Kerl wie er versteht. Hätten wir denn nicht schon früher einmal zu ihr sagen müssen, was für ein kleines Ekelpaket sie da hat? Ich meine, zu Maeve.«

»Ich glaube nicht. Kritik an den eigenen Sprößlingen ist immer viel zu verletzend, egal wie berechtigt und gutgemeint sie ist. Das ist ein sehr hübscher Pullover. Ist der neu?«

Ich wußte, daß er neu war, wollte aber nicht auf die Mängel in Patience' Kleiderschrank anspielen.

»Ja.« Patience' weiche Haut errötete zart. »Ich habe ihn aus dem Oxfam-Laden. Ist er denn gut?«

»Hübsch. Und trägst du deine Haare jetzt anders?«

»Ich habe die Haarclips weggelassen. Ich überlege, ob ich mir Stirnfransen schneide. Was meinst du?«

»Ich könnte mir vorstellen, daß dir das gut steht.«

»Um ehrlich zu sein«, brach es plötzlich aus Patience heraus, »ich habe es satt, immer wie eine alte Schachtel auszusehen. Ich bin jetzt fast vierzig, und noch nie hat ein Mann auch nur versucht, mich zu küssen.«

»Willst du jetzt alle dazu einladen, oder hast du einen bestimmten im Auge?«

Patience senkte den Blick auf ihre Hände. Sie hatte kräftige, stumpfe Finger und eine von den ständigen Nadelstichen rauhe Haut. Ihre Fingernägel waren kurz geschnitten und eckig. Es waren sehr gute Hände; jeder vernünftige Mann würde sie so schön finden wie die weichen, weißen, nicht beanspruchten Hände und roten Fingernägel einer privilegierten Gesellschaftslöwin.

»Es gibt tatsächlich einen. Ich weiß, daß ich dir trauen kann und du nichts weitersagst.« Das rührte mich, und ich faßte auf der Stelle den Beschluß, es niemandem zu erzählen, nicht einmal Maurice, mit dem mich eine unerschöpfliche Neugier auf die Marotten und individuellen Besonderheiten anderer Leute verband. Unsere Gespräche endeten für gewöhnlich in schamlosem Klatsch. »Ich könnte es nicht ertragen, ausgelacht zu werden.«

»Da ist doch nichts Lustiges daran, wenn man sich verliebt. Jedenfalls zu dem Zeitpunkt nicht.«

»Nein, ich meine, daß man mich auslacht, weil ich mich zum Narren gemacht habe. Verstehst du, ich glaube nicht, daß er das gleiche empfindet wie ich. Ich habe fürchterliche Angst davor, daß ich für ihn zum Hindernis werde, jemand, den man auf die freundlichste Art und Weise loswerden möchte. Ich habe dich über die Männer reden hören, die bei dir Annäherungsversuche gemacht haben, und du scheinst sie fast zu verachten, weil sie so lästig sind.«

»Aber da reden wir über zwei grundverschiedene Dinge. Diese Männer sind nur an Sex und ihrem eigenen Ego interessiert. Und du bist in Aubrey verliebt, nicht wahr?«

Patience sah mich mit ihren großen blauen Augen erstaunt

an. »Mein Gott, ist das denn so offensichtlich? Womit habe ich mich denn nur verraten? Ich dachte, ich sei absolut vorsichtig gewesen.«

»Nein, es ist nur, weil ich dich schon so lange kenne. Einem anderen wäre es nicht aufgefallen. Und für mich ist auch eindeutig, daß dieses Gefühl mit Interesse erwidert wird.«

»Wirklich? Ist das dein Ernst?« Einen Augenblick lang glänzten ihre Augen vor Hoffnung. Dann schüttelte sie den Kopf und machte ein kummervolles Gesicht. »Wenn ich dir auch zutraue, daß du bemerkenswert gut beobachtest, glaube ich doch, du irrst dich. Er versucht nie, mich auch nur eine Sekunde länger aufzuhalten, als die Abrechnung dauert. Er geht jedesmal mit mir zum Auto, öffnet mir die Türe und wartet höflich, bis ich eingestiegen bin, dann schließt er sie wieder und winkt mir zum Abschied. Sein Lob über meine Rechenkünste fällt immer sehr großzügig aus, aber ein anderes Kompliment kommt ihm nie über die Lippen.«

»Als ihr beide bei mir zum Essen eingeladen wart, hat er gesagt, du seist – wie war das noch mal? – so schön wie du klug bist, etwas in der Richtung. Ich hätte es dir damals erzählen sollen, aber ich hatte Sorge, du würdest ihm gegenüber dann gehemmt sein.«

»Ich *bin* gehemmt, wenn ich mit ihm zusammen bin. Mein Mund wird ganz trocken, und ich bin so angespannt, daß ich weder natürlich sprechen noch sitzen oder gehen kann. Wir räuspern uns ständig und entschuldigen uns dafür, den anderen zu stören, als säßen wir beim Zahnarzt im Wartezimmer. Die Atmosphäre ist geladen vor Beklommenheit.«

»Hm. Ich überlege wie man diesen Zustand wohl am schnellsten ändern könnte.«

Ich schwieg und dachte nach. Das Problem war, daß sowohl Aubrey als auch Patience jegliche Begabung zum Flirt fehlte. Bei beiden aber konnte man sich auf eins verlassen: wenn sie ihr Herz einmal verschenkt hatten, galt dies fürs ganze Leben. Keiner von ihnen war irgendeiner Unaufrichtigkeit oder Sprunghaftigkeit fähig. Das war eins der vielen Dinge, weswegen sie besonders gut zueinander paßten. Aber es würde eine haarige Angelegenheit sein, die beiden dazu zu bringen, sich einander ihre Liebe zu gestehen. Ich konnte mir nichts vorstellen, wodurch sich Aubrey zu einer Liebeserklärung hinreißen ließ, höchstens eine rührende Szene am Bett der schwindsüchtigen Patience im Endstadium. Aber ich hatte beobachtet, mit welch zärtlichem Blick der Bewunderung er sie während des ganzen Weihnachtsessens angesehen hatte.

»Du wirst einen Annäherungsversuch bei ihm machen müssen.«

»Daran habe ich auch schon gedacht. Ich weiß, wie scheu und bescheiden er ist. Als ich ihn das letzte Mal im Pfarrhaus besuchte, hatte ich mich schon gewappnet, ihm etwas... du weißt schon... Ermunterndes zu sagen. Während wir Tee tranken, überlegte ich die ganze Zeit, ob ich ihm vielleicht sage, daß ich einsam bin. Was nicht ganz stimmt und schrecklich spröde klingt. Oder, daß ich unsere Treffen gut fand? Zu dreist. Aubrey wäre entsetzt, wenn ich mich ihm an den Hals werfen würde. Schließlich ging ich einfach feig nach Hause. Wenn es sein soll, wird es vielleicht auch sein.« Sie sah mich voller Hoffnung an.

Ich schüttelte den Kopf. »Erinnerst du dich nicht an die Stelle in *Anna Karenina*, wo Kittys Freundin Varenka mit Kozneyschew, dem Mann, den sie heiraten will, in den Wald geht? Er ist entschlossen, ihr seine Liebe zu gestehen. Tolstoj enthüllt all seine Gedankengänge, wie sehr er sie für geeignet hält, wie reizend er sie findet. Kozneyschew wendet sich ihr zu. Sie ist vor Erwartung wie gelähmt, nervös, weil ihr Leben sich von monotoner Schufterei in etwas verändern wird, wovon sie immer geträumt hat. In ihrer Aufregung und Verlegenheit platzt sie mit einer Bemerkung über Pilze heraus. Er ist verwirrt, der Augenblick ist vorüber, sie kehren gemeinsam ins Haus zurück, aber alles ist verloren. Jeder versteht, daß es nicht sein kann. Und doch hätte es so leicht sein können. Es ist eine schwierige Operation. Aber einer, für gewöhnlich der Mann, muß den ersten Schritt tun, damit die Liebe sich von einem Hirngespinst zur Realität einer Liebeserklärung entwickeln kann.«

»Du hast offenbar sehr intensiv darüber nachgedacht.«

»Ich habe in letzter Zeit allerhand Moralpredigten gelesen

und mich gefragt, was Männer und Frauen vernünftigerweise voneinander erwarten dürfen.« Ich erzählte ihr von der Dreiecksgeschichte zwischen Maeve und Janòs und mir, bei der ich der widerstrebende Dritte gewesen war.

Sie ärgerte sich sehr über beide. »Macht nichts. Im Grunde meines Herzens habe ich immer gewußt, daß es nicht funktionieren würde. Ich wollte nur einfach nicht hören.«

»Ich bewundere deine Vernunft.«

»Ich glaube eigentlich nicht, daß es sich dabei um Vernunft handelt. Eher um eine Phobie, sexuell betrogen zu werden. Vielleicht werde ich auch nie wieder in der Lage sein, mit einem Mann eine Liebesaffäre zu haben. Ich werde mein Leben guten Werken weihen, wenn die Kinder erwachsen sind.«

Patience beantwortete dies mit einem bissigen und ungläubigen Schnauben, das ich sehr tröstend fand.

Zwei Tage später kam Lissie vorbei. Sie waren seit dem zweiten Weihnachtsfeiertag bei ihren verhaßten Schwiegereltern gewesen.

»Wann bist du zurückgekommen? War Marjorie so schrecklich wie immer?« Ich richtete diese Fragen an Lissies Hintern im eleganten taubengrauen Kostüm, da sie Bridies strahlendes Gesicht mit Küssen bedeckte.

»Entsetzlich. Sie hat mich gefragt, ob ich zugenommen hätte. So etwas fragt man doch nicht! Ich hätte ihr mit meinem Cocktailspießer am liebsten die Augen ausgestochen. Wir sind gestern abend kurz vor sieben Uhr zurückgekommen, dann auf direktem Weg gleich zur Party von Hilary Scranton-Jones geeilt. Hätte ich gewußt, daß sie dich nicht einlädt, hätte ich ihr abgesagt. Jede Menge Leute haben nach dir gefragt.«

»Sie hat mich eingeladen. Ich sagte, ich hätte schon eine Verabredung angenommen. Ich wollte nicht hin.«

»Was? Aber du und Jack, ihr seid doch immer hingegangen, meine Liebe. Ich gebe ja zu, daß sie ein elendes Miststück ist, aber ihre Partys sind hervorragend. Der Champagner floß tatsächlich in Strömen. Du wirst doch nicht etwa zur Einsiedlerin?« Sie wirbelte herum und musterte mich eingehend.

»Wenn es um gesellschaftliche Verpflichtungen ging, war Jack immer hart im Nehmen. Auch wenn sie noch so grauenhaft waren, er amüsierte sich immer, indem er mit der hübschesten Frau im Raum zu flirten anfing.« Mir fiel plötzlich ein, mit wem ich mich unterhielt, und verbiß mir, was mir schon auf der Zunge lag, nämlich daß ich lieber öffentlich seine Liaisons billigte, anstatt als beleidigte Ehefrau zu Hause zu bleiben. »Über solche Ventile verfüge ich nicht. Wenn ich wählen kann, ob ich den Fußboden der Speisekammer putze oder herumstehe, bis mir der Rücken weh tut, und mich zur akuten Überdosis durchtrinke und dem Scranton-Jones-Klüngel Nichtigkeiten entgegenschreie, dann soll man mir jeden Tag meine Gummihandschuhe und Vim geben.«

»Ich weiß, was du meinst, und ich empfinde es oft nicht anders, aber man muß sich doch Mühe geben.«

Lissie gehörte nicht zu den Leuten, bei denen Selbstdisziplin obenan stand, aber ich sagte nichts dazu.

»Wie geht es Alice?«

»Danke, gut. Es war ein wunderbares Fest, meine Liebe, und ich habe mich noch gar nicht richtig dafür bedankt, doch ich fürchte, wir haben es mit dem Weihnachtsumtrunk etwas übertrieben. Wir hatten danach alle einen gräßlichen Kater.«

Ich erklärte, was es mit dem Punsch auf sich gehabt hatte, und erzählte von Sebastians und Florians letzter Heldentat – der Brandstiftung. Ivors Verstrickung in diese Geschichte ließ ich aus. Lissie war sprachlos. In gewisser Weise ist sie naiv, aber das macht sie nur noch reizender.

»Wie geht es Elizabeth?« erkundigte sie sich, nachdem wir die FitzGeraldjungs *ad nauseam* durchgekaut hatten.

»Oh, sehr viel besser! Ich bin sehr zufrieden mit ihr. Jeden Tag, wenn Maurice sein ›Fegefeuer am Strand‹, wie er es nennt – weißt du übrigens, daß er den Auftrag hat, für mehrere tausend Pfund eine Reihe von Seestücken zu malen? –, also wenn er die Malerei hinter sich hat, fährt er mit Elizabeth im Ponywagen aus. In Italien hat er ein Pferd und einen zweirädrigen Einspänner gehabt und kennt sich deshalb so gut damit aus. Zum Glück erweist Puck sich als das ideale Wagenpferd, ausdauernd und stämmig. Elizabeth hat Spaß daran. Sie hat ganz vergessen, wie elend es ihr ging. Und dann machen sie und Maurice noch eine Muschelgrotte im alten Sommerhaus.

Stundenlang sortieren sie nach verschiedenen Farben und Formen aus und haben schon mit einem Muster an der Decke begonnen. Sie nennt ihn Onkel Tremlow und er nennt sie Bessie.

»Das freut mich aber. An Weihnachten habe ich mir Sorgen um sie gemacht. Sie wirkte so niedergedrückt.«

»Henry kommt mit ihnen mit und darf manchmal die Zügel halten, und wenn sie zu Hause sind, bringt Maurice ihm Zaubertricks bei. Er ist die beste Kinderfrau, die man sich wünschen kann. Selbst James sucht seine Nähe und führt lange, geheimnisvolle Gespräche mit ihm. Ich habe keine Ahnung worüber.«

»Dann geht es also allen gut.« Lissie hob Bridie auf ihr Knie und fütterte sie ohne Rücksicht auf ihre teure Bluse mit winzigen Stückchen zerdrückter Banane, wozu das Baby jetzt allmählich überging. Ich war ganz gerührt. »Aber du kommst mir ziemlich dünn vor.«

Ich versicherte ihr, daß ich mich ganz wohl fühlte und mit meinem Los sehr zufrieden sei. Das war natürlich gelogen. Ich bezweifelte, daß ich jemals in meinem Leben zufrieden war. Ist das überhaupt erstrebenswert? Wahrscheinlich nicht. Als ich jedoch in dieser Nacht im Bett schlaftrunken und im Licht des erlöschenden Feuers über den momentanen Zustand meiner Existenz nachdachte, wurde mir etwas klar: Die Frage nach meiner Zukunft belastete mich weitaus mehr als die von Liebe und Sex, über die sich alle anderen ständig Sorgen machten. Und mit Zukunft meinte ich eine sinnvolle und anregende Beschäftigung. Zu lange schon hatte ich mich von den häuslichen Freuden verführen lassen. Manche mögen einwenden, daß dies ein Oxymoron sei, aber ein Haus, das so alt und schön wie Westray Manor ist, verlangt zu seiner Erhaltung zehnfach größere Anstrengungen. Die Pensionsgäste waren ein Notbehelf, um die Rechnungen bezahlen zu können, aber ich brauchte etwas, das mich stärker forderte. Ich mußte herausfinden, zu was ich wirklich in der Lage war.

Ich dachte an Maeve, die nach zwei gescheiterten Ehen mit unmöglichen schwierigen Kindern tapfer vor sich hin wurstelte. Dann dachte ich an die schrecklich verliebte Patience, die sich mit einer Arbeit abschuftete, bei der ihre Intelligenz nicht zum Einsatz kam, Sklavin einer Undankbaren. Und ich dachte an Lissie, die sich dauernd langweilte und deshalb Schuldgefühle hatte. Dabei wurde mir klar, daß ich mich eigentlich nicht beklagen durfte. Während ich nach einer Möglichkeit Ausschau hielt, meine wahren Fähigkeiten zu entdecken, gab es noch eine ganze Reihe von Dingen, die das Weitermachen lohnten.

Am nächsten Tag legte ich mir Papier auf dem Schreibtisch meines Schlafzimmers zurecht und füllte meinen Füllfederhalter mit violetter Tinte. Als ich noch ein kleines Mädchen war, hatte unsere Londoner Köchin Fanny regelmäßig an ihren Verlobten Leonard Binns Briefe mit violetter Tinte geschrieben, was mir damals der Inbegriff der Romantik zu sein schien. Die an ihn in Fannys schöner, fester Handschrift beschrifteten Umschläge hatte ich mit Begeisterung bewundert. Dieses Gefühl schwoll zu einem rauschhaften Erleben an, nachdem Leonard Binns vom Lieferwagen eines Metzgers überfahren worden war und ihm das Bein amputiert werden mußte. Fanny heiratete ihn kurz danach. Es rief immer ein besonderes Gefühl in mir wach, wenn ich die Flasche hoch ans Licht hielt und die enzianfarbenen Kleckse über mein Papier schwebten und Flecken in der Farbe des Amethysts auf meiner Hand zurückließen. Fabia verurteilte farbige Tinten als vulgär. Meine erste Flasche violetter Tinte, die ich mir im Alter von dreizehn Jahren von dem Geld kaufte, das meine Tante Nancy mir geschenkt hatte, war der Beginn einer offenen Rebellion gegen meine Mutter.

Ich schrieb: »Westray Manor: Eine Geschichte 1465–1974« und unterstrich es zweimal.

Kapitel 19

Januar und Februar vergingen fast ruhig im Vergleich zu dem, was vorher alles passiert war. Die Kinder kehrten in ihre Schulen zurück und schienen, oberflächlich betrachtet, prächtig zu gedeihen. Vor Ort bestand Einigkeit darüber, daß ich meine schwarze Trauerkleidung ablegen und mich in ständigem Partyfieber ins weltliche Getriebe stürzen sollte. Es gab unzählige Einladungen zum Essen, auswärts und zu Hause, zum Trinken und zum Tanzen, und nicht wenige davon kamen von Leuten, die mich vorher nicht für Einladungen auserwählt hatten. Wahrscheinlich war vieles davon bloße Freundlichkeit. Das redete ich mir zumindest ein, obwohl ich den Verdacht nicht los wurde, daß ich eine Berühmtheit erlangt hatte, die es erforderlich machte, die Neugier selbst um den Preis zu befriedigen, mich unterhalten zu müssen.

Zu Lissies Party ging ich, weil sie verletzt gewesen wäre, wenn ich abgelehnt hätte. Wie alle ihre Partys war auch diese ein Meisterwerk an Planung, Champagner gab es in Hülle und Fülle, Köstlichkeiten zum Essen und schöne Blumen. Ihr Haus ist ein roter Ziegelbau aus der Zeit Williams und Marys, reizend eingerichtet, und mein Gefühl, nie wieder auf eine Party gehen zu wollen, das mich auf dem Nachhauseweg beschlich, war absolut nicht gerechtfertigt. Ich kam mir vor wie ein Stück Obst am Marktstand, das vom zu vielen Betatschen Druckstellen hatte. Sämtliche Frauen und die Männer ebenso hatten mich zur Begrüßung extra fest gedrückt, und während des ganzen Abends wurde ich gestreichelt und getätschelt.

Und mein Geist fühlte sich ähnlich angeschlagen. Ich wußte, daß alle an Jack dachten, wenn sie mit mir redeten, aber keiner sprach von ihm. Ich versuchte selbst seinen Namen ins Gespräch zu bringen, aber die Anspannung und Beunruhigung, die ich damit auslöste, wo doch jeder so übermenschliche Anstrengungen unternahm, taktvoll und mitfühlend zu sein, schien die Stimmung sofort zu drücken, und deshalb ließ ich das Thema sehr schnell fallen.

Wahrscheinlich war ein Großteil davon auch nur eingebildet. Mochten inzwischen auch ein paar Monate vergangen sein, waren doch meine Verantwortungs- und Schuldgefühle noch nicht geringer geworden. Glücklich war ich nur mit Leuten, die mir nahestanden und denen ich vertrauen konnte, oder mit völlig Fremden. Nach einer Weile nahm ich keine Einladungen mehr an.

Es kamen weitere Pensionsgäste, und langsam entwickelte ich Vertrauen in meine Rolle als Schloßherrin von Westray Manor. Mit einigen unserer Gäste ging es wunderbar. Sie aßen, was man ihnen vorsetzte, und lobten es überschwenglich, das Haus und die Umgebung gefielen ihnen, und sie ließen nie nasse Handtücher auf dem Bett liegen. Ein oder zwei wirklich schreckliche Besucher waren darunter, die lange nach Ladenschluß ihre schwer nachvollziehbaren Gelüste auf Pfeilwurzeln oder Maraschino befriedigen wollten, über Allergien klagten, die Jasper und Dinkie bei ihnen auslösten, Wasserhähne laufen und Lichter brennen ließen und dann eine Preisminderung verlangten, weil es während ihres Aufenthalts die ganze Zeit geregnet hatte.

Nicht gerade wenige kamen, um das Heiligtum von Christopher Chough zu verehren. Sie wollten einfach nicht glauben, daß er nicht in diesem Haus gelebt hatte. Im Schlepptau von William Morris hatte mein Großvater die Werte des Mittelalters gepriesen, und Westray war deren ländliche Verkörperung. Diese Leute waren herrlich ehrfürchtig und rasteten nicht nur bei jedem kleinsten Andenken, das ich von Chough im Haus hatte, fast aus, sondern auch über andere Dinge, wie die bleigefaßten Spülbecken in der Wirtschaftsküche, die alten Dreschflegel und die Le-Bec-Briefe.

Mit Hilfe von Maurice und James richtete ich im früheren Brauhaus ein kleines Christopher-Chough-Museum ein. Das befand sich im ältesten Teil von Westray. In einer Ecke des Brauhauses waren noch die Reste des alten Heizofens und des Kupferkessels zu sehen, worin man Wasser und Hopfen gekocht hatte, und ein Maischebottich. Darin wurde die Flüssigkeit aus dem Kupferkessel aufgefangen und blieb dann dort mehrere Stunden, um zu maischen, ein Prozeß, bei dem sich die Stärke in Zucker verwandelte. Wir wischten und fegten und schrubbten und schleppten übrige Möbelstücke herbei, um darauf die Besitztümer meines Großvaters auszustellen.

Als Beatrice in einem unserer langen Telefongespräche davon erfuhr, schickte sie uns zwei große Pakete mit Dingen wie Christopher Choughs Brille, Abendschuhe, Haarbürste und Tintenfaß. Selbst Fabia steuerte einen Gipsabdruck von der Hand des großen Poeten bei. Er kam in einem großen Paket, und da meine Mutter versäumt hatte, es ausreichend zu frankieren, war er eine teure Ergänzung unserer Sammlung. Aber er brachte den ziemlich häßlichen Arts-and-Crafts-Schreibtisch, den er benutzt hatte und der bei mir im Haus immer fehl am Platz gewirkt hatte, ausgezeichnet zur Geltung. Da meine Handschrift unordentlich ist und Maurice meinte, seine sei unleserlich, malte James hübsche Schildchen, worauf die Gegenstände beschrieben und, falls möglich, auch datiert waren.

Patience hatte die hervorragende Idee, Waschküche und Molkerei wieder in einen Zustand zu bringen, der die Besichtigung durch Besucher lohnte. Wir brachten einige Tage damit zu, verbogene Fahrräder und zerbrochene Bettstellen auszumisten. Ivor tünchte die Waschküche und schmirgelte den Rost von einer alten Mangel, die seit mindestens hundert Jahren in der Ecke gestanden hatte. Wir reinigten den großen Kupferkessel und legten in das Loch darunter Brennholz, und ich stellte meine kleine Sammlung aus Bügeleisen und Plissiereisen aus.

So, wie die Molkerei jetzt aussah, war sie im frühen neunzehnten Jahrhundert erbaut worden; als wir Westray kauften, war sie zu einem Aufbewahrungsort für Wild geworden. Es war ein sehr hübscher Raum, mit weißen Kacheln ausgekleidet, auf denen grüner Efeu rankte, und ich hatte schon oft geplant, ihn wieder herzurichten. Das Interesse der Besucher gab mir den nötigen Auftrieb, und so brachten Maurice und ich einen Tag damit zu, die Marmorplatten und den Fußboden mit den Wasserrinnen zu schrubben. Wir hatten nur ein altes Butterfaß und ein paar kleine Buttermodeln, die wir in der Molkerei ausstellen konnten.

Lissie entdeckte eine Anzeige für den Verkauf eines Landhauses, worin kleingedruckt am Ende auch verschiedene Gegenstände aufgeführt waren, darunter ein Buttergerät, »von Interesse für Sammler alten Hausrats«. Wir waren überaus erfolgreich, da kein Sammler anwesend war. Das Buttergerät bekamen wir für zwei Pfund. Ich fand das Gerät faszinierend, wie ein großes Holztablett auf Beinen, worüber eine kannelierte Walze vor und zurück geschoben wurde, um die Feuchtigkeit aus der Butter herauszupressen und Salz hineinzukneten. Wir kauften auch flache Milchschalen aus Keramik, die zum Abschöpfen des Rahms benutzt worden waren.

Auch ein Gußeisenherd wurde zum Verkauf angeboten, und ich wollte ihn gerne für die Waschküche haben. Das Angebot überstieg aber die bescheidene Summe, die ich glaubte ausgeben zu können. Doch Lissie bestand darauf, ihn zu kaufen, und schenkte ihn mir dann, damit ich mich »darum kümmerte«, weil sie nirgendwo Platz dafür hatte. Danach kam sie immer wieder mit Einzelteilen an, die sie bei Räumungsverkäufen und in Antiquitätenläden erstanden hatte, wie Käseformen aus Zinn und Handschuhspanner. Sie meinte, das wäre eine Aufgabe, die ihr wirklich Spaß mache, jetzt, seit Alice aufs Internat ginge und sie so viel Zeit hätte. Unser kleines Hausmuseum machte uns ebensoviel Freude wie unseren Besuchern.

Maurice war jetzt fast Dauergast auf Westray, und das fand ich wunderbar: weit davon entfernt, Arbeit zu machen, nahm er sie sogar ab, und wir verbrachten glückliche Abende beim gemeinsamen Abwasch, und indem wir uns über die Fortschritte seiner Seestücke und meiner kleinen Geschichte für das

Festspiel unterhielten. Mit diesem Projekt kam ich gut voran. Ich entdeckte erneut das Vergnügen, das mir das Schreiben und das Recherchieren machten, und schon war die Broschüre auf mindestens zwanzigtausend Wörter angewachsen.

Ein paar Wochen nach Weihnachten traf der Rest von Maurice' Geschenk an mich ein, nämlich ein Bienenschwarm. Auf seinen Rat hin hatten wir den Bienenstock bereits in den Kirschgarten gestellt, weil Kirschen ausgezeichneten Nektar und Pollen liefern. Das Flugloch des Bienenstocks stand einen guten Meter von einer Hecke entfernt, damit die Bienen beim Versuch hineinzufliegen nicht weggepustet wurden. Wir zogen unsere Overalls, die Schleierhüte und Handschuhe an – meine gehörten ebenfalls zu meinem Weihnachtsgeschenk, waren neu und sehr steif –, und wie Raumfahrer traten wir mit großen, langsamen Schritten den Weg in den Garten an. Jasper regte sich über unsere ungewöhnliche Erscheinung derart auf, daß er vor Wut heulte und Schaum vor dem Maul hatte, was Bridie zum Weinen brachte. Danach schien uns der Kirschgarten eine virgilsche Beschwörung bäuerlichen Glücks zu sein, und wir erklärten uns selbst zu *Arcades ambo*, die in stillschweigender Harmonie miteinander und mit der Natur lebten.

»Ich habe für Sie ein italienisches Bienenvolk ausgesucht«, erklärte Maurice, »weil diese ausgeglichener sind, und das Klima hier vergleichsweise mild ist. Sehen Sie, die haben zwei gelbe Bänder um den Körper.« Ich spähte in den belüfteten Kasten, der von ärgerlichem Summen erfüllt war. »Das nennt man einen Nukleus. Wir werden den Kasten direkt vor den Bienenkorb stellen, so daß die Bienen immer zu diesem Punkt zurückkehren können. Jetzt öffnen Sie diese kleine Türe. Sie werden umherfliegen und sich nach ihrer Reise niederlassen. Heute abend werden wir mit Hilfe der Imkerpfeife die Rahmen in den Korb setzen.«

Spät am Nachmittag, bewaffnet mit einer Imkerpfeife, die mit schwelendem getrocknetem Gras gefüllt war, krochen wir vorsichtig um den Bienenkorb, um ja die Bienen nicht durch die Schwingungen unserer Schritte zu stören. Maurice hauchte ein wenig Rauch durch die Luftlöcher. »Das bringt die Bienen dazu, sich mit Honig vollzustopfen. Eine satte Biene ist sehr viel sanftmütiger. Jetzt noch ein bißchen mehr Rauch ... und dann sollte es uns gelingen, die Waben mit den Bienen darauf in den Korb zu setzen.«

Ich sah zu, wie er dies vorsichtig und geduldig tat, und sah mir in Vorfreude auf das erste Glas bernsteinfarbenen Honigs, den es vielleicht im Juni gab, den neuesten Zuwachs von Westray mit zärtlicher Zustimmung an. Es war nicht nur Gier, die meine Gedanken beflügelte, sondern auch die köstliche Vorstellung, daß jetzt bei meiner Gartenarbeit Westraybienen mit mir gemeinsam meine Lieblingspflanzen umschwärmten und größerer Fruchtbarkeit in die Hände arbeiteten. Maurice deutete auf die Königin und fing an, über Aufseherinnen, Königinnen und Puppen, Größe des Geleges und Brutmuster zu reden, bis mir der Kopf schwirrte. »Sie bekommen im Lauf der Zeit den Dreh schon raus, keine Sorge. Das Wunderbare an der Bienenhaltung ist, daß es ziemlich einfach oder sehr kompliziert sein kann, je nachdem, ob man seine eigenen Königinnen aufzieht und so weiter. Jedes Jahr ist anders und bringt andere Probleme mit sich, und ich habe es immer faszinierend gefunden.«

Wir gingen hinein, stark durchgekühlt, aber in einem befriedigenden Zustand freudiger Erwartung. Wir unterhielten uns während des ganzen Abendessens über Imkerei, bis Elizabeth meinte, es sei ihr nun klar, daß sie in Zukunft wohl lernen müsse, mit ihrem Hinterleib Wachs abzusondern, um unsere Aufmerksamkeit zu erlangen.

Wir hatten uns einige Zeit über Maurice' finanziellen Beitrag zum Haushalt gestritten. Ich wollte ihm weniger als den üblichen Satz berechnen, weil er soviel für uns tat. Er bestand darauf, sich an die ursprünglichen Vereinbarungen zu halten, und zwar bar auf die Hand. Er ging sogar dazu über, sein Zimmer monatlich zu bezahlen, so daß er, selbst wenn er sich in London aufhielt, getrost daran denken konnte, daß in Westray ein Zimmer auf ihn wartete.

Ich war für seine Unterstützung sehr dankbar. Jetzt, da Bridie älter wurde, schlief sie natürlich weniger und wollte mehr Unterhaltung. Jenny hätte das gerne Rose überlassen, aber das

Baby wurde für Roses zunehmend schwindende Kräfte zu schwer. Jenny arbeitete jetzt doppelt so hart, wenn ihr das Baby Zeit dazu ließ, doch mir wurde klar, daß ich mehr Hilfe brauchte. Ich hängte eine weitere Anzeige in das Fenster des Postladens und hoffte, daß sich außer mir inzwischen noch ein anderer Pechvogel gefunden hatte, um den sich der Klatsch drehte.

Die einzige Bewerberin war Mrs. Harker, Stews Mutter. Sie war eine kräftige Frau, stark wie ein Wasserbüffel und hervorragend dazu geeignet, das Haus an einem Vormittag von oben bis unten zu schrubben, ohne sich danach auch nur im geringsten erschöpft zu fühlen. Einzuwenden hatte ich gegen sie, daß sie zu laut war und zu aggressiv, und in ihrer Ehrlichkeit höchst fragwürdig. Kam sie doch aus einer riesigen Familie, in der sich jeder mit einer derart listigen Geschicklichkeit am Gesetz vorbei schwindelte, daß sie, würden sie diese Fähigkeit auf ehrlichere Weise erproben, damit auch Millionäre hätten werden können. So jedoch wohnten sie dicht an dicht in einer Reihe von Häusern des sozialen Wohnungsbaus, und jeder im Dorf lebte in Angst und Schrecken vor der Harkerbande. Mit anderen Worten, sie war denkbar ungeeignet. Ich engagierte sie vom Fleck weg.

»Es tut mir so leid, Miranda.« Jenny war den Tränen nahe, als die koloßartige Winnie Harker gegangen war. »Ich weiß, daß Sie in letzter Zeit so viel zu tun haben, und ich bin immer an das Baby gefesselt. Ich habe mich schon gefragt, ob ich Bridie jetzt nicht in die Kinderkrippe geben sollte?«

»O nein!« Die Worte waren heraus, ehe ich auch nur so tun konnte, als dächte ich über diese für mich so schockierende Vorstellung nach. »Das heißt, sie ist natürlich Ihr Baby, Jenny, aber überlegen Sie doch mal, was das bedeutet! Sie braucht Sie, nicht irgendeine Fremde, wie gut die es auch mit ihr meinen mag. Stellen Sie sich doch nur vor, wie wenig Aufmerksamkeit sie da im Vergleich zu all der Liebe hier bekäme. Und denken Sie auch daran, was Ihnen fehlen würde.«

»Ich weiß.« Jenny weinte jetzt wirklich. »Aber ich muß mir meinen Unterhalt verdienen. Sie haben mich doch nicht aufgenommen, so gut das auch von Ihnen war, damit ich hier herumhänge und Platz wegnehme.«

»Aber ich habe Sie auch nicht gebeten, hier zu leben, damit Sie sich für uns abschuften oder es soweit kommt, daß Sie Ihr Baby abgeben. Ich denke, wir werden uns an Mrs. Harker gewöhnen.«

»Sie ist eine richtige Maloche, Mama«, sagte Henry, der mit einer schlimmen Erkältung zu Hause war.

»Du meinst wohl Moloch, mein Schatz. Ja, wenn sie sich hinsetzt, bringt sie den Stuhl schon zum Knarren. Jedesmal, wenn sie ihre Beine übereinanderschlug, sah ich Kleinholz vor mir.«

»Ich habe Vater Declan geschrieben, was ich hier für gute Arbeit leiste. Was soll ich ihm jetzt sagen?«

»Sagen Sie ihm, wie sehr wir Sie schätzen. Keiner kann so gut Eier mit Schinken braten wie Sie, und Ihr Reispudding ist unschlagbar. Wir möchten, daß Sie bei uns bleiben, so lange Sie wollen. Und Mrs. Partridge würde sich vom Beachy Head stürzen, wenn Sie ihr Bridie wegnähmen.«

Jenny mußte kichern und schien getröstet zu sein. »Die Sache ist nur ... Vater Declan hat mir geschrieben, er würde gerne hier vorbeikommen, um mich zu sehen.« Sie errötete tief. »Nach einer Konferenz in Guildford.«

»Ich habe mir schon immer gewünscht, einen katholischen Priester aus der Nähe zu sehen«, bemerkte Henry. »Hat er auch eine Lambretta auf?«

»Guildford ist sehr weit weg. Möchte er vielleicht hier übernachten?«

»Nein, er nimmt den letzten Zug zurück nach Sheffield.«

Ich wunderte mich über das Erröten. Was Vater Declan anging, hatte mich schon immer ein gewisser Argwohn beunruhigt. Dieser bestätigte sich, als er eine Woche später kam. Er war sehr viel jünger als erwartet und überaus struwwelig. Schwarzes Haar zog sich über seine Handrücken und guckte überall um seinen Hals herum heraus. Es stand in dicken Büscheln um seine großen pflaumenblauen Ohren, aber seine Zähne blitzten sehr weiß, und sein Lächeln war umwerfend. Ich konnte eine Ähnlichkeit mit Bridie ausmachen, insbesondere die Nasenform. »Sie sind bestimmt die wunderbare Mrs. Stowe.« Er packte meine Hand und drückte mir die Ringe schmerzhaft ins Fleisch meiner Finger. »Wir wollen Ihnen alle danken für das, was Sie für die kleine Jenny getan haben!«

Jenny lächelte einfältig und errötete und rang die Hände. Wäre er in einem Wagen aus Feuer statt mit der Nummer Zweiundzwanzig aus Canterbury angekommen, hätte ihre Überwältigung kaum heftiger ausfallen können. Die Art und Weise, wie er seine Arme um Jenny legte und sie immer wieder an sich drückte, gefiel mir gar nicht. »Na sieh mal einer an!« rief er und starrte auf Bridie in der Wiege, die aufwachte und zu schreien anfing. »Das ist aber ein munteres kleines Wesen, ganz der Mama aus dem Gesicht geschnitten!«

Ich bemühte mich, höflich zu sein, konnte aber meine Ablehnung nicht ganz aus meiner Stimme heraushalten, als ich ihn fragte, ob er zum Essen bleiben wolle. »Ich möchte Ihnen außer einer Tasse Tee und einem kleinen Plausch keine großen Umstände machen, dann bin ich wieder weg. Vater Barnabas wird in einer halben Stunde mit dem Auto vorbeikommen. Er besucht in Herne Bay einen sterbenden Priester, und so hat sich alles bestens gefügt!«

Vater Declan war nicht aufzuhalten und redete ununterbrochen, mit einem Ausrufezeichen am Ende jedes Satzes. Als er ging, war ich erschöpft. Jenny jedoch war ganz hingerissen. »Wenn man überlegt, daß er den ganzen Weg auf sich genommen hat, um mich zu sehen! Als er ging, hat er mich gefragt, ob ich auch meine Gebete spreche, und ich mußte zugeben, daß ich das manchmal vergesse. ›Gott wird dich nicht vergessen, mein Kind‹, meinte er, ›und ich auch nicht. Ich werde für dich heute abend beten und dem Herrn danken, daß er so ein großartiges Zuhause für dich gefunden hat.‹ War das nicht freundlich von ihm?«

Ich versagte mir die Bemerkung, daß dies wohl auch die Aufgabe eines Priesters sei. Ich brachte es nicht über mich, das Glück zu zerstören, das aus Jennys Gesicht strahlte.

Ende Februar kam die Untersuchung von Jacks Tod vor den Ermittlungsbeamten für nicht eindeutig natürliche Todesumstände. Davor hatte ich mich immer gefürchtet. Als es dann soweit war, hätte es nicht einfacher und weniger beängstigend über die Bühne gehen können. Sir Henry Bessinger hatte mich tags zuvor angerufen, um mir zu sagen, ich brauchte mir keine Sorgen zu machen. Er habe mitbekommen, daß der Fall verhandelt werden solle und sich deshalb mit dem Ermittlungsbeamten in Verbindung gesetzt. Ich werde schon sehen, daß alles glattginge. Ich tat dies als Wichtigtuerei von Sir Humphrey ab. Ich konnte mir nicht vorstellen, daß sich der Ermittlungsbeamte vom Pfad der Justiz abbringen ließ, mochten er und Sir Humphrey sich auch schon seit Jahrzehnten jeden Donnerstagabend mit Schurz und nach unten gerollten Socken an Großtuerei überbieten.

Der Ermittlungsbeamte sah genauso aus, wie man sie aus dem Fernsehen kannte. Er hatte die gleiche sanfte Stimme und das vertrauenerweckende Auftreten. Er war darum bemüht, mir jeglichen Kummer zu ersparen und fragte mich immer wieder, ob ich mich setzen, ein Glas Wasser, fünf Minuten Pause oder das Fenster geöffnet haben wollte. Ich sagte darauf jedesmal nein, und wir brachten die Zeugenbefragung schnell hinter uns. Nach mir machte Ivor seine Aussage, wie wir den Toten gefunden hatten.

Ivor sah in letzter Zeit nicht sonderlich gut aus. Seine Ähnlichkeit mit einem der frühen Plantagenets war größer denn je, abgespannt und müde und niedergedrückt. Er arbeitete sehr hart am Wiederaufbau der Remise und machte das hervorragend. Wir versuchten alle so freundlich wie möglich zu ihm zu sein, aber er zog sich zurück, war abwesend und bekam bestimmt nicht viel von dem mit, was andere redeten. Es stimmte mich traurig, wenn ich morgens aus meinem Schlafzimmerfenster über die Bäume hinweg auf sein Häuschen schaute und keinen Heidekrautrauch aus seinem Schornstein aufsteigen sah. Als Ivor damals zu uns gekommen war, hätten wir gerne Strom und eine Zentralheizung in seinem Haus verlegt, aber er war in kalter aristokratischer Unbequemlichkeit groß geworden und zog Öllampen und ein einfaches offenes Feuers vor. Es muß sehr trist gewesen sein neben dem leeren, kalten Herd.

Dr. McCleod machte seine Aussage im Anschluß an Ivor. Ich hatte ihn nicht mehr gesehen, seit er vor Weihnachten zu uns gekommen war, um Elizabeths Fäden zu ziehen. Damals war er sehr freundlich zu Elizabeth gewesen, aber betont kühl mir gegenüber.

Dr. McCleods Aussage wurde durch den Polizisten bestätigt, der auf seinen Anruf hin zu uns herausgekommen war. Der Pathologe sprach am längsten. Da ich in einem Stuhl mit hölzernen Armlehnen saß, konnte ich mein gutes Ohr in meine Handinnenfläche legen und somit fast alles abschotten, was er redete. Vermutlich war das feig. Danach fragte mich der Ermittlungsbeamte in dem süßlichen Ton, den ich unwillkürlich annehme, wenn ich mich mit kleinen pelzigen oder gefiederten Lebewesen unterhalte, ob ich mir einen Grund vorstellen könne, warum Jack sich das Leben hatte nehmen wollen. Ich erklärte ihm, daß er auf Grund der Tatsache, daß ich mich seit vier Jahren geweigert hatte, mit ihm das Schlafzimmer zu teilen, mit dem Gedanken an Scheidung spielte. Ich wußte, daß Leslie Mould das ausplaudern würde, sofern ich es nicht tat.

»Sehe ich recht, Mrs. Stowe, daß Sie gerne so weitergemacht hätten?«

»Ja.«

»Es steht also außer Frage, daß eine dritte Person darin verwickelt ist?«

»Ja.«

Es wäre sinnlos gewesen, Jacks Freundinnen ins Spiel zu bringen. Dr. McCleod wandte seinen Kopf abrupt zu mir um und schaute mich an. Ich hielt meinen Blick auf den Ermittlungsbeamten gerichtet, sah aber aus dem Augenwinkel heraus, daß Dr. McCleod mich unentwegt anstarrte. Nach einem weiteren Austausch mit dem Pathologen gab der Ermittlungsbeamte zu Protokoll, daß er auf einen Schuldspruch ohne Täter plädiere. Er meinte, es läge auf der Hand, daß Jack für seinen Tod selbst verantwortlich sei, es aber nicht genügend Beweise dafür gäbe, ihn des Selbstmords anzuklagen. Er brachte das Mitgefühl des Gerichts für die Familie des Dahingeschiedenen zum Ausdruck und schenkte mir ein letztes mitleidiges Lächeln, dann durften wir gehen. Ivor lief, um den Wagen zu holen, während ich draußen auf der Treppe wartete.

»Na, das ist doch sehr gut gelaufen.« Leslie Moulds ohnehin schon kleine Augen schrumpften beim Lächeln auf Stecknadelkopfgröße zusammen. »Jetzt können wir um die gerichtliche Testamentsbestätigung eingeben. Ich werde zusehen, daß wir das so schnell wie möglich hinter uns kriegen.« Ich wußte, daß dies in der Anwaltssprache hieß, daß sechs Monate lang überhaupt nichts getan wurde, auf die dann ein paar Stunden Geschäftigkeit folgten, für die man schließlich eine exorbitante Rechnung präsentiert bekam. »Und wenn Sie rechtlichen Beistand brauchen, scheuen Sie sich nicht, jederzeit anzurufen«, redete Leslie weiter. »Vielleicht könnten wir zusammen was trinken gehen.« Er sah mich erwartungsvoll an. Ich tat so, als hätte ich ihn nicht gehört.

»Das muß eine Tortur für Sie gewesen sein.« Dr. McCleod tauchte neben mir auf.

»Na ja, es hätte schlimmer sein können. Aber ich bin sehr froh, daß es vorbei ist. Ich habe Ihnen noch gar nicht dafür danken können, was Sie für Elizabeth getan haben.«

»Ich werde dafür bezahlt, daß ich mich um meine Patienten kümmere. Das ist meine Aufgabe.« Er blickte ziemlich wütend drein – der Zwillingsbruder von Marcus Curtius. Ich hatte vergessen, daß er Dank haßte.

Ich sah, daß Leslie sich mit pikiert verzogenem Schweinchengesicht auf den Weg machte. Es war mir egal. Ich kannte seine Frau ziemlich gut und hatte sie immer gern gemocht.

»Das stimmt nicht ganz. Sie haben sie an Ihrem freien Tag besucht, wie ich mich erinnere. Und Sie haben uns zum Lachen gebracht ... davor bewahrt, einen Gefängniskoller zu bekommen.«

Er lächelte. »Das ist schon eine Gefängnisatmosphäre in den Krankenhäusern, als wolle man Krankheit und Sünde auf eine Stufe stellen.«

»Diese Weisungen überall an den Wänden hätten mich fast zum Protest angestachelt. Es wäre mir eine Wonne gewesen, den Waschraum in Unordnung zu bringen. Als ich das Krankenhaus mit Elizabeth verließ, habe ich überlegt, nur so zum Spaß, diesen verdammten alten Abflußstopfen mitgehen zu lassen, um den sie so ein Aufhebens machten. Aber er war nicht da. Anscheinend war mir schon jemand zuvorgekommen.«

Es freute mich, daß er das genauso lächerlich fand wie ich.

Wenn er lachte, sah er ganz anders aus. »Warum gehen wir nicht …«, hob er gerade an, als ein schwarzer Benz angerauscht kam und Sir Humphrey seinen Kopf aus dem Fenster reckte.

»Miranda! Ich hoffte, Sie noch zu erwischen. Darf ich Sie nach Hause fahren?«

Flink sprang der Fahrer aus dem Wagen und hielt mir die Türe auf.

»Danke, aber Ivor ist schon los, um den Wagen zu holen.«

»Ich habe den Mann auf dem Parkplatz getroffen und ihm gesagt, daß ich Sie nach Hause bringen werde.«

Einen Augenblick sagte ich nichts und stierte nur Sir Humphreys riesige Wange an. Eigentlich war es eine Dreistigkeit, Entscheidungen zu treffen, ohne mich mit einzubeziehen, und über Ivor so zu sprechen, als wäre dieser ein Vasall, den man herumkommandieren konnte. Seit unserer Rückkehr aus dem Krankenhaus hatte Sir Humphrey mich mehrmals angerufen, und ich hatte immer wieder Gründe gefunden, seine Essenseinladungen abzulehnen. Außerdem war ich wirklich sehr beschäftigt. Er wird mir vermutlich meine Entrüstung angemerkt haben, denn er machte ein ziemlich schuldbewußtes Gesicht und fügte ein bißchen weniger selbstsicher als gewöhnlich hinzu: »Das war vermessen von mir, ich weiß. Aber Sie sind immer so beschäftigt, und es gibt etwas, was ich Ihnen unbedingt sagen möchte. Steigen Sie ein, seien Sie ein gutes Mädchen.«

Sir Humphreys Fahrer stand in aufrechter Wartehaltung, seine Miene unter der spitzen Kappe blieb ausdruckslos. Ich wandte mich an Dr. McCleod in der Hoffnung auf Beistand, sah ihn jedoch nur noch die Seitenstraße hinunter zum Parkplatz gehen. Sollte wohl nicht sein. Also ließ ich mich neben Sir Humphrey auf dem Rücksitz des Mercedes nieder. Der Wagen roch streng nach Leder und Schnaps. Ich fragte mich, ob Sir Humphrey sich vor seinem Entführungsversuch Mut angetrunken hatte. Es war ein teurer Klang, als die Tür zuschlug. Der Graf von Montecristo wird den hohlen Klang seiner Zellentüre mit ähnlichem Entsetzen vernommen haben, als er seine lange Kerkerhaft antrat.

Sir Humphrey schloß die Glasabtrennung zwischen uns und

dem Fahrer, als wir uns in den Verkehr von Bosworth einfädelten. »Gemütlich, nicht wahr? Ich habe mich so auf eine Gelegenheit gefreut, ein wenig mit Ihnen plaudern zu können.«

Er tätschelte meine Hand. Seine Berührung erinnerte an Samenschoten, trocken und raschelnd. Ich hatte keine Vorurteile gegen das Alter. Maurice war gewiß älter als Sir Humphrey, aber mir, neben meiner Familie, einer der liebsten. Doch Maurice verhielt sich auch wie ein Mann von siebzig. Er versuchte nie, sich selbst oder anderen vorzumachen, jünger zu sein als er war. Koketterie lag ihm überhaupt nicht. Sir Humphrey entblößte die Zähne wie ein Totenkopf, als er mich anlächelte, und legte die Ränder seines rosa Plastikzahnfleisches bloß. »Ich habe mich noch kurz mit Julius, Sie wissen schon, dem Ermittlungsbeamten, unterhalten, als Sie sich Ihren Mantel holten. Er schien der Meinung, alles sei gut gelaufen. Ein Schuldspruch ohne Angeklagten sei das beste gewesen, worauf Sie hatten hoffen können. Hoffentlich bedeutet das nicht, daß Ihnen viel Geld deswegen verlorengeht – von der Versicherung, meine ich.«

»Jack hat sich schon vor Jahren seine Lebensversicherung bar auszahlen lassen. Ich hatte davon keine Ahnung. Mein Anlageberater hat es mir erzählt. Ich denke, er hat sich davon den Aston Martin gekauft. Deshalb ist es auch egal.«

»Das ist meine tapfere Miranda! Ich denke, Julius wird von diesem Inbegriff des Liebreizes vor ihm hin und weg gewesen sein. Welcher Mann wäre das nicht?«

Ich widerstand der Versuchung, ihn darauf hinzuweisen, daß es sich hier wohl eher um eine Frage von Recht und Gesetz handelte. Ich war mir ziemlich sicher, daß Sir Humphrey seine welken alten Pobacken noch einmal zum Sprung anspannen würde. Ich versuchte nicht wirklich beleidigt auszusehen, war aber heftig verstimmt. Inzwischen glitten wir durch die Vororte von Bosworth und legten an Geschwindigkeit zu. »Ich denke, Ihr Fahrer hat einen Fehler gemacht«, sagte ich, als wir bei der Kreuzung rechts abbogen und sofort ins bewaldete Hinterland eintauchten. »Der direkteste Weg ist es, sich an die Hauptstraße zu halten.«

Sir Humphrey schien das ein wenig peinlich zu sein. »Ich

habe ihn angehalten, die lange Route zu nehmen, damit wir nicht unterbrochen werden.«

Ich bin mir sicher, daß man mir spätestens an diesem Punkt ansah, daß ich es satt hatte und nun tatsächlich verärgert war, denn er fing an, sehr schnell und für einen Mann, der bis dato die Empfindsamkeit und Reizbarkeit eines Ochsen im Joch an den Tag gelegt hatte, ziemlich erregt zu sprechen.

»Dieser Rat, den Sie mir im Hinblick auf die Oberin gegeben haben, war hervorragend. Das hat prima geklappt. Sie ist jetzt sehr kurz angebunden. Telefoniert nicht mehr mit mir, sondern schreibt mir Memos. Wie ich von denen da oben höre, wird sie ihre Arbeit nicht mehr lange machen. Das ist natürlich schrecklich vertraulich.«

Es lag mir auf der Zunge, warum er es dann mir, einer vollkommen Fremden, erzählte.

»Ich fand sie nicht schlimmer als alle anderen dort auch«, sagte ich. »Eigentlich finde ich, daß sie recht hohe Ansprüche hatte und sehr effizient war, wenn ich sie als Person auch unsympathisch fand.«

»Na ja, das ist alles eine Verwaltungsangelegenheit. Ich will Sie nicht langweilen. Ich möchte diese kostbaren Augenblicke in Ihrer Gesellschaft nicht vergeuden, indem ich über meine langweilige Arbeit rede.«

Er strahlte mich an, aber ich tat so, als nähme ich es nicht wahr, und schaute aus dem Fenster. Es begann gerade zu dämmern. Die Bäume erstrahlten im letzten Glanz des Nachmittagslichtes, noch immer kahl, aber voll zarter Schatten der sich kreuzenden Zweige. Irgend etwas huschte zurück ins Unterholz. War es ein großer Fuchs oder ein kleines Reh? Vielleicht ein Muntjak. Ein großer Vogel – könnte es eine Eule sein, die schon so früh am Abend unterwegs war? – flatterte über eine Lichtung. Ich beneidete ihn darum, fliegen zu können, sehnte mich danach, aus diesem schnurrenden, überhitzten Gefährt herauszukommen und wieder ich selbst zu sein. Sir Humphrey redete immer noch. Er erzählte mir von freiwilligen Helfern im Krankenhaus, welch hervorragende Arbeit diese wohltätige Gruppe leistete und welche Probleme sie hatten, einen Ersatz für Lady Alice Vavasour zu finden, die sich aus ihrer Funktion als Vorsitzende zurückzog. Die Erleichterung traf mich wie ein Schlag, als mir klar wurde, daß Sir Humphrey mich auf seine überhebliche Art entführt hatte, weil er mich bitten wollte, Lady Alices Platz einzunehmen.

»Ich fühle mich sehr geschmeichelt, daß Sie dabei an mich gedacht haben«, sagte ich mit einem Lächeln zu ihm, das zum ersten Mal gerechtfertigt war. »Aber ich muß Sie leider gleich enttäuschen. Es tut mir leid. Ich weiß, wie verdammt schwer es sein muß, Leute zu finden, die sich dazu bereit erklären. Aber ich bin wirklich ziemlich vergeßlich und nicht sonderlich gut im Planen. Und es ist mir absolut zuwider, anderen sagen zu müssen, was sie tun sollen. Es wird jemanden geben, der so etwas gerne macht. Was halten Sie von Hilary Scranton-Jones? Sie wäre dazu bestens geeignet, meine ich.«

»Ich glaube nicht, daß sie es machen wird.« Sir Humphrey war sichtlich enttäuscht. »Zum einen höre ich munkeln, daß sie sehr unbeliebt ist. Und zum anderen hat sie nicht ganz den Status, den wir für den Vorstand benötigen.«

»Na ja, Status habe ich ja auch keinen«, wandte ich rasch ein. »Ich mache in der Gesellschaft auch keinen großen Eindruck.«

»Da unterschätzen Sie sich aber, meine Liebe. Man achtet Sie mehr, als Sie wahrscheinlich mitbekommen. Und als Herrin von Westray Manor –«

»O nein, ich bitte Sie, Sir Humphrey! Diese Art von Snobismus geht mir wirklich gegen den Strich ... Nein, da führt kein Weg hin. Ich eigne mich nicht für wohltätige Aufgaben. Aber danke, daß Sie an mich gedacht haben.« Ich sagte dies entschlossen, versuchte aber mit dem freundlichsten Lächeln den Schlag abzumildern.

Im Zwielicht des Wageninneren sah ich, daß er mich überaus feierlich ansah. »Es gibt aber etwas, was dies ändern könnte.« Er sprach langsam und überlegt, ganz anders als sein übliches Geschrei. »Ich kann zwar nicht mit Ihnen übereinstimmen, daß Sie für diese Aufgabe nicht über genügend Status verfügen, aber wenn Sie Lady Bessinger werden würden, könnte ich mir schmeicheln, diesen speziellen Einwand sofort aus der Welt geschafft zu haben. Nein«, er hielt die Hand hoch, um mich zu bremsen, »hören Sie mir nur für einen Augenblick zu, Miranda. Ich kann Ihnen weder Romantik noch Aufregung bieten, das weiß ich. Ich bin neunundsechzig, habe erwachsene Kinder ... sogar Enkelkinder. Aber es spricht auch einiges für einen alten Kerl, der sich die Hörner abgestoßen hat. Sie brauchen jemanden, der sich um Sie kümmert, meine Liebe, und es wäre mir eine große Ehre, wenn Sie mir erlaubten, dies zu tun. Als Sie nicht mit mir ausgehen wollten, wurde mir klar, daß Sie sich nicht zu mir hingezogen fühlen. Aber es gibt auch noch eine andere Form der Liebe, nicht wahr? Aufbauend auf Freundschaft, Respekt und all dem? Sie werden mich jetzt für einen dummen, alten, kindischen Greis halten.« An dieser Stelle bekam ich Schuldgefühle. »Ich habe den Umstand, nicht besonders helle zu sein, dadurch wettgemacht, daß ich mein ganzes Leben lang hart gearbeitet und mich vor allem bemüht habe, die Leute nicht im Stich zu lassen. Ich glaube, daß ich dem Namen meiner Familie nicht allzusehr geschadet habe, obwohl mein Vater mir immer erklärt hat, daß ich ein Idiot sei. Na ja, das ist jetzt Vergangenheit.« Etwas in Sir Humphreys Stimme sagte mir, daß ihn die Erinnerung noch immer schmerzte. »Als wir vor Weihnachten beim Mittagessen waren – Sie wissen schon, im Six Jolly Porters –, wurde mir plötzlich klar, daß ich seit dem Tod meiner Frau nichts mehr so genossen hatte. Das ist jetzt vier Jahre her, aber ich vermisse sie noch immer sehr. Sie sehen also, ich bin ganz offen zu Ihnen. Aber als wir uns beim Essen so nett unterhielten, hatte ich Helen doch fast vergessen. Sie waren so reizend und so freundlich und so klug. Das hat mich umgehauen. Und seitdem muß ich immer an Sie denken. Wenn man sich in meinem Alter noch einmal verliebt, ist das fast ein Schock.« Er versuchte dabei zu lachen, war aber nicht sehr überzeugend. »Ich könnte Ihnen finanzielle Sicherheit bieten und versuchen, Ihren Kindern so etwas wie ein Vater zu sein. Das würde mir sehr gefallen. Natürlich würde ich mir keinerlei Hoffnungen machen ... was das Bett angeht ..., bis Sie auch etwas für mich empfinden können.«

Der Groll, den ich zu Beginn unserer Fahrt gehegt hatte, war jetzt fast verpufft, und seine unbeholfene, aber zu Herzen gehende Rede drückte mir derart schwer aufs Gemüt, daß ich den Tränen nahe war. »Es tut mir wirklich leid, Humphrey. Es ist ganz unmöglich – oh, aber sehr freundlich von Ihnen. Ich glaube nicht, daß ich mir im Augenblick vorstellen kann, überhaupt jemanden zu heiraten. Ich bin noch nicht über Jacks Tod hinweg, wissen Sie. Und außerdem …«

»Das verstehe ich natürlich voll und ganz. Ich hoffe, Sie halten mich nicht für gefühllos, weil ich gleich so vorpresche. Ich habe einfach Angst, von einem anderen ausgestochen zu werden.« Er lachte wieder, freudlos. »Ich wollte Ihnen zeigen, wie ernst es mir ist. Ich liebe Sie wirklich.«

Er nahm meine Hand. Seine fühlte sich dünn und zittrig an.

»Danke, Humphrey. Aber wenn ich wieder heiraten sollte, dann nicht, weil ich Schutz brauche. Ich weiß Ihr Angebot zu schätzen.«

»Sie glauben also nicht, daß Sie mich einmal lieben könnten? Vielleicht dürfte ich Sie in ein paar Monaten noch mal fragen?«

»Das würde nichts bringen. Es tut mir leid.«

Ich wußte, daß ich ihm weh tat, und ich fühlte mich elend und lächerlich schuldig. Er tätschelte meine Hand und ließ sie dann los. Ein langes Schweigen breitete sich zwischen uns aus. Im Dämmerlicht erkannte ich den Dorfrand von Westray.

»Ich hoffe, ich habe Sie nicht in Verlegenheit gebracht«, brach Humphrey endlich das Schweigen. »Alte Leute werden sehr selbstsüchtig. Ich fürchte, ich habe mich hinreißen lassen … Man rechnet nicht mit so einem Gefühl …« Seine Stimme verlor sich.

»Kein bißchen«, erklärte ich mit aller Herzlichkeit, die ich aufbringen konnte.

»Da wären wir also«, sagte er, als wir in die Einfahrt einbogen.

»Möchten Sie noch auf einen Drink mit hineinkommen?«

»Ich glaube nicht, meine Liebe. Ein andermal vielleicht. Wir müssen zusehen, ob wir Sie nicht doch in der ein oder anderen Funktion für eins unserer Komitees gewinnen können. Jetzt werden Sie sicher müde sein, nach der qualvollen Befragung.

Gehen Sie ruhig und machen Sie sich um mich keine Sorgen.«

»Auf Wiedersehen. Danke, daß Sie mich mitgenommen haben.«

Als der Fahrer mir die Türe öffnete, sah ich im aufflammenden Licht, daß Humphreys Gesicht ganz faltig geworden war. Vermutlich vor Kummer.

»Lassen Sie uns bald einmal zusammen Essen gehen«, fiel mir noch ein, als ich mich noch einmal zu ihm hinunterbeugte. Und schon als ich es sagte, wußte ich, wie dumm es von mir war. Nach dem heutigen Abend hätte das keiner von uns genießen können. Er lächelte mir zaghaft zu und schüttelte den Kopf.

Der erste Abendstern zeigte sich mit heller Gleichgültigkeit über Humphreys Wagen, als dieser die Einfahrt hinunterfuhr. Wie hätte Jack über diesen Vorschlag eines einsamen Witwers mit gefärbten Haaren gelacht, der alt genug war, mein Vater sein zu können. Wieder sah ich Jacks Gesicht vor mir, wie er arrogant und geringschätzig jene armen Teufel vertrieb, die so unglücklich waren, sich in ihn zu verlieben. In diesem Punkt jedenfalls hätten wir nicht unterschiedlicher sein können. Ich fing zu zittern an. Die Schönheit und das Alter des Hauses umfingen mich, gaben mir eine Sicherheit und versprachen mir eine Freistatt, für die ich nie so dankbar war.

»Sie sehen recht traurig aus«, meinte Maurice am nächsten Morgen beim Frühstück.

»Ich mußte an den armen alten Humphrey denken.«

»Ich habe ein paar Neuigkeiten hier, die Sie aufheitern werden.« Er reichte mir einen Brief.

»O Mann, das freut mich aber! Er wird gleich kommen. Wie wunderbar!«

»Was ist wunderbar?« Ivor kam herein, stampfte mit den Füßen auf und blies sich in die Hände. Der Ostwind wehte heute besonders heftig. Ich händigte ihm den Brief aus.

»Was? Ich verstehe das nicht. Wer ist dieser Mann?«

»Ein Freund von mir«, erklärte Maurice. »Miranda hat mir einige Ihrer Gedichte gezeigt, und ich fand sie sehr gut. Dieser Mann ist Literaturagent, und alles in allem steht hier, daß er dafür einen Verleger gefunden hat.«

»Stell dir vor, Ivor«, sagte ich schmeichlerisch, als er mit gerunzelter Stirn vor mir stand und ganz und gar nicht erfreut zu sein schien. »Du wirst gedruckt werden, und viele Leute werden deine Werke lesen können.«

»Ich weiß, was es bedeutet, veröffentlicht zu werden, Miranda.« Ivors Stimme klang frostig. »Diese Gedichte waren privat ... es waren Liebesbriefe an dich. Sie sind nicht für den öffentlichen Gebrauch bestimmt.« Er stopfte den Brief in seine Tasche und marschierte nach draußen.

»O verdammt, so ein Mist! Jetzt bin ich aber enttäuscht.«

»Ich auch«, gab Maurice zu. »Aber natürlich hat er allen Anlaß so zu reagieren. Ich hätte ihn erst fragen sollen. Ich kann nur einfach nicht der Versuchung widerstehen, Leute mit irgendwas zu überraschen. Da komme ich mir jedesmal wie ein Zauberer vor. Vermutlich ein unterdrückter Machtkomplex. Na gut, es ist zwar wirklich eine Schande, aber wir müssen uns das aus dem Kopf schlagen. Ich gehe jetzt und helfe Elizabeth bei der Muschelgrotte. Für den Strand ist es heute zu kalt. Der Wind brüllt wie der Stier von Bashan.

Eine Stunde später traf mich Ivor in der Bibliothek an, als ich neben dem Feuer einen Kissenbezug flickte. Ich sah ihn nervös an, als er hereinkam.

»Ich bin wirklich völlig wahnsinnig«, sagte er und beugte sich zu mir herab, um meine Hand zu nehmen, mit der ich die Nadel hielt. »Natürlich möchte ich, daß meine Gedichte veröffentlicht werden! Es war nur ... einen Augenblick lang machte mir die Vorstellung jeglicher Art von Erfolg angst. Ich habe mich so lange Jahre daran gewöhnt, mich als Versager zu sehen, daß ich es einfach nicht ertragen konnte, mich davon zu verabschieden ... wie bei einem muffigen, zerschlissenen Kleidungsstück, das einem in vielen Stürmen Schutz geboten und sich der eigenen Figur angepaßt hat. Die Vorstellung, mich der Welt ohne diesen Schutz zu präsentieren, hat mich unsicher gemacht.« Er küßte meine Hand und stach sich in die Lippe. »Das macht nichts.« Er tupfte sich das Blut mit einem erdigen Taschentuch ab. »Jetzt macht mir gar nichts mehr etwas aus. Ich fühle mich wie neu geboren. ›O schöne neue Welt!‹«

»Gut. Dann werde ich jetzt Maurice suchen und es ihm

sagen. Er war ziemlich enttäuscht, und schließlich war er es doch, der alles in die Wege geleitet hat.«

»Habe ich schon erledigt.« Ivors für gewöhnlich düstere Miene hatte sich dank der vor ihm liegenden Aussicht auf Anerkennung, vielleicht sogar Ruhm, erhellt. »Ich bin ihm so zu Dank verpflichtet! Du wirst jetzt ganz anders von mir denken, Miranda, nicht wahr?«

»Wenn du meinst«, sagte ich, nach der gestrigen Erfahrung vorsichtig geworden. »Aber was mich angeht, hat sich eigentlich nichts verändert. Ich habe deine Gedichte schon immer gut gefunden.«

»Ein Dichter! Gütiger Gott, der Mann ist ein wahnsinniges Genie«, rief Maeve aus, als ich ihr beim Tee von Ivors literarischem *coup* erzählte. »Jetzt kannst du hier bald eine Künstlerkommune aufmachen, mit Maurice' Malerei, Ivors Gedichten und Janòs' Klavierspiel.«

»Na, na. Du weißt doch, daß das vorbei ist.«

»Tja, ich fühle mich eben immer noch ein wenig schuldig.«

»Wie geht es Sebastian?«

Zur Überraschung aller war er zu sechs Monaten Erziehungsheim verurteilt worden.

»Er schreibt nicht gerade oft, außer, wenn er etwas haben will. Was glaubst du, worum er mich das letzte Mal gebeten hat?«

»Um eine Strickleiter? Ein Fahrtenmesser? Pokerwürfel?«

»Er bittet mich darum, ihm Hagebuttensirup zu schicken, weil er Geschwüre im Mund bekommt und glaubt, dies läge an der schlechten Ernährung. O ja, und dann noch Arnika, weil er immer geschlagen wird.«

»Maeve! Das hört sich ja schrecklich an!« Zum ersten Mal schlich sich ein Funken Mitgefühl in meine Gedanken an Sebastian.

»Das kann ihm nicht schaden. Du bist zu weich, das ist dein Problem. Teufel noch mal, was ist denn das?«

Eine plötzliche Geräuschexplosion hatte die Tassen klappern lassen.

»Das ist nur Winnie Harker, die nach Hause geht und die

Tür hinter sich zuschlägt. Hast du sie nicht die Treppe herunterpoltern hören? Das erinnert mich immer an das Salutschießen im Hyde Park zum Geburtstag der Königin. Sämtliche Fenster zittern in ihren Rahmen. Aber sie arbeitet hart und räumt immer das zerschlagene Porzellan und die kaputten Möbel auf, bevor sie geht.«

»Sie hat doch einen sehr gutaussehenden Sohn. Ich wäre gestern beinahe mit dem Auto mit ihm zusammengestoßen. Er fuhr den Schulbus. Ich finde, er sieht aus, wie George Chakiris in der *West Side Story*. Ein bißchen gemein und mürrisch und ein bißchen Latin Lover.«

»Gemein ist er, da gebe ich dir recht. Ich muß schon sagen, Maeve, ich finde, dein Geschmack läßt irgendwie nach.«

»Du bist einfach ein ganz fürchterlicher Snob. Ich finde ungezähmte Männer irgendwie aufregend.«

»Stew wird von seiner Mutter ganz schön zahm gemacht. Als er in den letzten Tagen hier vorbeikam, um sie abzuholen, hat sie ihm eine so heftige Ohrfeige dafür verpaßt, daß er die Schuhe nicht abgestreift hatte, daß ich schon glaubte, seinen Kopf über den Küchenboden wirbeln zu sehen.«

»Hm.« Maeve schwieg einen Augenblick und dachte zweifellos über den ungehobelten, kräftigen Fahrer der Schulkinder nach. »Ich bin Dr. McCleod vor kurzem begegnet. Er saß mit einer sehr attraktiven Frau im Auto, mit der ich ihn schon einmal zusammen gesehen habe. Sie steuerten das Hinterland an, und auf dem Rücksitz stand ein überaus vielversprechender Picknickkorb.

»Tatsächlich? Ein bißchen kalt für ein Picknick, oder?« Ich wunderte mich über den frostigen Ton, der in meiner Stimme mitschwang.

»Das habe ich mir gar nicht überlegt. Vielleicht war es auch nur Wäsche.«

Ich mußte lachen. »Du bist eine unverbesserliche Intrigantin. Warum interessierst du dich für ihn? Ich hätte nicht gedacht, daß er dein Typ ist. Zu dröge und spießig. Obwohl er ganz anders wirkt, wenn er lacht.«

»Ach, tut er das?« Maeve blickte mich scharf an. »Na ja, du hast recht. Ist nicht mein Fall. Zu asketisch und ordentlich.

Aber er hat mich dann doch ein bißchen umgeworfen, als er mich neulich fragte – ich traf ihn, als er bei Mrs. Mulligan herauskam, die gerade ihr Fünftes bekommen hat, weißt du, man kann nur hoffen, daß es nicht so unansehnlich ist wie die anderen vier –, ob Janòs wohl käme, um auf dem nächsten Titchmarsh Music Festival zu spielen.«

»Und was ist daran so besonders? Er wird gerne Musik hören, nehme ich an.«

»Ja, aber gleich darauf hat er mich gefragt, ob ich Jack gut gekannt hatte, bevor er starb. Ich erwiderte darauf, daß ich ihn danach wohl kaum hätte kennenlernen können.«

»Ich nehme an, du hast einfach überlegen wollen, was du ihm antworten konntest.«

»Schon möglich. Obwohl ich das nicht glaube. Er hätte schließlich auch übers Wetter reden können.«

»Ich glaube nicht, daß er auf Small talk aus ist.«

»Du scheinst ja gut über ihn Bescheid zu wissen. Ist noch nicht lange her, da hast du mir erzählt, daß du ihn nicht leiden kannst. Ich finde Beziehungen immer interessant, bei denen beide anfangs auf Kriegsfuß miteinander stehen. Mir scheint das für eine sehr tiefe Verstrickung zu sprechen, die von Anziehung nicht weit entfernt ist. Wie etwa, wenn man jemand auf Anhieb haßt.«

»Da sind diese ganzen Psychotherapien daran schuld, die du mitgemachst hast. Du bildest dir was ein.«

»Ich habe tatsächlich gerade etwas sehr Interessantes von einem hervorragenden Mann namens Malcolm Mutt gelesen, daß wir nämlich alle je nach unserer Stimmung und unserem geistigen Zusammenspiel mit der Welt farbige Lichtwellen aussenden. Die grünen und die blauen sind die besten und alle in deren Umfeld. Gelbe und orangefarbene sind beängstigend, rote sind ziemlich unheilvoll und schwarze natürlich die allerschlimmsten. Möchtest du vielleicht, daß ich deine Aura erspüre?«

»Aber gern. Wenn es dir nichts ausmacht, daß ich zuerst diesen Rosenkohl fertigmache? Ich fände es nicht gut, wenn der Kohlgeruch deine sorgfältige Untersuchung stören würde.«

»Ooh, du bist so zynisch, daß du noch als verkrustete alte

Einsiedlerin mit Katzen enden wirst, wenn du nicht aufpaßt.«

»Ich könnte mir Schlimmeres vorstellen. Zufällig mag ich Katzen. Ich mag sogar Dinkie, und wenn der keine Prüfung ist, dann weiß ich nicht.«

Das stimmte. Ich konnte mir schlimmere Schicksale ausmalen. Zum Beispiel mit einem notorischen Ehebrecher verheiratet zu sein. Und als mir dieser Gedanke durch den Kopf ging, wurde mir klar, wie erleichtert ich über Jacks Tod war.

»Was hast du gemacht, du Trottel?« kreischte Maeve. »Du hast dich geschnitten.«

»Verdammt!« Ich wischte die roten Perlen ab, die aus meinem Daumen sickerten. »Geschieht mir ganz recht.«

Kapitel 20

»Ich könnte Hilary Scranton-Jones umbringen.«

Patience sagte dies mit leiser Stimme, um Wacko nicht aufzuwecken, der in dem einzig vorhandenen bequemen Stuhl saß, fest schlief und mit seinen aufs Kamingitter gelegten Füßen das bißchen Wärme dort sehr wirksam vom Rest des Raums abhielt.

»Was hat sie denn gemacht?«

Ich war bei den Wakeham-Tutts zum Mittagessen, eine Tortur für alle Beteiligten – für Wacko, weil er auch schon die geringsten Umstände haßte, die andere ihm machten, für Patience, weil ihr die Mängel ihres Haushalts dann besonders bewußt wurden, und für mich, weil es eiskalt im Haus war und das Essen entsetzlich schmeckte, obwohl sich Patience die allergrößte Mühe gab. Doch es mußte durchgestanden werden, damit Patience meine Gastfreundschaft freudig annehmen konnte. Das verstand und respektierte ich.

»Sie ist entschlossen, für die Kirche von Westray einen offiziellen Schatzmeister zu ernennen. Jetzt, seit die Abrechnungen stimmen, ist sie der Meinung, daß Harold Pandy sie machen soll. Der Grund dafür ist, daß sie gerne Schriftführerin sein möchte, und Harold Pandy ist jahrelang Schriftführer gewesen. Es war die einzige Möglichkeit, ihn aus dem Weg zu räumen. Jetzt sind meine Chancen bei Aubrey dahin.«

Sie ließ ihren Kopf in die eine Hand sinken und schob mit der Gabel in der anderen das Essen auf ihrem Teller hin und her. Wacko schnarchte plötzlich sehr laut, und wir drehten uns beide in dem düsteren Raum nach ihm um. Vor Jahren hatte er alles Land verkauft, das zu dem riesigen, häßlichen edwardianischen Haus gehört hatte, und seine Nachbarn hatten Leyland-Zypressen entlang ihrer Grundstücksgrenzen gepflanzt, um die Wakeham-Tutts nicht sehen zu müssen. Die drei Meter von der Eingangstüre entfernte Hecke ragte jetzt sieben Meter hoch auf und tauchte die ganze nach Süden zeigende Fassade und alle Haupträume in ein grünes Zwielicht. Man kam sich vor wie im Aquarium. Ich verspürte jedesmal den verrückten Drang, seltsame Armbewegungen zu machen, wenn ich gegen den Lichtstrom ankämpfte. Die wenigen Lichtstrahlen, die ihren Weg durch die dichten Zweige fanden, warfen grüne Flecken auf das Tischtuch.

Voller Ekel besah ich mir die riesigen Mengen, die noch darauf warteten, aufgegessen zu werden. Patience war eine gute Köchin einfacher Gerichte, mußte aber derart sparen, daß selbst der Humor eines Brillat-Savarin versagt hätte. Wacko bestand darauf, daß es, außer zum Porridge, zu jedem Essen Fleisch gab, und so kaufte Patience Fleischstücke, die selbst Jasper nicht angerührt hätte. Ich stocherte argwöhnisch in etwas Weißem, Röhrenförmigem, das in der Sauce aufgetaucht war.

»Weißt du was? Ich glaube, ich habe mich bei Henry angesteckt. Er ist wegen seiner Erkältung ein paar Tage nicht in der Schule gewesen und hustet noch immer. Ich hoffe, du bist mir nicht böse, wenn ich ein bißchen was stehenlasse.«

»Überhaupt nicht. Wie wär's mit einem Keks zum Kaffee.«

»Das wäre schön.«

Patience ging zu dem beheizten Servierwagen, um aus einer riesigen Großpackung mit Zichorie versetzten Instantkaffee in zwei Tassen zu löffeln. Ich beobachtete Wacko in seinem Schlummer, seine sich hebende und senkende Brust unter der gelben Weste, die das grüne Licht zu einem schmutzigen Khaki färbte. Er hatte sein Essen in sich hineingeschlungen und dabei über die Labour Party, die ungeheuerlichen Steuern und die Jugend von heute geschimpft, war dann, noch ehe wir ein paar Bissen verzehrt hatten, vom Tisch aufgestanden und zu seinem Stuhl und seiner Zeitung gewankt. Neben ihm stand ein leeres Whiskeyglas. Sein täglicher Whiskey war der Gegenwert von gut zweihundert Metern Vorhangsaum nähen.

»So, das hätten wir.« Patience stellte einen Teller neben mir ab. Keiner der Kekse war ganz, und ich erinnerte mich an die große Schachtel am Ende der Verkaufstheke von Mead's, die Keksbruch enthielt für ein paar Pence das Viertelkilo. Ein guter Tee- oder Bourbon-Keks bleibt sich im Geschmack gleich, ob ganz oder Bruch. Aber mir wurde klar, daß ich, obwohl ich plötzlich in vergleichbare Armut gestoßen worden war, ganze Kekse doch noch immer als selbstverständlich ansah. Patience' Leben mußte glücklicher gestaltet werden, wenn es schon nicht wohlhabender werden konnte, und Aubrey war genau der richtige Mann dafür.

»Bloß nicht verzweifeln. Ich bin mit dem ersten Teil meiner Geschichte von Westray fertig. Du kannst sie zu Aubrey bringen, damit er mit dem Setzen der Schrift beginnen kann. Ich wäre dir sehr dankbar, wenn du das übernehmen könntest.«

Wir vereinbarten, daß Patience am nächsten Tag zu mir kommen und das Manuskript abholen würde. Ich schlich mich auf Zehenspitzen davon, und als ich am vor sich hin murmelnden Wacko vorbeikam, fiel mir auf, daß sämtliche Keksstücke mit Schokolade auf einem Teller neben seinem Stuhl lagen. Er stand einer Liebesbeziehung zwischen Patience und Aubrey sicherlich in mancher Hinsicht im Weg, aber ich war entschlossen, seiner Tyrannei ein Ende zu bereiten. Als ich die Einfahrt hinter mir ließ, blendete mich die Helligkeit eines kalten, klaren Tages. Aus einer Eingebung heraus entschloß ich mich, Aubrey zu besuchen.

Ich traf ihn in der Küche des Pfarrhauses an, wo er sich mit einem Bügelbrett abmühte. »Wie schön, Sie zu sehen, Miranda. Ich werde diese hassenswerte Aufgabe gerne auf später verschieben.«

Aubrey schien sich seiner nackten, unbehaarten Brust unter der Jacke nicht bewußt zu sein.

»Lassen Sie mal. Ich helfe Ihnen. Was ist denn mit dem Bezug passiert?«

»Ich glaube, da war nie einer drauf.« Aubrey wirkte unsicher.

»Aber Aubrey, alle Bügelbretter haben einen. Sie können doch die Sachen nicht direkt auf dem Metall bügeln.«

Aubrey lächelte sein sanftes, über sich selbst mokierendes Lächeln. »Ich fürchte aber, das habe ich immer getan. Denn genauso habe ich es im Schrank vorgefunden.«

»Ich bringe Ihnen einen Bezug mit, wenn ich das nächste Mal zu Mead's komme. Vorerst sollten wir zusehen, ob sich eine saubere Decke finden läßt.«

Während Aubrey sich auf die Suche machte, stürzte ich mich auf das Bügeleisen, dessen Gleitfläche dunkelbraun war. Dank Stahlwolle wurde es etwas besser, und als er mit einer alten grauen Armeedecke zurückkehrte, konnte ich sein Hemd bügeln. »Eigentlich bin ich aber wegen meiner Geschichte von Westray zu Ihnen gekommen. Ich habe den ersten Teil fertig. Er ist etwas umfassender geworden und behandelt jetzt mehr als nur das Haus. Der Anfangsteil konnte eigentlich nur geschrieben werden, indem die Geschichte des Dorfes mit einbezogen wurde, da das Leben der Leute damals in viel größeren Abhängigkeiten voneinander verlief.«

»Ausgezeichnet! Ich habe mich zurückgehalten, weil ich Ihnen nicht zu viel zumuten wollte, aber genau so hatte ich es mir vorgestellt.«

»Paßt es Ihnen, wenn Sie es morgen bekommen? Ich habe vereinbart, daß Patience das Manuskript vorbeibringt, weil ich Gäste habe. Sie kommt nach der Arbeit bei mir vorbei.«

»Es tut mir so leid, daß unsere Abrechnungssitzungen ein so rigoroses Ende fanden. Ich muß gestehen, daß ich mich jedesmal auf den Montag freute.«

Aubrey zwinkerte und wirkte sehr befangen, als ich ihm unvorsichtigerweise einen Blick zuwarf. Ich gab mir bei den Kragenspitzen seines Hemdes besondere Mühe, als ich so beiläufig wie möglich sagte: »Interessant. Patience hat sich dazu ganz ähnlich geäußert.«

»Hat sie das?« Aubreys goldene, ein wenig hervorquellende

Augen sahen beängstigend wachsam aus, wie die eines Kaninchens, wenn es einen Schatten sieht, der sich entlang einer Hecke bewegt. Er räusperte sich mehrmals. »Glauben Sie denn, Miranda ...«

Ich wartete ab, das Bügeleisen in der Hand.

»Glauben Sie denn, daß es später regnen wird?« fügte er überstürzt hinzu, und da wußte ich, daß der Augenblick für ein Geständnis verstrichen war. Ich hatte gesagt, was ich sagen durfte. »Es kommt Wind, *könnte* regnen. Ich muß jetzt los. Stellen Sie sich darauf ein, daß Sie morgen die Geschichte kriegen. Rufen Sie mich an, falls Sie Änderungsvorschläge haben.«

»So vermessen werde ich nicht sein. Ich habe tiefsten Respekt vor Ihrer Intelligenz, freue mich schon aufs Lesen.«

Als ich nach Hause kam, mußte ich feststellen, daß das Feuer in der Küche zu qualmen anfing. Die arme Rose war aus ihrem Stuhl in die Bibliothek vertrieben worden. Das passiert nur ganz selten, nämlich wenn der Wind von Südosten kommt. Da mußten wir vielleicht mit Sturm rechnen. Als ich meinen Mittwochsbrief an Henry beendet hatte, heulte der Wind auch schon im Kamin, und der Regen zischte im Feuer wie im Rauch. Dann fiel auch noch der Strom aus, was wirklich ärgerlich war, wenn ich auch wußte, daß meine Gäste den romantischen Anblick von Westray im Kerzenlicht genießen würden. Glücklicherweise funktioniert der Kohleherd auf niedriger Stufe auch ohne Strom. Ich legte die Ente in einen Bräter und gab Schinken, Schalotten, Knoblauch, jede Menge Thymian, Rosmarin und eine Prise Muskat dazu. Ich goß zu gleichen Teilen mit Wein und einem Glas Weinbrand auf. Nach einer drei- oder vierstündigen Garzeit bei niedriger Temperatur, und wenn man die Soße ein wenig abschmeckt, stellt dieses Gericht auch den verwöhntesten Gaumen zufrieden, vor allem, wenn man es mit Röstkartoffeln und Aïoli serviert.

Ich schälte und viertelte gerade Äpfel für den Nachtisch, als Maeve mit abstehenden Haaren und einem klatschnassen, wassertriefenden Regenmantel hereinkam.

»Ich habe mir gedacht, ich schaue einfach mal vorbei, ob du ohne Strom klarkommst. Nein, das ist natürlich gelogen.

Ich hatte gehofft, daß ich einen Tee bei dir bekomme und du mit mir plauderst. Es ist unglaublich einsam daheim, seit Florian auf Klassenfahrt ist.«

»Wo ist er hin?«

»Felsklettern in irgendeinem Abenteuercamp in Schottland. Das arme Häschen! Er hat alles versucht, da nicht mitzumüssen. Er haßt Höhen und hat entsetzliche Angst, sich seine Hände zu ruinieren und sich die Venen aufzureißen. Als ich die anderen Jungs am Bahnhof in Anoraks und riesigen Stiefeln mit ihren Rucksäcken sah, wurde mir deutlich vor Augen geführt, daß ich als Mutter versagt habe. Florian hatte meinen alten Krokokoffer dabei und trug meinen langen schwarzen Samtmantel mit einem Seidenschal. Er sah wunderbar aus, das muß ich zugeben. O Gott, ist das Kümmelkuchen? Mein Lieblingskuchen!«

»Das sagst du immer. Ich frage mich nur, wie du dabei so schlank bleibst.«

»Weil ich mich nicht ums Essen kümmere, wenn ich allein bin. Und wenn ich meinen Schmuck mache, kriege ich gar nicht mit, ob ich Hunger habe oder nicht.«

»Ich wünschte, das wäre bei mir auch so«, sagte Maurice, der gerade hereinkam. »Sobald ich unten am Strand ankomme, muß ich sofort meine Brote aufessen, sonst kann ich an nichts anderes mehr denken. Ich brauche noch ein paar Kerzen für die Bibliothek, Miranda. Ich mache davon eine Skizze. Rose und Jenny spielen Guck-Guck mit Bridie und ahmen Tierlaute nach. Es ist eine zauberhafte Szene häuslichen Lebens. Oh, dieser Kuchen sieht aber gut aus!«

Ich schnitt ein paar Stücke ab und legte sie für ihn auf einen Teller zum Mitnehmen.

Maurice holte sich Kerzen aus der Kerzenschachtel und Teetassen aus der Anrichte. »Das Gesicht der kleinen Bridie nimmt langsam Formen an. Ich denke, sie wird einmal sehr hübsch. Ihr wachsen goldene Augenbrauen, und das Kinn hat schon einen Anflug von einer Spitze. Sie hat das schmale Gesicht ihrer Mutter.«

»Wollen wir hoffen, daß sie nicht ihrem Vater ähnlich wird«, sagte ich, ohne nachzudenken.

»Ach, weiß man denn jetzt, wer der Vater ist?« sprang Maeve sofort darauf an.

Seit ihrer letzten Indiskretion, als sie ihren Söhnen von Ivors Neigung zur Brandlegung erzählt hatte, war es für mich beschlossene Sache, mich in Zukunft vor ihr in acht zu nehmen, was Mitteilungen betraf. Nicht, daß ich ihr nicht vertraut hätte, aber sie konnte schlecht einschätzen, was andere Leute in Schwierigkeiten bringen konnte. »Es ist nur eine Vermutung. Und ich werde nichts dazu sagen, versuch also nicht, es mir zu entlocken. Jenny wird es uns schon erzählen, wenn sie es will, oder auch nicht.«

»Leonardo da Vinci hat seinen Notizblock in Spalten eingeteilt, die mit Fuchs, Wolf, Bär und Affe überschrieben waren, und darunter hat er sich Notizen zu Menschengesichtern gemacht, die er dann diesen Rubriken zuordnete.« Maurice machte eine Pause, um uns zu betrachten. »Bei Ihnen, Maeve, würde ich sagen, daß ein Affengesicht mit Fuchsaugen vorherrscht. Während Miranda die Stirn und die Augen eines Wolfs und die Nase und die Kinnlade eines Fuchses hat.«

»Jetzt versuchen Sie bloß nicht, sich bei mir mit Schmeicheleien lieb Kind zu machen«, erwiderte ich und stellte die silberne Teekanne auf das Tablett. »Sehen Sie doch lieber mal nach, ob Mr. und Mrs. Smythe schon zurück sind? Sie sind heute früh los, um die Antiquitätenläden in Brighton zu durchstöbern. Inzwischen werden sie naß bis auf die Haut und halb erfroren sein.«

»Also warum begegnet mir denn nicht so ein Mann?« sagte Maeve, als Maurice mit dem Tablett hinausging. »Klug, talentiert und interessant, aber auch freundlich und liebevoll. Ich wünschte mir, er wäre dreißig Jahre jünger. Dann würde ich ihn mir sofort schnappen.«

»Ich finde auch, daß er in jeder Hinsicht dem Idealmann entspricht. Aber es braucht doch immer noch ein bißchen mehr. Etwas Undefinierbares, aber Unwiderstehliches.«

»Du meinst zum Bumsen? Nun, ich kann mir das mit jedem vorstellen, der nicht wirklich unfreundlich ist. Du bist da viel romantischer als ich.«

In Anbetracht von Maeves früheren Ehen verwunderte es

mich nicht, daß sie jetzt Gutmütigkeit über gutes Aussehen stellte. Ich hatte mich nie für sonderlich romantisch gehalten.

»Ich muß Henrys Brief zur Post bringen. So was Dummes.« Ich warf einen Blick auf meine Uhr. »Ivor hat bestimmt schon den Wagen weggebracht. Bis ich bei der Remise bin, werde ich völlig durchnäßt sein.«

Und zur Untermalung meiner Worte prasselte ein besonders heftiger Regenschauer gegen die Fenster.

»Keine Sorge. Ich werde ihn auf dem Rückweg in den Briefkasten stecken.«

»Machst du das? Das wäre nett. Du darfst ihn nur nicht vergessen. Henry verläßt sich darauf, daß er Mitte der Woche einen Brief bekommt.«

»Da haben wir's schon wieder! Die Übermutter. Doch wenn ich mir Sebastian anschaue, glaube ich nicht, daß ich mich zu den besten Müttern der Welt zählen kann. Deshalb sollte ich lieber meinen Mund halten.«

Während ich die gebutterten Äpfel zum Garwerden aufsetzte, hatten Maeve und ich eine sehr interessante Diskussion darüber, wie wir unsere Kinder aufziehen würden, wenn wir noch mal von vorne anfangen könnten. Es war halb sieben, als sie ging. Ich mußte mich wahnsinnig beeilen, in allen Kaminen Holz nachzulegen und den Tisch zu decken, Elizabeth bei ihren Französischhausaufgaben zu helfen und Rose, Dinkie und Jasper zu versorgen. Rose ging in letzter Zeit immer früh zu Bett, weil sie meinte, schon das bloße Sitzen und Atmen strenge sie an.

Mr. und Mrs. Smythe sahen wie Fischotter aus, als sie zurückkamen, glatt, dunkel und tropfend. Mrs. Smythe, eine Amerikanerin, bat mich, sie Ella zu nennen. Ich mochte sie. Sie war warmherzig und lustig und intelligent. Ihr Mann war Engländer und ziemlich dröge.

»Sehen Sie nur, Miranda«, schrie Ella. »Es war ein wunderbarer Tag, und jetzt sehen Sie mal, was wir für Ihre Wäscherei gefunden haben!« Ihr Mann zog etwas Riesiges hinter sich her, was einen Durchmesser von einem guten Meter hatte. »Es ist ein Zuber! Sagen Sie bloß nicht Kübel dazu. Man mischt die Lauge darin an, und ich möchte wetten, Sie wissen nicht, was Lauge ist.«

»Sagen Sie's mir.« Ich sah sie erwartungsvoll an, aber Ella war zu klug, um sich täuschen zu lassen.

»O ja, Sie wissen es. Aber Sie haben doch noch keinen Zuber in Ihrer Waschküche.«

»Nein, und ich bin ganz wild auf ihn.«

Es folgte das übliche Gerangel um die Bezahlung, aber Ella beharrte darauf, ihn uns zu schenken.

»Was ist ein Lauge?« wollte Jenny wissen, die gerade Bridie das letzte Fläschchen des Tages gab.

»Nicht ein Lauge, meine Liebe, sondern eine Lauge.« Ella brannte darauf, ihr neues Wissen anzubringen. »Lauge ist das Zeug, mit dem man früher die Kleider gewaschen hat. Man nimmt die weißeste Holzasche, die man finden kann und löst sie so lange in Wasser auf, bis das Wasser klar ist. Dann läßt man es über die Wäsche schwappen und *hopplahopp!*, fällt der ganze Dreck raus!«

»Das liegt daran, daß es basisch ist«, erklärte ich. »Man hat auch andere Basen benutzt, zum Beispiel auch Hühnerdreck und Urin. Natürlich hat man die Kleider danach gut ausgewaschen.«

Jenny sah mich an, als hätte ich den Verstand verloren. Inzwischen war ich an diesen Blick gewöhnt. Seit Weihnachten hatte ich mich sehr darum bemüht, ihr eine gewisse Bildung nahezubringen, aber sie fand alles geisttötend und langweilig, und sie gab sich schon nach der ersten Seite von *Stolz und Vorurteil* geschlagen. Ich versuchte es mit moderner Literatur, aber sie schaffte es nie über die ersten Kapitel hinaus. Sie behauptete, die Namen der Personen nur ein paar Zeilen lang im Kopf behalten zu können, so daß sie bei längeren Beschreibungen den Faden verlor. Ich wußte nicht, steckte dahinter ihre Natur oder ihre Erziehung. Jedenfalls wurde mir klar, daß Jennys Fähigkeiten eher im praktischen als im intellektuellen Bereich lagen. Und so ließen wir den Unterricht auch bald wieder einschlafen.

Wir verbrachten einen schönen Abend bei Ente *en daube* und Kerzenlicht, und keiner machte großes Aufhebens, weil die Schlafzimmer sehr kalt waren. Der heulende, eisige Wind ließ die Außentemperatur dramatisch fallen. Bis zu jenem Abend war ich immer der Ansicht gewesen, daß die Zentralheizung die Wärme im Haus nur ganz minimal beeinflußte und daß ich den Boiler nur deshalb noch mit Öl fütterte – eine kindlich-sentimentale Regung –, weil es ihn nun mal gab und er nicht hungern sollte. Doch wenn er dann wirklich einmal aus war, verfiel das Haus in eine Art Dauerfrost, wie er in *Doktor Schiwago* beschrieben wird.

Als ich am nächsten Morgen aufwachte, entdeckte ich herrliche Eisblumen an meinen Schlafzimmerfenstern, und mein Atem verformte sich sofort zu Wölkchen. Maurice begleitete die Smythes zu der berühmten Kunstsammlung im Brocklebank House. Als sie zurückkamen, funktionierte der Strom wieder und das Essen stand auf dem Tisch. Auf meine Frage nach den Gemälden antwortete Peter Smythe spontan, es sei im Brocklebank House sehr warm gewesen. Ich gab Patience den ersten Teil meiner Geschichte für Aubrey, ehe ich mit Maurice, Jasper und den Smythes zu einer flotten Runde ums Dorf aufbrach, damit wir den Kaminrauch aus unseren Lungen verbannten.

Nach dem Tee kam ein Mietwagen, der unsere Gäste zurück nach London brachte. Noch im letzten Moment überlegte sich Ella, ihre Rückfahrt in die Stadt zu verschieben, weil es ihr unendlich schwerfiel, Westray und uns zu verlassen. Aber Peter blieb standhaft. Ich konnte mir gut vorstellen, daß er sich darauf freute, seinen Mantel wieder ausziehen zu können. Ich schob einen Schinken-Eier-Auflauf für ein Familienabendessen in der Küche ins Bratrohr, und hatte nun endlich mal eine halbe Stunde für mich. Rose war früh zu Bett gegangen, Jenny badete Bridie, und Elizabeth und Maurice sortierten Muscheln in der Bibliothek. Ich ließ mich mit meinem Buch in Roses Stuhl am Herd sinken. Obwohl es mich faszinierte, weil es ein gut geschriebener Bericht von Eileen Power über das Leben Thomas Betsons war, einem Wollhändler aus dem fünfzehnten Jahrhundert, muß ich ein, zwei Minuten eingedöst sein. Als ich wach wurde, stand Patience vor mir. Ihre rechte Hand war in ein großes, tintenfleckiges und blutiges Taschentuch gewickelt.

»Tut mir leid, wenn ich dich geweckt habe«, sagte sie. »Ich wollte mich gerade wieder hinausschleichen.«

Ich setzte mich auf und rieb meine Augen. »Geh nicht! Ich wollte nicht einschlafen. Was hast du denn mit deiner Hand gemacht?«

»Es war mein eigenes dummes Mißgeschick. Ich hab versucht, ein Stück Papier gerade zu ziehen, das schief in die Druckerpresse eingezogen wurde. Es hat wie verrückt geblutet, aber es tut kaum weh. Ich spüre jetzt gar nichts mehr.«

Als ich richtig wach war, wurde mir klar, daß Patience sich in einer Gemütsverfassung befand, bei der sie auch dann nichts gespürt hätte, wenn man sie gehängt, ausgenommen und in kleine Stücke zerteilt hätte. Ich wartete ab, was sie mir zu erzählen hatte.

»O Miranda!« Patience' wunderschöne Augen glänzten feierlich vor Ehrfurcht. »Ich hätte nie gedacht ... ich hätte es nie für möglich gehalten, daß es so ein Gefühl gibt. Jedenfalls nicht seit meiner Kindheit, als ich mit Dusty, unserem alten Pony, im Feld lag und Äpfel aß. Bevor meine Mutter starb. Aber das hier ist was anderes, so wie diese Vorstellungen, die ich mir in der Schule vom Paradies gemacht habe, in so einer sehr religiösen Phase, verstehst du? Mich überkam so ein warmes, leichtes Gefühl, als könnte ich jeden Augenblick oben an der Decke schweben. Ich fühle mich abwechselnd ganz ruhig und dann wieder fürchterlich aufgeregt.«

»Erzähl mir genau, was passiert ist, ich verbinde dir währenddessen die Hand. Falls du Lust dazu hast.«

»Ich kann es kaum erwarten, es dir zu erzählen. Deshalb bin ich auch gekommen. Aubrey hat sie mir verbunden. Es wäre fast eine Schande – nein, das ist ja lächerlich –, der Verband fällt mir ja ab, ehe ich nach Hause komme.«

Wir setzten uns zusammen aufs Sofa. Ich holte einen frischen Verband und überreichte ihr Aubreys blutiges Taschentuch. Sie faltete es ehrfurchtsvoll und hielt es in ihrer unverletzten Hand fest.

»Wir standen im Wohnzimmer, und Aubrey meinte, er wolle mich zum Auto bringen und dann mit dem Drucken anfangen. Er schien sich so darauf zu freuen, mit der Druckerpresse zu arbeiten. Du weißt, wie groß seine Augen werden, wenn er sich über etwas besonders freut.« Mir war das noch nicht aufgefallen, aber ich war ja auch nicht in ihn verliebt. »Ich fühlte mich wirklich ganz elend. Es kam mir so vor, als wollte er mich aus dem Haus haben, damit er weitermachen konnte. Da hab ich ihn einfach gefragt, ob ich die Druckerpresse einmal in Betrieb sehen könnte. Er warf sie an und gab mir technische Erklärungen dazu. Da war ich überzeugt, daß er sich nicht im geringsten für mich interessierte.«

»Das liegt daran, daß Männer sich nur immer auf eine Sache konzentrieren können. Das ist ärgerlich für uns Frauen, aber für die Männer ist es wirklich ein ernstes Handicap. Egal, erzähl weiter.«

»Nun, wie gesagt, ich stand da, und mein Herz war zwar nicht gerade in meiner Hose, aber knapp darüber, und da sah ich, wie sich das Papier verknitterte. In dem Moment streckte ich meine Hand danach aus. Aubrey rief mir noch zu, es ja nicht anzufassen, da war schon überall Blut. Er wurde kreidebleich, packte einen Sesselschoner und betupfte damit meine Hand. Anfangs ließ die Blutung gar nicht nach, und er wurde hektisch, wollte einen Krankenwagen rufen. Ich hab gelacht. Das Theater, das er aufführte, war völlig überzogen. Dann schaute er mich sehr ernst an – und diesen Blick werde ich mein Leben lang nicht vergessen – und sagte: ›Ich kann da nicht lachen. Diese kleine Hand ist das Kostbarste, was es auf der Welt für mich gibt.‹ Dann hat er am ganzen Leib gezittert. Und ich hörte allen Ernstes ein hohes, seltsames Klingen in den Ohren, wie ein Himmelschor oder sonst so was Überirdisches. Wird wohl der Blutdruck gewesen sein. Wir standen eine Ewigkeit da und schauten einander an. Ich dachte, wie komisch. Dieser Mann wird von jetzt an mein ganzes Leben sein. Tut mir leid, daß ich so unsagbar kitschig bin.«

»Ich finde das nicht kitschig.« Die Augen von Patience strahlten, und meine bestimmt auch. »Was passierte dann?«

»Aubrey sagte: ›Könnten Sie, liebe Patience, es sich vorstellen, meine Frau zu werden?‹ Und ich sagte einfach: ›Ja.‹ Und dann küßte er mich sehr sanft auf die Lippen. Ich dachte, ich werde ohnmächtig. O Miranda, es ist so schön!«

Ich legte meine Arme um Patience und drückte sie an mich, ohne mir um ihre Hand Gedanken zu machen. »Ich weiß, daß du glücklich werden wirst. Ihr seid wie geschaffen füreinander.«

Später rief mich Lissie an, um mir zu erzählen, daß sie von Patience über dieses wunderbare Ereignis informiert worden sei. Wir waren uns einig, daß es heutzutage schon sehr selten vorkomme, daß ein Paar sich verlobte, ehe es sich überhaupt geküßt hatte. »Dadurch wird es bestimmt um so aufregender«, meinte Lissie. »Heutzutage müssen die Leute schon vor dem Gang zum Traualtar auf Reizwäsche zurückgreifen und sich gegenseitig mit Joghurt vollschmieren, um erregt zu werden.«

»Joghurt? Finde ich nicht gerade sexy. Du meinst wohl Schokolade oder Honig. Joghurt ist zu gesund.«

»Du weißt schon, was ich meine. Sei's drum, ich denke sie werden zusammen glücklich sein. Es wäre schrecklich, wenn im Bett alles zu Ende wäre. Ich kann mir nicht vorstellen, daß beide auch nur die geringste Erfahrung darin haben.«

»Ich bin mir sicher, daß es gutgehen wird, weil nämlich beide eher das Glück des anderen als das eigene Glück im Auge haben. Und das wird auch im Bett funktionieren. Genau wie es immer in den Ratgeberspalten der Zeitschriften steht.«

»Mir flößt diese Art von Selbstlosigkeit Ehrfurcht ein. Leider liegt mir das gar nicht.«

»Mir auch nicht. Und so geht es sicher den meisten Leuten. Aber besser, man weiß sich richtig einzuschätzen.«

Ich hatte große Freude an Patience' Glück, wie vermutlich alle, die sie kannten. Selbst Rose begeisterte sich bei ihrer abendlichen Whiskey-Milch und meinte, es sei die beste Nachricht, die sie seit Ewigkeiten erhalten habe, und Aubrey sei einer der wenigen Männer, die sie nicht voll und ganz verachtete.

»Und nun, Miranda, siehst du zu, daß bei dir auch alles so in Ordnung kommt wie bei ihr, und dann kann ich in Ruhe gehen, mein Mädchen.«

»Ach Rose, du weißt doch, daß ich es nicht leiden kann, wenn du vom Gehen sprichst. Außerdem fühle ich mich so wie ich bin ganz gut. Du hast ein ungebundenes Leben geführt und bist auch glücklich gewesen. Warum nicht auch ich?«

»Glücklich? Nein. Ich habe meine Zufriedenheit gefunden, aber das ist etwas anderes. Ich habe mehr als mir guttat nach anderer Leute Pfeife tanzen müssen. Und du und ich, wir sind ganz verschieden. Ich bin kratzbürstig, ich weiß, daß ich das bin. Ich fühle mich kratzbürstig. Du wirst immer sanft zu den Männern sein. Und was das Sterben angeht, so ist es Gottes Wille, daß wir am Ende unsere Last ablegen dürfen.«

Ich preßte mein Gesicht an ihre Wange. »Ich will dich nicht gehen lassen.«

»Siehst du? Genau das sage ich. Du brauchst einen Mann, mein Mädchen, und keine abgewirtschaftete alte Frau. Gott verzeih mir.« Aber sie machte einen zufriedenen Eindruck und hielt meine Hand, bis sie rasch und leicht einschlief.

Am folgenden Tag waren die Telefonleitungen unterbrochen, denn die Stürme wüteten immer noch ungebremst. Maurice konnte nicht malen, weil der Wind seine Staffelei davonwehte, und so arbeitete er allein an der Muschelgrotte weiter, während Elizabeth in der Schule war. Ich fing mit der zweiten Hälfte meiner Geschichte an und schaffte fast das ganze achtzehnte Jahrhundert in einem Durchgang. Es war herrlich friedlich ohne Gäste und ohne Telefon. Ich überlegte, wie angenehm das Leben auf Westray gewesen sein muß, als es noch eine Priorei war. Ich konnte mir gut vorstellen, bei schönem Wetter im Garten zu arbeiten und reiche Ernte zu erzielen, und bei schlechtem Wetter in sauberer Handschrift Manuskripte zu kopieren.

Tags darauf kamen die Telefonelektriker sehr früh am Morgen und reparierten die Leitung. Sofort läutete es. Ich hob ab, weil ich dachte, es sei vielleicht Patience, die über Aubrey mit mir reden wollte.

»Mrs. Stowe! Gott sei Dank! Seit gestern abend um halb elf versuche ich Sie unentwegt zu erreichen. Hier ist John Cotteloe.«

Meine Hand klammerte sich an den Hörer. John Cotteloe war Henrys Direktor.

»Ich habe eine beunruhigende Nachricht für Sie, Mrs. Stowe. Die Abendbeleuchtung wurde gestern abend wie üblich um zehn Uhr ausgeschaltet, und Henry lag nicht in seinem Bett.

Unter seiner Decke hatte er eine wenig überzeugende Kissenkonstruktion plaziert, auf die die Oberin glücklicherweise sofort aufmerksam wurde. Ich habe eine Suche auf dem Schulgelände veranlaßt und sofort die Polizei verständigt. Wir versuchten, uns mit Ihnen in Verbindung zu setzen, aber Ihr Telefon hat nicht funktioniert. Ihre Ortspolizei dürfte bald bei Ihnen eintreffen. Natürlich könnte die Sache, die im letzten Trimester mit seinem Vater passiert ist, damit etwas zu tun haben. Ich bin mir sicher, daß sich die Schule nichts vorzuwerfen hat. Gott sei Dank, daß es mir endlich gelungen ist, zu Ihnen durchzukommen und Ihnen die Nachricht selbst überbringen zu können.«

Ich konnte mir nicht vorstellen, warum das von Bedeutung sein sollte. Doch meine Gedanken schlugen sofort eine andere Richtung ein. Ich hörte das Geräusch eines Autos, das in die Einfahrt fuhr. Henry wurde vermißt. Henry war von der Schule weggelaufen und war irgendwo ganz allein, vielleicht verirrt, verängstigt und hungrig. Fast fünfzig Kilometer ländliche Gegend lagen zwischen ihm und zu Hause. Ein schriller Entsetzensschrei brach aus mir heraus.

»Mrs. Stowe? Ist alles in Ordnung?« Mr. Cotteloes Stimme klang besorgt. »Es tut mir leid, der Überbringer so schlechter Nachrichten zu sein.«

Ich hätte ihn am liebsten aufgefordert, endlich aus der Leitung zu gehen, falls Henry mich anzurufen versuchte, und ihn gleichzeitig gern gefragt, was er denn für eine Schule führe, wo kleine Jungs einfach auf und davon marschieren konnten? Wie konnte er es wagen, zu behaupten, die Schule habe sich nichts vorzuwerfen?

»Verstehe.« Ich bemühte mich um eine ruhige Stimme. »Danke, Mr. Cotteloe. Ich gebe Ihnen Bescheid, sobald ich etwas Neues über ihn weiß.«

»Machen Sie das, Mrs. Stowe, und bitte glauben Sie, daß wir genauso besorgt sind wie Sie...«

Ohne zu überlegen, warf ich den Hörer auf die Gabel, während er noch redete. Ich hörte es an der Eingangstüre klingeln und machte auf. Ein dicker Polizist stand auf der Schwelle. »Sie wissen also schon Bescheid, Mrs. Stowe.« Vermutlich sah er mir das an. »Wir sind so schnell wie möglich herausgekommen, aber die Leitungen der Polizeistation waren lahmgelegt. Können Sie mir Ihren Sohn beschreiben?«

Ich ließ ihn in der Tür stehen, und der Wind fegte durchs Haus.

»Etwa einsfünfzig groß. Hellrote Haare. Grüne Augen. Sommersprossen. Eine breite Nase ...«

»Danke, das wird genügen, um ihn zu suchen. Haben Sie eine Ahnung, wohin er gegangen sein könnte, falls er nicht vorgehabt hat, nach Hause zu kommen?«

Nicht nach Hause kommen? Natürlich kam er nach Hause. Ich runzelte die Stirn und versuchte nachzudenken.

»Können Sie sich an einen Familienstreit erinnern, Mrs. Stowe? Tut mir leid, Sie das fragen zu müssen, aber Teenager nehmen so etwas manchmal sehr ernst.«

»Nein, da war nichts. Wir hatten keinen Streit.« Meine Stimme klang seltsam. Mein Mund war so trocken, daß meine Lippen aufeinander klebten.

»Na gut. Also kein Grund zur Beunruhigung. Wir werden ihn schon finden. Alle Polizeistationen zwischen hier und ...« er sah in seinem Notizblock nach »... Noddlecats sind alarmiert worden. Machen Sie sich keine Sorgen. In neun von zehn Fällen tauchen die Kinder gesund und wohlbehalten wieder auf.«

»Nethercoat's«, korrigierte ich automatisch. In neun von zehn Fällen! Was sagte dieser Mann da? Standen die Chancen wirklich so entsetzlich schlecht? Eine Eins-zu-zehn-Chance, daß Henry überfahren, ertrunken, durchgebrannt ... ermordet worden sein könnte?

»Am besten setzen Sie sich ganz ruhig hin, gnädige Frau, und trinken eine Tasse Tee. Ist noch jemand im Haus bei Ihnen?« Ich nickte, und in diesem Moment kam auch Jenny in die Diele. »Ich bin dann weg.« Der Polizist klang erleichtert. »Haben Sie keine Angst. Es wird alles gut werden. Ein kleiner Ausreißer, der uns alle in Angst und Schrecken versetzt!«

»Was ist denn los, Miranda?« Jenny legte ihre Hand auf meinen Arm. »Du lieber Himmel, Sie sehen aber schlecht aus!

Hier, setzen Sie sich.« Sie zog mich zu dem Stuhl, der in der Diele stand.

»Mama!« ertönte Elizabeths Stimme schrill von oben. »Hast du meinen sauberen Pullover gesehen? Ich werde den Schulbus verpassen, wenn mir keiner suchen hilft.«

»Er liegt im Wäscheschrank«, erwiderte ich, aber mir war so beklommen zumute, daß ich meine Stimme nicht erheben konnte.

»Im Wäscheschrank!« brüllte Jenny. »Du liebes Lieschen, Miranda! Sie haben mir aber einen Schrecken eingejagt!«

»Henry ist von der Schule weggelaufen. Er ist die ganze Nacht weg gewesen.« Ich richtete meinen Blick auf Jennys Gesicht, in der Hoffnung, sie würde mir sagen, es sei nicht wahr und ich habe geträumt.

»O Mann! Er ist doch nicht etwa abgehauen! Ich glaub es nicht!« Wir starrten einander an, wollten uns beide vergewissern, daß dies nicht wirklich der Fall sei. Mir war übel. Ich konnte nur noch an Henrys Gesicht denken, wie ich es zuletzt gesehen hatte. Wir mußten uns den Abschiedskuß immer geben, ehe wir durch das Schultor gingen, damit seine Freunde es nicht sahen. Er hatte davon gesprochen, sowohl arbeiten als auch schauspielern zu wollen. Hatte ich zu großen Druck auf das Kind ausgeübt? Angenommen, er versuchte gar nicht nach Hause zu kommen? War Westray ohne seinen geliebten Vater so unerträglich für ihn geworden? Hatte er nur äußerlich den Anschein erweckt, darüber hinweg zu sein, während er sich in Wirklichkeit innerlich immer schlechter und schlechter fühlte? Hatte ich ihn in irgendeiner Hinsicht hängenlassen?

Elizabeth kam über die Treppe nach unten gesprungen und fegte in die Küche, um zu frühstücken. Ich blieb auf dem Stuhl in der Diele sitzen und mußte an Henrys Kindheit denken. Es stimmte schon, daß ich länger gebraucht hatte ... wie lautete noch mal der gräßliche Satz, der immer fiel, wenn übers Stillen gesprochen wurde ..., eine Bindung aufzubauen, das war es. Nun, ich hatte ihn nicht stillen können, weil ich zu krank dazu war. Hatte Henry irgendwie das Gefühl gehabt, von mir weniger geliebt zu werden als die anderen beiden? Wenn ich an sein immer nach oben gewandtes Gesicht dachte, das Bestätigung und Lob heischte, hätte ich mir bei der Vorstellung, daß ich es versäumt hatte, ihm meine Liebe zu zeigen, am liebsten die Haare ausgerissen. Ich hatte geglaubt, er habe Jacks Naturell, müßte immer der Star, der Mittelpunkt von allem sein. In Wirklichkeit war das Kind das Opfer einer ... wie war noch mal der andere Begriff? ... unterkühlten Mutter. O mein lieber, geliebter Henry-Schatz! Ich war bereit, mich hinzuknien, um ihm Abbitte zu leisten für alles, was ich bei ihm falsch gemacht haben könnte, wenn ich nur die Chance dazu bekäme. »Lieber Gott!« betete ich. »Bitte mach, daß ihm nichts passiert! Bitte mach, daß er heil nach Hause kommt!«

Elizabeth rannte wieder an mir vorbei und die Treppe hoch. »Was sitzt ihr hier herum? Ich werde diesen Scheißbus noch verpassen und keine von euch schert sich darum, wenn ich einen Eintrag kriege. Ich wünschte mir, *ich* könnte den ganzen Tag vor mich hinträumen.« Ich sagte nichts. Ich hatte zu viel Angst, um zu sprechen. »Mama?« nörgelte Elizabeth von oben. »Was zum Teufel hat Henry auf der Brücke zu suchen? Sollte der nicht in der Schule sein?«

Mit einem Satz war ich an der Eingangstüre. Ich riß sie weit auf und flog zum Torhaus. Die Brücke kam mir kilometerlang vor. Henry stand an ihrem anderen Ende, sein rotes Haar stand im Wind ab wie die Haube eines Ara.

»Mama!« rief er erfreut. »Du erstickst mich ja gleich! Du machst mich ganz naß! Müssen Frauen denn immer so viel weinen! Ich bin froh, daß ich ein Mann bin. Was ich jetzt brauche, ist ein Schinkenbrötchen.«

Kapitel 21

»Ich war so in Sorge, als kein Brief kam.« Henry saß mit einer Decke um die Schultern am Kamin und aß sein Schinkenbrötchen. Er war sehr schmutzig und roch streng nach Kuhdung. Jenny ließ ihm oben ein Bad einlaufen. »Deshalb habe ich versucht anzurufen, aber es ging keiner dran. Nur Knistern in der Leitung. Ich dachte – ich weiß nicht –, vielleicht hat es gebrannt oder … sonst etwas. Ich wollte einfach nur nachsehen, ob mit dir alles in Ordnung ist.«

»Mein lieber Schatz, die Chancen, daß mir etwas zustößt, sind äußerst gering. Mir ist gar nicht bewußt gewesen, daß du dir Sorgen um mich machst. Das mußt du dir abgewöhnen.« Ich saß neben ihm auf dem Sofa und hatte meinen Arm um seine Schultern gelegt.

»Ich will das aber!« entrüstete sich Henry. »Du drehst doch auch ständig durch vor Sorge um mich! Du wärst auch aufgeregt, wenn du plötzlich keinen Brief bekämst, obwohl ich es versprochen hatte, und bei der Schule keiner ans Telefon ginge.«

»Ja, das wäre ich sicher. Ich verstehe, was du meinst. Aber es war ein Fehler wegzulaufen, ohne jemandem Bescheid zu geben, wohin du wolltest.«

»Glaubst du etwa, der alte Cutlets hätte mich gehen lassen? Denkst du etwa, er hätte mir geholfen, meine Tasche zu packen, und mich dann zum Bahnhof gefahren?« Henrys Ton klang vernichtend. »Er hätte mir eine Backpfeife gegeben und mir dann gesagt, ich solle ruhig sein und meine Hausaufgaben machen.«

»Ich habe dir übrigens geschrieben. Und ich habe den Brief wie immer am Dienstag – o nein! Da war doch der Sturm, oder? Was bin ich nur für ein Idiot! Ich habe Maeve den Brief mitgegeben.«

»Da hättest du ihn gleich hinter die Hecke schmeißen können! Also ehrlich, Mama! Wenn einer noch weniger geeignet ist, ein rechteckiges Stück Papier in einen rechteckigen Schlitz zu stecken, als Maeve, dann weiß ich wirklich nicht!«

»Du hast recht, und es ist ganz und gar mein Fehler. Ich weiß, daß sie unzuverlässig ist. Ach, mein Lieber! Und wenn ich überlege, was dir hätte alles passieren können! Ich bin wirklich eine sträflich nachlässige Mutter!«

»Macht doch nichts. Laß es jetzt gut sein, ich bin müde. Ich habe die Nacht in einem Stall mit Hunderten von Kühen verbracht. An den Gestank habe ich mich gewöhnt, aber sie zappelten ständig herum und muhten wie der Teufel. Jedesmal, wenn ich es mir bei einer bequem gemacht hatte, stand sie auf und lief herum, wenn ich gerade am Einschlafen war. Um warm zu bleiben, mußte ich mich unters Stroh legen, aber am Morgen war es sehr feucht.«

»Da hast du aber ein Abenteuer erlebt, das du dein Leben lang nicht vergessen wirst, Schatz. Mit dieser Geschichte kannst du noch deine Kinder und Enkel unterhalten. Aber tu's nie wieder. Ich hatte solche Angst, daß dir etwas passiert sein könnte. Ich liebe dich doch so sehr, weißt du …« Ich unterbrach mich, denn Henrys Augen waren zugefallen und die schmutzige Hand, die noch die Brötchenrinde in der Hand hielt, entspannte sich langsam. Ich legte seine Beine hoch aufs Sofa und deckte ihn mit einer Decke zu. Ich küßte sein Gesicht, trotz des Kuhgestanks. Eine ziemlich lange Zeit blieb ich sitzen und sah ihn mir in seinem Schlaf an.

»Wie hat er denn den Weg hierher gefunden?« fragte Maurice leise, als er sich über das schlafende Kind beugte.

»Er ist im Dorf, das an Nethercoat's grenzt, in den Bus gestiegen. Er hat mit Rose die Fahrt einmal von hier zur Schule im Bus gemacht, als Jack und Ivor nicht da waren und ich wegen Migräne nicht fahren konnte. Daher wußte er, was er tun mußte. In Burnt Askam muß man umsteigen. Unglücklicherweise ist das aber der letzte Bus gewesen. Er hatte nicht daran gedacht, daß die Busse nicht die ganze Nacht durch fahren. Offenbar ist er von Burnt Askam aus ein Stück gelaufen, bis er am Stadtrand zu einem Bauernhof kam. Er hat die Nacht in einem der Ställe verbracht.«

»Das muß ja schrecklich für ihn gewesen sein.«

»Ich habe den Eindruck, es war eine Tortur für ihn, obwohl er das ... abstreitet ist nicht ganz das richtige Wort, abwehrt ist vielleicht besser ...«

»Sie waren nicht böse auf ihn?«

»Wo denken Sie hin? Ich kann nur kaum den Gedanken ertragen, ihn jemals wieder aus meinem Blickfeld zu lassen. Es lag höchstens eine halbe Stunde zwischen der Information, daß er vermißt war, und seinem Auftauchen hier, aber in meinem ganzen Leben habe ich nie solche Angst ausgestanden. Man glaubt gar nicht, wie sehr man die anderen liebt, bis man sie vielleicht verloren hat.«

Maurice seufzte. »Ich habe erfahren, wie wahr das ist. Was nun? Haben Sie schon den Direktor angerufen?«

»Gütiger Gott! Das habe ich völlig vergessen! Und die Polizei. Die vergeuden jetzt in diesem Moment Steuergelder auf der Suche nach ihm.«

»Lassen Sie mich das machen. Sie sehen vor Schreck und Sorge ganz erschöpft aus.«

Ich gab ihm die Telefonnummern. Ich kam den ganzen Tag über nicht mehr richtig zu mir, fing das eine an und suchte dann schon nach der nächsten Aufgabe, ehe die erste beendet war. Ich konnte mich auf nichts konzentrieren und war völlig kaputt. Glücklicherweise erwarteten wir in den nächsten Tagen keine Gäste.

Henry wurde kurz vor dem Mittagessen wach und klagte über Kopfschmerzen und Halsweh. Ich ließ ihm neues Badewasser ein, und danach legte er sich ohne Widerrede ins Bett. Am Abend hatte er Fieber. Er trank sehr viel Limonade, das einzige, wonach er verlangte, schluckte unter Protest Aspirintabletten und weigerte sich, etwas zu essen. Seine Haut war blaß und feuchtkalt und seine Augen waren rotgeädert. Ich focht mit mir den allen Müttern so vertrauten qualvollen Kampf aus, ob ich den Arzt auch außerhalb der Sprechstunden rufen sollte, zwang mich schließlich dazu, vernünftig zu sein und bis zum Morgen zu warten.

»Es tut mir furchtbar leid«, sagte ich, als ich Dr. McCleod zu Henrys Zimmer führte. Es war sieben Uhr abends und schon dunkel. Dr. McCleod hatte meinen Anruf entgegengenommen und war meinen Entschuldigungen ins Wort gefallen. Er meinte, er werde in zwanzig Minuten in Westray sein, dann hatte er aufgelegt. »Wahrscheinlich kommt meine Panik noch von dem Schock. Er ist letzte Nacht von der Schule weggelaufen, und ich hatte eine ganze Weile keine Ahnung, wo er war, wissen Sie. Und ich habe so ein komisches Gefühl, daß er sich bei diesen Kühen etwas Gefährliches eingefangen haben könnte ...«

Dr. McCleod starrte mich ungläubig an. »Einen Moment mal. Fangen Sie noch mal an und sprechen Sie langsam. Ich kann Sie nicht verstehen, wenn Sie so quasseln.«

Er strich sich mit seiner freien Hand die Haare aus der Stirn, und mir fiel auf, wie müde er aussah.

»Es tut mir so leid«, sagte ich. »Ich wollte nicht quasseln.«

»Und hören Sie auf mit dem ›es tut mir leid‹.« Plötzlich überzog ein Lächeln sein Gesicht. Wenn die Stirnrunzeln zwischen seinen Augenbrauen verschwanden, war sein Gesichtsausdruck ein völlig anderer. »Treiben Sie mich nicht soweit, daß ich Sie schikaniere. Ich habe nämlich leider einen entschiedenen Hang zur Tyrannei. Jetzt erzählen Sie mir mal, was die Kühe hier zu suchen haben.«

Ich erzählte ihm von Henrys Nacht-und-Nebel-Aktion.

»Es gibt natürlich Zoonosen – Seuchen –, die man sich bei Kühen holen kann. Brucellosen und Q-Fieber sind die augenfälligsten. Aber sie brauchen längere Inkubationszeiten. Sie sagen, daß er sich erst heute früh krank fühlte? Ich denke, da können wir den Faktor Rind ausschließen. Ich werde ihn mir mal ansehen.«

Er untersuchte ihn sehr gründlich, obwohl Henry lauthals

dagegen protestierte, sich Spatel in den Mund stecken, in seine Augen hinein leuchten und seinen Bauch abklopfen zu lassen. »In ein, zwei Tagen bist du wieder gesund, Henry«, sagte er schließlich. »Du hast eine leichte Grippe. Habt ihr Grippeerkrankungen in der Schule?«

»Die Krankenstation ist voll. Die Oberin meinte, wenn es so weiterginge, müsse sie damit anfangen, die Kranken nach Hause zu schicken. In unserem Schlafsaal haben wir letzte Woche alle unsere Zahnbürsten ausgetauscht, damit wir ja sicher sein konnten, uns anzustecken.«

»Da haben wir's. Eine Belohnung dafür, daß du dir einmal die Zähne geputzt hast.«

»Ja, aber ich hätte das gar nicht tun brauchen. Da hatte ich nämlich noch gar nicht vorgehabt, nach Hause zu kommen. So ein Mist!«

Dr. McCleod zog eine Braue hoch und sah mich amüsiert an. Wir ließen den vor sich hin brummelnden Henry allein.

»Rufen Sie mich an, wenn Sie sich Sorgen machen. Aber ich bin recht zuversichtlich, daß es ein Anflug der Grippe ist, die derzeit bei uns grassiert. Doch sie kann auch ziemlich schlimm werden. Seien Sie nicht überrascht, wenn er sich einige Tage recht unwohl fühlt. Sie sollten darauf achten, daß Miss Ingrams nicht mit ihm in Kontakt kommt.«

Er hielt inne und klopfte seine Taschen ab. »Ich habe mein Thermometer … Nein, ich werde es wohl in meine Tasche gesteckt haben.« Er stellte sie auf die Truhe im Hausflur und wühlte darin herum. Er roch nach etwas Vertrautem und Angenehmen, nach etwas von draußen, was ich aber nicht näher bestimmen konnte. Seine Haut war blaß, seine Nase lang und dünn, und tiefe Falten zogen sich von ihr bis zu den Mundwinkeln. Er blickte auf. »Hab's gefunden. War wohl das zehnte Mal heute, daß ich es vermißt habe.«

Dies brachte mich darauf, daß es für ihn das Ende eines langen, harten Arbeitstages sein mußte. »Ich darf weder sagen, daß es mir leid tut, noch mich bedanken, aber ich kann Ihnen einen Drink anbieten. Bitte. Es ist so frustrierend, wenn man seine Dankbarkeit nicht zum Ausdruck bringen darf. Ist Ihnen das denn noch nie passiert?«

Er sah mich überrascht an. »Nein, ich glaube nicht. Ich kann mich nicht daran erinnern, mich jemals sonderlich dankbar gefühlt zu haben. Vielleicht bin ich aber auch ein selbstsüchtiger Bastard, der alles für gegeben ansieht.«

»Das wird die Erklärung dafür sein.« Es freute mich, daß er darüber lächelte. »Aber für Ihre Patienten ist das ungünstig. Denn Sie können nicht nachempfinden, was die fühlen.«

»Wahrscheinlich möchte ich nicht, daß man mir dankt, weil ... weil es mich, wie ich denke, daran erinnert, wie wenig ein Arzt wirklich zu tun vermag. Laien haben ein so grenzenloses Vertrauen in uns, und ich bin mir nur allzu bewußt, daß wir noch immer im dunkeln tappen. Wir schreiben Rezepte aus und hoffen das Beste.«

»Wie wär's also mit einem Drink?«

»Also gut. Danke.«

Als wir nach unten gingen, überlegte ich rasch. Ich könnte ihn ins Wohnzimmer führen, wo wir allein wären, oder in die Küche, wo Elizabeth, Jenny, Maurice und Rose sich aufhielten. In der Küche würde er sich bestimmt wohler fühlen, aber andererseits ging mir dann wieder eine Chance verloren, ihn besser kennenzulernen. Aber das zählte nicht. Ich entschied mich für die Küche.

Ich sah ihm an, daß er sich in der Wärme und Unordnung sofort entspannte. Maurice' Malsachen lagen am einen Ende des Tisches und Elizabeths Hausaufgaben am anderen. Ivor hatte hereingeschaut und verkündet, er werde am nächsten Tag nicht dasein, weil er mit seinen Verlegern zu Mittag äße. Er hatte sein letztes Gedicht mitgebracht und Maurice zum Lesen gegeben. Rose war in ihrem Stuhl eingenickt, machte aber die Augen auf, um zu schauen, wer gekommen war, und warf Dr. McCleod einen durchdringenden Blick zu. »Ach, Sie sind's«, sagte sie und schloß ihre Augen wieder.

»Hallo, Miss Ingrams, wie geht es Ihnen?«

Rose hielt ihre Augen geschlossen und preßte die Lippen zusammen. Dr. McCleod lächelte. Ich stellte ihn Maurice vor.

»Das ist ein gutes, kräftiges Schottengesicht, Dr. McCleod.« Maurice schüttelte ihm die Hand. »Die obere Hälfte Bär und die untere Wolf.«

»Maurice ist Maler, und zur Zeit katalogisiert er Gesichter nach der Methode Leonardo da Vincis«, erklärte ich.

»Finde ich angenehmer als die Menschen nach ihren Krankheiten einzuordnen. Ich heiße übrigens Rory. Guten Tag. Hallo, Jenny.«

Jenny, mit Bridie im Arm, lächelte und wurde rot. Das Baby sank nach seiner Flasche in den Schlummer, aber mit dem Mund machte es noch immer kleine saugende Bewegungen. Ich fand, daß Rory gut zu ihm paßte. Rory ... wild, Highland, brüllend. Doch ich bremste mich sofort. Anscheinend hatte ich einen schlimmen Walter-Scott-Anfall. Ich reichte ihm etwas zu trinken.

»Danke. Ich würde mir erst gerne die Hände waschen. Wir müssen aufpassen, daß wir keine Keime aus dem Krankenzimmer auf das Baby übertragen.«

Ich holte ein frisches Handtuch und wusch mir auch meine, weil ich den Tadel verstanden hatte.

Elizabeth war ihre Freude anzumerken, ihn wiederzusehen. Sie sah besonders reizend aus in – verdammt – meinem weißen Lieblingspullover. »Haben Sie nach Henry gesehen? Er simuliert, nicht wahr, damit er nicht wieder zurück auf die Schule geschickt wird?«

»Nein, das tut er leider nicht. Er ist wirklich krank. Nichts allzu Ernstes, aber du solltest ihm ein paar Tage fernbleiben.«

»Darf ich Sie auch Rory nennen?«

»Wenn du möchtest.« Er lächelte ihr zu und trank seinen Wein. Eine Hand hatte er in die Tasche gesteckt, und er wirkte sehr ungezwungen.

»Ich werde Henry etwas zu trinken bringen«, sagte ich. Ich fühlte mich schon nach einem Glas ein wenig beschwipst. Zweifellos lag das an der Angst der vorangegangenen Stunden.

Als ich wieder nach unten kam, waren Maurice, Rory und Ivor mitten in einer Auseinandersetzung über die Existenz Gottes. Alle hatten sich schon hineingesteigert, und ich merkte Maurice an, daß es ihm Spaß machte. Nach der langen Zeit, die er in Italien gelebt hatte, gab er zu, daß ihm die Engländer jetzt ziemlich gefühllos vorkamen. »Mir scheint«, sagte er,

»jeder kennt Augenblicke in seinem Leben, in denen sich etwas derart Zufälliges, derart Vielversprechendes ereignet, daß es einen günstigen Einfluß verspricht ... man nennt es Gnade. Mir sind Dinge passiert, die mich von Kopf bis Fuß haben erschauern lassen, weil sie so besonders gut paßten und zu soviel Glück geführt haben. Das hört sich jetzt alles ziemlich kitschig an, aber –«

»Das tut es gewiß«, fiel Rory ihm ins Wort. »Wovon Sie sprechen, ist nichts anderes, als die Fähigkeit des menschlichen Geistes, Sinneseindrücke auszuwählen und in eine Ordnung zu bringen, damit man sich in der Welt zurechtfindet.«

»Aber was ist mit der numinosen Erfahrung? Was ist zum Beispiel mit der Schönheit, die das Herz zu etwas Höherem erhebt als dem, was wir für gewöhnlich wahrnehmen, zur Wahrnehmung der Güte im Gegensatz zur Nützlichkeit?«

»Wir sollten nicht außer acht lassen, daß das Herz ein Organ ist, das Blut durch den Körper pumpt.« Rory kippte den Rest seines Weins hinunter und schien nicht zu merken, daß Maurice ihm nachschenkte.

»Ich bleibe dabei, obwohl der Einwand gerechtfertigt ist. Ich will damit nur sagen, daß wir bei der Betrachtung des *au delà* uns nicht durch das Fehlen intellektueller und rationaler Beweise beunruhigen lassen sollten, weil es der eigentlichen Natur des Glaubens entspricht, daß er sich in Nachahmungen der Leidenschaft und des Gefühls ausdrückt. Ich bleibe dabei, daß es verschiedene Wahrheiten gibt neben dem, was sich deshalb als wahr erweist, weil wir es essen oder damit im Feuer herumstochern können.«

»Aha!« sagte Ivor, der interessiert zugehört hatte. »Und was ist mit dem moralischen Imperativ? Wie Kant schon sagte, ist es kaum von Belang, ob Gott existiert oder nicht, solange es uns moralisch stärkt, wenn wir an ihn glauben.«

Ich hätte bei dieser interessanten Diskussion gerne mitgemacht, aber ich konnte kein Wort einbringen. Ich ging nach oben, um nachzusehen, ob Henry noch etwas brauchte, und um sein Licht auszuschalten. Als ich wiederkam, waren sie zum Marxismus übergegangen und kamen von dort dann auf Definitionen von Utopia zu sprechen. Als ich das Hähnchen aus dem Ofen holte und die Kartoffeln, die ich fürs Abendessen gebraten hatte, wurden die Stimmen wieder laut.

»Mein Gott! Ist es schon so spät? Ich muß los.« Rory machte ein betretenes Gesicht. »Nein, danke. Ich bin schon viel zu lange geblieben. Ich hatte mit meinem Vater immer sehr gute Streitgespräche, und seit er tot ist, vermisse ich die sehr. Meine Mutter hat sich dann immer Watte in die Ohren gesteckt. Sie konnte es nicht leiden, wenn wir stritten, aber es war für uns wirklich der einzige Weg, miteinander zu kommunizieren.«

»Kommen Sie wieder vorbei«, forderte Maurice ihn auf. »Ich mag ausgelassene Streitgespräche.«

Ich brachte Rory zur Tür. Die Sterne standen schon am Himmel und es war bitterkalt.

»Schön, nicht wahr?« Er holte ein paarmal tief Luft und blickte hoch zum funkelnden Himmel. Dann wandte er sich mir zu. »Danke. Das hat Spaß gemacht. Das Leben bei den Kentons ist ziemlich traurig. Wenn man zusehen muß, wie ein guter Kopf sich auflöst. Sie ist sehr geduldig und tapfer, aber es ist hart für beide.«

»Sobald es Henry wieder bessergeht, gehe ich und besuche sie.«

»Würden Sie das tun? Das wäre sehr freundlich. Die Leute meiden Sie ... vermutlich aus Verlegenheit. Aber jetzt halte ich Sie hier in der Kälte auf der Türschwelle fest.« Er wandte seinen Blick von mir ab und wieder hoch zu den Sternen. »Ich nehme an, Sie hätten – oh, Ihr Telefon läutet. Ich gehe jetzt. Gut Nacht.«

Er war nur noch ein schwarzer Schatten, der unter dem Bogen zur Brücke verschwand, als ich die Tür schloß.

Maeve meldete sich. »Was höre ich da von Henry, er soll von der Schule abgehauen sein? Mrs. Veal hatte es von ihrer Cousine, die auf der Polizeistation von Marshgate arbeitet. Sag bloß nicht, daß das wahr ist!«

»Doch, so ist es. Aber er ist wohlbehalten nach Hause gekommen und liegt sicher in seinem Bett. Unglücklicherweise hat er die Grippe, aber ich denke, die hätte er sich sowieso eingefangen.« Ich konnte nicht umhin, meiner Stimme einen unterkühlten Unterton zu geben.

»Aber warum? Ich dachte immer, es gefällt ihm in der Schule?«

»Na ja …« Ich hatte noch keine Zeit gehabt, mir zu überlegen, was ich Maeve zu dem nicht eingeworfenen Brief sagen würde. Wäre ich meinem ersten Impuls an diesem Morgen gefolgt, dann hätte ich Maeve auf der Stelle aufgesucht und ihr meine Meinung gesagt. Aber jetzt wollte ich nur noch ins Bett. »Er hat sich Sorgen um mich gemacht. Aber das ist jetzt in Ordnung.«

»Miranda? Stimmt was nicht? Geht es ihm wirklich gut? Es sieht doch Henry gar nicht ähnlich, so in Panik zu geraten?«

»Er ist nicht so selbstsicher wie er scheint. Weißt du, ich bin müde. Es war ein langer Tag. Ich werde dich morgen anrufen.«

»In Ordnung. Alles Liebe von mir. Dann, gut Nacht.«

Maeve mußte meine Reserviertheit, die ich zu verbergen versucht hatte, gemerkt haben. Aber ich war jetzt zu müde, um mir darüber den Kopf zu zerbrechen. Ich ging in die Küche. Maurice hielt ein Blatt Papier hoch. »Erkennen Sie ihn?« Es war eine Skizze von Rory McCleod, auf Anhieb zu erkennen, mit seinen stirnrunzelnd zusammengezogenen dunklen Brauen und dem wilden Blick in den Augen. »Ein sehr interessanter Mann. Ungewöhnlicher Typ. Ich denke, ich habe ihn ganz gut getroffen.«

»Sehr gut sogar. Warum machen Sie keine Porträts beim Historienspiel? Das käme sicher unheimlich gut an. Alle würden sich gern im Kostüm malen lassen.«

»Nun, ich habe eigentlich eher gehofft, daß man mir eine Rolle anbietet. Ich schauspielere so gern.«

»Daran habe ich nie gedacht. Sie gäben einen wunderbaren Heinrich VIII. ab.«

»Wegen meines *embonpoint*, meinen Sie? Taktloses Mädchen. Ab morgen werde ich die Scherze machen.« Maurice schrieb etwas unter die Skizze von Rory. »Das hätten wir. *Saeva indignatio*. Das ist der vorherrschende Geist des Mannes. Kennen Sie Swifts Epitaph? ›*Ubi saeva indignatio ulterius cor lacerare nequit*. Wo wütende Entrüstung dieses Herz nicht länger zerreißen kann.‹«

»Er hat einen Gesichtsausdruck wie Marcus Curtius, der in die Erdspalte springt, um Rom zu retten. Feurig vor Überzeugung. Ich habe mir eine Postkarte dieses Gemäldes gekauft, als ich in Venedig war.«

Unter Maurice' wolligen Augenbrauen hervor traf mich ein scharfer Blick. Er fing an, das Hähnchen zu zerlegen und sagte nichts mehr, aber es war ihm anzusehen, daß er nachdachte.

In dieser Nacht schreckte ich mehrmals aus dem Schlaf hoch und mußte zu meiner eigenen Beruhigung jedesmal aufstehen, um nach Henry zu schauen. Er schlief tief und fest, zitterte manchmal vor Kälte und war dann wieder unruhig, weil ihm so heiß war. Aber obwohl er am Morgen klagte, es täte ihm alles weh, wußte ich, daß er wirklich auf dem Weg der Besserung war. Und ich nahm dankbar zur Kenntnis, daß ich mein Gleichgewicht wiedergefunden hatte.

Den ganzen Tag lief ich treppauf, treppab, um den Kranken zu pflegen. Ivor behauptete, absolut immun gegen Erkältungen und Grippe zu sein, und bot an, Henry vor dem Abendessen etwas vorzulesen, damit ich nach unten gehen und kurz mit Lissie plaudern konnte. Sie war in erster Linie gekommen, um nach Bridie zu sehen, während Jenny mit ihrer neuen Freundin, Mrs. Harker, Tee trinken ging. Diese Freundschaft überraschte mich, was sie vermutlich nicht sollte. Trotz der gewalttätigen Art, die Mrs. Harker meinen Tassen und Tellern gegenüber an den Tag legte, besaß sie doch ein Quentchen rauher Herzlichkeit, und Jennys Situation konnte sie nur allzugut nachvollziehen; hatte sie sich doch, wie sie uns erzählte, »mit sechzehn das erste Kind machen lassen«. Mrs. Harker war danach noch siebenmal Mutter geworden. Es machte ihr nichts aus, Jenny in ihre Schar mit aufzunehmen, insbesondere, weil Jenny die Bereitschaft zeigte, sich ihr gegenüber ebenso unterwürfig zu verhalten, wie sie das gegenüber allen älteren Menschen tat.

»Ivor scheint in letzter Zeit gut in Form zu sein«, meinte Lissie, als wir in der Bibliothek am Kamin saßen, während Bridie auf dem Bauch über den Teppich rutschte, angetan mit einem hübschen und teuren Strampelanzug, den Lissie ihr unter dem Vorwand mitgebracht hatte, es sei ein von Alice abgelegter. Wir hatten bereits jeden möglichen Aspekt von Henrys Flucht und der darauffolgenden Krankheit besprochen. »Ivor zeigte sich überaus aufgeschlossen heute abend. Normalerweise ist er mir gegenüber sehr schweigsam, und wir wissen beide nicht, was wir sagen sollen.«

»Ach, hab ich dir vielleicht noch gar nicht erzählt, daß seine Gedichte veröffentlicht werden? Endlich ist es soweit. Im August denke ich. Seitdem ist er wie umgewandelt. Mir war davor nie so aufgefallen, wie sehr ihn das Gefühl quälte, ein Versager zu sein. Jetzt läuft er herum und pfeift Takte aus *Hoffmanns Erzählungen*. Das geht mir zwar langsam auf die Nerven, aber es ist mal etwas anderes als der *Don Giovanni*. Seit er den Brief erhalten hat, habe ich kein einziges Gedicht mehr von ihm bekommen. Jetzt sind seine Gedichte alle viel zu kostbar, um unters Volk gestreut zu werden. Soviel also zur Romantik.«

Lissie lachte darüber. »Und Patience erst«, fuhr sie fort. »Ist das nicht wunderbar, wenn man sie so über Aubrey reden hört? Keiner hat das Glück mehr verdient als sie. Ihr Leben ist ganz schön mies gewesen. Aber ich kann mir nicht vorstellen, was sie mit Wacko machen wird.«

»Das ist alles schon ausgemacht. Als Patience ihm erklärte, sie werde Aubrey heiraten und im Pfarrhaus wohnen, er könne aber dorthin gerne mitkommen, sagte er sofort, er habe schon immer daran gedacht, in ein Wohnheim für pensionierte Armeeoffiziere zu ziehen. Er hätte es schon eher getan, wenn Patience nicht allein zurückgeblieben wäre.«

»Also so was! Dieser alte Teufel! Als wäre ihr Leben nicht unendlich viel besser gewesen, wenn sie sich nicht immer für ihn hätte abschinden müssen. So zu tun, als würde er an sie denken!«

»Ich weiß nicht«, sagte ich bedächtig. »Ich kann mir schon vorstellen, daß er es als seine Pflicht ansah, bei Patience zu bleiben. Natürlich sieht er nicht, was er für eine ausbeuterische Belastung für Geist und Energie darstellt. Sie meinte, die Aussicht, seine alten Kameraden wiederzusehen und in den alten Zeiten zu schwelgen, habe ihn in eine sehr aufgeräumte

Gemütsverfassung versetzt. Langsam fange ich an, ihn in einem neuen Licht zu sehen.«

»Du wirst ja tolerant, meine Liebe!«

»Was willst du damit sagen?«

»Sei jetzt bitte nicht zu wütend auf mich. Mir ist einfach nur aufgefallen, daß du dich seit Jacks Tod etwas zurückziehst, und das beunruhigt mich. Als würdest du dich nicht mehr zu den Menschen zählen. Jessica Buxton hat mir berichtet, sie habe dich seit Weihnachten dreimal zum Abendessen eingeladen, und immer seist du beschäftigt gewesen. Sie meinte, dich jetzt nicht mehr ansprechen zu können, weil das dann zu penetrant sei.«

»Also gut. Sie ist wirklich eine sehr liebenswürdige Frau, aber ich habe mit ihr oder ihren Freundinnen nichts gemein. Ich muß jetzt keine Rolle mehr als Ehefrau an der Seite ihres Mannes spielen und kann gesellschaftlich tun und lassen, was ich will. Außerdem *bin* ich sehr beschäftigt.«

»Sag jetzt bitte nicht, daß ich dich verletzt habe! Aber du bist doch meine beste Freundin, und ich nehme Anteil daran, ob du glücklich bist oder nicht.«

»Nein, ich bin nicht verletzt. Ich hoffe nur, daß das alles nicht stimmt. Ich möchte nicht zum Psychofall werden. Jacks Tod muß uns alle ein wenig verändern, oder nicht? Aber ich mag nicht in eine Sprache eingeordnet werden, die nur aus hochtrabenden Verallgemeinerungen besteht. All das, wofür Maeve sich interessiert, sollte man nicht allzu ernst nehmen. Die Probleme werden nicht gelöst, indem man sie benennt.«

»Maeve erzählte mir übrigens, du seist ihr gegenüber gestern sehr reserviert gewesen.«

Ich erzählte Lissie von dem nicht eingeworfenen Brief. »Aber es war dumm von mir, deswegen auf sie wütend zu sein. Ich weiß ganz genau, daß es an den unterbrochenen Telefonleitungen lag, weshalb Henry beschloß, wegzulaufen. Der Brief war nur ein Teil davon. Und ich weiß, daß Maeve nichts auf die Reihe bekommt und vergeßlich ist. Es war keine Absicht von ihr. Ich muß das mit ihr bereinigen, sobald ich eine freie Minute habe.«

Aber dieser Augenblick kam nie. Zwei Tage nach Henrys

Rückkehr machte sich bei mir eine Schwere in den Gliedmaßen und ein Kratzen im Hals bemerkbar. Mir hämmerte der Kopf und ich fror. Ich riß mich zusammen, so gut es ging, aber bald schon fühlte ich mich so elend, daß ich nur noch ins Bett wollte. Ich schickte Elizabeth mit einer Nachricht zu Ivors Häuschen, worin ich ihn bat, freundlicherweise zu uns zu kommen und sich um Henry und das Abendessen zu kümmern. Elizabeth kehrte mit der Meldung zurück, Ivor habe 41 °C Fieber, und er fürchtete, an einer seltenen und möglicherweise tödlichen Krankheit zu leiden. Obwohl ich das Gefühl hatte, auf glühenden Kohlen gebraten zu werden, fand ich das dann doch lustig. Ich bat Elizabeth, Ivor einzuladen, hoch ins Haus zu kommen, damit er es warm hatte und richtig versorgt werden konnte.

Die Frage, wer sich um was und wen kümmern sollte, machte mir so zu schaffen, daß ich mich in einen Zustand krankhafter Reizbarkeit hineinsteigerte, weil jeder Plan, den ich mir zurechtlegte, sofort unüberwindbare Hindernisse aufwarf. Ich wollte unter allen Umständen Rose, Jenny und vor allem Bridie, aber auch Maurice von allen möglichen Ansteckungsquellen fernhalten, aber das erwies sich als so schwierig wie den Fuchs, die Gans und den Sack Korn über den Fluß zu bringen. Als die Nacht hereinbrach, hatte ich zu einem solipsistischen Dasein Zuflucht genommen und ließ mir auf einer holprigen Achterbahnfahrt von der Schmelzhütte in die Eisfabrik und wieder zurück in immer kürzer werdenden Intervallen die Knochen durchrütteln.

Drei Tage lang war ich völlig hilflos, konnte nur krächzen, daß es mir leid tat, so viele Umstände zu machen, wenn die Leute, allen voran Mrs. Harker und Lissie, mir Suppe oder Tee oder Aspirin brachten. Mrs. Harkers Schritte durch mein Zimmer nahmen in meinen Wachträumen die Gestalt des Mannes an, der in J. Arthur Ranks Filmen zu Beginn den Gong schlug. Meine Kissen wurden ausgeklopft, bis mir die Federn wie Schnee um meinen hämmernden Kopf flogen. Ihre Äußerungen waren sehr niederdrückend. Im *Daily Banner* hatte sie gelesen, daß diese spezielle Grippewelle die Schwachen und Starken gleichermaßen dahinraffte.

»Sie sehen aber blaß aus, Mrs. Stowe«, sagte sie am dritten Morgen, als sie mich mit pessimistischer Miene ansah und dabei die Arme wie Schinkenstücke über ihrem ausladenden Busen kreuzte. »So krank hat keiner mehr ausgesehen, seit meine Tante Glad von der Lungenentzündung weggerafft wurde.« Sie gab Laute wie ein klapperndes Pferd von sich und schlug beim Hinausgehen die Tür so heftig zu, daß der Putz aus den Fugen rieselte.

Wenn ich mich bei Lissie nach Henrys und Ivors Befinden erkundigte, wurde mir fröhlich berichtet, es ginge ihnen von Tag zu Tag besser. Nach drei Tagen konnte ich mich selbst davon überzeugen. Ich schleppte mich in Morgenmantel und Hausschuhen nach unten und hörte aus der Waffenkammer den Lärm des Fernsehers, begleitet von Henrys Gegluckse. Er sah blaß aus, hielt aber in der einen Hand ein Paket Knabbergebäck und in der anderen etwas, das wie ein Stück Pizza aussah. Er wedelte mir freundlich damit zu, als er seine Augen für eine Sekunde mir zuwandte, und klebte dann wieder am Bildschirm.

In der Küche traf ich eine häuslich vertraute, wenn auch etwas in Unordnung geratene Szenerie an. Rose und Bridie schlummerten gemeinsam neben dem Ofen, Maurice und Jenny, im Gesicht und an den Armen voller Mehl und weiß wie Zirkusclowns, zogen ein Stück Teig auseinander, kneteten und klopften es.

»Pizza und Pasta. Das sind die Gerichte, die ich kenne«, erklärte Maurice, während mir Jenny freundlich eine Tasse Tee brachte und mir ein Kissen in den Rücken stopfte. »Jennys Schinken mit Eiern und ihr Reispudding sind einsame Spitze, aber nicht dreimal am Tag. Lucia hat mir ein paar italienische Gerichte beigebracht, und das kommt mir jetzt sehr zugute. Ich habe unendlich viel Spaß daran. Wie geht es Ihnen denn, mein armes Mädchen?«

»Danke, schon sehr viel besser. Ich habe kein Fieber mehr. Bin nur noch ein bißchen wackelig auf den Beinen und habe den Wunsch, meinen Kopf auf jede sich anbietende Unterlage zu legen. Ich bin einfach noch schwach, in ein paar Tagen aber wieder gesund und munter. Wie geht es Ivor?«

»Er ist noch immer davon überzeugt, daß es rheumatisches Fieber oder Schwindsucht ist. Eine Grippe ist Dichtern nicht romantisch genug. Seit Tagen feilt er an seinen letzten Worten.«

»Hallo, Mama!« Elizabeth kam herein und schleuderte ihre Stiefel in die eine Ecke, die Schultasche in die andere. »Geht es dir wieder besser? Onkel Tremlow ist der tollste Koch überhaupt!« Gänzlich unerwartet kam sie auf mich zu und drückte mir einen Kuß auf die Wange. »Schön, dich wieder auf den Beinen zu sehen.«

»Danke, mein Schatz«, sagte ich und nahm ihre kühle Hand für einen Moment in meine heiße, trockene. »Wie geht es dir? Hoffentlich keine Grippeanzeichen?«

»Um Himmels willen, bloß das nicht! Ich bekomme sie auch nicht.«

Und ihre Zuversicht sollte ihr recht geben, denn sie wurde nicht krank. Aber am Tag nach meinem ersten Ausflug in die Welt, klagte Jenny über Kopfschmerzen und wurde ein paar Stunden später im Fieberdelirium in ihr Bett verbannt. Diese Wendung machte mir große Sorgen. Nicht nur schien Jenny die Krankheit mehr als uns zuzusetzen – wenn Ivor auch danach noch immer behauptete, ihn habe, falls es denn Grippe gewesen sei, ein einzigartiger und besonders bösartiger Virus heimgesucht –, sondern ich hatte auch Angst um Bridie. Stündlich untersuchte ich sie auf Anzeichen einer Infektion, und wie zu erwarten war sie noch am selben Abend besorgniserregend blaß und hatte erhöhte Temperatur. Ich suchte meine alten Handbücher über Kinderpflege heraus, und Lissie und ich rieben sie mit kaltem Wasser ab und lasen uns immer wieder den Abschnitt über kindliche Schüttelkrämpfe durch. Eine Weile quengelte Bridie ganz elend, während das Fieber stieg, aber dann wurde sie ganz schlapp und blaß und klebte vor Schweiß, was uns ebenso beängstigte. Lissie geriet fast außer sich vor Sorge.

»Sie machen das Baby noch kaputt, wenn Sie alle fünf Minuten Fieber bei ihm messen«, sagte Rose ermahnend zu Lissie. »Lassen Sie das arme Ding doch schlafen. Dieses ständige Herumflattern schadet eher.« Ich hatte versucht, Rose in die Bibliothek und weg von der Ansteckungsquelle zu verbannen, aber sie war hartnäckig. »Wenn ich sie kriegen soll, habe ich sie inzwischen. Bridie ist die letzten Tage so gut wie nie von meinen Knien heruntergekommen.« Dieses vernünftige Argument machte jedes weitere Drängen überflüssig.

Die arme Jenny war die duldsamste Patientin, die ich je gepflegt hatte. Ich glaube, es wäre ihr lieber gewesen, man hätte sie ganz allein gelassen und vernachlässigt und sie nicht umschwirrt und umsorgt. Sie seufzte nicht einmal, wenn Mrs. Harker sie einer Waschung unterzog, die auf mich eher den Eindruck einer Hautentfernung machte.

»Ich habe Dr. McCleod angerufen«, verkündete Lissie trotzig. »Ich übernehme die volle Verantwortung. Nicht sauer sein. Ich halte das nicht mehr länger aus.«

»Ich bin nicht sauer«, sagte ich. »Ich bin genauso besorgt wie du. Ich klingele ihn nur einfach nicht gern um zehn Uhr heraus, weil ich weiß, wie überarbeitet er zur Zeit ist.«

Rory sah wahnsinnig müde aus. Er untersuchte Bridie und hörte ihre Brust ab. »Ihre Lungen sind bis jetzt noch frei. Sie versuchen die Temperatur mit Schwammabreibungen so weit wie möglich zu drücken? Gut. Geben Sie ihr Paracetamol, aber nicht öfter als viermal am Tag. Ich möchte ihr ungern Antibiotika geben, solange ich es nicht muß. Ich werde am Morgen als erstes bei Ihnen vorbeischauen.« Dann sah er mich an. »Sie sehen auch nicht gut aus.«

»Ich hab's gerade hinter mir. Es geht mir schon sehr viel besser. Bleiben Sie doch und trinken Sie etwas.«

Die Bibliothek sah besonders einladend aus, wie ich fand. Der Duft aus einer Vase voll frühblühender Narzissen vermischte sich mit dem Holzrauch, und die schummrige Beleuchtung warf mattgelbe Flecken auf Tische und Schreibtisch.

»Ich erinnere mich an diesen Raum.« Rory sah sich um. »Es ist ein wunderschönes Haus.«

Ich reichte ihm ein Glas Whiskey. Lissie und ich hatten eine Flasche Wein geleert, die wir zum Abendessen aufgemacht hatten. Maurice, Elizabeth und Rose waren schon zu Bett gegangen, und so war es ungewöhnlich ruhig im Haus. Wir unterhielten uns leise über die Epidemie und Dr. Kenton. Ich erkundigte mich bei Rory nach seinen Plänen, wieder nach Glasgow zurückzukehren.

»Die sind noch nicht viel weiter gediehen. Das Angebot eines Glasgower Krankenhauses habe ich abgelehnt. Es entsprach nicht meinen Vorstellungen, aber es hätte mich wieder zurückgebracht. Das Hauptproblem ist aber, daß ich niemanden finde, der hier vor Ort die Stelle übernimmt, vielleicht auch deshalb, weil die Praxis im Haus der Kentons ist. In Kürze, vielleicht schon in ein paar Monaten, wird er nicht mehr wissen, wo er sich befindet, und Mary Kenton kann ihn dann woanders hinbringen. Aber im Augenblick fühlt er sich nur in seinem eigenen Bett sicher. Es wäre grausam, sie zu bitten, umzuziehen.«

Wir sprachen noch etwas über dieses Problem, dann erklärte Lissie, sie müsse gehen. Sie dankte Rory übertrieben für seinen Besuch, und amüsiert und verdrossen zugleich nahm ich seine Höflichkeit zur Kenntnis, mit der er ihr versicherte, sie solle ihn nur anrufen, wenn sie besorgt sei. Er stand auf, als sie ging, machte aber keine Anstalten, ihr zu folgen.

»Sehen Sie«, sagte er, nachdem sie gegangen war, »ich habe an das gedacht, was Sie gesagt haben, und beschlossen, den Leuten nicht mehr ins Gesicht zu springen.«

»Ich bin überrascht. Ich hätte nie gedacht, irgendeinen Einfluß auf Sie zu haben.« Die Worte kamen mir locker über die Lippen.

Er sah mich an und begann dann, im Zimmer umherzulaufen, Bücher aufzunehmen, die herumlagen, und abwesend ihre Einbände zu betrachten.

»Es lag mir auch nie im Sinn, daß Sie Einfluß auf mich haben sollten«, sagte er schließlich. »Ich bin generell auf der Hut bei Leuten, vor allem, wenn ich –« Er hielt inne.

»Warum sind Sie nach Kent gekommen?« fragte ich, um die Pause zu füllen. »Es ist so offenkundig, daß dies nicht die Art von Medizin ist, die Sie praktizieren wollen.«

»Philip Kenton schrieb mir und bat mich darum. Schon lange Zeit, bevor die Diagnose gestellt wurde, spürte er, daß etwas mit ihm nicht in Ordnung war. Haben Sie jemals Trollopes Geschichten über die Geistlichkeit von Barsetshire gelesen?«

Ich nickte.

»Erinnern Sie sich an die Geschichte der Beziehung zwischen zwei Männern, die auf der Universität Freunde waren, Dr. Arabin und Mr. Crawley? Der eine steigt auf und wird ein reicher und erfolgreicher Dekan, während der andere ein armseliger Hilfsgeistlicher bleibt. Philip Kenton war wie Dr. Arabin. Weil meine Eltern sehr arm waren, steckte er meiner Mutter heimlich Geld zu, um uns aus unseren Schulden zu helfen. Mein Vater war zu verbittert und zu stolz, um Freundlichkeiten anzunehmen. Ich habe Ihnen noch nicht erzählt, daß das Leben meines Vaters zerstört worden war, weil man ihn wegen unehrenhaften Verhaltens zur Anklage brachte. Man hat die Anklage später fallenlassen, aber er mußte früh seinen Ruhestand antreten. Der Streß hat ihn kaputtgemacht. Ich war Philip immer unendlich dankbar. Er war einer der wenigen Menschen, die immer an die Unschuld meines Vaters glaubten. Ich denke, ihm verdanken wir, daß mein Vater nicht verrückt wurde. Deshalb war mir klar, daß ich ihm seinen Wunsch nicht abschlagen konnte.«

»Sie konnten es dann auch nicht.« Ich weiß nicht, ob Rory hörte, was ich sagte. Er ging noch immer auf und ab, und ich glaube, er bekam auch nicht mit, daß ich ihm nachschenkte.

Er nahm das Glas vom Tisch hoch, kippte seinen Inhalt hinunter und stellte es ohne Kommentar wieder ab. »Schon seit ich ein kleiner Junge war«, fuhr er fort, »hatte ich die Absicht, meinem Vater in die Medizin zu folgen. Ich machte meinen Abschluß in Edinburgh und habe bis letztes Jahr nie auch nur den geringsten Zweifel an der Richtigkeit meiner Entscheidung gehabt. Aber sobald ich zu praktizieren anfing, merkte ich, daß mir eine ganz wichtige Fähigkeit fehlte. Man könnte es wahrscheinlich die Fähigkeit des Mitfühlens nennen. Ich bin intolerant. Die Leute machen mich wütend. Ich habe mich nicht ständig unter Kontrolle. Ein Arzt sollte sich selbst im Griff haben. Wie ein Priester sollte er sich nur mit dem Leiden der Menschheit befassen.«

Rory beendete seine Rede, indem er sich mit dem Rücken ans Feuer stellte und die Hände tief in die Taschen seiner Tweedjacke grub. Er starrte hinunter auf den Teppich, verfiel in nachdenkliches Brüten. Sein Hemdkragen stand offen und der Knoten seiner Krawatte war nach unten gerutscht, als hätte er den ganzen Tag ungeduldig daran gezogen.

»Ich glaube, daß es immer mehrere Wege gibt, wie man seinen Beruf ausüben kann, egal welchen.« Ich lehnte mich in meinen Stuhl zurück und bemühte mich, meine Gedanken in Worte zu fassen. »Es gibt jede Menge Leute, denen mit einem gütigen, unkritischen ›großen Herzen‹ nicht geholfen wäre. Ich, zum Beispiel. Es gibt kaum etwas, was mich so sehr irritiert, wie meine körperlichen oder psychischen Schwächen vor einem heiligen Meister zur Schau zu stellen, der mir mit unparteiischem Wohlwollen begegnet. Ich ziehe es vor, mich auseinanderzusetzen, wie scharf auch immer. Dr. Kenton war ein wunderbarer Mann, aber er hatte oft schlechte Laune, vergaß Dinge oder lag mit seinem Urteil manchmal einfach daneben. Ich mochte ihn, weil er mir das Vertrauen gab, Katastrophen in den Griff zu kriegen, die mir widerfuhren. Zweifelsohne mochten andere ihn aus gänzlich anderen Gründen. Wissen Sie, es sollte Ihnen nichts ausmachen, wenn Ihre Patienten entdecken, daß auch Sie ein Mensch sind. Wenn Sie nicht wollen, daß man Sie wie einen Halbgott behandelt, der alles weiß, dann hören Sie einfach auf zu glauben, einer sein zu müssen.«

Rory runzelte gefährlich die Stirn, und sein Blick wurde sehr kalt. »Das ist jetzt schon das zweite Mal, daß Sie mir Arroganz vorwerfen.«

In Anbetracht der späten Stunde, meiner angegriffenen Gesundheit und den mehreren Gläsern Wein, die ich getrunken hatte, versuchte ich meine Gedanken so gut es ging zu ordnen. »Habe ich das? Tut mir leid. Ich fürchte, ich werde jetzt sehr schwerfällig und wiederhole mich. Was hat noch mal Dostojewskij gesagt über die zweite Hälfte des Lebens, die sich aus den Gewohnheiten zusammensetzt, die man in der ersten Hälfte erworben hat?«

Zu meiner Erleichterung begann er zu lächeln und dann zu lachen. »Sie überraschen mich immer wieder.«

»Das kann nur heißen, daß Sie ein sehr schiefes Bild von mir haben.«

»Die Wahrheit ist, daß mich ein großes Glas Whiskey auf

leeren Magen in einen Zustand hemmungsloser Nabelschau versetzt. Ich fühle mich ziemlich betrunken. Tut mir leid, mich so dumm verhalten zu haben.«

»Sie haben noch nichts gegessen! Warum haben Sie denn nichts gesagt?« Ungeachtet seiner Proteste ging ich in die Küche und schnitt Brot ab. »Als Arzt sollten Sie besser als alle anderen wissen, wie schlecht es ist, wenn man längere Zeit nichts ißt«, sagte ich sehr ernst, als ich Tomaten und Gurken schnitt, die zum kalten Hähnchen paßten, das vom Abendessen übriggeblieben war. »Jetzt machen Sie nicht so ein Aufhebens um ein paar belegte Brote. Sehen Sie, schon fertig, und Sie müssen sie essen, um mein Gefühle nicht zu verletzen.«

»Sie haben Gefühle? Ich hatte schon gedacht, Sie seien unverletzbar.«

Ich lächelte und holte den Kümmelkuchen. Hastig schlang er die Brote hinunter.

»Haben Sie etwa auch kein Mittagessen gehabt?«

»Ich kann mich nicht erinnern. Außerdem verbiete ich Ihnen, mich zu schelten. Sie sind nicht meine Mutter.«

»Gott bewahre!«

»In der Tat, Gott bewahre! Das wäre eine grauenhafte Situation. Hören Sie jetzt bitte auf, mir Milchgläser und meine Schultasche zu holen, und setzen Sie sich für eine Minute zu mir?« Er lächelte zu mir hoch, seine grauen Augen waren bittend auf mich gerichtet, aber mit einem Ausdruck darin, der mich in Abwehrhaltung brachte. Ich vermutete, daß er wirklich ziemlich betrunken war.

»Ich will nur noch die paar Sachen in die Spüle stellen, solange Sie noch mit dem Kuchen beschäftigt sind.«

»Verdammt noch mal, Miranda, lassen Sie doch die Sachen mal in Ruhe!« Er beugte sich vor, um meine Hand zu ergreifen, aber noch ehe er sie berühren konnte, schoß eine geschmeidige schwarze Pfote unter dem Tischtuch hervor und zog fünf rote Linien über Rorys Hand.

»Himmel noch mal, stellen Sie sich nicht so an«, fauchte ich, als ich seine Hand in Wasser und Sagrotan badete.

»Danke für Ihr Mitgefühl. Es tut zufällig sehr weh. Autsch! Sie haben das Pflaster zu fest draufgeklebt.«

»Unsinn. Wenn es lockerer säße, fiele es ab.«

»Ich werde jetzt zweifellos Katzenkratzfieber bekommen und morgen mit einer Hand wie ein Ballon aufwachen.«

»Sollte das der Fall sein, bringe ich Sie persönlich ins Krankenhaus. Schwester Tugg wird Ihnen dann eine große und schmerzhafte Spritze verpassen können.«

»Ich wüßte gern, was daran so lustig ist.«

»Vielleicht erzähle ich es Ihnen eines Tages. Tut mir leid. Dinkie ist ein sehr böser Kater.«

»Böse ist gar kein Ausdruck. Danke für das Essen und den Whiskey. Wo ist meine Tasche?«

»Hier auf dem Stuhl in der Diele. Pst! Sie wecken noch das Haus auf. Werden Sie auch fahren können?«

»Tut mir leid. War tolpatschig von mir. Bin ein bißchen müde. Natürlich kann ich fahren! Bis morgen. Gute Nacht, Miranda.«

»Gute Nacht.«

Kapitel 22

Willst du wirklich riskieren, dir eine Grippe einzufangen?« Das fragte ich meine Mutter am nächsten Morgen, und dabei preßte ich den Hörer fest an mein Ohr, um besser hören zu können, was meine Mutter am anderen Ende der immer wieder knackenden Leitung zu sagen hatte. Ich zog die Augenbrauen hoch und deutete Rory leise ein »Hallo« an, als Lissie ihn durch die Eingangstüre hereinließ. Mir fiel auf, daß das Pflaster noch immer auf seiner Hand klebte.

»Na gut, dann komm ich eben überaus ungelegen.« Fabia klang sehr vorwurfsvoll. »Aber Waldos Ausstellung in der Bond Street fängt morgen an, und nachdem ich ihn nackt mit dieser Frau erwischt habe, lasse ich ihn bestimmt nicht mehr aus den Augen.«

»Welche Frau?« Sie brachte mich völlig durcheinander.

»Gilda Tallow. Die Sängerin, Miranda, sei nicht so schwer von Begriff. Ich habe dir alles über sie erzählt. Das weiß ich mit Sicherheit. Sie hat bei uns gewohnt, als sie in Verona sang. Sie besteht darauf, bei ihrem morgendlichen Stimmtraining splitterfasernackt zu sein. Sie behauptet, dies erlaube ihr zu *atmen*. Nun, zufällig platzte ich in ihr Zimmer, um sie zu fragen, ob sie mich nach Florenz begleiten wollte, und da sah ich sie dann, eine einzige Cellulitis, ziemlich abstoßend, und Waldo neben ihr, auch ohne einen Fetzen am Leib. Als Erklärung boten sie mir an, sie hätten ein Duett versucht, aber überzeugt hat mich das nicht. Was meinst du, Miranda? Bist du noch dran?«

»Ja …« Ich hatte Mühe, ein Lachen zu unterdrücken. »Hast du dir die Noten angesehen? Da hättest du einiges daraus ablesen können.«

»So was Dummes! Da wäre ich nie drauf gekommen.« Es entstand eine kurze Pause. »Du bist aber schlau, Miranda. Vermutlich hat das Leben mit Jack dich in diesen Dingen zur Expertin werden lassen.«

Schon hatte sie mir mein Lachen heimgezahlt.

»Solltest du nicht lieber bei Waldo bleiben, wenn du ihn im Auge behalten willst?«

»Würde ich ja, aber Waldo meint, es sei seine Pflicht, die Einladung seines Rezensenten anzunehmen, der eine wahnsinnig gute Kritik über ihn schreiben wird. Offenbar ist es eine sehr kleine Wohnung. Klingt alles ziemlich faul. Ich dachte, ich komme mal heimlich hierher und tauche dann unvermittelt in der Stadt auf und schaue mir an, was da läuft. Ich habe Waldo jetzt zwei Jahre lang unterstützt. Ich wäre nicht gerade begeistert, wenn ich dahinterkäme, daß ich ihm das Flugticket bezahlt habe, damit er sich davonschleichen und mit seiner Mätresse im Royal Berkshire rumschmusen kann. Zufällig weiß ich nämlich, wo Gilda sich in London immer aufhält.«

»Wir sind immer noch ziemlich ansteckend. Wir haben ein krankes Baby hier. Du magst doch keine Babys. Wie wär's, wenn du dich in einem Hotel einquartiertest?«

»Willst du deine eigene Mutter nicht sehen? Also nach *all* den Opfern, die ich gebracht habe, muß ich schon sagen, daß Shakespeare es haarscharf getroffen hat, als er sagte –«

»Also gut«, fiel ich ihr hastig ins Wort. Meine Mutter war bekannt dafür, daß sie sich gerne das Hotel sparte, wenn sie bei jemandem wohnen und dort den Fünf-Sterne-Service für nichts und wieder nichts herausschlagen konnte. »Aber gib mir nicht die Schuld, wenn du dir eine schlimme Grippe holst.«

Fabia legte auf, und ich begab mich in die Küche, um zu hören, was Rory über Bridie zu sagen hatte. Ich war mehrmals in der Nacht zu ihr gegangen, um nach ihr zu sehen, und sie war jedesmal rot und heiß gewesen und hatte sehr geräuschvoll geatmet. Heute morgen war sie sehr früh aufgewacht. Ich konnte sie von meinem Schlafzimmer aus schreien hören, das direkt über der Küche lag. Ich hatte große Mühe, ihr auch nur einen Teelöffel voll Wasser einzuflößen. Der klebrige Paracetamolsaft war ihr aus den Mundwinkeln herausgequollen, und ich wußte nicht, wieviel sie davon behalten hatte. Trotz meiner drei eigenen Kinder fühlte ich mich unzulänglich, und als ich zitternd im Dämmerlicht stand, kam mir ein paarmal der Gedanke, daß Rory sich so fühlen mußte, wenn andere sich darauf verließen, er würde schon alles in Ordnung bringen.

Rory hatte sich über sie gebeugt und hörte sie sorgfältig ab. »Mit ihren Lungen bin ich nicht ganz zufrieden. Wenn es ihr bis heute abend nicht bessergeht, muß ich ihr Antibiotika geben. Versuchen Sie, ihr so viel Flüssigkeit wie möglich einzuflößen.«

Er erhob sich. Er sah noch müder aus als gewöhnlich. Ich brachte ihn zur Tür.

»Meinem Kater nach zu schließen, muß ich gestern abend ziemlich betrunken gewesen sein.«

»Nur ein bißchen.«

»Tut mir leid.«

»Braucht es nicht. Wie geht es Ihrer Hand?«

»Agonie. Aber machen Sie sich keine Sorgen.« Wir lachten beide, und der Anflug von Unbehagen zerstreute sich. »Sie sehen erschöpft aus. Hat das Baby Sie aus dem Bett geholt?«

»Ich bin ein paarmal runtergegangen, um nach ihr zu sehen.«

»Ich komme heute abend noch mal vorbei. Versprechen Sie mir, daß Sie bis dahin eine Nachricht in der Praxis hinterlassen, falls Sie mich brauchen. Und versuchen Sie, selbst etwas zur Ruhe zu kommen.«

Nachdem er gegangen war, musterte ich mein Gesicht im Garderobenspiegel. Die Grippe hatte meine Haut stark ausgetrocknet, und mein Haar wirkte strähnig und farblos. Ich fühlte mich etwas niedergeschlagen. Es war das Gefühl, das mich früher, wie ich zu meiner Schande gestehen muß, direkt auf Einkaufstour getrieben hätte. Heute bestand diese Möglichkeit nicht mehr. Zum Glück war ich immer noch zu elend, um auf süße Naschereien zurückzugreifen, was die Alternative dazu gewesen wäre.

»Meine Mutter kommt und wird bei uns wohnen«, erklärte ich Maurice, der in der Bibliothek am Schreibtisch saß und las. »Wir wollen nur hoffen, daß sie nicht krank wird. Sie ist schon anstrengend genug, wenn es ihr gutgeht.«

»O wie schön! Ich freue mich, sie kennenzulernen. Wann kommt sie?«

»Morgen abend für drei Tage.«

»Ach nein! Das ist aber schade! Ich werde morgen nach London fahren und mindestens eine Woche lang weg sein. Das wollte ich Ihnen gerade erzählen. So was Dummes! Sie müssen ein paar Gesprächsfetzen für mich aufbewahren!« Mittlerweile hatte ich Diskretion und Familientreue über Bord geworfen, und Maurice und ich hatten auf Kosten meiner Mutter immer viel zu lachen.

»Es ist wirklich schade. Ich hätte Ihre Hilfe wahrhaftig brauchen können. Meine ermatteten Kräfte wollen sich nicht so recht erholen, und ich habe den Eindruck, kein einziges rotes Blutkörperchen mehr aufbieten zu können.«

Maurice gab einen gespielten Aufschrei von sich und hielt sich die Ohren zu. »Bitte verschonen Sie mich auch mit der scherzhaftesten Anspielung auf *Heinrich V.*! Es ist wirklich wunderbar, daß es Henry bessergeht, aber ich habe heute morgen diese Rede schon fünfmal gehört. Langsam fange ich an zu begreifen, was Shakespeare mit hartgesichtiger Wut und einem schrecklichen Blick im Auge meinte. Das befällt mich nämlich, wenn ich Henry nahen sehe und er mich bittet, den ganzen ersten Akt abzuhören.«

»Also Sie sind schon ein Schatz, daß Sie soviel Geduld mit ihm haben. Aber auch ein Schuft, daß Sie sich einfach davonschleichen, wenn ich Sie brauche. Gott sei Dank habe ich meinen nächsten Gästen abgesagt.«

»Ich werde Ihnen aufbauende Telegramme schicken. Sie wissen doch, daß ich zur Zeit an die Tretmühle des Geschäftslebens gekettet bin. Wie geht's der kleinen Bridie?«

»Nicht allzu gut. Jenny scheint es heute morgen ein bißchen besserzugehen.«

»Und Ivor?«

»Schafft es gerade noch, sich durch vier Scheiben Toast mit Marmelade durchzuarbeiten. Er meint, ihm sei in seinem Fieberwahn ein vielleicht ganz, ganz hervorragendes Gedicht eingefallen. Er sitzt aufrecht im Bett und kritzelt es wie ein Wilder aufs Papier, damit er es nicht vergißt. Klingt alles sehr nach Samuel Taylor Coleridge.«

»Ich finde es schon sehr amüsant, daß Sie trotz all Ihrer Vorbehalte hier von lauter Künstlern umgeben sind.«

»Ich denke, ich komme langsam über meine ersten prägenden Erfahrungen hinweg.«

»Das hoffe ich, mein liebes Mädchen. Das hoffe ich sehr.«

Ich brachte den Tag mit Krankenpflege zu und unternahm den Versuch, die allmähliche Unterhöhlung der häuslichen Ordnung zu stoppen, die sich immer dann bemerkbar macht, wenn ich ein paar Tage außer Gefecht gesetzt bin. Mrs. Harker hatte mehrere der wunderschönen und teuren Kleidungsstücke, die Lissie Bridie geschenkt hatte, zusammen mit Henrys schwarzen Wollsocken für die Schule in die Kochwäsche getan. Zu meinem Kummer mußte ich alles wegwerfen und Sockennachschub beim Schulbekleidungsgeschäft bestellen.

Ich mistete die Speisekammer und den Kühlschrank aus, und brachte eine Tüte Pasta und trockenes Brot zu den Hühnern. Die schienen sich darüber zu freuen und rannten gackernd mit ihrer Beute im Schnabel umher, die gesprenkelten Federn zum Schutz vor dem scharfen Märzwind aufgeplustert. Ich gab ihnen frisches Wasser, sammelte die Eier ein und lief dann durchgefroren bis auf die Knochen und mit dem Bedürfnis, mich eine Woche lang auszuschlafen, schnell ins Haus zurück. Doch statt dessen machte ich Ingwerbrot und bereitete einen großen Topf Suppe für die Kranken vor. Rose saß mit mir in der Küche und versuchte, Bridie kleine Schlückchen Wasser mit dem Teelöffel einzuflößen. Es fiel ihr sehr schwer, den Löffel zu halten, und so lief dem Baby das meiste übers Kinn und in den Nacken.

Ich zog Bridie gerade das feuchte Nachthemd aus und ein trockenes an, als ich hochsah und Maeve in der Küche erblickte. Ich hatte völlig vergessen, sie anzurufen, wie mir bei ihrem Anblick siedendheiß einfiel. Sie hielt einen großen Korb in der einen und einen zerknitterten, in meiner Handschrift adressierten Umschlag in der anderen Hand.

»Gestern habe ich den in der Tasche meines Regenmantels gefunden. Ich hatte Angst, dich anzurufen. Ich dachte, es sei besser vorbeizukommen und das unter vier Augen zu klären. Es tut mir so schrecklich leid.« Ihre Stimme geriet ins Schwanken. »Das war der Grund, weshalb Henry weggelaufen ist, nicht wahr? Weil er deinen Brief nicht bekommen hat. Ich bin wirklich zu nichts zu gebrauchen, kann mich nicht einmal um meine eigenen Kinder kümmern, und jetzt füge ich auch noch deinen Schaden zu.«

»Hör auf«, beruhigte ich sie. »Es war nicht nur der Brief. Das Telefon hat nicht funktioniert, als er anzurufen versuchte.«

»Aber ich hätte mehr Verantwortung zeigen sollen. Nach Jacks Tod hat Henry natürlich Angst, daß auch du plötzlich verschwinden könntest. Es war entsetzlich gedankenlos und leichtsinnig von mir.«

Ich stand auf und legte meinen Arm um sie. »Ehrlich, Maeve, es war einfach eine Verkettung ungünstiger Umstände. Sei nicht so hart zu dir. Ich weiß sehr gut, daß du nie etwas tun würdest, was meinen Kindern schaden könnte.«

Maeves Augen füllten sich mit Tränen. »Ich hoffe, du glaubst mir das. Das würde ich nie tun!«

»Natürlich nicht! Jetzt komm schon und trink einen Tee mit mir und vergiß es. Ich bin wirklich nicht im geringsten wütend auf dich.«

»Ich habe dir etwas mitgebracht, um es wieder gutzumachen. Es ist im Korb.« Maeves freches Mädchengesicht strahlte hoffnungsvoll.

»Das ist aber nett von dir. Ich bin wirklich nicht sauer auf dich.«

»Mach es auf.«

Ich stellte den sehr schweren Korb auf den Tisch und machte den Deckel auf. Zwei funkelnde Karneolaugen starrten mich an. Wahrscheinlich hielt ich die Luft an. Überrascht war ich jedenfalls. Mit unglaublicher Grazie sprang eine große Katze mit langem, grauem Fell aus dem Korb, blieb schwanzwedelnd stehen und blickte sich um.

»Ist sie nicht schön?« erkundigte Maeve sich besorgt. »Sie ist eine Blaue Perserkatze, weißt du. Schrecklich wertvoll. Sie heißt Sukie.«

Mir wollte erst gar nichts dazu einfallen. Sukie starrte mich auffordernd an und begann dann systematisch mit der Untersuchung des ihr unvertrauten Raums. »Meine liebe Maeve, sie ist wunderschön! Aber sie war bestimmt furchtbar teuer. Ich kann nicht zulassen, daß du –«

»Laß nur. Ich habe sie von einer Freundin, die sie züchtet, fast geschenkt bekommen. Sukie läßt sich nicht gerne herzeigen und läßt auch keinen Kater an sich ran, deshalb wollte meine Freundin, daß sie in gute Hände kommt.«

»Also ...« Mir fehlten noch immer die Worte, als ich Sukie dabei beobachtete, wie sie ihr plattes Näschen verzog und sich wie ein Mannequin mit elastischen Hüften auf Dinkies Futter zu bewegte. »Es ist wirklich ganz reizend von dir, daß du an mich gedacht hast, Maeve, und sie ist auch wunderschön, aber ich weiß nicht recht –«

Ich brach mitten im Satz ab, weil die Katzenklappe hinter dem auf sein Fressen erpichten Dinkie zuschlug. Als sein ungläubiger Blick auf Sukie fiel, blieb er wie angewurzelt stehen, und seine grünen Augen traten ihm fast aus den Höhlen. Jedes Haar seines Körper richtete sich auf wie sein Schwanz, seine Pfoten wurden zu Sensen und ein grauenhaftes Knurren verzerrte sein Gesicht. In aller Ruhe machte Sukie sich über Dinkies Hähnchen her. Dinkie ließ ein Wutgeheul hören und näherte sich auf Schlagweite. Sofort holte Sukie mit ihrer Pfote aus und versetzte ihm einen Schlag auf die Nase. Dinkie trat den Rückzug an.

»Meine Freundin meinte, das ginge schon in Ordnung. Sukie ist offenbar sehr dominant.«

Mit genießerischem Gleichmut knabberte Sukie an ihrem Hähnchen. Dinkie saß wie versteinert da und beobachtete sie.

»Also da bin ich wirklich erstaunt. Ich bin sprachlos!«

»Du magst sie, nicht wahr? Ich weiß, wie gerne du Katzen

magst. Ich dachte, du hättest gern eine, die du streicheln und auf deinen Schoß setzen kannst.«

In Maeves Gesicht stand die gleiche aufgeregte Hoffnung, mit der oft Kinder ihre Geschenke übergeben. Ich unterdrückte alle meine Bedenken, noch ein weiteres Wesen in mein Leben aufzunehmen, dessen Bedürfnisse berücksichtigt und für das gesorgt werden mußte, und setzte ein frohes Gesicht auf. »Es ist ein sehr überlegtes und großzügiges Geschenk. Danke dir!« Ich küßte sie warmherzig.

Nachdem ich für Maeve und Rose Tee gekocht hatte und wir am Kamin saßen, stolzierte Sukie herbei und sah jeden einzelnen von uns kühl an. Dann sprang sie hoch aufs Sofa, stolzierte auf meine Knie zu und fing an, meinen Rock zu kneten. Maeve war begeistert. Sukie warf mir einen beiläufigen Blick voll konfuzianischer Weisheit zu und begann zu schnurren.

Um sechs Uhr schlief Bridie ruhiger, und sie kam mir auch weniger fiebrig vor. Sobald Maeve nach Hause gegangen war, begann ich mit meiner Krankenrunde, begleitet von Sukie, die mich für ihren königlichen Hofbeamten zu halten schien, der ihr bei ihren abendlichen Verpflichtungen das Geleit gab. Jenny konnte sich schon aufsetzen und trank fast eine ganze Suppentasse leer. Sukie sprang auf ihr Bett und ließ sich dazu herab, sich von ihr das Fell kraulen zu lassen. Ivor war von Sukie begeistert und bestand darauf, ihr von seinem Rührei etwas abzugeben, was natürlich zu einer Schweinerei auf dem Bettzeug führte. Er aß zwei Teller Suppe, die schon erwähnten Eier, zwei Scheiben Toastbrot und ein Stück Ingwerbrot und verkündete, daß sein Gedicht vollendet sei. »Es ist wirklich das beste, was ich je geschaffen habe. Ich werde es sofort meinem Agenten schicken, daß es noch mit in die Sammlung aufgenommen wird. Ich denke, morgen werde ich aufstehen. Ich bin fast schon wieder ganz der alte.«

»Ich bin so froh«, sagte ich, stellte alle seine Teller und Tassen auf ein Tablett und schwankte damit zur Tür, während Sukie mir um die Beine strich.

»Du bist ein Engel gewesen. Für mich hat es nie eine andere Frau gegeben und wird es auch nicht geben. ›Bewunderte Miranda, so ohnegleichen.‹«

»Danke. Aber paß mit dem Tee auf. Wir haben keine frischen Laken mehr, das Wäschepaket kommt erst morgen zurück.« Ich trat so schnell ich konnte die Flucht an, denn fing Ivor erst einmal an, Shakespeare zu zitieren, dann konnte er nicht mehr aufhören, und das Tablett war schwer.

»Ich glaube, es geht ihr ein bißchen besser«, meinte Lissie, die Bridie sanft hochnahm.

Lissie war in London gewesen, um mit Alice zum Kieferorthopäden zu gehen, und war sehr schick angezogen. Ich erhaschte einen Blick von mir im Spiegel. Auf meinem Ärmel prangte ein Suppenfleck, mein Haar hing mir in strähnigen Büscheln herab und meine Nase war vom vielen Schneuzen ganz rot. Ich bat Lissie, auf die Kartoffeln aufzupassen, die ich fürs Abendessen kochte, und lauschte auf die Türglocke und Rory. Ich wusch und trocknete mir die Haare, zog ein schwarzes Wollkleid an und machte mein Gesicht zurecht. Endlich konnte ich mich wieder sehen lassen, so daß bei meiner Rückkehr in die Küche jeder eine Bemerkung zu meinem Äußeren machte.

»Gehst du heute aus, Mama?« erkundigte sich Elizabeth. Sie hielt Sukie im Schoß und flocht ihr Fell in winzige Zöpfe. Sukie schien sich gerne dazu herzugeben. Ihr war nichts zu viel, außer wenn ein sabbernder Jasper ihr das Fell gegen den Strich leckte, der angesichts einer Katze, die ihm nicht die Augen auszukratzen versuchte, zum reinsten Waschlappen wurde.

»Nein. Ich habe mir einfach mal ein bißchen Mühe gegeben.«

»Das ist schon mehr als ein bißchen«, meinte Henry. »Das ist schon eine Verwandlung.«

«Meine Güte! Wie schrecklich muß ich ausgesehen haben.«

»Du hast so ausgesehen, wie du dich gefühlt hast«, entschied Rose. »Eine kranke Frau, die zuviel um die Ohren hat.«

»Also, ich werde mich jetzt ums Essen kümmern«, sagte Maurice, »damit Sie dasitzen und schön aussehen können. Es tut mir nur leid, daß soviel Schönheit an ein so begrenztes Publikum verschwendet wird. Aha! Das ist ja der junge Lochinvar. Was für ein glücklicher Zufall!«

Rory untersuchte Bridie gründlich und verkündete, daß sie tatsächlich auf dem Weg der Besserung sei.

»Sie müssen etwas trinken und mit uns feiern«, bestimmte Maurice, der sich über seine elegante olivfarbene Weste einen Schurz gezogen hatte.

»Nein danke, wirklich nicht. Ihnen tut das gut, aber ich muß jetzt zurück und nachsehen, ob noch jemand angerufen hat.«

Alle außer mir bedrängten ihn, doch zu bleiben, und so gab er schließlich nach und ließ die für Notrufe zuständige Mrs. Kenton wissen, wo sie ihn erreichen konnte. Nachdem er ein, zwei Gläser Wein getrunken hatte, willigte er in eine Einladung zum Abendessen ein. Elizabeth und Henry deckten den Küchentisch, und ich brachte Rose zu Bett. Während des Abendessens begnügte ich mich damit, mich zurückzulehnen und den anderen das Reden zu überlassen. Ich war an dem müden Punkt angelangt, wo es zur Qual wird, die Augen offenzuhalten. Aber obwohl mir der Gesprächsfaden des öfteren entglitt, weil meine Gedanken woanders weilten, fiel mir auf, daß Elizabeth immer dann, wenn sie sich von Rory nicht beobachtet fühlte, diesen besonders intensiv anstarrte. Sprach er sie an, dann wirkte sie sehr befangen, fast verlegen. Es war nicht mehr die zur Schau gestellte Herausforderung, mit der sie Janòs zu reizen versucht hatte, aber ihr Verhalten zeigte mir, daß sie sich stark angezogen fühlte.

Ich beobachtete Rory, der sich mit Maurice über die Vorzüge und Nachteile einer Fabier-Gesellschaft stritt. Er fuhr sich häufig mit der Hand ungeduldig durchs Haar, das aber immer gleich wieder nach vorne fiel; dunkelbraun, ein bißchen gewellt und sehr kräftig. Er entsprach genau dem Männertyp, den ich für Elizabeth ausgesucht hätte, wäre er nur zwanzig Jahre jünger gewesen. Intelligent, hart arbeitend, gutaussehend ... all diese offenkundigen Dinge, aber auch noch etwas mehr. Er war ... wie hieß das Wort noch mal? Nicht verletzbar – das hätte ihn schwach wirken lassen, was er nicht war –, eher so etwas wie wehrlos.

Die meisten Männer, mit denen ich irgend etwas zu tun gehabt hatte, waren allein durch die Tugenden ihrer Männlichkeit unerschütterlich: eine Art Kumpanei, Regeln, die sie von ihren Vätern, in der Schule, von den Freunden, aus Büchern, aus anderen Kulturen übernommen hatten. Auf zwei wichtigen Gebieten waren sie verletzbar: Sie könnten in der Arbeit versagen, sie könnten von Frauen zurückgewiesen werden. Aber dieses Versagen konnte in männlichen Begriffen erklärt werden. Die Arbeit war zu sehr am Gewinn orientiert, zu banal, der Konkurrenzgedanke zu vorherrschend. Die Frauen waren zu gierig, zu dröge, zu sexy, zu frigid.

Jack war kryptisch und nicht zu entschlüsseln gewesen. Welches auch immer seine wirklichen Gefühle gewesen sein mochten, er deckte sie mit seinem Schwung zu und gab sich unbesiegbar. Nichts schien ihm wichtiger zu sein, als den Eindruck zu erwecken, sich unter Kontrolle zu haben. Obwohl Janòs mit der romantischen Empfindsamkeit hausieren ging, operierte auch er im wesentlichen auf den Gebieten der Zurschaustellung und der Kontrolle. Bei Maurice spürte ich, daß er der männlichen Verschwörung bewußt entsagt hatte, um sich dafür von etwas anderem einfangen zu lassen, das ihm wertvoller erschien. Er gestattete es sich, angreifbar zu sein. Ivor war so offensichtlich ein Abtrünniger, daß er schon von zartem Alter an grausam hatte leiden müssen. Obwohl Rory oberflächlich betrachtet zur Kamarilla gehörte, hatte ihn der Kern seines Wesens davor bewahrt, wirklich dazuzugehören.

»Du schläfst gleich ein, meine Liebe«, lachte Lissie und klopfte mir auf den Arm.

»Nein, ja, ich habe nachgedacht.«

»Und worüber?«

»Zu kompliziert. Ich hab's auch schon vergessen. Ich bin wirklich müde. Ich werde ins Bett gehen. Den Abwasch muß ich leider stehenlassen. Jasper und die Katzen sind gefüttert.«

»Ich muß jetzt auch nach Hause.« Höflich erhob sich Rory, als ich aufstand. »Hoffentlich ist Dinkie heute richtig satt geworden. Er hat mich auf eine Weise beäugt, die mir nicht gefällt – als könnte ich ein köstliches Häppchen abgeben.«

»Seine Nase ist ziemlich angeschlagen.« Ich deutete auf die ruhende Sukie auf Roses Stuhl. »Die Zeit wird es erweisen, wie sich das auf sein Gemüt auswirkt.«

Obwohl alle auf Rory einredeten, er möge doch dableiben, ließ er sich nicht davon abbringen aufzubrechen. Wir standen allein in der Diele. Ich gähnte so heftig, daß mir die Augen tränten.

»Sie sind wirklich geschafft. Das überrascht mich auch nicht. Sie tragen so viel Verantwortung.«

»Wie seltsam. Dasselbe habe ich heute schon mal von Ihnen gedacht.«

Er schwieg einen Augenblick. »Vielleicht gehören wir zu den Leuten, die Bestätigung finden, wenn die Last der Verantwortung auf ihnen ruht. Oder wir sind von unserer Veranlagung her nicht dazu geschaffen, die Dinge so einzurichten, daß sie uns passen. Das wäre schmeichelhafter. Gute Nacht. Danke schön. Rufen Sie mich an, wenn Sie glauben, daß mit dem Baby etwas nicht in Ordnung ist. Doch ich rechne nicht damit, daß es ihr noch mal schlechter geht.«

»Auf Wiedersehen.«

Ich hielt ihm meine Hand hin, und er nahm sie und hielt sie.

»Bridie schläft jetzt fest«, sagte Lissie und zog ihren Mantel an, als sie in die Diele kam. »Sie hat auch gleich eine viel bessere Farbe. Ich bin so dankbar, daß sie überm Berg ist. Gute Nacht, meine Liebe.«

Sie küßte mich auf die Wange, und sie und Rory gingen zusammen hinaus in die Nacht.

Lissie rief mich am nächsten Morgen um neun Uhr an und teilte mir mit verzweifelter Stimme mit, daß sie sich beim Aufwachen ziemlich elend gefühlt habe und nun ganz sicher sei, eine Grippe auszubrüten. Sie komme sich aber wie eine elende Verräterin vor, mich in der Stunde der Not im Stich zu lassen. Ich versicherte ihr, daß ich mich nach einer Nacht Durchschlafen viel besser fühlte und schon allein zurechtkäme; später würde ich sie anrufen, um mich nach ihrem Ergehen zu erkundigen.

Nachdem ich den Hörer aufgelegt hatte, saß ich in einer Wolke nachgrippaler Trübsal auf dem Stuhl in der Diele. James kam über das Wochenende nach Hause, was zwar schön war, aber bedeutete, daß drei Kinder, zwei kranke Erwachsene (Ivor war zwar zum Frühstück heruntergekommen, danach aber wieder ins Bett gegangen, weil seine Beine, wie er meinte, schwächer als Fadennudeln seien), Rose, meine Mutter und

Bridie versorgt werden mußten. Am Wochenende kam Mrs. Harker nie zu uns. James half immer bereitwillig mit, aber seine häuslichen Fähigkeiten hielten sich in Grenzen. Außerdem wußte ich, daß er arbeiten wollte. Während ich mich noch ganz niedergeschlagen fragte, wie ich es ohne Maurice schaffen sollte, der schon mit dem Frühzug nach London aufgebrochen war, klingelte das Telefon. Es war Beatrice.

»Meine liebe Gute!« sagte ich, als ich sie um sechs Uhr abends desselben Tages in die Arme nahm. »Ich hoffe, Roger hat nichts dagegen?«

»Es hat mich schon fast beunruhigt, wieviel ihm daran lag, daß ich fuhr.« Das hörte ich nicht gerne. Beatrice war, sofern Steigerungen noch möglich waren, pummeliger denn je. Ihr Äußeres gewann auch nicht durch das seltsame Kleidungsstück, das sie trug. Eine Art handgestrickter Mantel mit Bommeln daran wie diese flauschigen Bälle, die man für Babys macht, wenn man wirklich nichts Besseres zu tun hat. »Ach, keine Sorge«, fügte sie hinzu, weil sie mir offenbar meine Bestürzung anmerkte, »er ist viel zu träge für eine Affäre. Er war froh, daß ich wegfuhr, weil er dann nicht vor elf Uhr morgens aus dem Bett muß, mehr nicht. Oh, was für ein traumhaftes Pussykätzchen!«

Als ein vor Wut sprachloser Freddy meine Mutter mit grimmigem Gesicht an der Türe absetzte, hatten wir alles wunderbar unter Kontrolle. Beatrice übernahm das Kochen. Sie erklärte, in Haushaltsdingen hoffnungslos unbegabt zu sein und noch weniger geeignet, die Kranken zu pflegen. Das einzige, was sie gut konnte, war das Kochen, und so übernahm sie für die paar Tage, die sie auf Westray blieb, die ganze Verantwortung für die Fressalien – nur Fleisch konnte sie keines zubereiten. Nachdem sie schon so lange Vegetarierin war, wußte sie nicht mehr, wie das ging. Ich packte das Hähnchen und die Rinderlende in den Gefrierschrank und freute mich auf die verschiedenen ungewöhnlich aussehenden Substanzen, die in den Töpfen und Bratpfannen vor sich hin gluckerten und platschten.

»Man vergißt immer wieder, was ihr in diesem Teil der Welt für arktische Winde habt«, bemerkte Fabia zur Begrüßung. »Passen Sie doch auf!« herrschte sie Freddy an, der ihre Koffer ins Haus trug. »Anscheinend können die Leute Leder nicht mehr von Plastik unterscheiden.« Diese Worte richtete sie mit lauter Stimme an mich. »Gib ihm was, Miranda. Ich muß versuchen, das Blut in meinen Händen wieder in Fluß zu bringen. Habt ihr im Wohnzimmer geheizt?«

Ich erklärte ihr, daß wir zur Zeit die Bibliothek benutzten, weil diese kleiner und gemütlicher war.

»Gemütlicher?« Fabias Mund zog sich in einem Ausdruck des Ekels auseinander. »Ich wollte es in meinem Leben nie ›gemütlich‹ haben. Die Einheirat in die untere Mittelklasse hat dich derb gemacht, finde ich. Wahrscheinlich trägst du bald Hausschuhe und guckst in den Fernseher.«

»Beatrice ist in der Küche. Sie ist gekommen, um mir zu helfen. Ist das nicht freundlich von ihr?«

»Beatrice ist das geborene Arbeitstier. Ich werde sie gleich mal begrüßen.«

Das Abendessen war in mehrerer Hinsicht eine anstrengende Angelegenheit. Fabia hatte an allem etwas auszusetzen, angefangen bei den Kindern, die nach billigem Parfüm rochen (Elizabeth) und mit vollem Mund redeten (Henry). Beatrice hatte ein Gemüsegratin gekocht, das köstlich schmeckte, wenn auch die vielen Pilze darin dem ganzen Gericht eine äußerst unappetitliche Farbe gaben, die an das Grau von Kriegsschiffen erinnerte.

»Schmeckt wirklich fein, Tante Beatrice«, meinte Henry. »Es sieht genauso aus wie das Zeug, das wir vom Boden des Wassergrabens herausholen, aber zum Glück schmeckt es ganz anders.«

»›Fein‹ ist kein Wort, das gebildete Leute benützen, Henry.« Fabia stocherte mit der Gabel auf ihrem Teller herum. »Bist du dir wirklich sicher, daß da auch keine Pilze drin sind, Beatrice? Du weißt doch, daß ein *einziger* Pilz reicht, um mich eine Woche lang ans Bett zu fesseln.«

Glücklicherweise hatte meine Mutter in ihrem Leben nie etwas so Sinnvolles getan wie auch nur ein Ei zu kochen, und war deshalb überhaupt nicht in der Lage, die Zutaten dessen, was sie aß, zu unterscheiden. Ich baute darauf, daß ihre Pilzallergie eine Ausgeburt ihrer Phantasie war. Ich hatte nämlich nicht vor, noch jemanden ins Bett zu verbannen, und schon gar nicht meine Mutter.

»Das ist ein ungewöhnlich ungestaltes Kind«, mokierte sich Fabia mit strengem Blick auf Bridie, die in ihrem Kinderbett von Kissen gestützt saß und mit etwas Gummiartigem und Quietschendem spielte, das ihr Lissie gekauft hatte.

Dank der allen kleinen Kindern eigenen Widerstandskraft hatte Bridie sich wesentlich schneller erholt als der Rest von uns, und sie lachte und streckte mir ihre Ärmchen entgegen, als ich mit den leeren Tellern an ihr vorbeiging. Ich mußte stehenbleiben und ihr einen Kuß geben.

»Ich glaube, sie wird einmal sehr hübsch.«

»Die Leute der Arbeiterklasse ziehen ihren Kindern immer viel zu viele Kleider an.« Meine Mutter hatte nie ein Fläschchen in der Hand gehalten oder eine Windel gewechselt, fühlte sich jedoch als Autorität, wenn es um Babys ging. »Dieses Kind muß an die frische Luft. Warum trägt es hier drinnen eine Mütze?«

»Also wirklich, Fabia, es ist vollkommen dunkel draußen! Und bitterkalt. Jenny findet es besser, wenn sie ihr Häubchen aufbehält, weil sie anfällig für Ohreninfektionen ist.«

»Tatsächlich! Arbeiterkinder sind immer schwächliche, zerbrechliche Dinger. Wenn du meinen Rat hören willst, dann stell den Kinderwagen gleich am frühen Morgen ins Freie und füttere ihr angekohlte Biskuits.«

Es freute mich, daß Elizabeth sich über das Kinderbett beugte, als sie sich unbeobachtet fühlte, und Bridie die Wange tätschelte und dabei murmelte: »Du bist ein kleines Schätzchen, das bist du nämlich. Hör nicht drauf, was sie sagt.«

Rory kam unerwartet vorbei, als Beatrice und ich den Abwasch machten. Es freute mich, ihn zu sehen, aber es war mir peinlich, daß ich meine Haare seit sieben Uhr morgens nicht mehr gekämmt hatte. Ich stellte ihn Fabia und Beatrice vor. Beatrice gab ihm die Hand, Fabia nickte nur steif mit dem Kopf und ging dann in die Bibliothek. Nachdem Rory bestätigt hatte, daß Bridie zweifellos auf dem Weg der Besserung sei, bat ich ihn, mit uns Kaffee oder sonst etwas zu trinken.

»O bitte, tun Sie das«, sagte Beatrice mit all ihrem unbewußten Charme, für den ich sie so liebte. »Ich weiß, daß meine Mutter mir sonst nur Vorhaltungen machen wird, und das kann sie nicht, wenn Sie dabei sind.«

»Weswegen macht sie Ihnen denn Vorhaltungen?« erkundigte Rory sich lächelnd.

»Gleich zu Beginn wird sie mir stecken, daß ich zu fett bin. Dann wird sie mich nach der Arbeit meines Mannes fragen und mir erklären, daß fast alle Künstler die Unterstützung ihrer Frauen nötig hatten. Sie verehrt Künstler, wissen Sie, und hält es für die Pflicht der künstlerisch Unproduktiven Ausstellungen zu organisieren, die Rezensenten zu unterhalten und ganz allgemein kreativen Schaum zu schlagen. Sie meint, ich habe dafür zu sorgen, daß Roger – so heißt nämlich mein Mann, und er ist Töpfer – in absoluter Ruhe und in Frieden arbeiten könne und sich nicht um tropfende Wasserhähne oder überzogene Bankkonten kümmern müsse. Das Problem ist nur, daß selbst wenn ich all dies täte, Roger auch nicht mehr als fünf lausige Eierbecher auszustellen hätte. Sein ganzer Schwung ist dahin. Wenn er doch nur eine richtige Anstellung bekäme!«

»Ich fand, daß Ihre Mutter mich ziemlich abschätzig ansah, als wir einander vorgestellt wurden, aber wenn Sie glauben, daß es hilft, bleibe ich einen Augenblick.« Er warf mir einen Blick zu und lächelte.

»An deiner Stelle würde ich diese Kekse in Ruhe lassen, Beatrice.« Fabia sah Beatrice streng an, als diese das Tablett auf dem Tisch in der Bibliothek abstellte. »Woran arbeitet Roger derzeit? Ich könnte ihn mit Lady Loïs Brie bekannt machen, falls ihn das weiterbrächte. Du weißt doch, daß sie sich internationalen Ruf erworben hat. Sie könnte ihm vielleicht ein paar Tips geben. Das würde ihn sicherlich inspirieren.«

Während Beatrice sich stockend durch ihre sehr ausgefeilte Einleitung arbeitete, die in der Aussage mündete, Roger wolle mit dem Töpfern vielleicht ganz aufhören, bemerkte ich, daß Rory sich sehr wohl bewußt war, von meiner Mutter links liegengelassen zu werden, sich darüber aber amüsierte. Beatrice versuchte immerzu ihn ins Gespräch zu ziehen, was Fabia jedesmal prompt zu verhindern wußte. Elizabeth saß schweigend da, aß alle Kekse in sich hinein und sah ihn mit verträumtem Blick an.

»Man darf solche Leute nicht ermutigen«, sagte Fabia, nachdem Rory gegangen war.

»Welche Leute?« wollte Elizabeth wissen, die gerade hereinkam und diese Bemerkung aufschnappte. Sie hatte darauf bestanden, Rory zur Tür zu bringen, weil ich, wie sie freundlich meinte, so müde aussähe. Langsam wurde ich das ständige Herumreiten auf meinem schlechten Aussehen leid, zu dem sich alle aufgerufen fühlten. Aber natürlich ließ ich sie mit ihm gehen, und ich hoffte nur, er möge sich pubertären Schwärmereien gegenüber freundlicher verhalten als Janòs.

»Nachbarn auf dem Land. Sie sind auf ihre Art alle ganz in Ordnung, aber wenn man einmal die Schranken eingerissen hat, lassen sie sich nie wieder aufrichten. Sie wissen nie, wann es Zeit ist, nach Hause zu gehen. Es überrascht mich, Miranda, daß du den Dorfarzt in die Bibliothek bittest, als wäre er ein Freund. Du wirst doch hoffentlich keine Bolschewistin werden? Mir ist so ein ganz eigentümliches Timbre in seiner Stimme aufgefallen. Seine Familie wird wohl nichts sein. Er hat so eine unverschämte, aufdringliche Art. Ich würde ihm den Schneid abkaufen.«

»Ich finde, er ist einer der nettesten Menschen, die ich kenne.« Elizabeths Stimme zitterte ein wenig. »Er ist nicht unverschämt oder aufdringlich. Man kann doch nicht so schrecklich über einen Menschen reden! Er ist in Wirklichkeit sehr freundlich und klüger als alle, die mir sonst begegnet sind. Ich kenne seine Familie leider nicht, aber ich möchte wetten, sie ist wesentlich netter als unsere. Und er hat so eine angenehme Stimme. Natürlich klingt sie ein bißchen schottisch, aber er ist ja auch in Schottland geboren –«

»Genau das meine ich. Die Oberklasse hat nämlich keinen Akzent –«

»Ich will das nicht hören! Du kennst ihn gar nicht, und es ist blöd, so zu tun als ob!«

»Das reicht, denke ich.« Fabia nahm ihr Buch auf. »Wenn das typisch ist für das Verhalten deiner Kinder, Miranda, dann kann ich nur sagen, daß du in deiner Elternpflicht versagt hast.«

Ich sah, wie Elizabeths Gesicht knallrot anlief, und ich stand auf und führte sie aus dem Zimmer, ehe sie noch etwas sagen konnte.

»Ist ja gut. Ich weiß. Sie ist ein dummer alter Snob. Aber sie weiß es nicht besser. Rory hat das nichts ausgemacht, ehrlich nicht. Ich habe ihm angesehen, daß er es lustig fand.«

In Elizabeths Augen standen die Tränen. »Du glaubst wirklich, daß es ihm nichts ausgemacht hat? Ich *hasse* es, wenn Erwachsene so daherreden. Als ob jemand was dafür kann, wer seine Eltern waren.«

Ich nahm sie in den Arm. »Geh zu Bett, mein Schatz. Du hast ja recht, und Fabia ist im Unrecht. Damit solltest du dich zufriedengeben. Morgen fährt sie nach London und am Montag zurück nach Italien. Geh ihr einfach aus dem Weg.«

Arme Fabia. Es sah so aus, als versuchte jeder, ihr aus dem Weg zu gehen. Selbst Sukie, die sonst so gnädig die ihr erwiesene Gunst entgegennahm, zog es vor, ihr die kalte Schulter zu zeigen.

Fabia kehrte am nächsten Tag kurz vor dem Abendessen aus London zurück, in ungewöhnlich schweigsamer Verfassung. Sie ließ ihre dunkle Brille auf und nahm auch ihren schwarzen Turban nicht ab, der ihr bei der Überlistung Waldos als Verkleidung gedient hatte. Sie erinnerte mich an eine der allegorischen Figuren aus einem Cocteau-Film, vielleicht Woe oder Acedia. Ich sagte ihr, sie sähe außerordentlich elegant aus, was der Wahrheit entsprach, aber sie zog nur gleichgültig einen Flunsch und saß brütend über ihrem Teller mit dem Knusperkohlpotpourri, Beatrices *pièce de résistance*. Sie versuchte ein paar Häppchen, legte dann ihre Gabel ab und zündete sich eine Zigarette an.

»Also wirklich, Fabia«, entrüstete sich James, der neben ihr saß, »ich denke, du könntest schon warten, bis wir alle fertig sind. Beatrice hat stundenlang mit Hacken und Reiben und was sonst noch zugebracht, und ich kann vor lauter Rauch kaum meinen Teller sehen.«

Fabia starrte uns an – wenigstens ihr Mund schien zu starren. Sie stand auf und ging wortlos aus dem Zimmer. Sobald ich soviel Kohl gegessen hatte, wie mein Kiefer mampfen konnte, lief ich ihr nach in die Bibliothek.

»Natürlich war ich mißtrauisch.« Fabia klang verärgert. »Keiner kann mir nachsagen, ich ließe mich hinters Licht führen. Aber irgendwie war ich doch nicht darauf vorbereitet, sie dabei zu erwischen.«

»Was! Du willst doch nicht etwa behaupten –«

»O doch, sie haben im Schreibzimmer, oder was immer das war, Unzucht getrieben. Ich habe einen grauenhaften Vormittag hinter einer Palme sitzend und gräßlichen Kaffee trinkend im Royal Berkshire zugebracht – von Espresso hat man dort noch nie gehört, kannst du dir das vorstellen? – und darauf gewartet, daß Gilda herunterkam. Schließlich sah ich mich zum Aufbruch genötigt, als dieser bornierte Kellner mich mehrmals fragte, ob ich zum Mittagessen einen Tisch im Speisesaal reservieren wolle. Er hätte doch bemerkt haben können, daß ich nicht gesehen zu werden wünschte. Das Hotelpersonal heutzutage ist aber wirklich *hoffnungslos* schlecht geschult. Ich ging also und postierte mich auf dem Gehweg gegenüber. Dann fing es an zu regnen. Es war ein scheußlicher Tag. Hat doch tatsächlich gehagelt! Das Wetter in diesem Land hat sich sehr verschlechtert, seit ich nach Italien gegangen bin. In der Nähe gab es einen Zeitungskiosk, und so habe ich dem Mann zehn Pfund gezahlt, damit er sich entfernt und mich unterstellen läßt.«

»Der arme Mann! Wäre da nicht Platz genug für euch beide gewesen?«

»Nein, das war nicht der Fall. Außerdem roch er streng nach Bier. Zehn Pfund ist wahrscheinlich mehr als er an einem einzigen Tag verdient. Manchmal frage ich mich wirklich, ob du überhaupt noch etwas für mich empfindest, Miranda. Mir kommt es so vor, als wären dir die Gefühle jedes x-beliebigen – selbst von Leuten, denen du nie begegnet bist – wichtiger als meine.«

»Entschuldige. Erzähl weiter.«

»Na gut, als ich gerade beschließe, das ganze jämmerliche Unternehmen abzubrechen und nach Hause zu gehen, kommt Gilda aus dem Hoteleingang. Und wer hängt an ihrem Arm?

– Waldo, der Verräter. Sie trug einen weißen Pelzmantel. So was Vulgäres hast du noch nicht gesehen! Ich duckte mich unter die Theke. Ich hörte Waldo etwas zu dem Zeitungsverkäufer sagen, was sich auf sein Draußensein bei diesem Wetter bezog. Er brüstet sich doch immer damit, den Draht zum Volk zu haben. Bei Gilda kann ihm das nur nützlich sein. Dann sagte *sie*: ›Laß uns hier nicht herumstehen, Schatz, ich friere mich zu Tode.‹ Als ginge es da dem *Rest* von uns nicht ebenso. Darauf erwiderte er mit dieser zuckersüßen Stimme, die er immer bekommt, wenn er besonders anziehend sein will: ›O mein Schatz, dann laß uns schnell zurücklaufen und uns noch mal so phantastisch Liebe machen.‹ So ein *Verrat*!

Die Versuchung, aufzutauchen und mich sehen zu lassen, war groß. Aber ich war mir nicht ganz sicher, ob ich es hinkriegen würde. Da hätte ich ja gleich zugeben können, in höchstem Maß verletzt zu sein.« Ich bemerkte eine Träne, die sich unter der dunklen Brille ihren Weg bahnte und über die Wange meiner Mutter lief. Sie zündete sich die nächste Zigarette an und fuhr mit leicht schwankender Stimme fort. »Wenn ich daran denke, daß ich für diesen Mann *alles* getan habe. Er ist ein undankbarer Rohling. Ich will mit Männern nichts mehr zu tun haben. Sie sind selbstsüchtig und gierig und sexbesessen. Von jetzt an werde ich sie mir auf Armeslänge fernhalten und mich darauf konzentrieren, meinen Geist zu erweitern. ›Die Kunst allein steht dauerhaft zu uns: Die Büste überlebt den Thron ... die Münze, Tiberius.‹ Wie klug Longfellow doch war!«

»Ich glaube nicht, daß Longfellow das gesagt hat.«

»Na ja, das ist ja jetzt auch egal. Dein Drang, jedem einen Fehler vorzuhalten, nimmt langsam unangenehme Formen an, Miranda.«

»Entschuldige. Willst du noch was trinken. Es bringt einen schon aus dem Gleichgewicht, wenn man von jemand hintergangen wird, dem man vertraut hat. Du mußt dich sehr elend fühlen. Waldo ist ein Idiot. Du hast dich von ihm ausnützen lassen.«

»Du meinst nicht, daß ich langsam anfange, ein bißchen ... alt auszusehen?«

»Meine Güte, nein! Niemand käme je auf die Idee, daß du fast ... dreiundfünfzig bist.« Ich hatte kurz überlegen müssen, wie alt meine Mutter wirklich war, und dann zehn Jahre abgezogen. Ich war bestens darauf vorbereitet, im Interesse eines annehmbaren Wochenendes die Wahrheit zu opfern.«

»Was hältst du von einem Facelifting?«

»Ach, Fabia! Deine Haut ist doch wunderbar. Laß dir da um Himmels willen nicht daran herumpfuschen! Bei deinen schönen Zügen bist du, selbst wenn du hundert wirst, noch eine gutaussehende Frau. Und ich glaube, du hast seit deiner Mädchenzeit kein Pfund zugenommen.«

»Na ja ...« Fabia setzte die Brille und den Turban ab und strich den Rock über ihrer Hüfte glatt. »Vielleicht ein ganz klein bißchen. Höchstens ein paar Pfund. Ich habe immer darauf geachtet, was ich zu mir nahm. Wenn ich's mir recht überlege, bin ich auch ein bißchen hungrig. Etwas zu essen, könnte mich auf bessere Gedanken bringen. Diese riesigen gewöhnlichen Bauerngerichte, die Beatrice so toll findet, kriege ich einfach nicht runter. Weißt du, was ich gern hätte? Ein Stück weißen Fisch – egal welchen, ich bin da gar nicht heikel – in einem Hauch wirklich gutem Olivenöl gebraten, mit geschälten Tomaten, Knoblauch und Basilikum. Vielleicht einfach ein bißchen gegrilltes Gemüse dazu?«

Während ich die Tomaten schälte und den einzigen Fisch, den ich hatte, auftaute – ein Stück Kabeljau, für Dinkie gekauft –, klingelte das Telefon. Es war Diana Milne, die mir am Tag von Jacks Beerdigung wie eine glückliche Fügung zu Hilfe gekommen war. Ich erzählte ihr in aller Offenheit, daß es mich sehr freute, ihre Stimme zu hören, ich mich aber nicht lange mit ihr unterhalten könnte, weil ich ein etwas komplizierteres Gericht für meine Mutter zubereiten müßte, die zur Zeit bei uns weilte.

»Ach herrje, *plus ça change*! Ich will dich nicht lange aufhalten. Rollos Tante hat uns zu einer Tanzveranstaltung bei dir in der Nähe eingeladen. Es ist der einundzwanzigste Geburtstag ihrer Tochter. Es klingt schrecklich, aber Rollo meint, wir sollten hingehen, weil die Einladung eine Art Ölzweig sei. Sie – das heißt, die Tante – hat sich vor Jahren mit seinem Vater überworfen, weil sie nicht damit einverstanden war, daß er seine Haushälterin heiratete. Hoffentlich ist sie ein bißchen reifer und weicher geworden. Jedenfalls habe ich gehofft, wir könnten die Sache etwas erfreulicher gestalten, indem wir dich besuchen. Du wirst die Vavasours von Titchmarsh Hall wahrscheinlich nicht kennen? Vielleicht bist du ja auch eingeladen?«

»Ja … nein … das heißt, ja, ich kenne sie oberflächlich und nein, ich bin nicht … Bleib dran, hier ist die heutige Post, zu der ich bis jetzt noch keine Zeit gefunden habe.« Ein großer Umschlag lag auf dem Tisch in der Diele, der in einer mir nicht bekannten Handschrift an mich adressiert war. Ich preßte mir den Hörer unters Kinn und riß ihn auf. Er ließ mich wissen, daß Lady Alice Vavasour die Volljährigkeit von Candida Vavasour zu Hause feiern werde. Mein Name und die Namen von Elizabeth und James waren oben hingekritzelt. Der Einladung lag eine persönliche Notiz von Lady Alice bei. »Liebe Mrs. Stowe«, stand da, »mein Gatte bat mich, Sie wissen zu lassen, daß er sehr darauf hofft, Sie zu diesem Anlaß bei uns begrüßen zu dürfen. A.V.«

Diese Notiz strahlte eine solche Kälte aus, daß es besser gewesen wäre, sie wegzulassen. Doch ich sagte mir, daß ich nicht überempfindlich werden dürfe.

»Komm doch mit uns«, bettelte Diana. »Wir kennen dort sonst keine Menschenseele.«

»Ich werde darüber nachdenken. Aber ihr kommt auf jeden Fall zu uns, ob ich nun mitgehe oder nicht. Wirklich, ich bestehe darauf.«

Wir machten aus, daß ich später in der Woche noch mal anrufen wollte, um ihr mitzuteilen, wie ich mich entschieden hatte.

»Nein, wirklich nicht«, erklärte James, als ich ihm die Einladung zeigte. »Ich weiß genau, wie das abläuft. Gräßliches Essen, schreckliche Band, Gäste, die man aus Höflichkeit aus der Brigade der Fuchsjäger exhumiert hat, Eiseskälte. Nein, nicht einmal um dir einen Gefallen zu tun, werde ich einen schönen Samstagabend drangeben und mir die Torturen von Tophet und Gehenna antun.«

»Du wirst langsam wirklich beängstigend gebildet, mein

Schatz. Es ist erst in einem Monat. Ende April wird es nicht mehr kalt sein.«

»Nein.«

Ich bewunderte James' Charakterstärke mehr als seine Gelehrsamkeit. Ich wußte, daß er recht hatte und der Abend eine Kombination all dessen sein würde, was ich am wenigsten mochte. Als ich an diesem Abend zu Bett ging, gab mir ein kurzer Blick in den Himmel, dessen Sterne über den kahlen, frostweißen Ästen blinkten, die Gewißheit, daß alles, was ich brauchte, hier in Westray war. Hier gab es Schönheit im Überfluß. Beschäftigung hatte ich mehr als genug, und um mich herum eine Gesellschaft, die mich zufrieden machte. Ich beschloß, eine höfliche Absage zu schicken. Ich war jetzt alt genug, nur noch die Dinge zu tun, die ich für mich als zuträglich, gewinnbringend und erfreulich ansah. Als ich ins Bett stieg, war es schon angewärmt. Sukie blitzte mich kurz an, dann schloß sie ihre Augen und begann zu schnarchen.

Kapitel 23

Der Wagen, mit Rollo am Steuer, schlängelte sich im Konvoi zwischen den Reihen der grotesk verwachsenen, früher einmal gekappten Linden hindurch, Richtung Titchmarsh Hall.

»An diesem Punkt bedauere ich jedesmal, eine Einladung angenommen zu haben«, ließ sich Diana aus der Dunkelheit des Rücksitzes vernehmen. »Und wenn ich noch so alt werde, die Aufregung vor einer Party werde ich nie überwinden. Hat was mit meiner Kindheit zu tun. Diese Partys, auf denen ich immer das Falsche anhatte ... das einzige Kind in einem Baumwollrock und mit großen braunen Sandalen, während alle anderen kleinen Mädchen rosa Organza und bronzefarbene Ziegenlederschuhe trugen. Und dann noch zu groß – oh, diese Qual des Gehemmtseins!«

Dieses Geständnis überraschte und berührte mich. Diana wirkte fast erschreckend selbstsicher. »Heute abend brauchst du keine Angst zu haben«, beruhigte ich sie. »Du siehst hinreißend aus.«

Das stimmte. Sie trug ein schmal und gerade geschnittenes Kleid aus dunkelblauem Samt mit glitzernden Trägern aus Straß, die im Rücken zu einem V zusammenliefen. Als sie darin die Treppe herunterkam, hatte Rollo gemeint, sie sähe aus wie die personifizierte Nacht. Der Ausdruck auf seinem Gesicht brachte mich unwillkürlich zum Lächeln. Hier war ein Mann hoffnungslos in seine Frau verliebt. Ich freute mich für die beiden.

»Ihr seht alle so bezaubernd aus, daß ich ganz stolz bin.« Rollo mußte bremsen, als der alte Bentley vor uns abgewürgt wurde und neu gestartet werden mußte. »Wenn ich euch alle da hineinführe, wird sicherlich jeder Mann im Saal vor Neid erblassen.«

Elizabeth saß neben Diana. Es lag vor allem an ihr, daß ich mich auf einen Abend einließ, der trotz der Gesellschaft von Rollo und Diana allen Voraussetzungen nach eine einzige Qual zu werden versprach. Elizabeth hatte erklärt, daß sie selbstverständlich hingehen werde, da Johnny gedroht hatte, sich sonst umzubringen.

»Also gut, mein Schatz«, hatte ich geseufzt, »in diesem Fall wird mir wohl nichts anderes übrigbleiben. Aber ich muß eigentlich gar nicht mitkommen. Du kannst mit Diana und Rollo fahren.«

»Ach, komm doch mit! Ich war doch noch nie auf einer Erwachsenenparty. Mit Tanz und alledem. Ich werde weniger nervös sein, wenn du mit dabei bist. Bitte!«

Ich fühlte mich durch diesen glühenden Wunsch nach meiner Gesellschaft so geschmeichelt, daß ich mir nur ein Zögern erlaubte, und das Unglück war geschehen. Elizabeth holte Füller und Papier und stand neben mir, als ich die Einladung für uns beide annahm und mein Bedauern für James' Absage ausdrückte. Dann stellte sich das Problem, was angezogen werden sollte.

»Ehrlich gesagt, habe ich vor kurzem dein schwarzes Kleid anprobiert und fand, daß es sehr gut an mir aussieht«, versuchte Elizabeth mich einzuwickeln.

»Das glaube ich gerne, aber wenn du es anziehst, was soll ich dann tragen? Wohl mein altes grünes Seidenkleid. Ich könnte es zur Reinigung nach London schicken, und dann wird es wieder gut aussehen.«

»Komm, laß uns zu deinem Schrank gehen und Sachen anprobieren.«

Elizabeth war darauf bedacht, sich nützlich zu machen. Ich probierte verschiedene lange Kleider an, die ihrer Meinung nach unglaublich altmodisch aussahen und direkt in den Secondhandladen gehörten. Da konnte ich ihr nur zustimmen, und wir packten sie auch gleich weg. Zum Schluß blieben nur noch ein sehr enges, tief ausgeschnittenes silbernes Etuikleid und das unverwüstliche grüne Seidenkleid zur Wahl. Elizabeth gab ersterem den Vorzug, aber ich entschied mich dagegen, denn es war mörderisch, wenn man es anhatte, weil es jegliche Entspannung unmöglich machte, sogar das Hinsetzen, für jüngere Leute mochte es besser geeignet sein.

»Das Grüne ist wirklich langweilig«, brummelte Elizabeth. »Ich möchte, daß du fabelhaft aussiehst.«

»Ich finde, es ist immer noch recht elegant«, beharrte ich, »aber ich befürchte, daß der Fleck vorne auch bei der Reinigung nicht rausgeht. Aber ich könnte eine Stola tragen und vorne zuhalten.«

»Viel zu altjüngferlich«, meinte Elizabeth verächtlich. »Nein, wenn es nicht anders geht, dann trägst eben du das schwarze Kleid und ich stell mir was Verrücktes zusammen, wie Papas Smokinghemd über schwarzen Strümpfen oder so.«

»Ich weiß was«, verkündete Lissie, die das Ende dieser Unterredung mitbekommen hatte. Es war ihr erster Tag, den sie nach dem Krankenlager wieder auf den Beinen stand, und sie war gleich zu uns geeilt, ehe sie, wie sie meinte, vor Langeweile und Georges Fürsorge umkam. Er sei ein absoluter Schatz gewesen und wirklich zu gut für sie, aber es habe sie wahnsinnig gemacht, daß er ständig auf Zehenspitzen durchs Zimmer geschlichen sei, als hinge ihr Leben an einem Faden. »Ich habe mir vor ein paar Wochen ein zauberhaftes Kleid gekauft, und du wirst darin umwerfend aussehen, Miranda. Bei dir fällt es natürlich kürzer aus, aber das macht nichts. Knöchellang ist heutzutage ohnehin der letzte Schrei.«

»Aber willst du das denn nicht anziehen?« Ich freute mich riesig, daß auch Lissie und George zu der Party in Titchmarsh gingen. Wie sich herausstellte, kannte George John Vavasour ziemlich gut, weil er mit ihm in verschiedenen Ortsausschüssen gesessen hatte.

»Wenn ich ehrlich bin, war es schon beim Kauf zu eng, aber es hat mir so gefallen, daß ich mir eingeredet habe, durch den

Kauf einen Anreiz zum Abnehmen zu haben. Aber es ist immer noch zu eng, und so werde ich mein schwarzes Taftkleid anziehen. Es würde mich freuen, wenn du es anzögest, ehrlich.«

Lissie bestand darauf, direkt nach Hause zu fahren, um es zu holen. Es war ein wunderschönes Kleid und ich sah sofort, warum sie es unwiderstehlich gefunden hatte. Es war aus steifem, weißem Baumwolljacquard, sehr schmal und gerade geschnitten, mit ganz kurzen Ärmeln und einem Ausschnitt mit Bogenrand. Der Schnitt und die Schlichtheit gaben ihm seinen überragenden Schick. Ich zog es an. Es paßte wie angegossen.

»Schön, wirklich schön«, hauchte Lissie und bewunderte es von allen Seiten. »Es ist wie für dich gemacht.«

»Und es macht dir wirklich nichts aus?«

»Ich fände es toll.«

»Du bist die großzügigste Freundin, die man sich denken kann.« Ich gab ihr einen Kuß. »Ich verspreche dir, vorsichtig zu sein. Ich werde bestimmt den ganzen Abend über für mich allein kerzengerade in einer Ecke stehen, damit es nicht schmutzig wird.«

Und zufällig fing der Abend auch genauso an. Johnny, der mit seinem flach gedrückten Indianerhaar und einer Smokingjacke, die ihm zwei Nummern zu groß war, liebenswert verwegen aussah, wartete schon an der Eingangstüre auf Elizabeth. Er zog sie mit sich fort. Während der Party konnte ich immer mal wieder einen Blick auf ihren Hinterkopf oder gelegentlich auf ihren Arm erhaschen, wenn sie in ihrer Ecke zusammen tanzten und alles um sich herum vergaßen. Sie jedenfalls brauchte mich nicht.

Diana und ich legten unsere Mäntel in Lady Alices Schlafzimmer ab, das einfach nur groß und in einem entsetzlichen Gelbbraun ausgemalt war, das an fest gewordenen Senf erinnerte. Ein Prunkbett stand darin, sehr hoch, mit einer Holzstufe davor, um hineinzukommen, Kopfpolster und Steppdecke waren aus grünem Satin, der so glatt aussah, als würde er sich jeder Bändigung verweigern. Ich versuchte, mich im Spiegel ihrer Schminkkommode zu erkennen, aber der war so altersfleckig, daß ich nur die skizzenhafte Ahnung eines Gesichtes sah, wie ein unvollständiges Puzzle.

Lady Alice und ihr Ehemann begrüßten die Gäste an der Tür zum Ballsaal. Ich stellte Diana Lady Alice vor, die sie wiederum sofort einer weiteren Frau vorstellte, die neben ihr stand. Diese hatte den gleichen hohen Nasensattel und die kalten, vortretenden Augen, weshalb ich sie als Familienmitglied identifizierte. Sie verwickelte Diana sofort in ein ernsthaftes, mit leiser Stimme geführtes Gespräch, in das man mich nicht einbezog. Lady Alice bedachte mich mit schmal auseinandergezogenen Lippen, was für sie ein Lächeln war, und wandte sich dem nächsten Gast zu. Ich betrat den Ballsaal allein. Ich sah Rollo am anderen Ende, wo er sich mit einer Gruppe von Männern unterhielt, die mir alle unbekannt waren. Vergeblich hielt ich nach Lissie und George Ausschau. Ich wußte, daß Rollo mich über kurz oder lang entdecken und zu meiner Rettung auftauchen würde. Deshalb blieb ich, wo ich war, und versuchte, die Einzelheiten der Szenerie in mich aufzunehmen, um sie dann später zu Hause wahrheitsgetreu Maurice berichten zu können.

Der Saal wirkte ein wenig freundlicher als am Abend von Janòs' Konzert. Sämtliche Kronleuchter waren an und spiegelten sich in den Pfeilerspiegeln zwischen den Fenstern. Die einst roten Vorhänge mit den Festons hatten jetzt ein Plumpuddingbraun angenommen. Mehrere dunkle Ganzkörperporträts früherer Vavasours schmückten die den Fenstern gegenüberliegende Wand, und es gab einen riesigen Kamin, dessen Marmorrelief höchst allegorisch war. An dem Ende, das den Doppeltüren gegenüberlag, holte die Band ihre Instrumente hervor und stimmte sie, wahrscheinlich Musikerfreunde von John Vavasour, denn sie waren alle weißhaarig und einigen fiel es schwer, das Podium zu besteigen.

Die Luft war stickig vom Kampfergeruch, der den Pelzstolen und Smokings entströmte. Zahllose ernst dreinblickende Witwen mit flachen, sommersprossigen Brustkörben in den gerüschten, schulterfreien Oberteilen der Vorkriegsballkleider standen herum. Männer schwankten auf wackeligen, dünnen Beinen und hielten mit alterszittrigen Händen ihre Gläser fest. In ihrem Bemühen, sich nicht unterkriegen zu lassen und an den alten Maßstäben festzuhalten, lag eine nostalgische Galanterie, die ich nur bewundern konnte. Ich sah Wacko und Sir Humphrey Bessinger im Gespräch. Auch Patience war eingeladen worden, hatte aber abgelehnt. Wenn ihr Vater ausging, konnte sie den Abend mit Aubrey verbringen. Wenn sie davon sprach, sah ich ihren Augen an, daß es die reinste Wonne war.

Ich bemühte mich um Haltung, als ich mich von der Tür auf den Tisch zu bewegte, wo die Drinks serviert wurden. Der große Trost des Alleinseins war der, daß ich jetzt nicht mehr fürchten mußte, Jack mit den jüngeren und hübscheren Frauen anbandeln zu sehen, bis er seine Beute für diesen Abend gefunden hatte. Während ich an einem Glas lauwarmen Wein nippte, machte ich mir den Spaß, das Mädchen auszusuchen, auf das letztendlich seine Wahl gefallen wäre. Ich kannte seinen Geschmack sehr genau. Obwohl für mich Diana – die noch immer dem weiblichen Gegenpart des Alten Seemanns geduldig zuhörte – die schönste Frau im Saal war, konnte ich mit Sicherheit davon ausgehen, daß Jack sie sich nicht ausgesucht hätte. Sehr schnell hatte ich den Typ gefunden, den Jack so bewunderte. Sie war um die Dreißig, noch immer ziemlich mädchenhaft und sehr temperamentvoll, blitzte einen Kreis junger Männer mit den Augen an, hatte glatte blonde Haare, eine sehr gute Figur, an den schlanken Armen glänzten Armbänder, und ihr Kleid war ein roter Farbtupfer vor den faden Farben der Witwenkleider. Als ich sie beobachtete und mich über ihre Koketterie amüsierte, bahnte sich ein Mann mit zwei Gläsern Wein den Weg zu ihr, und sie hakte sich sofort bei ihm unter und ließ ihren ganzen Charme für ihn spielen, ohne die anderen noch wahrzunehmen. Es war Rory McCleod.

Seit dem Abend, an dem meine Mutter angekommen war, hatte ich ihn nicht mehr gesehen. In meiner freien Zeit hatte ich viel im Garten gearbeitet und die Geschichte Westrays beendet und war kaum weiter als bis zum Briefkasten gekommen. Und er war zweifellos mit den Überresten der Grippeepidemie beschäftigt gewesen. Maurice hatte mich daran erinnert, McCleod doch mal wieder zum Abendessen einzuladen, da er offensichtlich so gern ins Haus käme. Aber ich hatte es nicht getan.

Rory und seine Freundin – denn ich dachte mir, daß es sich

dabei um das Mädchen handeln mußte, das Maeve mir beschrieben und das sie mehrmals mit Rory zusammen gesehen hatte – waren ein ausgesprochen gutaussehendes Paar. Seine dunkle attraktive Erscheinung paßte gut zu ihrer blonden Schönheit. Sie lachte ihm ins Gesicht, und als die Band zu spielen anfing, legte sie sofort den Arm um seinen Hals und wiegte sich im Takt der Musik.

»Miranda! Tut mir leid, daß ich dich so lange allein gelassen habe.« Rollo stand neben mir. »Ich bin an einem großen Langweiler aus der Verwandtschaft hängengeblieben, der unsere Verbindung über einen ganzen Wald an Großcousins nachzeichnen wollte.«

»Miranda! Sie sehen wirklich hinreißend aus.« Humphrey hatte mich entdeckt und eilte in überraschendem Tempo übers Parkett. »Welch eine Freude, Sie heute abend hier zu sehen!« Er zog seine Nase kraus und schnaubte.

»Na, Humphrey, du alter Esel, hör auf, alle gutaussehenden Frauen nur für dich in Beschlag zu nehmen. Stell mich vor!«

Ein großer Mann in mittleren Jahren mit silbermeliertem schwarzem Haar und einer eindrucksvollen Gabe, seine Bedeutung herauszustreichen, pflanzte sich breit vor mir auf, und dabei gelang es ihm, allein durch die Wucht seiner Anwesenheit den Platz von drei Männern einzunehmen. Unter seinen Augen hingen gelbe Tränensäcke, und ein paar geplatzte Äderchen verrieten die beginnende Trinkernase, aber er trat auf wie ein Leinwandheld. Er verbeugte sich, küßte meine ausgestreckte Hand und murmelte zwischen seinen weißen, gebleckten Zähnen etwas, was sich wie »hm-hm« anhörte. Ich fand, daß Humphrey ein wenig elend wirkte.

»Darf ich vorstellen, Crispin Carter-Brown, unser Abgeordneter für East Sussex. Mrs. Stowe.«

»Nennen Sie mich Crispin.« Die Lippen, die Tausende von Kinderwangen geküßt hatten, waren straff, weil er lächelte. »Schenken Sie mir diesen?«

Ehe ich antworten konnte, hielt er mich schon in den Armen und tanzte mit mir in die Mitte des Parketts.

»Wie kommt es, daß sich unsere Wege nie gekreuzt haben, Mrs. Stowe? Ich gehe natürlich nicht so häufig aus, wie ich gerne möchte – außerhalb meines Wahlkreises. Aber John ist ein guter Kumpel von mir und ich werde zusehen, daß ich von jetzt an mehr Zeit in dieser Wildnis hier verbringe.« Er drückte mich und wirkte sehr erregt. »Ein schönes Kleid haben Sie da an. Meine Güte, macht das Spaß, nicht wahr? He, Quentin, macht das nicht Spaß, Alter?« rief er einem Mann zu, der an den Armen einer großen Frau mit stahlgrauen Haaren in Topfschnittfasson hing und sich langsam an uns vorbeidrehte.

»Klasse!« erwiderte ein griesgrämiger Quentin, ohne die geringste Begeisterung.

»Crispin! Wie schön, Sie zu sehen!« Ein junger Mann lenkte seine Partnerin mit enormen Schritten in unsere Richtung, so daß die arme Frau Mühe hatte, mitzukommen. Als seine Galoppsprünge parallel zu denen Crispins waren, grinste er diesen unterwürfig an. »Ich *muß* mal mit Ihnen über das Geschäft reden, das wir letzte Woche ansprachen. Gibt da bedeutsame Entwicklungen.«

»Nicht daß ich wüßte«, murmelte Crispin mir ins Ohr, als wir rasch davonjagten. »Dieser Esel möchte, daß ich ihn in den Ausschuß einer meiner Gesellschaften bringe. Da wäre mein Jagdhund die bessere Wahl. Hat doppelt soviel Hirn.« Er warf seinen Kopf zurück und lachte über diesen Ausfall. Ich lächelte höflich. »Ich sage doch, das macht Spaß, wissen Sie.«

Erleichtert hörte ich den letzten Takten von »Smoke Gets in Your Eyes« zu und bereitete mich schon darauf vor, ihm zu danken und meiner Wege zu gehen, aber Crispin hielt mich nur noch fester und bewegte sich auf der Stelle, bis die Band wieder loslegte.

»Wie, frage ich mich, könnte diese wunderschöne, geheimnisvolle Fremde wohl heißen?«

Hilfsbereit sah ich mich um, bis mir klar wurde, daß er mich meinte. An derart plumpe Werbung war ich nicht mehr gewöhnt.

»Nein, sagen Sie's nicht. Lassen Sie mich raten. Sie sehen aus wie – lassen Sie mich kurz nachdenken ... Olivia. Oder Julia. Jedenfalls sehr romantisch und shakespearisch.«

Es ärgerte mich völlig unbegründet, daß er so nah dran war.

Er strahlte mich an, bohrte seine Augen selbstzufrieden in die meinen, wobei die Säcke darunter sich zu teigigen Netzen zusammenzogen. »Ich hab's doch fast getroffen, oder?«

»Miranda ist es«, gab ich zögernd zu.

Er ließ einen Freudenjauchzer hören, der in unserem Teil des Saals sämtliche Blicke auf uns zog.

»Na also! Ist Crispin Carter-Brown nun ein heller Kopf oder nicht?« Strikt und entschieden nein, hätte ich am liebsten geantwortet, doch dazu fehlte mir der Mut. »Und welcher dieser Jungs hier ist der so überaus glückliche *Mr.* Stowe?«

Ich bemühte mich, mir meine Verärgerung nicht anmerken zu lassen, aber der Streß von soviel Fröhlichkeit machte sich langsam bemerkbar. »Keiner von ihnen. Mein Mann ist letztes Jahr gestorben.«

Crispins Gesicht faltete sich zu einstudiertem Mitgefühl, es war das Gesicht, das er für gewöhnlich zu den Sprechstunden am Wochenende trug. »Das ist aber wirklich Pech.« Wir schafften einige Umdrehungen in bedauerndem Schweigen.

»Das da drüben ist meine Frau.« Er deutete mit fahrigen Fingern auf eine Ecke, in der eine mürrisch dreinblickende Frau in petrolfarbenem Kleid saß. Sie hob ihre Hand. Einen Augenblick lang war ich davon überzeugt, sie habe mit zwei Fingern die übliche Ablehnungsgeste gemacht, aber dann wurde mir klar, daß ich mich geirrt haben mußte. Abgeordnetenfrauen machten so etwas nicht auf Bällen der County.

»Welche ist denn Candida Vavasour?« erkundigte ich mich im Bemühen, weniger abweisend zu sein. »Ich hatte damit gerechnet, sie in der Empfangsreihe zu treffen.«

»Die arme kleine Candida. Das ist sie. Die mit dem entsetzlichen Kleid. Unansehnliches kleines Ding, nicht wahr?«

Ich blickte in die von seinem Zeigefinger gewiesene Richtung. Candida wirkte sehr viel jünger als einundzwanzig. Sie trug ihr dünnes Maushaar als Pferdeschwanz, und ihre knochigen Schultern steckten in einem Kleid, das nicht nur unvorteilhaft braun, sondern auch schrecklich altmodisch und viel zu groß war. Sie sah erbärmlich aus. Keiner redete mit ihr. »Warum stellen Sie mich ihr nicht vor?« Ich versuchte Crispin in ihre Richtung zu lenken, aber er hielt mich zurück.

»Nie im Leben! Sie kann sich nicht unterhalten. Wenn sie eine junge Vavasour kennenlernen möchten, dann gibt es hier eine sehr viel lohnendere. Hallo, Annabel.«

Wir wären fast mit einem anderen Paar zusammengestoßen.

»Hallo, Crispin. Sie sehen ekelhaft gut aus. Gefällt Ihnen wohl, so auf Kosten anderer zu leben.« Annabel wandte sich an ihren Partner. »Schatz, das hier ist Crispin Carter-Brown. Parlamentsabgeordneter für weiß Gott wo – jedenfalls nicht für unseren Flecken hier.«

»Guten Tag«, begrüßte ihn Rory.

»Sie sind ein schockierendes kleines Fräulein.« Crispin tätschelte begeistert Annabels Hintern und grapschte sich dann zwei Gläser Wein bei einem vorbeikommenden Kellner. »Trinken Sie, meine Süße.« Er gab ein Glas mir. »Das hier ist Miranda Stowe. Meine neue Entdeckung. Hinreißend, nicht wahr?«

»Miranda und ich kennen uns bereits.« Rorys Gesicht war ausdruckslos. »Wie geht es Ihnen?«

»Sehr gut, danke.«

»Es kann Ihnen ja nur gutgehen«, sagte Annabel. »Wenn Crispin mal an jemandem Gefallen gefunden hat, läßt er gar nicht zu, daß man sich schlecht fühlt. Das wäre so gar nicht die Art von Carter-Brown. Für Crispin muß immer alles Friede, Freude, Eierkuchen sein, nicht wahr, Schätzchen?«

Die Klugheit Annabels überraschte mich. Ich hatte sie für ein hübsches Dummchen, das nichts im Kopf hatte, gehalten, aber das war sie offenbar nicht. Ich wußte nicht warum, aber diese Entdeckung verwirrte mich.

»Ist das der sympathische Kurpfuscher im heiratsfähigen Alter, von dem mir deine Mutter soviel erzählt hat, Annabel?« Crispins Gesicht kräuselte sich vor Begeisterung über sein Bonmot. Ich sah, wie ein Schatten auf Rorys Gesicht fiel. »Nehmen Sie mir meinen kleinen Scherz nicht übel, Dr. McCleod. Wir Parlamentarier dürfen keine schlechte Laune aufkommen lassen. Das Land zu führen, ist eine ernsthafte Aufgabe. Hab von Annabels Mutter alles über Sie erfahren, und mir gefällt, was ich gehört habe. Reichen Sie mir die Hand, Sir.«

Crispin streckte ihm eine große, braune Hand hin, und nach kurzem Zögern nahm Rory sie mit dem Anflug eines Lächelns.

»Ja, das ist Rory. Ist er nicht wundervoll?« Annabel blickte mit plötzlich feucht gewordenen Augen zu Rory auf. Sie hatte was, soviel war sicher. An ihrem Äußeren war kaum etwas auszusetzen. Ihr Gesicht wirkte ziemlich streng, hatte sogar einen unverschämten Zug, aber das war etwas, was den Männern meiner Erfahrung nach nie auffiel. Jack hätte sich in sie verliebt.

»Und wann werden Sie die berühmte Frage stellen, alter Kumpel? Annabels Mutter hat ihre Garderobe schon auf Mutter-der-Braut abgestimmt, wissen Sie.«

Crispin hatte sein Glas Wein auf einmal hinuntergekippt und tauschte es gegen ein volles aus. Ich kannte die Sorte Mann, die riesige Mengen Alkohol mehr oder weniger gut vertragen können, einfach weil sie gar nie richtig nüchtern werden, aber seine übliche Vorsicht ließ doch merklich nach. Rory machte ein ärgerliches Gesicht, und ich konnte ihm das nicht verübeln.

»Jetzt gehen Sie lieber, Crispin«, Annabel schob ihn entschieden weg, »und kümmern sich um Ihre Angelegenheiten«, dabei bedachte sie mich mit einem beschützenden Blick, »und ich kümmere mich um meine. Rory ist – ganz im Gegensatz zu Ihnen – sehr ehrenwert und fleißig, und er wird bald wichtige Arbeit bei Menschen leisten, mit denen es das Leben nicht so gut meint. Ich werde ihm beweisen müssen, daß zu meinem Charakter auch eine ernste Seite gehört, andernfalls wird er mich nicht haben wollen. Komm mit, Schatz.« Sie legte wieder ihren Arm um Rory. »Laß uns nicht Zeit mit Reden vergeuden, tanzen wir lieber.«

»Ich denke, den Tanz lasse ich lieber aus«, sagte ich, als die Band mit »As Time Goes By« anfing und Crispin mich bedeutungsvoll umarmte. Ich riß mich los.

Er folgte mir dorthin, wo George und Lissie mit Rollo standen, warf mir aber vor, eine Spielverderberin zu sein. Beim Näherkommen versuchte ich mit meiner Mimik meine Verzweiflung zu signalisieren, und Rollo nahm mich freundlich in seine Arme und sagte: »Den hast du mir versprochen, Miranda.«

Und schon wirbelten wir über den Tanzboden. Rollo war

ein weitaus besserer Tänzer als Crispin, und eine Weile tanzten wir schweigend.

»Dieser Kerl scheint ja ein fürchterlicher Langweiler zu sein.«

»Du hast es erfaßt. Wo ist denn Diana?«

»Sie unterhält sich mit dem armen kleinen Mädchen, für das diese Party eigentlich gedacht ist. Natürlich ist es vor allem ein Vorwand für meine Tante, ihre sämtlichen gesellschaftlichen Schulden zu begleichen.«

»Das ist aber freundlich von Diana. Ich dachte schon, wie traurig und einsam das Kind aussah.«

»Diana ist der freundlichste Mensch, den ich kenne.« Rollos Seufzer kam aus tiefstem Herzen, und weil ich mit meiner eigenen Freundlichkeit nicht hintan stehen wollte, forderte ich ihn dazu auf, die Tugenden seiner Frau noch auszuweiten.

Ich mochte Diana wirklich, dennoch ist so ein geschwätziges Lob auf eine andere Frau nicht gerade das, was man hören möchte, wenn man in den Armen eines attraktiven Mannes tanzt, selbst wenn man sehr gut weiß, daß er tabu ist. Aber ich fand mich mit aller mir zur Verfügung stehenden Anmut damit ab und fügte selbst noch ein bißchen Lob hinzu.

Man rief zum Abendessen. Ich sah Humphrey mit absichtsvoll glänzenden Augen auf mich zukommen. »Laß mich bitte nicht allein«, flehte ich Rollo an. »Können wir nicht Diana und Candida abholen und gemeinsam essen?«

»Genau dasselbe wollte ich gerade vorschlagen.«

Unter diesen Umständen gelang es uns, die Zeit recht angenehm zu verbringen, wenn auch das Essen so schrecklich war wie James prophezeit hatte – sehniges Hähnchen, Krautsalat und grausige neue Kartoffeln aus der Dose. Humphrey schloß sich uns an, und weil ich mich sicher fühlte, konnte ich auch freundlich zu ihm sein. Lissie saß auf seiner anderen Seite und zeigte sich äußerst charmant. George übertraf sich selbst, indem er Candida unterhielt und auch bald zum Lachen brachte. Georges gesellschaftliche Gewandtheit bestand vornehmlich darin, daß er einem das Gefühl geben konnte, die klügste, netteste und hübscheste Frau zu sein, der er je begegnet war; wobei doch ganz unzweideutig feststand, daß es sich nur um die Schmeicheleien eines glücklich verheirateten Mannes handelte. Wir entschädigten uns für das dürftige Essen, indem wir um so mehr tranken. Ich sah Rory und Annabel mit Crispin und seiner Frau zusammensitzen. Annabel war die perfekte Unterhalterin, während Rory auf die Reste seines Hähnchens starrte, als versuchte er, aus seinen Eingeweiden die Zukunft herauszulesen.

Mein Herz sank, als die Band wieder loslegte. Ich bemühte mich um einen erfreuten Gesichtsausdruck, als Humphrey mich aufs Parkett führte. Er machte eine Anspielung auf Hoffnungen, die an diesem Abend mehrmals vereitelt worden waren, aber ich tat so, als verstünde ich nicht, und redete über seine Krankenhausarbeit, meinen Garten und den Fall Saigons.

»Sie sind eine so schöne Frau, Miranda.« Gefühl und Alkohol brachten Humphreys Lächeln in eine Schieflage.

»Danke. Was halten Sie von Harold Wilson?«

»Ich traue ihm nicht. Hat Ihnen schon mal jemand gesagt, daß Ihr Haar wie gesponnenes Gold aussieht?«

»Ich glaube nicht. Gott sei Dank sind die Griechen diese schrecklichen Militärmachthaber losgeworden.«

»Da war aber auch jede Menge Propaganda dabei. Wenn ich Sie einfach nur im Arm halte, fühle ich mich wieder jung.«

»Na gut. War Watergate nicht faszinierend? Glauben Sie, daß England seine schmutzige Wäsche jemals so öffentlich ausbreiten würde?«

»Unsere Politiker sind alles andere als korrupt. Ihre Augen sind wie dunkle Stiefmütterchen ... so weich und groß, daß man darin versinken möchte.«

Und so ging das Gespräch weiter, und es war sehr ermüdend.

»Meine Damen und Herren!« brüllte der Bandleader. »Jetzt wird abgeklatscht!« Normalerweise ließen mich solche Tölpeleien mit den Zähnen knirschen, aber jetzt hielt ich es für eine gute Idee. »Die Damen stellen sich jetzt in der Mitte zum Kreis auf. Keine Schwindeleien! Bleiben Sie in Bewegung, bis die Musik aufhört!«

Alle setzten sich langsam in Bewegung, hielten sich an den Händen und versuchten nicht daran zu denken, daß sie sich wie komplette Idioten vorkamen. Mir fiel auf, daß Rollo, der aus der entgegengesetzten Richtung an mir vorbeikam, sich bemühte, nur ja nicht wie ein Spielverderber zu wirken, was ganz und gar nicht überzeugte und mich zum Lachen brachte. Zu meinem Entsetzen sah ich Crispin näher kommen. Er hüpfte spielerisch und probierte ein spaßiges, jungenhaftes Gesicht aus, das ihn aber schwachsinnig aussehen ließ. Mit einem scharfen Messer in der Hand, hätte er mir große Angst gemacht.

»Ist das nicht ein Spaß?« rief er mir zu, als er näher rückte und am Arm seines Nachbarn zog, um ja vor mir zum Stehen zu kommen.

Die Musik hörte auf, und ich übte schon für eine freundliche Miene.

»Das ist unser Tanz, denke ich.« Rory legte seinen Arm um meine Taille und ergriff meine rechte Hand. Ich sah Crispins Augen vor Enttäuschung groß werden, aber dann waren wir schon weg und tanzten auf die andere Seite des Raums zu.

»Schreckliche Party, nicht wahr?«

»Fürchterlich!«

Dann lachten wir beide.

»Was tun wir hier eigentlich?«

»Ich bin mitgekommen, weil Elizabeth mich um moralischen Beistand gebeten hatte. Aber sie braucht ihn gar nicht. Ich hätte gut zu Hause bleiben können.«

»Annabel wollte das gleiche. Aber soweit ich sehe, kennt sie hier jeden.«

»Sie ist sehr hübsch.«

»Ja.« Eine Pause. »Wie geht es Ihrer Mutter?«

»Ach, sie ist ein paar Tage später wieder nach Italien abgereist. Es ging ihr ziemlich elend, weil sie ihren Liebhaber mehr oder weniger in den Armen einer anderen erwischt hatte. Aber als sie mich letzte Woche anrief, klang sie schon viel fröhlicher. Offenbar hat sie einen Ballettänzer kennengelernt, der sich aus Rußland in den Westen abgesetzt hat und eine Beschützerin braucht. Er scheint in jeder Hinsicht der ideale Mann zu sein, außer daß er ein bißchen zu jung ist. Ja, fünfunddreißig ist wirklich zu jung. Aber sie versichert mir, daß Sergej sexuelle Erfüllung nur bei erfahrenen Frauen findet, weil er einen

Ödipuskomplex hat. Einen solchen Pragmatismus kann man nur bewundern.«

»Es muß sie verletzt haben, als sie dahinterkam, daß ihr Geliebter ihr untreu ist.«

»O ja, zweifellos.«

»Und was macht Maurice? Maeve hat mir erzählt, er sei ein wirklich guter Maler.«

»Ich wußte gar nicht, daß Sie Maeve kennen?«

»Ich habe gerade ein Attest über die Geistesverfassung ihres Sohnes ausgestellt. Er scheint eine Art Nervenzusammenbruch in der Besserungsanstalt erlitten zu haben. Wir bemühen uns jetzt um Haftverkürzung.«

»Der arme Sebastian! Doch in gewisser Weise geschieht ihm das auch recht. Fast hätte er einen lieben Freund in den kompletten Wahnsinn getrieben.«

»Sie meinen Ivor. Ist er nicht mehr? Nur ein lieber Freund? Oh, tut mir leid, das hätte ich nicht fragen sollen. Das geht mich ja auch nichts an. Ich dachte immer, er sei sehr verliebt in Sie, deshalb komme ich darauf.«

»Das ist nur der Dichter in ihm. Er ist ein sehr guter Dichter, und ich bin seine Muse. Es gefällt ihm, meine Hand zu halten und meine marmorne Braue zu küssen.«

»Das glaube ich gern.«

»Aber um Ihre Frage zu beantworten, Maurice hat den Auftrag bekommen, ein riesiges Seestück zu malen, und zwar von einem Mann, der in Hollywood Filmregisseur ist. Für das, was er dafür bezahlt bekommt, könnte er den Rest seines Lebens in Saus und Braus verbringen. Es wird dreieinhalb mal sieben Meter groß, und deshalb macht er jetzt die Remise zu seinem Atelier. Ich bin so glücklich, daß er den Sommer auf Westray verbringt. Nicht nur meinetwegen. Als er von London zurückkam, waren seine Hände ganz zittrig und er brach fast in Tränen aus, obwohl er nur ein paar Tage weg war. Zum Glück fanden er und meine Schwester Beatrice wie Liebende zueinander, die sich eine Ewigkeit nicht gesehen hatten, und unterhielten sich stundenlang über Leben, Töpfern und Ernährung. Beatrice meint, er sei genau der Mann, den sie gerne geheiratet hätte. Ich rede viel zuviel, nicht wahr? Quasseln würden Sie es nennen.«

»Bitte hören Sie nicht auf. Ich habe gerade darüber nachgedacht, wie hervorragend Sie quasseln können. Wenn *ich* nervös bin, werde ich immer fürchterlich ruhig.«

»Was bringt Sie darauf anzunehmen, daß ich nervös bin?«

»Na ja ... vermutlich, weil *ich* es bin. Sie waren nur zu sehr mit Quasseln beschäftigt, um das zu merken.«

Ich wurde mir beim Tanzen meiner Hand in der seinen bewußt, der Nähe seines Kinns über meinem Kopf und eines Gefühls, das ich auf gar keinen Fall jemals im Leben wieder haben wollte und das mir jetzt weiche Knie machte. Sofort brachte ich mich zur Räson. Ich war eine Frau, die auf die Vierzig zuging, mit drei Kindern und zahlreichen anderen Abhängigen. Mein Leben war randvoll und ich durfte nicht zulassen, daß der romantische Unsinn, den Leute mit wenig Hirn und ohne sinnvolle Beschäftigung verbreiteten, der vortrefflichen Vorausplanung des von mir aufgebauten Lebens ins Gehege kam.

»Was ist los?« Rorys Stimme war dicht neben meinem Ohr. »Plötzlich haben Sie sich angespannt.«

Jeder wie auch immer gearteten Antwort kam der Ruf des Bandleaders zuvor, für ein weiteres Abklatschen Kreise zu bilden.

»Ach, das ist ja nicht auszuhalten!« meinte Rory. »Ich habe gesehen, daß jemand die Fenstertüren da drüben geöffnet hat. Sollen wir nach draußen gehen, oder friert es Sie dann?«

Wir standen auf der Terrasse und blickten hinab in den vom Mondlicht erhellten Garten. Als die Band wieder mit fröhlichen, unbestimmbaren Tönen losorgelte, entwich die Musik in die Dunkelheit.

Rory stützte sich auf die Balustrade. Ich gab auf Lissies Kleid acht und blieb aufrecht stehen, obwohl ich mich auch gerne aufgestützt und meine Augen geschlossen hätte, um den köstlichen Duft der Narzissen und des Seidelbasts besser einatmen zu können, der aus der kühlen Luft nach oben stieg. Eine Weile schwiegen wir, obwohl ich etwas sagen wollte, um die sich aufbauende Spannung zu lösen, die, wie ich mir dachte, nicht gut sein konnte.

»Erzählen Sie mir von Annabel«, sagte ich schließlich

und bemühte mich, ihr Bild zu uns auf die Terrasse zu zaubern.

»Annabel? Ich traf sie im Zug, als ich am ersten Wochenende, nachdem ich hier zu arbeiten angefangen hatte, nach London fuhr. Es klingt vermutlich lächerlich – und für solchen Unsinn bin ich eigentlich auch zu alt –, aber ich war einsam. Ich hatte vor, in ein Konzert zu gehen oder vielleicht ein paar Freunde zu besuchen. Auf jeden Fall wollte ich weg hier vom Land. Mein ganzes Leben lang hatte ich in Städten gewohnt, und die ländliche Stille und Sanftheit fand ich zermürbend. Annabel kam gerade von einem Besuch bei ihrem Onkel. Sie erzählte, sie könne das Landleben auch nicht ausstehen, fragte mich, ob ich am Abend mit ihr auf eine Party gehen wolle. Die fand irgendwo in Notting Hill statt. Jede Menge Maler und Musiker, ein wunderbarer Kontrast zum niederdrückenden Haushalt der Kentons und zu den Kopfgrippen der Börsenmaklergattinnen. Danach nahm sie mich mit in ihre Wohnung. Es war ein elendes Loch in Fulham. Es wunderte mich, daß sie mich zu ihren Eltern am Eaton Square mitnahm. Sie haben mich mit offenen Armen aufgenommen. Annabel hat nach eigener Aussage eine ziemlich wilde Zeit hinter sich. Ihre Eltern sind dankbar, sie mit jemandem zu sehen, der sich nicht Heroin spritzt und der einen Job hat. Sie ist ein lustiges Mädchen, sehr selbstsicher, und sie kommt meinen Stimmungen sehr entgegen.«

»Sie ist auch sehr hübsch.«

»Das haben Sie schon gesagt.«

»Es ist ihr auch anzusehen, daß sie sehr in Sie verliebt ist.«

»Ach, ich weiß nicht. Sie ist in allem, was sie tut, sehr extrem. Wahrscheinlich hat sie immer bekommen, was sie wollte.«

»Das hört sich ein wenig neidvoll an.«

»Sie meinen, ich habe einen Komplex?«

»Ja, vielleicht habe ich das gemeint. Sie waren von uns nicht gerade hin und weg, als Sie zum ersten Mal zu uns nach Westray kamen. Ich bin davon ausgegangen, daß Sie mich für, na ja ... verwöhnt, wertlos, gefährlich hielten.«

»Genau das habe ich auch gedacht. Mir war nicht klar, daß man mir das ansah. Ich war ein Narr. Jedenfalls was die ersten beiden Punkte angeht.«

Er richtete sich auf und machte einen Schritt auf mich zu, so daß er jetzt sehr nah bei mir stand. »Der letzte Punkt war richtig. Sie sind gefährlich ... sehr sogar.«

»Rory, ich –« Ich brach ab, als er seinen Kopf zu mir herabbeugte.

»Da bist du ja, Rory!« Annabel hatte beide Türen aufgestoßen und Licht ergoß sich auf die Terrasse. »Ich habe überall nach dir gesucht. Komm schnell! Onkel John will gerade eine wichtige Ankündigung machen.«

Auf ein Wort von John Vavasour, der auf das Podium geklettert war, hörte die Band auf zu spielen. »Meine lieben Freunde!« Er breitete seine Arme weit aus. »Ich muß Ihr Feiern für einen Augenblick unterbrechen, um eine Ankündigung zu machen. Meine über alles geliebte Nichte – wo bist du, Annabel? – ah, da bist du ja – hat mir gerade erzählt, daß sie sich mit Dr. Rory McCleod verlobt hat. Ich bin sicher, daß Sie alle in meine guten Wünsche für ein langes gemeinsames Leben und alles Glück der Welt einstimmen werden.«

Alle wandten sich zu den Fenstertüren um, wo wir drei standen. Es wurde Beifall geklatscht, und die betrunkeneren Männer riefen »Hurra«.

»Tanz mit mir, Rory«, bettelte Annabel und schaute zu ihm hoch. »Es macht dir doch nichts aus, mein Schatz, oder? Ich fand, daß du eine Lektion nötig hattest, um dich endlich zu entscheiden.« Sie lachte tapfer, aber ich spürte die Angst in ihrer Stimme. »Küß mich, Schatz.«

»Na los, Nachwuchs-Galen, geben Sie ihr 'nen Schmatz.« Crispin hatte sich dazugesellt und rieb sich die fleischigen Hände. »Wenn Sie's nicht tun, tu's ich. Ha, ha!«

Rory blickte ihn an und dann auf Annabels ihm zugewandtes, hoffnungsvolles Gesicht. Er beugte sich zu ihr herab und küßte sie auf den Mund.

»Das ist das einzig Wahre! Junge Liebe, so was Herrliches! Ah, Miranda, ich habe mich schon gewundert, wo Sie geblieben sind. Lassen Sie uns noch 'ne Runde tanzen. Ist das nicht *schrecklich* lustig? Kommen Sie, meine Liebe.«

Er packte mich um die Taille und rauschte mit mir davon. Ich warf einen Blick auf sein Gesicht, das vom Alkohol aufgedunsen war und vor Schweiß glänzte, dann aber drückte er mich so fest an sich, daß sich mein Horizont auf ein paar Zentimeter weiße Hemdbrust beschränkte. Seine Hände erkundeten meinen Rücken und glitten dann auf meinen Po. Ich war in Sorge um Lissies Kleid.

»Ich bin sehr müde. Ich frage mich, wo meine Gäste wohl sein mögen?« Ich wandte meinen Kopf, weil ich Rollo und Diana ausfindig machen wollte, und versetzte Crispins Nase dabei einen anscheinend sehr schmerzhaften Schlag, als er mir heimlich einen Kuß geben wollte. »Oh, wir wollen doch keine Dummheiten machen«, sagte ich in einem Ton, mit dem ich sonst die Kinder zu bändigen versuchte.

»Sie sind reizend, wenn Sie aufgebracht sind.«

»Nun, um ehrlich zu sein, *Sie* sind ziemlich schrecklich!« Jetzt war es mit meiner Beherrschung endgültig vorbei.

»Es wird dir gar nicht guttun, das weißt du doch.« Crispins Frau stand neben uns, ihr Gesicht fleckig vor Wut und vom Trinken. Sie schwankte leicht, und ihr Kopf nickte, als sie ihren Blick auf ihr Ziel auszurichten versuchte. »Das Tollste daran ist, daß mein Mann gar keinen hochkriegt. Er ist absolut impotent.« Ohne etwas wahrzunehmen, kreisten ihre Augen über die Gruppe der Gesichter um uns herum. Die Leute, fasziniert und entsetzt zugleich, erstarrten. »Es ist, als wäre man mit einem Spielzeugseehund im Bett, fünfundachtzig Kilo heulender Wabbelspeck, und alles ist völlig sinnlos. Intopent!« Sie ließ ein brutales Lachen hören und versuchte es noch einmal. »Immo – Sie wissen schon, was ich meine. Kriegt keinen –«

»Kommen Sie, meine Liebe.« John Vavasour führte sie mit fester Hand weg. »Zeit, aufzubrechen.«

»So eine unglückliche Frau«, sagte Diana, als Rollo in die Hauptstraße einbog.

»Erbärmlich«, stimmte ich ihr zu. Sie war nicht die einzige, ging mir durch den Kopf, und ich stieß in der Dunkelheit einen leisen Seufzer aus.

Kapitel 24

Am Tag nach dem Tanz bei den Vavasours jätete ich im Temenos Unkraut, den wir so passend den Eifersuchtsgarten genannt hatten. Diana und Rollo hatten sich nach dem Mittagessen auf den Weg nach Oxford gemacht, nachdem wir vereinbart hatten, daß sie im August für ein paar Tage mit ihren kleinen Jungs kommen wollten. Sie bestanden darauf, als zahlende Gäste zu kommen, was ich unglaublich freundlich von ihnen fand, denn ich hätte sie natürlich umsonst bei uns wohnen lassen. Sie waren so angenehme Gäste. Diana hatte sich sogar mit Rose angefreundet, die sie ausdrücklich zu einer fähigen und aufmerksamen jungen Frau erklärte.

Ivor mulchte die Stellen, die ich gejätet hatte, mit Stallmist. Zu dieser Zeit des Jahres mußte man bei den Christrosen immer die trockenen Blätter entfernen. Das war eine einfache Aufgabe mit sehr befriedigenden Ergebnissen. Die Aprilsonne warf hübsche Schatten auf das Gras und wärmte mir meinen Rücken. Die Spitzen der *Galtonia candicans,* einer großen, grün-weißen Spätsommerhyazinthe, schoben sich durch den Boden, der mit dem Laub des letzten Jahres angereichert war. Sukie lag auf dem Rücken und wärmte ihren Bauch. Die Vögel sangen und die Blätter flüsterten in diesem Gartenparadies. Aber meine Stimmung war einer traurigen Düsternis näher.

»Du wirkst ein wenig niedergeschlagen, Miranda«, sagte Ivor. »War es denn keine gute Party?«

»Nein.«

»Dann wird dir wohl was über die Leber gelaufen sein.«

»Ist mir auch.«

»Ich weiß, was dich aufheitern wird. Ich hole schnell meine Eklogen, an denen ich zur Zeit arbeite, und lese dir ein bißchen was vor. Ich denke, die werden ganz gut.«

»Danke.« In meiner momentanen Gemütsverfassung waren mir pastorale Dialoge genauso recht wie alles andere, um mich über den kollektiven Wahnsinn der Menschheit hinwegzutrösten. Die Eklogen erwiesen sich als gut und interessant. Nachdem ich sie gehört hatte, ging es mir tatsächlich besser, und sei es auch nur, weil mein Geist von der ermüdenden Spirale abgelenkt worden war, die ich die letzten vierundzwanzig Stunden auf- und abwärts durchmessen hatte.

»Wie werden diese Gedichte noch mal genannt?« fragte Henry, der über die Osterferien zu Hause war. »Eclairs? Weil sie ziemlich breiig sind? Bei allem, was mit Liebe zu tun hat, ist mir so, als hätte ich zuviel Siruptorte gegessen.«

»Eklogen. Und darin ging es überhaupt nicht um Liebe.« Ivor fuhr mit seinen mistimprägnierten Händen liebevoll durch Henrys Haare. »Jedenfalls nicht das, was du meinst. Darin ging es um die Liebe der Männer zueinander im Kampf, um geistige Kommunion ... Sodalität und so weiter.«

»Vater Ardal sagt, daß das Sünde wäre. Er hält uns lange Moralpredigten, wie wir davon Eiterpickel bekommen.«

»Ich denke, da verwechselst du Sodalität mit Sodomie.«

Ivor setzte zu einer langen und verwirrenden Erklärung an, während ich meinen Gedanken erlaubte, zu dem Augenblick auf der Terrasse mit Rory zurückzukehren. Der Duft der Nachtluft und die Nähe eines gutaussehenden Mannes hatten mich verzaubert. Ich hatte zu wenig gegessen und zu viel getrunken, daher sicherlich auch mein Wunsch, von ihm geküßt zu werden. Ein Glück, daß wir unterbrochen worden waren.

Annabel hatte sehr eigenmächtig gehandelt. Vielleicht hatte sie uns zusammen auf die Terrasse hinausgehen sehen und die

Nerven verloren. Aber sie würde fraglos eine passende Frau für Rory abgeben. Wütend fiel ich über einen kriechenden Hahnenfuß her.

Was für absurde Maden doch im Gehirn brüten! Mir konnte es doch völlig egal sein, wen er heiratete. Ich beschloß an keinen von beiden mehr einen Gedanken zu verschwenden. In der Einfassung vor mir gab es eine Lücke. Ich mußte etwas finden, was im Mai blühte. Vielleicht noch mehr Salomonssiegel? Annabel war reich, unabhängig, hübsch und sehr verliebt in ihn, jung genug, noch Kinder zu haben. Gut. Alles ging doch befriedigend auf! Ich brach den Kopf einer Saudistel ab und fluchte, als mir Schmutz ins Auge flog.

»Was ist los, Mama?« Freundlich hielt Henry mir sein Taschentuch hin. »Bist du traurig, oder hast du dir weh getan?«

»Nur ein bißchen Dreck. Danke, Schatz. Ist schon besser, denke ich. Du lieber Himmel, was hast du denn mit diesem Taschentuch angestellt?«

»Ich habe versucht, die Schmiere von meiner Fahrradkette abzuwischen. Wenn dir das hier keinen Spaß mehr macht, hättest du dann vielleicht Lust, mich nach Marshgate zu fahren? Tante Nancy hat mir zu Ostern eine Pfundnote geschickt, so daß ich mir jetzt das Luftgewehr bei Braithwaite's holen kann.«

Es folgte ein ernsthafter (meinerseits) und ungehaltener (auf seiten Henrys) Wortwechsel über die Ziele, die für Luftgewehre in Frage kamen, das hieß, nichts, was lebte und verletzt werden konnte. Als Henry mir versicherte, er werde nicht einmal auf eine Spinne zielen, willigte ich ein, mit ihm nach Marshgate zu fahren. Ivor wollte mit dem Jäten weitermachen.

Nachdem ich mich mit Maurice' stinkendem Terpentin, das meine Haut rötete, weitgehend von der Fahrradschmiere befreit hatte, fuhren wir los. Am Dorfrand näherten wir uns gerade der Kreuzung, da sah ich zu meinem Entsetzen auf der anderen Straßenseite einen Wagen auf uns zukommen, den ich sofort als Rorys erkannte. Ich hoffte, mit einem Winken davonzukommen, als wäre ich in Eile, aber Rory hatte bereits angehalten und kurbelte sein Fenster herunter, als wir auf gleicher Höhe waren.

»Hallo, Miranda.«

»Hallo.«

»Wieder erholt von der gestrigen Nacht?«

»Mehr oder weniger. Und Sie?«

»Ich stehe immer noch unter Schock, glaube ich. Was riecht hier so merkwürdig?«

»Muß wohl das Terpentin auf meinem Gesicht sein.«

»Ist vermutlich billiger als Elizabeth Arden.«

»Sehr witzig. Es brennt nämlich.«

»Sie sind eine sehr geheimnisvolle Frau. Ich hatte übrigens gehofft, wir würden uns heute begegnen. Ich muß Ihnen nämlich etwas sagen. Unter vier Augen.«

»Ich habe Ihnen noch gar nicht zu Ihrer Verlobung gratuliert. Ich freue mich so. Annabel ist genau das richtige Mädchen für Sie. Es freut mich wirklich.«

»Tatsächlich?«

»Ja. Aber jetzt müssen Sie entschuldigen, ich muß nämlich zu Braithwaite's, bevor die zumachen. Wiedersehen.«

Ich kurbelte das Fenster hoch und fuhr weiter, ehe er noch etwas sagen konnte.

»Mama«, meinte Henry nach einigen Kilometern, »ich glaube, die Fahrradschmiere hat deinen Augen nicht gutgetan. Sie tränen sehr.«

Bei Braithwaite's wimmelte es von Müttern und Kindern, die nach Kleidern, Turnhosen, Badeanzügen und all den anderen Dingen suchten, die von den Schulen für das Sommertrimester verlangt wurden. Die Verkäufer ließen sich ihre Zufriedenheit anmerken. Die Nachfrage nach diesen Dingen war so groß gewesen, so erzählten sie, daß sie schon seit Wochen alles ausverkauft hatten und vor Weihnachten nicht mehr nachbestellen konnten. Ich ging nach oben zu den Heimtextilien und kaufte dort zwölf Meter des billigsten schwarzen Stoffes, den es gab, um daraus Mönchskutten für das Historienspiel zu nähen. Auf dem Rückweg kam ich durch die Babyabteilung, um Henry im Restaurant zu treffen, wo er sich sicher genüßlich an seinem Kauf weidete und wie gewohnt seinen Schokolade-Banane-Eisbecher vertilgte. Dort lief ich Lissie über den Weg. Wehmütig blickte sie auf ein puppengroßes Nachthemd mit einem gestickten Kaninchen.

»Hallo, meine Liebe.« Sie gab mir einen Kuß und wich dann zurück. »Was ist das denn für ein scheußlicher Geruch?«

»Terpentin und Fahrradschmiere. Entschuldige.«

»Macht nichts. Wie fandest du denn gestern die Party?«

»Ein Mittelding zwischen Fegefeuer und Hölle.«

»Sah aber aus, als hättest du viel getanzt. Hattest du keine netten Partner?« Lissie wirkte zerstreut und ihre Stimme klang unbeteiligt. Sie war in Gedanken bei dem Nachthemd. »Ist das nicht hübsch? Handbestickt, denke ich.«

»Reizend. Aber viel zu klein für Bridie. Und ich denke, daß Jenny eigentlich lieber Strampelanzüge mag. Wahrscheinlich weil man die nicht bügeln muß.«

»Das ist nicht für Bridie!« Lissie drehte sich mit feuchten Augen zu mir um. »Ich bin heute morgen in London gewesen. Ich wollte zu Mr. Nash, meinem Gynäkologen, weil ich mir Sorgen machte, und – o Miranda, du bist die erste, die es erfährt! George weiß es noch gar nicht! Ich hätte nie damit gerechnet. Ich hätte nie geglaubt, daß so etwas nach all den Jahren noch möglich ist.«

»Lissie!«

»Ja, es ist wahr!« Jetzt tropften Tränen. »Ich bekomme ein Baby!«

Jetzt kamen auch mir die Tränen, und es kümmerte mich nicht, daß wir peinlich berührte Mütter aus dem Laden vertrieben und Verkäufer hinter der Theke über uns tuschelten. Ich wußte, was das für Lissie bedeutete. Trotz des Terpentins klammerte sie sich an mich und schluchzte vor Glück.

Als sie sich beruhigt hatte, nahm ich sie mit ins Restaurant. Henry reagierte auf unsere tränenverschmierten Gesichter mit Mißbilligung und nahm Lissies Neuigkeit sehr reserviert auf. »Ein Glück, daß du dich darüber freust. Ich erinnere mich noch an den Streit, den Mama mit Papa hatte, als der noch ein Baby haben wollte. Mama hat damals gesagt, das sei wirklich das allerletzte, was sie haben wolle, oder, Mama?«

»Na ja, die Umstände waren völlig anders, mein Schatz. Wir hatten ohnehin schon drei Kinder. Aber wie hast du das mitbekommen? Ich kann mich nicht erinnern, daß wir uns vor euch Kindern jemals gestritten hätten.«

»Ist aber passiert«, meinte Henry hintergründig.

»Na, ist ja auch vorbei. Wie geht es dir denn, Lissie? Wenn ich dich jetzt so ansehe, dann hast du dieses Strahlen an dir. Es hätte mir auffallen müssen.«

»Wie hätte da jemand draufkommen sollen? Bei mir ist jetzt viermal die Periode ausgefallen und ich dachte, es sei eine vorzeitige Menopause oder so. Schließlich bin ich vierzig!«

»Ich werde wohl lieber runter in die Spielzeugabteilung gehen«, schlug Henry vor und stand auf. »Diese Art von Gesprächen sind nicht mein Ding.«

»Du meine Güte!« sagte ich, nachdem Henry verschwunden war. »Ich hatte ganz vergessen, daß du ein Jahr älter bist als ich. Na, so was! Aber vierzig ist doch heutzutage kein Alter mehr. Und außerdem war Fanny Burney vierundvierzig, als sie ihr *erstes* Baby bekam.«

»Kenne ich die?«

»Sie schrieb Romane und ein wunderbares Tagebuch während der Regierungszeit von George III. Überleg doch mal, wie da die Geburtshilfe aussah.« Uns schauderte. »Was hat denn Mr. Nash dazu gemeint.«

»Er hat mich eine Ewigkeit lang untersucht und mir dann gesagt, ich solle meine Kleider wieder anziehen und zu ihm ins Sprechzimmer kommen. Er machte einen Scherz mit seiner Arzthelferin, den ich aber nicht verstand. Ich glaubte, er wolle mich aufheitern. Mir war ganz elend zumute. Ich war davon überzeugt, daß es etwas sehr Ernstes sein mußte. Als wir dann aber in sein Sprechzimmer gingen, strahlte er übers ganze Gesicht und sagte: ›Also, Mrs. Partridge, es scheint so, als dürfe man Ihnen gratulieren.‹ Anfangs konnte ich mir gar nicht vorstellen, was er damit meinte, aber da er sich so übermütig und ausgelassen gab, wußte ich, daß es kein Krebs sein konnte. Nach und nach dämmerte mir, was er wohl damit sagen wollte, und dann spürte ich mein ganzes Blut durch meinen Körper rauschen und konnte nichts mehr sehen oder hören. Selbst jetzt kann ich es kaum fassen!«

»Es freut mich so für dich.« Ich langte über den Tisch und nahm ihre Hand. »Und was für ein glückliches kleines Baby das sein wird.«

»Danke. Das besonders Gute daran ist, daß ich die ersten zwölf schwierigen Wochen hinter mich gebracht habe – nach den zwei Fehlgeburten, die ich hatte, weißt du –, ohne etwas davon zu ahnen. Ich bin jetzt in der zwanzigsten Woche, und Mr. Nash meint, es sehe alles sehr gut aus und es sollten keine Probleme auftauchen. Kein Wunder, daß mir meine Kleider alle nicht mehr passen!«

»Wir wollen das feiern und gleich jetzt was für das Baby kaufen. Dadurch wird alles sehr viel wirklicher.«

Es machte uns Spaß, die Sachen auszusuchen. Lissie kaufte das Nachthemd mit dem Kaninchen darauf und ich kaufte eine hübsche, rosa, weiß und gelb karierte Decke für den Kinderwagen.

»Ich fühle mich so geehrt, daß ich die erste bin, die es erfahren hat. Soll es noch ein Geheimnis sein?«

»Nein. Alle sollen es erfahren. Ich werde Patience und Maeve noch heute abend anrufen. Oh, da fällt mir gerade was ein! Vielleicht werden Patience und Aubrey auch Babys bekommen. Dann wird meins jemanden zum Spielen haben. Wäre das nicht herrlich?«

»Ausgezeichnet. Sie hat noch nichts darüber verlauten lassen, aber ich hoffe es für sie.«

»Und du wirst Taufpatin. Willst du? Ich wünschte mir, du könntest auch noch ein hübsches Baby mit jemandem haben. Das würde dir helfen, über Jack hinwegzukommen.«

»Das ist lieb von dir, aber im Augenblick möchte ich das eigentlich gar nicht. Ich werde mich an deinem freuen.«

Am nächsten Tag zur Mittagszeit kam Patience vorbei, um die Neuigkeit zu bequatschen.

»Genau das hat sie sich am meisten gewünscht. Ich wette, daß auch George glücklich ist. Er sorgt so gerne für andere. Ich bin auch glücklich darüber.«

»Ja, ich bin ganz aus dem Häuschen.«

»Sie hat natürlich schon ein Baby gehabt, und weiß, wie das sein wird.« Bei dem Ton, in dem sie dies sagte, stellten sich meine Antennen auf Empfang. Ich wußte, daß ich meine Worte mit geziemender Vorsicht wählen mußte. »Die Geburt wird doch nicht schwieriger werden, nur weil sie älter ist, oder?«

»Also, ich bin natürlich kein Geburtshelfer, aber ich würde sagen, daß das nichts ausmacht.«

»Ich habe noch nie ein Kalb zur Welt kommen sehen. Ich könnte kaum unwissender sein.« Es entstand eine Pause. »Ist es eine schreckliche Qual?«

»Hm ... ich glaube nicht, daß man das verallgemeinern kann. Jede Geburt ist anders. Und vermutlich empfindet auch jede Frau sie anders. Es kann sehr schmerzhaft sein, das schon, aber das dauert nicht lange. Bei James habe ich kaum etwas gespürt, weil ich fast bis zur Besinnungslosigkeit mit Medikamenten vollgepumpt war. Elizabeth kam so schnell, daß ich kaum Zeit hatte, darüber nachzudenken. Bei Henry war es sehr schlimm, weil er nicht richtig lag. Aber über eins kannst du dir sicher sein. Es wird ganz anders sein als alles, was du dir in all den Monaten ausgemalt und vorgestellt hast. Es entwickelt sich eine Eigendynamik, die dich führt. Und heutzutage, wo der Vater mit hinein darf, wird es noch besser sein.«

»Aubrey brennt darauf, Kinder zu bekommen. Er möchte zwei Mädchen und einen Jungen. Vielleicht wünscht er sich eine richtige Familie, weil er selbst immer ein Außenseiter war. Mit seiner Mutter kam er nicht zurecht, und sein Vater starb, als er zwölf war. Er war das einzige Kind. In der Schule war er im Sport ein absoluter Versager und ein solcher Kopfmensch, daß ihn die anderen Jungs verachtet haben. Zu Mädchen hatte er nie Zutrauen. Ich bin sehr glücklich. Ich spüre, daß er zu mir gehört, jedes Stückchen von ihm. Bevor er mir seinen Heiratsantrag gemacht hat, waren wir so befangen. Aber jetzt können wir gar nicht mehr aufhören zu reden. Wir haben uns gegenseitig das Gefühl gegeben, *In*sider zu sein.«

»Ihr werdet bestimmt zusammen sehr glücklich sein, ob mit oder ohne Kinder.«

»Das werden wir. Na gut, ich werde jetzt mal schnell zurückfahren. Wir machen drei ganz schreckliche lilafarbene Raffrollos mit Troddeln daran, eine einzige Quälerei. Ach, übrigens, als ich bei Maeve vorbeikam, mußte ich um den Schulbus herumfahren, der direkt davor geparkt war. Ein Mann auf einem Traktor fluchte wie verrückt, weil er den Umweg nehmen mußte. Was denkst du, warum der dort steht?«

»Weiß der Himmel! Vielleicht ist er kaputtgegangen.«

Als ich eine Stunde später mit Maurice, Elizabeth und Jasper an Maeves Häuschen vorbeifuhr, um der bettlägerigen alten Miss Boswell die Eier zu bringen, sah ich zu meiner Überraschung den Bus noch immer dort stehen. Ein Auto drückte sich daran vorbei, indem es mit zwei Rädern oben auf der Böschung fuhr.

»Was glaubst du, warum der da steht?« erkundigte sich Elizabeth auf unserem Rückweg angesichts einer kleinen Schlange von Autos und Traktoren. Ich behielt meine Mutmaßungen für mich. »War das nicht traurig bei Miss Boswell? Ich hatte wirklich Schuldgefühle, weil sie sich so freute, mich zu sehen, und ich sie nicht schon eher besucht habe. Sie ist so einsam, und das Haus so dunkel und düster. Und sie war so nett zu uns, als sie uns in der Grundschule unterrichtete.«

»Wir wollen ihr beim nächsten Mal etwas mitbringen, was sie aufheitert«, tröstete Maurice. »Ich meine keine Geschenke. Das wäre ihr unangenehm. Wildblumen oder das alte Schwanzmeisennest, das wir vor kurzem im Efeu gefunden haben. Ganz gewöhnliche Dinge, die sie aber nicht mehr sehen kann, seit sie nicht mehr aus dem Haus kommt. Wie wär's mit Froschlaich in einem Glas?«

»Das ist eine gute Idee. Alle Lehrerinnen sind wie verrückt auf Natur. Sie hat sich mehr darüber gefreut, Jasper zu sehen als uns.«

»Ich werde einen Kuchen backen, und du kannst ihr ein Stück bringen.« Ich freute mich, zu sehen, daß auch Elizabeth langsam anfing, andere Menschen wahrzunehmen. »Ich finde, sie ißt nicht genug.«

»Sollen wir kurz in den Friedhof gehen und Papas Grab besuchen?«

»Das ist eine gute Idee.«

Wir standen alle drei um den Platz, an dessen Kopfende ein Holzkreuz Jacks Namen trug. Sechs Monate nach seinem Tod sackte der Hügel langsam ab. Jasper mußten wir davon abhalten, einen erst vor kurzem Verstorbenen wieder auszugraben.

»Wessen Blumen sind das denn? Sind die nicht häßlich?«

bemerkte Elizabeth und deutete auf einen grellrosa Blumenstrauß.

»Miss Horne läßt monatlich welche aufs Grab legen. Sie hat es mir erzählt, als ich sie neulich anrief. Sie sagte, sie werde das Grab auch bald selbst besuchen können, aber im Augenblick wühle es sie noch zu sehr auf.«

»Na so was! Und sie gehört nicht mal zur Familie.« Elizabeth neidete ihr diesen Traueranspruch.

»Aber sie hat ihn wirklich geliebt.«

»Igitt! Für heute habe ich genug von unglücklichen Leuten.« In Elizabeths Worten lag die Unbekümmertheit der Jugend. »Ich bin froh, daß ich hergekommen bin. Allein wollte ich nicht. Aber jetzt habe ich keine Angst mehr.«

»Angst, mein Schatz?«

»Na ja, Angst davor, düstere und schreckliche Gefühle zu bekommen, die ich dann nicht mehr vergessen könnte. Tatsache ist doch, daß Papa nicht hier ist, verstehst du? Er ist wirklich weg. Da war ich mir vorher nicht so sicher. Aber jetzt weiß ich es.« Sie blickte hinunter auf den Erdhügel. »Sind das deine Blumen, Mama?«

»Nein. Ich bringe nie Blumen mit. Jack mochte sie nicht. Ich kann mich nicht erinnern, daß er jemals auch nur eine Butterblume bewundert hat.« Mein Blick fiel auf den Strauß Hundsveilchen und Kuckucksblumen. »Die müssen von Ivor sein.«

»Ich hätte gedacht, er sei dieser Tage zu beschäftigt mit Gedichteschreiben«, sagte Maurice. »Er ist sehr viel forscher geworden und nicht mehr nur ins Numinose eingehüllt.«

Als wir nach Hause kamen, rief ich Maeve an. Ich mußte es sehr lange läuten lassen.

»Hallo? Ach, du bist es, Miranda. Würde es dir etwas ausmachen, später noch mal anzurufen? Ich kann gerade nicht.«

»Sieh einfach mal aus dem Fenster, Maeve.«

»Wie bitte? Hast du was getrunken? Na gut, alles was du willst.« Es dauerte etwas, bis sie sich vom Telefon entfernt hatte. »Du liebe Güte! Was ist der Junge nur für ein Idiot! Das wird mich lehren, mich an kleinen Kindern zu vergreifen! Da hätte er ja gleich ein Schild aufstellen können. Oh, verdammt noch mal! Danke. Wir hören uns später.«

Wir trugen den Tee hinaus zum Sommerhaus. Die Muschelverkleidung war zu einem Drittel fertig, eine äußerst mühselige Angelegenheit, aber es zeichnete sich schon ab, daß es wunderschön werden würde.

»Du siehst müde aus, Bessie«, sagte Maurice, als Elizabeth gähnte. »Du hast dich wohl noch immer nicht ganz von der Party erholt.«

»Nicht doch!« meldete sich Henry zu Wort. »Nicht schon wieder diese blöde Party! In den letzten Tagen habe ich von nichts anderem gehört.«

»Tatsächlich?« Ich war überrascht, denn Elizabeth hatte bei mir kaum ein Wort darüber verloren.

»O ja, ein ständiges Gequassel über diesen schnulzigen Doktor.«

»Halt den Mund, sonst stopfe ich dir diese Taschenmessermuschel in dein Maul«, fauchte Elizabeth und wurde rot vor Wut.

»Ich dachte, du hattest einen schönen Abend mit Johnny, Schatz.«

»Johnny ist nur ein Junge. Ich mag ihn, aber mehr auch nicht. Rory hat mir was zu trinken gebracht, als Johnny auf die Toilette ging, und dann haben wir ein bißchen getanzt. Schade, daß die Musik gleich darauf aufgehört hat.«

»Ich habe dich gar nicht gesehen.«

»Du bist mit diesem fetten Trampel mit den gestreiften Haaren herumgehüpft. Ich habe dich auch mit Rory tanzen sehen. Hat er was über mich gesagt?«

»Ich glaube nicht.« Ich runzelte die Stirn. »Es freut mich, daß es dir gefallen hat. Es ist gut, wenn man in jeder Altersstufe Freunde hat.«

»Elizabeth will ihn nicht als Freund«, kicherte Henry. »Ich habe ein Gedicht gefunden, das sie geschrieben hat. Darin geht's nur um seine Augen und um sein Stethoskop. Und sie hat diese kleinen Fäden vom Nähen alle in einer speziellen Dose aufbewahrt! Bäh!«

»Henry!« Elizabeth sprang auf, warf dabei ihren Teller um und packte ihn an den Haaren. »Wenn du nicht gleich damit aufhörst, schmeiße ich dein Luftgewehr in den Wallgraben und zementiere deine Schrotkugeln in dieser Wand hier mit ein. Du Schwein! In anderer Leute Sachen herumschnüffeln!«

»Das reicht jetzt«, unterbrach ich sie barsch. »Du hast Maurice' Tee verschüttet. Und du, Henry, liest nichts, was nicht für deine Augen bestimmt ist.«

»Woher soll ich wissen, ob was für meine Augen bestimmt ist oder nicht, wenn ich es noch gar nicht gelesen habe?« erwiderte Henry triumphierend und gar nicht mal so unlogisch.

»Also, darüber werden wir später reden.« Mir machte Elizabeths Schwärmerei Sorgen, die jedes Maß zu übersteigen schien, obwohl Übertreibung sicherlich einen Teil der Schwärmerei ausmacht. »Du darfst es dir nicht so zu Herzen nehmen, mein Schatz. Für Mädchen deines Alters ist es ganz natürlich, daß sie sich in einen älteren Mann verlieben. Mit vierzehn war ich hoffnungslos in Gregory Peck verliebt.«

»Das kann man doch überhaupt nicht miteinander vergleichen.« Elizabeth war sehr wütend, und mir wurde klar, daß ich das taktvollerweise nicht hätte sagen sollen. »Das ist keine alberne Leidenschaft für jemanden, dem ich nie begegnet bin!«

»Aber du hast doch die Ankündigung von Johnnys Großvater gehört, mein Liebling, oder etwa nicht? Daß Rory sich mit seiner Nichte verlobt hat?«

»Wovon redest du überhaupt?«

»Das war kurz vor unserem Aufbruch, mein Schatz.« Plötzlich fiel mir ein, daß wir Elizabeth und Johnny beim Billardspiel gefunden hatten, weil sie das Tanzen leid waren. Wahrscheinlich war sie gar nicht im Ballsaal gewesen, als er seine Ansage machte. Mit sanfter Stimme sagte ich: »Er wird Annabel Vavasour heiraten.«

»Johnnys Cousine? Das Mädchen in dem roten Kleid? Ich faß es nicht!«

»Es ist aber leider so.«

»Ich kann es selbst kaum glauben«, meinte Maurice, der dieses aufgewühlte Gespräch still verfolgt hatte. »Der junge Lochinvar scheint sich da in einen ganz schönen Schlamassel hineingeritten zu haben.«

»Ich dachte, das sei ich«, sagte Elizabeth und sah sehr blaß dabei aus. »Und mir wäre lieb, wenn du ihn nicht immer den jungen Lochinvar nennen würdest. Erwachsene haben immer ziemlich blöde Vorstellungen von dem, was lustig ist.«

Sie lief rasch zurück zum Haus. Ich entschuldigte mich bei Maurice für sie.

»Oh, das arme liebe Ding.« Maurice war voller Mitgefühl. »Sie hat's ja schlimm erwischt. Sie tut mir so leid. Au weia! Dann war das also die Wolke, die in den letzten beiden Tagen über dem Haus hing! Mein armes Mädchen.« Er streckte seine Hand aus und tätschelte mir damit freundlich die meine. Ich sah ihn mißtrauisch an, aber sein Gesichtsausdruck blieb unergründlich.

»Na gut«, meinte Henry voller Abscheu, »wenn jetzt alle mit dem Gequatsche über Liebe und Verlobung und ähnlich Langweiliges fertig sind, dann könnte ja vielleicht mal jemand meine Zeilen aus dem dritten Akt abhören?«

Elizabeth aß kaum etwas zu Abend. Es war ihr anzusehen, daß sie so zu tun versuchte, als sei nichts geschehen, aber man merkte, sie hatte geweint. Schließlich konnte Maurice sie dazu überreden, mit ihm im Pferdewagen auszufahren, und sie brachen mit Henry und Jasper auf, um Puck zu holen. Nach der leicht gespannten Atmosphäre des ganzen Abends war ich froh, Maeve zu sehen. Ziemlich erhitzt nach ihrer Bergauffahrt mit dem Fahrrad, kam sie gerade rechtzeitig zu Kaffee und Nachtisch.

»Hast du das gemacht, Jenny? Das ist aber köstlich!« Maeve bediente sich an den Resten des Reispuddings und nahm sich zwei Löffel des aromatisierten dunkelroten Quittengelees dazu.

»Das Gelee hat Miranda gemacht.« Jenny saß mit Bridie im Schoß am Tisch und fütterte ihr ein paar Teelöffel Reispudding, den das Baby sehr langsam und mit einer Miene angestrengten Nachdenkens aß. »Wir hatten nie etwas Eingemachtes. Daheim gab es immer Marmelade aus dem Glas. Ich dachte, sie *müsse* in der Fabrik gemacht werden. Ich habe soviel gelernt, seit ich hier bin. Meine Mama konnte überhaupt nichts kochen, außer Würstchen und Pommes frites.«

»Miranda ist uns allen in den häuslichen Künsten immer ein

Vorbild gewesen«, erklärte Maeve. »Außer Lavendelsäckchen habe ich in meinem ganzen Leben nie etwas gemacht, und ich habe auch nicht vor, jetzt damit anzufangen.«

»Das ist wirklich schade«, sagte ich, als ich Roses Milch auf dem Kohleherd wärmte, »weil ich heute abend nämlich die Mönchskutten zuschneide und dachte, du könntest mir dabei helfen. Uns bleiben nur noch sieben Wochen bis zum Historienspiel zur Mittsommernacht, und wir haben alle Hände voll zu tun.«

»Natürlich helfe ich. Doch eine große Hilfe werde ich womöglich nicht sein. Du mußt mir auf die Finger sehen. Außerdem schulde ich dir einen Gefallen, wegen deines Anrufs heute nachmittag. Mein Gott, wie peinlich die Vorstellung, was man im Dorf sagen wird! Der Junge ist aber auch ein Dummkopf!«

»Ich dachte, es interessiert dich nicht, was andere Leute sagen.«

»Na ja, theoretisch schon. Aber das war ein bißchen viel. Und ich bin doppelt so alt wie er. Ich hätte es nicht tun sollen, ich weiß. Aber er ist auf so eine knackig scharfe Art anziehend. Und so ein Malocher hat ja immer was Erregendes.«

»Und was ist das?« wollte Jenny wissen, die gedankenverloren Bridies Löffel ableckte.

Maeve blickte sie verlegen an. »Das ist ... na ja, mit jemandem ins Bett gehen, der ... anders ist als man selbst.«

»Sie meinen jemand, der aus der Unterschicht kommt?« Jenny war zwar ungebildet, aber nicht dumm.

»Na gut, das hört sich ziemlich blöd an, wenn ich es mir recht überlege. Und Stew Harker ist auch ohne seine Tattoos und seinen Bürstenschnitt ein wirklich netter Kerl.«

»Wollen Sie damit sagen, daß Sie und Stew –« Jenny war plötzlich sehr rot geworden und stand so überstürzt von ihrem Stuhl auf, daß Bridie zu wimmern anfing und Jasper bellte.

»Oh, ja nun, du weißt doch, wie das ist. Er hat mich gefragt, und ich dachte, warum nicht und –«

»Ich weiß, wie das ist, ja.« Jennys Stimme klang bitter. »Sie haben nichts zu verlieren. Wenn Sie eine Abtreibung machen wollen, dann haben Sie das nötige Geld dazu. Jemand wie ich muß aufpassen und nein sagen, weil es keinen gibt, der uns aus der Patsche hilft. Vermutlich bedeutet es Ihnen gar nichts, einem jungen Burschen mit Ihrer überspannten Art den Kopf zu verdrehen, so daß der Rest von uns gar keine Chance mehr hat. Und Stew ist ein anständiger Mann – oder wäre es jedenfalls, wenn Frauen wie Sie die Hände von ihm lassen würden. Finden Sie denn keinen von Ihrer Sorte?« Jenny weinte jetzt, und Maeve und ich starrten sie mehr als erstaunt an.

»Es tut mir leid. Ich habe es nicht gewußt ... Meine Güte, ich bin wirklich unglaublich taktlos gewesen, aber ich hatte keine Ahnung –«

»Es tut mir so leid, Miranda.« Jenny rieb sich mit den Knöcheln der einen Hand die Augen, während sie mit der anderen eine protestierende Bridie an sich drückte. »Sie sind für mich die Güte selbst gewesen und alles, aber es macht mich wirklich wahnsinnig, mir so ein übles Treiben anhören zu müssen. Sie haben immer alles gehabt und können sich nicht vorstellen, wie unsereins sich dabei fühlt. Da laß ich einmal einen Mann an mich ran, und Sie sehen ja, was mir passiert ist!« Sie schüttelte Bridie ziemlich heftig, so daß sie losbrüllte.

»Gib mir das Baby, bis du dich beruhigt hast«, sagte ich und nahm ihr Bridie ab. »Jetzt setz dich, Jenny, und hör mir zu.« Jenny gehorchte, sie sah mürrisch aus und schniefte heftig. »So ein Gerede über die und uns bringt uns nicht weiter. Ich weiß, daß du eine schwere Zeit hattest, aber jetzt hast du die Chance, daß alles besser werden kann. Wenn Bridie größer ist, kannst du eine anständige Ausbildung machen, was immer du willst, vielleicht Kochen oder Büroarbeit oder so etwas, und du weißt, daß ich dir immer helfen werde. Und was das Schwangerwerden beim ersten Mal angeht, das hat mit der Herkunft nichts zu tun. Erinnerst du dich an Elizabeth?« Jenny schämte sich ... »Diese Angst kennt jedes junge Mädchen. Maeve kann deshalb mit jedem ins Bett gehen, weil sie älter und erfahrener ist und entsprechende Vorsichtsmaßnahmen ergreift. Die Herkunft spielt dabei überhaupt keine Rolle.«

»Da mag was dran sein«, gab Jenny zögernd zu. »Aber Sie wollen nicht verstehen, daß eine Frau mit lockeren Sitten mit einem Kerl wie Stew alles machen kann. Dann läßt sie ihn fallen, weil sie etwas Besseres will, aber er will dann keine mehr wie mich.«

»Das ist Unsinn, Jenny«, meldete sich Maeve ein wenig ungeduldig zu Wort. »Du hast ihm weitaus mehr zu bieten als ich. Meine Güte, ich bin fast vierzig! Du bist jung und sehr attraktiv.«

»Ich weiß, daß Stew gerne Fotzen mag, die Klasse haben, wie er es nennt.«

»Junge Männer nehmen alle den Mund gerne voll«, sagte ich und mußte gegen ein Lachen ankämpfen. »Und das ist ein sehr vulgärer Ausdruck. Den solltest du lieber nicht benutzen.«

»Ist er das? Ich wußte das nicht.« Jenny schwieg einen Augenblick und dachte nach. »Würde es Ihnen etwas ausmachen, wenn ich zu ihm ginge und mich darüber mit ihm ausspräche? Solange ich das im Kopf habe, kann ich nicht schlafen.«

»Wenn du glaubst, daß das hilft, dann geh. Bridie kann hier bei mir bleiben. Ich bringe sie zu Bett.«

»Danke.« Sie sah Maeve an. »Wenn ich grob geworden bin, dann tut es mir leid. Aber Ihnen würde es auch nicht gefallen, wenn jemand mit Ihrem Kerl ins Bett ginge.«

»Das stimmt, Jenny. Es tut mir so leid, daß ich dich so aufgebracht habe. Das wird bestimmt nicht mehr passieren.«

Jenny schniefte ungläubig und ließ uns allein.

»Na, so was!« staunte Maeve. »Das war aber ein Donnerwetter! Ich hatte wirklich keine Ahnung, daß sie seine Freundin ist.«

»Ich auch nicht. Ich dachte immer, sie versuche noch über James wegzukommen. In diesem Haus wimmelt es nur so von Lieben, die unter einem Unstern stehen.« Ich erzählte ihr von Elizabeth und Rory.

»Ach, die armen kleinen Dinger!« Maeve war voller Mitgefühl. »Möchtest du noch mal jung sein? Ich nicht! Obwohl ich schon zugeben muß, daß ich das Leben einer alleinstehenden Frau fast mittleren Alters langsam leid bin.«

»Ich dachte, du liebst deine Freiheit.«

»Hab ich auch. Aber in letzter Zeit – vielleicht hat das was mit Patience' und Aubreys ungetrübtem Glück zu tun, über das ich nachdenke … und dann ist auch noch Lissie so aus dem Häuschen. Mein Leben kommt mir ein bißchen leer vor. Deshalb habe ich mich wohl auch überreden lassen, mit Stew ins Bett zu gehen. Schon lustig, daß man mich für eine Fotze mit Klasse hält! Geschieht mir recht.«

»Kann ich meinen Ohren trauen?« erkundigte sich Maurice, der unbemerkt in die Küche gekommen war. »Wird hier schmutziger Frauenklatsch breitgetreten, wenn ihr unter euch seid? Auf dem Kohleherd kocht was über.«

»So ein Mist! Das ist Roses Milch. O nein, Sukie! Da wird dir doch schlecht.« Sukie hing über einem jetzt leeren Teller, der noch dreiviertel voll mit Reispudding gewesen war. Sie warf mir aus ihren Mandarinaugen einen Blick zu und fing an, sich die Ohren zu putzen. Ich stand auf, nahm den Teller weg und stellte den Milchtopf unter den Wasserhahn, wo er zischte und scheußlichen Brandgeruch von sich gab. Mit einem neuen Topf fing ich noch mal von vorne an und erklärte dabei das kleine Drama, das sich eben abgespielt hatte.

»Das Wort ›Fotze‹ hat historisch gesehen eine sehr interessante Entwicklung hinter sich.« Maurice schenkte sich ein Glas von seinem geliebten Grappa ein, mit dem er den Haushalt immer wieder bestückte. »Das hat doch tatsächlich Robert Browning, der ansonsten ein eher zimperlicher Mann war, in seinem Gedicht *Pippa passes* verwendet. Er hat die Bedeutung falsch verstanden, und vermutlich waren auch seine Verleger unschuldige Seelen, so daß es als die wahrscheinlich schlimmste Beschimpfung in der Literatur bestehen blieb. Jetzt geben Sie mir mal das Baby zum Halten, Miranda, und Sie kümmern sich um Rose, oder die Milch brennt Ihnen noch mal an. Elizabeth und Henry üben neben der Remise das Fahren im perfekten Kreis. Die kommen allein zurecht.«

Rose trank ihre Milch fast aus, war aber zum Reden zu müde. Sie war's offenbar zufrieden, mit halb geöffneten Augen dazuliegen und sich den Besuch bei Miss Boswell beschreiben zu lassen. Maurice bestand darauf, mir bei den Mönchskutten zu helfen und erwies sich beim Zuschneiden als wesentlich geschickter als ich. Bescheiden wies er das von sich, gab aber zu, als Segelmacher Erfahrung gesammelt zu haben. »Alles eine

Frage des Auges. Machen Sie die Schere ganz zu und halten Sie dann inne, richten Sie Ihr Auge auf die Linie aus. Sägen Sie nicht darauf herum, Maeve. Nein, sehen Sie, das ist nicht richtig so, Sie müssen die Linie gerade erwischen – nein, stop! Zu spät!«

»Herrje, das tut mir aber leid!« entschuldigte sich Maeve, als Maurice das abgetrennte Ende seines herrlichen Pannesamtschals in der Hand hielt, den er um den Hals geschlungen trug.

»Ich werde ihn dort säumen, wo er abgeschnitten wurde«, versprach ich, »er ist dann nur ein Stückchen kürzer.«

«Warten Sie noch, bis ich Maeve damit stranguliert habe. Also, mein Mädchen, legen Sie die Schere hin und kochen Sie uns einen starken Kaffee. Wir haben eine lange Nacht vor uns.«

Erst gegen elf Uhr waren wir mit dem Zuschneiden fertig. Patience half mir, die Seiten auf einer der Industrienähmaschinen zusammenzunähen, mit denen sie immer arbeitete. Maeve war um zehn Uhr aufgebrochen, nachdem sie uns beim Zuschneiden durch lautes Vorlesen von *Pippa passes* moralische Unterstützung gegeben hatte. Maurice schwankte ins Bett, sobald wir all die zukünftigen Kutten auf einem hübschen Haufen zusammengefaltet hatten, und meinte, sein Körper sei vom Bücken auf dem Fußboden wie ausgeleiert und er werde die ganze Nacht in der Form eines Z im Bett liegen müssen. Jenny war noch nicht zurück. Ich machte mir Sorgen um sie, aber ich konnte nichts tun.

Ich fütterte Dinkie, der uns den ganzen Abend sehr genervt hatte, weil er unbedingt auf jedem Stück Stoff liegen wollte, an dem wir arbeiteten, und plötzlich zwischen den Schermessern seine Pfoten ausstreckte, so daß wir vor Schreck aufschrien. Jasper hatte sein Abendessen schon bekommen und war mit Elizabeth zu Bett gegangen. Von Sukie war nichts zu sehen. Ich hatte sie im Verdacht, in mein Schlafzimmer geschlichen zu sein, um dort den Reispudding auszuschlafen.

Ich sah nach dem Feuer und warf einen letzten Blick auf Bridie, die schon vor Stunden eingeschlafen war. Sie lag auf dem Rücken, ihre blassen Wimpern flatterten im Traum, ihr ein wenig offenstehender Mund zeigte das weiße Blitzen ihres ersten Zahns. Sanft strich ich ihr übers Gesicht. Sie kam mir sehr heiß vor. Ich knüpfte die Bändchen ihrer Mütze auf. Ihr Kopf klebte vom Schwitzen, deshalb nahm ich ihr die Mütze ganz ab. Etwas machte mich stutzig und ich sah genauer hin. Dann holte ich die Lampe, die immer neben Roses Stuhl stand, und zog die Schnur lang, um Bridie besser sehen zu können. Die Kleine regte sich ein wenig, als das Licht auf ihr Gesicht fiel. Ihr Köpfchen war von feinstem, zentimeterhohem Flaum überzogen. Ihr Haar war leuchtend rot.

Kapitel 25

»Warum hast du mir das nicht gesagt?« fragte ich Jenny in einem Ton, der einfach nicht ruhig klingen wollte, sosehr ich mich auch darum bemühte.

Sie hatte noch ihren Mantel an, denn sie war, gerade als die anderen mit dem Frühstück fertig waren, von den Harkers zurückgekommen. Ich hatte gewartet, bis alle anderen zu ihren verschiedenen Arbeiten aufgebrochen waren, ehe ich Jenny ansprach: »Setz dich einen Augenblick. Wir müssen miteinander reden.« Jenny war erschreckend blaß geworden und hatte sich mit verängstigten Augen auf einen Stuhl fallen lassen. »Bridie ist Jacks Kind, nicht wahr?«

Jenny brach in Tränen aus. »Ich habe immer gebetet, ihre Haare mögen wie meine aussehen. Aber als ich das rote Haar sprießen sah, wußte ich, daß es nur eine Frage der Zeit war, ehe Sie es erraten würden. Es tut mir so leid!«

Ich ließ sie eine Minute lang schluchzen, und sprach sie dann, diesmal sanfter, wieder an. »Warum hast du es mir nicht gesagt? Ich komme mir wie für dumm verkauft vor! Ich dachte, wir wären Freunde und du würdest mir vertrauen.«

»Nein, so war das nicht gemeint!« Jenny stand die Qual in den Augen geschrieben. »Ich wollte Sie nicht täuschen. Ich wollte es Ihnen auch sagen, aber ich hatte Angst. Sie waren so gut zu mir, und ich hatte mich vorher so verzweifelt nach jemandem gesehnt, der mir hilft! Ich war doch so allein, und Sie waren die Antwort auf mein Gebet. Ich dachte, es wäre nicht für lange und ich würde jemand anders finden, wo ich wohnen könnte, und Sie bräuchten es nie zu erfahren und unglücklich werden. Ich wollte Sie nicht verletzen und Ihnen sagen, daß Ihr Mann mit anderen Frauen herummachte.«

»Das kann ich verstehen. Aber ich wünschte, du hättest mir vertraut. Das ist es, was weh tut.«

»Ich dachte, vielleicht würden Sie mich sofort aus dem Haus werfen und ich hätte dann niemanden, wohin ich gehen könnte! Ich war so glücklich hier und alles war so nett. Wohin sollte ich gehen? Ich bin ganz allein mit Bridie, und sie wurde so gut versorgt. Ich hätte sie selbst nicht so gut versorgen können.«

»Ja, ich verstehe.« Und das tat ich wirklich. Das Mädchen war verzweifelt gewesen. Und aus ihren bisherigen Erfahrungen heraus hatte sie kein Vertrauen in die Redlichkeit Erwachsener entwickeln können.

»Wo hast du Jack kennengelernt?«

»Er kam in das Hotel, in dem ich Zimmermädchen war. Er blieb da einige Zeit.« Ich erinnerte mich, daß Jack einige Kredite für eine indische Bank mit Büro in Sheffield ausgehandelt hatte. »Er war immer sehr nett zu mir. Scherzte immer, während seine Augen was anderes sagten. Er sagte, ich sei sehr hübsch ... Er gab mir das Gefühl, ich wäre etwas Besonderes. Ich fand ihn den schönsten Mann, den ich je gesehen hatte. Ich konnte mich ihm nicht verweigern, als er mich bat. Ich glaubte, mich in ihn verliebt zu haben. Es war nur dieses einzige Mal.«

»Wußte er von dem Baby?«

»Nein. Ich suchte seine Adresse aus dem Gästebuch des Hotels heraus. Aber ich hatte Angst, er könnte wütend werden. Ich wußte, daß er wahrscheinlich verheiratet war. Vater Declan hat mich schließlich dazu überredet, hierherzukommen. Er war der einzige, der wußte, wer Bridies Vater war. Er meinte, Jack hätte das Recht, sein Kind zu sehen, und vielleicht würde er mir etwas Geld geben. Ich wollte nicht. Ich dachte, er würde mich hassen, wenn ich mit dem Baby auftauchte. Als dann aber Vater Declan mir die Anzeige zeigte, die er aus dem *Weekly Furrow* ausgeschnitten hatte, in der Mr. Birt eine Haushälterin suchte, schien es mir, als hätte unsere Liebe Frau mir den Weg gezeigt. Ich wollte Jack sehen ... einfach nur sein feines hübsches Gesicht sehen, damit es mich aufheiterte. Ich war so am Boden. Ich wußte nicht, ob ich es ihm sagen würde oder nicht. Ich konnte mich nicht entschließen. Und an dem Tag, als ich hierherkam, erzählte Mr. Birt mir, daß Jack tot war.« Jenny legte den Kopf auf ihre Arme und weinte schluchzend wie ein Kind.

Ich legte meinen Arm um sie und strich ihr übers Haar. »Nicht weinen, Jenny. Ich bin nicht mehr wütend auf dich. Ich sehe jetzt, wie alles passiert ist. Du hattest eine schlimme Zeit. Denk nicht dran. Jetzt ist alles vorbei. Ich weiß, daß du mir nicht weh tun wolltest.«

»O nein, das hab ich auch nicht gewollt! Das wollte ich nie! Er hat mich natürlich nicht geliebt. Das ist mir jetzt klar. Ich bedeutete ihm nichts – war nur ein Weibsstück, mit dem er die Nacht verbringen konnte. Sobald ich Sie am Tag seiner Beerdigung aus der Kirche kommen sah, wußte ich das. Sie waren so schön und so klug. Und als ich Sie dann kennenlernte, dann waren Sie gar nicht die Frau, für die ich Sie gehalten hatte, die sich den ganzen Tag nur mit ihrer Frisur beschäftigte und sich zeigen wollte. Sie waren besser zu mir als meine eigene Mutter. Es war wirklich ein schlimmes Gefühl, Sie zu betrügen, Miranda. Es zerriß mich fast! Als Vater Declan hierherkam, erklärte er mir, Gott habe mich Ihnen in den Weg gestellt, als ich so verzweifelt war, und er habe mir damit zeigen wollen, daß er mir meine Sünde vergeben habe. Ich weiß nicht. Könnte das so sein?« Sie sah mich an, voller Zweifel und Hoffnung.

»Wenn ich dir das beantworten könnte, wäre ich eine Prophetin. Doch vermutlich steckt eine gewisse Absicht dahinter, daß du hier bist. Aber du brauchst weder mich noch Gott oder sonst jemanden um Verzeihung bitten. Ich wünschte, ich könnte dir das klarmachen.«

Ich sah ihr an, daß sie mir gerne glauben wollte. Jenny weinte noch ein bißchen, und ich hielt sie in den Armen und versuchte sie zu trösten. Meine eigenen Gefühle waren schwer zu fassen. Ich hatte in der vorangegangenen Nacht einige Stunden wach gelegen und versucht, mir selbst ganz ehrlich die Frage zu beantworten, was die Entdeckung, daß Jack Bridies Vater war, für mich bedeutete. Es hatte mich verletzt, getäuscht worden zu sein. Vielleicht hatte Jenny während der ganzen Zeit insgeheim über mich gelacht, sich lustig gemacht über mein Bemühen um Menschenliebe, wenn man einen derartigen Beschützerinstinkt so beschreiben kann. Könnte sie Schadenfreude bei den Möglichkeiten empfunden haben, die ich ihr bot, um sich in gewisser Weise an Jack zu rächen? Als ich diese Gedanken aber erst einmal in Erwägung gezogen und mit dem verglichen hatte, was ich von Jennys Charakter wußte, hatte ich sie alle als Hirngespinste weit von mir gewiesen.

Beim Gedanken an Jack wurde mir vor kalter Wut ganz übel. Ich drückte mein gutes Ohr aufs Kissen und versuchte die Welt und das Bild von ihm auszuschalten, wie er in der Waffenkammer lag, das sich in meine Gedanken schlich, sobald der Schlaf über mich kommen wollte. Schließlich nahm ich zwei Schlaftabletten, die von dem Vorrat übriggeblieben waren, den Rory mir nach Jacks Unfall gegeben hatte.

Als der Wecker um sechs Uhr klingelte, wachte ich auf und stolperte in Morgenmantel und Pantoffeln hinunter in die Küche. Jennys Bett war unberührt. Ich unterdrückte eine augenblickliche Verärgerung wegen ihrer Verantwortungslosigkeit, weil ich mich daran erinnerte, wie ich mit achtzehn gewesen war. Sie sah in mir zweifellos eine Elternfigur und war sich sicher, daß ich mich um Bridie kümmerte. Das Baby wurde gerade wach, als ich mich über das Bettchen beugte. Ohne ihre Augen aufzuschlagen, gab sie quengelige Laute von sich, und ihre Fäuste flogen an ihren Mund. Als ich das Fläschchen für sie fertig hatte, fing sie zu schreien an. Ich setzte mich neben dem glimmenden Kaminfeuer, in dessen schneeiger Asche noch immer rote Funken glühten, in Roses Stuhl und hielt den festen kleinen Körper in meinen Armen. Ihr Mund schloß sich schnell um den Sauger, und sie nuckelte mit absoluter Konzentration. Ihre Augen, die jetzt ihre graubraune Farbe verloren und grün wurden, fixierten sich blicklos auf mein Gesicht.

Als sie ihren Kopf vom Sauger abwandte und in meinen Arm

liegen blieb und noch immer zu mir hochblickte, streichelte ich ihre Wange und lächelte. Sofort ging ein breites Strahlen über ihr Gesicht. Diese unschuldige Großzügigkeit legte sich wie Balsam auf die erschöpfte Verwirrung, die meine Gedanken durcheinanderbrachte. Ich küßte ihre Hände und dann ihre Wangen und sagte ihr, daß ich sie liebte, und sie lachte, als wäre die ganze Welt ein riesengroßer Scherz. »Bridie«, flüsterte ich und hielt sie hoch, so daß ihre Zehen über meinen Knien baumelten, »wir machen uns alle zum Narren, also genieße du wenigstens deine Würde, so lange du sie hast.«

Bridie gluckste vor Freude.

»Also«, sagte ich drei Stunden später zu Jenny, »jetzt ist Schluß mit Unglücklichsein, das reicht für einen Tag. Du mußt dir keine Sorgen machen. Ich brauche nur ein wenig Zeit, um zu überlegen, was ich den Kindern sagen werde. Aber zwischen dir und mir ist alles in Ordnung. Einverstanden?«

Jenny sah mich aus verschwollenen Augen an und nickte, schniefte heftig. Dann wurde sie plötzlich von einem letzten Heulkrampf gepackt.

»Jenny, Jenny! Jetzt reicht es! Ich schwöre dir, daß du mir jetzt so lieb bist wie eh und je!«

»Das ist es gar nicht. Ich habe nur gerade daran denken müssen, was für ein netter Mann er war und wie ich ihn geliebt habe! Also müssen Sie ihn doch noch viel mehr geliebt haben, und es tut mir so leid für Sie, daß Sie ihn verloren haben!«

»Ja. Es ist sehr lieb von dir, daß du an mich denkst. Jetzt trockne aber deine Tränen und erzähl mir von Stew. Daß heißt, wenn du willst.«

Jenny wurde rot. »Anfangs war ich sehr zornig auf ihn, aber es tat ihm so leid und er war so lieb. Dann dachte ich, ich kann es ihm nicht verdenken, wenn er mit anderen Frauen geht, wenn ich ihn nicht … du weißt schon. Also hab ich's getan.«

Ich nahm mir vor, mich mit Jenny über Verhütungsmittel zu unterhalten, wenn sich die Gefühlswogen etwas geglättet hatten. Wir erledigten gemeinsam den Abwasch, und ich zeigte ihr, wie man Brandteig machte, was eine sehr beruhigende Beschäftigung ist.

»Der wird nicht aufgehen«, erklärte Mrs. Harker befriedigt,

als sie kam und die glänzenden gelben Brandteigkleckse auf dem Blech sah. Aber da Brandteig so leicht zu machen ist, gingen sie natürlich auf. »Wie nennen Sie die? Toffeerollen?«

»Profiteroles. Man füllt sie mit Creme oder Vanillesauce und gießt dann Schokoladensauce darüber.«

Mrs. Harkers Blick traf uns vernichtend. »Ich selbst mag gern mal eine Instant-Karamelcreme.« Sie hielt ein Staubtuch hoch, um es auf Sauberkeit zu überprüfen, schüttelte es kurz über dem Gebäck aus und stopfte es dann zurück in ihre Tasche. »Ich hoffe, du weißt, was du tust, junges Fräulein.« Sie sah Jenny streng an. »Wir sind zu sechst bei uns im Haus mit einem Außenabort, und wir wollen keinen kleinen Bankert, haben wir uns da verstanden? Du bringst Stew dazu, daß er einen Gummi benützt.« Dann machte sie sich scheppernd auf den Weg, schwang den Staubsauger wie ein Rauchfaß und schlug damit Kerben in den Türrahmen, als sie hinausging.

Ich verbrachte den Morgen mit Patience in dem umgebauten Stall, in dem die Vorhänge gefertigt wurden. Da es Samstag war, hatten wir den Raum für uns und konnten uns frei unterhalten, während wir die Ärmel und die Seitennähte der Mönchskutten zusammennähten.

»Ich kann es kaum fassen, nicht einmal von Jack«, entrüstete sich Patience, als ich es ihr erzählte. »Verdammt! Jetzt habe ich mir vor lauter Schreck in den Finger gestochen. Oh, keine Sorge, das passiert mir oft. Ich habe auf meinen Fingerkuppen schon eine richtig dicke Haut und spüre gar nichts. Das ist wie eine Hornschicht. Aber mit einem siebzehnjährigen Kind zu schlafen, ohne Vorsichtsmaßnahmen zu ergreifen, und dann einfach ohne ein Wort das Weite zu suchen! Er war wirklich ein durch und durch schlechter Kerl!«

»Ich fürchte nur, daß das ziemlich oft passiert. Was Jack keinesfalls entschuldigen soll.«

»Und was empfindest du jetzt für das Baby? Und für Jenny?«

»Ich kann ihr nicht böse sein. Wie du schon sagst, sie ist ein Kind, und ich kann mir vorstellen, daß Jack jemandem, der so nach Liebe hungerte, wie eine Art Gott vorgekommen sein muß. Sie ist zur List so wenig fähig wie jemand dieses Alters es nur sein kann. Und was Bridie angeht ... vermutlich liebe ich sie jetzt nur noch mehr, wenn das auch seltsam ist. Vielleicht weil ich als die Mutter ihrer Halbgeschwister einen kleinen Anspruch auf sie habe. Und sie sieht James so ähnlich. Armes kleines Ding ... So eine unglückliche Herkunft.«

»Was wird jetzt geschehen?«

»Ich werde es den Kindern sagen müssen. Sobald Bridie mehr Haare hat, werden die Leute zu reden anfangen, und ich möchte, daß sie es zuerst von mir erfahren. Ich möchte nur nicht vor Jenny darüber reden. Sie geht heute nachmittag zu den Harkers zum Tee, vielleicht bringe ich es da hinter mich.«

»Ich bringe die schnell zu Aubrey«, sagte Patience und legte dabei die fertigen Kutten auf einen Haufen. »Ich koche heute für ihn, denn mein Vater ist zum Regimentsessen. Kommst du denn morgen zur ersten Probe für das Historienspiel? Aubrey möchte deinen Rat zum Text einholen. Er ist ganz hin und weg von deiner ausgezeichneten Geschichte Westrays. Er meint, du solltest Schriftstellerin werden.«

»Das ist sehr freundlich. Aber vor dem Gedanken, etwas vor einem leeren Blatt erfinden zu müssen, schrecke ich dann doch zurück. Es macht mir mehr Spaß, etwas aus der Vergangenheit zu beschreiben und meine Vorstellungsgabe nur als Brücke zwischen den Tatsachen zum Einsatz zu bringen.«

»Aber du hast wenigstens die Chance, in den nächsten paar Jahren etwas mit deinen Talenten anzufangen und sie nicht zu begraben, wie ich die meinen.«

Ich seufzte.

Beim Tee in der Bibliothek, an dem Rose und Maurice wie auch die Kinder teilnahmen, bemerkte ich so beiläufig wie möglich: »Ich habe euch allen etwas sehr Interessantes mitzuteilen. Ich hoffe, daß ihr alle erfreut seid.«

»Du wirst doch nicht Sir Humphrey Bessingers Baby bekommen?« sagte Elizabeth mit Entsetzen in der Stimme.

»Du hast im Toto gewonnen!« schrie Henry.

»Nein, beides kommt nicht in Frage, selbst wenn es wünschenswerte Resultate wären.«

»Ich weiß, was es ist«, meldete sich Rose zu Wort. Aber als sie bedrängt wurde, weigerte sie sich, den Mund noch mal aufzumachen, außer für ein weiteres Stück Walnußkuchen.

»Das ist gemogelt!« entrüstete sich Henry. »Das könnten wir alle sagen! Schreib das jetzt auf ein Stück Papier, dann glauben wir dir.«

»Jetzt aber Ruhe!« fuhr ich dazwischen. »Es ist folgendes. Bridie ist eure Halbschwester.« Die Gesichter der Kinder waren so verdutzt, daß ich als Erklärung hinzufügte, »Papa war Bridies Vater.«

Fünf Sekunden lang verdauten sie dies, und keiner regte sich oder sagte etwas.

»Da wäre ich ja nie drauf gekommen!« sagte Maurice. »Wie außerordentlich das Leben doch ist! Gut, gut! Ich gratuliere euch dreien dazu, daß ihr ein so überaus reizendes Geschwisterchen bekommen habt.«

»Willst du damit etwa sagen«, Elizabeth wählte ihre Worte mit Bedacht, »daß Paps und Jenny ... Das ist aber wirklich die abstoßendste Geschichte, die ich je gehört habe.« Sie stand auf und ging aus dem Zimmer.

»O Mama.« James' Gesicht war todernst. »Das ist aber eine ganz schön harte Nuß für dich.« Er überlegte kurz und fügte dann hinzu: »Ich muß schon sagen, Papa war ein schöner Narr. Du warst viel zu gut für ihn.« Er sah mich mit den grünen Augen seines Vaters an. »Das weißt du hoffentlich?«

»Danke dir, mein Schatz. Ich glaube zwar nicht, daß es stimmt, aber trotzdem danke.«

»›Laßt uns Böses tun, damit das Gute geschehen kann‹«, zitierte Rose. »Brief des heiligen Paulus an die Römer.«

»Dürfen wir uns wirklich darüber freuen?« fragte Henry. »Alle führen sich auf wie wild gewordene Hornissen. Ich denke, daß Papa Mitleid mit Jenny hatte, weil sie arm und ohne Freund war. Ich habe immer das Gefühl gehabt, daß Bridie mich ganz besonders mochte. Ich freue mich, daß ich eine kleine Schwester habe. Ich mag nicht der Jüngste sein. Vielleicht wird sie mir mal mein Zimmer aufräumen und mein Fahrrad putzen.«

»Haßt du sie denn nicht, Mama?« wollte James wissen. »Jenny, meine ich.«

»Kein bißchen. Und es würde mich wirklich sehr freuen, wenn ihr deswegen mit Jenny nicht anders umgingt als sonst.

Sie ist sehr jung und sie war in euren Vater verliebt. Sie hat uns nicht weh tun wollen.«

»Aber es wird deine Gefühle Papa gegenüber verändert haben.«

»Wahrscheinlich hat es das ... ein wenig. Aber das ist mein Problem.« Ich sah James an, daß er verletzt war. »Ach mein Schatz, ich wollte dich damit nicht ausgrenzen. Es gibt nur einfach Dinge, da kann einem wirklich keiner helfen, darüber hinwegzukommen. Man muß das ganz allein schaffen. Aber dich hier zu haben ... dich einfach nur anzusehen, ist das Aufmunterndste, was ich mir vorstellen kann.«

»Aufmunternder als mich anzusehen?« bohrte Henry.

»Nein, du Trottel! Alle meine Kinder sind mir das Wichtigste im Leben, und wenn es euch gutgeht, ist alles andere nur noch halb so wichtig.«

»Sie scheinen es wie ein Soldat aufgenommen zu haben«, sagte Maurice zu mir, als wir beide allein in der Küche zusammen abwuschen.

Rose war zu Bett gegangen und die Kinder sahen fern. Jenny war von den Harkers noch nicht zurück.«

»Na ja, ich wußte, wie ich darauf reagieren *sollte*, und das hat mir sehr geholfen. Ich liebe Bridie, und daran kann nichts etwas ändern. Außerdem ist sie nun wirklich ohne Sünde. Jennys einzige Schuld besteht darin, unklug geliebt zu haben. Vielleicht ist auch Jack nicht ganz so schlimm, wie es den Anschein hat. Schließlich habe ich mich standhaft geweigert, mit ihm zu schlafen. Er war gezwungen, sich anderswo umzusehen.«

»Aber nicht notwendigerweise bei einem wehrlosen Kind, das nicht wußte, was es tat.«

»Jack war immer der Ansicht, daß jeder lernen mußte, für sich selbst zu kämpfen. Er hatte keinen Funken Mitleid. Aber ich muß zugeben, daß ich ein Gefühl habe, als läge in meinem Magen ein riesiger kalter Stein. Ich hatte es schon öfter und weiß, daß es vorübergeht. Handeln ist angesagt. Ich möchte einfach eine Weile keine schmerzhaften Enthüllungen mehr haben.«

»Sie wissen, wie gern ich Sie mag.« Etwas in Maurice' Stimme ließ mich ihn ansehen. In seinen braunen Augen glänzten Tränen und er drehte das Trockentuch in seiner Hand zu einem Seil zusammen und preßte seine Lippen aufeinander, damit sie nicht zitterten. »Ich hätte so gerne das Recht, Sie vor allem Leid zu bewahren.«

Er schwankte ein wenig, sein massiger Körper steckte in einer schwarzen Samtjacke, die Falten seines Halses umhüllte eine Paisley-Fliege. An seinen kleinen Füßen trug er die bestickten Hausschuhe, die ich ihm zu Weihnachten geschenkt hatte. Sein weißes Haar stand zerzaust ab. Er war keine romantische Erscheinung, aber als ich in sein intelligentes, besorgtes Gesicht sah, fand ich, daß ich ihn genauso liebte, wie ich jeden anderen Mann auch geliebt hatte. »Ich kann Ihnen gar nicht sagen, was Sie für eine Hilfe für mich bedeuten ... in mehr als einer Hinsicht, die ich gar nicht alle auflisten kann. Bitte sehen Sie Westray immer als Ihr Zuhause an.«

»Danke, mein liebes Mädchen. Das werde ich auch, solang Sie es mit mir aushalten.« Er räusperte sich. »Jetzt habe ich eine gute Idee. Jetzt muß Schluß sein damit, sich in die Abgründe zu vertiefen. Ich habe heute morgen in Marshgate eine Platte von Duke Ellington gekauft. Kommen Sie, wir hören sie uns an, während ich die Zeichnung von Ihnen fertigmache, die ich Ihrer Schwester versprochen habe.«

Die erste Probe zum Westray-Historienspiel, die am folgenden Tag im Wohnzimmer des Pfarrhauses stattfand, wurde kein sehr verheißungsvoller Anfang. Aubrey hatte sich dafür entschieden, mit einem Tribut an Hengist und Horsa als den sächsischen Söldnern und Zwangsverwaltern Kents im fünften Jahrhundert zu beginnen.

»Das war leider ein ziemliches Fiasko«, erzählte ich Maurice dann später, als ich die Profiteroles mit *crème patissière* füllte, die es zum Abendessen geben sollte. »Aubreys Text war so hoffnungslos hochtrabend und schwülstig, und keiner hatte auch nur die geringste Chance zu verstehen, was er sprechen sollte, geschweige denn, es zu behalten. Ich habe ihn mit nach Hause genommen und werde versuchen, ihn in schlichtes Englisch zu übertragen. Ivor war als Hengist eine komplette

Fehlbesetzung. Aubrey hat ihn gebeten, seine Rede aus dem Stegreif zu halten, um größere Authentizität zu vermitteln. Man hätte denken können, er und Mr. Marjoribanks, der Bankdirektor – er spielt den Vortigern –, planten eher einen gemeinsamen Malurlaub in der Provence, als sich gegenseitig in Stücke zu hacken. Patience und ich mußten aus dem Zimmer gehen, um uns mit unseren Lachanfällen nicht zu blamieren. Wir konnten Aubrey überreden, Ivor die Rolle des Abtes von Westray zu geben. Keiner könnte den von Gewissensbissen zerrissenen Märtyrer besser spielen als er.«

»Ich möchte selbst mitspielen. Ich bin der englischen Pastoralen überdrüssig.«

»Ich habe Patience und Aubrey für morgen zum Mittagessen eingeladen, sobald die Pensionsgäste abgereist sind, damit wir die Änderungen im Text besprechen können. Wir wollen fragen, ob Sie eine Statistenrolle bekommen können. Alle Sprechrollen sind natürlich an die Dorfbewohner verteilt worden, aber es spricht nichts dagegen, warum Sie nicht einen Mann aus Kent spielen sollen, der grüne Äste tragen hilft, um William dem Eroberer entgegen zu ziehen.«

»Klingt nicht danach, als gäbe das viel Spielraum für dramatischen Ausdruck her. Aber wenn man mir nichts anderes anbietet, werde ich das dankbar annehmen. Das werde ich jetzt schon mal üben.«

Er sprang durch die Küche und wedelte mit vorgetäuschten Zweigen, wozu Jasper bellte und Rose meinte, es mache sie ganz schwindelig. »Von Ivor Bastable einmal abgesehen, ist mir noch kein größerer Trottel untergekommen als Sie. Aber man muß auch sagen, daß Sie, ganz anders als die meisten Männer, geben und nehmen. Das sehe ich. Sie haben mein Mädchen glücklich gemacht. Jetzt flennen Sie nicht, haben Sie Erbarmen. Da hat ja Bridie mehr Selbstbeherrschung als Sie.«

»Nicht so unhöflich, Rose. Das war nur ein ›verdächtiger Feuchtigkeitsfilm‹. Meine Tränendrüsen sind entzündet nach den vielen Jahren in Italien, wo Lachen und Weinen zum Leben gehört wie das Atmen. Und außerdem ist es sehr erfreulich. Ihr Schotten seid wie eure Landschaft, rauh und still. Aber es freut mich, daß Sie so eine gute Meinung von mir haben.«

»Soweit würde ich nicht gehen«, erwiderte Rose kurz angebunden.

Ich war sehr froh, als die Gäste am nächsten Morgen abreisten. Der Ehemann war ein Golfspieler und ganz versessen darauf, jeden Zentimeter der Partie zu beschreiben, die er im Golfklub von Marshgate gespielt hatte. Seine Frau hatte für das Spiel nur Verachtung übrig und ließ ihn mindestens alle fünf Minuten wissen, was er doch für ein entsetzlicher Langweiler sei. Sie hatte einen erlesenen Poesiegeschmack und verwickelte mich nach dem Abendessen in ein literarisches Gespräch, bis mir nach einem langen und arbeitsreichen Tag die Augen brannten, weil ich sie nur noch mit Mühe offenhalten konnte. Ich denke, wenn sie mich dazu hätte überreden können, ihr zum Abschied die Innensohlen der Stiefel meines Großvaters zu überlassen, wäre sie trotz alledem noch eine glückliche Frau geworden. So aber blieb ihr nichts anderes übrig, als die Stiefel in ihren manikürten Fingern zu wiegen und zu murmeln: »Flanderns Schlamm! Wie sagte er noch mal? ›Kostbare Erde nun wurde zu Schlamm/ vom Tod verbrannt, gesäumt von Blut.‹ Wunderbare Verse!«

Ich fürchtete schon, sie werde gleich die Stiefelkappen küssen. Danach wollte ich ihr nicht erzählen, daß er dieses Paar Stiefel getragen hatte, als er starb, und zwar beim Spaziergang mit seinem Hund, und daß der Schlamm nur Hampstead Heath heilig war.

Beim Essen mit Patience und Aubrey gestand Maurice, wie gerne er eine Rolle beim Historienspiel hätte. Aubrey war entzückt. »Es könnte sogar eine kleine Sprechrolle für Sie dabei sein. Ich würde gerne die Leute davon überzeugen, daß sie in der Lage sind, auch ein paar Zeilen zu lernen. Und wenn ich so überlege, dann könnten Sie den Bischof von London spielen, der die Quelle segnet, die an der Stelle entspringt, wo St. Wolbergas Martyrium stattgefunden hat. Er hat eine lange und ziemlich komplizierte Rede zu halten. Ich finde es schade, daß meine ursprüngliche Idee, die Leute zwischen den jeweiligen Zeremoniellen aus dem Stegreif sprechen zu lassen, nicht richtig funktionieren will. Mir ist nie klar gewesen, wieviel man in so eine Aufführung stecken muß. Glücklicherweise ist Maeve als Heilige Jungfrau von Kent so wunderbar. Sie ist eine echte Bühnenbegabung.«

»Ich habe sie zu uns eingeladen, sobald sie von ihrem Besuch bei Sebastian in der Besserungsanstalt zurück ist«, sagte ich, als ich Kaffee kochte und die Schachtel mit den Süßigkeiten hervorholte, die mir von den dankbar abgereisten Gästen dagelassen worden war. »Auch Ivor kommt hoch, um seine Rolle zu proben. Ich bin mir sicher, Aubrey, daß es die richtige Entscheidung war, ihm eine andere Rolle zu geben. Für den Hengist hat er einfach nicht das nötige *brio.*«

Obwohl es Patience' Idee gewesen war, Ivor eine andere Rolle zu geben, war uns beiden instinktiv klar, daß wir Aubreys nachlassendes Zutrauen mit einer taktvollen Vernebelung der Wahrheit stützen mußten.

»Hoffentlich wird es nicht peinlich«, fügte ich hinzu. »Sie sind sich seit der Geschichte mit Mr. Birts Heuschober nicht mehr begegnet.«

Als Maeve kam, war sie in Hochstimmung. Sie und Ivor spielten ihre Szene leidenschaftlichen Widerstands gegen die Reformation wie Repertoiretheater-Profis und bekamen von uns allen spontanen Applaus, als sie ihre letzten Trotzreden hielten, bevor sie verhaftet und abgeführt wurden, um in Tyburn gehängt zu werden. »Können wir nicht auch das Hängen zeigen?« wollte Maeve wissen. »Den Dorfleuten würde das gefallen!«

»Ich meine auch, daß das ein guter Abschluß für den Mittelalterteil wäre«, stimmte Ivor zu. Er hatte die Probe mit sehr reservierter Miene begonnen und war auf Maeves Versuche, freundlich zu sein, nicht eingegangen. Aber die von der Szene verlangte Emotion, als sie gemeinsam der Entscheidung Heinrichs VIII. trotzten, *rex et sacerdos* zu sein, riß die Schranken ein. Als Maeve am Ende Heinrich Verdammnis und Tod prophezeite und Ivor ins Gebet versunken zu ihren Füßen kniete, wirkte er fast wie ein Liebhaber.

»Ganz hervorragend!« waren seine Beifallsworte. »Es ist dir eine hervorragende Mischung aus äußerster Überzeugung und Wahnsinn gelungen.«

»Ich bin mir nicht einmal sicher, ob die Heilige Jungfrau verrückt war«, sagte Maeve. »Ich glaube fest an die göttliche Eingebung. Ich habe einfach noch nicht ganz klären können, was ich sonst noch glaube, was auch für die große Anzahl an Glaubensrichtungen spricht, denen ich mich angeschlossen und die ich wieder verlassen habe.«

»Oho!« meinte Ivor, oder ähnlich. Für einen frommen Katholiken war das ein silberner Aufhänger. Ich war mir ziemlich sicher, daß Maeve genau wußte, was sie tat, aber ich war mir nicht im klaren darüber, warum.

»Ich habe gerade so ein fesselndes Buch über Pyromantie gelesen. Ihr wißt schon, Weissagung aus dem Feuer. Das ist sehr kompliziert. Ich habe gestern einen Versuch gemacht, aber es ist so furchtbar schwierig, die wichtigen Umrisse genau festzustellen, da die Flammen ständig flackern. Aber eine meiner Großtanten war Pyromantin. Sie lebte in einem winzigen Dorf in Irland und hatte nichts anderes zu tun, als in die schwelenden Torfsoden zu starren. Angeblich soll Großtante Deirdre den Untergang der *Titanic* vorausgesagt haben.«

Während Maurice für alle Tee kochte und ich Bridie ihr Rührei fütterte, saßen Ivor und Maeve nebeneinander auf dem Sofa und vertieften sich in dieses abstruse Thema.

»Ich halte das nicht aus. Ich setze mich lieber in die Bibliothek«, erklärte Rose und kam mit Hilfe der beiden Stöcke, die sie jetzt benutzte, auf die Beine. »›Was ist denn das für ein Blöken der Schafe in meinen Ohren?‹ Erstes Buch Samuel. So ein dummes Geschwätz habe ich noch nie gehört!«

Nach dem Tee brachen wir alle gemeinsam, auch die Kinder und Jasper, zu einem Spaziergang auf.

Es war jetzt wärmer und trockener. Der Weg durch den Wald – wir hatten das Durchgangsrecht –, den Mr. Birts Kühe den ganzen Winter über aufgewühlt hatten, als sie zum Melken geführt wurden, war jetzt nicht mehr morastig. So konnten wir den Grenzen des Gutshofs folgen, so daß wir dann hinter Westray auf dem Hügelkamm herauskamen und einen Blick hinunter aufs Haus hatten. Das war meine Lieblingsansicht. Der zentrale Hof lag quer inmitten der Schornsteine und Giebel, umgeben vom glänzenden Wallgraben. Es erinnerte an eine Spielzeugfestung.

»Schön, nicht wahr?« Maurice stand neben mir und schaute hinunter.

»Ich weiß. Ich schätze mich glücklich, es zu haben. Und ich werde noch jede Menge Profiteroles füllen, um es behalten zu können.«

»Ich würde Ihnen so gerne diese ganze Arbeit ersparen.« Maurice' Blick war sanft. Er hatte seinen Hut mit einem Schal festgebunden, damit er im Wind nicht davonflog, und jetzt sah er aus wie eine Quäkerhaube. Diese Kombination von Eitelkeit und Exzentrik gefiel mir an ihm. »Sie könnten sich nicht Umstände vorstellen, unter denen es Ihnen möglich wäre, eine nicht unbeträchtliche Geldsumme von mir anzunehmen?«

Ich hakte mich bei ihm unter. »Keine, mein Lieber. Aber halten Sie mich bitte nicht für schrecklich undankbar. Es wäre doch eine Schande, wenn wir etwas ändern würden, was so perfekt ist? Schlimm, wenn wir riskierten, daß Geld zwischen uns träte!«

Maurice schien etwas sagen zu wollen, änderte dann aber seine Meinung. Wir blieben noch eine Weile schweigend stehen, dann sagte er: »Was bin ich nur für ein Idiot!«

Ich wußte damit nichts anzufangen, aber da er sich sofort abwandte und ein Gespräch mit Elizabeth anfing, erübrigte sich die Antwort.

Elizabeth war an diesem Morgen zu mir ins Zimmer gekommen, als ich mir gerade die Haare bürstete, hatte mir die Bürste weggenommen und bei mir zu bürsten angefangen. »Weißt du noch, wie gerne ich das gemacht habe, als ich noch klein war?«

»Ja. Du warst ein ganz liebes kleines Ding. Und bist es auch noch.« Ihre Augen begegneten den meinen im Spiegel. »Tut mir leid, daß dich die Sache mit dem Baby so mitgenommen hat, meine Liebe.«

»Das Problem ist, ich habe Papa geliebt. Und ich liebe ihn noch immer. Es tut einfach furchtbar weh, zu wissen, daß er zu so etwas fähig war. Das ist so etwas Entsetzliches ... ich darf gar nicht darüber nachdenken.«

Ich wandte mich um und nahm ihre Hand. »Dann denk eine

Weile nicht daran, bis du es kannst. Beschäftige dich, reite Puck, fahr mit dem Wagen, mach die Muschelgrotte mit Maurice, sieh fern, sorge dafür, daß du beschäftigt bist. Wenn dann der erste Schock vorbei ist, wirst du allmählich ruhiger werden und es tut dann nicht mehr so weh. Und wenn dann einige Zeit vorüber ist, kannst du bestimmt mit klarem Kopf darüber nachdenken.«

»Du hast da drin Erfahrung, nicht wahr?«

»Ja. Ich bin ganz gut darin geworden. Aber das ist jetzt alles vorbei. Ich möchte, daß du zwei Dinge weißt. Erstens, daß Jenny nicht die Absicht hatte, jemandem weh zu tun. Und zweitens, daß dein Vater dich wirklich geliebt hat.«

»Dich hat er auch geliebt, Mama.«

Ihre Augen im Spiegel waren ernst.

»Hm, na ja, vielleicht hat er das. Diese anderen Frauen brauchte er wohl zusätzlich zu mir, nicht an meiner Stelle. Vielleicht hätte ich es mir einfach nicht so zu Herzen nehmen dürfen.«

»Sei nicht dumm. Jede hätte das getan.« Sie beugte sich über meine Schulter und küßte meine Wange, und als sie dann ging, blieb ich getröstet zurück.

Jetzt diskutierte sie mit Maurice die Vogelperspektive, und James und Henry rannten mit ausgestreckten Armen den Abhang hinunter und spielten Flugzeuge, was sie, seit Henry alt genug war, um zu rennen, immer getan hatten. Und wenn ich alles berücksichtigte, kam ich zu dem Schluß, daß meine Kinder einen sehr gefestigten und glücklichen Eindruck machten. Solange keine weiteren Überraschungen lauerten, war es uns vielleicht vergönnt, eine Phase relativer Ruhe zu genießen.

Mir fiel auf, daß Maeve und Ivor, ins Gespräch vertieft, hinter uns allen zurückblieben. Ich konnte nicht verstehen, was sie redeten. Dann sah ich, wie Ivor ein Stück Papier aus seiner Tasche zog. Während er vorlas, nahm Maeve einen Ausdruck gespannter Aufmerksamkeit an. Sie war wirklich ein durchtriebenes Biest. Wenn sie ihn unglücklich machte, bekäme sie es mit mir zu tun.

Wir tranken etwas, besprachen dabei die weiteren Kostüme im Detail und arbeiteten ein Budget aus. Maurice versprach, einen Laden aufzusuchen, den er in Camden Town kannte und wo Stoffballen von Auslaufware verkauft wurden. Er stellte eine Liste der Farben zusammen, die wir benötigten, und die ungefähre Meterzahl. Dann wandten wir uns den Requisiten zu.

»Wir brauchen ein Schwert für Charles II., um Harold Wychford zum Ritter zu schlagen«, erklärte Aubrey und saugte nachdenklich an seinem Füller.

»Tinte, Aubrey«, warnte Patience. »Dein Mund wird ganz schwarz. Ich bin mir sicher, daß Vater uns sein Regimentsschwert leiht. Oder was wäre mit deinem, Miranda? Das sähe noch authentischer aus.«

»Es ist leider nur neunzehntes Jahrhundert. Aber wir können ja sehen, welches besser aussieht.«

»Eine Bischofsmitra für die Weihe der St. Wolberga-Quelle«, fuhr Aubrey fort und steckte sich den Füller wieder in den Mund.

»Ich könnte es versuchen, wenn ihr wollt«, schlug Maurice vor. Mit ein bißchen steifer Pappe und tollem Stoff sollte das nicht allzu schwer sein.«

»Bischofsstab?« Aubrey blickte in die Runde und wollte Vorschläge hören.

»Ich habe einen Schäferstab«, meldete sich Ivor. »Wir könnten ihn mit Silberfolie umwickeln.«

»Ausgezeichnet«, sagte Patience. »Der Füller, mein Schatz! Er leckt wie noch was. Was machen wir mit der Quelle? Alle Springbrunnen sind viel zu groß und prächtig und außerdem am falschen Ort.«

»Wir brauchen etwas wie die *pozzi* in Venedig«, fiel Maurice ein. »Gedrungen und felsig. Wie wär's, wenn wir auch hier wieder Pappe nähmen, die wir grau anmalen, daß es wie ein Stein aussieht? Das wäre dann auch leicht genug, um es hin und her zu tragen.«

Bald darauf brachen Patience und Aubrey auf. Ich bedrängte sie, doch noch zum Abendessen zu bleiben, aber Patience mußte los und Wacko versorgen und ihm beim Packen helfen. »Er ist wirklich ganz wild darauf, ins Altersheim der Armee zu kommen. Er hat die ganze Zeit glänzende Laune. Ich hatte keine Ahnung, was für ein Opfer er mir brachte. Ich habe richtige Schuldgefühle.«

»Du bist wirklich die letzte, die sich Schuldgefühle machen muß«, sagte Aubrey sanft und beugte sich zu ihr herab, um ihre Wange zu küssen. Trotz des schwarzen, an einen dunklen, exotischen Schmetterling erinnernden Abdrucks, den seine Lippen auf ihrem Gesicht hinterließen, war es ein zärtlicher Anblick, und ich bekam einen Kloß im Hals.

»Hat jeder seine Listen, was er zu suchen und zu tun hat?« fragte ich und sammelte alles Papier auf, das irgendwie über den Tisch verstreut worden war. »Das ist für dich, Patience«, sagte ich, als ich ihre winzige, ordentliche Schrift erkannte. »Und das gehört Ihnen, Aubrey.« An den Ecken waren mehrere schwarze Fingerabdrücke zu sehen. »Und das muß ...« Ich hielt inne, als ich auf das Stück Papier blickte, das ich in der Hand hielt. »Billigen Stoff. Rot, blau und gelb. Pappe (jede Menge)«, stand da und »Quelle. Passende Pappe für Bisch.« Ich starrte auf das Papier.

»Miranda! Was ist los?« schrie Patience. »Du siehst ja schrecklich aus!«

Noch immer hielt ich das Papier mit einer derart heftig zitternden Hand vor meine Augen, daß ich es rascheln hören könnte, wenn auch sonst keine Geräusche aus der Küche in mein Bewußtsein drangen. Alles andere war auf eine enorme Distanz zusammengeschrumpft. Ich ließ das Papier nicht aus den Augen. Ich kannte diese Schrift besser als meine eigene. Die Ts waren wie Speere und die Gs wie Peitschen. Vor meinem inneren Auge blitzte das Bild einer Welt aus Hirsebrei und einem Meer so schwarz wie kochende Tinte auf.

Mir rauschte das Blut in den Adern. Ich hob meinen Blick. Der Raum schwankte, aber ich sah, daß Maurice totenbleich geworden war.

Ich spürte Patiences Hand auf meinem Arm und wußte, daß sie etwas zu mir sagte, doch ich konnte nicht verstehen, was. Es war unmöglich. Ich wußte es. Aber dennoch ... die Schrift war da. Wieder sah ich das Vorsatzblatt des Buches neben meinem Bett. »*Meinem lieben Töchterlein Miranda zu ihrem vierten Geburtstag, mit meiner ganzen Liebe, Papa.*« Ich starrte in die Küche, deren Wände sich unendlich weit zurückgezogen hatten. Dann richtete ich meinen Blick langsam wieder auf ihn.

»O mein Schatz«, sagte Maurice. Weinend streckte er mir seine Hände entgegen. »Ich schäme mich so! Ich schäme mich fürchterlich!«

Kapitel 26

Ich kann mich nicht mehr an das erinnern, was unmittelbar auf meine Entdeckung folgte, daß Maurice mein Vater war. Der Schock saß so tief, daß ich einige Zeit von allem losgelöst zu sein schien, was ich kannte, einschließlich mir selbst. Ich weiß, daß ich sehr viel weinte.

Anfangs wurde ich völlig beherrscht von meinem Mitleid für Maurice, der total durcheinander und so unglücklich wie ein weinendes Baby wirkte. Ich legte meine Arme um ihn, weil ich ihn trösten wollte, merkte dann aber, daß er mich tröstete. Ich weinte nicht nur, weil diese Entdeckung mich so erschüttert hatte, sondern weil ich mir jetzt endlich all das einzugestehen wagte, was mich in der Vergangenheit so unerträglich traurig gemacht hatte. Ich weinte wegen der schmerzhaften Auflösung meiner Ehe und wegen Jacks Tod. Ich weinte wegen der Kinder, die ihren Vater verloren hatten und wegen Bridie, die ihn nie kennenlernen konnte. Ich weinte um alle, von deren Traurigkeit ich wußte. Es war ein kathartischer Durchbruch von Schmerzreservoirs, angestaut aus der Angst heraus, mich nie mehr zu erholen, wenn ich dieses Leid erst einmal zuließ. Jetzt wußte ich, daß ich es konnte. Ich versuchte, das auch Maurice so zu erklären, der sonst sicherlich geglaubt hätte, einzig und allein für diesen Traueranfall verantwortlich zu sein.

»Jetzt fühle ich mich wirklich besser«, versicherte ich ihm, als meine Tränen nachließen und ich wieder sprechen konnte. »Ich mußte das tun. Aber es war ein gewaltiger Schock nötig, um das aus mir herauszuzwingen.« Ich versuchte zu lachen. »Ich denke, ich setze mich lieber. Ich habe ganz weiche Beine bekommen.«

Da entdeckte ich, daß ich mit einem Grappa in der Hand auf einem Stuhl am Küchentisch saß. Alle anderen hatten taktvoll den Raum verlassen.

Maurice saß neben mir und hielt die Flasche fest. »Meine arme Kleine, dein Gesicht ist naß. Nimm mein Taschentuch.«

Wir saßen schweigend da und leerten unsere Gläser, blickten einander an.

»Ich könnte es dir nicht verdenken, wenn du wütend auf mich wärst«, sagte Maurice schließlich. »Oder mich hassen würdest. Ich habe keine Entschuldigungen vorzubringen. Es war der reine Egoismus.«

»Ich fasse das im Moment noch gar nicht richtig. Ich muß versuchen, das zu glauben. Ich denke immer noch, daß es nicht wahr sein kann. Aber es ist doch wahr, oder? Du bist doch mein Vater? Du bist Michael Trebor?«

»Ich schäme mich zu sagen, daß ich es bin. Das heißt, ich bin sehr stolz, dein Vater zu sein, aber ich bin mir nur allzu schmerzlich bewußt, daß ich dich nicht verdiene.«

Als Antwort streckte ich meine Hand aus und hielt die seine. So blieben wir eine Zeitlang sitzen.

»Mama?« Henry steckte den Kopf zur Tür herein. »Gibt es irgendwann denn auch Abendessen? Was hast du mit deinem Gesicht gemacht?«

»Ich habe geweint, sonst nichts. Aber es ist alles in Ordnung. Jetzt geh und hol die beiden anderen auch gleich, mein Schatz, machst du das? Ich möchte mit euch allen reden.«

»Aber du wirst uns jetzt nicht sagen, daß Bridie nicht unsere Schwester ist?« Henry stand die Enttäuschung ins Gesicht geschrieben.

»Nein. Es hat nichts mit Bridie oder mit Papa zu tun. Beeil dich.«

Die Kinder nahmen die Neuigkeit gefaßter auf, als ich erwartet hatte. Vermutlich waren sie gegen Schocks schon abgehärtet. Sie wirkten erfreut, wurden aber plötzlich schüchtern und wußten nicht, was sie sagen sollten. Sobald sie konnten, zogen sie ab.

»Es wird für uns alle besser sein, uns etwas Zeit zu nehmen, uns daran zu gewöhnen«, sagte Maurice, stand auf und holte ein paar Kartoffeln aus der Speisekammer. »Jetzt müssen wir uns ums Praktische kümmern. Du bist zu müde zum Reden, und ich selbst bin auch etwas aufgeregt. Laß uns was ganz Profanes und Beruhigendes tun. Soll ich die hier schälen?«

Wir machten gemeinsam das Abendessen. Ich glaube nicht, daß wir viel redeten. Ich fühlte mich völlig erschöpft. Mein Gesicht spannte von dem vielen Weinen und mein Körper tat mir weh. Die Kinder wurden gerufen, um den Tisch zu decken. Während wir aßen, waren alle darum bemüht, sich so normal wie möglich zu verhalten.

»Ich bin wirklich froh, daß du mein Großvater bist«, sagte Henry. »Nur einen Großvater zu haben, war bis jetzt nicht sehr lustig. Donald schickte mir zu Weihnachten höchstens mal lausige fünfzig Pence. Als er das letzte Mal hier war, zu Papas Beerdigung, erzählte er mir von den mickrigen kleinen Geschenken, die er als Kind in die Socke bekam. Kann ich was dafür, daß seine Eltern solche Geizhälse waren?«

»Ich find's gut, daß wir dich alle kennen- und liebengelernt haben, ohne daß wir uns dazu zwingen mußten, nur weil du unser Großvater bist«, sagte Elizabeth. »Ich meine, wenn du es uns bei deiner Ankunft erzählt hättest, wäre es ja unmöglich gewesen, dahinterzukommen, was wir wirklich fühlten. Ist das der Grund, weshalb du es uns nicht gesagt hast?«

»Ich habe nicht gesagt, wer ich bin, weil ich eurer Mutter helfen wollte – und wenn möglich euch allen – und versuchen, ein wenig gutzumachen, daß ich sie all die Jahre im Stich gelassen hatte. Ich hatte Angst, eure Mutter würde mir einen Tritt in den Hintern geben, und zwar zu Recht.«

Dieser Ausdruck war neu für Henry und entzückte ihn.

»Willst du damit andeuten, daß du es uns nie gesagt hättest?« fragte James nachdenklich. »Wäre das nicht ein bißchen ... unfreundlich? Sogar ein bißchen unehrlich?«

»Ich dachte – mag sein, daß das falsch war –, es sei wichtiger, alles mir Mögliche zu tun, um zu helfen. Was geschehen ist, kann ich nie wieder gutmachen. Obwohl ich in den letzten paar Wochen oft versucht war, es zu sagen. Und jetzt muß ich sehr viel erklären.«

»Aber das macht doch keinen Unterschied, oder?« wollte Henry wissen. »Denn du lebst ja praktisch hier und wir mögen dich tausendmal lieber als Donald.«

»Ich hoffe nicht, es sei denn im Guten.«

»Ich hatte solche Angst, daß du schrecklich wütend auf mich sein könntest«, erklärte Maurice mir, als wir am späten Abend zusammen auf dem Sofa neben dem Kamin saßen. Die Kinder und Rose waren im Bett, doch für mich, so erschöpft ich mich auch fühlte, war an Schlaf nicht zu denken. Ich lehnte meinen Kopf an seinen Arm, der um meine Schulter lag. »Weißt du, mir fiel kein einziger Grund ein, warum du mir verzeihen solltest, daß ich dich und Beatrice vor all den Jahren allein gelassen hatte. Und natürlich eure Mutter. Und so ist es noch heute. Dreißig Jahre lang habe ich mir jeden Tag gesagt, daß ich ein Feigling und ein gemeiner Kerl bin. Die Vorstellung, daß ihr ohne mich aufwachst, hat mir sehr weh getan. Glaub mir das wenigstens.«

»Wie kam es denn dazu, daß man meiner Mutter sagte, du seist bei Anzio gefallen? Man hat ihr deine Medaillen und deine Uhr und die Fotos von uns geschickt. Das ist alles in ihrem Haus in Italien aufgestellt, in dem Zimmer mit deinen Gemälden.«

»Oh, diese Bilder!« Maurice stöhnte. »Also es war wirklich alles ganz einfach. Mein Zug war in einem Graben ein ganzes Stück weit vom Hauptquartier der Kompanie entfernt. Wir wurden von den Deutschen in einem Kugelhagel abgeknallt. Ich hatte einen Streifschuß am Knie abbekommen, aber ich konnte noch laufen. Der Obergefreite Tremlow wurde in die Schulter getroffen. Alle anderen im Graben fielen. Wir blieben reglos liegen, bis die Nacht hereinbrach, damit die Deutschen glaubten, wir seien alle tot. Im Schutz der Nacht wollten wir dann wegrennen und zum Hauptquartier laufen.

Tremlow trat auf eine Mine. Er war völlig zerfetzt. Seinen

Kopf habe ich nie gefunden. Während dieser langen Stunden des Wartens hatten wir uns flüsternd unterhalten, um unseren Geist wach zu halten. Er hatte eine Bemerkung darüber fallenlassen, daß wir die gleichen Initialen hatten, M. T. Er war ein einfacher Mann, ein netter Mann. Ich mußte wieder daran denken, als ich ihn mir ansah, wie er da in Einzelteilen im Mondlicht vor mir lag. Die zufällige Übereinstimmung unserer Initialen brachte mich auf den Gedanken, mit ihm den Platz zu tauschen. Aus keinem anderen Grund. Aber man denkt nicht klar, wenn man ein solches Sperrfeuer mitgemacht hat. Ich wußte nur, daß ich es nicht mehr ertrug. Alle meine Freunde waren tot. Manche waren auf so entsetzliche Weise gestorben ... Gut, das willst du nicht hören. Es war für alle gleich schlimm. Ich leerte den Inhalt meiner Taschen aus und schob ihn in die blutige Masse, die einmal Tremlow gewesen war. Ich nahm seine Uhr und warf sie in ein Gebüsch am Grunde des Wadis. Das ist eine Art trockenes Tal – sie durchziehen die Grasebenen hinter Anzio. Er hatte mir erzählt, daß seine beiden Eltern nicht mehr lebten. Ich hoffte nur, daß es sonst keinen gab, den diese Uhr hätten trösten können.

Dann brach ich auf ... verließ das Tal, verließ den Kampfplatz ... verließ mein Leben als Michael Trebor. Ich wußte eigentlich gar nicht, was ich tat. Ich wußte nur, daß ich es nicht mehr aushielt. Einer meiner besten Freunde hatte sich am Tag zuvor selbst umgebracht. Er war durchgedreht. Ich begrub ihn. Nie hat man etwas Dümmeres als den Krieg erlebt. Versagen der Kommunikation. Dumme Entscheidungen. Ein Alptraum an Zerstörung und Vergeudung. Dieses Klatschen, das Krachen der Geschosse, das Knattern der Mörser, das Pfeifen der Leuchtspurkugeln, das alles hörte nie auf, weißt du. Das ging so weit, daß ich das Getöse nicht mehr aushielt. Selbst jetzt träume ich noch, daß ich dort bin ...« Maurice' Hände fingen beim Reden zu zittern an.

Ich legte meine Hand tröstend über seine. »Ist ja gut. Ich kann es mir vorstellen.«

»Ich lief tagelang. Ich machte gar keine Anstalten, mich vor den Deutschen zu verstecken. Es war nicht der Tod, vor dem ich weglief. Ich dachte, wenn ich erschossen oder in die Luft gejagt würde, wäre alles erledigt. Ich lief, bis die Geräusche sich verloren und der Himmel dunkel war, und dann legte ich mich nieder und schlief nach all den Monaten den ersten anständigen Schlaf. Als ich aufwachte, stand die Sonne hoch am Himmel, und ich war fast am Verdursten. In der Nähe fand ich ein schmutziges Rinnsal in einem breiten Flußbett, und ich kniete mich nieder und trank wie ein Hund. Als ich aufblickte, bekam ich einen Schock. Ein deutscher Soldat, ohne Helm und mit bandagiertem Kopf stand auf der anderen Seite des Flußbettes und starrte mich entsetzt an. Er sagte etwas, was ich nicht verstand und hob seine Hände in die Luft. Da sah ich, daß er keine Waffe hatte. Vielleicht war er aus einem Transporter gefallen ... Ich werde es nie erfahren. Er fiel auf seine Knie und weinte. Ich blickte ihn eine Weile an und warf ihm dann mein Gewehr über den Fluß hinweg zu. Es landete neben ihm. Ich sagte so etwas wie: ›Es gehört dir, ich töte keinen Menschen mehr. Viel Glück.‹ Dann kehrte ich ihm den Rücken zu und ging davon. Ich rechnete damit, daß er mich erschießen würde. Er schien wahnsinnig zu sein vor Angst. Aber ich drehte mich nie um und hörte auch nie einen Schuß.

Ich lief weiter Richtung Süden. Die Italiener hatten sich inzwischen von Mussolini befreit und wechselten auf unsere Seite über. Sie haßten die Deutschen so sehr, daß sie froh waren, mir helfen zu können. Sie nahmen mich mit und versorgten mich mit Nahrung und Kleidung. Die Sonne hatte mich braungebrannt. In der Menge ging ich als italienischer Bauer durch. Nach acht Tagen zeigte die Landschaft das verbrannte Gesicht des Südens. Ich sagte mir, daß ich ein Deserteur sei, aber ich schämte mich nicht. Ich hatte für meine Kameraden im Bataillon gekämpft. Als sie tot waren, gab es für mich nichts mehr, wofür ich hätte kämpfen können. England bedeutete mir nichts. Es hatte keine Realität für mich.

Als ich nach Kalabrien kam, überlegte ich mir, Arbeit zu suchen und eine Weile zu bleiben. Weiter im voraus wollte ich – konnte ich – nicht denken. Und da begegnete mir Lucia mit ihren Ziegen, und ich verliebte mich in sie. Es war wohl Liebe auf den ersten Blick. Bald nachdem wir uns kennengelernt hatten, erzählte ich ihr von Fabia und euch Mädchen. Ich weinte viel.

Als der Krieg dann ein Jahr später zu Ende war, wußte ich, daß ich Fabia eine Nachricht zukommen lassen sollte. Äußerlich gesehen war ich ein Deserteur, aber in der geistigen Verfassung, in der ich mich noch immer befand, dachte ich überhaupt nicht daran, daß ich ins Gefängnis geschickt werden könnte. Es blieb jedenfalls beim Vorsatz, und die Monate vergingen, und ich tat nichts dergleichen. Ich war ein Feigling. Ich wußte, daß sie meine Fahnenflucht verabscheuen würde. Fabia hatte von ihrem Vater all den heroischen Klimbim übernommen.«

»Verstehe. Arme Fabia. Wie wütend sie wäre, wenn sie es wüßte! Und so schrecklich gedemütigt. Wirst du es ihr sagen?«

»Ich weiß es nicht. Die Ehre gebietet mir, es ihr zu gestehen, aber Güte ist diesem Fall wohl eine bessere Sache als die Ehre. Ich kann mir nicht vorstellen, daß sie sehr erfreut darüber wäre.«

»Du würdest ja nicht mehr mit ihr leben wollen. Soweit ich euch beide kenne, wäre das auch eine Katastrophe. Und im Augenblick scheint sie ja ganz glücklich zu sein. Ich weiß auch nicht. Aber was um Himmels willen hat dich hierher nach Westray geführt?«

»Nachdem der Krieg vorbei war, schrieb ich meinem Bruder, deinem Onkel Oliver. Ich hoffte, daß er den Krieg überlebt hatte und nach Wiltshire zurückgekehrt war, wo er und deine Tante Nancy vor dem Krieg ein Haus besessen hatten. Wie du weißt, war er mit seinem Schiff untergegangen. Aber dieser Brief wurde nach Virginia nachgeschickt, wo Nancy lebte, die gerade zum zweiten Mal geheiratet hatte. Sie schrieb mir sofort – einen überaus mitfühlenden und freundlichen Brief. Sie warnte mich, daß Fabia mich praktisch heiliggesprochen hatte.«

»Das stimmt. Aber ich glaube nicht, daß du deshalb allzu große Schuldgefühle haben mußt. Fabia hat ihre Rolle als Witwe des größten Malers, den die Welt nie kennenlernen durfte, sehr genossen.«

»O ja. Das kann ich mir gut vorstellen.« Maurice dachte

nach. »Ich möchte nicht über deine Mutter herziehen. Ich habe mich ihr gegenüber wirklich *sehr* schlecht benommen. Aber ein Hauptgrund für meine Schwierigkeit, mich selbst wieder ins Leben zurückzumelden, war wirklich die Frage meiner Malerei. Deine Mutter vertrat mit Leidenschaft den Standpunkt, Maler, die keine intellektuelle Botschaft zu übermitteln hatten und auch keine revolutionäre Technik, um diese herüberzubringen, seien bloße Illustratoren, die es nicht verdienten, Künstler genannt zu werden. Die Wahrheit ist nun aber, daß ich figurative Landschaften und Seestücke liebe. Ich bin einfach kein Erneuerer. Ich kann sehr geschickt malen, und meine Gemälde sind, wie ich hoffe, auch ansprechend, vielleicht sogar interessant anzuschauen. Mehr nicht. Ich haßte diese Sachen, die ich unter Fabias Einfluß gemalt habe. Es waren unechte Bravourstücke ... reine Protzerei. Jedesmal wenn ich mir überlegte, zurückzukehren und mit Fabia auszufechten, was ich malen sollte, fing ich zu zittern und zu schwitzen an, und ich konnte es einfach nicht. Konflikte aller Art waren mir zuwider. Lucia wußte das und schützte mich. Als ich dann wieder eine etwas vernünftigere Gemütsverfassung erlangt hatte – nach vier oder fünf Jahren –, fand ich es einfach besser zu bleiben, wo ich war, und so weiterzuleben wie bisher.«

»Und du hast sie natürlich geliebt. Lucia, meine ich. Du wolltest sie nicht verlassen.«

»Ja, ich liebte sie. Nein, verlassen wollte ich sie nicht.«

Darauf schwieg ich eine Weile und versuchte mich in alle Beteiligten hineinzuversetzen und dann mich zu erforschen. Was als Wahrheit dabei herauskam, war, daß er eine Abneigung gegen Fabia entwickelt hatte, sie vielleicht sogar haßte. Aus meiner eigenen Erfahrung wußte ich, was es bedeutete, den Menschen zu hassen, mit dem man durch Ehe, Kinder und Gesellschaft verbunden war. »Ich kann verstehen, warum du nicht nach Hause gekommen bist. Ich weiß, daß du Beatrice und mich nicht zurückweisen wolltest.«

Maurice hob meine Hand an seine Lippen und küßte sie. »Ich danke dir dafür. Nancy und ich blieben in Verbindung. Sie schickte mir Fotos von euch beiden ... als Babys, als Schulmädchen, Studentinnen und später als verheiratete Frauen mit euren Ehemännern und deinen Kindern. Ich habe noch immer das Gedicht, das du für sie abgeschrieben hast, als du den Poesiewettbewerb an der Schule gewonnen hattest, erinnerst du dich? Sie schickte mir jedes Fetzelchen von euch, das sie in die Hände bekommen konnte. Als Jack dann starb, schrieb sie mir, wie besorgt sie um dich sei. Du hättest soviel Verantwortung zu tragen. Sie klang panisch. Und als ich Nancys Brief bekam, wußte ich, daß ich selbst kommen und nachsehen mußte, ob ich helfen konnte. Der Gedanke, daß alle Männer in deinem Leben dich so hatten fallenlassen, war mir unerträglich. Als ich an diesem ersten Abend durch die Eingangstüre kam und dich dort stehen sah – mein eigenes liebes Mädchen –, wäre ich fast zusammengebrochen und hätte alles gleich und sofort gestanden. Aber ich hatte zu große Angst. Und dann entdeckte ich zu meinem Erstaunen, daß ich nicht nur in bescheidenem Ausmaß nützlich sein konnte, sondern daß hier all das war, was ich mir wünschte. Es ist wirklich nicht gerecht, daß ich mich in einer so glücklichen Lage befinde, nachdem ich so ein ... Schurke gewesen bin.«

»Komm, wir wollen uns vergeben! Wenn du wüßtest, welche Schuldgefühle ich Jack gegenüber habe! Wir wollen nicht zulassen, daß das Unheil der Vergangenheit uns den Rest unseres Lebens verdirbt. Ungeschehen kann es sowieso nicht gemacht werden.«

»Shakespeare sagte: ›Ein Unheil zu betrauern, das vorbei / Ist der beste Weg, der neues Unheil zieht herbei.‹ Wir sollten den Versuch wagen. Ich möchte nicht, daß irgend etwas das Glück verdirbt, dich wiedergefunden zu haben. Meine liebe Tochter.«

In dieser Nacht schlief ich tief und traumlos, und als ich erwachte, fühlte ich mich so glücklich und ruhig, wie schon seit Jahren nicht mehr. Als erstes rannte ich hinunter und rief Beatrice an. Ich erzählte ihr, daß sich etwas Wunderbares ereignet hatte, sie aber selbst kommen müsse, um es zu erfahren. Ich wollte, daß Maurice es ihr selbst erzählte. Sie sagte, sie werde gleich aufbrechen und sie habe auch gute Nachrichten. Roger sei nicht da, und so passe es hervorragend. Sie klang sehr aufgeregt.«

Als ich es Rose erzählte, blieb sie ungewöhnlich ruhig. »Das war es also. ›Herr, zeige uns den Vater, so ist's uns genug.‹ Johannes, vierzehn, acht. Nicht ganz das, was dort gemeint ist. Ein Fahnenflüchtiger, he?« Rose lachte plötzlich. »Deine Mutter würde völlig aus der Haut fahren, wenn sie es wüßte.« Ich ließ sie allein, damit sie ihren Tee trinken konnte.

Als ich eine halbe Stunde später wiederkam, um sie anzuziehen, meinte sie, sie sei zu müde, um aufzustehen. »Der Herr gibt und der Herr nimmt«, sagte sie und sah mir fest in die Augen. »Jetzt hast du deinen Mann, wenn auch nicht so, wie ich mir das vorgestellt hatte.«

Als ich sie fragte, ob sie Maurice zu sehen wünschte, meinte sie, sie habe genug von Männern.

»Aber fändest du es keine gute Idee, wenn ich Rory McCleod bitten würde, mal bei dir reinzuschauen? Er könnte dir was zur Stärkung verschreiben. Vielleicht hast du dir einen Infekt geholt?«

Aber auch ihn wollte sie nicht sehen. Maurice riet mir, ihre Wünsche zu respektieren. Ich redete mir ein, es sei nur eine vorübergehende Müdigkeit, bei einer Sechsundachtzigjährigen nicht ungewöhnlich, und in ein paar Tagen würde sie wieder auf den Beinen sein und in ihrem Stuhl sitzen.

Beatrice blieb fast zwei Wochen bei uns. Sobald sie ankam, es war am frühen Nachmittag, schickte ich sie in die Bibliothek, wo Maurice schon auf sie wartete. Zwei Stunden lang blieb die Tür geschlossen. Ich hoffte, daß Maurice beim zweiten Mal die Erklärungen leichter fielen. Ich kannte meine Schwester gut genug, um darauf bauen zu können, daß sie mit ihrem sanften Wesen sofort Gründe fände, ihn zu entlasten.

Zu dritt brachen wir dann zu einem langen Spaziergang am Meer auf. Maurice ging zwischen uns, wir hatten uns beide bei ihm untergehakt. Er wußte aus unserem Leben bereits so viel, daß weitere Erklärungen sich erübrigten. Statt dessen redeten wir über Alltägliches, machten Scherze und neckten uns. Der Wind blies kräftig und war zum Spielen aufgelegt, peitschte die Wellen zu glitzernden Platinpailletten. Maurice blieb plötzlich wie festgenagelt stehen und fing, angeregt durch eine neue Farbe im Wasser, die ihm noch nie aufgefallen war, einem silbern angehauchten Jadegrün wie der Schwanz einer Meerjungfrau, zu rezitieren an:

»›Schöne Sabrina / lausch mir, wo du sitzest…‹«

»›Unter der gläsern-kühlen Welle, durchstrahlt von Licht…‹«, stimmten Beatrice und ich ein, und wir drei sangen feierlich die Anrufung des wilden, gleichgültigen Meeres, und die Jahre, die wir nicht gemeinsam erlebt hatten, trug der Wind für diesen Augenblick fort, als hätte es sie nie gegeben.

Nach dem Tee arbeiteten Maurice, die Kinder und ich an der Muschelgrotte, Beatrice kümmerte sich um Rose. Als ich oben auf der Leiter stand und Jakobsmuscheln in den weichen Beton über dem Türsturz drückte, wünschte ich mir sehr, daß die Dinge so blieben, wie sie waren. Aber das taten sie natürlich nicht.

Drei Tage nach der Ankunft meiner Schwester saß ich mit ihr in der Küche und nähte Namensschilder in die neuen Sommerhemden von Henry. Sukie lag auf meinen Knien, schnurrte und versuchte die Knöpfe abzubeißen.

»Ich glaube, Rose liegt im Sterben«, sagte ich und schob die Nadel durch den dicken Stoff.

»Das fürchte ich auch, Liebes.« Beatrice ergriff meine Hand. »Ich weiß, daß das hart werden wird für dich. Oh, glaub nicht, daß ich sie nicht auch liebe, aber ich war nicht so abhängig von ihr. Vor allem, weil ich ja eine große Schwester hatte, fünf Jahre älter. Du hast dich immer so wunderbar um mich gekümmert. Und dann stand ich Fabia näher als du. Du darfst es mir nicht übelnehmen, wenn ich das sage.«

Ich nahm es ihr nicht übel. Es entsprach vollkommen der Wahrheit. Beatrice war von Natur viel nachgiebiger als ich; Fabia war früher sehr stolz auf die hübsche jüngere Tochter. Als Beatrice dann allerdings Anfang Zwanzig zunahm, wurde sie als eine unter vielen zur Zielscheibe ständiger Kritik der übelsten Art, aber Beatrice war überhaupt nicht nachtragend.

»Wir können uns natürlich nicht sicher sein, ob sie im Sterben liegt, wenn sie keinen Arzt sehen will. Vielleicht erholt sie sich ja wieder«, sagte ich mit Blick auf ihren leeren Stuhl. »Abgesehen von der Müdigkeit fehlt ihr nichts Ernstes.«

»Vielleicht.«

Aber Rose kam nie wieder nach unten.

Nach diesem Gespräch rief ich im Krankenhaus an und stellte eine Nachtschwester für sie ein. Tagsüber wechselten sich Beatrice, Jenny, die Kinder und ich uns an ihrem Bett ab. Obwohl auch James und Henry Vertreter des männlichen Geschlechts waren, duldete Rose sie. Wir lasen ihr oft laut aus ihrer geliebten Bibel vor. Sie aß und trank jeden Tag ein bißchen weniger, aber sie klagte nie über Schmerzen. In der siebten Nacht ihres Verfalls wurde ich durch ein Klopfen an meiner Tür geweckt. Die Schwester sagte mir, daß Miss Ingrams nach mir fragte.

Ich saß bei ihr und hielt ihre Hand. Die andere Hand glättete, fältelte und zupfte das über sie gebreitete Laken. Sie hatte die Augen offen. Mir war schon tags zuvor aufgefallen, daß sie sehr groß und fast blau geworden waren. Sie richtete ihren Blick auf mein Gesicht, und nach kurzer Zeit löste sich ihr erstaunter Gesichtsausdruck. »Miranda!« sagte sie in einem freudigen Tonfall, als wäre ich gerade nach einer langen Reise zurückgekehrt. Dabei hatte ich ihr erst vor weniger als zwei Stunden einen Gutnachtkuß gegeben.

»Ja, meine Liebe, ich bin da.«

»Ich muß dir was sagen ...« Wieder bekam sie diesen verwirrten Ausdruck. »Dein Vater ... Nein, nicht. Es sind nicht die Kinder ... Ah, es fällt mir wieder ein. Dieser Mann!«

»Ja, Rose? Welcher Mann?«

»Du weißt schon.« Sie blickte mich mit wilden Augen an. »Er.«

»Jack?«

Rose nickte und schloß ihre Augen mit einem Seufzer der Erschöpfung. Nach fünf Minuten, in denen sie sich nicht gerührt hatte, stand ich auf, um wieder ins Bett zu gehen. Ich glaubte, sie sei eingeschlafen. Da schlug sie die Augen auf. »Jack. Muß dir erzählen.«

»Ja, Rose? Was ist mit ihm?« Ich hielt mein gutes Ohr ganz nah an ihren Mund, damit sie ihre Stimme nicht zu erheben brauchte.

»Ich weiß nicht ... O ja, Jack ... ›Wenn der Gottlose ... sich von seiner ... Lasterhaftigkeit abwendet, die er begangen hat, und tut … was ehrlich und recht ist …‹« Sie hielt inne, keuchte, war erschöpft von der Mühe des Sprechens. Ich wartete und schließlich kamen die letzten Worte. »›Wird seine Seele gerettet werden.‹«

Ich beugte mich wieder zu ihr. »Willst du damit sagen, daß Gott Jack vergeben hat?«

»Nein.« Rose schüttelte den Kopf langsam von einer Seite zur anderen und runzelte die Stirn. »Er … hat … mir vergeben.« Einige Zeit bewegte sie ihre Lippen, aber ich konnte sie nicht verstehen.

»Natürlich hat Er das«, sagte ich und streichelte ihren dünnen Arm, der auf der Bettdecke lag. »Du hast ein besseres Leben geführt als die anderen. Liebste Rose. Was hätten Beatrice und ich ohne dich gemacht?«

Wieder runzelte Rose die Stirn. »Nein. Gott … vergibt … mir! Ich wollte … Er hätte … dein Leben ruiniert …«

Mich überkam eine schreckliche Angst vor dem, was Rose mir sagen würde. Sie bewegte ihre Lippen, und ich glaubte sie das Wort »Patrone« formen zu sehen, aber das mag ich mir auch nur eingebildet haben. Sie starrte mich mit ihren großen verschleierten Augen an, lächelte und schloß sie dann. Ich blieb bis zum Morgengrauen bei ihr sitzen, aber sie schlief jetzt so fest, daß die Schwester meinte, sie sei im Koma.

Jetzt, da ihre Würde nicht mehr verletzt werden konnte, ließen wir Rory kommen. Er schob ihr Augenlid hoch und fühlte ihren Puls. »Es kann jederzeit sein. Man kann es nicht vorhersagen. Aber es wird sehr friedlich werden.«

Er ging. Ich hatte kaum mit ihm gesprochen, außer ihn begrüßt und verabschiedet.

Am achten und neunten Tag lag Rose in tiefem Schlaf, die Intervalle zwischen ihren Atemzügen wurden immer länger. Dann, als es am zehnten Tag dunkel wurde, bemerkte ich am Ende jedes Atemzugs ein anderes Geräusch. Eine Art trockenes Rasseln. Ich setzte mich auf, lauschte den zunehmend angestrengteren Seufzern und beobachtete ihr Gesicht sehr genau. Ihr üblicher strenger Gesichtsausdruck war gewichen. Sie sah jünger aus, so wenig abwehrend wie noch nie in ihrem Leben. Ihre Augenlider begannen zu flattern. Ich beugte mich über sie. »Rose, meine Liebe, ich bin hier«, sagte ich sehr leise.

Sie drehte den Kopf ein wenig zu mir und machte ihren Mund sehr weit auf. Ich nahm ihr Gesicht zwischen meine Hände, und augenblicklich wich die Farbe wie eine jagende Woge aus ihrem Gesicht, und sie war hinübergegangen.

Kapitel 27

Roses Begräbnis war so anders als das von Jack, daß mir viele schmerzliche Erinnerungen erspart blieben. Zum einen war herrlichstes Wetter, der erste wirklich heiße Tag im Jahr. Die Trauergemeinde war klein, bestand aus uns allen aus dem Haus, dazu kamen Patience, Lissie und Maeve und ein paar Leute aus dem Dorf, die sich an Wohltaten aus Roses jüngeren Jahren erinnerten. Rose hatte keinen Wert auf einen großen Bekanntenkreis gelegt. Ihr fehlte die vertrauensvolle Einstellung, die man braucht, wenn man Frauenfreundschaften eingehen will.

Auch daß Rose friedlich und im hohen Alter gestorben war, unterschied ihr Begräbnis ganz entschieden von dem anderen. Man konnte ihren Tod als angemessen begreifen. Natürlich vermißte ich sie, aber sie war über mehrere Monate hinweg langsam von mir gegangen. Ihre Bereitschaft zum Sterben und die Leichtigkeit, mit der sie sich dann vom Leben verabschiedet hatte, waren mir der größte Trost. Ich hatte nicht den Eindruck eines schweren und traurigen Sterbens. Sie wurde neben Jack beerdigt. Wo immer sie jetzt auch sein mochte, ob im Himmel oder im Vergessen, konnte es ihr nichts mehr ausmachen, daß er ein ihr so verhaßter Mann gewesen war.

Über unser letztes Gespräch bewahrte ich allen gegenüber Stillschweigen. Rose mochte sich getäuscht oder ich sie mißverstanden haben. Den Kindern hätte es wenig geholfen, zu glauben, Rose habe ihren Vater umgebracht. Obwohl ich mir zum Zeitpunkt von Jacks Tod wie besessen über Ursache und Art und Weise den Kopf zermartert hatte, war ich jetzt in der Lage anzuerkennen, daß nichts, aber auch gar nichts an der Tatsache etwas ändern konnte, daß er tot war, und wir unsere Energien lieber darauf konzentrieren sollten, so gut zu leben, wie es die Umstände uns erlaubten.

Nach der Beerdigung schmückten die Kinder ihr Grab wunderbar mit unzähligen Rosen aus dem Garten. Ich sprach mit Maurice und Beatrice über sie, grub in der Vergangenheit nach jedem Erinnerungsfetzchen Rose, das mir geblieben war, und hoffte, daß wir ihrem Gedächtnis gerecht wurden.

Bald darauf fuhr Beatrice nach Hause. Roger hatte eine Stelle an der örtlichen Gesamtschule für Kunsthandwerk bekommen. Sie trug jetzt den luftigeren Namen »Handwerk und Design«. Beatrice meinte, sie freue sich jetzt am meisten darauf, Brot zu kaufen, anstatt selbst eins zu backen.

»Aber du machst das doch so gut!« protestierte ich. »Und es schmeckt viel besser als alles Brot, was man kaufen könnte!«

»Ich habe einfach keine Lust mehr, soviel Zeit und Gedanken auf das bloße Überleben zu verschwenden. Ich möchte in den Supermarkt gehen und alles in einer Stunde erledigt haben, so daß ich den Kopf für andere Dinge frei habe. Seit Jahren backe ich jede Woche vier Laibe. Ich möchte eine Waschmaschine. Es kostet mich jede Woche drei Stunden, unsere Wäsche mit der Hand zu waschen. Überall tropft es. Ich bin es leid. Natürlich weiß ich, daß nicht alles auf einmal geht. Wir werden noch immer sparen müssen, aber wir sind nicht mehr so arm, daß wir nur noch das Allernotwendigste zum Leben haben und ich überlegen muß, ob wir uns noch ein Stück scheußliche Karbolseife leisten können. Ich werde jede Woche was für die Waschmaschine zurücklegen.«

Das gab mir viel zu denken. Da ich erst ein einziges Mal bei Beatrice zu Hause gewesen war, hatte ich keine Ahnung von ihrer schwierigen Lage, obwohl ich wußte, daß Beatrices Anteil an dem Geld von Christopher Chough schon vor einigen Jahren verbraucht war. Ich hatte sie deshalb nicht besucht, weil dort nicht für alle Platz war. Außerdem hatte ich Rose nicht mit der Verantwortung allein lassen wollen, für das Haus und die Kinder zu sorgen. Und Roger war leicht reizbar und schwierig, voller Ressentiments gegenüber Beattys protziger Verwandtschaft, wie er uns höhnisch nannte. Ich hatte mich wirklich darum bemüht, mich mit ihm anzufreunden, aber er ließ sich nicht davon abbringen, daß es zwischen uns keine Gemeinsamkeiten gab. Fabia hatte seine brummige Feindschaft der Sensibilität seines künstlerischen Wesens zugeschrieben, weil ihr nicht einleuchten wollte, daß auch mal jemand nicht ihre Gönnerschaft wünschte. Als wir Beatrice zum Abschied winkten und zusahen, wie ihr Lieferwagen sich mit Schlagseite die Einfahrt hoch bewegte, wandte Maurice sich an mich und sagte: »Komm, laß uns gute Fee spielen! Fahr mit mir nach Marshgate und hilf mir, eine Waschmaschine auszusuchen!«

Und genau das taten wir. Der Mann in der Elektroabteilung von Braithwaite's versprach uns, das von uns ausgesuchte Modell sofort nach Devon zu liefern. Ich kaufte eine Schachtel wirklich gute Seife in der Drogerieabteilung und schickte sie später selbst mit der Post an Beatrice. Maurice kaufte Krabben und Steinbutt und braune Garnelen an dem kleinen Fischstand am Pier, während ich ein großes Stück *dolcelatte* in dem neuen italienischen Delikatessengeschäft besorgte. Zusammen mit Spargel und Kopfsalat aus dem Garten stellten wir ein köstliches Abendessen zusammen, das mir half, mich von der Verkleinerung unseres Familienkreises abzulenken. Nach dem Abendessen hörten wir uns Henrys Reden an und bastelten dabei an den Requisiten für das Historienspiel. Dinkie und Sukie kauten geräuschvoll an den Garnelenköpfen. James wickelte Ivors Krummstab in Silberfolie ein, Elizabeth und ich machten aus Filz und Jakobsmuscheln Pilgerhüte, und Maurice mühte sich mit der Bischofsmitra ab. Das Endergebnis war überwältigend. Sehr groß und wie ein Schiffsbug geformt, glänzte sie mit Goldborten und in prächtigem Silberlamé. Als er sie anprobierte, um zu sehen, wie sie ankam, brachte ihn der Heiterkeitserfolg, den er damit erntete, ziemlich aus der Fassung. »Ich möchte schließlich nicht, daß sich das ganze

Publikum in dem feierlichen Augenblick, wenn die Quelle geweiht wird, kaputtlacht. Vielleicht sollte ich sie etwas kleiner machen.«

Wir versicherten ihm, daß es nur an dem Nebeneinander von Mitra und rosafarbener Fliege lag, was ihn so lächerlich aussehen ließ. Ich denke auch, daß sich die Anspannung der vergangenen Tage bei uns allen sehr leicht in Lachen oder Weinen entlud.

Das Historienspiel erwies sich als ein absolutes Gottesgeschenk. Arbeit läßt dem Kummer Schwielen wachsen, heißt eine alte Redewendung – ich denke von Cicero. In meiner Rolle als Gewandmeisterin hatte ich mehr zu tun als ich schaffen konnte, trotz der tatkräftigen Unterstützung von Patience. Obwohl Lissie eine Rolle als Edle Dame von Kent hatte, trat sie nur kurz auf, mußte dem Schwarzen Prinzen ein geziertes Lächeln schenken und sich gegenüber seinen männlichen Aufmerksamkeiten dankbar zeigen sowie von ihrer jungfräulichen Züchtigkeit schwafeln ... kaum plausibel, wie ich einwandte, da dies ihre zweite Heirat war. Aber Aubrey meinte, daß mit einer weiteren Veränderung des Skripts seine eigenen Absichten endgültig verabschiedet würden, weshalb ich doch bitte diese Information für mich behalten sollte.

So konnten wir also auf Lissies kompetente Unterstützung bauen, und in den vielen Stunden, die wir mit Nähen zubrachten, bequatschten wir Patience' bevorstehende Hochzeit und Lissies Baby. Stew Harker spielte den Schwarzen Prinzen und mußte in geschickt bemalte Wellpappe gekleidet werden. Er zeigte, wie Lissie uns anvertraute, seine treue Ergebenheit auf fast peinliche Weise. Ich warnte sie davor, dies Jenny zu erzählen, die in diesen Tagen sehr schweigsam und angespannt wirkte und den Scherz darin bestimmt nicht wahrnähme.

Ich hatte mich mit dem Problem Jenny sehr intensiv auseinandergesetzt. Sie ging jetzt so oft wie möglich zu den Harkers und ließ Bridie bei uns. Mrs. Harker – die sich vermutlich ärgerte, daß ihr eigener Charme zugunsten Stews sexueller Anziehung seine Wirkung verfehlte – äußerte sich dazu sehr häufig und abwertend, hauptsächlich wegen des Gedränges auf der Toilette, die ohnehin schon überlastet sei. Ich liebte Bridie, aber ich sah mich kaum in der Lage, den Haushalt zu führen, einzukaufen, zu kochen, mich um die Gäste zu kümmern, Kostüme zu nähen und dann auch noch für das Baby zu sorgen. Ich kam zu der Lösung, daß wir Jenny ein dauerhaftes Zuhause bei uns anbieten sollten. Wenn sie sich verwurzelter fühlte, wäre sie vielleicht auch bereit, mehr Zeit mit Bridie zu verbringen. Ich holte mir Rat bei Maurice, der mir beipflichtete, daß es für Bridie das beste sei. Nur müßte ich mir einigermaßen sicher sein, diese Entscheidung nicht irgendwann einmal zu bereuen. Er bot an, für sie ein Treuhandvermögen einzurichten, damit sie einmal die gleiche Erziehung genießen konnte wie meine eigenen Kinder.

Dies teilte ich Jenny eines Nachmittags mit, bei einer der wenigen Gelegenheiten, die sie bei uns war und meterweise weißen Stoff einfärbte, bis sein dunkler Ton an Barchent erinnerte. Ich hatte damit gerechnet, daß Maurice' Großzügigkeit und das Angebot, in den Stowe-Haushalt übernommen zu werden, sie überwältigen würden. Aber sie schien von dieser Idee alles andere als hingerissen zu sein. Sie versprach darüber nachzudenken, schlich sich aber so bald es ging davon, ohne auch nur ein weiteres Wort dazu fallenzulassen. Ich war ein wenig verletzt und enttäuscht, redete mir aber gut zu, nicht kindisch sein zu wollen.

Ein paar Tage war Jenny sehr schweigsam, und ich fragte mich schon, ob sie unseren Vorschlag ganz vergessen hatte. Aber eines Nachmittags, als ich allein im Wohnzimmer saß, kam sie, gefolgt von Stew, herein. Beim Blumenordnen war ich plötzlich von der Müdigkeit übermannt worden und hatte mich deshalb vor das Fenster mit Meerblick gesetzt. Das Starren auf das helle, weiße Sonnenlicht am wäßrigen Horizont hatte mich fast einschlafen lassen. Als ich die Augen mit einem Ruck öffnete, standen sie Hand in Hand vor mir, die Gewichtigkeit selbst.

»Tut mir leid, daß wir dich geweckt haben«, fing Jenny an, »aber wir fanden, daß es nur fair sei, dir so bald wie möglich unsere Entscheidung mitzuteilen.«

»Wie bitte?« sagte ich schwach, weil ich überhaupt nicht verstand, um was es ging.

»Stew und ich haben uns um ein Haus beworben.«

»Ein Haus?« Ich schüttelte den Schlaf ab. Ich war wohl sehr ahnungslos gewesen.

»Ja. Diese neuen Häuser des sozialen Wohnungsbaus am Dorfende. Als Paar mit Baby haben wir Vorrang.«

»Du willst in ein Haus des sozialen Wohnungsbaus ziehen?«

»So ist es«, sagte Stew ein wenig kämpferisch. Er war der geborene Tyrann, dachte ich, als ich ihn mir mit seinem vorgeschobenen Kinn und dem besitzergreifend um Jennys Schulter gelegten Arm ansah.

»Aber ...« Ich versuchte meine Gedanken zu ordnen. »Was wird aus Bridie?«

»Sie wird ein Zuhause bei ihrer Mama und ihrem Stiefvater haben. Stew und ich heiraten Weihnachten. Um sie brauchst du dich nicht zu sorgen.«

Ich fragte mich, warum ich einen Hauch von Feindseligkeit an Jenny zu entdecken meinte. Maurice versuchte das später damit zu erklären, daß Jenny selbst noch ihre Zweifel hatte, ob sie für das Kind auch das Beste tat. Vermutlich hatte er recht.

»Du meinst nicht, daß Bridie vielleicht bei ihren ... Brüdern und ihrer Schwester glücklicher wäre?«

»Die wird sie bestimmt bald haben, denke ich.« Jenny wurde rot. »Außerdem ist sie für deine Kinder zu jung. Sie werden erwachsen sein, bis Bridie richtig mit ihnen spielen kann.«

Das konnte ich nicht abstreiten. Tatsächlich war es aber doch so, daß Bridie bei uns alle Vorteile der Erziehung, daß sie Geld und Privilegien genießen konnte. Nur durfte ich das natürlich nicht sagen! Jedenfalls war es mir nicht möglich. Es hörte sich so entsetzlich snobistisch und unfreundlich an, daß ich es nicht einmal andeutungsweise anzubringen wagte.

»Sie wird alle Liebe bekommen, die sie sich wünschen kann, und das ist es, was zählt«, sagte Jenny, als spürte sie das, was ich zu sagen nicht über mich brachte. »Ich danke dir sehr herzlich für alles, was du für uns getan hast und auch für dein Angebot, uns beide zu behalten. Aber wenn alles gesagt und getan ist, möchte ich niemandem verpflichtet sein, und ich möchte auch nicht mein Leben bei Leuten zubringen, die schlauer und klüger sind als ich. Es wird darauf hinauslaufen, daß Bridie früher oder später alles so tun soll, wie du dir das vorstellst. Ich würde dich hassen, wenn ich entdeckte, daß Bridie auf mich herabsieht, wenn sie erwachsen ist. Was soll sie denn denken, wenn du ihr eine tolle Ausbildung ermöglichst, und sie dann zu mir nach Hause muß? Sie würde sich meinetwegen schämen.«

»O Jenny!« Mir kam das alles so traurig und so sinnlos vor, daß ich Tränen der Enttäuschung in mir aufsteigen spürte.

»Glaub nicht, daß ich nicht spüre, wie gut du es meinst.« Jennys Ton war jetzt weicher. »Ich weiß sehr wohl, was ich dir zu verdanken habe. Aber es ist nicht angenehm, wenn man die ganze Zeit dankbar sein muß.«

»Aber du warst mir so eine große Hilfe!« rief ich, beschämt, weil ich diesem armen Mädchen so viel aufgebürdet hatte. »Ich habe dich nicht weniger gebraucht als du mich. Du hast so hart gearbeitet!«

»Ich habe mein Bestes getan. Aber selbst wenn ich Tag und Nacht arbeiten würde, hätte ich kein gutes Gefühl. Alles, was Bridie und ich haben, kommt von dir oder Mrs. Partridge. Ich möchte eine richtige Arbeit, damit ich mir meine Sachen selbst kaufen kann. Oh, wenn du mich nur verstehen könntest!«

Die plötzliche Verzweiflung in ihrer Stimme machte mir deutlich, wie zerrissen Jenny war. Ich stand auf und nahm sie trotz der finsteren Anwesenheit Stews in den Arm. »Ich verstehe dich und ich denke, daß es mir wohl nicht anders gehen würde. Es ist ein angemessener Stolz, den ich respektiere. Wenn wir gefühllos waren, versuch bitte, uns zu verzeihen. Wie immer du dich auch entscheiden magst, würde ich mir wünschen, daß wir Freundinnen sind.«

Einen Augenblick lang klammerte Jenny sich an mich. Ich wußte, daß es nicht lange dauerte, bis Stew das gute Verhältnis zwischen uns zerstört haben würde, indem er sie mit einer erbitterten »Wir und sie«-Gegenüberstellung beeinflußte.

»Sie soll ihre Sachen packen und noch heute mitkommen.« Stews Stimme klang frostig. Es war ihm anzumerken, daß er sich in seiner Rolle eines Robespierre des zwanzigsten Jahrhunderts nur allzu wohl fühlte. »Mein Bruder ist für sechs

Wochen wegen 'ner Arbeit nach Norden gegangen, und Ma meint, wir könnten sein Zimmer haben, bis das Haus vom Wohnungsbau fertig ist.«

Dank der Kraft, die ich aus dem eben erfahrenen Einvernehmen zog, konnte ich Jenny dazu überreden, noch über das Wochenende bei uns zu bleiben, damit sie Zeit hatte, sich ein gebrauchtes Kinderbett und Bettwäsche für Bridie zu kaufen. Ich hätte ihr gerne unsere Sachen geliehen, aber sie blieb hartnäckig. »All diese Stickereien und das ganze Zeug, das ist alles zu fein. Da muß ich ja Angst haben, daß es in der Wäsche verdorben wird.«

»Aber die Sachen, die Mrs. Partridge dir geschenkt hat, die nimmst du doch mit? Ich denke, sie wäre furchtbar verletzt, wenn du das nicht tätest.«

»Na gut, ich möchte ihr nicht weh tun. Ich werde sie also mitnehmen.«

»Gut. Dann wäre das also geklärt.« Ich versuchte die Stimmung aufzulockern. »Das wird ja aufregend, wenn du dein eigenes Haus hast. Hoffentlich darf ich auch mal kommen und dich besuchen.«

»Sie können kommen, wann Sie wollen«, sagte Stew mit der Miene eines Schinderkarrenkutschers. »Das ist ein freies Land. Aber ich wage zu behaupten, daß Sie nicht allzuoft werden kommen wollen.«

»Stew! Das ist nicht sehr gastfreundlich! Natürlich kannst du kommen, Miranda, und du bist auch willkommen.«

Als ich mich später mit Maurice darüber unterhielt, kamen wir überein, daß Dankbarkeit, ohne die dazugehörige Liebe auf beiden Seiten, eine schwere Last sei. Unsere Sorge um Bridie würden wir ergeben und diskret für uns behalten müssen. Mrs. Harker hatte sechs Kinder großgezogen, ohne daß ein größeres Malheur passiert wäre. Wahrscheinlich würde einige Zeit ein Kampf ausgetragen werden zwischen Jennys durch uns stark beeinflußten Ideen und den Vorstellungen Stews, die in seinen Kindheitserfahrungen wurzelten. Ich hatte keinerlei Zweifel, daß sich die Harker-Methode durchsetzen würde.

Lissie war entsetzt, als ich ihr von Jennys Plänen erzählte.

»Sicher kannst du etwas tun! Man wird auf sie einschlagen und sie anschreien und sie vollrauchen und ihr Pommes anstelle der Flasche geben!«

»Abgesehen vielleicht von den Pommes könnte das jeden Haushalt jeder sozialen Schicht in diesem Land beschreiben, meine Liebe. Es sind nicht nur die Armen, die rauchen und schlagen. Und wenn das alles ist, womit sie fertig werden muß, dann hat sie es gar nicht so schlecht. Das wird ihr vertraut sein. Jenny ist ihre Mutter und sie hat jedes Recht, sie nach ihrem Gutdünken aufzuziehen.«

»Ich ertrag das nicht!« Lissie brach in Tränen aus. »Mein kleiner Schatz bei solchen ... Verbrechern!«

»Ich würde mir da keine Gedanken machen«, spottete Elizabeth, die zufällig unser Gespräch mitbekam. »Stew Harker werden die Windeln und unterbrochenen Nächte bald zum Hals heraushängen. Er wird Jenny noch mal schwängern und dann mit einer anderen abziehen.«

Vielleicht hatte Elizabeth recht, vieles sprach dafür.

Am Montagmorgen sagte ich Jenny ein trauriges Lebewohl. Als es soweit war, daß sie in Stews rostenden Ford Capri einstieg, brach ihr ernstes kleines Gesicht in Tränen aus, was Stew allem Anschein nach verärgerte. Ich erinnerte sie immer wieder daran, daß sie nur ans andere Ende des Dorfes zog und uns jederzeit besuchen konnte. Ich hätte fast selbst mitgeheult, als ich Bridie einen Abschiedskuß gab, aber ich machte mir von neuem klar, daß dies für Jenny einen aufregenden Einstieg ins Erwachsenenleben bedeutete. Ich frühstückte allein in der Küche zu Ende, die jetzt beinahe erschreckend still war. Roses leerer Stuhl und Bridies leeres Bettchen machten mich verzagt. Aber dann dachte ich daran, daß sich meine drei Kinder und mein Vater oben aufhielten und ich von den Menschen umgeben war, die ich am liebsten hatte.

Ivor kam herein, als ich nachdenklich an meiner letzten Toastrinde kaute.

»Hallo, mein Zuckerpfläumchen. Du siehst traurig aus«, sagte er und schenkte sich eine Tasse Tee aus der Kanne ein, die auf der Warmhalteplatte des Kohleherds stand.

Er hingegen wirkte glücklicher als ich ihn je gesehen hatte.

Seine Haare waren gebürstet, ungewöhnlich für ihn, und seine Kleider rochen nach Räucherstäbchen.

»Ich war ein wenig bedrückt. Ohne richtigen Grund. Wie schön, dich zu sehen! Wir haben uns schon seit Wochen nicht mehr richtig unterhalten.«

»Nein. Wir waren beide sehr beschäftigt, und das Haus hier ist immer voll.«

»Auf einmal kommt es mir ziemlich leer vor. Und eine Weile kommen auch keine Gäste. Bis zum Historienspiel habe ich keine Reservierungen mehr angenommen. Das ist zu viel Arbeit. Maurice hat mir ohnehin vorgeschlagen, es ganz aufzugeben, da er Beatrice und mir Geld schenken möchte. Als Entschädigung, wie er meinte, für all die Jahre, in denen er uns nicht unterstützt hat. Ich denke, er wird seine Schuldgefühle nie ganz loswerden.«

»Womöglich nicht«, sagte Ivor ziemlich abwesend. Ich fragte mich, ob er mit einem Gedicht schwanger ging. Er kehrte in letzter Zeit sehr bewußt den Künstler heraus. »Eigentlich wollte ich mit dir über etwas reden. Ich habe mich verliebt.« Er sah mich an und hatte dabei einen Gesichtsausdruck, den man schmachtend hätte nennen können. Ich jedenfalls war dazu versucht. Das Bild, das er vor sich hatte, schien aus leuchtenden, kreisenden Sternen zu bestehen.

»Ivor! Das ist ja wunderbar!«

Es wäre unfreundlich gewesen, ihn darauf hinzuweisen, daß er mir in den letzten fünfzehn Jahren mindestens einmal die Woche seine Liebe gestanden hatte. Ivor schien sich daran zu erinnern, als ich aufmunternd von meinem Platz zu ihm hochblickte.

»Für mich wirst du immer der wunderschöne Traum bleiben, der niemals Wirklichkeit werden kann. Du hast meine Liebe nie erwidert. Aber Maeve hat mir gezeigt, was ein Mann und eine Frau füreinander empfinden können. Ich habe ein Gedicht darüber verfaßt. Es ist mein bisher längstes.« Er händigte mir eine dicke Rolle Papier aus.

»Danke. Meine Güte, ist das lang! Ich werde es später lesen, wenn ich ein bißchen munterer bin.«

»Ich muß zugeben, daß ich anfangs fürchterliche Angst hatte. Maeve ist eine Frau mit großer Ausstrahlung. Zwanzig Jahre lang habe ich enthaltsam gelebt. Aber sie hat mich davon überzeugt, daß ich die Erfahrung körperlicher Liebe machen mußte, um wahrhaft organische Dichtung zu schreiben. Es war eine Offenbarung! Es macht dir doch nichts aus, wenn ich dir das anvertraue, oder?«

»Nicht das geringste.« Dem war auch mehr oder weniger so.

»Mir wird jetzt bewußt, daß ich in all diesen Jahren geschlafen habe. Maeve hat mich ins Leben zurückgebracht. Was für eine außergewöhnliche Intelligenz! Wahrhaft synoptisch! Wir unterhielten uns gestern abend darüber, eine Art pantisokratische Gemeinschaft zu bilden, wie Coleridge sie beschrieben hat. Erinnerst du dich?«

»Dunkel. Jeder ist der Boß. Eine Art Kommunismus ohne Polizeistaat. Ich sehe das System schon ziemlich heftig zusammenkrachen, wenn es darum geht, die Latrinen zu leeren.«

»Wir haben überlegt, irgendwo hinzuziehen, wo es wilder ist. Kent ist ein bißchen zu zahm. Nach Wales vielleicht.«

»Ihr werdet sehen, daß Wales heutzutage noch überlaufener ist«, murmelte ich.

»Na ja, das ist Zukunftsmusik. Was ich dir jetzt sagen möchte, ist folgendes. Maeve hat mich gebeten, bei ihr einzuziehen. Ich bin so dankbar für das kleine Häuschen, das ich all die Jahre nutzen durfte, Miranda-Schatz. Du hast mich vor dem Wahnsinn bewahrt, weißt du das?« Er beugte sich vor und nahm meine Hand. »Aber jetzt möchte ich ein anderes Leben kennenlernen. Oh, wenn du möchtest, komme ich gerne zum Arbeiten her, solange ich noch hier bin. Ich rechne nicht damit, mit meiner Poesie schon gleich viel Geld zu verdienen.«

»Natürlich möchte ich, daß du hier arbeitest. Nie werde ich einen Ersatz für dich finden, der nur halb so gut ist wie du. Und außerdem werde ich dich schrecklich vermissen. Wir sind doch so lange Zeit gute Freunde gewesen.«

»O ja, das sind wir!« stimmte er mir zu, aber es war ihm anzusehen, daß er mit seinen Gedanken nicht ganz bei der Sache war.

»Guten Morgen, Miranda, Ivor.« Maurice sah uns Hand in

Hand und wandte höflich seinen Blick ab. Er schenkte sich Kaffee ein und schnitt Brot ab.

»Ich muß los.« Ivor stand auf. »Hier ist ein Gedicht, wenn Sie da vielleicht mal einen Blick drauf werfen wollen, Maurice. Sie wissen ja, wie sehr ich Ihr Urteil schätze.«

»Es wird mir ein Vergnügen sein«, sagte Maurice und machte in Morgenmantel und Pyjama eine sehr würdevolle Verbeugung. »Das scheint ja ein sehr gefühlsbeladenes Gespräch gewesen zu sein«, meinte er, als Ivor gegangen war. »Soll ich meine lange Nase da raushalten?«

»O nein. Er wollte mich nur wissen lassen, daß er jetzt bei Maeve wohnen wird. Er ist wahnsinnig glücklich.« Ich machte eine Pause. »Das scheint jetzt wirklich genau das Richtige für ihn zu sein. Außer mir hat er in all den Jahren so gut wie keine weibliche Gesellschaft gekannt.« Ich hielt wieder inne, und Maurice, mit einer Scheibe Brot in der einen und einem Teller in der anderen Hand, sah mich an und zog eine Braue hoch. »Das Häuschen wird immer da sein, falls er es braucht. Wenn es mit ihnen nicht mehr klappen sollte.«

»Sehr freundlich und weise. Warum also dieses Gesicht, als müßtest du gleich aufs Schafott?«

»Sieht das so aus? Na ja, es ist gemein und selbstsüchtig, aber ich habe allmählich das Gefühl, als hätten alle Menschen, auf die ich mich zu verlassen pflegte, und die sich auf mich verließen, jemand anders gefunden. Ich schäme mich, aber ich muß zugeben, daß ich mir überflüssig vorkomme. Das ist bestimmt sehr kleinlich von mir, und natürlich freut es mich in einer Hinsicht auch sehr. Patience hat ihren Aubrey, Lissie wird ihr Baby bekommen und Maeve und Ivor werden einander haben. Rose hat Gott und Jenny und Bridie haben ... ach herrje, die Harkers.« Ich stand auf und umarmte ihn. »Weißt du, wenn ich dich nicht hätte, würde ich verzweifeln. Die Kinder werden, wie das ja nur recht ist, groß werden und mit anderen Menschen weggehen, die für sie dann wichtiger sind als ich. Es tut mir leid, daß ich so egozentrisch bin, aber wenn du nicht wärst, wäre ich wahrscheinlich sehr deprimiert. Aber wir können zusammen doch sehr glücklich sein, oder?«

»Nun, ich bin froh, daß ich zu etwas nütze bin. Aber jetzt

setz dich, mein Schatz, und komm wieder zu dir, und ich mache mir noch einen Toast. Das Stück hier ist nämlich voller Haare von deinem Pullover.« Er schnitt Brot auf und kochte frischen Tee, während ich gehorsam sitzen blieb und versuchte, nicht Trübsal zu blasen. »Jetzt hör mir mal zu, meine Liebe. Ich hoffe, daß du und ich noch viele der mir verbleibenden Jahre miteinander verbringen können. Aber du bist noch immer eine junge Frau, und es steht außer Frage, daß du dich an mich bindest. In meinem Alter bin ich es ganz zufrieden, in den Kulissen zu warten und das Handtuch zu halten. Du mußt und wirst jemanden deines Alters finden, mit dem du richtig zusammenleben kannst.«

»O nein! Das will ich doch gar nicht!«

Maurice hielt seinen Zeigefinger hoch. »Töchterlichen Ungehorsam dulde ich nicht. Mein Entschluß steht fest.«

»Na gut«, ich mußte einfach lachen, »wir werden sehen.«

»Gut. Und jetzt müssen wir uns auf einen Besuch vorbereiten. Kein Geringerer als der große Filmregisseur Presley O. Powlburger hat mir geschrieben, daß er sich gerne davon überzeugen würde, welche Fortschritte sein in Auftrag gegebenes Seestück macht. Er wird in zwei Wochen nach England kommen. Was meinst du? Sollen wir ihn einladen, hier zu wohnen oder ihm das Magpie and Stump empfehlen?«

»In zwei Wochen? Das ist genau die Zeit des Historienspiels. Aber wenn er allein kommt, ginge das in Ordnung. Oder bringt er seinen Hofstaat mit?«

»Nein. Seine Frau besucht Verwandte in London.«

Wir kamen überein, daß Maurice ihm einen Brief mit einer Einladung nach Westray schreiben sollte. Da es ein wirklich schöner, milder Tag war, machten wir später ein Picknick am Strand, und Maurice entwarf einige Skizzen zu seinem großen Werk. Ich entspannte mich bei hartgekochten Eiern, kaltem Hühnchen und Tomaten mit der üblichen Würze aus Sand, und der Wind blies uns dazu noch Salz vom Meer ins Gesicht. Ich sah zu, wie die Kinder mit dem üblichen schrillen Schrei derer, die sich von der Nordsee umarmen lassen, in die Wellen rannten. Nachdem James so weit hinausgeschwommen war, daß meine Augen bei dem Versuch, seinen Kopf in dem glitzernden, flüssigen Silber zu verfolgen, tränten, ließ er sich neben mir auf die Decke fallen und rieb sich mit aller Kraft trocken.

»Da fühlt man sich gleich viel besser. Ich weiß nicht, warum du nicht jeden Tag schwimmst. Du wärst so fit.«

»Das hat wahrscheinlich damit zu tun, daß es eiskalt und voller Quallen und gefährlicher Strömungen ist, vielleicht auch noch voller Seetang, und außerdem habe ich zuviel zu tun.«

»Wenn diese Prüfungen vorbei sind, werde ich mir irgendeine Arbeit im Freien suchen. Bäume fällen oder Trockenmauern bauen. Ich möchte dann monatelang kein Buch mehr sehen.«

»Bist du jetzt davon abgekommen, noch ein siebtes Trimester zu bleiben und es in Oxford zu versuchen?«

»Ich weiß nicht. Ist das Früchtekuchen? Ja, bitte. Das hängt alles davon ab, wie gut ich abschneide.«

»Aber du hast so hart gearbeitet! Natürlich geht das gut!«

»Genau das ist es, weißt du. Klar erwarte ich, daß ich es schaffe. Aber noch ist nichts entschieden. Alles, was ich bisher geleistet habe, zählt überhaupt nichts, wenn ich es nicht während der Prüfungsstunden aufs Papier bringe. Und es ist durchaus möglich, daß mir plötzlich überhaupt nichts mehr einfällt.«

»Das wird nicht passieren, mein Schatz. Ich habe ganz großes Vertrauen in dich.«

»Genau das ist es ja, was mir so verdammt viel Angst macht.«

»O James! Ich verstehe, was du meinst. Das war dumm von mir –« Aber er war schon aufgestanden und zum Strand gelaufen, wo Henry versuchte, Steine übers Wasser springen zu lassen. Während Maurice Skizzen machte und die Kinder schwammen oder lasen, döste ich unbequem auf der sandigen, feuchten Picknickdecke und merkte immer wieder, wie ich in unruhige Träume entschwebte. Ich wurde wach, als meine Kinder mit Triumphgeschrei die Flut begrüßten, die in den Wallgraben einer prächtigen Sandburg Einzug hielt, bei deren Bau James Henry geholfen hatte. Es gab Türme und Zinnen, und Klappmessermuscheln stellten die Soldaten dar. Maurice hatte drei bemalte Papierbanner beigesteuert, die an Stöcken wehten, und selbst Elizabeth hatte sich von ihrem Sonnenbad erhoben, um Seetang und Muscheln für die Verzierung zu sammeln. Ich ging zu ihnen und sah zu, wie das schaumgefleckte braune Wasser an den Rändern des Wallgrabens leckte und an den Fundamenten von Brücken und Dämmen nagte.

»Das ist die beste Burg, die du je gemacht hast, Henry«, lobte ich ihn begeistert. »Schade, daß ich meine Kamera nicht mitgebracht habe. Dieser Wachtturm ist ganz hervorragend!«

»Den hat James gemacht«, sagte Henry ein wenig schmollend. »Ich wollte nur etwas ganz Kleines und Einfaches machen, aber alle waren ganz wild darauf, mir zu helfen und taten so, als täten sie mir damit einen Gefallen, dabei hat es ihnen einfach nur Spaß gemacht.«

»Soll ich dich da jetzt draufwerfen?« James hob ihn hoch über seine Schultern. »Wir machen sie platt, sollen wir?«

»Au! Nein! Du kitzelst mich! Hör auf!« kicherte Henry. »Nicht doch! Nicht!«

»Dann sag, daß du für unsere Hilfe dankbar bist.«

Es kam zu einem Kampf, wie Henry ihn liebte. Ich sah es gerne, daß James alt genug war, um bei Henry den Platz seines Vaters einzunehmen. Doch der sadistische Humor von Jack fehlte James zum Glück. Jack hatte Moral für Heuchelei gehalten. James war, das merkte man, ein besserer Führer. Als es kühl zu werden begann, brachen wir auf, und ein Schwarm Möwen fiel über die Reste des Hähnchens und das Brot her, das wir auf einen Felsen über der anrollenden Flut gelegt hatten.

»Du wirkst so fröhlich, Elizabeth«, sagte ich, als sie am Spülstein stand und sich vor dem Abendessen die Hände wusch.

»Ich hatte einen schönen Ausritt mit Puck. Er kam heute sehr gut voran. Aber langsam wird er für mich ein bißchen zu klein. Wie gut, daß wir ihn zum Einspannen brauchen können. Ich könnte es nicht ertragen, wenn wir ihn verkaufen müßten.«

Zu dem Zeitpunkt gab ich mich mit dieser Erklärung für Elizabeths bemerkenswert gute Laune zufrieden. Sie sah besonders hübsch und sehr erwachsen aus mit ihrem flachsfarbenen Haar, das sie zum Nackenzopf geflochten hatte, und dem dezent aufgetragenen Make-up. Sie trug ein neues Kleid, das Maurice ihr gekauft hatte. Es war scharlachrot, eine Farbe, die ich sie noch nie hatte tragen sehen, die ihr aber sehr gut stand.

»Übrigens«, erzählte sie ein wenig später, als sie mit ihrem Löffel etwas Eierauflauf von ihrem Teller nahm, »bin ich Mrs. Scranton-Jones begegnet, als ich heute abend durchs Dorf zurück ritt. Sie fragte mich, wie es dir ginge, und meinte, wie leid ihr das mit Rose täte. Sie wollte wissen, woran Rose gestorben ist. Ich sagte, es sei Müdigkeit gewesen.«

»Diese Frau ist doch ein schreckliches Klatschweib«, schimpfte ich. »Das ist doch wirklich unerhört.«

»Sie wollte wissen, ob Rory sich um sie gekümmert hätte. Er hat einen neuen Job, wie sie behauptet. Wo, hat sie nicht gesagt. Und er hat seine Verlobung mit Annabel Vavasour gelöst.«

Kapitel 28

»Das ist ja sagenhaft, Maurice!« Presley O. Powlburger prüfte das riesige Seestück. »Sie haben es getroffen! Die Gewalt! Das Unversöhnliche! Shakespeares rauhe, wilde See! Ich wußte, daß ich mit Ihnen keinen Fehlgriff getan habe! Das ist wahre Leidenschaft!«

Maurice und ich standen ein Stück hinter dem Filmregisseur, der in der Remise auf und ab lief, die Arme weit ausgebreitet, Zigarre im Mund, den Kopf in den Nacken geworfen. Presley, wie wir ihn nennen sollten, war gerade mal anderthalb Meter groß, hatte einen kahlen, von schwarzen Locken umkränzten Schädel, eine lange, dicke Nase, einen sich wölbenden Bauch und lächerlich kurze Beine. Aber wenn man seine Augen sah, voller Eifer, dunkel und intelligent, vergaß man, ihn als Witzfigur zu sehen.

»Als ich in dieser Galerie in der Albemarle Street ihre kleinen Bilder sah, Maurice, sagte ich mir: ›Der Junge hat mehr auf dem Kasten.‹ Vollendet waren sie, leidenschaftlich nicht! Ich dachte mir, was dieser Mann braucht, ist Weite! Er soll es groß machen! Kühn machen! Gib dem Mann eine Chance, locker zu werden. Bewegung. Ja und! Habe ich nicht recht gehabt?«

»Ja, es freut mich, wenn es Ihnen gefällt...«, fing Maurice zaghaft an.

»Gefallen! Es *gefällt* mir nicht, Maurice! Dieses Wort kommt in meinem Wortschatz nicht vor. Ich bin versessen darauf! Wenn ich nicht auf etwas versessen bin, fällt es durch! Für Gefallen und dergleichen habe ich keine Zeit. Mich muß etwas hier ansprechen!« Und dabei klopfte er sich mit einer Heftigkeit auf seine Brust, daß der Herzrhythmus eines schwächeren Mannes durcheinandergekommen wäre. »Oder es interessiert mich nicht!«

»Es ist natürlich noch nicht fertig.«

»Fertig? Ein Kunstwerk ist nie fertig, Maurice. Das brauchen Sie mir nicht zu sagen! Wir schicken unsere Kinder halb nackt in die Welt. Aber mehr *können* wir nicht tun. Wenn ich neun Monate an einem Film gearbeitet habe, sage ich mir, daß es langsam Zeit ist aufzuhören. Natürlich möchte ich weitermachen – ihn schöner machen, den perfektesten kleinen Film machen, den man sich je vorstellen kann! Aber ich weiß, daß danach jeden Tag etwas verlorengeht. Ich arbeite nur noch oberflächlich. Ich verdecke das Herz des Ganzen. Ich pfusche mit Kosmetik. Der Geist des Stücks ist schon ausgebildet, wie unausgeformt auch immer, und dann kommt eine Zeit, da muß man es loslassen. Man muß sagen: ›Gehe hinaus und lasse dich richten. *Mea culpa.*‹« Presley nahm die Zigarre von seinen Lippen und verharrte eine Weile gesenkten Hauptes.

»Ich gebe Ihnen recht, Presley«, sagte Maurice und sprang in diese Gesprächslücke, »aber ich würde gerne noch ein wenig an den –«

»Ich will Ihnen nicht in Ihre Arbeit hineinreden, Maurice. Sie machen weiter. Noch ist es nicht mein Gemälde. Und bis ich Ihnen nicht das Geld dafür gegeben habe, habe ich auch kein Recht, etwas dazu zu sagen. Aber denken Sie daran: Jeder Pinselschwinger kann eine Welle malen. Sie haben hier etwas anderes geschaffen – da ist Wüten und *malocchio* drin. Ja, Baby, die See ist eine Bestie!«

Beim Tee im Wohnzimmer informierte uns Presley über seine Reisepläne. Während Loelia, seine Frau, wie jedes Jahr ihre englischen Cousinen besuchte, machte er immer eine Pilgerfahrt nach Stratford, um Shakespeare seine Referenz zu erweisen. »Ich glaube an Gott, weil für mich hinter den Worten

Shakespeares göttliche Inspiration steht. Die Menschen werden immer nach dem Beweis suchen, daß eine andere Welt existiert. Ich sage ihnen: ›Lest Shakespeare. Da habt ihr euren Beweis. Kein Sterblicher kann solche Poesie ohne Hilfe von oben geschrieben haben.‹ Ich bin ein einfacher Mann, Mrs. Stowe, und wenn ich Beweis in großen, anderthalb Kilometer hohen Buchstaben geschrieben sehe, dann will es auch glauben.«

»Ich glaube das keine Sekunde, Presley – daß Sie ein einfacher Mann sind, meine ich. Bitte nennen Sie mich Miranda.«

»Danke für das Kompliment. Das mache ich. Sagen Sie, dieser Raum hier ist ...«, er küßte die Spitzen seiner kleinen Wurstfinger und machte eine große Geste mit der Hand, »... reinste Anmut. Alles, was der Mensch an Gutem zu bieten hat, ist hier in diesem einen Raum. Schönheit, Handwerkskunst, Ausdauer, Bequemlichkeit, Respekt – alles hier! Ich habe in meinem Leben schon einige schöne Räume gesehen, aber im allgemeinen entdecke ich dabei Dinge, die ich nicht so gut finde – Eitelkeit, Zurschaustellung, Tricks. Was meinen Sie dazu, Miranda?«

»Nun«, ich blickte mich um, »ich hätte es selbst nicht besser formulieren können. Hier ist eine Einheit –«

»Einheit!« Presley schug sich aufs Knie. »Ist dieses Mädchen ein Wortschmied? Scheinwerfer an! Und dieser ausgezeichnete Kuchen hier! Wissen Sie das überhaupt?«

Das gibt eine Vorstellung davon, wie sich der Umgang mit Presley gestaltete. Da er jedes kleinste Detail seiner Wahrnehmung intensivster Musterung unterzog und es in den übertriebensten Begriffen bewertete, war er ziemlich anstrengend. Gefiel ihm etwas nicht, warf er es beiseite und verschwendete nie wieder einen Gedanken daran. Aber seine Begeisterung war grenzenlos, und da er wirklich kritisch war, gab einem sein Beifall großen Auftrieb. Er mochte Westray mit der Begeisterung, die ich für angemessen hielt. Er lobte großzügig Elizabeths Schönheit, Maurice' Talent, Jaspers Treue, Dinkies Unabhängigkeit, Sukies verführerische Eleganz und meine Küche. Unter seinen kritischen Augen blühten wir deshalb alle auf und strengten uns erneut an. Es war berauschend.

Als Presley am Nachmittag nach seiner Ankunft Ivor im Garten traf, brauchte er keine zwei Minuten, um sich davon zu überzeugen, daß Ivor nicht ein schwielenhändiger Sohn der Erde war, sondern ein Dichter, der Großes erwarten ließ. Er forderte Ivor dazu auf, seine Gedichtsammlung mit ins Haus zu bringen, wo er dann zwei Stunden in der Bibliothek Weinbrand schlürfend und Zigarren paffend damit zubrachte, sie zu lesen. Als Ivor am nächsten Morgen mit dem Brennholz hereinkam, ließ Presley ihn Platz nehmen und ging mit ihm jedes Gedicht Zeile für Zeile durch, um sicherzugehen, daß er das Wesentliche erfaßt hatte. Auch um Ivors glückliche Wortwahl zu loben oder einen besonderen Ausdruck, oder ihn zu fragen, ob er das auch so gemeint hatte.

Anfangs hatte ich Sorge, Ivor könnte sich von Presleys Kritik angegriffen fühlen. Aber Ivor freute sich so sehr, jemanden gefunden zu haben, der sowohl geduldig als auch energisch genug war, seine Arbeit bis ins kleinste Detail durchzusprechen, daß er sich ausgesprochen glücklich schätzte. Gemeinsam dachten sie über Sätze nach und reizten sie aus, bis sie ihrer Bedeutung so nah wie möglich gekommen waren.

»Sagen Sie, Miranda«, sagte Presley, als ich den beiden vor dem Mittagessen ein Glas Wein brachte. »Das ist ein verdammt guter Kopf hier. Wissen Sie das? Eine humanistische Bildung ist doch kaum zu übertreffen. Ich hatte nie eine, aber wenn ich wieder zurück in die Staaten komme, werde ich mit Vergil anfangen. Ivor meint, daß ich zu ihm am leichtesten den Zugang finden würde. Heute habe ich etwas gelernt! Warten Sie, bis ich es Loelia erzählt habe! Sie ist immer dahinter her, daß ich außer Shakespeare auch mal etwas anderes lese. Das Problem ist aber, daß ich diese ganzen gottverdammten Drehbücher lesen muß. Junge, Junge! Das ist wie Scheiße essen. Verzeihung, Miranda, aber wenn Sie sähen, was die einem anbieten!«

»Bleibst du zum Mittagessen, Ivor?« fragte ich und kam mit mir überein, nicht das Hochbinden der Staudenrabatte zu erwähnen, was seine eigentliche Aufgabe an diesem Morgen gewesen wäre. Keiner konnte besser nachfühlen als ich, daß man die Muse umwerben und nicht kommandieren durfte. »Wir essen heute zeitig, wegen der Kostümprobe am Nachmittag.«

Presley stürzte sich darauf wie ein Terrier auf eine Ratte. »Sie führen hier ein Stück auf?«

»Es ist ein Historienspiel. Die Geschichte Kents mit besonderer Hervorhebung der Ereignisse, die hier in diesem Dorf stattgefunden haben.«

»Nein, so was! Das ist ja wunderbar! Mein nächster Film ist historisch. Vielleicht kann ich von eurem Historienspiel etwas übernehmen. Was ist der Unterschied zwischen einem Historienspiel und einem Geschichtsdrama?«

»Ich denke, im Historienspiel geht es nur um die Darstellung historischer Ereignisse. Es hat keine soziale oder philosophische Aussage.«

»Sieh an, mir gefällt, wie das Mädchen redet! Ich hab's kapiert. Was dagegen, wenn ich mitkomme?«

»Wir wären höchst erfreut.«

Während des Mittagessens war ich ein wenig in Sorge, wie Aubrey auf Presleys Gesprächsstil reagieren würde. In den letzten Tagen war Aubrey wegen der kräftezehrenden Produktion fast zu einem geistigen Wrack verkommen, und nur Patience' Unterstützung hatte seinen Zusammenbruch verhindern können. Doch ich hatte nicht mit Presleys Intelligenz und Takt gerechnet. Als ich Aubrey Presley vorstellte, ging er gleich in Abwehrhaltung, verteidigte fast trotzig sein Lieblingskind.

Wie ein Polizist am Piccadilly Circus schnitt ihm Presley seine Entschuldigungen und Erklärungen mit erhobener Hand ab. »Sagen Sie nichts mehr, Aubrey. Wir lassen es einfach laufen. Eine Aufführung animiert. Ich werde einfach still hier sitzen und diese ausgezeichnete Zigarre genießen.« Er besah sich die ausgebleichten Steinbassins der Springbrunnen, in denen gigantische Pferde mitten im Eintauchen erstarrt waren und Seeungeheuer sich in Luft suhlten. »Man sollte das restaurieren lassen. Sie wurden errichtet, damit man sich an ihnen erfreut, wenn Wasser darin fließt. Ihr Engländer wißt gar nicht zu schätzen, was ihr habt. Wahrscheinlich, weil ihr so viel davon habt.«

»Es wird wohl eher am Geld liegen«, erwiderte ich und setzte mich mit dem Skript in der Hand neben ihn. Obwohl ich das ganze Ding überarbeitet und die Rollen leichter gemacht hatte, gab es noch immer welche, die sich keine ganze Rede merken konnten. Und da meine Aufgabe als Gewandmeisterin mehr oder weniger zu einem Ende gekommen war, wurde ich zur Souffleuse.

Aubrey machte ein Handzeichen, um den Beginn des Historienspiels anzuzeigen. Linda Mayhew, die Besitzerin der örtlichen Reitschule kam im Kanter auf ihrem weißen Pferd angeritten. Sie war in leuchtendes Gelb gekleidet.

»Ich fürchte, die Farbe war etwas kräftig«, flüsterte ich entschuldigend Presley zu. Er hatte seine Zigarre zwischen den Zähnen, und seine wegen der Sonne schmalen Augen beobachteten sehr genau, wie Linda einen ganzen Kreis galoppierte und dann direkt vor uns zum Stehen kam.

»Liebe Freunde!« keuchte sie. »Stellt euch, sofern ihr wollt, diesen grünen Rasen als das Schlachtfeld Kent vor. Diese verkohlten, hohlen Ruinen werden sich mit Licht und Leben füllen, wenn wir vor euch Szenen des Verrats, der Tragödie und des Ruhms ausbreiten. Hier liegt das schäumende Meer.« Linda keuchte und machte eine schwungvolle Geste, bei der ihr Pferd scheute.

»Einen Moment, Linda!« rief Aubrey. »Vielleicht solltest du doch lieber im Trab hereinkommen, das wäre besser. Du wärst dann nicht so außer Atem.«

»Ich fürchte, es ist kein sonderlich originelles Stück«, sagte ich zu Presley.

»*Au contraire*. Ich finde es sehr interessant.«

Linda plapperte weiter und stolperte dabei so viele Male über das Wort »verlustreich«, daß ich es aus dem Skript strich und sie bat, statt dessen »mörderisch« zu sagen.

»Das ist dann das dritte ›mörderisch‹ in vier Zeilen«, protestierte sie.

»Dann ist es das eben. Du meine Güte! Dann sagst du eben ›grausam‹.«

Das Historienspiel ging wegen der ständigen Unterbrechungen durch Aubrey oder mich so langsam voran, daß ich Presleys Anwesenheit ganz vergaß, so ruhig und aufmerksam verfolgte er das Spektakel. Drei Stunden später schlug George Partridge in der Rolle Charles' II. einen knienden Horace Birt zum Ritter Sir William Wychford, und sämtliche Mitwirkenden stellten sich auf, um ihren Applaus entgegenzunehmen.

Presley klatschte lauter als alle. »Bravo, bravo!« rief er zum Entzücken aller Beteiligten. »Ihr Leute habt hier wirklich was geleistet. Ich muß schon sagen, ich bin beeindruckt!«

»Es hat Ihnen wirklich gefallen?« Aubrey strahlte.

»Ja! Es hat meine Zustimmung! Es sind da nur ein, zwei Kleinigkeiten, aber ich weiß ja nicht, ob Sie auf einen alten Hollywoodhasen hören wollen …«

»Bitte!« meinte Aubrey begeistert.

»In Ordnung. Also, ich sage jetzt, was ich zu sagen habe, und dann können Sie mich in meine Schranken verweisen.« Presley streckte sich, um einen Augenblick lang onkelhaft seinen Arm um Aubreys Hals zu legen, dann klopfte er seine Zigarre aus und dehnte seine Armmuskeln.

»Also«, bellte er. »Hören mich alle? Gut. Bis auf die Adligen machen sich jetzt alle mal schmutzig. Ihr müßt daran denken, daß es so etwas wie ein Badezimmer nicht gab. Ihr stinkt, ihr kratzt euch wegen der Läuse, ihr putzt euch nie die Zähne. Es gibt keine chemische Reinigung. Eure Häuser sind dreckig, euch friert, ihr seid oft hungrig und froh, wenn ihr die Vierzig erreicht. Die meisten eurer Babys sterben. Ihr Kinder, weg mit den Schuhen. Ihr Männer, keine Brillen oder Uhren.«

Es war interessant zuzusehen, wie sich alle beeilten, zu tun wie ihnen geheißen wurde. Als ich den zaghaften Vorschlag gewagt hatte, Frank Causeman seine Tweedkappe auszureden, damit seine Darstellung von Sir Thomas Wyatt glaubhafter würde, hatte seine Frau mir doch allen Ernstes erklärt, daß Frank sich am Kopf leicht erkältete. Dabei hatte Patience – wie ich der Frau erklärte – ihm einen perfekten warmen Samthut gemacht, komplett mit Feder, der zu seinem Wams mit seidenunterlegten Schlitzen und der Hose paßte. Aber sie hatte mich befriedigt aufgeklärt, daß der Samt auf der Stirn einen häßlichen Ausschlag hervorgerufen habe. Jetzt war die flache Mütze weg, ebenso wie Betty Higgs' schwungvoll nach oben gezogenes Brillengestell mit den Straßsteinen und verschiedene andere Anachronismen, an die sich ihre Besitzer mit wahnsinniger Hartnäckigkeit geklammert hatten.

»Jetzt fangen wir mit dem Ende an und arbeiten uns zum Anfang vor«, sagte Presley und ging dabei vor der herausgeputzten Menge auf und ab, die sich vor ihm versammelt hatte und ihm an den Lippen hing. »Das wird uns aufrütteln, uns zum Nachdenken anregen. Ihr habt ein prima Skript bekommen. Wünschte, ich hätte so gutes Material! Sie da!« Er zeigte mit dem Finger auf George, der kummervoll zwischen seiner langen Lockenperücke hervorlugte und mich an die Komikfigur Goofy erinnerte. »Das war ein guter König Charles. Ein wirklicher Edelmann. Aber Sie sind nicht hier an die Küste gekommen, um eine Runde Golf zu spielen. Sie wollen, daß diese Leute hier Sie lieben, richtig? Ihrem alten Herrn hat man den Kopf abgeschlagen! Es steht viel auf dem Spiel! Sie müssen diesen Leuten gefallen. Halten Sie den Kopf hoch, drücken Sie Ihre Brust heraus. Lassen Sie sich Ihre Freude anmerken, sie zu sehen! Und ihr Leute, das ist euer König. Er ist ein sehr mächtiger Mann. Einige von euch sind sich ihrer Vergangenheit nicht so ganz sicher. Ihr habt euch vielleicht ein paar puritanische Ausrutscher geleistet. Zeigt ihm, auf wessen Seite ihr steht. Wir wollen kein verhaltenes Gekicher hören, sondern Bravorufe! Nehmen Sie das mit auf den Weg, Euer Majestät!«

George richtete sich auf und schritt von dem angedeuteten Schiffsbug.

»Festhalten! Requisite!« Patience eilte herbei. »Dieser Mann muß mit wahrhaft königlicher Würde aussteigen. Es wäre nur vernünftig, wenn er etwas hätte, woraus er steigen kann! Gebt dem Jungen ein Boot.«

»Boot«, schrieb Patience gehorsam auf ihre Liste.

»Und jetzt, ihr Leute, laßt hören, wie ihr den zukünftigen König Englands bejubelt!«

Freudenrufe wurden laut. Presley schüttelte den Kopf. »Ihr hört euch an wie ein literarisches Damenkränzchen. Zeigt diesem Mann, daß er euch wichtig ist! Ihr wollt, daß er euch liebt! Er kann euch eine Grafschaft schenken oder euch die Zunge herausschneiden! Werft eure Köpfe in den Nacken! Laßt es hören!«

Die Menge brüllte los.

»Das kommt der Sache schon näher! Aber ihr seid alle zu

steif. Ich weiß! Wir brauchen Tiere! Jeder, der einen Hund hat, bringt ihn mit. Es sei denn getrimmte Pudel. Schert euch nicht darum, wenn sie kämpfen. Das Mittelalter war blutig. Hat jemand einen Esel? Großartig! Bringen Sie ihn mit. Wie wär's mit Gänsen?«

Die Sonne ging schon fast unter, als Presley damit fertig war, die Schauspieler auf Vordermann zu bringen. Die Kinder gähnten, und bei den Erwachsenen regte sich Widerstand.

»Okay. Schnitt!« brüllte Presley. »Das war's für heute, Leute. Ihr habt gut mitgemacht. Ich glaube langsam daran, daß ihr morgen eine gute Aufführung hinlegt.« Presley klatschte begeistert in die Hände. »Und jetzt denkt dran, schauspielern ist eine Sache der Eingeweide! Ihr müßt es *spüren*. Hören Sie, Aub! Ich hatte gerade eine großartige Idee! Ich möchte für all diese guten Leute eine Party nach der Aufführung geben. Was meinen Sie?«

»Nun, das klingt sehr freundlich und großzügig –«

»Großartig! Ich lade euch alle ein! Es gibt Bier und Wein. Champagner! Warum nicht? Ich werde meine Gastgeberin Miranda befragen, wo wir das Essen bestellen können.«

Bei der Erwähnung freier Getränke kam Leben in die erschöpfte Schauspielertruppe.

»Entschuldigen Sie, Mr. Powlburger«, ergriff Mr. Higgs das Wort, der es als Präsident des Fraueninstituts gewohnt war, die Führung zu übernehmen. »Da Sie schon so freundlich sind, und uns den Wein und was sonst noch alles spendieren und außerdem Ihre wertvolle Erfahrung zugute kommen lassen, wäre es doch nur recht, wenn *wir* für das Essen sorgten. Was sagt ihr, meine Damen? Es sollte was sein, wozu man kaum Geschirr braucht. Appetithäppchen, Hände hoch. Jetzt Nachtisch, Hände hoch.«

Somit war die Frage des Essens schnell und gekonnt gelöst.

»Wenn Sie die Party gerne bei uns oben im Haus ausrichten möchten«, brachte ich zaghaft an, »dann wäre mir das nur recht.«

»Miranda, Baby, das ist eine verdammt gute Idee! Was sagt ihr dazu, Leute? Ist das nicht eine schrecklich nette Einladung?«

Ich konnte sehen, daß eine oder zwei aus der Besetzung, wie etwa Mrs. Veal, die in einem fuchsienfarbenen Mieder mit Umhang prächtig aussah, zwischen Neugier und Feindseligkeit hin- und hergerissen wurden, aber im allgemeinen waren die Leute von dieser Idee begeistert.

»Hoffe nur, daß das nicht zuviel Arbeit macht, Miranda«, meinte Presley, als wir in der Bibliothek vor dem Abendessen unsere schmerzenden Körper mit einer Flasche Chambertin wieder aufrichteten. »Maurice und ich werden wohl am besten nach dem Fest das Geschirr spülen, oder?«

»Machen Sie sich deswegen keine Sorgen«, sagte ich und streifte meine Schuhe ab, bevor ich mich aufs Sofa kuschelte. »Mrs. Higgs wird schon eine Delegation ihrer Mitglieder des Fraueninstituts dazu zwingen, das zu übernehmen. Dieses Haus wird danach so sauber sein wie nie zuvor. Sie haben das ganze Historienspiel so aufgemöbelt, daß ich wegen morgen schon ganz aufgeregt bin. Stellen Sie sich nur all die Tiere vor!«

»Das wird dem Ganzen Schwung geben! Man muß sie frei machen. Für Amateure waren sie jedoch gar nicht schlecht, und Ihre Freundin, die Heilige Jungfrau, die war wirklich gut! Das Mädchen hat Talent!«

»Da bin ich Ihrer Meinung. Sie war hervorragend heute. Ich wußte gar nicht, daß sie das kann. Glauben Sie, sie könnte damit ihren Lebensunterhalt verdienen?«

Presley lachte und schüttelte den Kopf. »Wenn ich jedesmal einen Dollar bekommen hätte, wenn man mich das gefragt hat! Hübsche Mädchen, die spielen können, gibt es wie Sand am Meer. Aber beim Film, da braucht es noch etwas mehr ... etwas, das einen dazu bringt, daß man jemanden auf der Leinwand lange anschauen möchte. Und das hat nichts mit gutem, sondern mit interessantem Aussehen zu tun. Man kann das erst sagen, wenn man jemanden auf Zelluloid aufgenommen hat. Und hat man diese Qualität, dann braucht man noch jede Menge Glück. Das ist ein Weg, zu dem ich nicht mal meiner besten Freundin raten würde. Nein, Sir!«

»Tut mir leid, daß Lissie heute nicht da war. Sie ist die Edle Dame von Kent, sehr hübsch, und für die Rolle gut geeignet.

Sie mußte heute zu ihrem Gynäkologen nach London. Sie bekommt im Oktober ein Baby.«

»Loelia und ich konnten keine Kinder bekommen. Es hat mir nie etwas ausgemacht. Als wir es erfuhren, sagte Loelia zu mir: ›Pop‹ – so nennt sie mich nämlich, es sind meine Initialen – ›Pop, wenn du jemals wegen so einem kleinen Ding niedergedrückt sein solltest, werde ich wirklich böse auf dich. Wir haben uns und haben eine schöne Zeit miteinander. Es ist gottlos, wegen etwas zu grollen, was man nicht haben kann. Damit wollen wir keine Zeit verschwenden.‹ So eine wie sie findet man nicht so leicht. Aber wenn ich euch beide sehe, genau wie Vater und Tochter sein sollen, dann spüre ich doch etwas Neid.«

»Sie dürfen nicht vergessen, daß nicht alle Männer so glücklich sind wie ich«, sagte Maurice. Er schob seine Lippen vor und kniff die Augen zusammen, weil er gerade eine Skizze von Presley machte. »Ich bin mit zwei wunderbaren Töchtern gesegnet und habe sie kein bißchen verdient.«

Sofort stürzte Presley sich darauf, aber Maurice lächelte nur, schüttelte den Kopf und ließ sich nicht überreden. Wir waren übereingekommen, daß es aus Fairneß gegenüber Fabia besser sei, wenn so wenig Menschen wie möglich unser Geheimnis kannten. Bis jetzt war es nur den Kindern und Lissie erzählt worden. Aubrey, Patience, Maeve und Ivor waren natürlich beim *dénouement* zugegen gewesen.

»Na gut, wenn Sie nicht reden wollen, werde ich vor dem Essen dieses kleine Buch lesen. Ich habe es in der Kirche mitgenommen. *Eine Geschichte Westrays*. Als ich sah, daß meine Gastgeberin es geschrieben hat, wußte ich, daß ich das haben mußte!«

»Oh, das ist sehr nett von Ihnen. Es ist wirklich nur eine ganz kleine Sache.«

Presley lächelte nur, zündete sich seine Zigarre an und fing zu lesen an, konzentriert, mit krauser Stirn. Als das Abendessen fertig war, las er noch immer. Er war beim Essen ziemlich abwesend und vertiefte sich auch beim Kaffee im Wohnzimmer wieder ins Buch. Ich fühlte mich geschmeichelt. Maurice zeichnete weiter, und ich nahm an Linda Mayhews Kleid ein paar letzte Änderungen vor. Als ich um zehn Uhr aufstand, um ins Bett zu gehen, winkte Presley mich mit einer Bewegung seiner Zigarre auf meinen Platz zurück. »Meine liebste Miranda, Sie können schreiben. Nein, damit wollen wir uns jetzt nicht aufhalten«, als ich anfing, jede derartige Fähigkeit abzustreiten, »lassen Sie es sich von Pop sagen. Er weiß es. Ich verbringe fast genausoviel Zeit mit Lesen wie mit Regie führen, und ich sage Ihnen, daß einem die Schauspielerinnen nur so vor die Füße purzeln, Schreiber aber so selten sind wie Regen in der Wüste. Sie kennen doch Ihren Dichter, Robert Gray?« Ich nickte. »Nun, er sagte etwas über ›Gedanken, die atmen, und Worte, die brennen.‹ Man muß in der Lage sein, einen Satz zu bilden, der Funken sprüht. Ich selbst kann das nicht, aber ich spüre es, wenn ich sehe. Das Skript war gut. Und damit meine ich nicht, daß es in Ordnung war. Ich meine schon gut! Das hier ist hervorragend! Haben Sie außer diesem hier noch irgendwelche Erfahrungen gemacht?«

»Nein. Ich habe in Oxford Geschichte studiert, aber dann geheiratet und auch gleich Kinder bekommen.«

»Huhu. Na ja, vielleicht war das nur gut so. Das hier atmet eine mit Intelligenz verbundene Frische. Ich werde ein Risiko wagen, Miranda. Und wenn Pop ein Risiko eingeht, bedauert er das selten, weil es ein kalkuliertes ist. Hätten Sie nicht Lust, das Skript für meinen nächsten Film zu schreiben?«

»Das ist doch nicht Ihr Ernst?«

»Mir war nie etwas ernster.«

»Aber, ich ... ich.« Ich war fast sprachlos. »Ich weiß gar nicht, wie man so etwas macht. Ich komme kaum dazu, ins Kino zu gehen.«

»Ausgezeichnet! Ich will auch kein modisch nachgemachtes Zeug. Ich möchte, daß es aus dem Bauch heraus kommt. Ich möchte Eingeweide, Schweiß, Wildheit.«

»Aber, Presley, das kann ich Ihnen bestimmt nicht liefern. Ich bin keine Künstlerin, sondern eine Mutter von drei Kindern, der die Gesellschaft übel mitspielt und die voller Angst ist.«

»Also, Miranda, von diesen Stereotypen müssen Sie sich lösen. Ich ernähre mich gesund, dröhne mich nicht mit Drogen voll und gehe auch nicht mit den Frauen anderer Männer ins Bett. Das heißt aber nicht, daß ich kein Künstler bin. Sie haben Gefühle. Ich habe Gefühle. Mehr braucht es nicht. Das, und die Gabe, sie zu vermitteln. ›Da liegt der Hase im Pfeffer‹, wie Will sagen würde. Und ich versichere Ihnen, daß Sie diese Gabe haben! Jetzt hören Sie mir mal zu. Ich werde einen Film machen, der die Grenzen über den Haufen werfen wird. In der Kunst des Filmemachens findet Großes statt. Wir bekommen neue Weitwinkellinsen und Filme, die so schnell sind, daß wir für die Aufnahmen viel weniger Licht benötigen. Ich werde einen Film mit natürlicher Beleuchtung machen. Er spielt im achtzehnten Jahrhundert, dem eleganten Zeitalter, nur Kerzenlicht, es wird ganz einmalig. Und da ist dieses Kind, Fanny Burney –«

»Meinen Sie die Tagebuchschreiberin?«

»Sie kennen sie?« Presley schlug sich begeistert auf den Schenkel: »Aber natürlich, das hätte ich mir ja denken können! Ein kluges Mädchen wie Sie. Sie kennen ihren Roman?«

»Meinen Sie *Evalina*? Ja. Das ist ihr bester, finde ich, aber es gibt noch drei andere.«

»Junge, Junge! Warten Sie, bis ich Loelia von Ihnen erzählt habe! Meine Idee ist folgende. Ich möchte einen Film über ihr Leben drehen, das sie am Hof des armen alten verrückten George III. geführt hat, und aufzeigen, wo die Wurzeln ihres kreativen Lebens liegen. Evalina ist, wie Sie wissen, ein junges Mädchen, das in die Welt hinauszieht und dessen Persönlichkeit sich an den Leuten bildet, denen es begegnet. Wir werden das in Zusammenhang mit Fanny Burney selbst bringen, als Gedankenblitze, während sie bei Hofe herumzieht. Wir werden zwei miteinander verwobene Geschichten erzählen, die den kreativen Prozeß zeigen. Es muß sehr unaufdringlich sein. Wir haben genug Cowboys und Bankräuber in Zeitlupe alles mögliche zusammenschießen lassen. Ich möchte den Leuten was bieten, worüber sie nachdenken können, die Augen sollen ihnen übergehen vor Geschichte, die echt aussieht! Alles wird schön und düster und schmutzig aussehen – wie das Leben.«

»Das klingt ausgezeichnet. Aber ich bin mir sicher, daß ich

das nicht schreiben kann. Außerdem muß ich mich um die Kinder kümmern und das Haus in Schuß halten. Ich könnte nicht alles stehen- und liegenlassen und nach Amerika gehen.«

»Das brauchen Sie auch nicht. Es wird alles an den Originalschauplätzen gedreht. In England.« Er hielt einen Moment inne und zog an seiner Zigarre. Als er den Rauch ausblies, fixierte er mich mit seinen großen, hellen Augen, daß es mich fast quälte und ich mich verzaubert und verhext zugleich fühlte. »Es soll sich für Sie lohnen.« Und er nannte eine Summe, bei der es mir die Sprache verschlug. Sie reichte, um meinen Lebensunterhalt und den der Kinder und Westrays für mindestens ein Jahr zu finanzieren.

»Über diese Summe läßt sich natürlich verhandeln«, sagte Presley und beäugte mich dabei mit unverhohlener Freude. »Nach oben, selbstverständlich. Ich will ganz offen zu Ihnen sein, vier von fünf Drehbüchern werden nicht verfilmt. Aber ich glaube an Sie.« Ich konnte noch immer nichts sagen, schaute zu Maurice, aber der lächelte nur. »Sagen Sie jetzt nichts. Schlafen Sie darüber. Bequatschen Sie es mit Ihrem Papa.«

Ich besprach mich mit Maurice am nächsten Morgen beim Frühstück. Presley war schon auf und unterwegs, er hatte mit Freddy vereinbart, daß dieser ihn nach Chartwell brachte. Zum Historienspiel wollte er rechtzeitig zurück sein.

»Es ist eine lächerliche Vorstellung.« Die Unmöglichkeit des ganzen Unterfangens bedrückte mich. »Ich habe nie auch nur im entferntesten daran gedacht, fürs Kino zu schreiben.«

»Das allein macht es aber noch nicht unmöglich. Schließlich gibt es für jeden Drehbuchschreiber immer ein erstes Mal. Presley kann dich anleiten, was die speziellen Anforderungen dieses Geschäfts angeht. Er sucht einen Schriftsteller, der ein Gefühl für diese Zeit hat. Und das hast du.«

»Das haben tausend andere Leute auch«, warf ich ein.

»Ja, aber sie haben nicht Presley O. Powlburger zu Gast. Der Zufall hat überall seine Hände im Spiel, Miranda, und wenn einem gute Dinge in den Schoß fallen, wäre es Sünde und Schande, sie nicht festzuhalten.«

»Angenommen, ich bin gar nicht gut?«

»Durch Versagen lernt man genauso viele wertvolle Dinge

wie durch Erfolg. Es nicht zu versuchen, kommt der Weigerung gleich, etwas lernen zu wollen. Außerdem glaube ich nicht, daß Presley oft Fehler macht. Mag der fertige Film dann vielleicht auch nicht den Publikumsgeschmack treffen, solltest du ihm doch geben, wonach er sucht.«

»Du meinst, ich wäre ein Feigling, wenn ich mich weigerte?«

»Das ist ein grausames Wort. Ich kann verstehen, warum dein Selbstvertrauen so gering ist. Aber da hilft nur eins. Du mußt das Risiko eingehen.«

Die Vorstellung, mit dem Versuch zugleich den Irrtum mit einkalkulieren zu müssen, machte mir angst. Andererseits mußte ich Maurice recht geben und anerkennen, daß mir nichts anderes übrigblieb, als diese Chance meines Lebens zu ergreifen und mich ihren Folgen zu stellen. Den ganzen Morgen lief ich benommen umher. Aber das Gefühl des Entsetzens war mit einem wachsenden Gefühl der Vorfreude und der Aufregung gekoppelt.

Das Historienspiel sollte um drei Uhr beginnen und mit einer Prozession zur Kirche und einem kurzen Dankgottesdienst um fünf Uhr zu Ende sein. Als zur Mittagszeit der Übertragungswagen des örtlichen Fernsehsenders durch das Dorf rumpelte und sich bei den Ruinen auf den Rasen stellte, brodelte es im Dorf vor Ungeduld und Aufregung. Es stellte sich heraus, daß dies Presleys Idee gewesen war. Um halb zwei hatten sich einige Reporter im Magpie and Stump zusammengefunden und horchten die Stammgäste über ihre Meinung zum Historienspiel, zu ihrem Parlamentsabgeordneten und dem ihnen angemessen erscheinenden Alter für Teenagersex aus.

Ich wollte gerade das Haus verlassen, um zum Pfarrhaus zu fahren, das als Garderobe diente, als das Telefon läutete.

»Hallo, Mama.«

»James, Liebling! Wie schön dich zu hören! Wie geht es dir? Hast du meine Karte bekommen, auf der ich dir viel Glück wünsche?«

»Ja, die ist heute angekommen, danke. Mir geht es gut.«

Eine Pause.

»Erste Prüfung heute nachmittag, nicht wahr? Bleib ruhig, mein Lieber, und es wird alles gut werden.«

»Ich wollte mit dir über etwas sprechen ...«

»Ja, mein Schatz?«

»Wenn ich absolut versage ... wenn ich kein einziges Wort hinschreiben kann ...«

Es entstand eine noch qualvollere Pause.

»Ob das was ausmacht? Nein! Ganz und gar nicht! Was mich angeht, jedenfalls nicht, wenn du das wissen wolltest.« Ich redete mit großer Emphase, weil ich mir nicht anmerken lassen wollte, wie alarmiert ich war. James' Stimme konnte man anhören, daß die Dinge alles andere als gut standen. Es war ein qualvoller Unterton darin, mir vollkommen neu. Vermutlich war er den Tränen nahe. »Nein, mein Schatz, wenn der Fall eintreten sollte, daß du gar nichts schreiben kannst, dann ruf mich an, und ich versuche, mit dem Direktor eine Vereinbarung zu treffen. Du kannst nach Hause kommen und die ganze Sache vergessen.«

»Wirklich?«

»Aber gewiß. Und wenn du willst, kannst du ein Jahr Pause machen. Oder auf die Bosworth High gehen und dort die Prüfung wiederholen. Was immer du willst. Es wäre so wunderbar, dich zu Hause zu haben!«

»Ich habe viel über Papa nachgedacht. Ich wünschte, ich hätte mich mehr bemüht, ihm – ich habe ihm in den letzten Jahren kaum eine Chance gegeben.«

»Das lag auch an ihm, mein Schatz.«

»Ja. Also gut, ich höre jetzt lieber auf. In einer halben Stunde geht es los.«

»Tschüß, mein Schatz. Ruf mich am Abend an. Erzähl mir, wie's dir geht.« Ich wartete, aber James sagte nichts mehr. »Ich liebe dich sehr«, sagte ich. Dann hörte ich, wie er den Hörer auflegte.

Auf dem Weg zum Pfarrhaus verspürte ich einen schrecklichen Schmerz in der Gegend um mein Zwerchfell. Jack hatte darauf bestanden, daß die Kinder das Internat besuchten, aber mir war es nicht recht, daß sie weg waren. Ich kenne alle Argumente, die für dieses System sprechen, und vielleicht werden

Kinder dort auch wirklich unabhängiger und all das, aber mit einem unglücklichen Kind ist diese Trennung beinahe unerträglich.

War ich positiv genug gewesen? Sollte ich den Hausmeister anrufen und ihn bitten, James im Auge zu behalten? Das könnte wie ein Vertrauensbruch aussehen. Prüfungsangst hat jeder. Aber daß er von Jack sprach, das beunruhigte mich. Im Augenblick konnte ich jedoch nichts tun. Ich mußte einfach warten, bis James mich wieder anrief. Sollte ich nichts hören, wäre es vielleicht eine gute Idee, am Morgen nach London zu fahren. War ich überängstlich? Wie sehr ich mich auch bemühen mochte, würden die Kinder doch immer wieder schlechte Zeiten durchmachen müssen. Nichts konnte das verhindern. Er wußte, daß ich ihn liebte. Ich mußte abwarten und zusehen, daß die Dinge im Lot blieben.

Doch trotz dieses Entschlusses fraß die Sorge während des ganzen Nachmittags in mir weiter. Glücklicherweise war ich so abgelenkt, daß ich die Sorge zwar nie vergessen konnte, aber doch in erster Linie voll damit beschäftigt war, Horsas Stiefel und Wat Tylers Hut zu finden. Als alle fertig angezogen dastanden, kam Presley.

»Ihr seid wirklich ein erfrischender Anblick für müde Augen, Leute! Da sehe ich noch ein Paar Ohrringe, die da nicht hingehören. Einen Moment.« Er rückte eine Mantelschnalle zurecht. Kein Detail, mochte es auch noch so klein sein, entging seinem scharfen Blick. Aubreys vor Aufregung blaßgrünes Gesicht tauchte an der Wohnzimmertüre des Pfarrhauses auf. »Da hat sich eine riesige Menge versammelt! Die ganze Grafschaft ist hier! Linda ist schon im Sattel. Euch allen viel Glück!« Er zog sich zurück, doch dann fiel ihm noch was ein. »Die ersten bitte anfangen.«

Die Schauspieler wurden ganz bleich unter ihren Schmutzgesichtern, und in ihren Augen stand die Angst. Selbst Stew wirkte verängstigt.

»Gebt ihnen, was sie sehen wollen!« brüllte Presley. »Ihr seid ein dreckiger, lärmender Haufen, der sich gegenseitig an die Kehle will! Hengist, mein Guter, und du, Horsa, ihr werdet diese Britannier ins Jenseits befördern! Britannier, ihr werdet diese dreckigen Sachsen mal richtig rannehmen! Jetzt raus hier und laßt es mich hören!«

Die Schauspieler für die erste Szene stapften nach draußen. Presley packte Maurice am Arm. »Kommen Sie! Wir werden da ein bißchen Stimmung machen!« Maurice, der in seinem goldbestickten Pluviale und der hervorragend dazu passenden Mitra eine blendende Erscheinung war, schritt in Presleys Kielwasser majestätisch aus dem Raum und wäre beinahe mit Lissie zusammengeprallt.

»Lissie! Ein Glück, daß du da bist!« Ich nahm ihr blaues Kleid und den weißen Gürtel von dem Stuhl, der mit »Edle Dame von Kent« beschriftet war. »George ruft gerade bei dir an. Er meint, du wärst vielleicht eingeschlafen.«

»Tut mir leid, er drängt immer darauf, daß ich mich nach dem Mittagessen hinlege. Er ist schuld.«

»Macht nichts. Zieh das hier aus. Du kommst in der dritten Szene dran. Schade, daß du die Generalprobe verpaßt hast. Die war so gut!«

»Ich sehe schon, daß es einen Erfolg nach dem andern gibt. Diese vielen Tiere sehen einfach wunderbar aus! Eine ganze Gänseschar läuft herum und auch noch recht manierlich. Und so ein süßer Esel!«

»Ich habe jede Menge Körnerfutter mitgebracht und dort verteilt, wo der mittelalterliche Markt sein soll. Ich war in Sorge, die Gänse könnten das Publikum angreifen. Hände hoch!« Ich warf das blaue Kleid über Lissies Kopf.

»Paß auf meine Haare auf. Ich war extra beim Friseur. O du meine Güte!«

»Was ist los?«

»Ich bring es nicht zu. Ich muß zugenommen haben!«

»Unsinn! Ich habe es doch schon extra weit geschnitten. Laß mich mal!« Ich mühte mich mit den Häkchen und Ösen ab. Es blieb ein Spalt von mindestens vier Zentimetern, und es bestand keine Hoffnung, ihn schließen zu können. »Was machen wir jetzt?«

»Die Mönche bitte!« schrie Aubrey und war schon weg, ehe wir ihn fragen konnten.

»Ich kann doch nicht vor all die Leute hinaustreten und

ihnen meinen Hintern zeigen. Jemand anders wird die Rolle übernehmen müssen. Verdammt! Ich habe mich so darauf gefreut!«

Ich sah mich in der Garderobe um. Alle waren bereits im Kostüm.

»Du wirst das übernehmen müssen, Miranda! Komm schon! Zieh die Kleider aus. Stell dich nicht so an«, als ich protestierte. »Du bist die einzige, die die Rolle kennt.«

Das stimmte. Widerwillig zog ich mich aus und streifte mir das blaue Kleid über den Kopf. Es war zu weit, was aber nicht störte, denn ich konnte die Weite mit dem Gürtel raffen, leider aber auch ein ganzes Stück zu kurz. Ich trug flache grüne Riemchensandalen, hübsch, aber ganz und gar nicht vierzehntes Jahrhundert. Lissies schwarze Pumps waren mir mindestens eine Nummer zu klein.

»Macht nichts! Das wird keinem auffallen. Hier der Schleier und das Gebetbuch. Beeil dich! Du kommst gleich dran!« Aubreys Gesicht tauchte an der Türe auf. »Miranda muß für mich einspringen, weil ich nicht mehr in mein Kleid komme. Mach schon, meine Liebe, du wirst ganz hervorragend sein! Viel Glück.« Sie küßte mich und flüsterte mir ins Ohr. »Paß vor allem auf, daß du den Mund geschlossen hältst, wenn Stew dich küßt.«

Und schon trippelte ich in feierlicher Prozession mit meinen Hofdamen über das Gras und auf den Rosenbogen zu, eine sehr geschmackvolle Kreation aus Kreppapier, unter dem schon Edward, der Herzog von Kent und große Kriegerprinz auf mich wartete. Als ich näher kam, verzog sich Stews Gesicht zu einem ziemlich unangenehmen Lächeln. Der Priester begann seine feierliche Ansprache über die Institution der Ehe, und dann sicherte Edward dem Volk seine Treue zu. Als der älteste Sohn von Edward III. muß er eine gute Partie abgegeben haben. Ich hatte die Geschichte des Schwarzen Prinzen immer traurig gefunden.

Stew machte seine Sache recht gut mit seinem starken Dialekt, der wahrscheinlich der Sprechweise des Prinzen ziemlich nahe kam. Er hatte eine laute Stimme, die selbst diejenigen im Publikum gut hören mußten, die, um alles sehen zu können, hinten auf den Schulbänken standen. Glücklicherweise senkte er seine Stimme, als er mit einem durchtriebenen Grinsen am Schluß der Zeremonie sagte: »Na los, Miranda, jetzt nehm ich Sie.« Ich achtete darauf, Lissies Rat zu befolgen, und war dankbar um die mindestens fünfhundert Leute, die den Anstandswauwau abgaben.

Die Aufführung nahm mit atemberaubender Geschwindigkeit ihren Lauf. Nach meinem kurzen Auftritt im Rampenlicht konnte ich mich endlich entspannen; und wäre nicht die Sorge um James gewesen, hätte ich den Rest des fast ohne Panne über die Bühne gehenden Historienspiels auch sehr genossen. Einen etwas kritischen Moment gab es, als der Esel den Abt biß und Ivor sehr laut und auf eine dem Kirchenmann gänzlich unangemessene Weise fluchte. Aber er spielte mit bewundernswertem *sangfroid* weiter, obwohl ihn beträchtliche Schmerzen plagten, wie er später berichtete.

Als Charles II. seinem Boot entstieg – einem recht überzeugenden Bug, den der Schreiner im Dorf rasch zusammengezimmert hatte –, stachelte Presley die Menge zu patriotischen Hurrarufen an, und William Wychford wurde unter tosendem Jubel zum Ritter geschlagen. Es hatte den Anschein, als nähme der Applaus nie ein Ende, aber schließlich traten wir doch alle zur Prozession an, um in die Kirche zu gehen. Zu Aubreys großer Freude schlossen sich auch viele aus dem Publikum an. Wir saßen dicht gedrängt in den Kirchenbänken, während die anderen in den Gängen und der Vorhalle stehen mußten. Irgendwie verirrte sich eine Gans unter die Gemeinde und zischte so wild, daß keiner sie hinauszuscheuchen wagte. Aubrey sprach ein Dankgebet für das Leben im Dorf, für alle guten Dinge der Gemeinde und für das Gelingen des Historienspiels, das für die Restauration des Daches eine enorme Summe eingebracht hatte. Ich fügte noch ein stilles Gebet für James hinzu. Dann sangen wir den Lobpreis Gottes mit gewaltiger Inbrunst.

Als Schlußhymne spielte uns Miss Potter dann noch meisterhaft eins der Oratorien Händels. Ich war zum einen höchst überrascht, keine Quiekser und falschen Töne zu hören, und darüber hinaus auch erstaunt über die Musikalität des Vortrags. »Hat Miss Potter Unterricht genommen?« flüsterte ich Patience zu, die neben mir stand, als wir langsam über den Gang nach draußen schlurften. »Ich habe sie noch nie so gut spielen hören.«

»Miss Potter hat einen entzündeten Finger. Sie rief Aubrey heute morgen an, um ihm zu sagen, daß sie unmöglich spielen könne. Der arme Aubrey wäre fast durchgedreht, aber zum Glück erinnerte er sich daran, daß er Rory McCleod ein- oder zweimal hier hatte spielen hören. Er rief ihn an, und Rory war so anständig, seine Abreise nach London um einen Tag zu verschieben, um für uns zu spielen. Er spielt wunderbar, nicht wahr? Es ist schade, daß er weggeht. Ich mag ihn.«

»Weggeht?«

»O ja, hast du das nicht gehört? Man hat ihm in Glasgow eine Stelle angeboten. Offensichtlich genau, was er wollte. Er habe für Westray eine Vertretung gefunden, hat er uns erklärt, und wolle schon morgen für immer nach Schottland gehen.«

Kapitel 29

Hocherfreut entdeckte ich Miss Horne, Jacks frühere Sekretärin, in der Menge vor der Kirche.

»Oh, Mrs Stowe, ich mußte einfach warten, um mich von Ihnen zu verabschieden! Es war so nett von Ihnen, daß Sie mir geschrieben haben und mir vorschlugen, zu Ihrem reizenden Historienspiel zu kommen. Ich weiß gar nicht, wann ich zuletzt etwas so genossen habe.« Sie drückte ihr Taschentuch an die Augen und schien trotz ihrer Worte nicht recht auf der Höhe zu sein. »Aber mir kamen dann doch die Tränen, als ich daran dachte, wann ich das letzte Mal hier war.«

Ich hakte mich bei ihr unter. »Kommen Sie, wir gehen zusammen an Jacks Grab.« Ich bewunderte das Lilienbouquet, das sie mitgebracht hatte. Neben ihrem duftenden Glanz sah das Sträußchen Butterblumen jämmerlich aus.

»Ist das nicht süß?« Miss Horne bückte sich, um sie etwas besser zur Geltung zu bringen. »Bestimmt die lieben Kinder.«

Ich wußte, daß ich ihr nicht von Jenny erzählen konnte. Es käme einer Entweihung von Miss Hornes Heiligtum gleich.

»Ich bin froh, daß ich gekommen bin. Es geht mir so viel besser. Ich vermisse ihn so schrecklich. Aber«, sie schenkte mir ein strahlendes Lächeln, geübt wie sie war, der gleichgültigen Welt, die ihr nie etwas gedankt hatte, ein tapferes Gesicht zu zeigen, »wie komme ich dazu, Ihnen von meinem Kummer zu erzählen. Wir nehmen uns alle an Ihnen ein Beispiel.« Mitfühlend drückte sie mir die Hand. »Ich danke Ihnen, liebe Mrs. Stowe. Aber jetzt muß ich die Beine unter den Arm nehmen, um den Bus zu erwischen.«

»Gehen Sie noch nicht, Miss Horne. Bei uns im Haus findet eine Party statt. Ich wäre enttäuscht, wenn Sie nicht mitkämen.«

»Das kann ich unmöglich!«

»O bitte, kommen Sie mit! Ich sorge dafür, daß jemand Sie zum Zehn-Uhr-Zug zum Bahnhof bringt.«

Miss Horne schlug die Hände zusammen und machte vor Angst ihre Schultern krumm. »Aber ich werde dort niemanden kennen. Ich bin keine große Partygängerin. Ich habe immer Sorge, daß ich die Leute langweile.«

Ich sah Aubrey aus der Kirchentüre kommen, winkte ihn herbei. »Schöner Gottesdienst, Aubrey. Die ganze Sache war ein voller Erfolg! Darf ich Ihnen Miss Horne vorstellen. Miss Horne war Jacks Sekretärin. Das ist Aubrey Molebank, unser Pfarrer. Helfen Sie mir bitte, Miss Horne zu überreden, daß sie zur Party bei uns bleibt, Aubrey.«

Aubrey erfaßte die Situation mit einem Blick. Nachdem er so lange Zeit seines Lebens unter den Einsamen und Ungeliebten seiner Gemeinde verbracht hatte, konnte er die Zeichen der Entbehrungen lesen. Seine großen, sanften Augen waren voll unwiderstehlicher Güte. Er hielt ihre Hand fest, nachdem er sie geschüttelt hatte, und sagte: »Also Miss Horne, Miranda hat ganz recht. Sie müssen bleiben und uns helfen. Es wäre sehr freundlich von Ihnen. Man hat mich dafür vorgesehen, die Weingläser herumzureichen, aber ich bin so ungeschickt. Bei Ihnen sehe ich gleich, daß Sie eine ruhige Hand haben.«

»Na gut, wenn Sie meinen, daß ich mich *nützlich* machen kann?«

»Aber ganz sicher. Jetzt möchte ich Sie vor allem mit Miss Wakeham-Tutt bekannt machen.« Ohne Miss Hornes Hand loszulassen, schleppte er sie dorthin, wo Patience bei einer Gruppe anderer stand. Ich dachte zufrieden, was für ein annehmbarer Mann Aubrey doch war.

Als ich zur Eingangstüre hereinkam, klingelte das Telefon.

»Kommt alle rein«, sagte ich zu denen, die mit mir hergelaufen waren. »Herr Abt, entkorkst du schon mal den Wein? Bitte die Lichter anzünden, Bischof. Ich gehe nur schnell dran.«

Es war James. »Es ist alles gutgegangen, Mama! Ich dachte, ich rufe lieber an und sage dir Bescheid, nachdem ich mich heute morgen am Telefon so dumm angestellt habe. Ich wollte nicht, daß du dir Sorgen machst.«

»Du hast dich nicht dumm angestellt. Wir können doch zeigen, daß wir verletzbar sind, ohne gleich als Idioten dazustehen.«

»Jedenfalls, als ich reinkam, lief alles doch ganz anders, als ich es mir vorgestellt hatte. Die erste Frage war schon mal ganz gut, und als ich erst mal am Überlegen war, fielen mir die Ideen nur so zu. Ich denke eigentlich, daß es nicht allzu schlecht gelaufen ist.«

»Das freut mich, mein Schatz, um deinetwillen. Aber es wäre wirklich kein Weltuntergang gewesen, wenn es anders gekommen wäre.«

»Ich hatte diese fixe Idee, daß meine Hand sich weigern könnte, niederzuschreiben, was im Kopf war. Hört sich das verrückt an?«

»Nein. Es klingt eher nach jemandem, der viel zu hart gearbeitet hat und sehr angespannt ist. Wenn ich müde bin, zeigt sich bei mir auch oft diese irrationale Angst. Selbst ganz banale Dinge werden dann wichtig, und ich bin besessen von der Angst, sie nicht zu können.«

»Gott sei Dank, daß ich nicht der einzige bin! Jetzt höre ich lieber auf. Der Gong zum Abendessen läutet. Mach dir keine Sorgen, Mama, mir geht's gut. Ich komme diesen Samstag nach Hause, wenn du damit einverstanden bist.«

»Du weißt doch, daß du nicht zu fragen brauchst. Tschüß, mein Schatz.«

Ich stand für einen Augenblick am Telefon und spürte, wie mich das herrliche Gefühl der Erleichterung überkam.

Die Party bedurfte meiner Hilfe nicht, um ein Erfolg zu werden. Der Alkohol hob die ohnehin schon dank des Erfolgs euphorische Stimmung noch mehr an. Maurice hatte in all den unteren Räumen Kerzen verteilt, und es war bizarr und phantastisch, Westray mit weichen Schatten belebt und von Sachsen und Jütländern und Tudors und Stuarts gleichzeitig bevölkert zu sehen. Ich konnte mich als einzige aus dem Ensemble umziehen, was ich auch erleichtert tat, weil ich mir in meiner Verkleidung lächerlich vorgekommen war. Ich zog ein blaues Seidenkleid an, bürstete mir das Haar und machte mein Gesicht so zurecht, wie es mir gefiel. So entspannt war ich noch nie Gastgeberin gewesen. Ich hätte wahrscheinlich auch gleich ins Bett gehen können, und man hätte mich nicht vermißt.

Ich ging nach unten, wo Maeve im Mittelpunkt eines Kreises von Bewunderern stand. Sie löste sich von ihren Jüngern, um mich zu fragen, ob ich Ivor gesehen hätte. »Er ist los, um das Pony zu füttern, und seitdem habe ich ihn nicht mehr gesehen«, sagte sie ärgerlich. Maeve trug ihr Kostüm der heiligen Maid, und wirkte gleichermaßen romantisch und provokant. Ich konnte verstehen, warum Ivor herumgelaufen war, als hätte ihm jemand eins über den Kopf gezogen.

»Oh, das war aber lieb von ihm«, sagte ich. »Hätte das nicht Elizabeth machen können?«

»Ivor meinte, Elizabeth habe sich mit Rory McCleod unterhalten. Sie sei so entzückt gewesen, daß er es nicht über sich gebracht habe, sie zu stören.«

Also war Rory hier. Es ärgerte mich, daß mein Herzschlag eine Gangart zulegte. Wie verräterisch das Unterbewußte doch reagierte! Nun, dann hatte ich wenigstens Gelegenheit, mich von ihm zu verabschieden.

»Das war sehr einfühlsam von Ivor. Er ist wirklich ein überaus rücksichtsvoller Mann. Du wirst ihm doch nicht weh tun, oder? Er ist nämlich schrecklich verliebt in dich.«

»Offen gesagt, bin ich auch ganz schön verliebt in *ihn*. Dein Hang, dich um alle anderen zu kümmern, als wären sie hilflose Geschöpfe, die deines Schutzes bedürfen, ist etwas stark ausgeprägt. Was Ivor angeht, finde ich das eine ziemliche Beleidigung. Er ist ein sehr gutaussehender, phantastisch gescheiter Kopf. Du könntest genausogut ihn bitten, *mir* nicht weh zu tun.«

»Entschuldigung.«

»Und außerdem ist er auch noch ein fabelhafter Liebhaber. Du wolltest ja nie ins Bett mit ihm und hast deshalb wohl angenommen, daß er eine Art impotenter Exzentriker sein muß. Wenn jemand ihn verletzt hat, dann du. Er hat endlose Jahre damit vergeudet, dich hoffnungslos anzuschmachten und sich von Zeit zu Zeit mit einem Brosamen deiner Freundlichkeit zufriedenzugeben, und ich habe vor, ihn dafür zu entschädigen.« Und mit diesen Worten rauschte Maeve davon.

Das waren harte Worte, und ich muß zugeben, daß sie mich tief trafen, obwohl ich wußte, daß Maeve getrunken hatte. Miss Horne brachte mir ein Glas Wein. Leider könne sie sich mit mir nicht unterhalten, erklärte sie, weil sie Mrs. Higgs versprochen habe, Würstchen auf Spieße zu stecken. Ich ging in die Bibliothek, wo Presley hofhielt. Er blinzelte mir zu, als er mich sah, und fuhr dann fort, vor seinem faszinierten Publikum Indiskretionen über die berühmten Namen Hollywoods zu verbreiten. Ich setzte mich in das Erkerfenster. Der Vorhang, halb zugezogen, verbarg mich fast ganz vor den Blicken der anderen.

Ich starrte hinaus über den Wallgraben. Die Sonne war untergegangen, und die Dämmerung warf blaue Schatten über das schwarze Wasser, das sich unter einem schwachen Lüftchen kräuselte. Mein geliebtes Westray! Es gehörte mir, und das würde aller Wahrscheinlichkeit nach auch noch einige Zeit so bleiben. Ich dachte über das nach, was Maeve gesagt hatte. Konnte ich denn die Menschen wirklich nur als Abhängige sehen, um an deren Schwächen meine Stärke unter Beweis zu stellen? Ich leerte mein Glas, und der Verdacht, daß sie recht haben könnte, deprimierte mich.

James ging es jetzt gut. Das war das Wichtigste. Mir war jedes Wort ernst gewesen, womit ich ihn in unserem ersten Gespräch beruhigt hatte, falls er die vielen Prüfungen vermasselte. Nur um seinetwillen hatte ich den Vertrauensverlust gefürchtet, die beängstigende Schufterei, die Prüfungen nachholen zu müssen. Nächste Woche würde ich nach Nethercoat's fahren, um mir Henry in seiner Glanzrolle anzusehen. Ein Unglück, daß Elizabeth schon wieder hoffnungslos in jemanden verliebt war. Aber vielleicht suchte sie ja nach der katastrophalen Erfahrung mit Johnny nach einer unerfüllbaren Liebe. Sie würde darüber hinwegkommen, wenn Rory sich erst einmal für immer verabschiedet hatte. Ich seufzte tief.

»Das hörte sich aber ziemlich traurig an.« Rory stand neben mir.

»Oh!« Ich fühlte mich befangen. Glücklicherweise war das Licht zu schummrig, um mein Unbehagen offensichtlich werden zu lassen.

»Was dagegen, wenn ich mich hier hinsetze? Sie haben ja gar nichts zu trinken.« Er schüttete mir die Hälfte seines Glases in meines. »Sie sollten das jetzt lieber runterschlucken. Sie sehen so elend aus.«

»Aber nein! Ich fühle mich gar nicht elend. Das Historienspiel war so ein toller Erfolg, Presley fabelhaft! Und Sie haben so gut gespielt! Ich hatte gar keine Ahnung, daß Sie auch Musiker sind.«

»Ich bin wirklich nur ein Amateur. Es gibt viel, was wir voneinander nicht wissen.«

»Und jetzt werden wir es auch nicht mehr erfahren.« Meine Stimme klang auf alberne Weise fröhlich. »Patience erzählte mir, daß Sie die Stelle bekommen haben, die Sie immer haben wollten.«

»Ja. Ich werde mithelfen, im schlimmsten Teil von Glasgow ein Gesundheitszentrum aufzubauen. Wir haben vor, es nach gänzlich anderen Prinzipien zu führen als ein herkömmliches Krankenhaus. Die Suchtklinik wird mit angeschlossen sein. Wir werden die Abhängigen in der Gemeinschaft therapieren, regelmäßige Sprechstunden für Frauen haben, die nur von Ärztinnen gehalten werden. Es gibt so viele Frauen, die ärztliche Hilfe erst dann in Anspruch nehmen, wenn es zu spät ist, weil sie sich von keinem unsympathischen Mann ihr Inneres durchwühlen lassen wollen.«

»Es muß für Sie ja ein sehr befriedigendes Gefühl sein, etwas tun zu können, was wirklich wichtig ist und das Leben der Menschen gewaltig zu verändern vermag. Ich werde etwas ganz Triviales und Leichtsinniges machen. Aber wahrscheinlich bin ich dazu auch am besten geeignet.«

»Und was ist das?«

»Ich werde für Presley ein Drehbuch schreiben. Über Fanny Burney. Und ich bekomme dafür lächerlich viel Geld bezahlt. Das zeigt nur, daß wir wirklich in einer verrückten Welt leben und es nichts bringt, einen Sinn dahinter zu suchen.«

»Hört sich phantastisch an! So eine tolle Gelegenheit! Warum machen Sie die Sache – und sich selbst – schlecht? Sie werden doch nicht glauben, daß ich mir einbilde, jeder wolle Arzt werden. Was ist passiert, was hat Sie so durcheinandergebracht?«

»Nichts. Ich bin nicht durcheinander. Ich bin sehr glücklich. Sie haben tatsächlich recht. Ich möchte dieses Drehbuch schreiben. Ich habe schon Ideen dazu. Es wird eine Herausforderung sein, und das ist genau das, was ich brauche. Ich war nur ein wenig niedergeschlagen, weil eine Freundin mir ein paar wenig schmeichelhafte Wahrheiten an den Kopf geschmissen hat. Sie hat es ziemlich gut getroffen, und es tat weh. Ich denke wirklich, daß ich dazu neige, andere nur in Abhängigkeitsbeziehungen zu mir zu sehen. Vermutlich, weil ich nicht sonderlich viel Selbstvertrauen habe.«

»Das erstaunt mich aber. Ich habe Sie immer für wesentlich selbstsicherer und unabhängiger gehalten als beinahe jeden anderen, den ich kenne. Ich weiß noch, als wir uns zum ersten Mal begegnet sind –«

»Mir war übel, glaube ich. Ja, gut, wir wollen nicht über mich reden. Dieses Thema hängt mir wirklich zum Hals raus.«

»Ja, Ihnen war übel. Sie sahen grasgrün aus. Und Sie werden mir nicht glauben, was ich am liebsten getan hätte.«

»Auf dem Absatz kehrtgemacht, könnte ich mir vorstellen. Es war Ihnen anzusehen, daß Sie uns alle verabscheut haben.«

»Und Sie waren nicht geistesgegenwärtig genug, um das Phänomen zu erkennen. Was sind Sie doch trotz allem für ein schlichtes Gemüt.«

»Muß ich wohl sein.«

»Ich hatte das denkbar unpassendste Bedürfnis. Und deshalb war ich auch wütend.«

»Wenn Sie wütend sind, habe ich immer das Bedürfnis zu lachen.«

»Haben Sie das, Sie Schlingel?«

»Das ist gut. Seien Sie wütend. Ich muß aufgeheitert werden.«

»Sie haben darum gebeten. Lassen Sie mich nur noch eben den Vorhang zuziehen. Jetzt kann keiner mehr sehen, wenn ich wütend auf Sie bin. Es ist sehr dunkel. Ich kann Sie so gerade noch sehen. Wir könnten auch ganz allein sein.«

»Ja.«

»Aber ich bin gar nicht mehr wütend.«

»Nein.«

»Statt dessen – o Miranda!«

»Ja?«

»Ich möchte etwas anderes machen.«

Wir saßen schweigend da und sahen einander an. In dem Schummerlicht konnte ich sein Gesicht undeutlich erkennen. Wir waren schon einmal in einer solchen Situation gewesen. Für einen Augenblick roch ich wieder den berauschenden Duft der Nacht, als stünden wir auf der Terrasse von Vavasour Hall. Wieder beugte sich sein Kopf langsam dem meinen zu, und diesmal wurden wir nicht unterbrochen.

Nach einer Sekunde, einem Jahr oder jeder denkbaren Zeit überhaupt lösten wir uns voneinander, aber das war so unerträglich, daß wir uns noch einmal und noch einmal küßten.

»O Miranda!« Er drückte mich fest an sich. »Mein Liebling! Was werden wir tun?« Ich konnte sein Herz pochen hören.

»Ich weiß es nicht.«

Ich wollte nicht an die Zukunft denken. Ich wollte einfach hier bleiben, von ihm umarmt auf dem Fenstersims sitzen, schwach, weil mich das Gefühl gewaltiger Freude zu durchströmen schien.

»An deinem Leben hängen zu viele andere. Du kannst deine Kinder unmöglich mit nach Glasgow nehmen.«

»O Rory, ich glaube, das könnte ich wirklich nicht! Allein schon die Schule. Sie haben sich ohnehin schon so oft anpassen müssen.«

»Na gut, da ich allein bin, werde ich eben meine Pläne ändern müssen.«

»Das tust du nicht! Das kannst du nicht! Nein, das wäre nicht recht.«

»Es ist die einzige Lösung.«

»Willst du damit sagen, du würdest einen Job aufgeben, von dem du immer geträumt hast?«

»Kannst du das noch bezweifeln – nach dem, was gerade passiert ist? Wenn du auch nur halb soviel empfindest wie ich, mußt du einsehen, daß dieser Entschluß von vornherein feststand. Ich liebe dich, Miranda. Ich habe mich auf dieser entsetzlichen Party in dich verliebt. Aber ich dachte, ich sei dir gleichgültig. Wir sind uns dann am nächsten Tag begegnet, erinnerst du dich? Du warst kälter als der Polarkreis. Und noch ein weiteres rätselhaftes Zusammentreffen. Vom Tag unserer ersten Begegnung an, als dein Ehemann tot im Nebenzimmer lag, hätte ich dir am liebsten die Kleider vom Leib gerissen und dich geliebt. Aber ich segelte in unbekannten Gewässern und hatte keinen Lotsen, der mich leitete. Es ist mir nie gelungen, deine Signale zu entschlüsseln. Du wirktest sehr englisch, dir überaus sicher, wer und was du warst. Ich habe dich als ein reiches, verwöhntes Biest der Oberklasse abgetan. Und später dann, kamst du mir so ... vergnügungssüchtig vor. Immer in den Armen von dem oder jenem Mann. Dein Ehemann tat mir leid. Mir wurde fast klar, warum er sich erschossen haben könnte.«

»Ich möchte, daß du weißt, daß es in meinem ganzen Leben zwei Liebhaber gegeben hat, und einer davon war Jack. Gemessen an unserer Zeit sexueller Freizügigkeit bin ich praktisch eine Nonne.«

Rory lachte. »Mein armer Schatz. Wie sehne ich mich danach, der dritte auf deiner Liste zu werden.«

Wir küßten uns wieder. Das übermächtige Verlangen nach diesem Mann erschreckte mich. Irgendwo hatte wer zu singen angefangen: »For He's a Jolly Good Fellow.« Es muß Presley gegolten haben.

»Aber was können wir tun?« murmelte ich, als ich meinen Kopf an seine Brust lehnte. Ach wie tröstlich dieses Glück war! »Du weißt, daß du diese Arbeit annehmen *mußt*. Es ist genau das, wonach du immer gesucht hast.«

»Ja, in gewisser Weise stimmt das natürlich. Aber ich muß gestehen, daß ich nicht mehr der überzeugte Städter bin, der ich einmal war. Erinnerst du dich nicht, daß du mir gesagt hast, die Leute hier brauchen Medizin genauso wie die Stadtbewohner? Du warst höchst verärgert. Ich hätte dich damals gerne geküßt, obwohl ich dich gehaßt habe. Und jetzt kann ich es und werde es.«

Er schwieg, um seine Drohung wahr zu machen. Oh, nicht aufhören! Nicht aufhören!

»Jetzt mal im Ernst, Rory. Überleg doch mal, wie du es mir verübeln wirst, daß du meinetwegen eine solche Gelegenheit verpaßt. Es wäre unbeschreiblich selbstsüchtig, wenn ich das zuließe.«

»Aber ich habe alle meine Vorurteile über Kent als einen wunderbaren Garten voller Glückskinder aufgegeben. Heute morgen habe ich eine Frau von Zwillingen entbunden, deren Familie seit Generationen in demselben Bauernhaus lebt. Sie haben gerade Strom verlegt. In Glasgow gibt es seit fünfzig Jahren in jeder Mietwohnung Strom. Ich war ein Dummkopf, wußte nicht, wovon ich redete. Wenn man arm ist, hat man es immer schwer, egal, wo man lebt. Philip Kentons Praxis hat mit der Entwicklung nicht Schritt gehalten. Man könnte hier so viel tun, um die Lage zu verbessern. Es wird noch einen anderen sendungsbewußten Blutsauger geben, der es gar nicht erwarten kann, den Job in Glasgow anzunehmen. Verdammt noch mal, mir gefällt es hier!«

»Du versuchst nur, mir ein besseres Gefühl zu geben. Aber ich weiß, was passieren würde. Nach ein paar Monaten würdest du anfangen, unruhig zu werden. Du würdest dir Entschuldigungen ausdenken, um nach London zu fahren und ein bißchen Ruß in deine Lungen zu bekommen. Dann würdest du ein hübsches junges Mädchen kennenlernen, das dir Kinder schenkt und ihr Leben deiner zukünftigen Karriere opfert. Und du würdest mir sehr freundlich, aber mit einem Auge schon an der Tür, erklären, was los ist und daß es mit mir schließlich doch nicht so gutginge. Das letzte, was du jetzt brauchen kannst, ist ein Verhältnis mit einer Witwe, die drei Kinder und ein riesiges, anspruchsvolles Haus hat und gerade am Anfang ihrer eigenen Karriere steht. Du wirst wütend auf dich – und auf mich – sein, gedankenlos den Job aufgegeben zu haben, den du immer haben wolltest. Und ich werde –« Ich konnte nicht beenden, was ich sagen wollte, vor Schmerz, mich von Rory wieder verabschieden zu müssen, nachdem ich mir erlaubt hatte, ihn zu lieben.

»Zum Teufel, Miranda!« Selbst in dem trüben Licht konnte ich erkennen, daß sein Gesicht dunkel vor Entrüstung war. »Für was für einen Mann hältst du mich eigentlich? Ich bin kein Schwerenöter. Ich liebe dich. Du gibst mir ja das Gefühl, als wäre ich – ein Don Juan.«

»Du hättest Annabel Vavasour heiraten sollen!«

»Das ist es also. Du bist eifersüchtig!«

»Ja, das bin ich, wenn du es wissen willst! Sie ist jung und hat niemanden an ihrer Rockschürze hängen.«

»Ich bin nun mal nicht verliebt in Annabel Vavasour. Ich wußte sehr gut, daß ich zu dieser Zeit in *dich* verliebt war. Ich habe sie nur geküßt, weil ich nicht wollte, daß sie vor all diesen Leuten wie eine Törin dastand.«

»Sehr rücksichtsvoll von dir.«

»Nun, ich nehme an, du willst kein absolutes Arschloch heiraten! Aber vielleicht willst du mich ja überhaupt nicht heiraten. Langsam erkenne ich, daß ich mich zum Narren gemacht habe. Ich dachte, so wie du mich gerade geküßt hast ... Mein Gott, das kann ich doch nicht erfunden haben. Aber du bist immer so verdammt ... abwehrend. Es ist, als versuche man durch Stacheldraht zu dir zu gelangen. Selbst jetzt stößt du mich weg.«

»Tue ich nicht. Ich will es nicht! Das ist wirklich das letzte, was ich will! Aber ich bin älter als du! Ich weiß, was passiert, wenn Leute sich verlieben und ihr Urteilsvermögen verlieren.«

»Du bist genau elf Monate älter als ich.«

»Woher zum Teufel weißt du das?«

»Na gut, wenn du es wissen willst, ich habe es in deiner Krankenakte nachgelesen. Du bist noch jung genug, um jede Menge Kinder zu bekommen, wenn du willst.«

»Wie bitte? Aber das ist ja lächerlich!«

»Hat jemand Miranda gesehen?« hörte man Lissies Stimme

durch den Vorhang. »Ich muß nach Hause. Meine Knöchel sind geschwollen wie Ballons. Sagen Sie ihr alles Liebe von mir, Presley. Ich werde sie morgen anrufen. Phantastische Party!« Ihre Stimme verlor sich.

»Q. e. d.!« Rory stand plötzlich auf. »Was willst du nun, Miranda? Sollen wir uns die Hände schütteln und über das Vorgefallene ein paar Worte des Bedauerns wechseln? Willst du wirklich, daß ich den Job annehme und dich verlasse?«

Ich war still, versuchte zu denken ... nicht an das, was ich wollte, das wußte ich ... aber was das Vernünftigste, das Sinnvollste wäre. Er schob seinen Kopf näher an meinen, und ich sah, daß er wütend war. Seine Augen glitzerten schwach in dem vom Wasser zurückgeworfenen Licht des Hauses. Mir wurde ganz elend bei diesem Anblick.

»Langsam fange ich an zu glauben, daß es dir eigentlich nur darauf ankommt, daß die Männer sich in dich verlieben, damit du sie dann am Strick hinter dir herziehen kannst. Ist es das, was deine Freundin gemeint hat? Eine Versklavung ... etwas, womit du deiner Eitelkeit schmeicheln kannst? Nun, das will ich nicht!«

Ich starrte verblüfft zu ihm hoch. Er erinnerte mich so lebhaft an Jack. Er wußte, wie man verletzte.

»In Ordnung! Wenn du willst, daß ich gehe, dann sag es einfach. Ich werde hier nicht herumstehen und mich für dumm verkaufen lassen. Es tut mir leid, daß ich dich falsch verstanden habe.« Er lachte, sehr unglücklich. »Ich bin genau wie all die anderen Männer, die dich mit ihren Aufmerksamkeiten gelangweilt haben. Ich habe sie dafür verachtet. Jetzt weiß ich, was man dabei fühlt!«

Ich wußte, er wartete darauf, daß ich etwas sagte, ihm sagte, daß er bleiben müsse, daß er anders sei als diese anderen. Aber an eine unbedingte Liebe konnte ich nicht glauben. Wer sich nicht an die Vergangenheit erinnert, ist dazu verdammt, sie zu wiederholen. Jack hatte mich glauben lassen, daß sein Leben nichts mehr wert wäre, wenn ich ihn nicht heiratete. Das hatte er wohl auch selbst eine Zeitlang geglaubt, so wie Rory das jetzt auch tat. Ich suchte nach Worten, ihm meine Vorstellung von einer maßvollen Liebe zu erklären, die sich auf gegenseitige Bedürfnisse und bestimmte Umstände gründete. Doch mir fiel nicht ein, wie ich diese Idee in Worte kleiden konnte, die nicht unendlich kalt und farblos klangen, selbst für mich.

»Tut mir leid –«, fing ich an.

Rory schob den Vorhang beiseite und ließ mich allein.

»Da bist du ja!« Patience kam zu mir. »Ich habe schon überall nach dir gesucht. Was ist denn mit Rory los? Habt ihr euch gestritten?« Als sie aber mein Gesicht sah, sagte sie: »Du liebst ihn, nicht wahr?« Ich schüttelte den Kopf, war aber unfähig etwas zu sagen, weil ich sonst in Tränen ausgebrochen wäre. »Entschuldige«, fuhr sie fort. »Ich dachte nur. Aber ich bin in diesen Dingen ja so unerfahren. Außerdem bin ich froh, daß du nicht in ihn verliebt bist, weil er ja weggeht.«

»Ja.« Ich schluckte. »Das wäre sonst wohl eine Katastrophe gewesen?« Es ärgerte mich, daß meine Stimme zitterte. »Ein bißchen erwischt hat es mich schon ... das muß ich zugeben, aber davon erholt man sich wieder. Ein paar schlimme Tage und es ist wieder vorbei.«

»Arme Miranda.« Sie legte ihren Arm um mich, und fast hätte ich geheult. »Es ist eine phantastische Party. Und alle möglichen Leute haben schon nach dir gefragt.«

»Dann gehe ich wohl jetzt besser und unterhalte mich mit ihnen.«

Miss Horne stand in der Halle und zog sich gerade ihren Regenmantel und das Kopftuch an. »Ich wüßte nicht, wann ich mich je so amüsiert hätte, Miranda.« Sie wirkte erregt, fast mädchenhaft. »Die Leute sind alle sehr nett gewesen. In Willesden ist es ziemlich einsam. Ich komme mit meinen Nachbarn dort nur ins Gespräch, wenn ich nach einem Feiertag herauszukriegen versuche, wann die Müllabfuhr kommt. Mrs. Higgs meinte, warum ich nicht aufs Land zöge?« Sie sah ganz schwermütig aus. »Ich denke, eine alleinstehende Frau ist hier genauso fehl am Platz wie in den Vororten. Peinlich. Die Leute erfinden Ausreden, um einem aus dem Weg gehen zu können, weil sie nicht mit einem reden wollen.«

»Ich schicke Ihnen Informationen über Häuser im Dorf zu«, versprach ich ihr. »Dann kommen Sie her und sehen sich die an.«

Miss Hornes runde, graue Augen blickten mich durch ihre dicken Brillengläser an. »Würde ich nicht lästig fallen? Es wäre mir schrecklich, wenn Sie nur wegen Mr. Stowe so freundlich zu mir wären.«

Ich küßte sie auf die Wange. »Um Ihretwegen wäre ich entzückt, wenn Sie nach Westray kämen, um hier zu leben.«

»Kommen Sie, Miss Horne, wir verpassen noch den Zug«, sagte Aubrey und nahm ihren Arm.

»Wieder eine Abhängige?« zischte Maeve, als sie auf dem Weg zum Wohnzimmer an uns vorbeikam.

»Du siehst aus, als hätte dich eine Dampfwalze platt gemacht, meine Liebe«, sagte Maurice. »Verletzt und fassungslos zugleich. Was ist denn los?« Er sah prächtig aus in seiner Cappa, der wieder in sein Reich eingesetzte Prospero mit seiner Zauberkraft; die billige Weihnachtsbaumkette von Braithwaite's verwandelte sich im Kerzenschein in blinkendes Zaubergold.

»Ich war so dumm, mir Wein und Müdigkeit in den Kopf steigen zu lassen, mehr nicht. Ein romantischer Traum. Aber ich werde darüber hinwegkommen. Ich weiß, daß ich mehr bekommen habe, als man sich wünschen darf. Nämlich dich, die Kinder und Westray. Und jetzt noch ganz etwas Spannendes, woran ich mich festbeißen kann.«

»Presleys Drehbuch? Ich bin froh, daß du dich dafür entschieden hast, es zu machen. Wenn du es abgelehnt hättest, wäre mir klar gewesen, daß du nicht ganz zurechnungsfähig bist. Aber«, er schüttelte den Kopf, »was das angeht, habe ich immer noch meine Zweifel.«

»Was willst du damit sagen?«

»Es ist der junge Lochinvar, nicht wahr? Du hast ihn wohl packen geschickt? Kind, ich glaube nicht, daß du weißt, was du da tust!«

»Schon merkwürdig, wie klug alle sind. Außer mir natürlich.«

»Du weißt sehr gut, mein Schatz, daß man keinen von uns ganz allein lassen kann, wenn Herzensangelegenheiten im Spiel sind. Es ist so leicht, anderen einen Schiffbruch zu prophezeien, und so unmöglich, die Felsen auf unserem eigenen Kurs zu erkennen. Ich spreche aus Erfahrung. Ich habe in meinem Leben genug falsche Entscheidungen getroffen und kann in Anspruch nehmen, eine Autorität zu sein, wie man sich am besten zutiefst unglücklich und elend macht.«

»Da wirst du wohl recht haben.« Ich seufzte. »Ich kann wirklich nicht klar denken. Ich bin zu müde und zu durcheinander. Ich werde ins Bett gehen. Wir unterhalten uns morgen.«

Elizabeth saß mit einem Jungen auf der Treppe, den ich als einen der jungen Scranton-Joneses erkannte.

»Gute Nacht, Mama«, sagte sie und blickte kurz auf, als ich an ihr vorbeiging. Die Augen ihres Gefährten klebten förmlich an ihrem Gesicht, und zwar mit einer Faszination, als wollte er, wäre er Herr seiner Stimme gewesen, sagen: »Siehe da, Kismet!«

Sukie rückte beiseite, um mich ins Bett zu lassen, und schenkte mir mit ihrer Zunge ein paar großzügige Streicheleinheiten, worauf sie zufrieden schnurrte und wieder in ihren Schlaf sank. Ich drückte mein gutes Ohr aufs Kissen, um den Lärm von der Party unten auszuschalten. Ich war froh, daß ich das konnte; wieder ein Segen in einem von guten Dingen reich bedachten Leben. Ich konnte nicht einmal das Geräusch meines eigenen Schluchzens richtig hören.

Als ich am nächsten Morgen in den Spiegel schaute, überraschte es mich ganz und gar nicht, daß Tränen verheerenden Schaden angerichtet hatten. Ich badete mein Gesicht in Eiswasser, bis meine Augenlider nicht mehr wie Schwimmbojen aussahen. Ich saß an meinem Frisiertisch und bürstete mein Haar, als mir plötzlich einfiel, daß Samstag war und ich unter dem Druck der Ereignisse des gestrigen Tages vergessen hatte, Miss Boswell die Eier zu bringen. Ich fluchte laut, fand es wirklich unverzeihlich von mir, sie vernachlässigt zu haben. Es war erst sieben Uhr. Ich konnte zu ihrem Häuschen laufen und rechtzeitig zum Frühstück wieder zurück sein. Die Altersgebrechen von Miss Boswell ließen sie bestimmt nicht länger als bis Tagesanbruch schlafen, dessen war ich mir sicher.

Ich machte die Tür zu Elizabeths Schlafzimmer auf, bückte mich und rief Jasper herbei. Er kam und schnupperte verblüfft an meinem Finger. Ich packte ihn am Kragen und schleppte ihn nach draußen. Wir gingen am Freilauf der Hühner vorbei, damit Miss Boswell als Entschädigung die frischesten Eier bekam. Die Hühner rannten vor Freude gackernd nach draußen, um ihre Frühstückskörner zu fressen. Warm und sauber lag ein halbes Dutzend Eier noch in den Nestern. Ich legte sie in den Korb und dazu noch eine Honigwabe, die Maurice vor ein paar Tagen aus einem der Bienenstöcke herausgeholt hatte.

Die Luft war sehr klar, und die Sonne wärmte meine nackten Arme, als wir durchs Dorf liefen. Ich traf den Milchmann auf seiner Runde und den Zeitungsjungen, der sein Fahrrad mit einer Hand lenkte und mit der anderen in seiner Nase popelte. Ein früher Schachbrettfalter stürzte sich plötzlich vor mir auf die Straße, um sich in der zunehmenden Wärme des Tages zu aalen. In den Hecken leuchteten die Hundsrosen und die Weinrosen und der schwer duftende Holunder, deren Blüten sich über dem gelben Hafergras und dem Wiesenfuchsschwanz erhoben. Jasper trottete voraus und hob gelegentlich den Kopf, um einen vorbeifliegenden Vogel mit seinem Freudengebell zu begrüßen. Die ganze Natur hatte sich verschworen, einen Hochsommertag zu feiern, wie man sich keinen schöneren denken konnte. Ich versuchte, in meine Schritte kleine Sprünge einzubauen, um das Gefühl loszuwerden, Tiefseetaucherschuhe an den Füßen zu haben.

Miss Boswell saß an ihrem Fenster und winkte, als sie mich den Weg zu ihrer Tür hochkommen sah. Sie wollte meine Entschuldigungen nicht hören. »Wie lieb von Ihnen! Ich wußte, daß Sie keine Zeit hatten. Miss Wakeham-Tutt hat mich mit dem Auto abgeholt und zum Historienspiel gefahren. Ich hatte einen Platz in der ersten Reihe. Oh, es hat mir so gut gefallen! Und danach hat sie mich dann auch wieder nach Hause gebracht! Sie war so freundlich. Eine wirkliche Dame. Ich habe zu Mr. Molebank gesagt: ›Da haben Sie aber eine kluge und gute Wahl getroffen!‹ Sie waren so gut in Ihrer Rolle, meine Liebe! Es war so freundlich, daß die beiden daran gedacht haben, mich abzuholen, damit ich es auch sehen konnte!«

Soviel fröhliche Dankbarkeit überwältigte mich. Die arme Miss Boswell hatte ständig Schmerzen und war fast immer allein. Sie hatte nichts, worauf sie sich freuen konnte, außer daß im Tod ihre Mühsal und ihr Schmerz beendet sein würden, und doch dankte sie mir für die Eier und begeisterte sich wegen des Honigs, als hätte ich ihr einen großen Schatz mitgebracht. Ich blieb bei ihr stehen und unterhielt mich über das Historienspiel, weil ich das Gefühl hatte, es sei das mindeste, was ich für sie tun konnte.

Auf meinem Weg zurück durchs Dorf winkte Maeve mir zu. In Erinnerung an unser Gespräch vom vorigen Abend war ich nicht gerade begeistert, sie zu sehen, aber sie rief mich so nachdrücklich und kam hinter mir hergelaufen, daß ich mich verpflichtet fühlte, stehenzubleiben und auf sie warten.

»Du bist sehr früh auf den Beinen«, sagte sie und keuchte ein wenig, weil sie sich so beeilt hatte, mich einzuholen.

»Dasselbe könnte ich zu dir auch sagen.«

»Und das völlig zu Recht. Ich kann mich nicht erinnern, wann ich zuletzt zu dieser frühen Stunde aufgestanden bin. Ich bin am Bahnhof gewesen, um Sebastian seinen Gestapohut zu schicken. Er hat sich Scherpilzflechte eingefangen und man hat ihm den Kopf rasiert. Die andern Jungs drohen, ihn zusammenzuschlagen, weil er sie ansteckt. Kaum der richtige Ort, um zu lernen, wie man ein guter Bürger wird. Egal, jetzt rat mal, wer mir am Bahnhof begegnet ist?«

Mir wurde ganz ängstlich zumute. »Ich hasse diese Ratespielchen.«

»Na gut, ich sag's dir. Rory McCleod. Er hat auf den Zug nach London gewartet. Er war übrigens damit einverstanden, mir seine Klapperkiste zu verkaufen. Ich dachte, das könnte Sebastian aufheitern, wenn er in ein paar Wochen herauskommt. Egal, ich hatte jedenfalls ein sehr langes und auch interessantes Gespräch mit ihm, als er dort auf dem Bahnsteig stand.«

»Tatsächlich?« Ich versuchte, schneller zu gehen, aber Maeve packte mich am Ärmel und brachte mich dazu, sie anzusehen.

»Ich weiß zwar nicht, was das alles soll, meine Liebe, aber

ich glaube, du machst einen sehr großen Fehler. Es liegt auf der Hand, daß er total verrückt nach dir ist, und ich kann es einfach nicht glauben, daß dich das kalt läßt.«

»Ich muß schon sagen, daß es sich hier wohl jeder zur Aufgabe gemacht hat, sich um meine Angelegenheiten zu kümmern. Ich weiß, was ich tue.«

»Das glaube ich nicht. Du liebst ihn, oder nicht?«

Ich antwortete nicht. Ich war wütend wegen dieser Einmischung in meine Gefühle, mochte sie auch noch so wohlmeinend sein.

»Dachte ich es mir doch. Erlaube mir, dir zu sagen, daß du ein Feigling bist, Miranda Stowe! Ein Feigling und ein Dummkopf!«

»Danke.« Ich schlug einen lockeren Ton an, aber ich spürte, wie mein Gesicht zu brennen anfing.

»Du glaubst, alle Männer seien rohe Kerle, und deshalb willst du dich nicht auf sie einlassen.«

»Nicht alle Männer.« Ich lachte und versuchte meine Stellung zu halten, aber Maeve kam jetzt erst richtig in Schwung.

»Es ist aber so! Du hast panische Angst davor, daß Rory dich so behandeln könnte, wie Jack es getan hat, und mit anderen Frauen Affären anfängt! Ich habe das Rory alles erzählt. Daß du eine Art Phobie hast, daß Männer dich betrügen. Du sagst ständig, daß Psychotherapie irreführender Humbug sei, aber in Wirklichkeit hast du doch nur wahnsinnige Angst. Du traust dich nicht, in dich hineinzuschauen und zu sehen, was du wirklich fühlst!«

Jetzt war ich wütend. »Wie kannst du es wagen, mit Rory über mich zu sprechen!«

Maeve schnaubte. »Ich wage noch eine ganze Menge mehr, wenn ich sehe, daß du dich wie ein Volltrottel benimmst. Was fällt dir eigentlich ein, diesem Mann den Laufpaß zu geben? In Ordnung, ich gebe zu, daß Janòs keine gute Wahl war. Zu selbstverliebt. Er wird nie eine Frau wirklich glücklich machen. Du hattest recht, da nicht länger mitzuspielen. Das sehe ich jetzt ein.«

Ich machte einen Knicks. »Da bin ich aber froh, daß ich deine Zustimmung habe. Du kannst sicher sein, daß ich jedesmal, wenn ich einen Liebhaber entlasse, erst deinen Rat einholen werde.«

»Nein, jetzt sei nicht so sarkastisch. Ich meine es ernst. Du täuschst dich in Rory. Willst du denn nicht einsehen, daß man etwas riskieren muß, wenn man von seinem Leben etwas haben will? Es fällt einem nicht alles in den Schoß. Du warst doch sonst nicht so ein Hasenfuß. Ich habe dich immer dafür bewundert, daß du so stark warst. Ich habe gesehen, was Jack dir angetan hat und wie du dich ihm entgegengestellt hast. Es war erstaunlich, wirklich. Ich hätte das nicht gekonnt. Ich habe Rory erzählt, wie kühl du Jacks Frauengeschichten aufnahmst, daß du dich nicht auf irgendwelche Kämpfe mit ihm eingelassen hast oder zugelassen, daß er Spielchen mit dir spielte. Rory war schockiert. Er hatte offenbar keine Ahnung von deiner Ehe. Warum hast du es ihm nicht erzählt, du Dummerchen? Warum hattest du nicht so viel Grips, ihn um Hilfe zu bitten?«

»Ich zweifle keineswegs daran, daß du es gut meinst. Obwohl es wohl kaum einen blöderen Satz gibt. Aber du mußt endlich einmal merken, daß der Rest der Welt nicht in diesem mystischen Dunst von Liebe und Gefühl und den entsprechenden Ausbrüchen lebt, in dem du so gerne herumrührst. Mehr als alle anderen solltest du doch gelernt haben, welche Gefahren es mit sich bringt, wenn nicht für dich, so doch für deine Söhne, Risiken einzugehen!«

Ich blieb stehen und schnaufte heftig vor Entrüstung, und weil ich es nicht ertrug, der verletzten Maeve ins Gesicht zu sehen, wandte ich mich um und lief rasch davon. Im Bemühen, die größtmögliche Entfernung zwischen sie und mich zu legen, machte ich große Schritte, die fast meinen Rock zerrissen. Dabei vergaß ich Jasper vollkommen und war dann überrascht, ihn ankeuchen und vor Wiedersehensfreude mit dem Schwanz wedeln zu sehen, als ich auf dem Kamm oberhalb von Westray herauskam.

»Jasper! Guter Junge! Hier, mein Junge!« Ich bückte mich und streichelte ihn. Ich leckte eine verirrte Träne weg, die auf unerklärliche Weise ihren Weg über meine Wange gefunden hatte. Schon bedauerte ich die Anspielung auf Sebastian. Das war wirklich gemein gewesen, und ich schämte mich vor mir selbst. Mein Gott! Warum mußten sie alle in meinem Leben herumstochern? Es konnte ihnen doch egal sein, ob ich aus Mangel an männlicher Zuneigung ganz und gar zusammenschrumpelte? Es gab genug Frauen, die ein zufriedenes Leben führten, ohne Männern verpflichtet zu sein. Rose, Miss Horne, Miss Boswell ... alle äußerst ehrbare und liebenswerte Frauen. Der Gedanke bedrückte mich. Wann würden sie denn verstehen, daß ich wußte, was ich tat?

Aber es war häßlich von mir gewesen, zu Maeve so unfreundlich zu sein. Sie hatte mir in ihrer zwar fehlgeleiteten, aber gutmütigen Art helfen wollen. Sobald ich nach Hause kam, wollte ich sie anrufen und ihr sagen, daß es mir leid tat. Vielleicht sollte ich gleich jetzt bei ihr vorbeigehen. Ich blieb einen Augenblick unentschlossen auf der Hügelkuppe stehen, während warme Tränen mir ungehemmt über die Wangen liefen. Die liebe Maeve, trotz allem war sie doch eine gute Freundin.

Aber angenommen, das, was Maeve gesagt hatte, stimmte? War ich ein Feigling? Vorsichtig tastete ich mich auf meinem Weg durch den Wald zwischen den Schlaglöchern voran. Die Hufe der Kühe hatten kleine Krater in die Erde gedrückt, die bis zu zehn Zentimeter tief waren, und auf der jetzt harten und trockenen Erde konnte man sich auf dem unebenen Boden leicht den Knöchel verstauchen oder brechen.

Gab es denn eine kleine Möglichkeit, daß Maeve recht hatte? Ich hob meinen Kopf und starrte gedankenverloren auf den fernen Streifen des funkelnden Meeres. Maurice hatte gesagt, daß man in Herzensangelegenheiten selbst seinen Weg nie klar erkennen könne. Lautete die schlichte Wahrheit, daß ich Angst davor hatte, verletzt zu werden? Wie konnte es nur soweit kommen, daß ich mir einredete, Rory könne nur wankelmütig sein und ein Doppelspiel betreiben? Ich kannte einige Männer, die sehr wohl zur Liebe fähig waren ... vielleicht unvollkommen, aber doch ehrlich und bei Versuchungen standhaft, so daß ihre Zuneigung etwas bedeutete und sie zum wahrscheinlich größten Segen ihrer Existenz machte. So, wie Maurice Lucia geliebt hatte, George Lissie und Rollo Diana liebte, und wie Aubrey zweifellos Patience lieben wird, so könnte auch

Rory fähig sein zu lieben. War ich nicht für mich selbst zu dem Schluß gekommen, daß er offen und ehrlich war, arglos?

Angenommen, Rory fand die Herausforderung hier zu arbeiten, befriedigend? Vielleicht war es ihm ja wirklich ernst damit, da er das Landleben lieben gelernt hatte? Die Kinder konnten sich vielleicht auch mit der Vorstellung anfreunden, daß ich mich wieder verheiratete. Vielleicht würde Elizabeth ja entdecken, daß Jungs ihres Alters ihren Erwartungen eher entsprachen. Je mehr ich zuließ, daß diese Möglichkeit in meinem Kopf Gestalt annahm, desto mehr ließ meine Entschlossenheit nach.

War es denkbar, daß ich nicht wußte, was für mich am besten war?

Ich stolperte vorwärts und dachte dabei an all das, verfluchte die Schlaglöcher, schwankte über zerbröckelnde Erdhügel und wagte mich mit der Vorstellung zu unterhalten, wie es wäre, wirklich glücklich zu sein. Na? Warum auch nicht? Die Zukunft war nicht festgelegt. Jeden Moment konnte im Leben etwas schieflaufen. Es gab immer die Möglichkeit von Erdbeben, Schiffbruch oder Sturm. Gab es nicht einen Zeitpunkt, wo es klug war, einfach anderen zu vertrauen? Oder Gott? Oder seinen eigenen Instinkten? Ich blieb stehen und sog tief die wunderbar milde, saubere Luft ein, die nach See schmeckte.

Vielleicht hatte Maeve recht. Es mußte eine vertretbare Position zwischen ihrem Ungestüm und meiner vorsichtigen Berechnung geben. Aber Rory saß bereits im Zug und entfernte sich aus meinem Leben. Zweifellos war er entsetzt über das, was Maeve ihm erzählt hatte. Wer will schon eine Frau, die derart öffentlich von einem anderen Mann gedemütigt worden ist? Ich war Jack nicht genug, flüsterte mir die Stimme zu, die mich mit ihren stechenden Anzüglichkeiten so viele Jahre lang gequält hatte. Rory würde aus dem Fenster sehen, während der Zug nach Norden raste, und seinen Sternen danken, daß er zwar knapp, aber dennoch entkommen war. Mrs. Kenton würde zweifellos eine Nachsendeadresse haben. Könnte ich vielleicht …? Ich *war* ein Feigling! Ich hatte nicht den Mut, ihm nachzulaufen und ihn zurückzuholen. Ich blieb stehen und weinte ob meiner eigenen Schwäche.

Ich hatte den Punkt erreicht, von wo aus man die beste Aussicht auf Westray hatte. Es lag wie eine Zeichnung in einem Geschichtsbuch über das mittelalterliche England vor mir ausgebreitet. Nur das leichte Schwanken der Bäume in den Gärten, die sich ordentlich und wie in einem graphischen Schaubild um das Haus ausbreiteten, sorgte für Bewegung. Der Rosengarten, ein großes Quadrat rosafarbener, weißer und grüner Punkte. Dort lagen Temenos und der geometrische Garten und der Kirschbaumgarten. Die Dächer vom Taubenturm und von Ivors Häuschen lugten als rote und graue Flecken zwischen den Baumwipfeln hervor ... In der Einfahrt beim Torhaus stand ein Wagen. Und jemand stand auf der Brücke und blickte hinab in den Wallgraben. Ein Mann mit dunklen Haaren. Ich sah, wie er es ungeduldig zurückstrich, als er sich umdrehte, um sich gegen die Brüstung zu lehnen und sein Gesicht von der frühen Morgensonne wärmen zu lassen. Es war Rory.

Ich überließ meine Knöchel ihrem Schicksal und rannte los.

Die Originalausgabe ist 1999 unter dem Titel »Past Mischief«
bei Orion House, London, erschienen.

Der Marion von Schröder Verlag ist ein Unternehmen
der Econ Ullstein List Verlag GmbH & Co. KG

ISBN 3-547-71860-0

Satz: Franzis print & media, München. Gesetzt aus der Sabon
Druck und Bindung: Graphischer Großbetrieb Pößneck